一场遇见爱情的旅行

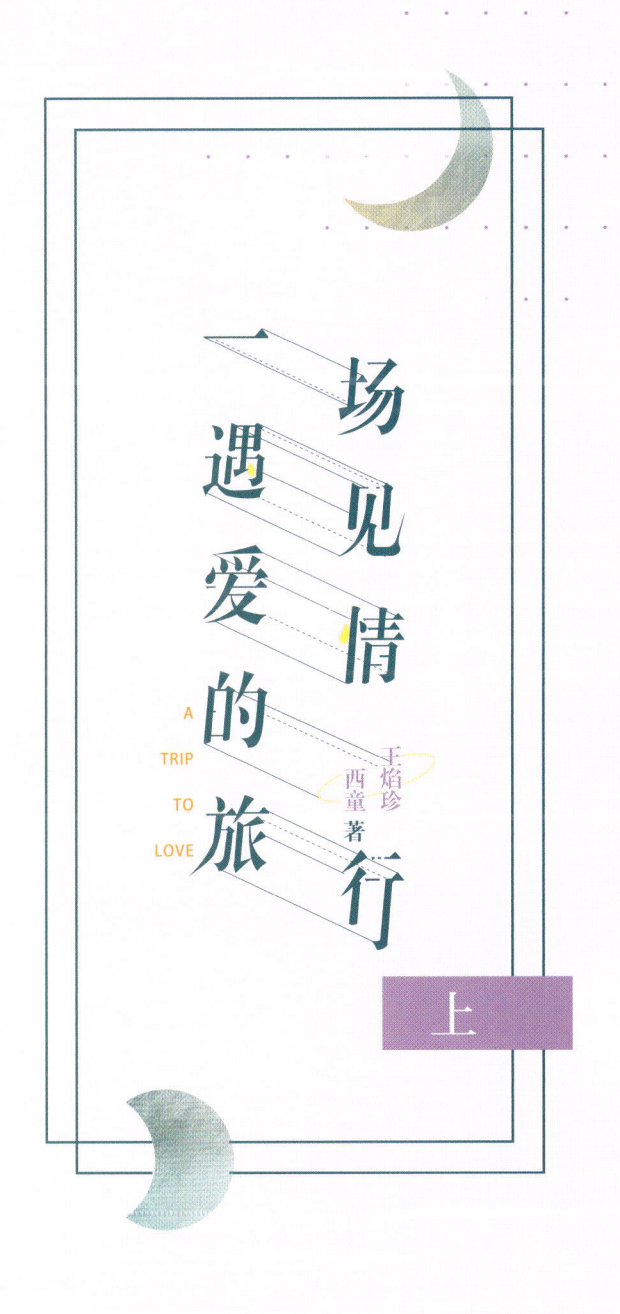

A TRIP TO LOVE

王焰珍 西童 著

上

长江出版社
CHANGJIANGPRESS

只要心中有爱，哪里都是香格里拉。

目录

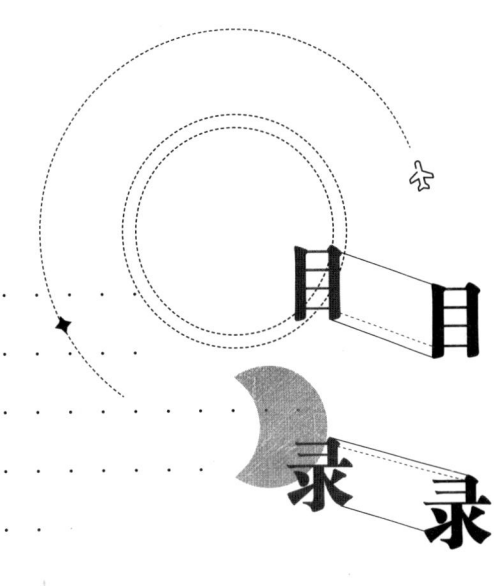

Chapter 1	001
Chapter 2	009
Chapter 3	019
Chapter 4	027
Chapter 5	033
Chapter 6	041
Chapter 7	047
Chapter 8	056
Chapter 9	064
Chapter 10	070
Chapter 11	078
Chapter 12	083
Chapter 13	090
Chapter 14	099
Chapter 15	109
Chapter 16	114
Chapter 17	125
Chapter 18	134
Chapter 19	144
Chapter 20	152

Chapter 21	159
Chapter 22	166
Chapter 23	173
Chapter 24	183
Chapter 25	192
Chapter 26	201
Chapter 27	209
Chapter 28	218
Chapter 29	227
Chapter 30	234
Chapter 31	243
Chapter 32	251
Chapter 33	258
Chapter 34	266
Chapter 35	273
Chapter 36	283
Chapter 37	291
Chapter 38	299
Chapter 39	307
Chapter 40	315

Chapter 1

上海香格里拉大酒店，到处都弥漫着钱权与香水混合在一起的气味，在普通百姓看来，那也许就是上流社会的"气味"。

2018年"艺轩廊艺术名品拍卖会"正在酒店的宴会厅进行着，一位专业娴熟的拍卖师正在台上卖力吆喝着。

展台下，身着华贵礼服、装扮精致的漂亮女孩李心月置身于名流之中，她身上却散发着普通超市最常见的薄荷型洗发水的味道，与四周刺鼻的香水味截然不同。

在各种名品拍卖过程中，李心月始终以超常的冷静面对那些本该令她惊为天价的艺术品，直到礼仪小姐捧着拍卖会压轴作品《宝贝》上台。

拍卖台下响起雷鸣般的掌声，礼仪小姐拉开了遮布，露出《宝贝》的真容。

油画中出现一个小女孩干净纯真的脸，那双清澈的大眼睛与背景的香格里拉雪山浑然一体，整幅作品散发着香格里拉的神秘与神圣，又饱含返璞归真的神韵。

拍卖师大声介绍："这就是本次拍卖会的重头藏品！著名画家楚鸿飞大师的作品《宝贝》！楚大师正是凭借此画开创了'雪山画派'！"

买家们都被这幅画作震撼，现场鸦雀无声。

李心月盯着那幅画，每一根深藏在体内的神经线都像绷紧的弦，随时都有可能断裂，以至于浑身不自觉地在微微发抖。耳畔的声音屏蔽了人群中的议论声，却清晰响起记者断断续续的报道声："画坛

新气象，'雪山画派'独领风骚。这幅《宝贝》一经问世，立刻在美术界引起轰动……我们有幸来采访这幅画的作者楚鸿飞，他凭借此画开创'雪山画派'，一鸣惊人……"

李心月默默在心中自语："久违了，亲爱的《宝贝》，今天，我一定要把你带走！！"

拍卖师开始叫价："《宝贝》起价1000万，举牌一次50万。竞拍开始！

台下一位买家举牌。

拍卖师："1500万！"

另一位买家举牌："1600万。"

一位外国买家举牌，用生涩的中文说："1700万。"

拍卖师："1700万，第一次！我相信这绝对不是最终报价！1700万，第二次。"

李心月继续举牌："1800万。"

拍卖师提高了声音："一位美丽的女士出手了，这件拍品很珍贵，没出手的赶紧出手。1800万第一次……1800万第二次……"

外国买家举牌："1850万！"

"1850万，这位先生……"

李心月继续举牌："3000万！"

现场议论纷纷，李心月立刻成为全场瞩目的焦点。

坐在李心月身边的中年油腻男赵老板，原是靠放贷为生的财务公司老板，眉眼间是挡不住的贪婪与色相。

眼看着赵老板悄悄把手摸到了李心月的腿上，肥胖的身体凑上去耳语着什么，一幅垂涎三尺的暧昧相。李心月的反应是本能地将身体向旁边倾斜，举牌的同时很自然地将赵老板的手推开。

李心月不断举牌，一直到将价格飚到7000万。

拍卖师声音达到前所未有的高度，他几乎在喊着："争夺战开始了，现在已经7000万了……"

拍卖师的话逗笑了会场的嘉宾。

拍卖师："7000万第一次……7000万第二次……"

李心月举起了牌，拍卖师："7500万！现在有人出到7500万了。"

赵老板在旁边坐不住了，他开始小声提醒李心月："上限是7600，不能超过这个数。"

李心月像是没听见似的，眼睛盯着台上，一眨不眨。

外国买家举起了牌，拍卖师大喊："8000万，史无前例啊……"

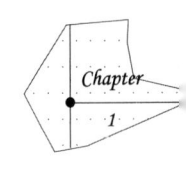

赵老板紧张道："算了吧……"

"没有退路了！"李心月想都没想，赵老板越发紧张："已经超出估值太多了，不行不行……"

李心月毅然举起了牌，赵老板干咽了口唾沫，转头看向了外国买家。

不料，李心月不等外国买家举牌，再次举牌。

拍卖师尖叫起来："8500万！"

现场一片哗然。

赵老板气得汗珠子像肉一样从身上大块大块地砸了下来，他瞪着李心月训斥："你疯了？！"

李心月却像没有听见似的，眼睛直视着拍卖台，充满自信地说，"你能赚1000万，相信我！"

拍卖师高喊："8500万，第一次……8500万，第二次……"

这时，就在外国买家要接着举牌时，他接了一个神秘电话，简短地听了一句便挂了电话，外国买家停止报价。

"8500万，第三次……"成交锤落下，"成交！《宝贝》归你了，美丽的女士！"

全场响起了掌声。

李心月如释重负松了口气，望着台上的画，双眼闪现出复杂的目光……

就在拍卖会进行到高潮时，酒店另一边，《宝贝》的作者楚鸿飞正在接受着记者们的追逐与追问，看上去楚鸿飞脚步匆忙，神情不安。

"楚先生，今天您的开宗名画拍卖，为什么您现在才出现？"楚鸿飞没有回答，反而加快了脚步。

"您早期的创作风格和现在有着明显的差异,是什么原因让您画风出现变化的呢？"

楚鸿飞停下脚步，脸色十分难看："……如果把2000年之前看作早期的话，那可能和现在有一些不同，从2000年之后我更多放在了风景上吧,画画大西部、沙漠、雪山。"

"是啊，您的代表作就是那幅《宝贝》啊！"

楚鸿飞尴尬地笑了笑，还没缓过来，又被追问："画作中的女孩是谁？您画的是自己的孩子吗？不过据我们所知，您只有一个儿子。"

楚鸿飞干咳一声，故作镇定道："其实，我反对一个艺术家一成不变。会运用想象力和个性的手法去表达自己的感受，是艺术的根本……"

"记得您之前曾公开表示，这幅画是非卖品。那您今天为什么突然又决定拿出来拍

卖呢？"

"是什么原因让您改变了想法呢？"

楚鸿飞开始不知道如何应答了。

这时站在他身边的妻子陈正茜接过话头："我先生觉得艺术家不应该被过去的成就所禁锢，不留恋过去的高峰，才能创造新的高峰。"

"请问——"

"不好意思，楚先生现在需要休息。"陈正茜打断记者追问，酒店经理领路，陈正茜搀着楚鸿飞离开人群，走向 VIP 房间。当门一关上，楚鸿飞立刻暴跳如雷。

"我早就说过，这幅画是非卖品，你倒好，趁我外出不在，自作主张就拿出来拍卖了。你到底是怎么想的？"

楚鸿飞深知这幅作品牵扯着一个巨大的秘密，那是个要跟随他进入坟墓的秘密，即使最亲密的妻子也不能告知。

然而，一向自以为是、自作主张的陈正茜却理直气壮地回答："卖就卖了呗，反正你这么多年也不爱看它，成名作压箱底的我还真没见过几个。"

"我，我是不想让它成了我的天花板，我还要继续往上突破！"

"可你知道你早就已经冲不过这个顶峰了吗？"

"什么？"楚鸿飞瞪着愤怒却又空洞的大眼。

陈正茜拿出 Ipad 打开一份电子报表，指着里面密密麻麻的数据和各种图表继续辩解着："这是去年春秋两季交易总量，中国书画板块成交额算是维持稳定，但近现代书画占比还不到三成，16 个当代书画专场上拍了两千五百多件，成交额在 5000 万以上的作品却只有 5 件……"

楚鸿飞打断道："好了好了，这些我不如你懂，可这跟我的画有什么关系？"

"简而言之，这几年艺术拍卖品的趋势是下跌的。"

"你又想说，书画过时了？我告诉你，艺术永不过时！我是艺术家，不是资本家！"

"……书画作品虽然有放缓的趋势，并不是市场不好，而是珍贵的拍品越来越少了。如果能拿出来的东西是精品，就会卖得非常好。前年黄大师的 5 件作品成交过千万，2 件过五千万。这说明购买力是很乐观的，关键是有没有能打动买家的作品。"

楚鸿飞转身走向门口，长长叹了口气"哎，我不跟你说，你掉钱眼里了！我不卖！我这就去跟主办方说去。"

陈正茜大声阻止："艺术家也是要靠市场来证明的！你醒醒吧！"

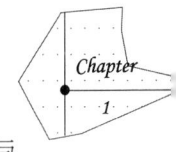

楚鸿飞停住了脚步，他无助地站在原地，进退两难。像所有艺术家那样，在现实与理想之间，向前一步，举步维艰，向后一步，海阔天空……

香格里拉大酒店的地下停车场，一辆不起眼的普通货柜车停在那里。

车内，上海市某刑警队长老冯和几名警员正密切注视着纷乱的电子仪表和屏幕。他们的监控目标是一个长期活动在东南亚地区的贩毒分子，外号"黄鼠狼"。据可靠线报，此人今晚将会在外滩香格里拉酒店进行一次交易。

黄鼠狼是老冯盯了两年的目标，此次抓捕行动也是"302毒品案"收网行动。

老冯命令蹲守在酒店各个角落的便衣警察等到黄鼠狼交易完毕，进入酒店地下停车场时再进行抓捕，不要惊扰到无辜群众。

然而，酒店内的便衣警察暗中观望了几个小时，黄鼠狼一直没有出现。

会场内到处是嘈杂的交谈声、脚步声、广播声。

便衣警察金小天装扮成服务生的样子站在门口迎宾，他看上去异常认真，对每一个出入酒店的人都不肯放过。

就在他全情专注的时候，一个浓妆艳抹的女主播走进酒店大堂，一进来就开始自拍、直播：

"嘿，大家好，关注夏夏，为您带来最新最酷炫的艺术生活资讯！知道我现在哪里吗？当当当当，我现在就在外滩香格里拉酒店高档艺术品拍卖会现场。"

盛夏的直播镜头都聚焦在拍卖会的巨幅广告牌上，边拍边赞道：

"哇，听说，今天的重头戏，就是当代绘画大师楚鸿飞的镇派之宝了。大家是不是已经迫不及待要开开眼了呢？还有还有，重点是，能在这里行走的，都是神，就算给神拎包的随从，估计也得千万身价……所以来这里看拍卖是假的，看拍神才是真的！正所谓，撞鬼不如撞神！哈哈哈！保佑我今天撞个大神！"

直播平台打出一串弹幕："笑声好魔性啊。"、"一个行走的撞钟！"

盛夏正在与网友互动时，金小天走过来直接用手挡住镜头："这里禁止拍照录像！请您赶紧离开！！"

"为什么呀？小帅哥。"盛夏勾着金小天的衣领，一脸无辜的样子。

金小天指着一块醒目的提示牌，笑眯眯地："违者罚款500万，这是规定！"

"500万，唬我啊。你搞搞清楚，不拍照我来干什么？告诉你，在这世上，除了拍照和自拍，我生无可恋。让开！"盛夏瞬间变脸，理直气壮地甩开金小天，执意跑向另一边。

金小天正要追上去，大堂内出现一个满头白发的中年男人。

金小天立刻警觉地拿出手机假装打电话，实际在用手不断调整纽扣摄像头方位，暗中对准了这个男人。

此人虽然瘦小，却气宇不凡，精光四射，一看就是个老江湖。走过拍卖会的指示牌时，他似是无意地瞟了一眼。

几个马仔很快迎了上去，连喊"辉哥"。为首的马仔天蝎一边引着辉哥边往拍卖会场走，一边小声在他耳边嘀咕着什么。

辉哥摆摆手说："我就在大堂看着就好。你们把眼睛都给我放亮点，盯着那个东西被谁拍到手了，然后——明白了？"

马仔们连连点头，一副狗腿模样。

辉哥环顾四周，又低下头对天蝎说了几句，然后往金小天的方向看了眼。天蝎立刻带着几个马仔向金小天走去。

金小天想假装不经意离开，但已经来不及了。他赶紧转身往最近的柱子边走去，利用背影做阻挡，迅速拆下微型摄像机的内存卡，并通过旁边柱子上模糊的倒影，看到李心月正挽着赵老板走过来。

金小天灵机一动，他突然转过身，故意和李心月撞了个满怀，又赶紧上前道歉："不好意思，是我太不小心，你没受伤吧。"说话的同时，金小天悄悄将内存卡塞进李心月的手包。

李心月浑然不觉，只好摆了摆手，"没事。"

赵老板在旁责备："你这个服务生怎么毛手毛脚的，放开你的手。"说着，一把抓住李心月的手向自己拉过去，直接将李心月当众拉进自己的怀里，紧紧搂住，趁机揩了把油。

这一暧昧的举动让金小天误以为两人是情人关系，看看他们的年龄差，暗中替漂亮的李心月感觉不值。

李心月瞟了一眼金小天，好像看穿了他眼中的意思，很不自在地挣脱赵老板的怀抱，"没事，我们走吧！"，然后大步流星离开。

赵老板见怀里的香酥可人儿走了，小跑跟上，脸上的肥肉颤抖着。金小天心里一阵唏嘘时，肩膀就被天蝎和马仔按住了。

金小天装傻充愣道："咦，你们是谁，有什么事？"说时还指指远处李心月的背影问，

"你们是一起的吗？我已经道过歉了。"

天蝎一把将金小天推到墙上，恶狠狠地看着他问："你小子刚才是不是拍我们哥几个呢？"

金小天一副屌丝的模样，嬉笑着反问道，"拍，拍什么？是你先拍我肩膀的呀。"

马仔们看了看四下，脸色一沉，一拳打向金小天的肚子。

金小天捂着肚子半弯着腰："有话好好说，别随便动粗！"

天蝎恶狠狠地盯着金小天，金小天满脸委屈道："几位大哥，我就是个酒店打工的，不知道你们找我干什么，咱们肯定是有什么误会，再说你们一个个人模狗样的，多看你们几眼也正常啊。"

天蝎瞪起眼珠子："看来还得教教你和爷怎么说话！"

金小天赶紧认怂求饶："对不起大爷，我是个干活的不会讲话，饶命饶命。"

"你刚才在我们旁边晃来晃去的干什么呢？把手机拿出来让我们检查检查。"

金小天无奈地摇了摇头，拿出手机，天蝎刚要伸手去拿，金小天却把手抽回："你说我偷拍你们，我愿意澄清给你们看，但你们无权拿走。"

马仔们刚要动手，天蝎一个眼神暗示，马仔们只好收手。

金小天一边揉着肚子一边举着手机，一一打开照相机相册，让马仔们看了个清楚。

正在远处搜索直播话题的盛夏发现金小天和天蝎间的冲突，立刻在拐角处偷偷用相机录了下来，满意地自言自语："这次可算有爆炸新闻啦，也算没有白来一趟。服务生帅哥面对黑社团骚扰，临危不乱以一敌四。"

话音刚落，一只手从盛夏身后伸过来，直接将她手中的相机夺了过去。盛夏回头一看竟是辉哥，他正迅速地翻查相机菜单，找到格式化存储盘的界面，选到"格式化"的选项，刚要按下去，手却被金小天拉住了。

金小天近距离打量着辉哥，发现他的左眼旁有一道吓人的疤痕。

辉哥很惊讶，随即也玩味地看着金小天，身边的马仔刚要上前动手，辉哥发现走廊上方的监视系统，他伸手阻止。

金小天故意提高了嗓门："原来是一起的啊，怎么？一群大老爷们连女孩子也欺负啊？"

辉哥语气渐缓和："偷拍侵犯了我们的隐私权，我要求删掉也没错吧。"

金小天反驳："那也不能硬抢吧？"

辉哥轻蔑地"哼"了一声，含笑着把相机塞给盛夏："小妹妹，刚才的东西，删了吧。"

嗓音里透着威胁。

盛夏瞬间清醒了，她面对的很可能就是传说中的黑社会老大，这下她哪敢不从，连连点头，手忙脚乱地按下了 yes 键，删除了刚才录下的视频。

辉哥又看看金小天，询问马仔："他的呢？"

天蝎回答："查过了，他是干净的。"

辉哥这才说："哦，那就是误会了。我们走。"

金小天反而来劲了："哎哎哎，别急着走啊，你看看刚才给我动手动脚，我西装扣子都扯掉了，怎么办呀？"

马仔们纷纷露出凶相，但辉哥却回过头，冲金小天咧嘴一笑，说了句："劝你一句，英雄救美可以理解，但小心惹火烧身。"

辉哥这一笑，简直笑得瘆人。

金小天心中一惊，越发感觉此人不简单，而盛夏吓得缩紧了肩膀，躲在金小天身后，小声说："别嚷嚷了，还要不要小命了！"

正这时，距离他们不远的电梯门突然打开，几个穿着大衣的人看见辉哥等人指着金小天。与此同时辉哥的目光也看过去，和为首的大衣哥目光交接。

金小天仔细观察着辉哥和来人，发现他们并没有什么互动，但在电梯门即将关上一刻扒开电梯门，几个大衣哥直奔大堂门口而去，辉哥一行人也随之径直向大堂方向走去。

为首的大衣哥一出现，立刻被蹲守的便衣警察发现。

刑警大刘立刻向老冯汇报，"冯队，黄鼠狼现身了，突然转向大堂门口方向，请求指示。"

老冯盯着监视器上的黄鼠狼，凭借多年经验，老冯敏锐判断对方已有所察觉，随时会逃跑，他马上下令，"抓！绝不能让他跑了！"

Chapter 2

老冯话音一落，酒店大堂内各个角落的便衣警察立刻从不同方向向黄鼠狼靠拢，已有察觉的黄鼠狼撒腿就往另一边跑去。

酒店大堂里，形色各异的客人纷纷起身，惊慌散去。

辉哥和手下在走廊靠墙而站，马仔心虚地小声问："哥，怎么办？"

辉哥咬牙道："呸，晦气，遇上条子了。撤。"

说完，辉哥带着马仔朝大堂另一方向走了。

黄鼠狼没跑几步就被两名刑警围堵，与此同时，另外几名刑警追上来一把将黄鼠狼扑倒在地，正准备给他戴手铐时，凶狠的黄鼠狼竟然撞开一名警察，爬起来打倒另外两名警察，疯狂地向楼上逃去。

金小天左右看看，立刻推开大堂另一边的安全门跑了进去。

黄鼠狼逃至快接近顶楼的楼道内被金小天抢先追上，他二话不说，拎起身边的一个垃圾桶套住了黄鼠狼的脑袋。

黄鼠狼摔倒在地，掏出一把匕首就朝金小天扎来，金小天临危不乱，手持垃圾桶盖和黄鼠狼对打起来。

黄鼠狼无心恋战，为了摆脱金小天，他一腿下去将金小天踢回安全门通道，自己趁机窜至一隐蔽处，取出早已准备好的滑翔伞，跑至楼顶平台。

黄鼠狼迅速将滑翔伞装备戴起来，当他刚准备脱离酒店大楼时，突然被一个飞来的垃圾筒砸中，黄鼠狼随之摔倒在地。

金小天冲上来，和黄鼠狼重新扭打在一起。

穷凶极恶的黄鼠狼为了摆脱金小天，拳拳都打在金小天的要害处，

金小天很快体力不支，处于下风。金小天拼尽全力扯下滑翔伞，黄鼠狼眼看逃路无门，决定痛下杀手，疯狂地扑向金小天。

金小天借助地形，边打边躲闪，退到了一处角落被绊倒，爬起转身时，黄鼠狼的匕首已刺到咽喉处，金小天闭上双眼，以为自己要玩完了，不料却没感觉到任何疼痛。他睁开眼，却见黄鼠狼因被伞绳牵绊住不得上前，在对着自己愤恨地空刺着，在一阵剧烈的抽搐中，黄鼠狼倒地口吐白沫。

小天手持垃圾桶盖又要上去攻击时，其他刑警赶到，其中一人冲上来用电击枪击中黄鼠狼，几个人一起将罪犯当场制伏。

收拾完黄鼠狼，刑警大刘注视着金小天上下打量，盘问道：

"你是谁啊，怎么在这？"

金小天激动地解释道："自己人，自己人。"

金小天拿出警员证，大刘接过一看乐了："原来是派出所同仁。"

其他刑警一听，跟着打量起金小天。在他们看来，派出所的警察也就做做治安之类的工作，没想到还有人能协助他们抓捕凶险的毒贩。

正这时，大部队纷纷上了天台，派出所的刘所长也在队伍中。

大刘指着金小天问道，"刘所，这是你的人吗？"

刘所长看看金小天，以为他闯祸了，赶紧说："是，是我的人。"

金小天一脸得意，大声说："所长好！"

刘所长一脸无奈："又是你！"

金小天嬉皮笑脸："领导，怎么还又了？我这不是来帮忙了么。"

"谁让你来的？你不是负责大堂的治安吗？"

"我这不是看见可疑分子，就跟上来了啊。"

"胡闹！"

刘所长赶紧转过身来和刑警们解释："这是我们派出所的，平时就是工作热情特别高，希望没给大家添麻烦。"

大刘当众夸赞："刘所，看来您这又培养一个不错的接班人啊，小伙子，跟着刘所是你福气啊。"

刑警大刘拍了拍金小天的肩膀，押着黄鼠狼离去。

金小天一脸开心，见刘所愁眉不展，上前问道："领导，人不都夸我了，看您这怎么还一脑门官司了。"

刘所长叹气："你呀,你知道这事得怎么写报告吗?"

酒店的 VIP1 休息室内,楚鸿飞得知拍卖结果,他无力地坐在沙发上,神情复杂。

陈正茜得知《宝贝》的拍卖结果,兴奋地端过两杯红酒走向楚鸿飞:

"太棒了,卖了 8500 万!他黄远山可以估值过亿,你楚鸿飞怎么就不行!看看现在的价格,8500 万,这仅仅是你这位艺术家价值体现的开始。来,庆祝一下!"

陈正茜递上一杯红酒,楚鸿飞却没有接,他脸上竟然没有想象中的欣慰与得意,而是有气无力地叹了口气:"哎,这么多年了,你根本不知道,那幅画对我意味着什么。"

陈正茜发现他的情绪不高,只好放下酒杯,坐在楚鸿飞身边温柔地帮他按摩肩膀,"不管它意味着什么,我不希望你一直背负着它。过去的事已经那么多年,没什么值得再提的了。咱们夫妻俩这么多年,不管什么风雨,我都和你一起承担过来了。"

这时传来敲门声,陈正茜前去开门,只见儿子楚之翰走了进来。

楚之翰是楚鸿飞与陈正茜的独子,可以说这个从小帅到大的男孩是含着金汤匙出生的,一直以来都过着衣食无忧、顺风顺水的生活。直到从法国留学归来,楚之翰竟然违背父母的意愿,拒绝子承父业,经营画廊,决意要依靠自己去创业,而且还是不太靠谱的旅游 APP,这让楚鸿飞夫妇很是不满,尤其是陈正茜,她对丈夫和儿子的控制欲一向都是强烈到不可违抗。

陈正茜似是知道儿子的来意,故意抱怨道,"之翰,你怎么才来?"

"公司有点事脱不开身。爸,祝贺你。妈,您……把我那张卡给停了?"

"严格来说,那是我的副卡。"

"妈,您不是说同意我自己创业吗?现在我的公司暂时遇到点困难,需要资金周转,您不能这时候釜底抽薪啊……"

这时楚鸿飞坚定地成了妻子的同盟,居高临下地指责道:"你想自立,我们当然支持。可是,凡事都有个度。你回国两年了,搞出了什么名堂?"

"爸,我现在公司规模是很小,经营也不太顺利,但你要相信,我有能力,有追求,我需要的只是时间来证明自己。"

陈正茜摇了摇头:"时间就是金钱,你的证明价格有点高。我和你爸爸已经都给你铺好路了,可你非要去独辟蹊径?"

"妈……我不想靠继承,我要活出自己的样子。"

楚鸿飞更加气愤,提高嗓门道:"你自己的样子?什么样子?向我伸手要钱的样子?"

楚之翰强咽一口气,继续解释道:"人活着,就应该做喜欢的事,真正渴望的事,

那种不做不行、不做就要被渴望淹死的事！爸，如果不让你画画，强迫你做自己不喜欢的事情，你会怎么样？"

楚鸿飞被问得愣住了，他似乎无法回答这个问题，正在发愣时手机响了，看到来电显示，楚鸿飞的脸色变了，他慌忙起身去套间内接听电话。

陈正茜敏感地追问："你怎么了？谁来的电话？"

楚鸿飞边走边说："没什么，一个老朋友。"

楚鸿飞走进另一个房间将房门关闭，电话里传来的声音怪声怪气，"恭喜啊，楚大师，身价都已经超过8500万了！"

"哪里哪里。"楚鸿飞几近低头哈腰地对着那个手机，从对所有人居高临下变成了极其谦卑和小心的表情。

"关于这幅画，你有什么秘密瞒着我吗？"

"没有没有，绝对没有。"

对方口气突然变得犀利与愤怒，"可是，老头子咽气前留下一句话，他说秘密就藏在一幅叫《宝贝》的画里……楚大师，没想到你还有这一手？画里藏着秘密，你想干什么？威胁我？想要钱？还是想要我的命啊？！"

楚鸿飞一脸困惑与惶恐："我真的不知道什么秘密，那幅画上只有雪山和女孩嘛，构图并不复杂，哪里藏着什么秘密啊。"

楚鸿飞跟电话里的神秘人有着不为人知的关系，这种关系让楚鸿飞完全丢掉画界大师的气宇，只剩下一幅奴才相……

VIP3休息室内，李心月和赵老板正眼巴巴地等着工作人员送来他们的拍品《宝贝》，一想到竞拍价格，赵老板就啧啧感叹："我就不明白了，这一堆颜料涂在一起，就值这么多钱，等画来了我得好好仔细瞅瞅……8500万，我滴个小乖乖。"说时，赵老板故意往李心月身上瞄了一眼。

事实上，李心月与赵老板的关系并非情人，这次参加竞拍的决定，在赵老板看来不过是他和李心月之间的一个赌注。而李心月唯一的筹码就是她自己，因为这一切都是她自己找上门的。

赵老板清楚记得，他第一次见李心月时，这姑娘穿着简单的白衬衫，牛仔裤，旅游鞋，一幅学生模样的清纯打扮出现在赵老板面前，让这个看惯了庸脂俗粉的油腻男眼前一亮。

李心月说明来意后却让赵老板暗自讪笑，她竟然鼓动自己参与一次名品拍卖会，并毛遂自荐做他的拍卖"买手",这不免有点不自量力。

赵老板打趣着李心月,"我对艺术品不感兴趣,不过,"赵老板的眼珠子开始在李心月身上上下翻滚,"对搞艺术的人,倒是有点兴趣。"

李心月强忍着心底的恶心,强装笑颜道:"赵老板,我来找您是很严肃的事情,我推荐的事情真的能够让我们双赢。"

"严肃啊,那好,我也严肃地告诉你,我这人就喜欢真金白银,其他的都是扯淡。"

"现在不是您发家那会,是资本原始积累的时候。目前在国际金融流通领域,收藏名画就是存钱。您把画拍下来,黑市一倒手就能翻倍。就算没翻番,50%的回报率也肯定没有问题。"

"你这上嘴皮一碰下嘴皮,千万百万就出去了,说得倒是轻巧,谁信呢,我们矿山挖煤,还得一车皮一车皮地往外拉呢,那挣下的钱才是实实在在的。"

李心月意识到赵老板说话时,眼珠子一直在从上到下地打量自己,就好像在一层层扒着她的衣服,李心月心底生起厌恶,但嘴上却只能说,"如果回报率达不到50%,我……我任你处置!"

赵老板的眼珠子不转了,直盯着李心月D罩杯的胸部问:"那你想得到什么?"

"我?要不是我借了你们财务公司的钱,我也不来找你。当然是想连本带息一笔勾销了。"

"你怎么那么有把握这画稳赚不赔?"

"至于我是怎么知道有人会在黑市高价买这幅画的,您就不要问了,我可不想透露什么商业机密。当然,你要不愿意,这事儿就算了。"

李心月说完起身就要走,赵老板赶紧伸手摁住她,趁机摸着李心月的手说:"你看看你,急脾气,我的小美人儿,何必这么见外。对啦,我在你们飞马旅行网定的邮轮是什么来着?"

"地中海十日游。"

"对,如果,你说的画没那么多的回报,你陪我上邮轮。"

李心月犹豫了一下:"……好,我答应你。"

此刻,画已到手,赵老板坐在包间开始幻想如何把李心月骗上船弄到手。

酒店保安人员和相关的工作人员将那幅《宝贝》护送至VIP3房间,工作人员小心翼翼地将那幅拆掉画框的《宝贝》送到赵老板的面前。

"赵老板,这是您的画,手续办妥了,需要您签个字。"

赵老板赶紧在相关文件上签了字，遂迫不及待地道："快快，打开，让我好好看看。我得仔细瞅瞅这价值8500万的画……"

工作人员将画作展现在赵老板面前，赵老板仔细看着画，根本看不出这幅画贵在哪里，于是连连感叹："就这么一张纸，上点色，能卖得出去吗，可别有价无市砸我手里。"

李心月眼神划过一丝鄙夷："这幅画是雪山画派的代表之作，经过这场竞拍，已经有很多买家感兴趣了。不论价格出到多少，我都能保证您能赚钱。"

"能赚多少？"

"最少两成。时候不早了，不如送回您公司慢慢看？"

赵老板仔细看看李心月笃定的神态，又看了看画："不急不急，我要跟8500万留个纪念。"

赵老板一把搂住了李心月："来来，我们合个影。"

李心月迟疑一下，赵老板掏出了自己的手机，服务生接了过去。

赵老板把李心月搂紧了，李心月被迫在眉间处比画着V字，笑得牵强、难受。

拍照一结束，工作人员递上去拍卖方准备好的画筒，不料李心月取出一个提前备好的特殊画筒，同时她故意对赵老板细声细语："我们用自己的画筒，是不是赵老板？"

看到李心月冲自己甜笑，赵老板魂儿都要被勾走了，赶紧附和道："没错，宝贝儿，还是用咱们自己准备的画筒比较好。你办事，我放心。"

工作人员只好收回准备好的画筒，李心月当着所有人的面儿，亲手打开画筒的盖子，只见画筒里暗藏两道环，李心月神不知鬼不觉地拉开里面第一道环将画收入画筒。

完全不知情的赵老板笑呵呵带着那个画筒返回公司，一进办公室，他立刻招呼手下员工，"来来来，快把8500万挂起来，让我好好欣赏欣赏。"

旁边几名公司人员早已准备好了画框。

李心月打开了藏画筒，她小心地打开第二道环，瞒天过海地取出另一幅一模一样的画，娴熟地安装进了画框。

赵老板独自欣赏那幅画时打发走了李心月，李心月抱着那个装有《宝贝》真迹的"空画筒"离开了。

金小天哼着歌回到了派出所，"该出手时就出手啊，风风火火闯九州啊……哎嘿、哎嘿——"

同事们见状，纷纷上前打趣起来。

"小天，听说今天你可威风了！"

"这都立功了，是不是快调刑警队啊，这可是你一直的梦想啊。"

"别太乐观，刚才没见刘所刚那脸色吧？看上去不像是立功耶！"

"这是为什么，小天不是帮大忙了么？"

"他当时没在自己应该的位置上，这肯定得汇报。"

"你小子，又多管闲事，裹乱了吧？"

听着同事们的打趣声，金小天嬉皮笑脸道："放心吧，我等着刘所给我嘉奖啦。"

金小天正在得意时，身后传来刘所长的声音："金小天。"

金小天本能地转身立正："到。"

只见刘所长表情严肃地站在那里，身边还跟着两名武装督察，这下屋里气氛安静下来。

一名督察直接质问金小天："你的姓名、年龄、籍贯、职务。"

金小天马上回答："姓名金小天、年龄25岁、籍贯上海黄浦区、职务××派出所警员，报告完毕！"

另一名督察说："跟我们去趟留置室。"

"是！"

警员们眼看小天跟着两名武装督察走了，大家的目光充满不安和同情。

金小天因为颜值高，形象阳光帅气，一直是派出所民警的"形象代言人"，但这远不能满足金小天的成就感，他的志向和梦想是当刑警，冲锋陷阵抓坏人才是他上警校的初衷。可谁知毕业后，金小天被分配到派出所当起了户籍内勤。

金小天整天围着居民的各种证件窝在所里，有时候还得帮忙调理社区大妈间的邻里纠纷，这可叫他窝火。但只要金小天所在区域发生打架斗殴的治安事件，他总是多管闲事，排除万难冲上去，仿佛只有这样才能体现一点他的价值。

最重要的是，金小天对付地痞、流氓和无赖自有一套"秘籍"，那就是，他自带的痞气和脾气更像个地痞、流氓和无赖！

久而久之，金小天也当仁不让成了派出所的"动作代言人"。

派出所刘所长看出这个金小天内心的渴望，在他一再申请下，便让他当了所里的巡警。

一开始金小天还挺开心的，但很快，金小天又不满足于治理街边流氓的任务，他渴望能像个真正的警察那样去执行危险、刺激、具有挑战性的任务。

机会总是给有准备的人。

香格里拉大酒店将要举办"2018年艺轩廊艺术名品拍卖会",金小天所在派出所接到任务,需要几名巡警配合刑警队,在香格里拉一层大堂伪装酒店服务生做监视。

这个任务自然落到了金小天头上,他兴奋不已,感觉自己终于有机会上"战场"了。

到了酒店大堂,金小天可没把自己当"外人",始终像个刑警那样敏锐地观察每一位进出酒店的人,并为抓捕黄鼠狼擅自离开了他的岗位。但他没有想到,等待金小天的不是表彰,而是置留室内的"审问"。

金小天被带进派出所的留置室内,只见一名陌生的刑警坐在桌前,看到金小天,他指指桌对面,示意金小天坐下来。

金小天一看,那通常是被拘的家伙坐的位置,他的心有点凉,心想,"不给我嘉奖也就算了,怎么还像对犯人一样审上了?"

金小天不大乐意地坐在桌子一边,两名督察站在他身后。

刑警表情严肃地开始盘问:"金小天同志是吧?"

"是。"

"有几个问题,得跟你核实一下。有什么就说什么,如实汇报。"

"是。"

"昨天晚上7点45分在外滩香格里拉大酒店,你当时是否在执行任务,任务内容是什么?"

"当时,我的任务是,配合刑警队在香格里拉一层大堂伪装酒店服务生做监视。"

"那你当时是否在任务岗位?"

"我……我……"

刑警继续质问:"7点45分你在哪里?"

"时间记不太清楚,但我在酒店大堂附近。"

"你为什么离开了自己的岗位?"

"因为我在工作岗位上,看到了可疑分子。我就去跟踪他们了。"

"在离岗之前,你有否向上级汇报和请示?"

"没有。"

"为什么没有汇报和请示呢?"

"因为我怕自己太早汇报会干扰任务,想自己先判断更清楚一些。"

"你是否有对你的发现保存证据?"

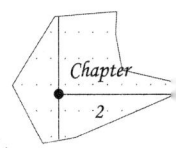

"我当时进行了拍摄取证……但后来被发现了,只好拆了内存卡,当时放在一个女客的包里。后来,后来我没找到那个女孩,没能把卡找回来。"

刑警拎起手上的文件,在桌上拍了一下:"就是说,你让普通公民冒着危险,在不知情的情况下,替你藏匿可能是有关可疑分子的物证?"

金小天惭愧地低下了头。

留置室的单面玻璃窗外,老冯正和刘所正看着金小天被审查。

老冯对刘所说:"师父,这就是昨天最靠近那几个人的小同志?"

刘所长点头:"监控显示,在黄鼠狼被抓前,他和那几个人有过短暂的接触。而且这孩子后面还私自跑上楼参与了对黄鼠狼的追捕。"

老冯好奇地打量着金小天,眼神中透露着一种喜欢和欣赏。凭借多年的刑警工作,他一眼看出金小天是有潜力的好苗子。

老冯追问:"这小子平时怎么样?"

刘所长笑了:"和你当年一样,很有干劲,能力也不错,还有点冲动。"

老冯尴尬:"有些事不是一成不变的,可以教。晾他一会儿看看反应吧。"

老冯敲了敲玻璃,屋里的刑警听到敲声,会意老冯的意思,他把手上的纸质材料收拾起来,对金小天说:"你在这儿等一会儿,换个人跟你谈。"

刑警离开后,金小天忐忑地坐在原地,心想,"我今天明明立了功,为什么要这样对待我?难道我哪里做得有问题?"想到这儿,金小天开始在脑子里回忆在酒店的每一幕,试图寻找自己的破绽。

金小天整整反思了一个小时也没发现问题,这时,老冯拿着一杯水走进入留置室,他把水递给金小天,"喝点水。"

金小天看着老冯,莫名地产生一种亲切感,他赶紧接过来说:"谢谢。"

老冯笑着问:"认识我吗?"

金小天不好意思地摇了摇头。

老冯坐在金小天对面说:"我就一普通老刑警。再问你几个问题。"

金小天点点头。

"你当时为什么去追黄鼠狼啊?"

"我看见他跑了,我就绕另外一条路堵他去了。"

"你觉得没你,他就得跑了?"

"我没想这么多。当时只是觉得,不能让他溜了。"

"你冲上去和他搏斗时，怕不怕？"

"怕。"

"怕你还敢上？"

"怕是敬畏，所以我很小心，但同时我也有信心，来自勤学苦练积累的技术。我只想抓住他。"

老冯听后，眼底快速划过一丝满意，遂又追问："你在大堂见到的几个人都长什么样子，还记得住吗？"

金小天按照回忆描述着辉哥和几个手下的样貌特征，

"一个身高1米75左右，体态偏瘦，长脸，小眼睛厚嘴唇，短发；第二个身高也是1米75左右，中等体型，尖脸，五官中等，鼻头有痣；第三个身高1米72，圆脸偏分，鼻孔很大，说话有四川口音；第四个身高1米80，体态强壮，他和我动手，小臂上有很多疑似刀疤的白印；带头的身材瘦小，大概身高1米63左右，头发花白，左眉毛有一块扭曲的疤痕……有点像，闪电的形状。"

老冯淡定地做着笔记，但听到"闪电疤痕"，他的眼睛突然瞪圆了："闪电疤痕？"

金小天点头："是的，有点扭扭曲曲的，远看不明显。"

这个有着"闪电疤痕"的男人立刻引起老冯的关注，他脑海中立刻浮现出一个人，那是个凶险狡猾的毒贩，名叫"胡志辉"，江湖上都叫他"辉哥"。

Chapter 3

  胡志辉是二十年前老冯当卧底时认识的一名毒贩,当年警察虽然逮捕了他,但作为特大贩毒案的嫌疑人,因主要证据不足只判了他二十年。

  老冯呆呆看着金小天,心里默默盘算了一下时间,他判断辉哥最近刚刚刑满释放。但让他不解的是,这个人刚一出狱就出现在拍卖会上,是偶然还是阴谋?

  金小天看着走神的老冯,有点不安地问了句,"怎么了?"

  老冯醒过神来,马上追问,"那你当时跟他们有什么接触?"

  "他们发现了我在偷拍,几个小弟上来要搜身,我把证据转移了,后来那个领头的就想走,我以为他们也是目标分子,想拖延一下时间,可后面大队抓人时,并没有把他们当目标,他们看到警察时好像也没有太慌张。"

  老冯紧皱眉头思考了一会儿问:"再见到他们,你能认出来吗?"

  "一定能!"

  "好,现在带你去做个画像。尤其把那个闪电疤给我画清楚了!"

  "是!"

  金小天走后,刘所长走进来对老冯说,"你觉得怎么样?"

  "师父,这小子不简单呀。"

  刘所长看着老冯说,"哦,怎么不简单?"

  "如果证实那个有闪电疤痕的男人就是当年的胡志辉,那就意味着金小天是唯一提供追踪线索的关键人。再加上他又亲手抓住了黄鼠狼,称得上有胆、有谋、有眼光、有身手。"

刘所长也连连感叹,"这小子的确有点当刑警的天分,待在我这个派出所,有点儿屈才喽。不过,真没想到黄鼠狼的案子结束了,却意外牵出二十年前的旧案子。"

刘所长曾是优秀的老刑警,因为年纪大了,所以让位给自己的接班人老冯,退居二线当起了派出所所长。但在二十年前,刘所长带着老冯办过几桩缉毒大案,只有一个案子悬而未解,那就是跟胡志辉相关的毒品案,这也成为这对师徒心中唯一的遗憾。

老冯又说:"凭我对胡志辉的了解,绝不相信他对艺术品感兴趣,更不信他能够改邪归正。所以,他来拍卖会,一定有什么阴谋。"

"那你有什么打算?"

"师父,我打算先把金小天带走借用,让他跟着我一起调查胡志辉这条线。老实说,我不甘心。"

刘所长点头,"既然不甘心,那就查吧。至于金小天,从现在开始,他归你管了!"

"那我就先走了,借调通知回头给您送家去,顺道尝尝我师娘的手艺。"

几天之后,派出所里炸了窝,大家都以为金小天要受处分,没想到等来的却是缉毒大队的借调通知。

金小天离开派出所时,故意和打趣自己的同事们用力握手,咧开大嘴笑道:"哥几儿个,小爷我要办大案去了!"

看着金小天离去的背影,同事们既羡慕又担心。

毕竟缉毒大队的工作高危的,一想到金小天以后要面对的是亡命之徒,大家都不由得替金小天捏了把汗……

缉毒大队,金小天刚一报到就参加了案情分析会,他满怀激动的心情坐在会议室的末梢,格外认真地听讲和做笔记。

老冯就拍卖会的行动做着总结:"同志们,逃窜多年的黄鼠狼被抓捕归案,这意味着我们部署两年之久的 302 收网行动,顺利完成。"

底下的警员都纷纷鼓掌,金小天鼓掌尤其热烈。

老冯继续说:"此人常年在东南亚各国流窜,和几个贩毒集团都有牵连,所以,这条大鱼要好好深挖,看还有没有其他消息。另外,大家也不能因此放松警惕,罪犯是不会给我们时间休息的,所以大家还要打起十二分精神。"

说完,老冯按动手中的遥控器,墙上的投影突然更换到辉哥的照片,以及根据金小天描述的刀疤男的人脸画像。

"这是这次行动时意外发现一个'老朋友'。他叫胡志辉,外号辉哥,是二十年前一桩特大贩毒案的嫌疑人。由于主要证据不足,判了二十年,最近刚刑满释放。这个人刚出狱就出现在拍卖会上,我怀疑他此行的目的。所以,这场拍卖会,我们不能轻易放过。"

大家闻言纷纷议论。

"太猖狂了。他刚放出来才几天。"

"能让他出马,那这东西得很值钱吧?"

老冯想了想问:"拍卖会上,最贵的东西多少钱?"

警花英子回答:"是楚鸿飞的一幅成名作,拍出了8500万。"

众警员咂舌兴叹。

老冯又问:"8500万……英子,查一下,那幅画被谁买了?"

警花英子迅速翻阅拍卖行拿来的文件,回答道:"是一家叫德利的财务公司,老板姓赵。"

老冯:"看来得去会会这位赵老板了。小马,你跟我去。"

小马:"是。"

老冯关掉投影,举起一堆文件说:"这是出现在拍卖会的人员名单,一共四百多人,要逐一排查。大家每人认领一下,分头去查。"

金小天眼看着名单任务分发下去却没有自己的,他站起来领命:"冯队,这个辉哥交给我吧!"

老冯亲手将几页张交给金小天:"辉哥先不要动,你负责这份名单最后5页的人,其中包括那个被你塞进包里内存卡的女孩。酒店监控并没有拍到胡志辉,他好像故意避开了摄像头。想办法取回内存卡,这是重点。"

金小天满腔热情道:"是。"

李心月将租来的华服还回去,换回平时的装扮。只见她一条洗白的牛仔裤,一件蓝色的卫衣外套,看上去普通得像个女大学生,阳光了许多。

李心月怀抱着那幅藏画筒,坐着出租车,穿越上海的高楼大厦,转入一片老弄堂。

那一片老旧楼房一看至少有三十多年历史,半空中悬挂着横纵交错的老化电线,这样的老旧楼房对外地打工者来说是他们首选的租房区域。

出租车在一个弄堂前停下,李心月下了车,快速走进最里面的一幢楼,一直上到楼顶。

楼顶出现一间独立的简易板房,这里正是李心月在上海的安身之所。虽是楼房中最

便宜的出租房，但门外的几株花卉和少许装饰让这里多了份精巧与可爱，有种麻雀虽小，五脏俱全的情趣。

李心月打开门，小心翼翼地从藏画筒中取出那幅《宝贝》，她激动到发抖，要知道这是被她调包的真迹《宝贝》，这幅价值8500万的真迹在这间简陋的出租房里闪闪发光，更在她内心闪着光芒。

李心月慢慢打开画卷，百感交集地取出一幅老相册，翻出一张老照片。

那是儿时的李心月和父母的合影，对着那张曾经幸福美满的照片，李心月的眼泪瞬间决堤，她对着照片的人激动道："爸，妈，《宝贝》回来了！但我的计划，只是完成了第一步，下一步……"

说着，李心月又取出一张路线图，图上，她用红箭头标出了几个地名，看上去像是旅游路线。随着红箭头指向的终点站，一个地名被放大数倍，那是距离上海千里之外的"香格里拉"。

李心月盯着"香格里拉"，眸子里喷射着仇恨的火焰，随即她又从相册里取出一张老照片，那竟是李心月的父亲李奇峰和楚鸿飞年轻时一起写生的留影。

李心月眼神坚毅地合上相册后又打开了电脑，在百度里输入关键词："楚鸿飞的儿子"。

页面瞬间出现几条关于楚之翰的相关新闻及照片。

照片上的楚之翰，显得英俊洒脱，朝气蓬勃。同时他又有着一对清澈的眼睛，还有温暖的笑容。

李心月凝视着楚之翰的笑容，翻看关于他的介绍。

百度百科上显示：楚之翰曾经留学法国，回国后创立了一个名为"稻草熊"的手机APP。

李心月打开手机下载"稻草熊"APP，注册了一个网名"心中的日月"，这个名字源自对"香格里拉"的诠释。

很快，"心中的日月"的注册名发布第一条消息："梦开始的地方，醒来时，已破碎。"接着上传一张香格里拉的雪山图片作为背景……

上海滩，到处是高楼大厦。从外观看上去，它们昂扬着令人高山仰止的气势，那是属于成功者的气势。就好像穿梭在这些大厦里的老总、CEO以及蓝领、白领们，他们拥有着常人难以企及的各种优势，让他们走起路来都与众不同。

然而，并非每个老总、CEO以及蓝领、白领们都能和颜悦色、相安无事地待在光鲜夺目的大厦里。

楚之翰的公司就在林立的大厦中间，在那间属于他的"执行总裁"的办公室里，同样充满了格调和气质。

办公室一角放置一辆电影中的摩托车仿制品，意大利比亚乔公司生产的Vespa 125。

墙壁四周挂满了楚之翰在世界各地旅游及探险的照片，最为醒目的是一张赫本和派克骑着摩托车的老电影《罗马假日》海报。海报空白处写着一行经典台词："每一个城市都各具特色而令人难忘，罗马，无疑是罗马，我会永远珍惜在这里的记忆，直到永远。"

楚之翰从小就酷爱旅游，最终也选择了旅游作为他创业的起点。但是，当他顶着父母反对，雄心勃勃地开创了"稻草熊"APP后才发现，创业艰难，实在不易。

楚之翰本想通过客户点击量来吸引广告商，但是发现光顾APP的客户极少，根本无法吸引广告商。

很快"稻草熊"的运营入不敷出，全靠家里提供的资助硬撑着。雪上加霜的是，就在楚之翰该付员工工资的档口，陈正茜停了他的银行卡，断了他的粮草。

作为执行总裁，楚之翰毫无办法，只能烦躁地将一团团抽纸扔满了垃圾桶，瘫坐在老板椅里，额头渗出了串串汗珠。

楚之翰按了一下电话："阿裴，来一下。"

阿裴是楚之翰的财务总监，也是陈正茜这个太后的眼线，派在他身边盯梢的。

满脸汗水的阿裴拿着把扇子敲门进来，楚之翰烦躁地解开了一粒衬衣的扣子："你去物业看看，是不是空调坏了？这几万块一个月的办公室，怎么变成桑拿房了？"

阿裴无奈道："楚总，那是因为这个季度的房租没交，中央空调给咱们断了！"

"……账上的钱，连房租也交不起了？"

"是的。账上已经没钱了！你得赶紧想办法啊。"

"知道了。"说这话时，楚之翰心中是无助的。因为在这一刻他真正体会到古代"傀儡皇帝"的悲哀，而真正的操控者是太后陈正茜。

楚之翰唯一能想的办法就是去向母亲张口要钱，但这个办法已经失败了，他不由得将目光落在他心爱的摩托车上。

楚之翰有气无力地站起身，走过去，坐上去，轻轻抚摸着车把、车身。

楚之翰背对着阿裴说，"帮我找人，把Vespa 125卖了吧。"

"什么？那可是你最爱的收藏。你舍得吗？"

"舍不得，又能怎么办？"楚之翰又抬头看向赫本和派克的骑车海报，他叹了口气，"在最爱和房租之间，我能怎么选择？"

阿裴是个细致闷骚型的上海男人，他深解楚之翰的尴尬处境，也深知自己的位置。在理智上他要忠于"太后"，但在情感上，他已倾向了这个"太子"。

为解燃眉之急，阿裴迅速联系买家，瞒着楚之翰卖给平时跟他一起玩耍的富二代。那家伙早就看上楚之翰定制的摩托车，戏言双倍价格买走被楚之翰当众拒绝。现在却只能原价卖出，被当众打脸。

阿裴为了保全楚之翰的面子，暗中达成了这个耻辱的买卖。

很快，阿裴领着两名工人走进总裁办公室，阿裴指指那辆摩托车："就是这辆，抬走吧。"

两名工人开始拿出拖运工具，将那辆摩托车抬至一辆小推车上，又捆又装，办公室里各种动静，让楚之翰感到公司在解体的悲哀，绝望。

强烈的挫败感下，楚之翰只能眼睁睁看着心爱的摩托车被五花大绑地带走了。他失落地走到那个"真言之口"前，将手慢慢伸进去，双眼盯着那幅电影海报，面对赫本和派克纯真美好的笑容，楚之翰突然抽出手，拨开腿，推门追了出去。

工人推着小推车进入电梯，电梯门就要关闭时，楚之翰的一只手伸进来，"我不卖了！"

阿裴不明白楚之翰为什么要这样。对楚之翰而言，守住这辆心爱的摩托车，就等于守住梦想。

楚之翰的家处于上海繁华地带却又闹中取静的别墅区。

一幢漂亮豪华的别墅里，楚鸿飞正蜷缩在书房的沙发上发呆。

自从拍卖会结束归来，楚鸿飞一直忐忑不安，诚惶诚恐。他把自己藏在黑暗的书房里，关上灯，整个人缩在黑黑的世界里，似乎只有这样，电话里的那个神秘人就不会找到他。

但黑暗却挡不住声音，那个神秘人最后的命令在楚鸿飞的耳边盘旋着，"记住，你必须把那幅画买回来，亲自送到我的面前！否则，别怪我对你儿子不客气！"

这是个疯狂的决定，谁都知道他楚鸿飞刚刚拍卖了《宝贝》，但因为一个连他自己都不知道的秘密，他却必须亲自买回来。

楚鸿飞快被折磨得快要发疯时，陈正茜突然破门而入，并打开了灯。

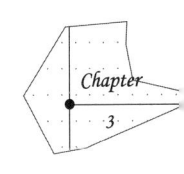

楚鸿飞被刺眼的亮光打扰，他用手挡住光亮："你干什么……"

陈正茜吓一跳："你在干什么？怎么一个人坐在这里，不开灯啊……"

"我……你……明天去拍卖公司打听一下买家的资料，然后联系他，把画买回来！"

陈正茜惊诧道："什么？你是不是疯了？"

楚鸿飞靠在沙发上，闭着眼睛："是你疯了，非要卖画！现在照我说的做，买回来！"

楚鸿飞一脸烦躁地吼叫起来，整个脸扭曲变形，陈正茜被他的样子吓到了。

"好的，好的，你不要动气，我明天就办。"

陈正茜是典型的讲究、爱作、傲骄的上海女人。她对家里家外所有事情都有着强烈的掌控欲。

但是，表面上陈正茜可以掌控这个家，实际上她能掌控的都是小事，真正到了原则性问题上，只要楚鸿飞一发火，一拍桌子，陈正茜还是要听楚鸿飞的。

跟楚鸿飞生活了二十多年，陈正茜对这个男人并不了解，似乎在他内心深处隐藏着什么，而那深处永远是陈正茜的禁区，就像楚鸿飞书房里的那个保险箱，陈正茜不知道那里面锁着什么，只知道那里面一定有不可告人的秘密……

第二天，陈正茜找到赵老板，当她提出把《宝贝》买回去时，赵老板异常惊讶，他没想到这么快就有人上门买画，更没想到，买家竟然是这幅画的作者，这让他百思不得其解，看上去陈正茜也无法解释这其中的缘由。

不管什么原因，让赵老板暗自窃喜的是，李心月没有食言，她承诺这幅画不会砸在手里，保证他稳赚一千万。于是赵老板索性就加价一千万，正如他自己所说，他最喜欢的始终是真金白银，其他的都是扯淡！

陈正茜听到赵老板的开价马上黑了脸，但也暗自窃喜，因为她心想，这下楚鸿飞肯定不会坚持买回去了。

陈正茜返回家中，她将赵老板的条件如实向楚鸿飞做了汇报，并添油加醋道："他竟然敢要价9500万！一个煤老板能懂什么艺术？他就是个二道贩子，这分明是在敲诈！敲诈谁不好，敲诈到你头上，这口气怎么能忍呢？"

楚鸿飞听了果然气不打一处来，显然这幅画刚刚卖出几天而已，赵老板却加了一千万，这分明就是血淋淋的敲诈。

可一想到那个威胁，想到儿子的安全，楚鸿飞不得不咬牙答应。

"好，就按他说的价钱，把画买回来！马上！"

这下，陈正茜气到无语了。

夫妻俩为这事开始进入冷战，然而就在彼此谁也不理谁的时候，楚鸿飞的书房里传出异样的动静，似乎有人碰倒了什么东西。

陈正茜听到后推醒楚鸿飞："书房好像有人。"

楚鸿飞闻听书房有人，警觉地坐起来，迅速跳下床，取出一个防狼电棒，夫妻俩顺着声音走向书房，发现书房内果然进来一个"小偷"。

"小偷"正拿着手电筒到处乱转，手电光扫过墙上挂着的一幅幅画，最终在一幅"星空"的画上停住。

"小偷"从墙上摘下了这幅画，翻倒在地上，打开画框背板，然后不太利索的把画卷起来。正当他准备把画塞进纸筒时，背后有人拿着防狼棒慢慢接近他。"小偷"听到了"噼噼啪啪"的电流声，警觉地转过身，背后的人急忙将电棒捅过去。

"小偷"浑身抽搐，伴随着痛苦的惨叫声倒地。

陈正茜打开了灯，看清"小偷"的模样，失声惊呼："之翰！"

Chapter 4

地板上，楚之翰睁眼，看见楚鸿飞和陈正茜，他面带愧色，无地自容。

陈正茜上前拧住楚之翰耳朵："败家玩意，你大半夜的干嘛来了，拿的什么？"

楚之翰难为情地藏了藏那幅画，但楚鸿飞全看明白了。

楚鸿飞摇头叹气："哎，不孝之子！"

陈正茜指责道："你就这么缺钱吗？你吃的穿的用的，家里可一直供着，没亏过你吧。"

楚之翰只好解释："这些根本花不了什么钱，你儿子一不追求名牌豪车，二不花天酒地玩女人，每一分钱我都用在刀刃上，为了实现我的创业梦，而梦想当然是需要花钱的！"

陈正茜借机劝说："那就回来帮我们经营画廊吧，这才是正事。"

"我对画廊什么的完全不感兴趣！我从小就讨厌画画，没天赋，你们又不是不知道！"

"经营画廊不需要会画画，其实跟做生意赚钱一样的。"

"绝对不一样，我爸画画是因为热爱，他画画的时候眼里都是人民币吗？我创业也是一样的，我享受努力奋斗自我实现的过程！不仅仅为了做生意赚钱。这就是我跟你，还有我爸的本质区别！"

楚鸿飞走过去，捡起之翰偷的画，打开一看，哭笑不得。

陈正茜问道："儿子都要翻天了，你怎么笑得出口。"

"你瞧他偷的画……"楚鸿飞拉开来给陈正茜看，一幅凡·高的"星空"。

陈正茜也气乐了:"哎,儿子,你爸这么多值钱的画不偷,偏偏挑了件赝品。这是你爸爸以前练手画的。"

楚之翰涨红了脸,恼羞成怒地跑出门。

穿行在人群中的楚之翰沮丧之极,从未有过的挫败感让他完全迷失了。

茫茫人海中,楚之翰垂头丧气地看着自己的双脚,那是他一直引以为豪的双脚,这双脚曾经那么坚定有力,自由自在地跟随他的心意走向他想去的地方,也正是这双脚陪伴他去过草原、沙漠、大海、高山、湖泊、峡谷、冰川、甚至极地……

然而现在,此刻,楚之翰痛苦地停下脚步,呆呆地站在黄浦江畔,仰望着半空中那一束束如梦如幻的灯光,突然之间他迷失了所有梦想和意志,不知所向,不知所终,甚至不知道下一步该迈左脚还是右脚。

就这样,楚之翰茫然无措地在黄浦江畔呆呆站了一夜,看着璀璨的灯光逐渐熄灭,直至天亮。他才意识到,新的一天又开始了,无论如何,他都要迈开第一步,继续走下去……

同样度过不眠夜的还有李心月,她怀抱着《宝贝》想了一夜,直到天快亮时才迷迷糊糊地眯了一小会儿。

闹铃声刺破沉睡,李心月惊醒后像往常那样洗漱出门,飞奔着去赶地铁。然而与以往不同的是,她的背包里带上了她的《宝贝》,更不同的是,在她出门后有一个人开始如影随形一般跟在了她的身后,那个人正是金小天……

金小天紧紧盯着李心月,并在脑子里迅速搜索有关她的调查结果:

"莉莉,身份证登记名:李心月,女,25岁,四川宜宾人,从小父母双亡,2010年考入上海大学艺术设计专业,2014年大学毕业后留在上海,现租住在闵行区老里弄的出租屋。毕业3年来换过多份工作,包括广告设计、行政文秘等,半年前入职一家叫飞马的旅游网站,担任页面美术编辑……从银行查到的账目情况来看,李心月近期的财务状况非常糟糕,每个月都是月光,信用卡也是拆了东墙补西墙。从转账记录看,她似乎还从财务公司借了钱。但就在三个月前,她的账户上突然多了三百万。"

依照老冯的分析,以李心月目前的经济状况,是不可能去拍卖会买名画的,她应该只是个提线木偶。

三百万是怎么来的?胡志辉为什么刚出狱就去关注这次拍卖会,而李心月拍走了最贵的画,难道她跟胡志辉他们是一伙的?或者她不是贩毒集团内部的人,只是在某些事

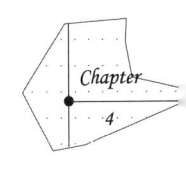

情上为他们在台前办事？李心月和贩毒集团到底是什么关系？

所有的谜团缠绕在金小天的脑海里。

看着李心月的背影，金小天仿佛面对真实世界里的"女毒贩"，或是"女间谍"，让他一瞬间兴奋、激动起来。

他暗暗摩拳擦掌，老冯把24小时监视李心月的任务交给自己，一定得做出点成绩来。

一路上，金小天小心翼翼，死死盯着李心月，不放过任何一个细节。一直跟到地铁站，眼看李心月在地铁关门前冲了进去，但还是被屏蔽门夹了一下，金小天则从另一扇门挤了进去。

地铁到了一站，又涌进一堆人，李心月被挤得左摇右晃，金小天始终站在距她两米的位置暗中盯梢。

不料李心月坐过了站，听到报站声才回过神来，赶紧一边说着"借过"一边往门边挤。但人实在是太多了，等李心月终于挤到门口，却眼睁睁地看着地铁门无情的关上，李心月看了下手机的时间，自言自语了一声"靠！"

金小天挤在人群中，悄悄透过车窗反射的身影暗中观察着李心月，看着她狼狈搞笑的样子，金小天忍不住偷笑并在心中打鼓。

眼前这个打扮普通、上班迟到甚至有点狼狈的女孩，看上去跟在拍卖会的那个娇艳虚荣的女孩就像两个不同世界的人，金小天感觉有些意外，也更加好奇，李心月到底是个什么样的人。

金小天一路跟踪李心月，最后来到一幢大厦前，眼看李心月狼狈地冲进电梯，这才止步大厦门外。

李心月冲出电梯，一边走一边翻找门卡，差点撞到路人。当她冲向打卡器，终于将打卡器贴在读卡器上时，读卡器的提示音是"您已迟到"。

李心月浑身瘫软地抱着门边，简直要哭出来，却只能灰溜溜地走进设计部，眼看同事们各就各位，不同的咖啡味弥漫在办公区域。

李心月小心走到自己的桌前，刚放好背包，从旁边滑过两个办公椅，冲李心月大声说："恭喜恭喜！"

李心月吓得瘫坐在椅子上，缓了口气说："吓死我了，请问我能有什么喜事？"

办公室闺蜜海伦先说："你那个'烟雨杏花节'策划案，市场部通过了！"

"真的吗？太好了！快给我打赏奖金吧，不然姑娘我就要饿死街头了。"

戴维马上接过话："不会的，你要想吃什么，我给你买。"

李心月调戏道:"好弟弟,姐要是嫁不出去了,你记得收我噢!"

戴维一听,害羞地坐着椅子滑走,李心月和海伦相视笑出声来。

海伦又滑到李心月身边,神秘地说:"听说丽萨回来了。"

李心月诧异了一下:"不可能,昨天她还在塞班岛晒美图照片呢。"

"真的。听说是因为这个新产品被急召回来的。"

"完了,又要开始被虐了!真希望她被非洲卖血钻的暴发户收了,让老黑哥把她带回矿上,做个非洲大主管。"

两人一起哈哈大笑,突然,笑声戛然而止,两人瞬间石化。只见丽萨正站在一边看着她们,故意抬手撩头发,露出手指上的大钻戒。

海伦秒变叛徒,兴奋地迎上去:"哇,好大好美的钻!太豪了!"

随着丽萨上前的脚步,一直在旁边不吭不响的罗宾将自己的座椅让出来,跟着主管脚步一直往前推,推到李心月面前,丽萨停下,刚好坐在椅子上。

丽萨把明晃晃的钻戒伸出来炫耀:"我男朋友送的。"

李心月故意追问道:"主管,你朋友圈里晒了那么多男朋友,不知道是哪一位送的?"

海伦:"跟你一起跳伞的美国人?"

丽萨摇头:"NO。"

戴维:"跟你一块冲浪喝水的澳洲人?"

丽萨:"错!"

罗宾:"我知道了,跟你一起潜水的英国人。"

丽萨得意地笑了:"没错,就是他,还是罗宾最懂我。"

李心月不屑道:"要是一夜情就收人家一颗钻,那你不是要戴好几颗钻回来?"

丽萨重新站起来,郑重宣布:"告诉你,这次我可是认真的。我跟那个英国人订婚了……"

李心月意外地张大嘴巴:"搞什么,这不是艳遇吗?"

"当然是!……就在我要走的前一天傍晚,我们一起在海滩上看日落,整个海面都被染成了红色。他就突然向我下跪,拿出戒指……跟我求婚。所以,男朋友秒变未婚夫!"

海伦羡慕地张大嘴巴:"哇,一次旅行就能确定一桩婚姻,老大你太牛了。"

丽萨重新摆弄起手指头上的钻戒:"告诉你们,旅行,最能检验一个人,尤其是细节!两人合不合拍,能不能长久,一次旅行,看得清清楚楚!明明白白!"

李心月坚持道:"可是,艳遇就是艳遇,它不是爱情。"

"少装纯了吧!我能戴上价值几万美刀的钻戒,靠的就是艳遇。那些所谓的爱情都是忽悠你们这种小姑娘的,等你交不起房租的时候,没有一种爱情是高尚的。"

丽萨的话似乎有几分道理,把大家说得都不吭声了,因为看起来,在房租和爱情之间,每个人都深有体会,谁也无法装作清高的样子。

丽萨越发得意了,她扭着小腰走过每一个人,边走边说:"打起精神,好好干活,还是可以靠自己挣房租的哈。莉莉,你过来一下。"

李心月有点不情愿地起身,回头看看自己桌下的背包,不放心地跟着丽萨的小腰一起扭到"主管办公室"。

丽萨将一个文件夹扔到李心月面前:"你策划的'烟雨杏花节',徐总说了,要把这个产品马上推出去。所以,你今天把宣传网页做出来。"

李心月感到意外,"可是我还没有去实地考察当地风景、人文、民宿,哪来的宣传素材?"

"怎么那么死心眼,这些内容可以从网上下载一些嘛。"

"那可是虚假广告,而且,不同地方的杏花,开花和落花的时间、特点都不一样,我总不能连看都没看,就把客户骗过来吧。"

丽萨有些火了,她沉下脸来问:"这里谁是主管?"

"你!"

丽萨提高嗓门道:"那还废话什么,叫你干什么,就干什么!不能干我换别人上,你就蹲一边当个吃瓜群众去吧!不过奖金,你半毛也别想拿!出去干活吧!"

李心月拿着文件夹回到自己的座位,努力平息内心的怒火。在她看来,这种骗人的把戏过不了她自己那一关,她不想做,可又不能不做。

李心月一生气,一跺脚,脚碰到了背包,她这才想起,自己还有一件最重要的事情没有做。她赶忙起身,拿起双肩背包,趁人不注意快步走出办公室,然后站在走廊上,见四下没人,拐进楼梯间,三拐两拐,拐进了公司的仓库。

昏暗的仓库里存放着各种各样的宣传画册、道具、服饰等。

李心月从双肩包里拿出那个藏着《宝贝》的画筒,小心地在画筒上做了一个记号,遂找到一个布满蜘蛛网的角落,她蹲下来将画筒塞进一堆杂物中,摆放好才起身,然后环顾四周,直到认为没有问题了,她才放心地离去。

让李心月万万没有想到的是,这时候,金小天已奉命潜入她的租住房,例行搜查。

出租屋内一片狼藉,客厅的茶几上放着几本书和零食。椅子上挂着乱七八糟的衣服。

阳光下，桌面已是一层灰尘。

金小天一边环视屋内，一边对耳麦说了句，"报告，头儿，我进来了。"

耳麦传来老冯的声音："抓紧时间寻找内存卡和线索。"

"是。"

金小天面对着凌乱的房间，心中感慨："这是女孩住的地方吗？这种女孩不是傍着赵老板吗？怎么会住得这么寒酸？"

金小天眼睛扫过桌上的杂志，乱七八糟的书里，一本打开的书籍放在最上面，金小天看了看封面——《PS使用指南》。

金小天掏出手机，对着茶几的杂志和书拍了一张照片。

门厅处一些快递盒子和信件，其中有几张银行的信用卡账单。金小天翻看一阵，拍照取证，然后归于原位。

几双运动鞋放在鞋架上，一双十厘米的高跟鞋分外扎眼。卧室门半开，金小天侧身而入。只见卧室里，被子还维持在刚起床的状态，几只袜子扔在地板上。

金小天打开衣柜，衣服放得乱七八糟。书桌上旁边的地面上立着一个画板，金小天拿起来看了看，几张网页画稿和风景照片夹在画板上。

金小天拿着手机，拍照，抬头看到墙上贴着的单词贴纸，拍下照片。

金小天小声嘟囔一句："居然还在学法语！"

金小天又在卧室四下又看了看，但始终没有找到拍卖会当天李心月所带的那个包包，金小天正准备离开，异常干净的书桌引起了他的注意。

金小天走近书桌，桌面上乱七八糟的东西被推到一边，金小天大概比画了一下，发现桌上正好腾出了一幅画的面积。

正这时，耳麦里传来老冯的警告声"李心月回来了，先撤吧。"

金小天听闻赶紧冲出门，向楼下张望，果然看见李心月正下出租车。

金小天急忙把动过的物品归位，却又不小心碰倒了画架，赶紧去伸手去扶，又把台灯弄翻了。偏偏这时，他听到门外传来脚步声，金小天想藏起来，打开柜子里，身子进不去，翻开床单，床下的空间很低，也藏不下。

就在这时，门锁响动了，金小天已无处可躲……

Chapter 5

　　李心月推门而进,看见一个陌生男子坐在沙发上,她尖叫着跳起来:"啊!!!抓贼啊!有贼!!!"

　　金小天马上大声怼了回去:"谁是贼?欠房租不付!你才是贼呢!"

　　李心月这才冷静下来,审视着眼前这个长相不错却很痞气的家伙,质问:"你到底是谁!怎么在我家?!"

　　金小天一只脚翘在茶几上,半躺在沙发上,眼睛瞥见李心月身上的包包,正是拍卖会上背的。

　　金小天慵懒地说:"你家?这是我大姨家!我大姨说,你欠了三个月房租!让我来催债的!"说着,金小天伸出一只手来,"还钱!给了钱我立马走人!快点!"

　　李心月半信半疑,对着金小天那张傲慢无礼的嘴脸,她顺手抄起一把扫把,摆出架势:"鬼才信你!我看你就是贼!"说着,她另一只手掏出手机准备报警。

　　金小天见状赶紧上前夺过手机:"报什么警,你不信,我给你拨房东电话。"

　　金小天用李心月的手机拨通房东号码,电话接通了。

　　李心月半信半疑地问:"喂,是房东阿姨吗?"

　　电话里传来房东的大嗓门:"是我了!小姑娘,有钱交房租啦?"

　　李心月放下了扫把,秒变尿相,当着金小天的面,她只好压低声音求饶:"阿姨,等发了工资我立刻给您转过去,您能不能先让您外

甥先离开这里呀！"

"不让他盯着你，难道要我自己来吗？我都等了三个月啦，再不交房租，就滚出我的房子啦！"

李心月听着电话，看了金小天一眼。

金小天嬉皮笑脸地："你看，说了你又不信！对吧！偏要打个电话，电话费省下来交房租多好。"

李心月对着电话："房租我会尽快给您转过去的，您放心……"

"侬晓得哇，我这个房子，租价可是一天一变的，看你女孩子家家才便宜你，一拖拖那么久，不要让我为难哦！"

房东挂上了电话，对身后身穿制服的片警汇报工作："警察同志，你看怎么样，我没说错话吧！"

警察点点头："很好，谢谢您的配合。"

"那您帮我好好催催房租啊，这个小姑娘都欠我三个月房租啦！"

"好，您放心，为人民群众解决问题是我们的责任。"

租房内，李心月打量着无赖般的金小天，突然觉得眼熟，"我是不是在哪见过你？"

金小天嬉笑道："当然见过，在香格里拉大酒店，我不小心撞到了你。"

看着金小天坏笑中又带着一丝狡猾和审视，李心月想起她挽着赵老板返回 VIP 休息室时与金小天撞上的一幕。

李心月马上说，"噢，原来是你。这时候你不是应该在酒店当服务生吗？"

"做酒店服务生有什么前途，我辞了。正好我大姨托我帮忙，这不，就遇见你了呢。哇，真是想不到，一个买走 8500 万油画的人，竟然住在这么寒酸的地方，而且连房租都交不起。"说到这儿金小天坏笑着试探，"要说，你那个赵老板，真是太不够意思了。"

李心月脸一下子红了，"这跟赵老板有什么关系？"

金小天嘲讽道："他既然能拍下《宝贝》，他当然养得起你这个宝贝呀，怎么忍心让你在这里受苦，连房租都交不起呢？真是太不够意思了。"

李心月一听，立刻火了，"你别胡说八道，我跟赵老板纯粹是工作关系，我凭什么让他养。"

金小天打量一下李心月，满脸不信的表情，"是吗？"

李心月气急败坏道："如果不是，我还能在这里欠你大姨的房租吗？你这个狗脑子！无赖！滚出去！"

一场遇见
爱情的旅行

一场遇见爱情的旅行

一生中至少有两次冲动：一次为奋不顾身的爱情，一次为说走就走的旅行。

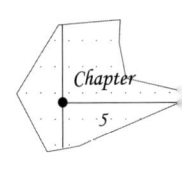

李心月强行把金小天轰出家门，狠狠关上房门。

金小天站在门外大喊一声："没钱交房租，那我可就赖上你了！"

李心月贴在门板上回应道："你随便。"

不料没一会儿，李心月听到门外传出一阵声响，动静很大。

李心月好奇地从窗户向外偷窥，这一看瞬间震惊。

金小天竟然在楼顶正对她房门的空地上搭帐篷，李心月忍不住开门冲出来。

"你要干什么？"

金小天不慌不忙道："是你说的，我随便，所以，我就在这里住下了，直到你交清房租，怎么样？"

眼看着金小天放下帐篷又去拿洗漱用品，李心月彻底崩溃了。

"算你狠，不过，我拜托你不要这样好吗？我说过，我会付清房租的。"

"你现在付吗？如果现在付，我马上走人！"

李心月跺着脚大骂："你！无赖无赖无赖！"

金小天怼回去："就赖上你了，怎么着吧！我就不信，还治不了你了！"

李心月冲回房间，气急败坏地乱扔东西。不料金小天直接拿出钥匙开门进去了，"你要是继续破坏公物，我可就告诉我大姨了！"

李心月从沙发上跳起来，大叫着："滚出去！滚！！！"

"这可是我姨家，我想进来就进来，你要是再胡闹，就该我让你滚出去了！"

李心月气得快哭出来了，她直接从桌上拿起一瓶啤酒打开，对着瓶子，一仰脚，"咕咚咕咚"一口气吹下了多半瓶，气势相当悲壮。

这种气势果然震住了金小天，眼看着李心月一瓶啤酒下去，眼神变得痛楚起来，金小天小心试探道："你要是这么难过，为什么不让那个赵老板帮你呢？"

"那个人，跟你一样也是债主！我，只不过是帮人办事的！"

金小天立刻警觉起来，追问道："办什么事？"

李心月一边继续喝酒，一边悲伤地说道："跟你有毛关系？我李心月虽然穷，但穷得有骨气。我从来没被谁包过！养过！我靠自己打拼到现在，只不过，他妈的被坑了……我辛辛苦苦开的网店最后全赔进去了！难道我愿意？难道我不想快点赚钱快点补上窟窿？我他妈就是这么倒霉我有什么办法？你干脆就把我杀了吧，一了百了，反正我也早就活够了！只可惜我心愿未了，呜呜呜……"

"你有什么未了的心愿？"金小天直接走到沙发前，俯瞰着李心月，就像在审视一个罪犯。"

李心月心虚地站起来，躲到另一边，"关你什么事！"

金小天直接躺在沙发上说："反正我也是无处可去，你不交房租，要是还想住下去呢，我可以在我大姨那里暂时帮你通融，让你先住着。如果我们非得走一个呢，那就拜拜，慢走不送！这地方，我住着挺合适。"

李心月无言以对，她气得转身走进卧室，将门狠狠关上，整个人倒在床上，无助地哭了起来。

金小天将掉在地上的包捡起来，仔细翻找，终于发现自己放在包夹层里的内存卡，装起来，然后关门离开。

天台，金小天躺在小小帐篷里，门帘打开，正对着李心月关闭的门。

不知道为什么，听到李心月的哭泣声，金小天不由得心生怜悯，他越发好奇，这个拍下8500万名画、账户里有300万存款的女孩，为什么现实中如此贫困无助，她跟那幅画之间到底有什么渊源，躲在她背后的又是什么样的人……

上海老弄堂的合租屋内，网红盛夏正盯着一张照片看，眼神痴迷与向往。

那张照片是盛夏在香格里拉大酒店拍到的楚之翰的背影。

原来拍卖会当天，盛夏因为偷拍并直播拍卖会现场被管理人员抓住押了出来，要求她在直播空间里公开道歉。

盛夏理直气壮地反驳："我犯什么法了，凭什么不让我拍？凭什么让我道歉？"

管理人员声称，"你违反了我们的规定，侵犯了他人的隐私。如果我们起诉你，你也许会为此行为负法律责任。"

盛夏害怕了，只好打开直播软件，哭丧着脸对着镜头："对不起，今天我不该在拍卖会现场录像，直播，我错了……"

管理人员不理会她，正准备报警时，楚之翰刚好路过，他上前寻问管理人员："怎么回事？"

管理人员毕恭毕敬道："楚先生，她违反规定，在现场录像直播。"

楚之翰看看盛夏，轻轻说道："把手机给我。"

盛夏关闭直播软件，小心问道："你要干什么？"

"把你的录像内容删除，这样，他们就不会追究你了。"

盛夏把手机递上去，楚之翰打开浏览。盛夏的奇葩想法及各种浮夸表演让楚之翰忍俊不禁，笑了出来。他将与拍卖会有关的直播视频删除后，把手机还给盛夏，对管理人

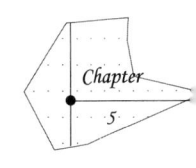

员说："里面关于现场的内容我都删除了，放她走吧。"

"既然您不追究，我们肯定不会为难她的。"

楚之翰点点头，转身离去。

管理人员回头对盛夏说："你可以走了。"

不料，盛夏的目光完全被楚之翰的背影粘住了，她追问道："他是谁？"

"他是著名画家楚鸿飞的儿子，楚之翰。"

盛夏立刻眼前一亮，小跑追上楚之翰："谢谢楚先生。多谢楚先生。为表示感谢，我请您吃饭好吗？"

楚之翰看也不看盛夏回了句："不必了。"

楚之翰潇洒离去，他风度翩翩的背影瞬间击中了盛夏的少女心。

盛夏用手机抓拍下楚之翰的背影照后就像犯了花痴病一般，回来后对着照片做起各种春梦。

合租房的室友吴妮妮和宋冉都是刚毕业不久的大学生，也都是就职于小公司的小职员。

盛夏作为网红的豪放做派与言行一向为两人所不齿，认定她是个与自己三观不合的坏女孩。

眼看盛夏起身走进卫生间后，两人开始说盛夏的坏话。

吴妮妮："哼，妖女，不好好找份工作做，整天就知道作。"

宋冉："哎，人家能作也是本事，哪像咱们，每天老老实实上班，挣点碎银子养活自己。人家靠脸和嘴，就能挣来打赏钱。"

吴妮妮："切，我就看不起这种人。看见没，直播平台关两天了，连个屁也不敢放一个，哈哈哈，让她再自以为是。"

宋冉："她要知道是你给她 500 打赏钱，故意激将，让她去拍卖会搞事情，又是你给保安打的电话，让她在直播中公开道歉，她不跟你玩命才怪。"

"真想告诉她，我就是那个'最聊你'，意思是我最了解你的底细。哈哈……"

正说着，宋冉突然发现，盛夏不声不响地站在她们身后，像鬼一样。

宋冉和吴妮妮吓得跳了起来。

盛夏气急败坏，从床上拿起手机，什么也没说，转身冲出房门。

宋冉担心道："盛夏不会想不开吧。"

吴妮妮撇嘴道："切，放心吧，这种不要自尊的人活得比谁都好。"

宋冉不放心，打开盛夏的直播平台，发现盛夏正在楼顶直播"自杀"。

盛夏绝望看着直播镜头说："永别了，亲爱的们，我让你们失望了，对不起。刚才，我遭到'最聊你'的私下羞辱，所以我决定，以死谢罪。"

宋冉把手机递给吴妮妮看，吴妮妮惊呆。只见视频中，盛夏露出凄美的微笑："轻轻地我走了，正如我轻轻地来，轻轻挥一挥衣袖，不带走一毛钱。"

接下来黑屏。宋冉和吴妮妮互看一眼，同时扔下手机，冲出门，疯狂地朝楼顶跑去，一直跑到楼顶边缘，两人探头向楼底张望。

宋冉拼命呼喊："盛夏，盛夏。"

吴妮妮哭诉："对不起，盛夏，我错了，都怪我不好，可是，你怎么会这样想不开呢。"

两人哭着喊着，忽然发现楼底没有盛夏影子，也没有任何围观者，所有路人都在正常地各自走动，正在纳闷时，身后传来笑声。

宋冉和吴妮妮回头看，只见盛夏举着手机正对着她们进行现场直播。

宋冉长出一口气，吴妮妮发现上当："盛夏，你干什么？"

盛夏坏笑："当然是报复喽。我怎么可能自杀！又怎么可能被你恶搞？"

吴妮妮和宋冉对视一眼，两人瘫坐在地上，对盛夏露出无语的表情。

盛夏得意地对着镜头说："今天，我要让所有人记住，就算全世界都抑郁了，我盛夏也要好好活下去！这就是我的直播精神，不做第一，只做唯一！我盛夏是不会被任何人打倒的！"

盛夏的这段直播又火了，收看的人群中，还有对各种奇葩网红感兴趣的阿裴。看到这段视频时，他正在跟楚少爷在公寓内对饮，地上一片狼藉，到处都是喝空的罐装啤酒瓶。

阿裴一向喜欢八卦，他立刻将这段直播视频推荐给楚之翰："楚总，这个网红叫盛夏，是那种不作不死的大神级网红。你看这个刚发的视频，太坑室友了。"

楚之翰看后认出了盛夏，遂感叹："这姑娘，拍卖会那天我见过。"

阿裴对着盛夏的视频，八卦道，"是吗，哇噢，那对她来说恐怕是艳遇了。"

楚之翰笑道："对我来说，这种女孩，我可不敢恭维。"

"那你喜欢哪种女孩？我就不信，你在法国这几年没有遇到合心的姑娘？"

"真没有遇到合心的，不过，老实说我也不知道自己喜欢什么样的，反正没有遇到，所以一直单着。"

阿裴感叹，"单着也好，结婚，其实挺麻烦的。"

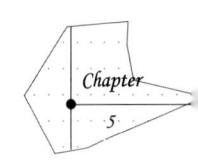

楚之翰轻声安慰，"阿裴，别难过，离婚了，你可以从头再来！"

阿裴举起酒杯回敬道："楚总，你也别难过。公司倒了，也可以从头再来！"

两人心酸地碰杯，一饮而尽。

阿裴感叹道："当初我闪婚时，你就劝我慎重，可我不听，现在，真后悔呀。"

"其实，你有没有想过，现在分手，还有机会选择一个对的人。可是，像我父母那样，一辈子同床异梦，是最不幸的。"

"可我看他们很幸福啊，伯母前两天还在朋友圈里晒了结婚纪念礼物，伯父送给她60万的天珠，这都不叫幸福，天理难容。"

楚之翰苦笑地喝一口酒："晒朋友圈的，其实都是最没自信的人。真爱，根本不用晒，更不用秀。我父母，是那种真正的'隐婚'"。

阿裴不解道："隐婚？什么意思？"

"隐藏不幸的婚姻。明明发现对方不适合自己，却还要在人前表演幸福，最可悲的就是这种'隐婚'！"

"那为什么不离婚呢？"

"因为有不能分割的我，还有不可分割的名利。"

"哇，听你这么一说，我忽然觉得自己，很幸运。"

"是的，你和你前妻因为不了解才走到一起，因为彼此了解而分手。所以，下次选择伴侣时，一定要挑好了。"

阿裴一脸愁容："难呀，你只有跟对方真正生活在一起，通过柴米油盐才能看清彼此。"

楚之翰同样面露迷茫："是，看清皮相容易，看清人心，难。"

"现在，最难的是公司，怎么办？"

楚之翰苦笑一声，故作洒脱地举杯饮下一杯："大不了关了！"

阿裴看着楚之翰，小心问道："我一直想问你，你怎么那么爱《罗马假日》那部电影？"

"因为，我就是看过那部电影而爱上罗马那个城市和旅行的。"

阿裴手机响，他接听电话后开始发火："……什么事？你放屁，那个玉镯子是我们家传家宝，怎么成你的了……我妈说的原话是，留给她的儿媳妇，你现在不是了，所以就不能归你……你要是敢找我妈去要，我跟你玩命……好，你等着，我马上过来！"

阿裴把手机挂断向楚之翰投诉道："这个女人，太不要脸了！竟然还要瓜分我妈的

东西！看我怎么收拾她！我先走了！"

楚之翰点头，阿裴气冲冲走了。

公寓里，只剩下楚之翰一个人，他无力地躺在椅子里，看着窗外繁华的夜景，整个人觉得跟外面的世界恍如隔世一般。

百般无聊，楚之翰从口袋拿出手机，随意翻看自己的"稻草熊"APP。

活跃的用户还是寥寥无几，分享的旅行心情也并不多。

楚之翰正在心灰意冷时，忽然他发现一条刚刚更新的状态，配图是一张雪山在日出之际的美丽景象，文字写着："梦开始的地方，醒来时，已破碎。"

照片上，那飘逸与纯净的雪山触动着楚之翰的内心，似乎正是此刻他想要逃离投奔的另一个世界。

楚之翰情不自禁地跟"心中的日月"打起招呼："嗨，照片好美，什么地方？"

不想"心中的日月"很快回复了四个字："香格里拉。"

楚之翰继续追问："是你拍的？"

"不是。我已经很多年没有去过那儿了。"

接下来，两人开始进入互动。

楚之翰越聊越投机，打字飞快："我到现在都没有去过，之前一直在国外念书，刚回国没多久，国内的美景都还没来得及去看，好可惜。"

"心中的日月"回复："刚毕业呀？"

楚之翰："是刚创业，但不太顺利。"

"心中的日月"回复了一个握手标图，并配文："创业真的不容易，我也刚刚经历过一次失败的创业。而且相信我，我现在绝对比你惨多了！"

楚之翰发送一个"苦笑"表情包，配文道："那你有没有兴趣跟我比惨？"

李心月看到楚之翰的比惨邀约，她从床上坐了起来，对着电脑敲出几个字："好的，谁怕谁？"

李心月和楚之翰约好了相见，面对即将来临的"比惨"之约，李心月选了一件最漂亮的裙子，特意打扮了一番。

出门前，李心月对着镜子注视着自己，心中暗想："楚之翰，你真的想跟我比惨吗？你可知道，我的悲惨命运全拜你父亲楚鸿飞所赐！所以，你有责任替你父亲偿还债务！"

Chapter 6

楚之翰提前来到了约定地点，他站在街边四处张望，好奇又兴奋地打量着周围所有女孩，想象着"心中的日月"到底长什么模样，甚至暗自期盼对方不要让自己失望。

这时，一个女孩走过来并站在楚之翰不远处，似乎也在等人。

楚之翰细细打量着她，再翻看手机上李心月的留言："我穿绿色裙子，白色上衣，黑长直发。"

楚之翰打量那个女孩，虽是身穿绿色裙子，却挡不住下面两条粗壮的小象腿，过于圆润的身材将上衣挤得就像爆满的餐厅，热闹不已，又黑又长的头发垂在脸颊两侧，被风吹起后露出一张平庸俗气的大肉脸。

楚之翰不由得倒吸冷气，从头到脚都感到失望，甚至有种想要撤离爽约的念头。但很快，他被自己这种不堪的念头感到羞愧，心想："楚之翰啊楚之翰，难道你也是这般以貌取人、看中皮相的俗人吗？"

楚之翰犹豫半天，鼓起勇气走上前打起招呼："嗨！你好！"

女孩儿应声看去，但见晚风中站着一个玉树临风、温润如玉的大帅哥，她不由得面露花痴，轻轻回了声："嗨。"

楚之翰有些尴尬："你想……吃什么？日料？西餐？"

女孩儿闻听自己被帅哥约饭，瞳孔都放大了似的，呆呆的不知所措。

楚之翰摸不着头脑，又走上前："那个，你……是不是？"

正这时一个人高马大的壮男孩儿走过来，一把将女孩儿揽进怀中，摆出一副醋醋地臭脸，

"小子，怎么个意思？敢勾搭我女朋友呢？想干嘛？找削是不是？"

楚之翰这才明白自己认错了人，忙解释："对不起，我刚刚认错人了。"

女孩儿赶忙拉住男孩儿劝阻道："算了算了，快走吧！"

男孩儿不甘心地边走边回头指着楚之翰："我告诉你啊，下次再调戏我女朋友，看我不削死你！"

楚之翰恨不得找个地缝钻进去，脸涨得通红，小声说了句法语："Heureusement, ce n'est pas elle（幸亏不是她）。"

男孩儿耳尖，听到后误认为楚之翰用外语骂他，立刻甩着膀子回来，一把揪住楚之翰："你骂我呢是不是？"

"不是的，不是的。"楚之翰慌忙解释。

"那你说，你刚才念了句什么鸟语？说呀！"

男孩伸拳要打下去，突然身后传来一阵女孩儿清脆的笑声。

男孩放开楚之翰，两人转过身，只见李心月穿着绿色裙子站在那里笑得花枝乱颤。

男孩追问："你笑什么笑？！"

李心月调皮地指指楚之翰："我笑他认错了人。"李心月指指自己和男孩女友的裙子："他要找的人是我。而且，他刚才没有骂你，他说的意思是……"

李心月故意停一下，看看楚之翰，楚之翰果然紧张得冒汗。李心月笑道："他是说，太不好意思了！"

男孩听罢看着楚之翰问："是这意思？"

楚之翰赶紧点头，女孩拉走男孩："好了好了，咱们走吧。"

楚之翰这才看着李心月，一脸尴尬道："你，什么时候到的啊？"

"不早不晚，刚好看见全过程而已。"

"那你不提醒我。"

"提醒你干嘛，万一刚好遇上段好姻缘呢？不能给你搅和了啊。"

"你……真是调皮！"

李心月眨眨眼睛说，"是吧，那现在呢，我就在你面前，法语又该怎么说？"

楚之翰长出一口气说："Heureusement, c'est vous（幸亏是你）。"

不料李心月接着说："Heureusement, ce n'est pas elle。这句意思是，幸亏不是她；Heureusement, c'est vous 这句意思是，幸亏是你。请问，我翻译得对吗？"

楚之翰越发惊诧，"你，你……"

"你你你，你懂的，我也懂！"

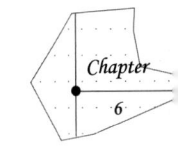

楚之翰发现初次见面，自己完全被这个女孩戏弄了，但他却无法生气。

晚风中，楚之翰认真打量着李心月，发现对方清爽干净，宛如出水芙蓉，那种由内而外散发的美丽与美好让他暗自欣喜，怦然心动，那一瞬间，他忽然意识到，合心的女孩就这样突然出现在了眼前……

李心月带着楚之翰找到一个空桌子坐下："老板！点菜！"

酒菜上桌，李心月和楚之翰开始喝酒聊天。

楚之翰看看李心月，好奇地问："你经常来这儿啊？"

"是啊，这是我的秘密据点，一般人我可不会带他来的！"

"是嘛，那我不是一般人？"楚之翰试探地问。

"你的确不是一般人，你是陌生人。"

两人相视而笑，这个笑容是楚之翰近期以来收获的最舒心，最畅快，最惬意的笑容。

楚之翰感慨，"说的也是，我也刚回国不久。那为什么反而可以带陌生人来这儿？"

"因为这个地方啊，是我给自己留的一片自留地。"

"自留地？什么意思？"

"不知道你有没有过这种感觉，有的时候开心了，或者不开心了，想找个人出来一起吃个饭聊聊天，然后就翻通讯录，结果一直翻到底，几百个人，竟然找不到一个合适的、又可以毫无顾虑地约出来的人。"

"我也经常有这种感觉！通讯录里好像几百个都是朋友，喊上一帮人一起吃饭都OK。可是要找一个人出来坐坐聊聊，好像又真的很难找到合适的。"

"所以喽，我就干脆自己一个人出来吃吃喝喝，自娱自乐。一个人去饭店里呢，显得太凄凉，菜都没法点。后来我发现了这么个好地方，食材又新鲜，做得又好吃，关键是特别适合一个人，来点儿烧烤，来两盘小海鲜，花生毛豆拼起来，吹着小夜风喝上两瓶啤酒，那叫一个逍遥自在！"

楚之翰认真地看着李心月，不自觉嘴角上扬。他举起酒杯："那我要谢谢你，把我带到这么私密的地方，不胜荣幸！"

两人开始碰杯，各喝一口啤酒。李心月发现楚之翰在盯着自己："怎么啦？我脸上有东西？"

"没有。就是觉得你很有趣，有点儿像男孩子。"

"好呀，那今晚就跟兄弟好好喝两杯。"

楚之翰开朗地笑着，伸出手自我介绍："凯文。"

李心月轻握一下对方说:"莉莉。"

"我感觉你一点也不陌生,我们是不是以前在哪里见过?"

李心月微笑着:"少来,这话留着跟你心仪的姑娘去说哈,我们可是兄弟。"

楚之翰只笑不说话。

这时服务员将烤串给他们端上来,李心月拎起一串就吃起来,楚之翰却斯文地拿起一串,小心翼翼地吃着。

李心月笑出了声:"撸个串都搞得这么高雅?你是不是富二代呀?"

"不是,我只是个到处化缘、四处碰壁的穷人。对啦,你怎么会说法语?"

"因为我大学专业是美术设计,在美学这个领域,法国一向是水准最高的。为了向世界级大师偷师学艺,我必须得会法语呀。所以,我拿出啃方便面的劲头,硬是把法语啃下来了!"

"厉害,你比我强。"

"对了,今晚约酒,不是要比比谁更惨吗?好吧,我先来!"

"你,怎么惨?"

李心月边喝酒边叹气:"哎,我曾经在淘宝开了个服装店。本来想做自己的设计师品牌,我是学美术设计的嘛!可是,因为我定做衣服量很少,所以厂家就提出了条件,要求我必须从他家进一大批货,才肯生产我设计的衣服。我想着反正从厂家进货也便宜,就进了一批。结果厂家太奸诈了,给了我一大批滞销积压的库存货,跟发给我的图片货不对版不说,做工也是一塌糊涂。退货率和差评率特别高,自己设计的衣服也没有卖出几件。最后就……全赔进去了。就这样,是不是很失败?"

楚之翰同情地点点头:"嗯,是有点惨。"

"这还不算什么,你知道在我上班的公司,还有个可怕的主管,每天想着法子虐我。"

"她怎么虐你?"

李心月开始模仿丽莎的口吻:"莉莉,你怎么就这么不开窍呢?首先这个色彩上,你要更加大胆、更加有激情。"

李心月使劲儿点头,换成自己的口气:"那我改用大块的明亮色块?"

李心月模仿丽莎:"这个嘛……还要优雅、古典、高端……"

李心月:"那用深色系?黑色?金色?暗红色?"

李心月模仿丽莎:"你还要注意把这个现代、明快、简约的风格和古典的优雅、精致、高贵结合起来,不要太艳丽,也不要太沉闷……"

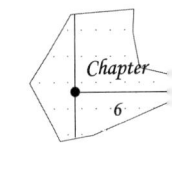

李心月双手抓住自己的头发："主管，你弄死我算了！"

楚之翰被李心月的样子逗得哈哈大笑，楚之翰更是对着李心月深深感叹："想不到，打工也这么不易。"

远处的阴影里，金小天拉低了帽檐，盯着两人。他一边向老冯汇报李心月与楚之翰的"网约"，一边暗自对比着每一个不同的李心月：拍卖会充满心计的女孩，出租房穷困野蛮的女孩，大排档率性可爱的女孩。每一个李心月都让金小天摸不着头脑，看不太清楚，他不知道到底哪一个才是真正的李心月……

老冯回复金小天，"内存卡里的视频已经分析过了，确定是胡志辉无疑，但他身边的人由于距离较远看不清楚，现在线索断了。你盯紧李心月，从她身上找到突破口。"

金小天打起精神，不论她是什么样的李心月，对金小天而言，她只是嫌疑人。

楚之翰和李心月酒过三巡，李心月有点喝高了，说话拖起了长音，并继续控诉她的女主管："……你知道吗，她竟然因为一次艳遇就确定了一桩婚姻，还向我们炫耀她的钻戒。还说什么，一次旅行最能体现细节，最能看清两人合不合拍，狗屁！我才不信，一次旅行就能搞定一生的婚姻。"

楚之翰若有所思道："其实，我倒觉得，当你不确定谁能陪你走完一生时，不如通过一段旅行，确定谁能陪你走完一段旅程。也许，它就能代替生活中的柴米油盐，对两人的相处作一次最直接的检验。"

李心月放下酒杯，大声否定道："不是这样的！生活是生活，旅行是旅行，这两者是完全不同的平行线。"

"可是一趟旅行，一次行走，会遇到各种各样不可预知的困难，无法预测的事情。这个时候，最能体现一个人的品性和态度，智商和情商，也最能体会两人合不合拍。"

李心月好奇地看着楚之翰："你，是做什么的？"

"我啊……做旅游……的APP……"

"难道……稻草熊是你做的？"

楚之翰点点头，李心月装出很惊喜的样子："我很喜欢这个APP啊，比一般的旅游APP要干净，没那么浓的商业气息，所以感觉是个可以分享心情的地方。"

楚之翰如遇知己般，欣慰道："没错，我当初就是不想做的商业味道太浓，就是希望能给用户一个干净又安静的空间。"楚之翰举起酒杯："我敬你，感谢你能够懂我的良苦用心！"

两人相视而笑，碰杯一饮而尽。

曲终人散，楚之翰提出要送李心月回家，被断然拒绝。

楚之翰望着李心月的背影远去，然后抬头看看夜空，感觉到今晚的月亮和星星与往常大不相同，大概因为李心月的缘故，夜空有一种云开雾散见月明的美好景致。随之，楚之翰陷入的困境也不那么可怕了……

李心月与楚之翰分手后，她独自往回走着。

金小天一路跟在后面，眼看着李心月一路上摇摇晃晃地走着，他不由得从监视变成了保护。只要看到有流浪汉或不轨男人从她身边经过，金小天都会有种冲动，想要上去提醒李心月注意安全。可李心月却满不在乎，路经一间"咪哒"玻璃K歌房，她竟然还有兴致进去点了歌，摇头晃脑地唱了半小时，迟迟不肯离去。

金小天远远看着李心月，感慨天色这么晚，李心月看上去似乎无家可归，一个姑娘独自在街上流浪的样子实在让人有点心酸。不料就在这时，一个醉汉注意到了独自唱歌的李心月，他开门进去，调戏着李心月：

"这么晚一个人唱歌，好寂寞，不如让哥陪你一起唱吧。"

金小天从暗处快步走出来，他准备将那个男人拎出来暴揍一顿，不料还未及走到跟前，就见李心月拿起包包狠狠砸向那个男人，边打边骂：

"臭流氓，想跟我合唱，你去死吧！"

金小天眼看着那个男人被李心月的武器"包包"打出了大包，双手捂着脑袋落荒而逃，金小天不由笑出了声，心想："真是个悍女，看来我是白操心了！"

打跑醉汉，李心月没了兴致，只好拎着包包往回走。

金小天一路跟到出租楼下，眼看李心月摇晃得厉害，差点摔倒，他冲上去扶住对方。李心月抬起头，醉醺醺地指着金小天："你……是谁？"

金小天还未及回答，李心月忽然扑过去，搂住金小天，大口吐在了他的身上。吐完了，她靠在金小天胸口骂道："原来是你，无赖！"

金小天忍着恶心把李心月扛在肩上，一直扛回出租房。他把李心月放在沙发上，一脸嫌弃地拿热毛巾帮她擦去脸上胸前的秽物，又低头看着自己被吐了一身的衣服，赶紧把上衣脱下来，转身倒了杯水，俯身来到李心月面前。

金小天轻轻拍拍李心月的脸。"喂，喝点儿水。"

李心月哼哼唧唧地睁开眼，看见金小天赤裸上身俯在自己身前，一边尖叫一边抬手一拳打向了金小天，就听一声惨叫冲破了夜空……

Chapter 7

早晨的阳光洒在安静的房间里,李心月慢慢醒来,头痛欲裂一般。她努力回想昨晚的事,发现自己断了片,完全记不起来了。

李心月摇晃着起来,走到客厅,只见客厅的沙发上,金小天正睡得熟,其中一只眼睛变成了乌眼青。她立刻警觉地看看自己,再看看金小天,貌似什么也没发生,可又因为断片完全不记得头天晚上的经历,莫名的恐慌与恼羞下,她猛地从桌上拿起一把水果刀放在金小天脖子前,然后一敲脑袋将其敲醒了。

金小天睡眼朦胧地打了个哈欠,一睁眼,见一把刀架在脖子上,立刻装作害怕的样子:"你这是干嘛?我好怕哟!"

李心月瞪着眼睛开始审问:"老实交代,昨天晚上……发生什么了?"

"你喝断片儿了?我就从来没见过一姑娘家家的喝成这样!要不是我这么善良,把你扛上来,啧啧,恐怕你早就冻死街头咯!你倒好,恩将仇报,哇哇的给我吐了一身,还,还使用家暴。"说着金小天指指自己的眼睛,"这可是你打的,工伤,赔钱哈。"

李心月看看金小天的眼睛,使劲回想,似乎她是打过他的,这才放下水果刀,半信半疑道:"啊?真的么?真是我打的?"

"把那个'真'和问号给去了!"

"……好端端的我为什么打你?你是不是你趁我喝醉做了什么?"

金小天坐起身自我辩护:"你放十万个心吧。我只是把你弄到床

上，然后脱了你的，袜子！就脱了你的袜子！吐成那个样子，啧啧啧……"

看着金小天流露出一言难尽的表情，李心月恼羞成怒，抓起沙发抱枕打金小天："你胡说！污蔑我！你给我找出证据，把我袜子拿来！"

金小天抵挡李心月的攻击："外面呢！"

李心月推开门走上天台，立刻被眼前情景惊呆了。

只见天台上，李心月的白袜子已经洗得干干净净，晒在明亮的阳光里，随着微风轻轻晃动，就像两只可爱的小兔子。

李心月长这么大，第一次有男人给自己洗袜子，她忽然有种感动与无措……

金小天看着李心月感动的样子，捂着那只被打青的眼睛抱怨："哼，这样对待你的救命恩人，好好反省惭愧吧……"

李心月回头，看着金小天的熊猫眼，内疚地说道："我帮你敷块冰吧。"

"不用了，我谢谢你了，劳驾你以后不要再使用暴力了。"

李心月取了一块冰，包在毛巾里，不顾金小天的推辞，坚持为他敷眼睛。

阳台上，李心月紧贴着金小天坐在椅子上，这还是他们第一次如此近距离得坐着。

李心月瞬间变成一个体贴可人的女孩，这让金小天浑身不自在，脸上发热，整个人不好意思起来。

李心月发现金小天脸红了，也意识到自己距离金小天太近了。她顺势将冰塞进金小天的手里，站起来说，"看在你这只眼睛的份上，我去给你做免费的早餐。你等着。"

李心月走进厨房，平复了一下慌乱的心，开始忙活早餐。

这个清晨变得与众不同起来。

粉红的朝阳洒落在天台上，金小天眼睛上的冰凉凉的，但闻着厨房里飘出的香味，心里却阵阵温暖，眼前的一切温馨得让他有那么一瞬间，忽然忘记了自己的身份，也忘记了李心月的身份……

画廊里，楚鸿飞将买回的《宝贝》重新挂在办公室里。

陈正茜不由得感叹："今天是不是有种女儿回娘家的感觉？当年生了之翰，要不是身体不行，我还真是想生个女儿。真要是有个女儿，肯定像这画上一样好看。"

楚鸿飞眼神异常复杂，他长出一口气："前一阵子，我坐在这里，总觉得哪儿哪儿都不得劲，现在终于找到问题的所在了。没有《宝贝》在，眼前就是一面苍白无力的墙，这下好了，这面墙又有了精气神了。"

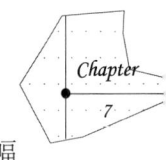

楚鸿飞说着心头一凛，触动了心事，随即点上一根烟说，"你就不懂《宝贝》这幅画的精妙所在，这次再买回来，挂在这面墙上，我终于心安了，它毕竟是我'雪山画派'的镇山之宝啊。"

"之翰幸亏没跟你学画，学了也是一个画痴。现在好些成功的画家，心思都在艺术品市场上，千方百计炒作自己家的画，几轮拍卖下来，价钱就翻番了。"

楚鸿飞沉下脸，道貌岸然地指责道："你满脑子全是钱，你说的那些人能叫画家么？充其量是个画匠，一群靠卖画挣钱的手艺人而已。大师之所以成为大师，不是胜在技法纯熟，而是胜在境界和情怀，技法别人可以偷去，但是思想谁能偷去呢？古往今来，开宗立派的只能是一个人，后来者即便青出于蓝而胜于蓝，那也是追随者。"

"你是'雪山画派'的开创人，当然有资格居高临下指点画坛，可是拍卖会上哪有什么艺术家，一帮商人懂什么画派和技法，他们研究的是价格标签，只要钱是真的，谁还关心画的好坏，恐怕他们连真假都分辨不出来。"

陈正茜的话语点醒了楚鸿飞，他站起身，走到画前，眉头皱了起来："我有点累了，大家都下班吧，你也先回家吧。"

看到楚鸿飞面色有些疲惫，陈正茜拉他坐到沙发上："鸿飞，我看你脸色不好，还是跟我回去歇着吧，我这就开车去。"

楚鸿飞躺在沙发上摆手："不用了，我就在这里躺会儿就行了，你走的时候把帘子拉上。"

陈正茜将靠垫放在楚鸿飞脑后，将薄毯盖在身上，拉上窗帘说："鸿飞，我先回家，让阿姨先煲上汤，等你醒了，我就回来接你。"

"嗯，走吧，让阿姨少做点，我也吃不了多少。"

陈正茜走后，楚鸿飞迅速起来走到窗边，透过帘子缝隙，看到陈正茜开车离去。楚鸿飞开始凑近仔细端详着墙上的画作，他阴鸷的眼神盯着画作右下方看，似乎发现了什么，露出不敢相信的样子，遂又转身从办公桌上拿起一个放大镜，对着画的右下角看，面部表情由疑惑变得惊诧、凝重、阴沉，因为他看到在画的角落里隐藏着一枚小小的印章，虽然常人难以发觉，但楚鸿飞马上断定，眼前的这幅画已不是原作，只是以假乱真的临摹作品。

楚鸿飞重重地坐在沙发上，混乱中思索着，到底是谁干的？为什么要这样？而楚鸿飞最头疼的是，他该如何向那个暗中掌控与威胁自己的人交代？

楚鸿飞思来想去，首先想到了赵老板，他决定登门拜访，一探究竟。

财务公司门口，赵老板热情洋溢地将楚鸿飞迎进门。

"欢迎，欢迎，楚大师光临寒舍，蓬荜生辉啊。"

"哪里哪里，今天是特意登门道谢的。谢谢你买走我的画，又卖给我。"

赵老板将楚鸿飞迎进他的办公室后，命人沏茶呈上，遂讨好道："楚大师，这次可就不一样了，现在您是买家，是我的衣食父母啊。"

"哎，我自己的画，卖了又买，到头来我自己亏了本，还成了大家的笑柄，惭愧惭愧。"

"生意场上，不到最后谁也不知道输赢，您是画坛大师，这幅作品又是您最得意的代表作，这价格可是一路看涨啊，用不了多久，肯定有买家找上门来，我可还得去府上求您高抬贵手啊。"

"我哪里懂什么生意，买回《宝贝》真是迫不得已。拍卖会之后，我这心里面空落落的，跟丢了魂似的，前阵子还大病了一场。后来，我就琢磨，会不会跟画有关，卖了自己的命根子，这是老天在惩罚我啊。所以，我思来想去，还是得买回来，今天看到这画，整个人都精神了。"

"要么说您是画神嘛，只有像您这种大师级的人物，才能有这种精神境界，佩服佩服。"

楚鸿飞终于将话题引入正题："赵老板，我想问一嘴，拍卖会之后，《宝贝》在哪里保管？"

"我买这画就是为了投资，所以拍卖会完了，一直放在我家里，没有离开过我的视线。怎么，您觉得有问题？"

楚鸿飞含糊道："没有没有。"

楚鸿飞看到写字台上有李心月和赵老板在《宝贝》画前的合影，好奇道："这个是拍卖会上举牌买走《宝贝》的那个姑娘吗？"

"是的，就是她，叫莉莉。"

"她是你们公司的吗？"

赵老板发现楚鸿飞盯着李心月的脸仔细端详，一时误解了他的意思："哈哈哈，原来您不是对画，而是对人有兴趣？"

楚鸿飞不知道如何回答，只好顺势答道："是啊，她买走我的画，我和她有缘分啊，小姑娘有点儿出水芙蓉的味道，气质跟我的画还真是有几分相似，有机会得认识认识这个有缘人，哈哈，我们俩聊这个可有点儿老不正经了。"

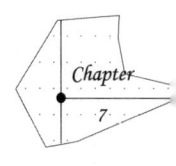

"爱美之心人皆有之嘛，没问题，我争取给您约个饭局，您等我回话。"

"好啊，那就拜托赵老板了。"楚鸿飞达到了目的，满意而归。

很快，赵老板把李心月叫了公司，他开门见山道："莉莉，你是一个很有头脑的人，这一转手我就赚了1000万，我很欣赏你。"

赵老板拿出李心月的欠条："我这人说话算话，本息都给你划了，你签个字。"

李心月接过欠条，签下自己的名字。

赵老板又说："我还是那句话，到我公司来吧，我给你百万年薪。"

李心月将欠条还给赵老板："谢谢您的好意。我呢，就是一个小白领，每个月八千块就满足了，有多大脑袋戴多大帽子。"

赵老板只好说："工作的事，你可以再考虑。不过另一件事，你可不能拒绝我。"

"什么事？"

"楚大师主动提议，说想要跟你见面，聊一聊。"

李心月一听脸色大变，不安地追问："楚大师要见我干什么，我胆小，可不敢跟名人坐到一块儿。"

赵老板不高兴了："我已经答应楚大师了，他可是我的大客户，你不参加，那不是打我的脸吗？"

李心月冷下脸："我真的没时间，要上班呢，最近是旅游旺季，每个周末都得加班。"

赵老板沉下脸，手里盘着核桃："从我这儿借走三百万挺容易，是吧？你最好别敬酒不吃，吃罚酒。"

李心月语塞，看着黑脸的赵老板沉默不语，心中焦急无奈。

赵老板得意地冷笑道："时间我会跟楚大师约，约好之后通知你，如果你没到的话，别怪我不客气。"

李心月小声问道："你到底想怎么样？"

赵老板威胁道："要知道，干我们这行的，多少手下都有人，想治你一个小丫头片子，手段多着呢！"

李心月冲着皮笑肉不笑的赵老板凄笑一声："行，那你到时候通知我吧。"

李心月说完起身离去。

走在川流不息的街上，李心月心神不定，跌跌撞撞。她不知道楚鸿飞为什么要见自己，是不是他已经发现画被调包了？如果是，那么他开始怀疑自己了吗？他知道自己的真实身份吗？如果楚鸿飞发现了，一旦报案，自己会有更大的麻烦。

李心月越想越乱，因为她不能在计划刚开始时就和楚鸿飞见面，这不在计划内，甚至有可能毁掉她的计划。可是拒绝这次见面，她又怎么跟一个放高利贷的无赖交代呢？

这种"无解"的局面让李心月感到一种压迫，逼迫她想要提前离开上海。

李心月正在心烦意乱时，楚之翰打来了电话，他约李心月见个面，声称有重要的事情和她商量。

李心月赶到约定的咖啡厅，楚之翰站起身向她招手，"莉莉，这里。"

李心月在楚之翰对面坐下，服务生送上咖啡，楚之翰很绅士地给她加奶加半袋糖，并用小勺搅和，再递给李心月，"你尝尝，他们家的拿铁不错。"

李心月推开咖啡杯，看着楚之翰："凯文，你找我有什么事？"

楚之翰在李心月追问下有些紧张，他深呼吸一下说道，"莉莉，你看过电影《罗马假日》吗？"

"看过啊，我还是赫本的影迷。"

"那你同不同意'因为一个人，爱上一座城市'这个说法？"

李心月愣了一下，她轻轻喝了一口咖啡，悠悠地说了句："我曾经因为一个人，害怕一个地方……"

"什么地方？"

李心月垂下眼睛："香格里拉！这是我这辈子最想去的地方，也是最怕去的地方！"

李心月的眼眶里闪动着泪光，楚之翰为之感动，递上纸巾："你在'稻草熊'留言里讲过一个有关香格里拉的传说，我特别记忆深刻。"

"是太阳的儿子刺日和月亮的女儿暗月的故事吗？"

"嗯，是的……刺日和暗月不定期地同时出现在天空，用来提醒并保佑那些恋人相爱相守。这个传说很美。虽然不知道你对香格里拉有怎样的回忆，但可不可以这样理解，有一个人可以陪着旅行，那么，一个人是孤立黑夜，两个人便是日月同辉……"

李心月懵懂地看着楚之翰："你为什么要说这些？"

楚之翰激动道："因为，我想去一趟香格里拉！"

李心月眼睛一亮："真的吗？你想去香格里拉？"

楚之翰热情地取出一些资料："是的，给你看看这些文章，上海至昆明的高铁正式开通了。"

李心月听得有些疑惑，楚之翰从随身的公文包里找了一张白纸，唰唰地在上面写上

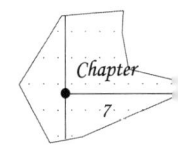

了几个字：上海——香格里拉——爱情——旅行！

楚之翰一边写一边解释："上海和昆明通高铁了，那是不是意味着，到遥远的香格里拉的路程缩短了，我预计，很快这条旅游线路就会火起来。所以，我想把'稻草熊'网做成一个与爱情主题有关的旅行平台，就从上海到香格里拉开始。通过这样的旅行为'稻草熊'网增加客户量，助推点击率！"

李心月激动地拍起手来，兴奋道："香格里拉！太好了，我能参加吗？"

楚之翰更加激动道："我就是想问问你，有没有兴趣参加我们的团队？呃……那个……我们公司现在人手不够……"

李心月使劲点头："我有，有！只要能很快离开上海，让我去哪里都OK。"

"谢谢你，莉莉，在我最需要支持的时候，和我并肩作战。不过，薪水……"

李心月急切地打断道："先不谈钱，等做出成绩来了，老板您再看着给。"

楚之翰激动得无以言表了："我……我不会让你失望的。"

李心月举起咖啡杯："让我们预祝这次旅行，一路顺风，马到成功！"

楚之翰举杯相碰："好，真是太好了。不过，目前，这只是一个想法。"

李心月再次打断道："这样，我回去给你做份计划书，你觉得可行了，我就去公司辞职。"

楚之翰干劲被鼓动起来："好的！我们分头行动。我去落实启动资金。"

俩人举起咖啡杯，笑呵呵碰在一起。

缉毒大队经过连日疲惫加班，老冯穿着脏兮兮的衬衣，散着领口袖口，两腿翘在桌上，仰面斜躺在办公室的椅子上打瞌睡。随着一阵纷乱的脚步声，警察大刘和小马急匆匆冲了进来，惊醒了梦中的老冯，两人一脸歉意地看着老冯，站在门口有点进退两难。

老冯双手搓搓脸，招招手："进来吧，有线索了吗？"

大刘汇报道，"有了！鉴定科的两名同志便装去楚鸿飞的画廊查看了一下，楚鸿飞回购的《宝贝》是假的。"

老冯立刻全醒了，整个人兴奋起来："确定吗？"

"确定。《宝贝》是楚鸿飞画的，他不可能分辨不出来真假，他明知道自己买回来的画是假的，却没有选择报警，而且《宝贝》很快就从画廊下架了。"

小马上前一步汇报道："另外，我们查了李心月近几个月的银行流水，她向赵小军这家财务公司的贷款，往往是借了很快就还，也没有看出她有什么大的消费，而且这财务公司的利息可是不少啊,所以这证明,李心月没有向拍画的这家财务公司贷款的必要。"

老冯抽了根烟,大口吐出烟雾道:"这个李心月的行为实在诡异,我分析,她这么做,是因为拍卖公司发出的请柬事先都需要资格认证的。李心月是为了找人帮助她进入拍卖会,接触到《宝贝》,才演了这么一出大戏出来。"

大刘附和道:"这就是说,如果她不傍着赵老板这个大款,连拍卖会的大门都进不了,更别说是举牌和接触画的机会了。"

老冯点头:"所有的一切都应该是在她的计划中,借着为财务公司赵老板拍卖为幌子,实际上就是为了拿到画,然后来一个狸猫换太子,把真画调了包。她既然愿意冒得罪财务公司的风险,来偷换这幅画,背后一定有更多的秘密。"

小马挠挠头道,"可我不明白,为什么楚鸿飞一口咬定买回来的《宝贝》就是真迹,还说自己的画怎么可能认不出来?"

老冯将烟掐灭道:"看来这幅画背后藏了太多的秘密。有什么新的消息马上通知我,包括楚鸿飞有什么奇怪的动向。还有,盯紧财务公司的赵小军,和所有经手过这幅画的人。"

"是!"大刘、小马向老冯敬礼,退出房间。

两人刚走,金小天打来了电话,他向老冯汇报,自己刚刚在李心月房间找到一个暗藏玄机的画筒,里面有两道暗环,可以暗藏两幅画。

老冯一听恍然大悟,他立刻约了金小天在一个安全的地方见面。

老冯倚在桥护栏边,看着金小天的那只熊猫眼问:"你这脸是怎么啦?"

金小天没好气地说:"工伤!"

老冯脸色一变:"你昨晚对李心月做了什么?"

金小天叫屈道:"那么彪悍的女人,我能对她做什么?倒是做了回保姆,又是清洁又是打扫,在家都没这么干过活。"

"只有这些?"

金小天立刻恢复严肃的表情说,"不,我感觉李心月确实有问题。"

"发现什么了?"

"她就是个普通白领,每月那点工资交完房租就不剩多少了,要是奖金被扣,连房租都得拖欠。以她这点收入,怎么会去拍卖会?连竞拍的资格都没有,可她呢,不但拍了,还拍走了全场最贵的一幅画……最奇怪的是,在她房间找到的那个画筒,暗藏玄机,很有问题。"

老冯点了点头："不错，我们这边也问过主办方，当时她是以财务公司赵老板助理的身份去的，等于是帮赵老板买画。而这个赵老板的财务公司，实际是放高利贷的。最关键的是，我们的同志去财务公司排查的时候，赵老板亲口证实，三个月前李心月主动找到他，要求借三百万，期限三个月。"

金小天眼睛都睁大了："她要这么多钱干什么？"

"她为了拿到拍卖会的资格认证，这样才有机会接触到《宝贝》，而且，我们刚得到消息，楚鸿飞花9500万买回了那幅刚刚拍卖的那幅画《宝贝》是假的。"

金小天听罢大为震惊，他马上恍悟道，"我明白了，那个画筒，是她用来调包的。"

老冯点了点头："是的。还有，昨晚和李心月一起喝酒的人我们也查到了，他竟然是楚鸿飞的儿子楚之翰，留学回国后，烧钱搞了一个叫'稻草熊'的APP。"

金小天听罢表情有些沉重，按照他在警校学到的理论，世界上任何事物之间都有着必然的联系，所以李心月与楚之翰在一起应该不是巧合。如果不是巧合，那么这个李心月想要干什么？这个女孩难道真得隐藏着不可告人的背景与秘密吗……

金小天喃喃自语："这个李心月，越来越像个谜团了。"

"没错，目前得到的所有线索，几乎都能跟这个李心月牵扯上关系。所以，她是这个案件的核心嫌疑人，你一定要盯紧，沿着这条线往下继续深挖，查清楚李心月为什么要调包？真画在哪里？她背后到底藏着的是哪条大鱼？跟胡志辉有没有关系？一有线索，马上向我汇报。"

"是！"

Chapter 8

飞马旅行公司，李心月像往常一样忙碌工作，刚坐下，赵老板的电话就追过来。李心月知道是为了安排她与楚鸿飞见面的饭局，她立刻按了拒接。不料赵老板的电话又打进来，李心月干脆将其拉黑。

李心月正在为赵老板的事情心烦时，迎面又砸来一个坏消息。

丽萨宣布把"烟雨杏花节"的案子交给了罗宾，等于说这件事跟李心月没有关系了。

李心月对着电脑气愤不已却又无可奈何。海伦气道："生气有什么用，谁叫你那么傻，到手的鸭子成了别人的盘中餐。"

李心月自我解嘲道："哼，谁愿干谁干！反正我也不想干。"

"少来吧，公司有钱挣，你有奖金拿，大家好才是真的好。"

这时丽萨拿着一个信封走过来，故意当着李心月的面儿递给罗宾。

"罗宾，昨天你辛苦了，通宵做出的页面很漂亮！这是奖金！5000噢，下个月房租不用愁了。"

罗宾赶紧表决心："谢谢主管打赏！我会更加努力的！"

丽萨瞟一眼李心月："嗯，这就对了。不要像某些人那样，一根筋！"

李心月"腾"地站起来，瞪了一眼丽萨和罗宾。

丽萨质问："你要干什么？"

"去厕所排毒！"李心月气冲冲朝着卫生间走去。

丽萨这种不负责、欺骗客户的虚假广告行为让李心月不屑，可是她的清高和气节换来的是什么？是自作自受、当众受辱的不公平结果，这让她为自己感到憋屈，不平。

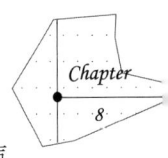

金小天独自守在飞马公司所在的大厦外，终于等到李心月下班了，却眼见李心月气冲冲地走出来，金小天赶紧迎了上去，"哟，下班了。女神！"

李心月看到金小天简直如火上浇油，她怒吼："你去死！门神！阴魂不散的门神！不就三个月房租吗，你至于跟着我吗？"

"不就三个月房租吗，你至于交不出来吗？"

李心月气得无话可说，只好直冲冲朝外走去。

金小天追上去："瞧你这一脸横冲直撞的，是不是又被你的主怼了。"

"谁是我的主？"

"主管啊。"

李心月停下脚步，转身怒骂："她不是我的主，是心黑、肝黑、腰子黑、肠子黑、全身上下都黑的腹黑主管！！！"

金小天见李心月真的火大，也不敢吭声，只是默默跟着李心月。但走到路口，李心月突然转身威胁金小天："你再敢跟着我，我就死给你看！"

眼看红灯亮了，李心月却要直穿马路，金小天紧张将她拉回来求饶："好好好，我不跟你了，我们就此分道扬镳。"

金小天转身朝相反的方向走了，李心月看着他消失，这才转身继续走，不料李心月走远了，拐角处，金小天重新出现，默默地继续跟上李心月。

金小天眼看着李心月行色匆匆地走着，路边停着一辆面包车。突然，从面包车跳下两个壮汉，将经过的李心月一把抓住，强行架到车上后迅速开走。

金小天看到李心月被绑架，跑步上前想阻拦已经晚了。这时一个中年男子骑电动车过来。金小天立即冲过去，拦下电动车，抢了过去。

中年男人在一旁跺脚，大喊："抢劫啊！抢劫啊！"

金小天扔给他一张名片："打这个电话，找那个叫老冯的人要车去！"

金小天骑上电动车，急速追赶那辆面包车，一路狂飙。

追到码头的一个仓库，金小天看见那辆劫持李心月的面包车停在大门外，但车上已经无人。

金小天停放电动车后，轻手轻脚地向仓库走去，里面堆放着如山的货物，远远地就听到里面传来李心月的挣扎声："放开我，放开我！"

金小天顺声寻去，躲在货物后向前观望，只见两个马仔一左一右扭着李心月的胳膊，将她拖到戴着墨镜的男人面前。

这个戴墨镜的男人叫"大金牙"，是赵老板手下，专门受雇于人，负责追债、绑票，属于专业的黑社会打手头子。

李心月不停挣扎，两腿乱踢，喊叫着："放开我！你们是谁？想要干什么？"

大金牙上下打量着李心月，皮笑肉不笑地调侃着：

"赵老板，你熟吧？"

"你们是财务公司的？"

"没错，赵老板是我的老板。"

"我和赵老板的账已经两清了。"

"可你居然不接他的电话，还敢玩失踪。这就不对了吧！再说，当初可是你自己送上门的！跟着我们老板吃香喝辣，有什么不好的？"

在一帮流氓的哄笑声中，李心月气得满脸通红。

大金牙见李心月慌了，又说，"你也别害怕，只要你答应陪赵老板吃顿饭，我就放了你，怎么样？"

李心月知道此刻是绝不能和楚鸿飞见面的，但眼下的情势，她只能无力地拒绝道，"不去！就是不去！"

躲在不远处偷窥的金小天恍然大悟，原来李心月跟赵老板的关系果然不是他想象的那样，这让金小天莫名从心底涌上一阵欢喜，并暗自决定把李心月从狼窝救出来。

金小天悄悄爬到货物的高处，从上向下俯瞰，四下环视，将所有地形位置弄清楚，并找到逃离路线及出口，他悄悄返回仓库外，找到一根铁链，将其拿在手中，遂骑上电动车前冲了进去。

金小天突然闯入，让所有人都吃了一惊，还未及反应过来，金小天挥动手中的铁链发出"哗啦啦"的响声，逆光里形成一道剪影，遂大喊一声："都别动！赶紧把人给我放了，从这儿滚蛋。"

大金牙慌乱地四周张望着，发现金小天孤身一人，而且骑着一辆电动车，顿时和兄弟们放肆地笑了起来。"哈哈哈，臭小子，你说放就放！你以为是拍电影呢！"

大金牙和两个手下一边放肆大笑，一边慢慢围拢过来，手里各自拿着棍棒。

金小天见状赶忙下车，画风一转，他双手合十道："各位好汉，你们有话好好说，这姑娘欠着我钱呢，她要有个三长两短，我那钱跟谁要啊，您说是吧！

大金牙打量着金小天："咋的？你跟我还是同行？这丫头片子也欠你钱呢？"

"可不是嘛！大哥，她也欠你钱了？"

"嗯呢！不过，对不住了，同行兄弟！"

大金牙一个眼神，两个手下上去拿下金小天，将金小天和李心月背对背地绑了起来。

金小天大叫："大哥，你这是大水冲了龙王庙，一家人不认一家人呀。"

"谁叫你干扰我办事了！"

大金牙得意地回头冲两个手下说，"这绑一个还送一个！怎么处理啊？"

金小天趁着大金牙跟手下调侃逗乐时，他对身后的李心月小声说："一会儿我说跑，你就赶快跑。"

李心月害怕道："我们俩都给绑住了，怎么跑？"

"我有办法。你听我的就是了！"说着，金小天偷偷解开了绑在两人手上的绳索，李心月吃惊地小声问；"你怎么做到的！"

金小天说道："别问了，快跑！"说时，金小天率先站起来，拉住李心月的手向外冲去。

大金牙见状大叫着："往哪跑！"

大金牙带人赶忙去追，眼看就要追上，金小天一伸腿，大金牙的手下绊倒了，大金牙右手挥舞着铁链冲了过来。

李心月边跑边回头看，只见金小天左躲右闪，大金牙手中的铁链在金小天身边晃来晃去。与此同时，另一名手下向李心月跑来。

金小天飞快地跑了过来，飞身跃起，一脚把他踢倒在地，拉着李心月便跑，大金牙等人在后紧追不放。

金小天拉着李心月一路飞奔，慌不择路。穿过狭长的集装箱堆场，发现前面进了死胡同，一道矮墙横在面前，矮墙后面是滚滚而下的浑浊江水。

后面大金牙追击的喊叫声越来越近，李心月顿时慌乱了："现在怎么办，我们往回跑吧？"

"回不去了，被他们拦住就麻烦了。"

金小天趴到矮墙上，看着下面的江水和不远处的江面，估算了一下高度和到对岸的宽度，心里有了底，命令李心月，"快，爬上去！"

金小天不由分说将李心月推上矮墙，自己也爬了上去。两人颤颤巍巍站在矮墙，看着下面的江水李心月害怕了，"我不行，我怕水，我不会游泳。"

这时大金牙三人已追了上来，马上就要跟着跳上矮墙抓住他们了，金小天只好大喊一声，"别怕，有我呢，一二三，跳……"

金小天拽着李心月跳了下去，可以说李心月是被拉下了水，她在江水中扑腾挣扎，江水没过头顶，她连续呛了几口水，拼命咳嗽起来。但金小天没有食言，他从侧后方搂着李心月的脖子，努力不让她沉下去。

这时金小天发现有块木板随着江水浮沉，他拼命拖着李心月奋力游过去。刚一靠近那块浮木，李心月双手的是抓住救命稻草般抓住木板，二人开始随着江水向下游漂去，眼看着大金牙等人渐渐模糊……

不知道漂了多久，喝了多少江水，金小天终于带着李心月和那块木板靠近岸边，两人艰难地爬上岸，李心月痛苦地哇哇吐着江水，然后仰面躺在沙滩上，大口喘着粗气。

金小天却一点也不狼狈，他迅速察看地理位置，探路回来，安慰李心月："还好，这里离公路不远，还有出租车。"

李心月精疲力竭、浑身湿透地躺在岸边，她从下向上仰视着金小天，忽然发觉这个家伙变得高大起来，而金小天也刚好从上自下俯瞰着李心月，意识到她是那么脆弱，还有湿透的衣服紧贴在身体上，将其性感的身体暴露无遗。

两个人目光相撞的瞬间，他们迅速躲开彼此的视线。

李心月慌乱地爬起来，两个人努力掩饰着各自的羞涩与尴尬……

李心月小声问："你到底是什么人，好像，身手还不错。"

"哥们今天本来要去面试的，见到你被一帮人拉上车，你说我救不救你，不救你，房租收不回来了，救你，你还怀疑我，现在我面试也黄了，挣不到钱，我就吃你的，喝你的，你甭想甩开我。"

见金小天重回无赖状，李心月也顿时回过神来。如果没有金小天，她不敢想会遇到怎样的困境，她的计划也将不复存在。她心里感激金小天，但嘴里却说道："狗皮膏药，讨厌……"

李心月甩开金小天，独自往路边走去。

金小天发现李心月一瞬间的迟疑，目不转睛地看着这个"有着许多秘密"的女孩走远。

浑身湿透的李心月拦了辆出租车坐了进去，金小天赶紧跟上，一路上两人都很安静，各自想着心事。

车子渐渐驶入市区，耳边渐渐响起欢乐的人声和音乐声，李心月抬头望去。

马路对面就是游乐场，巨大的摩天轮缓缓升空。

一对年轻的父母带着一个五六岁左右、打扮得漂漂亮亮的小女孩，正雀跃地朝摩天轮走去。这一家三口的欢乐情绪也感染了李心月，她不由笑了笑，但随即笑容又黯淡下来。

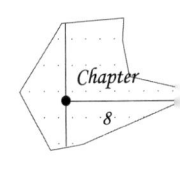

李心月心想：要是爸爸妈妈还在，也会经常带我来这里吧？

李心月下了车过去买票。金小天探头探脑地看看，跟了过去。

身边的游客看着李心月蓬头垢面的样子，纷纷侧目，不愿和她同乘。李心月并不在意，径直上了摩天轮，安静地坐下，看着窗外的风景。

李心月：爸爸，我马上就要启程去香格里拉了，虽然任务还没有完成，摩天轮，我就先预支了哦！

摩天轮缓缓向前，即将离开地面。突然，包厢的门开了，金小天进来，顺手关上了门，看到李心月，故作吃惊。

金小天："哟，这么巧啊，你也想上天？"

李心月没好气地："你给我下去。"

金小天："我刚买的票，还没坐稳呢。"

李心月不依不饶："不下去是吧？好，我下去。"

金小天拉住李心月："门都锁了，你去哪儿？坐好了坐好了。"

李心月被金小天强行按在椅子上，看着他嬉皮笑脸地在对面坐下，没好气地丢了个白眼给他。摩天轮载着一对冤家缓缓升空。

李心月火冒三丈："你知道自己有多招人嫌吗？"

金小天一副受伤的表情："我招人嫌？我总是在你最需要的时候出现，而你一见到我就发火，你这样对我，你的良心不会痛吗？"

李心月懒得和他贫，换了个方向，看到附近的小间里一对父女玩闹的样子，让她有些羡慕。

金小天一脸好奇地凑了过来，挤在她身旁看着："好玩好玩，这里风景不错嘛。"

摩天轮还在缓慢移动，李心月望着窗外的湖光山色，她深吸了一口气，仿佛有什么东西已经快要抵达她的心底。

金小天大刺刺地跟李心月坐在同一侧，看着她的表情。

金小天打破沉寂："开心点嘛。不高兴是一天，高兴也是一天，我们谁也不知道下一刻会发生什么，那就把眼前这一刻过得好点呗。"

李心月有些感伤："你知道些什么？就这样漫无目的地瞎安慰人。"

金小天："你说你年纪轻轻，怎么心事重重的？咱俩年纪差不多，有什么难处跟我说说呗。"

李心月看了看金小天，认真起来："我说了，你会帮我吗？"

金小天被李心月突然认真的样子弄得有些不知所措:"那当然,只要我能做到。快说吧。"

李心月一本正经:"从我家里搬、出、去!拜托你了。"

金小天尴尬地反应了一下:"套路玩得挺深啊,李心月,我得对你刮目相看了。"

摩天轮缓缓停靠下来,李心月和金小天一前一后走出来。金小天伸展手臂活动一下,意犹未尽:"这么快就结束了。"

李心月:"这是我人生中,最漫长的半小时。"

楚鸿飞等了两天不见赵老板回复,他有点坐不住了,主动打电话追问赵老板是否约了莉莉见面。

赵老板得知李心月从大金牙手下跑掉了,正在气头上,只好对楚鸿飞说,"那个臭丫头给脸不要脸,竟然拒绝了,您放心,我一定找人好好收拾她!"

楚鸿飞放了电话,越发感觉那个叫莉莉的女孩有问题。他猜测真画就在她手里。

楚鸿飞坐在书桌前深呼吸几次,调节好心率后,他拨通了一个神秘电话,额头上不觉渗出了汗珠:"喂,是我……画拿回来了,不过,是假的……"

神秘人回道:"什么意思?谁拿走了真画?"

楚鸿飞小心翼翼地回答:"看样子那个赵老板压根不懂绘画,他的可能性不大。"

"你的意思是,你老婆有问题?"

"不,是赵老板手下一个叫莉莉的女孩,《宝贝》是她拍下来的,也经过她手,我猜测……东西现在在她手上。"

神秘人想了想说:"好,我知道了,我派人去拿。"

李心月下了班走进出租屋,开灯后习惯性把包往沙发上扔。她忽然察觉到异样,她凝视着沙发,上面有人坐过的印记。李心月拉开茶几抽屉,发现里面的东西被翻得乱七八糟。

一个"小偷"趴在卫生间门缝上看,从腰间抽出一把匕首。

李心月拿起茶几上的花瓶,往自己的卧室走去。

"小偷"拧动卫生间把手,打算偷偷溜走,不料李心月又拿着花瓶出来,走到天台,拉开门张望,没有看到人,又回到客厅。

李心月紧盯着卫生间,慢慢走过去,小偷躲在门后,手持匕首做戒备状。

李心月刚要推门进去,金小天走了进来,一看到屋里的情形,他马上意识到什么,李心月冲金小天做出手势:"嘘——我家进了贼,就在这里面……"

金小天二话不说，冲上来拉开李心月，自己推开卫生间进去，但见"小偷"已从窗口逃跑了。

金小天转身对李心月说："关上大门，别乱动。还有，马上报警！"

李心月关上门，站在门口不动了，但她却没有报警。

金小天打开钥匙扣上的紫光灯，在地板上查看，跟着脚印来到阳台，遂转身对李心月说："那人从这儿逃跑了，你快看看有没有少什么东西？"

李心月呆呆地望着金小天："哦。"

"快去啊！"

李心月进入卧室，草草看了自己的首饰盒，又走出来，发现金小天在给鞋印拍照。

李心月好奇地问："你干吗呢？"

金小天立刻站起身："没干吗！"

"警匪片看多了吧？你那紫光灯是干吗用的？"

金小天随便应付道："验钞用的呗。拍照是留下证据，回头给警察看。"

李心月瘫坐在沙发上："刚才吓死我了！"

金小天催促道："所以啊，你别光坐着，快报警啊！"

李心月不自然地说："不报了，没少东西，多一事不如……"

金小天盯着李心月，心中暗想："她为什么不报警？一定是心里有鬼。或许，她知道谁是贼？"

李心月发现金小天直勾勾盯着自己，问："你干吗这样看我？"

"你是不是惹到什么人了？"金小天开始试探。

李心月掩饰道："我惹到什么人？什么人惹到我才对吧？你，还有我们主管丽萨，天天都惹我心烦！金小天，我说你是缺钱还是缺德？我不都说了发工资就还你？"

金小天指着自己："我缺德？李小姐，你有没有搞错，我救过你两命了，你这么快就反咬一口，也太没良心了吧！"

李心月为了躲避金小天的盘问，转身走进卧室："行了，我不想和你多说。"

金小天刚要追进卧室，李心月"砰"地从里面关上了门。

夜幕降临，金小天躺在帐篷里，用手机短信向老冯汇报"小偷"事件："小偷身高一米七左右，体重一百二左右，此人在一小时前潜入李心月的住所。按一般人的反应应该报警，可李心月没有，好像是在回避。看来，她一定是心虚，害怕和警察打交道。"

老冯回复："找到切实的证据之前，你说的这些都是假设。"

Chapter 9

金小天轻轻将门帘掀起一条缝隙,顺着缝隙向李心月的卧室窗台看去。

灯光下,只见李心月正在卧室里对着电脑敲字。她穿着小碎花睡衣,头上系着蝴蝶节发带。刚洗过的头发湿淋淋搭在肩头,浸湿了几朵衣服上的小碎花,看上去犹如出水芙蓉般清新可人。浑身上下充满阳光健康的气息,似乎是一棵永远压不垮的小草……面对这样清纯的女孩,金小天不相信李心月与毒贩有关。而且这段时间,他没有发现李心月和胡志辉接头,反而一直与楚家纠缠不清。先是拍了老楚的画,又和小楚成了网友,两人近期一直有接触……李心月一直在围绕楚家人做文章,金小天开始怀疑自己追查的方向错了,他甚至希望是这样的。

李心月坐在桌前,正从电脑上搜索出各个直播间男、女主播的往期视频,她迫切地需要楚之翰立刻定下出发时间,她不知道这个潜入家里的"小偷"是谁,但她知道多留一分一秒都是危险,她不能再这样无休无止地等下去,她决定主动帮楚之翰早做决定。此时,她发现了盛夏的直播平台,听到盛夏在直播中高喊:"还记得我的口号吗?少一点套路,多一点真诚,将最真实的事件呈现在大家的眼前。"

李心月眼前一亮,马上拨通楚之翰的电话并按了免提健,"嘿,凯文,我的计划书你看过了吗?"

帐篷里,金小天听到"凯文"的名字,立刻俯身来到窗台下,蹲下来偷听两人对话。

楚之翰的声音从免提键内传出来，"我看过了，很棒，尤其直播旅行的创意很棒！通过直播的方式吸人眼球，符合当前年轻人的潮流。只不过，你心目中这个主播有人选吗？要知道，我们现在，资金很有限，恐怕请不起名人……"

李心月笑道，"放心，我参考了一些网红的直播平台，比较之后，我看好一个女主播，她叫盛夏，个人风格突出，大胆，新颖，有趣，符合我们的直播要求。"

楚之翰听到盛夏的名字笑出了声："盛夏，我知道她。前些天在香格里拉大酒店举行了一场艺术品拍卖会，那天盛夏闯进去直播，前两天还发了跳楼视频，我领教过她的风格，是不是有点作呀？"

"现在的人不都喜欢有个性的，特别的吗？盛夏有时候蛮有创意的，我们可以引导她在创意上多发挥功效，吸引眼球，为我们的直播旅行锦上添花。"

楚之翰沉默片刻说："关于主播人选，我再看看盛夏的直播视频再作决定好吗？"

"好的。"

金小天蹲在窗台下，想起拍卖会当天被他驱赶的那个女主播，这才知道她叫盛夏。正这时一只老鼠突然从他脚下窜过，金小天跳了起来，这下惊动了李心月。

李心月发现是金小天立刻大骂："变态，臭流氓，你在这里偷窥吗？"

金小天赶紧满脸赔笑："小月月，我来催催，你什么时候还钱啊？"

李心月拿起桌上一团纸扔出窗外："滚。"

金小天"滚"回帐篷，想想李心月与楚之翰的对话，他意识到两人正在准备一次外出旅行，他们将会离开上海。

金小天马上向老冯汇报："楚之翰和李心月要搞一次直播旅行，可能会暂时离开上海。"

老冯问："去哪里？"

金小天回复："还不清楚。"

老冯回复："如果离开上海，你要想办法跟进去，对李心月寸步不离。"

任务是艰巨、光荣、不可反抗的，金小天只好对李心月进入"看管式服务"。

为了不让李心月离开自己的视线，金小天彻底成了门神，他堵在门口不让李心月出去。外卖在楼下按门铃送餐，金小天站在天台楼梯处回应"门锁坏了"，然后站在天台边，用绳子将外卖从楼下一点点吊上来，再送进李心月的房间。

李心月倒在沙发上，绝望地自言自语："我一定是上辈子欠你的。"金小天将盒饭放在李心月面前："先把这辈子的账结了，再聊上辈子的事。"

李心月有点要被逼疯的感觉,她被金小天彻底困在楼顶的出租屋不能出去了。

然而,金小天知道,自己看管李心月的同时,李心月也在同时推进着旅行计划,这让金小天开始挠头,他必须想办法加入他们的旅行。

就在金小天一筹莫展时,他突然想到了李心月和楚之翰提到的那个网红。

金小天立刻搜索出盛夏的直播空间,看到她正在全网招聘一位会游泳、水性好的直播搭档。金小天立刻给盛夏留言:"我愿意试试做你的搭档。"

两个小时后,盛夏回复了金小天:"明天上午,东方体育中心的游泳馆找我。"

第二天上午,金小天顾不上看管李心月,准时出现在东方体育中心的游泳馆。

游泳馆内,某网络平台的摄制组导演和网红盛夏正在甄选合适的搭档。

只见泳池边站了跟金小天一样的应聘男数名,还有一大群看热闹的围观者。

盛夏正对着几个试镜男发火:"你们几个连水都不敢跳,跑过来干什么?都给我立刻消失吧!"

盛夏一脸怒火,导演在旁催促:"盛夏,还有没有人了?我们都等了半天了。"

盛夏四下巡视,发现除了金小天再无别人。

盛夏打量了一番后认出了金小天,翻着白眼说:"哟,你是那个小服务生啊?"

金小天连连点头:"是我,咱们真是有缘啊。"

"你不会是又来这里当服务生的吧?"

"不是不是,我真得是来应聘的!那天都怪我有眼不识泰山。没想到,你是这么有名的女主播,大网红呀,真是仰慕!"

盛夏撇撇嘴,指指泳池问道:"你敢跳水吗?"

"放心吧,游泳、跳水都是我的强项,不过,演得不好别怪我啊。"

"不需要演技的,我怎么说你就怎么做就行了。"

这时,一位导演拿着游泳裤走了过来,塞给盛夏:"赶紧的,让你朋友快点。"

盛夏推着金小天向更衣室走去:"放心吧导演,马上就好。"

金小天换好泳裤,站在泳池边准备跳下水先试试水,不料被盛夏一把拉住:"不是在这里跳。"

"那在哪里?"

盛夏指向头顶上方一个十米的跳水高台,笑眯眯道:"从那里往下跳。"

金小天恍悟,立刻害怕地说:"我可没说是从这么高的地方跳水啊,这个我不行的呀。"

盛夏冲金小天眨眨眼睛："哎呀，不都是跳水吗？你现在是最后一个应聘者，再没别人敢跳了。拜托了，帮帮忙，你看大家都这么辛苦。"

盛夏不容分说，推着金小天强行往高台上走。

走到高台上金小天往下一看，吓地连连后退："这个，我真的不行。"

这时高台下的导演又开始吼了："上面准备好了吗？准备开拍了。"

盛夏握紧拳头给金小天加油打气："你行的！金小天，加油！你一定可以的。"

金小天有种上当受骗却又骑虎难下的感觉，他探头看看高度，再看看周围围观的人群，深吸一口气："那我跳了啊。"

盛夏赶紧冲下面导演喊道："导演，准备好了！"

导演回应一声："预备，开拍！"

金小天看着下边不断的深呼吸，念叨着："我跳了，我真的跳了啊，我这就跳了啊。"

盛夏站在金小天身后很是着急，上前推了金小天一把，金小天跳了下去，只听"扑咚"一声巨响，犹如一块石头砸入水中，激起巨大的浪花。

金小天在水中随波激荡时，盛夏则独自站在高台之上，仿佛立于舞台中央，开始深情地对着下面的镜头念出莎士比亚剧作《罗密欧和朱丽叶》里罗密欧殉情时的台词：

"……啊！我要在这儿永久安息了，我这厌倦人世的凡躯将摆脱噩运的束缚。眼睛，看最后一眼吧！手臂，作最后一次拥抱吧！嘴唇，啊！呼吸之路，请用一个适合的吻，跟网罗一切的死亡之神订立那永久的契约吧！"

盛夏假装晕倒，小心翼翼地匍匐到了跳板尽头，低头望着下边的游泳池，不禁一阵眩晕，赶紧退了回来。

台下观众等得不耐烦了，开始起哄"人呢""怎么还不跳啊""美女，赶紧下来，哥哥等着你呢"……

盛夏心一横，闭上了眼睛，冲着台下大喊："罗密欧，亲爱的，等等我，我来了！"

随着盛夏整个人跳下，围观者又是一阵惊呼。

盛夏落水之后，金小天潜入水中，将盛夏抱在怀里，浮出水面。

盛夏经过十米高台的高空跳水，收到了惊吓，紧紧地抱着金小天，号啕大哭。金小天拍着盛夏的后背安慰道："我还以为你不怕呢，看看，现在好了，哭的声音这么大，让你的观众看见估计该嘲笑你了。"

盛夏得到提醒，想起来自己还在直播当中，赶紧调整自己的状态，由哭转笑，面对镜头，面对围观的观众兴奋地大叫起来。

李心月看到这段视频后彻底惊呆，她没有想到，金小天竟然跟盛夏搞在一处。

楚之翰也看到这段视频，发现盛夏果然是个有独特创意、吸人眼球的女主播，他决定录用盛夏做直播旅行的女主播，并亲自去说服盛夏加入他的计划。

楚之翰从直播平台找到盛夏的微信号，两人互加后开始语音。

楚之翰语音："你好，我是凯文，是'稻草熊'APP的创办人，我们准备做一次'爱情之旅'的旅行直播，想邀请你担任我们活动的女主播。不知道你有没有兴趣加入？"

盛夏并不知道凯文就是楚之翰，她故意拿着劲回复："你把资料发我邮箱吧。重点是报酬，钱少我可不接。"

楚之翰语音回复："好的好的。你先看资料，完了我们再面谈。"

出租屋内，吴妮妮在化妆，另一边，盛夏和宋冉面前摆着一副扑克牌。

宋冉翻开一张牌，是一张黑桃K。

盛夏故弄玄虚道："今明两天，你诸事不顺，到处碰壁。"

宋冉睁大眼睛问："那怎么办？"

"替我洗两件衣服，方能洗脱你两天的霉运。"

吴妮妮在旁边边试衣服边说道："白痴！宋冉你信她？装神弄鬼。"

"当然不信。盛夏，你耍我呢？"宋冉气得站起来，不料头碰到吴妮妮没关上的柜子门，疼得她"哎哟"一声。

盛夏马上说："你看，我骗你了吗？这就开始碰壁了吧。"宋冉捂着头对盛夏说："那你给自己也算一个，看看你是什么霉运？"

盛夏重新洗牌，摆牌，认真地翻起一张牌，红桃K，盛夏立刻发出"哇噢"的惊叹声，"今天，我走桃花运耶。"

宋冉追问："什么运？"

"将有一位男神走到我面前，给我一份好工作。"

吴妮妮笑出了声："正午时分，适合做白日梦。盛夏，祝你好梦。"

话音刚落，门人有人敲门，屋里的笑声戛然而止。只见风度翩翩、英俊帅气的楚之翰对着敞开的门边敲边问："请问盛夏在吗？"

盛夏看到楚之翰，顿时惊呆了，她有点不敢相信自己的眼睛："楚总？"

"我是代表'稻草熊'来和你谈直播主持工作的……"

盛夏没想到凯文就是在拍卖会遇到的那个男神楚之翰，立刻说："好的，我们到外面谈吧。"

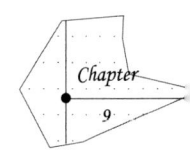

盛夏带着楚之翰走出门，故意回头冲宋冉和吴妮妮眨眼，宋冉和吴妮妮面面相觑，目瞪口呆。

盛夏和楚之翰面对面站在楼道口，盛夏开门见山："昨天你发到我邮箱的相关路线、主题、要求、节点介绍，我都看了，没问题。但是，报酬方面，我希望你能再多考虑一些。"

楚之翰笑道："那首先你得值那个价。"

"我盛夏的直播精神独一无二！你要的点击率，我现在就能给你。"

"什么意思？"

盛夏眨眨眼睛，坏笑着用手指向一个地方。

楚之翰顺指看去，只见吴妮妮和宋冉在偷窥他们，看到被发现，两人立刻转身，逃离现场。

楚之翰笑了，盛夏走至两人逃离的位置，竟然取出她事先就安置好的手机。

原来盛夏把刚才两人的窃窃私语全录下来，并进行了直播。

盛夏打开直播视频后，宋冉和吴妮妮的对话一览无遗。

宋冉："你说，这个帅哥谁呀？真的好帅，像个富二代。"

吴妮妮："想不到盛夏的扑克牌算得这么准，她真有财运了。"

宋冉："那我要不要帮她洗两件衣服？"

吴妮妮："反正一会我要找她算一算，看看我的桃花运什么时候来。"

宋冉："哎呀妈呀，被发现了。"

两人慌张逃离的屏幕上追出无数弹幕："靠，有坑爹，有坑妈，还有坑大姨妈的，就是没见过坑室友的。""室友互怼，大戏呀，干牌怼王牌。""连续剧频频上演，必须追剧，停不下来。""求下集，室友一帮你洗衣服了吗？然后，然后她转运了吗？""求下集，室友二翻牌了吗？是桃花还是霉花？"

盛夏得意地看着楚之翰："您对我的随机直播的创意是否满意？"

楚之翰满意地点头，对盛夏笑道："OK，我们找个地方，坐下来谈合同细节。"

Chapter 10

万事俱备，只欠东风。

直播旅行的东风就是钱，也是楚之翰所有计划的启动资金。

楚之翰决定回家找到他的公寓房产证，将其抵押给银行进行贷款。

楚之翰开车来到家门外，特意将车子停在家门口外的拐角处，盯着门口的位置，时不时地看看手表。

等了一个半小时，陈正茜终于从别墅出来上车离去。

楚之翰赶紧下车，小跑着溜进别墅，蹑手蹑脚地上楼，走进书房开始翻找着东西。

书桌上，书架上，都没有找到房产证，最后楚之翰将目光落在了父亲的保险柜上。

楚之翰走到保险柜旁边，蹲下身子去研究那个密码锁，不料，楚鸿飞已经站在门口，正冷着脸看着楚之翰。

楚之翰似乎感觉到什么，他转过头，看到楚鸿飞出现在身后，一脸惶恐道："爸，我。"

楚鸿飞勃然大怒道："从今天起，你不要再踏进这个家门，我没你这个儿子。"

"爸，我这么做确实不对，但是也是迫不得已啊。我的公司最近生意不好，刚刚又策划了一个特别棒的新项目，需要启动资金短时间周转一下，所以，我想找到公寓的房产证去贷款……"

楚鸿飞看到儿子居然一脸坦然，还振振有词，更加火冒三丈。

"你出国留学，放着好好的国外大公司不干，一心想回来，我不拦着你。你妈妈让你一起打理家里的画廊,你说你想自己创业,我不仅不拦着你,还支持你干自己想干的事业。"楚鸿飞手指点在桌子上,发出沉闷的声音,"可你看看你自己怎么做的,在我和你妈妈的眼皮子底下,干些鸡鸣狗盗、低三下四的事情。我没想到你会变成这个样子,你太让我失望了。"

楚之翰辩解道:"爸,您说的没错,我现在确实是个小偷,偷的还是自己家,我确实没脸回到这个家。走之前,我想告诉您,您一生的理想是画画,追求的是您喜欢的事业。我喜欢旅游事业,追求的也是我喜欢的事情。"

楚鸿飞打断儿子:"我喜欢的是艺术,是正事。可你喜欢的是什么,是吃喝玩乐。"

"不,我喜欢的是在旅行中收获的自由和快乐,它能让我成为最健康,最乐观,最有胸怀的人,这是一种寻找生活态度的方式,不是吃喝玩乐。"楚之翰越说越激动,眼眶里含着热泪。

楚鸿飞从鼻子里"哼"了一声:"明明是吃喝玩乐,纵情山水,不务正业,还要嘴硬。"

"爸,您有没有在写生的时候,感受过赤日苍穹的力量。当您面对日出,日落,月圆,月缺,花开,花谢,风吹,风静,湖水,江河,您的情感是否回归到一个人最纯净、最美好的化境。"

这句话打动了楚鸿飞,他脑海中出现美丽的香格里拉雪山。

楚之翰接着说:"我不是在纵情山水,而是在山水之间寻找真正的人生。现在,公司刚刚起步,这段时间生意很不好,员工走了一多半,创业真的很不容易,但是,我还是咬牙坚持。"楚之翰拍拍自己的胸膛:"我想证明,我不仅仅是楚鸿飞的儿子,我还是一个做事有始有终,能够担当责任、追求理想的男人。爸,我相信我会成功的,我一定能找到梦中的香格里拉。"

楚之翰说完,扭头要离开。一直愠怒的楚鸿飞,听到"香格里拉"四个字,突然动容,楚鸿飞吼道:"你回来。"

楚之翰停下脚步。楚鸿飞语气缓和下来:"你刚才说,你要去香格里拉?"

楚鸿飞眼前闪过当年香格里拉"日月同辉"的梦幻景象:"好,我先听听你的计划。"

楚之翰被父亲急转的态度弄得有点丈二和尚摸不着头脑,但是他还是神采飞扬地介绍自己的新计划。

"香格里拉是很多人一生向往的地方。目前,上海至昆明的高铁开通了,这就意味着,传说中遥远的地平线——香格里拉,离我们更近了。它将给旅游业带来无限潜力和商机。而我们公司就要为此打造一个全新产品,叫'爱情之旅',并且全程直播。"

楚之翰有些底气不足，"可是，现在我缺少启动资金，所以，想借用一下咱家的房产证，抵押贷款，等项目赚了钱，我就还给你们。"

楚鸿飞沉思片刻，心想："如果真的能全程直播，那么，那个人就不敢对我儿子下手了。"想到这儿他追问一句："你确定是一次直播旅行？"

楚之翰点点头："是的。"

"直播这个想法不错，可旅行真的能检验一场爱情？"

"是的。可以说，一次长途旅行充满了未知，一路江河湖泊，风霜雨雪，谁也不知道结果会是什么？"

楚鸿飞眼神有些迷离："爱情，是这世上最脆弱的东西，哪经得起风风雨雨，尤其是你们这些没吃过苦的年轻人……不过，也许这就是你我的宿命。你去吧，爸爸再准许你任性这一次。"

楚鸿飞起身走到书桌旁边，拿出一张银行卡，递给楚之翰："拿去吧，希望你用好这笔钱。"

这时，陈正茜突然推门进来："我不同意。去哪都行，就是不能去香格里拉！"

楚之翰困惑道："为什么？"

陈正茜眼底掠过一丝阴影："那个地方不会有美梦，也许会是一场噩梦。"

楚鸿飞："之翰。拿上卡，你可以走了。"

楚之翰接过银行卡，生怕父母反悔，拥抱了一下老爸，转身飞奔而去……

陈正茜气愤地看着楚鸿飞："我不明白，你为什么同意他去那个地方？"

楚鸿飞眼神悠远地看着窗外："他有自己的人生，自己的梦，无论是美梦还是噩梦，能叫醒他的，不是我们。"

"那是谁？"

"命中注定的人！"

陈正茜正在回味这句难懂的话时，楚鸿飞又对着窗外喃喃自语："……全程直播，这样也好，这样，他们应该不敢轻易动手了。"

陈正茜敏感地追问："什么？动什么手，谁对谁动手？"

楚鸿飞意识到自己说走了嘴，慌忙掩饰："没什么，我是说，他也该走动走动了。"

"稻草熊"网的会议室，楚之翰精神抖擞地走进来，尽管会议室只有阿裴、李心月、盛夏三个员工在等他，其他员工都已辞职离去。

这种树倒猢狲散的凄凉场景并没有影响楚之翰的好心情，他看上去异常兴奋，对着阿斐、李心月、盛夏发布老板演说：

"欢迎你们加入'爱情之旅'直播项目，这次，我们'稻草熊'APP将从用户体验、成本核算、效果效率三方面出发，组织一对情侣从上海到香格里拉，对旅途当中的所见所闻进行全程直播。我们的旅行情侣绝非通过几个提问来鉴定爱情、挑选对象，而是通过一路上的点点滴滴，风雨兼程，同甘共苦的考验，确认彼此是否能够相伴一生。"

三个员工中，盛夏的目光最为热烈火辣，她终于可以和她梦牵魂绕的男神楚之翰来一场浪漫的"爱情之旅"了，这简直就像中了大奖一样令其惊喜，暗爽。

这时，楚之翰问道："我刚刚简要地把我们的旅行计划说了一遍，你们对这次计划有什么不同意见或建议吗？"

阿斐提问道："关于直播，我们都没经验，这个如何把控？"

盛夏兴奋之情溢于言表："直播最大的特质就是无度，它永远是不可预料的，随时随地会发生各种突发事件，我们要做的就是，快速接受它，面对它，解决它，放下它。"

楚之翰对盛夏微笑道："没错，你说得很好。"盛夏再度被男神的微笑击中，她暗自对自己说："太好了，这次旅行，我一定要把男神拿下，做我的男朋友！"

"既然是'爱情之旅'，我们现在还差一对情侣。"李心月提问道。

"这个，我来解决。我可以为这次旅行找到最会秀的情侣。"盛夏一副胸有成竹的样子。

楚之翰对盛夏很是满意，他再次对盛夏微笑点头："好，我相信你！"

在场所有人都看得出来，盛夏的积极配合完全是因为老板是楚之翰，她的花痴眼神出卖了她的小心思……

离开上海前，李心月还有两件事情未了：一是辞职，二是摆脱门神金小天。

入夜，李心月正在房间写辞职信，金小天在外面拍起房门："开门开门，警察查夜，把你的身份证、结婚证、准生证、驾驶证，统统拿出来。"

李心月听着金小天的声音头大了，刚要发火，突然眼前一亮，她想到了一个"一石二鸟"的办法。

李心月打开了门，金小天推门而入，并将手机电筒从下巴往脸上打着光，喉咙里发出低沉的鬼叫，本想扮鬼吓唬李心月，不料却见李心月站在一个高凳上，披头散发，敷着面膜，从上往下俯视着金小天，手里拿着一个卡通靠枕，欲砸向金小天，金小天"啊"的一声尖叫："李心月算你狠，我装鬼吓你，居然被你吓到了。"

李心月一把揭下面膜，哈哈大笑："胆小鬼，你怎么就这么尿贱尿贱的，能不能男人一点……"

金小天抱头蹲地上，作惊恐状，但是眼睛却偷偷往斜上方瞄着。李心月突然意识到金小天在偷看自己的裙底风光，顿时大叫一声，把手中靠枕狠狠砸下去，然后跳下板凳，去追逃跑的金小天。

"金小天，你个无赖，我让你跑，看你能跑多远，看姑奶奶我抓到你，把你眼珠子抠出来。"

金小天边跑边笑，"小内内居然是豹纹的，真想不到你外表斯文，内心狂野啊，哈哈哈哈……"

这时，李心月将金小天扑倒，用手按住他的脖子。

金小天赶紧求饶："你这是要劫色？！"

李心月："错，我要跟你做个交易。"

"什么交易？我比较喜欢桃色交易。"

李心月打了金小天脑袋一下："淘你个大头鬼！明天，你陪我去一趟公司。"

"我去那里干什么？"

"辞职！"金小天愣住了。

原来，李心月打算让金小天假扮自己的高富帅男友陪着自己去辞职。因为在她看来，最解气的辞职方式就是带着高富帅让丽萨羡慕嫉妒恨死却没办法！

李心月提出的辞职计划，金小天不知她葫芦里卖什么药，立刻警觉起来，趁其不注意将其身份证偷出来私自"扣留"，以防她随时溜走。但表面上还是一副吊儿郎当的样子。

于是，金小天先假装几次推阻，最后李心月承诺用一顿烧烤加美酒作交换，金小天只好假装答应了。

第二天，按照计划李心月穿着一身时装款的连衣裙，踩着高跟鞋在大堂里等待金小天，不料金小天气喘吁吁地跑来，竟然穿短袖、牛仔裤、帆布鞋出现在她面前。

李心月皱着眉头说："你穿的什么？还以为自己是高中生吗？"

"这就是我的日常死带儿（Style），阳光帅气邻家欧巴有没有？倒是你，打扮成这样，相亲吗？"

李心月把一大包纸袋推给金小天："去趟卫生间，把衣服换了。"

金小天看了看，睁大眼睛："杰尼亚！我的天哪，你终于良心发现了。"

李心月叮嘱道："别想美事了，衣服是新的，吊牌留好了，借你穿半天。快去吧，

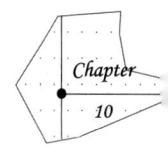

厕所在那边，欧巴。去啊！"

金小天无奈走进卫生间，等他再出来时，竟然把李心月看愣了。

只见金小天西装笔挺，整个人神清气爽，玉树临风一般，活脱一枚如假包换的高富帅。李心月眼前一亮，心中暗暗吃惊：这家伙平时一幅浑不懔的样子，这么一打扮像换了个人似的，还真帅！

金小天的一声追问打断了李心月的愣神，"怎么样，给句话嘛。"

李心月走上前帮他理了理衣服，顺手把露在外面的吊牌塞进他的后领子里，随意说了句："还行，凑合着假装一下高富帅吧。"

金小天被李心月的举动弄得有些尴尬，他突然想逗一逗李心月，他巡视着李心月的眼神，当场揭穿道："别撒谎了，被我迷倒了吧？"

李心月翻着白眼，用力敲打着金小天的脑袋："少来，转个身，我看看。"

金小天边转身边问："衣服还挺合身，你咋知道我穿多人号？"

"姐卖过服装，看两眼就知道，这叫专业。"

"那皮鞋呢？忘了准备吧。"

"你懂什么！这叫Fashion。"

李心月蹲下去，把金小天的裤腿往上卷了卷，露出鞋帮和红袜子，袜子上还绣着一个福字，她连连摇头："你这人真的没救了，去去去，把袜子脱了去。"

金小天会意道："你是说，只让我露着脚脖子？"

"是的，马上执行。"

金小天边脱袜子边小声说，"瞧你这碎碎念的，整得咱们跟小两口似的。"

李心月听到脸瞬间通红，马上回击，掩饰，"谁跟你小两口，这是交易！我可是拿烧烤跟你换的，不会让你吃亏！"

"知道了。姑奶奶！你看这样行了吗？"

李心月上下打量着金小天，嘴角一扬，露出了笑容。

两人来到"飞马旅行网"公司，过门禁时，李心月找出包里的门卡，往读卡器上一刷。读卡器上提示："您已迟到。"

李心月和金小天同时笑出了声。

李心月不以为然地把门卡随手一扔。

两人门卡穿过办公室正门，恰好落在前台的桌子上。

前台小姐吓了一跳，抬头看见李心月："莉莉！你怎么才来？丽萨找不到你，正发

火呢,你赶紧去解释解释吧。"前台小姐边说,边用眼睛打量着一旁帅翻的金小天,眼神花痴了。

路经前台的其他同事们也都被金小天所吸引,大家冲着金小天指指点点,窃窃私语。

"哇,这谁呀,好帅!"

"难道是李心月的男朋友?"

"不会吧,从没听她说起过。"

李心月得意地带着金小天向丽萨办公室走去,走到门前,李心月示意金小天在门口等候,看看屋内的丽萨,她深吸一口气,推门而入。

丽萨看到迟到的李心月刚要发火,李心月抢先将辞职信放到她的面前:

"这是我的辞职信,不好意思,本人不干了!"

丽萨看看那封辞职信,缓了缓情绪,遂冷笑道:

"这么有骨气,让我拭目以待,我倒要看看,你选的路会是什么?别让我看到,你翻在阴沟里,让我们看笑话!"

丽萨边说边往玻璃门外扫视,帅气的金小天当然引起她的注意。

李心月故意指着门外的金小天炫耀道:"本来我没想辞职,但没办法,瞧见没,那是我未婚夫,美籍华裔,投行界翘楚。他非要马上带我去曼哈顿见父母,择日完婚。如果你们谁能来 USA,我双手欢迎。"

丽萨半信半疑道:"真的假的!从来没听你提过。"

李心月眨眨眼,故作神秘道:"跟你一样,只是一次闪电式艳遇!酒吧艳遇。"

"我要嫁给英国绅士,你就要嫁给美籍华裔,是不是有点太巧了?如果只是不想难堪,而编出这套说辞,我有点可怜你。"

丽萨突然冲门外的金小天招手,示意他进来。李心月想要阻止,已来不及,金小天大摇大摆地走出来。

李心月赶紧挽住金小天说:"哎亲爱的,咱们赶紧走吧,你不是说好要带我去选个结婚钻戒的吗?"说着她指指丽萨手上的钻石说,"我要比那个还大。"

丽萨趁机秀自己的钻戒:"是呀,一定要比这个大,不然对不起这封辞职信。就是不知道,你们要去哪里完婚呀?"

李心月一下子被问住了:"……他是美籍华裔,不大会说中国话的。"

丽萨狡猾地笑道:"是吗?这位先生,那咱们说外语好吗?"

金小天赶紧用蹩脚的中国话说:"啊,我会说中国话,只不过说得不大好。谢谢你平时对她的照顾！她经常提起你，说你……"

金小天调皮地看看李心月："……说你，平时最喜欢的颜色是，黑色！"金小天故意指指丽萨的黑上衣，黑裤子，黑鞋子，"今天一见，果然是，全身上下，都黑黑的。"

金小天的话把李心月逗乐了，忍不住笑出了声。

丽萨脸色沉下来："是嘛，听说先生是投行界翘楚？在哪家风投公司高就呀？"

金小天深情地将李心月往怀中一揽："Darling！咱们得马上走了，不然赶不上飞机了。Daddy预约了Jean Georges的晚餐，迟到了不太好。"

李心月只好假装跟金小天很亲昵的样子，附和道："亲爱的，我们这就走。丽萨，拜！"

两人转身离去，丽萨迅速用手机搜索，手机显示："Jean Georges"是米其林三星餐厅，号称全纽约最好的法国餐厅。

丽萨瞪着玻璃门外两人的身影，发看他们在门外同事的注视下，李心月向同事们挥手道别，挽着金小天昂首挺胸地走了出去。

海伦和戴维把李心月送到楼下大厅，有点恋恋不舍。

戴维更是对李心月从天降的男朋友感到莫名的生气，他边走边打量金小天，忍不住搂住金小天小声耳语：

"哥们，我怎么老觉得，就您这气质、气场啥的，特别适合跟我去练摊呀！"

金小天假装听不懂的样子，拖着外国普通话说："什么叫，练——摊？"

"就是跟你约个酒，在路边摊那种。你的，明白？"

这回，金小天假装似懂非懂的样子："我的明白，好的呀，练摊，很好。"

戴维一脸羡慕地看着金小天："你小子有福气了，对莉莉好点，不然，小心我在路边摊用二锅头灌死你。"

"对不起，这个，我又听不太懂了。"

"不懂最好，其实，我也想假装听不懂的样子！"

海伦偷瞄一眼金小天，对李心月小声说："长得真是可以的，不过，你这也太离谱了吧。前两天还吐槽别人的艳遇，这下好，你自己闪艳得不能不能了。"

李心月耸耸肩："没办法，艳遇就像晴空一个霹雳，说来就来，可遇不可求。"

"那你也没必要辞职呀。干吗要赌气呢，太可惜了！"

李心月回头仰望着那幢威武的大厦，眼神充满不甘，嘴里却说："没什么可惜的，早晚有一天，姐还会杀回来！"

Chapter 11

　　金小天陪着李心月将借来的西装退还回商场，一路上李心月始终一言不发，看得出，她情绪很是低落。

　　为了安慰李心月，金小天恢复以往姿态，故意逗她："我猜现在，那个黑黑的主管正在哇哇地吐血，然后拿头使劲撞墙，像这样。"说着，金小天夸张地模仿丽萨吐血与撞墙的各种糗样，果然逗得李心月破颜而笑。

　　李心月推了金小天一把："好的了，你演技一流，学啥像啥！回去我给你颁奖。"

　　看到李心月面色缓和，金小天跟着笑了起来："开心点，不就辞职嘛，多大的事。"

　　"我没事，刚才，谢谢你了。"

　　"怎么谢？"

　　李心月想了想说："走，先带你去个好玩的地方。"

　　李心月径直朝前走，金小天追上去。

　　在他们身后不远处，有个神秘男子跟踪上两人。

　　李心月把金小天带到游戏厅，开始跟金小天玩射击游戏。金小天举着激光枪，枪法十分精准，反应迅速，李心月在旁边使劲给他鼓掌。就在他们旁边，跟踪两人的男子在柜台出现，也买了几个游戏币，开始假装玩游戏的样子。

　　金小天边打游戏边问李心月："你把工作辞了，怎么还钱？"

　　"你养我啊。"

Chapter 11

"咱多大了，别耍无赖好吗？"

"你天天这样跟着我，让我怎么安心工作？"

"少来这一套。你不会又打什么歪主意吧，想溜？不会是要离开上海吧？"金小天试探地问。

"你是十万个为什么吗？姐没有义务帮你除难解惑。"

"你们公司那个大胖胖，貌似在暗恋你哟。"金小天怕打草惊蛇，话题一转。

"是呀，那又怎样？"

"我可不想哪天被那个胖子练死在路边摊上。"

"哈哈哈，怕了吧！"

金小天一把拉住李心月，两人面对面："姐姐，咱俩就别玩躲猫猫了好吗？你知不知道自己的处境有多危险？我可以帮你，但咱俩必须开诚布公……"

李心月放下手中游戏，注视着金小天问："你为什么要帮我？我跟你非亲非故，我还欠你的钱。"

金小天被李心月的目光看得心虚，他松开手，继续玩游戏，装作不经意的样子说："我……我就是觉得你一个小姑娘不容易。"

"少装了，知道我不容易，还为了那点钱天天缠着我，你没正事干吗？"

"你太没良心了！上次救你一命，这次又帮你辞职，再加上原有债务，你欠我的是不是太多了。"

"不是说好了，我请你吃喝玩乐吗？这还不行？"

金小天欲言又止，无意间，他从一面镜子里发现有人在跟踪着他们。

金小天放下游戏机小声说："你不要回头看，听我说，有人跟踪我们，一会你听我指挥，咱们想法把他甩掉。"

李心月点点头，她和金小天走到抓娃娃机前开始抓娃娃，金小天很快抓到了一个娃娃。李心月开心地抢过娃娃，金小天一脸得意表情，并偷瞄跟踪男子，发现他也在装作抓娃娃。

金小天趁男子正在抓起一个娃娃时，他和李心月相互示意，迅速转身跑掉了。跟踪男子意识到金小天和李心月不见时，他赶紧跟出商场，发现两人不见踪影。

金小天拉着李心月躲进一家大型超市，两人确定甩掉了跟踪男子。

金小天试探地问："你到底欠了别人多少债？我可是又救了你一回！"

李心月一副什么事情也没发生的样子，塞给金小天一包烧烤食材："你到底还吃不

079

吃了？救命恩人！"

金小天一边推着车，李心月不断地捡着东西往车里扔。

不一会，推车里放了啤酒、二锅头和伏特加，罐式烧烤卡炉、酱料、调味品等东西。

金小天感叹："大姐，你这是要做大乱炖吗？"

"你懂什么，BBQ——这是今天给你的最后一个打赏！"

李心月拿了几盒牛肉扔进车里，两人这才打道回府。

回到顶楼出租房，李心月开始忙活准备烧烤，她甚至不让金小天干一点活，这反倒让金小天有点不知所措了。

夜幕降临，李心月支起的烤炉上翻着流油的"滋滋啦啦"的牛肉，她开始用心"犒赏"金小天，不断地夹烤熟的牛肉放到金小天的碗里，"快尝尝，配着我的特制蘸料。"

金小天用生菜裹着牛肉，蘸了蘸料，一口吃下去，嚼着，露出美滋滋的表情："绝了！头一回觉得烤牛肉这么好吃！你跟谁学的？"

"我原来可是 PLENA127 的金牌服务员，专门给客人烤肉。"

李心月翻肉，刷料的动作果然非常老练。金小天好奇地问了句："你到底打过多少份工？又卖服装，又烤肉。"

"只要能赚钱，江湖传奇里，到处都有本宫的足迹！"

李心月的脸庞在烤肉架的烟雾中若隐若现，金小天看过去，打心里有种佩服这个神奇的女孩。在他看来，像李心月这样的女孩越来越少，很多女孩都想过上不劳而获的日子，但李心月却是个很能吃苦，也吃过很多苦的女孩子。甚至可以说，李心月宁愿欠着房租被自己整天逼债，也没有向赵老板那样的人伸手求助，单从这一点就能认定，这是个不错的女孩。怎么看，她都是靠自己坚强生活的女孩，怎么可能跟毒品这种肮脏的东西沾边呢？难道也是为了赚钱么？但无论如何，她的另一个身份让她与金小天之间有一道不可逾越、不可碰触的底线，那就是"嫌疑犯"与"警察"。

金小天一边吃着一边装作漫不经心的样子试探道："那你，做过违法乱纪的事呢？"

李心月愣了愣，调皮地模仿着电视剧里的画面，悲切地回答："这个，臣妾做不到！"

金小天被逗乐了。

肉烤得差不多了，李心月坐下来开始跟金小天碰杯喝酒，李心月喝了一大口，看看金小天只喝了一小口。她立刻叫板："你一个大男人，能不能豪爽点。不行，你把这瓶干了，就当是赔礼道歉。"

金小天只好说:"好,我道歉!"

金小天抬头,一口气喝掉一整瓶啤酒。李心月拍手鼓掌:"这才是爷们!"

李心月和金小天碰杯喝酒。金小天看着李心月:"还来?"

李心月努着嘴挑衅金小天:"当然,这才刚刚开始,今晚,姐一定陪你到底,陪你尽兴!来,干了!"

金小天无奈端起酒杯,两人一饮而尽。

酒入三巡,李心月起身,走到天台边缘看着远处灯火阑珊的夜景感慨道:"上海真是个神奇的地方,那些精英大佬云里雾里的生活,小人物如蝼蚁般为生存奔波,触不到那些繁华,只能浮光掠影,眼巴巴地观望。对于我们来说,魔都的一切就好比海市蜃楼,可望而不可即。"

金小天走到她身边说:"没有区别,有钱的没钱的,一样吃喝拉撒睡,各有各的烦恼。"

"都跟你这么想,人生还奋斗个毛线!"

"我有我的追求,实现我人生价值的目标,但绝不是为了钱。"

李心月鄙视地看了一眼金小天:"你说出来这话一点都不可信。"

金小天笑了笑:"那你呢?来上海就是为了努力奋斗,过人上人的生活吗?"

李心月摇头:"我只是很迷《上海滩》电视剧,你看过吗?"

"老版的《上海滩》吗?周润发!"

李心月清了清嗓,唱了起来:"浪奔,浪流,万里滔滔江水永不休。淘尽了,世间事,混作滔滔一片潮流。"

金小天跟着哼唱起来:"是喜,是愁,浪里分不清欢笑悲忧,成功,失败,浪里看不出有未有。"

李心月和金小天合唱:"爱你恨你,问君知否,似大江一发不收……"

两人忽然停下来,彼此对望,然后仰头大笑。

李心月看着略有醉意的金小天,只忽然觉得在他不逼债的时候,这个男孩子也挺可爱的。

金小天:"真的老掉牙了,不过确实经典。"

"我就喜欢看老电视剧,有味道。你呢?"

"我平时喜欢看老电影。"

"你最喜欢的电影是哪部?"

金小天认真回答道："《无间道》。"

金小天兴奋地从桌子上抓起一只烤鸡腿，抵在李心月额头前。"……给我一个机会，我以前没得选择，现在我只想做个好人。"

李心月笑场，但又努力回想电影对白，随口接了一句："……你们这些卧底可真有意思，老在天台见面。"

"我要的东西呢？"

李心月开始转换话题："欠债还钱，天经地义。大哥，你实在要得急，钱债肉偿可以吗？"

"大姐，你串词了吧！我不要肉偿！"

"就要给你！"

"你想做什么？"

李心月夹起一块烤肉就往他嘴里送："给你吃肉啊。"

金小天张开嘴，边吃边说："啊，烫，真烫……烫死我了。"

李心月被金小天的样子逗得大笑，花枝乱颤一般，金小天看得有些愣神了。

李心月又拿出两个大杯，把啤酒、二锅头、伏特加一顿乱倒，然后递给金小天："谢谢你，今晚很开心，来，干了最后一杯，我的特制鸡尾，大乱炖！"

金小天开始推辞："这么喝会死人的。"

"少废话，是朋友就干了！"

金小天咬咬牙，一仰脖全干了。

李心月喝了口，却又悄悄吐了出来。

酒精作用下，金小天只觉得眼前，李心月的脸越来越朦胧，也因为这朦胧，她显得越来越动人，他想多看一会儿，可惜眼睛不听命令，不知不觉中睡着了。

当金小天再次睁开双眼时，他发现自己躺在客厅的沙发上，身上盖着毯子。

金小天有种不祥的预感，他迅速起身去敲李心月的卧室门，里面没有回应，他猛地推开门，果然，屋内人去房空，连行李箱都不见了。

金小天冲出卧室准备出去找人，突然发现茶几上摆着他在游戏厅抓的毛娃娃，娃娃下面压着一张纸，上面写着："不要找我，欠的房租我会定期打到房东的卡上。你去找个好点的工作，别再混混度日了。"

金小天拨打李心月电话，手机关机，金小天一脸懊恼，他意识到李心月走了，这相当于他跟丢了目标……

Chapter 12

阿裴正在楚家别墅的院子里帮着楚之翰装车。

那是一辆租来的小型房车，车身上贴到着醒目的车标。

只见"稻草熊APP，最浪漫的旅行帮手"、"房车带你去远方"、"极致浪漫之旅，即将开启"等标语和logo、二维码增多，车身逐渐变得花哨起来，在阳光下犹如发光的城堡，闪烁着楚之翰期待与追求的梦想之光。

楚鸿飞站在二楼凉台，默默注视着儿子在楼下装车，只见车顶安置了几顶帐篷以及各种各样的户外用品，看上去，楚之翰的确在打一场有准备的长途战役。想到儿子长途跋涉的终点将是自己梦牵魂绕的香格里拉，楚鸿飞就不由得震颤与担忧，但更多的是期待与向往。就好像儿子的远行，是在代替他自己完成不可能完成的梦想一般，或者是，是代替他完成一次心灵的洗礼与忏悔……

楼下，陈正茜追在楚之翰身后喋喋不休："儿子啊，妈妈不同意你去，而且你是总经理，你在公司里遥控指挥就可以了呀，公司还有很多大事等着你处理呢！"

楚之翰边装行李边说："妈，这次直播旅行就是公司的头等大事，我是总经理更要身先士卒，重要的事情哪能放心让员工上呢？"

"你要离开这么久，去那么远的地方，妈妈不放心。阿裴，我现在任命你为公司副经理，由你亲自带队，每天给我汇报行程。"

阿裴面露喜色："董事长，我没问题的……我一定做好我该做的工作，全程照顾好楚总，绝对不出任何差错。"

陈正茜再次强调:"阿裴,我的话难道不算数么?你们的启动资金可是家里给的钱,我就是你们公司的董事长。"

阿裴不知道如何答复太后的话了,楚之翰赶紧解围:"妈,您绝对是公司独一无二的董事长,您的话就是最高指示。现在公司是最困难的时候,上上下下都离不了您,大事小事靠您决策,您一定要在公司坐镇,孩儿前方杀敌,去去就来。再见,我亲爱的老妈!"

楚之翰说完,一头扎进车里,阿裴一踩油门,赶紧离去。

陈正茜在后面紧追几步,边跑边叮嘱,"每天都要打电话给我汇报啊,阿裴,你慢点开,照顾好之翰……"

为了找到李心月和她的团队,混乱与焦急中,金小天掏出手机,打开稻草熊APP,看到欢迎界面是一张海报,上面盛夏一只手摆在嘴边做出喊话pose,文案写着"盛夏小姐姐邀你一起去旅行"。

金小天皱起眉头,立刻打开盛夏的直播,只见盛夏正在约定地点的写字楼外停车场进行直播,一副出游装束,背后是登山包,旁边放着行李箱。

盛夏用手机后置摄像头在一个停车场拍摄,把一连串车辆展示给直播观众,边展示边说:"宝宝们,哪一辆是我们的房车呢?让我们看一看……当当当当!奔驰斯宾特——我们本次'爱情之旅'的坐骑!惊不惊喜?意不意外?想不想看看车内是什么样的?别着急,我先给大家讲讲这次旅行的大概情况!"

盛夏把镜头对准自己的脸,摆了几个pose:"为什么要开启'爱情之旅'这次活动呢?因为钱钟书说过,只有在旅途中才能检验一个人的真面目。在这里要大力宣传一下我们的发起方——'稻草熊'APP!'稻草熊'负责人楚之翰,一位帅气、绅士的青年才俊,会和我们一起踏上旅程。除了盛夏小姐姐和之翰小哥哥,同去的还有我们萌萌哒司机、后勤保障阿裴哥!还有OL范儿的活动策划人莉莉小姐,她应该正在赶来的路上了。来,楚总,跟大家打个招呼。

楚之翰和阿裴冲着镜头打招呼。

金小天聚精会神看直播,皱起眉头。

盛夏继续介绍:"我们'爱情之旅'活动的主角,就是昨天通过直播选拔选出的一对情侣宝宝,他们现在还在路上,享受早高峰带来的酸爽。不过,之后迎接他们的将是一场诱人的房车'爱情之旅'!在旅行中见证爱情的坚贞,就在'稻草熊'APP!新来的宝宝也要注意了,关注盛夏小姐姐,有机会获得免费旅行的机会!"

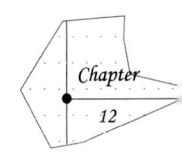

金小天回复盛夏直播，弹幕："你们要去哪里？"

盛夏回复："有宝宝提问了，我们的目的地是哪里呢？"盛夏伸手指着远方，她的手机摄像头角度发生变化："是被称为人间世外桃源的香格里拉！"

金小天看到盛夏身后的背景变化，立刻截图，放大后看清楚停车场后面的背景建筑，仔细辨认那座写字楼的 logo，认出那是"黄陂北路"，金小天立刻起身，冲出房间，狂奔跑出小区大门，拦下一辆出租车。

司机问："去哪里？"

金小天急匆匆道："黄陂北路，快！"

城市广场路口人来人往，街边的商铺客人进进出出。

人群中，李心月拖着大箱子匆匆走至黄陂北路，远远看到盛夏时，她彻底惊呆了。只见金小天不知从哪冒出来，站在盛夏身边一起向她挥手，脸上满是得意和坏笑。

李心月张大嘴巴有点不知所措，金小天却迎上来并接过了她手中的行李箱，轻声道："哈哈，一觉醒来，我们又见面了！感觉怎么样？是不是很好，很爽？！"

李心月气得鼻子都快歪了："你，你，怎么是你！你怎么找到这里了？"

金小天眦着小牙小声说："想甩了我，没那么容易。"

李心月烦躁地跺脚，一幅懊恼状："你还真属牛皮糖的，粘上了，甩都甩不掉。"

"算你说对了。听说你要去香格里拉的旅游？带我一起玩玩去呗！"

"你是我的什么人啊，凭什么走哪儿都要带着你。走开。我说了钱我会按时打到你大姨账户的，半个月后我的工资就到账了。绝不骗你。"

"那是以后的事，谁说得准？反正今天我得跟着你，你去哪儿，我就去哪儿。"

李心月见对方耍无赖，只好放缓语气道："不好意思，你不是这个项目的工作人员，我们没法带你一起走。"

金小天看看远处正冲李心月招手示意的盛夏，他故作神秘状，对李心月小声说道："老实说吧，我看上盛夏了，想追这个美女，所以你得帮我制造和她在一起的机会……"

李心月有点意外："盛夏？噢，罗密欧与朱丽叶。哼，就知道你是另有目的。"

金小天央求："帮帮忙啦！"

"帮不了，你还是另想办法吧！"

"你不帮我，有人愿意帮我。"

"谁？"

"上次那些财务公司的人啊，那个大金牙，你说你要是跑了，他上哪儿找人去啊！

赵老板那人可是江湖上有名的心狠手辣，不讲理的主。"

李心月脸色白了："金小天，你太卑鄙了！哪有你这样不择手段追求女孩的。"

金小天得意地笑了："不择手段算什么，为了追求我心中的女神，我可以赴汤蹈火！"

李心月无奈地跺跺脚："就算我同意了也没用的，我不是领队，带不带你，我说了不算。"

"这个好办，你介绍我们认识领队的就好，其他我来搞定。"

"你怎么搞定？人家楚之翰可不吃你那套。"

"楚之翰，那个做旅行APP的。这样，你就说我是做风投的，对他这个APP很有兴趣，想参加你们团队，通过旅行考察一下项目……"

"这不是骗人吗！再说了，那个盛夏……不是也清楚你的底细吗？"

"我的底细，什么底细？"

"被人炒鱿鱼的服务生啊，难道你不是吗？"

"这你放心，我有对策。"

"满嘴跑火车，也不知道你哪句话是真的，哪句话是假的。"

"不就是想蹭趟免费的旅游吗，正好我也闲得无聊。我不管，你要是不带我一起去，我就也让你去不成，大家一拍两散，都捞不着好处。"

李心月急了："我说你是做投资的，也得有人信啊，你看你，行为举止，谈吐气质，哪一点像金融人士？"

金小天甩甩头发，拍拍胸脯："放心吧，我上高中的时候，参加过学校的话剧剧社，保证不会演砸的。"

李心月无奈地看着金小天，正这时阿裴打来电话，

"莉莉，老板请我们吃早餐了，在拐角的星巴克，等你们过来。"

李心月回应："好的，马上就来。"

星巴克咖啡厅，楚之翰、李心月、金小天、盛夏、阿裴五人坐在了一起。

面对李心月身边的这个陌生男孩金小天的突然到来，大家都感到诧异不解，尤其是楚之翰，他不明白李心月为什么不打招呼带一个陌生人来。

李心月为楚之翰介绍道："凯文，这位是金小天金经理，在风投公司工作。这位是'稻草熊'网的创始人也是这次旅行的领队，凯文，楚之翰先生。"

金小天站起身恭敬伸手："楚总你好。"

楚之翰看金小天有些眼熟，但想不起来在哪里见过，他伸手回应："你好。"

盛夏听到金小天的身份，大为意外，她不相信地看着金小天，刚想开口说什么，金小天马上装出风投公司的管理层姿态抢先说："听莉莉说你们这个项目很有潜力，所以，我研究了你们的经营理念，发现楚总您和您的创业团队是一群有情怀，有抱负，想做大事的年轻人！"

楚之翰平静地说："谢谢，谢谢您的认同和鼓励。"

"我们公司正有意向投资一个旅游类IT项目，您看，真是无巧不成书啊！你们这次方不方便带上我，一起体验一下你们的活动，我们在给自主创业的小企业投资之前，必须给董事会一份完美的尽调报告。你懂的。"

金小天的要求让楚之翰愣了一下，他看了一眼旁边的李心月。

李心月只好说："凯文，如果不方便千万别为难！他也就是一说，投资哪有这么简单的……"

楚之翰看到李心月和金小天相熟的样子，他问了句，"你们俩是？"

李心月和金小天相互看了一眼，正不知道如何说明他们的关系时，盛夏抢答了："我看是情侣吧。"

楚之翰听罢，有点意外，更有点失落，他看着李心月："是吗？……你们俩是情侣？"

李心月慌忙解释："不是……"

不料金小天的回答是"是的"。

现场气氛有点尴尬，楚之翰失落的眼神被敏感的盛夏捕捉到了，她开始意识到，楚之翰注视李心月的目光，跟他注视自己的目光截然不同。

这时，金小天拿出手机，把李心月穿睡衣敷面膜、披头散发刚起床、吃盒饭以及他们一起喝酒的照片调出来给大家晒，并当众调侃李心月："亲爱的，不就是发了你几张丑照嘛，有什么可生气的！连男朋友都不认了！"

盛夏抢过来翻看着，并故意拿给楚之翰看，大肆渲染道："哇，都住在一起了，这么亲密！"

李心月看到照片里自己的丑态，按着金小天一顿拳头："赶紧给我删了！"

阿裴也在旁边偷乐道："这不就是一对小两口吗？"

看到李心月和金小天亲密的举动，楚之翰的表情更加不自然起来。

一边的盛夏敏感地察觉到楚之翰满脸醋意，立刻对李心月不爽起来。

要知道盛夏心中早已认定楚之翰是她的，这一路上直播事小，拿下男神事大。而李心月似乎对金小天毫无兴趣，对楚之翰的兴趣却写在脸上。凭借女人的直觉，盛夏立刻将李心月列入情敌和对手的位置上。

盛夏添油加醋:"既然是小两口了,就别当着我们面打情骂俏了。是不是,楚总?"

楚之翰故作镇定道,"金小天,既然你是莉莉的男朋友,欢迎你加入我们的'爱情之旅'。项目刚起步,确实需要你们这些投资人的关注。莉莉,谢谢你的推荐。我知道你的人脉广,你的朋友也一定是靠谱的。"

李心月一脸尴尬,无法解释。

盛夏听了疑惑地问金小天:"投资人?你不是酒店服务生吗?"

李心月幸灾乐祸:"他啊,身份多变,连我也搞不清楚,他到底是做什么的。"

金小天脸不变色心不跳地说:"我这个做风投的人为了拿到好项目,经常扮演各种角色,深入调研考察投资项目。那天客串服务生,是因为那个拍卖会上的几件藏品是我老板的私人珍藏,他不放心,让我暗中保护。没办法,老板一句话,我们小的跑断腿。"

盛夏追问道:"可是,你后来还来找我……"

李心月刚想说出金小天是为了追她,金小天及时拦住,抢先对李心月道:"亲爱的,我保证那次只是单纯好奇盛夏的直播,想尝试当主播的感觉。"

盛夏脸羞红了:"哎呀,你们俩打情骂俏,别拉我当垫背的。"

楚之翰有点泛酸:"莉莉,看来你这个风投男友是深谙投资的理论,有点分散投资,降低风险的做派。"

金小天大叫:"楚总,大家都是男人,给点面子吧。我已经放下身段,追上来了。您就别再火上浇油了。"

楚之翰举起面前的咖啡杯:"OK,现在,盛夏,我们就等你推荐的那对情侣了。他们现在到哪了?"

盛夏忙说:"不知道,我打电话问问哈。"

盛夏拨通对方电话,"喂,你们到哪了,我们都在等你和你女朋友呢……什么?可是,我们都谈好了的,你怎么能这样呢,偏偏这个时候发生这种事情……要不然,我找你女朋友谈谈好吗?毕竟合约都签过了……如果我跟老板说说,给你加薪行吗……哎呀,你这个人,太不讲信用了,算了!就这样吧!"

盛夏生气地放下电话,脸憋得红红的,不好意思地看着楚之翰。

楚之翰赶忙问:"怎么了,出什么事了吗?"

"那对情侣昨晚吵架,分手了!"

阿裴在旁着急了:"哎哟,吵个架很正常的,至于分手吗?"

盛夏:"那家伙昨晚跟别的女孩约会,被女朋友发现了,说什么也要分手。所以,无法挽回了。对不起,楚总,这件事情,我没有办好。"

楚之翰也面露焦急,无奈:"这不怪你,发生这种事情,谁也想不到的。我能理解,只不过,现在,我们必须解决这个问题,我们需要一对情侣。"盛夏再次被楚之翰的通情达理、温文尔雅打动着,她陶醉地看着楚之翰说:"谢谢你这么体谅我。"

阿裴:"体谅有什么用,现在的问题是,我们到哪找一对情侣?"

盛夏看着李心月和金小天,伸手指着两人说:"他们俩就可以呀。"

阿裴附和:"对呀,眼前就有一对现成的小情侣嘛!"

楚之翰看着李心月和金小天,有点不情愿地说:"莉莉,你看怎么样?"

李心月说了四个字"我不同意"。

金小天却说了另外四个字"我没问题"。

盛夏笑了:"呵呵,刚才还表扬你们有默契,转眼就露馅了。"

金小天搂着李心月:"亲爱的,你难道不想早点去香格里拉?耽误了出发的吉时,保不准路上会再遇到什么大金……噢……"

李心月赶紧打断:"……好吧好吧。为了保证我们的直播旅行顺利开头,我……**勉为其难**,顾全大局吧!"

楚之翰举起咖啡杯:"好,那我们准备出发吧!预祝我们'爱情之旅'一路顺风,马到成功!"

五个年轻人举起各自的咖啡杯,清脆地碰在了一起。

盛夏拿出自拍杆,给大家拍照:"来来,大家看镜头,笑一个!"

楚之翰也很兴奋:"这是我们团队第一次合影。"

五个人一只手搭在一起,另一只做剪刀手姿势:"耶!"

Chapter 13

写着"'稻草熊'APP倾情打造'爱情之旅'"的房车一路向南开。

蓝色的天空下,高速公路两旁,白墙青瓦掩映在江南水乡之间。

车上传来的英文歌节奏轻松欢快,但坐在车上的几个人却在各怀心事。

金小天用手机向老冯发送信息:"我已加入旅行团,以李心月男友的身份。"

老冯问:"她答应?"

金小天回复:"虽然不怎么情愿,但这一关基本没问题了。"

老冯回复:"好,看紧她,同时也要保护好这个嫌疑人!你搞清楚行程路线了吗?"

金小天回复:"现在刚上路,目前只知道,他们的目的地是香格里拉,但中间落脚点还没有最终落实。"

老冯回复:"尽快搞定行程!我好安排人接应你。"

金小天回复:"不,我以个人名义请求您,不要打草惊蛇。这次旅行是全程直播,我的形象已经露出,这可能是我最后一次做卧底,我向您承诺,一定会谨慎完成任务,请给我一个机会!"

老冯沉默片刻回复:"好,开启实时定位,注意信息安全,有任何情况,及时联系!"

金小天回复:"明白!"

老冯回复:"途中的联络务必要注意安全,想一个暗号吧,从现在开始,每次联络时先对暗号确认周围环境安全。"

金小天回复："老爹，儿子给你买酒吧，家里一切都好吧？"

老冯回复："家里一切都好，你出门在外注意安全。"

确定暗语后，金小天把手机上老冯的备注名改成了"老爹"，并清空了来往消息。遂靠在椅背上长呼出一口气，像是给自己打气。脑子里迅速地分析与排查车上的几个人，最后他的主要观察对象还是楚鸿飞的儿子，楚之翰。他想弄明白，楚之翰是否有就是李心月路上要接头的"目标"，又或者他根本就是李心月的"共犯"……

同时，李心月满脑子都在想，到了香格里拉她该如何让计划按照她预想的方向进行，还有怎么才能摆脱金小天这个狗皮膏药。

另一边，盛夏则在手机里极尽所能地人肉搜索李心月的一切，她希望能找到对其不利的内容，用来在关键时刻打击这个"情敌"。

楚之翰则在暗中观察李心月与金小天的关系，偏偏一路上金小天总是没话找话地跟李心月套近乎，李心月的白眼和回怒让金小天好没面子。

一路上，只有阿裴在单纯地享受音乐与高速，单纯地享受着大家出发的快乐。

很快，盛夏搜集了不少李心月的黑料，她开始故意向楚之翰提出建议：

"楚总，我觉得，针对他们俩目前的感情状况，应该为他们俩量身定制'和好之旅'！"

楚之翰想了想说："这个建议不错。我建议把直播主题设计为'灰姑娘和白马王子'和好之旅，你觉得如何？"

楚之翰能认同自己的提议，盛夏激动起来，但又觉得"灰姑娘和白马王子"这个主题让她不舒服，她立刻又提议：

"我觉得用'心机女与高富帅'这个主题更具话题性，也更吸人眼球。"

李心月本来没有兴趣参与讨论，但听到"心机女"这个主题立刻反问："盛夏，你说谁是心机女？"

盛夏一看李心月生气了，索性就当着楚之翰的面儿揭开她的假面具："难道你不符合吗？别忘了，前段时间那个拍卖会我也去了。当时你穿了一条麦克斯玛拉的裙子，还8500万拍走了楚之翰爸爸的画，最重要的是，我记得，当时你身边还有一个土豪，肥头大耳的，跟金小天比起来，没他帅，但看上去比他有钱耶！"

盛夏当众嘲讽李心月，李心月一下子有点慌乱，她没想到在这里突然被盛夏提起拍卖的事情。

楚之翰听了也是一惊："莉莉，那幅《宝贝》是你拍走的？"

李心月赶紧解释："我那是帮客户，那个胖子是一家财务公司的老板，是他请我帮忙。我跟他纯粹是雇佣关系。"

盛夏不依不饶地举起手机，随着她手指的滑动，屏幕上开始展示李心月的各种成长黑料。

只见屏幕上出现李心月在其微信与微博上晒出的各种泡面、冷面，各种加班叫苦，各种生活艰辛的画面与情绪。

随着这些"罪证"的展示，盛夏像讲解员一样歪曲地解读着李心月的人性黑暗面："你在拍卖会是一个人，在微信圈里又是另一个人。瞧，整天晒自己是勤劳的灰姑娘，不知道你为什么要这样做？是人格分裂，还在人为作秀，你能告诉大家吗？"

李心月怒视着盛夏："你凭什么查我？你到底想干什么？"

盛夏咄咄逼人道："哼，我想说，你明明是个灰姑娘，却想跻身上流社会，到拍卖会上吊凯子，好不容易遇上一个金融男，两人都住在一起了，突然又发现了比他更优秀的楚之翰，所以，你是想借着旅行的机会，和楚总又宿双飞，甩掉金小天了吧！"

盛夏的推理让所有人目瞪口呆，不知所措，甚至替李心月难堪不已。

李心月面对这些"黑料"，她不以为然、不卑不亢地回怼盛夏：

"告诉你，盛夏，我是很穷，但没你想得那么龌龊！我从来不会把自己的人生寄托在别人身上！"

楚之翰赶紧劝架："盛夏，你少说两句。不管怎么样，我这个领队还在这里。"

"好吧，我就算是给楚总面子。不说了。"

李心月也忍了下来，一言不发地看窗外，车上气氛陷入尴尬和寂静。

楚之翰突然对阿裴说："阿裴，下个服务区我们停一下。大家准备录制第一段直播视频，发布出去，该为爱情之旅打 call 了。"

服务区到了，房车停靠在僻静处，五个人都下车，站在车身的广告词前各就各位。阿裴打开直播的设备，盛夏站在镜头前，整理头发和衣服。楚之翰像导演似的在调控现场：

"盛夏，你往后站一点，站到金小天和莉莉旁边，这次主要是向网友介绍他们俩。"

盛夏一脸不快的表情，勉强地："好。"她移步到金小天和李心月身旁发问："现在，可以开始了吗？"

金小天："等等，这就开始了？我完全不知道该说什么啊！"

盛夏不耐烦道："我问你什么你就说什么。"

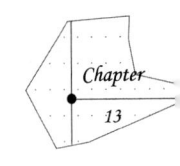

金小天又问:"不用提前预演一下,准备准备吗?不是应该有写好的脚本吗?"

楚之翰:"直播不要脚本,就是要现场最真实的反应。只有真实的才是动人的,背稿子观众也不会喜欢的。莉莉,你觉得怎么样?"

李心月无所谓地耸耸肩:"OK,我没问题的!"

楚之翰笑笑,转向阿裴:"3,2,1,Action!"

盛夏对着镜头开始了盛式笑容:"大家好!我是'稻草熊'爱情之旅的主播夏夏,很高兴又和你们见面了。哇,今天的人好多,没办法跟每个人单独打招呼啦,但大家放心,你们每个人说的话我都看得到,爱你们,么么哒!"

金小天紧张得面部表情僵硬,李心月一脸漫不经心的表情。

盛夏继续对着镜头灿烂地笑道:"今天呢,我要给大家介绍一对新的体验者。金小天 and 莉莉!跟大家打个招呼吧!"

金小天:"大家好,我是金小天。"

李心月:"嗨!莉莉。"

楚之翰用手势提醒两人要微笑,金小天和李心月只好硬挤出了一丝笑容。

两张皮笑肉不笑的脸在镜头前显得又假又尴尬,看得楚之翰摇头叹气,阿裴直撇嘴摇头。

盛夏心想:"好戏开始了,李心月,我要当众扒开你这个绿茶婊的皮,让所有人看看你的真面目。"想到这儿,盛夏开始犀利提问:"请问,莉莉,这次你参加爱情之旅的理由是什么?"

在直播的镜头下,金小天和李心月一时没有回答。

楚之翰、盛夏、阿裴都有些着急,李心月悄悄踹了金小天一脚。

金小天只好解围道:"……哦,是这样的。在拥挤的大城市里,一成不变紧张忙碌的生活让我们感到很疲倦,我们两人感觉生活中浪漫和激情越来越少,矛盾却越来越多,所以想借这次机会逃离过去琐碎沉闷的生活,重新找回爱情的激情、浪漫和彼此的理解。"

楚之翰连连点头,挑起大拇指以示鼓励。

盛夏追问李心月:"那么,你的理由呢?"李心月扭头望着湖水里一只飞起的鸟,闷闷地说:"圆梦。"

"什么梦?"

这时湖泊里飞起了一群鸟,李心月悠悠地说:"一生中最有价值的梦!"

"莉莉,像你这样没背景,没家人,没任何资源的女孩,独自在上海这样的大都市

生存，一定经历过很多不可想象的生存问题吧？"

"当然，吃泡面，喝西北风，躲避房租，坐地铁坐到无敌，买个面包都要等到晚上八点以后。"

"为什么要等八点以后？"

"因为，那时候的面包快要过期，所以都会打折。即使这样，为了买到便宜中的便宜，我可以徒步到很远的最低批发市场去买。"

盛夏听了，挑挑眉毛开始刁难道："那么，你身边这个帅哥，是你买过期面包的时候遇到吗？"

"当然不是，他是我在回家路上，'咣啷'一声就砸我头上的紫米饭团，咸蛋黄豆沙馅的，想甩都甩不掉，可粘人了。"

"应该是馅饼吧，不过馅饼往往就是陷阱。"

盛夏的话让李心月陷入难堪，金小天解围道："说谁是陷阱呢，我是她的港湾！"

盛夏笑了："我开玩笑的啦！哈哈。"李心月并不领情道："这还真说不准，也许有人脚踏两只船呢，比如我身边这位先生。"

盛夏兴奋问道："听你的语气，我们这位帅哥似乎是有劈腿或出轨的历史啊？"

金小天赶紧解释："怎么可能，我对她一心一意。"

李心月回望着金小天："对我一心一意？那我倒是要给那个你心中的女神打个电话了！"说着，李心月从金小天手中抢过他的手机。

这一招果然吓到了金小天，他赶忙劝阻："别别别，别瞎闹了！"金小天一把夺回自己的手机，重新装回口袋："你这个，有点过了！"

李心月看着金小天的样子笑出了声："哈哈哈，我以为这样会更好玩呢，原来，有人玩不起哟。"

盛夏却不明就里地盯着金小天好奇地问："帅哥，你到底喜欢几个人啊？"

金小天支支吾吾，脑门冒汗，他做贼心虚的表情被鬼精的粉丝们看出了破绽。

弹幕纷纷打来："靠，这里面有猫腻呀！""绝对有问题，不然为什么不敢连线？""这不是和主播一起跳水的帅哥吗，难怪眼熟！""这车上的人设太复杂了，搞不好有黑幕。"

盛夏接着逼宫道："金小天，请问你会同时喜欢上两个人吗？"

金小天毫不犹豫地回答："当然不会！"

盛夏："莉莉，听到这个回答是不是很开心啊？"

"当然不。"

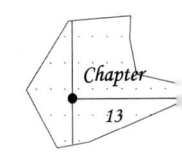

"为什么？你的男朋友心里只有你一个人，你不开心吗？"

"他现在喜欢我，将来也可能会喜欢别人，我和他存在很多矛盾，明天也许就分手了呢。"

金小天："不会的！大家放心，我是个感情专一的人！"

李心月和金小天背过脸去，各自看风景。

盛夏开始对着镜头坏笑道：

"有趣吧，哎哟粉儿们！一对冷战中的情侣，正在通过一次旅行试图挽回破裂的情感。此刻我和你们一样，好奇接下来的旅行如何走下去？有人说，这是个'灰姑娘与白马王子'的爱情之旅，可我认为，这是个'心机女与花心男'的互怼故事。所以，你们怎么看？他们到底是怎样的cp组合？让我们一起走着瞧吧，看看这趟特别的爱情之旅到底有什么爆料？"盛夏故作神秘的样子，眨眨眼睛说，"好啦，这次的直播先到这里！我们'稻草熊'的下一站是一个美丽的江南古城，一个好美好有味道的地方。大家点击一下下面的关注按钮，这样每次我们直播开始就能第一时间收到提醒啦。好了，暂时跟大家告别一下了，Byebye！ Mua！"

楚之翰示意阿裴关掉机器，两人再关注手机屏幕，眼看直播人数突破一万人，楚之翰兴奋地和阿裴交换了个眼神，击掌庆贺。

飞马公司，海伦正在打印机前打印材料，戴维在旁边装订。

丽萨过来催促："好了没有，快一点，打印完了马上送到会议室，这次来开会的可都是大品牌的赞助商，能否拉到他们，就在此一战了！绝不能出一点错！"

海伦忙不迭地说道："好的，马上，还剩最后几份。"

丽萨转身走了，戴维和海伦长出一口气。

戴维长叹气："在那个女魔头手下当差，每天都要被活活折磨死上亿细胞。"

海伦擦汗："我现在开始羡慕莉莉了。"

"羡慕她什么呀？"

海伦伸出手，夸张地在空中一划，说："随着一道晴空霹雳，'唰'地一下，老天爷给人家霹（批）了一个高富帅，然后手拉手来一场说走就走的旅行！"

戴维撇撇嘴，不屑地"切"了一声："我才不羡慕呢，不过，我真的有点想她了。也不知道她现在在哪，在干什么。"

"不是说去纽约，先见家长再去旅行吗？"

这时旁边的一个同事探过头来:"去什么纽约,他俩出大事了。"

"什么事?"同事伸出手机:"莉莉参加了一个直播旅行。"

一听到莉莉的名字,戴维和海伦立刻凑上去,两人盯着手机屏幕看到了"爱情之旅"的直播回放,这下全看傻了。

戴维挠头:"想不到莉莉和那'金龟婿'参加了国内的直播旅行。"

海伦惊叹道:"是呀,太意外了。不过,我总觉得,哪里不对劲。"

"我想起来了!"戴维迅速翻找手机,在盛夏的微博视频中找出她和金小天的跳水视频:"瞧见没有,夏夏主播和这小子早就认识,两人一起录过跳水视频!还演了一出《罗密欧与朱丽叶》。"

海伦突然也想到了什么:"我知道了,他俩早就有一腿。"

"所以,莉莉要连线的就是盛夏的电话。"

"怪不得盛夏对莉莉处处刁难,还不敢现场连线。"

"我靠,这么复杂的人物关系,接下来的旅行怎么玩呀?"

正这时丽萨拿着一份材料怒冲冲走过来,罗宾紧跟其后。

丽萨将手里文件甩在戴维和海伦面前大发雷霆:

"看看你们俩干的好事,害我在所有老总面前丢人现眼。"

海伦拿起那份文件查看:"怎么了?"

罗宾阴阳怪气道:"有两份文件差最后两页,偏偏又发给最大的客户。"

戴维拿过来一看,果然最后少了两页。偏偏这时,他来不及收起来的手机视频还在继续播放,戴维想关掉手机时被丽萨一把夺过去,训斥道:

"上班时间你们就干这个,能干好工作吗?"

罗宾在旁边一眼扫到了视频中的李心月,突然像发现了外星似的指着手机屏大声说:"哇,莉莉耶。"

丽萨直视着手机中的李心月和金小天,忍不住跟着八卦起来:"我把话放在这里,旅行到了终点,一定是莉莉竹篮打水一场空。"

海伦好奇道:"你从哪里看出来的?"

"那个金小天和那个女主播有一腿。所以,莉莉这趟旅行可不是在玩,而是在被玩!"丽萨伸出手自己的钻戒优雅地晃了晃,"跟我比钻戒,简直是笑话!"

罗宾附和道:"她怎么能跟您比呢,根本不在一个档次,完全没有可比性嘛。"

戴维不服气道:"主管,你怎么那么肯定呀?"

"我是谁？姐在江湖上阅人无数，火眼金睛，难道连这么一个小玩闹的直播游戏都看不明白吗？一个现场连线，就暴露了三人的关系。切！"丽萨说完又指着戴维和海伦："你们俩下次再出错，就跟莉莉一样，写份辞职报告，然后提个篮子出去玩吧。"

丽萨说完她扭着屁股扬长而去，步态浮夸。

罗宾看着她的屁股啧啧感叹："就喜欢姐这几步走！简直是抽象派的随风走。"

戴维嗤之以鼻道："我怎么瞅着像抽风派呢！"

罗宾警告道："你说话要小心哟。"

戴维昂起下巴俯视着罗宾："怎么着，马屁精！有种你去打小报告呀，不然我陪你先耍一下？"

看着戴维想要打架的气势，罗宾强忍下来，掉头就走了。

丽萨和罗宾一走开，员工们立刻凑到一起，大家围绕李心月的八卦新闻，边喝咖啡，边聊直播。

"爱情之旅"的第一波直播视频火了，有好事者翻出盛夏和金小天跳水的直播视频，并上传平台。

粉丝们围绕直播旅行的复杂人设展开了侦探级别的案情大分析，花式大猜想：

"我下注五十，以盛夏的名义，赌金小天和莉莉不可能在一起。"

"我下注一百，以粉丝的名义，赌金小天和妖女在一起。"

"我下注二百五，以上帝的名义，赌金小天和魔鬼在一起。"

盛夏的室友吴妮妮和宋冉也像发现新大陆一般。

吴妮妮眼珠子都看鼓了："我靠，哎哟粉儿全是柯南级别的！破案率太高了吧，就差把莉莉、金小天和盛夏的祖坟挖出来了。"

宋冉不屑道："全是脑残粉！幼稚。盛夏的祖坟还用挖吗？"

"这话怎么说？"

"这还看不出来啊？难道你也被直播秀给骗了？"

"别卖关子了，你赶紧说发现什么了？"

"这趟旅行里，真正的三角关系不是莉莉、金小天和盛夏，而是莉莉、金小天和凯文！"

吴妮妮困惑不解："我怎么没看出来呀？"

"你不会看凯文和莉莉的留言互动吗？"

宋冉翻出凯文和莉莉以往的空间和留言有过多次友好互动。

宋冉指着其中一句话及其配图、时间显示说:"你看这句话,'一个人是孤单黑夜,两个人便是日月同辉!'"

"这有什么问题吗?"

"相同的话,相同的配图,连发表的时间都相同,这说明什么?"

吴妮妮恍然大悟:"说明他们之间有着微妙的关系。"

"没错,最重要的是,上传这句话以后,没多久,凯文就组织了这趟爱情之旅。这就更说明,在他心里,莉莉很重要!这趟旅行跟她有着直接关系。"

吴妮妮冲宋冉竖起大拇指,"太帅了!原来柯南本尊在这里!"

宋冉得意道:"至于盛夏,她就是个大绿叶!"

"对,路人甲!"两人对视大笑。

Chapter 14

房车继续在高速路上向南奔驰而去。

车窗外,风景如画,成片的田野和树林随风轻摆,让人心旷神怡。

车里放着轻快的音乐,阿裴随着节奏一边开车,一边摇头晃脑。他身后的座位上,盛夏拉着楚之翰在讨论下一站的直播内容,最后面坐着李心月和金小天。

金小天靠在李心月身边打着瞌睡,微张着嘴,哈喇子流下来,李心月嫌弃地推了他一把,背过脸去。

金小天悄悄睁眼,看到李心月正观察着楚之翰。察觉到李心月回头了,他急忙继续假寐。

李心月将金小天推醒:"喂,喂,醒醒。"

金小天擦擦脸,不情愿地坐直身体:"怎么了?"

"你去后面睡好不好?"

"不要。就这儿最舒服。"

李心月气得不知说什么好,低声抱怨:"无赖。简直就是块狗皮膏药!"

"哇,对你男朋友这么不友好?"

李心月不满地低声问:"为什么要说我是你女朋友?"

"这不是为了保全你的面子嘛?"

"我的面子?你还好意思说?我平白无故多了个男朋友,还是你这样的,我哪里还有面子?"

"行,那我就跟大伙实话实说,我是个讨债的,因为你欠了我大

姨半年的房租，我得一直跟着你要账……"

李心月一把捂住了金小天的嘴巴。

金小天眨巴眨巴眼睛，冲着她卖萌，李心月气恼地放开手。

金小天来劲了，指了指楚之翰，凑到李心月身边小声问："你着急跟我撇清关系，是不是看上他了？"

李心月冷淡地扫一眼金小天，丢了个白眼给他："你是有多无聊？外表是个汉子，内心住着个八婆。"

金小天露出一幅无赖相："这你就不懂了吧，八卦是人类的天性……"

李心月没好气地说，"可现在这样，你演得下去吗？"

金小天话里有话道，"怎么演不下去！人生如戏，戏如人生，反正都是真真假假，真假难辨。论起演技，我可不如你。"

"你这话是什么意思？"

金小天感叹道："那晚喝酒的时候，你跟我说了那么多好听话，演得那么动人，把我都骗了，"金小天边说边回想头天晚上，在出租房天台上温馨的一幕，"可今天，你说翻脸就翻脸，直接把我甩了。告诉你，我可没那么容易被甩。"

金小天的话让李心月心里一惊，她意识到金小天就像一双眼睛，随时盯着自己，粘着自己，让她在心理上有种难以言表的压迫感和紧张感。一想到后面的路还很长，一路上如果在什么环节被金小天识破，就会坏了她的大事。

李心月再次盘算着如何甩掉这个狗皮膏药，当她看到快到服务区的指示牌，对前面的楚之翰说道，"凯文，前面服务区停一下好吗？"

楚之翰马上答应，"好的，大家一会都下车放松一下。"

房车在服务区减速停下来，众人下车，纷纷活动着身体。

楚之翰看了看时间叮嘱："这个服务区比较大，大家别走远了，一刻钟后我们出发。"

李心月和金小天同时站起来，向洗手间走，结果俩人卡在过道里，谁也不让谁。李心月往左避让，金小天也同时往左，李心月往右让，金小天也往右。

阿裴起哄："你们俩秀恩爱能不能换个时间地点？"

李心月急了："金小天，你成心的吧？"

金小天回道："一个巴掌拍不响，这能都怨我吗？"

楚之翰打开了另一侧车门，大家已经下了车，李心月和金小天才终于绕开彼此，向洗手间走去。

看着他们的背影，楚之翰对阿裴说："你有没有感觉，这两人的关系，其实有点怪。"

阿裴却说，"这俩小祖宗，就是一对欢喜冤家型的CP组合，闹吧，越闹，直播越有看点。"

金小天很快上完厕所，他装出一副睡不醒的样子，懒洋洋地打着哈欠重新上了车。车上只有他一人，金小天把目光落在李心月的箱子上，正在琢磨时，李心月突然打开车门，盯着金小天敏感追问："你在干什么？"

金小天不动声色道："没干吗啊，怎么了？"

"你是要翻我的箱子吗？"

"翻你箱子？为什么？难道里面有什么值钱的宝贝？干吗对我有这么大的敌意？"

"因为你这个人，太滑头了。"

"这叫天资聪颖好不好？"

李心月不理会他，戴了耳机听音乐。

金小天也不再多话，坐到她身边，自来熟地拿起一只耳塞往自己耳朵里一塞，也跟着听了起来，还跟着音乐节奏闭着眼睛作陶醉状。

李心月看他那副陶醉的样子，真想拉开车门，一把将其推下去，再也不想看到他。可她知道，这样是甩不掉金小天的。

李心月焦急无奈时，突然看到服务区各个服务摊位，她眼前一亮，马上调整自己的情绪和表情，换成小女生的表情包，故意吸引金小天的注意。

果然，金小天看到李心月呆萌的样子，好奇道："你干吗呢？"

李心月温柔地说："服务区有个摊位在卖鲜榨的红心火龙果汁，看着很好喝的样子……"

面对李心月充满渴望的眼神，金小天马上说："这种事情怎么能让我女朋友去呢？等着。"

金小天下车了，临走前还刷地转身，朝李心月挥挥手："马上回来，等我哟。"

李心月点点头，露出甜美的笑容："好，我等你。"

金小天被这突然的笑容迷住，不由一怔，继而油腻地一笑："哎哟，调皮。我这就回来。"

李心月微笑目送他远去，突然收敛了笑容，迅速用车上大家的衣服和包做了一个假人，看上去就像金小天睡在那里的样子。

李心月刚做好假人，车门打开，大家陆续上车，各就各位。

楚之翰最后一个上车，他看看车上的人问："都回来了吗？"

李心月马上说："都回来了。"

盛夏问："你男朋友呢？"

李心月指了指身边，她用衣服和包做了一人假人，看上去就像金小天睡在那里："睡着了。出发吧。"

楚之翰拉上车门说："行了，出发！"

车发动引擎，缓缓离开了服务区。

独自留在服务区的金小天还在许多摊档前走来走去，他一家家找着，可就是没有果汁铺，好不容易看到尽头处有一处鲜榨果汁的招牌，他疾奔而去。等他终于端着两杯红心火龙果果汁走出来，返回老地方时，这才发现车子不见了，再抬头看向前方，只见房车已开出一段距离了。

金小天意识到自己又被李心月甩掉了，他摸出手机打给李心月，不料电话直接被挂断，但这回金小天并不恼火，他自语道："臭丫头，咱们等着瞧。"

金小天索性坐下来，一边品尝火龙果汁，一边给李心月发出信息："你就不怕我把你的行踪告诉赵老板吗？"

李心月回复："随你好了！不过，我们已经顺利离开上海，至于那些财务公司的人，也就没什么可担心的了！"

金小天回复："你这是卸磨杀驴啊。"

李心月回复："那么驴子先生，再见的意思是，希望再也不要见。"

金小天仰天长叹，挠挠头，拨通了"老爹"的号码，先说出暗语："老爹，儿子给你买的酒好喝吗？"

老冯在电话里回道，"啊，对，正喝你给我买的酒呢。这酒真不错，你在哪儿买的？"

暗语对上了，金小天马上汇报："我在古城服务区。我被赶下车了。"

"怎么？暴露了？"

"那倒没有……"金小天有点难为情，踌躇着要不要说。

老冯焦急地追问："到底怎么回事？"

金小天尴尬道："我……我低估了李心月，她一路上都在算计摆脱我！"

"这就是我一再告诫你的，不要掉以轻心。你遇到的每一个人，都可能是致命的对手，尤其你现在孤身在外，就更不容小觑……记住了吗？"

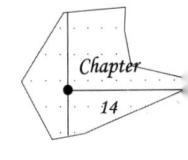

金小天老老实实地说："是。"

老冯听金小天的语气，知道他是受到教训了，于是语气缓和了一下："跟了半天，到底画在不在她的身上？"

"我还没找到机会检查。"

"那就先想办法跟上。"

"是。"

"你现在在什么位置？要不要协助？"

"我在古城收费站，前面就是古城镇，放心，我有办法，小沟小坎，翻不了船。"

"哦，你小子留了后手？"

金小天面露得意，"那天晚上那顿酒是她存心要灌醉我的。从那以后，我就对她留了个心眼，有备无患嘛。"

"嗯，这才像样。我们永远要比对手想在前面。"

"是。"

"行吧，有情况随时联系。"

金小天挂断电话，在服务区找了个休闲吧坐了下来，悠闲地喝起了刚买的果汁。

房车已开出服务区两公里外，车上的人仍然没有发现少一个人。

眼看第二场直播即将开始，李心月已做好了心理准备。

盛夏对镜补好妆，她打开直播，开始进入自嗨状态："嗨，宝宝们，这是夏夏为你带来的第二场整点直播，我们现在要和李心月、金小天这对甜心情侣玩一个默契游戏……"

李心月面对盛夏和她的镜头，犹豫了一下，然后淡定地说道："金小天不在这里。"

李心月的话让车上的人都傻了，盛夏指指李心月身边的假人："哈？什么？他不是在那吗？"

李心月伸手揭开外衣，外皮下堆积的各种衣物、帽子立刻散落开来。

楚之翰、盛夏都惊呆了。

弹幕开始汹涌而来——

"我去，厉害了。大变活人。""心月女巫，你把男朋友变没了吗？""人呢人呢？""所以说，千万不要惹女人，不然她们发起威来，你连人影都不见了……"

楚之翰急切追问："莉莉，这是怎么回事？金小天人呢？"

李心月看看车内众人，表情严肃道："我有件事情要宣布。我要向大家道歉，我和

金小天其实不是情侣，我骗了大家，对不起！"

楚之翰、盛夏和阿裴一脸惊讶。

楚之翰追问："是真的吗？……可是，为什么？"

李心月点了点头："金小天之所以要我假扮他女朋友，他其实是为了追盛夏。"

盛夏一脸不相信："说什么呢？干吗扯上我！你们都同居了，骗鬼呢？！"

阿裴透过后视镜看热闹，楚之翰一脸疑惑。

李心月只好解释："没错，他是住在我家，不过是在外面的阳台上，那是因为他并不是我男朋友，而是我房东的亲戚。他其实没有工作，就是个游手好闲的小混混！"

楚之翰问："小混混？心月，你什么意思，都把我说糊涂了！"

盛夏打趣："你们这对情侣，未必也太无聊了吧！"

李心月认真地说："没有，我说的是真的！他是为了追你才上的车。"

楚之翰看了看那堆伪装成金小天的衣物和帽子，不由得苦笑道："那他现在哪里？"

"应该还在服务区，在打车回上海吧。"

突然，楚之翰想起了什么，抬头看盛夏，盛夏也意识过来，俩人异口同声："直播！"

盛夏忙拿起手机一看，直播还在继续，弹幕已经铺天盖地。

弹幕——

"实锤三角恋之旅！""就喜欢这种惊喜。""这回我信你们是现场直播，未经演练的了。""这真人秀可比那些彩排过的节目好看多了。""可以说是非常real了。""这波心月666哇。""我觉得李心月的头脑，一个顶他们俩。""我要小天哥哥回来。""小哥哥，心疼一秒钟。""估计他正在路边哭泣。""小天哥不要哭，我的鸡腿送给你。""金小天不在了，说好的情侣浪漫之旅还怎么继续？""这下甜心情侣变成拆心情侣了"……

楚之翰和盛夏看着这些弹幕，脸色都变了。

楚之翰急忙写了一行字给盛夏："马上结束直播。"

盛夏却急中生智，冲楚之翰眨眨眼，重新面向镜头说："甜心情侣突然落单，浪漫之旅还怎么继续下去？我相信大家和我一样，都很关心后续的剧情会怎么发展。老实说，夏夏虽然经历直播无数，但这种场景也是第一次遇到。实在是因为我们的女主角太有个性了。这对情侣刚出发就要单了，夏夏现在实在想不出来，甜心情侣后面的故事，该怎么书写，反正，"说到这儿盛夏故意看了一眼楚之翰，坚定地说，"反正，我是不会掺和进去的。请大家和我们一起期待吧，白白。"

盛夏关了手机，长出一口气："做了这么多次直播，第一次盼着快点结束呢。"

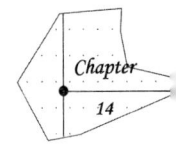

楚之翰对盛夏的机智点赞："夏夏，说得很棒了。"

盛夏一边得意，一边抱怨，盯着李心月说："这都拜你所赐。"

李心月不好意思道："对不起，因为我，影响了你们的直播。"

楚之翰上前安慰道："这个倒不一定，刚才的在线收看人数还是很高……"

盛夏看到楚之翰并没有生李心月的气，反而好心安慰，马上不开心道："可是后面怎么办？说好的浪漫之旅，男主角刚出发就被扔掉了。"

李心月想了想说："把主题从浪漫爱情转变成纯粹的游玩就行，我很了解沿途站点的风景和美食，这两样一样有看头。"

盛夏询问地看着楚之翰："楚总，你的意见呢？"

楚之翰犹豫片刻说："莉莉，就不能让金小天回来吗？"

李心月平静但坚决地摇头："这个人，我是不想再见到他了。"

车里气氛凝重，盛夏在等楚之翰的表态。

楚之翰烦闷地一甩头："先到酒店住下再说吧。"

阿裴将车停靠在紧急通道上："那我马上订房间。"

盛夏不爽地看看李心月，也回座位坐下来。

楚之翰换到驾驶位，替换了阿裴。

阿裴拿起IPAD开始订房，回头冲李心月和盛夏说："你们的身份证给我一下，我订房。"

盛夏把自己的身份证交给阿裴，李心月也打开钱包找身份证，可是怎么找也不找不到，她只好又拿起手包翻来翻去，仍然找不到身份证。

阿裴催促道："怎么了，找不到身份证了？"

李心月正在焦急时，手机传来微信提示音，她打开手机。只见金小天发来一张照片，是他和李心月身份证的亲切合影。

李心月气愤地扶着额头，不好意思地对楚之翰说："呃，不好意思。凯文，我们得返回服务区。"

服务区，金小天面前堆着水果，咖啡，点心，一个人正无聊地坐着，吃着，手里却拿着李心月的身份证，对着证上的照片自言自语："看上去人畜无害的，怎么会有这么多心思呢？李心月啊李心月，你到底想干什么？"

正说时，那辆熟悉的房车从远处开过来，停在金小天的面前。

李心月从车上下来，怒气冲冲走到金小天面前。

金小天视而不见，举着那杯火龙果果汁故意说道："哎呀，这里的火龙果果汁是我喝过的最好喝的，可惜，有人没这个口福。"

李心月气急败坏，伸出手冲金小天大喊："拿来！"

金小天装傻道："什么啊？"

"我的身份证！你果然是个小混混，就知道偷偷摸摸。"

"你也不错啊，把小混混耍得团团转。只不过，你挑错了对手。"说着，金小天故意举起那个身份证，眼看李心月冲上去要抢，金小天却高高举起，李心月跳了几下也奈何不得。

这时，楚之翰从车里出来，走过来问："莉莉，证件找着了吗？"

李心月气呼呼道："嗯。他拿着不给。"

楚之翰看着金小天问，"为什么不给她？还有，你到底是不是她男朋友？"

金小天愣住，阿裴上前补刀："听说，你是来追盛夏的？真的吗大神？"

金小天看看李心月，他明白李心月是彻底要甩开自己，他马上狡辩："啊……现在她不是。不过以前是。我俩吵架了，她生我的气，才会那样说。"

楚之翰问："那你们现在……"

"现在我要重新追回她，用浪漫，用心意，打动她。这不也是你们直播需要的吗？"

阿裴趁机说："那赶紧上车，上车。"

金小天去扯李心月的手，露出无赖的笑容。

李心月一把甩开他的手，瞪了他一眼，转身向房车走去。

金小天跟着上了车，看到盛夏，又被盛夏嫌弃地瞪了一眼，遂即，两人都尴尬地转移了视线。

房车再次启程，可这回车上没人说话，各自摆弄各自的手机，气氛很冷。

金小天悄悄给盛夏发了一个短信，向她解释："盛夏，不好意思。为了跟着你们一起旅行，所以迫不得已找了个借口，说是想追你，实际上，我只是想能有机会跟莉莉和好。请你谅解，也请你帮忙。如果这趟旅行，我真的能跟她和好如初，一定好好谢你。至于直播，我也一定会全力配合你，你叫我做什么，我就做什么，好吗？"

盛夏想了想，回复道："好，这可是你说的，以后，你可得听我的话。"

金小天回复："必须的。"

楚鸿飞的画室内，窗帘拉着，屋里十分昏暗。

正这时，房门突然被推开，刺眼的光直射进来，楚鸿飞忍不住用手挡住脸，让眼睛适应这突然的光线。只见陈正茜端着餐盘进来："看这一屋子烟味儿，你又在画室待了一整天？"

陈正茜拉开窗帘，打开窗户，外面的阳光驱散屋里的阴冷。看到桌子上放着的一杯咖啡仍然是满的，她皱起眉头："……我上午出去的时候给你冲的咖啡，还没喝，给你换杯新的吧。"

楚鸿飞摆手："不要了，喝了咖啡，晚上睡不着。"

"你最近不喝咖啡也睡不着。你这样持续失眠可不行，我们去医院看看吧，开点药。"

楚鸿飞站起身，走到窗前："不需要，吃了安眠药，什么灵感都僵硬了。"

陈正茜将一杯果汁递给楚鸿飞："那先喝点橙汁，我给你做了馅饼，发面的，是你喜欢的三鲜馅，还有小米粥，对你的胃好……"

楚鸿飞抓过一个馅饼张口就往嘴里塞。陈正茜拦住他："先喝橙汁。"陈正茜固执地把果汁放到楚鸿飞手上，盯着他喝下："抽了那么多烟，必须补充维生素。"楚鸿飞无奈地喝橙汁。

陈正茜开始整理画室卫生，边打扫边数落："……这么大年纪了，脾气还是那么暴躁，一碰就炸，小心你的血压，容易中风的。……我辛辛苦苦伺候了你们爷俩一辈子，到头来没落一句好话，小的一个不高兴就失联，老的一个不高兴就不吃不喝……"

楚鸿飞不耐烦道："你有完没完？一进门就开始唠叨，你烦不烦，难怪儿子不愿在家住。"

陈正茜走到楚鸿飞面前，换了一副面孔，"好，我跟你说点正事。"

"什么正事？"

"我上午在画廊给他们开了个会，下周的画展筹备中要建立新的客户群。上海两千多家画廊，要想争取更多的高端客户。在操作上，强调我们的艺术品只有10%的差价，不搞乘风涨。让他们明白，作为'雪山派'画宗，我们只做精品！"

楚鸿飞拿着馅饼大口地吃着，对陈正茜的话置若罔闻。陈正茜继续说道："不过，下面人说，在跟一些新客户沟通过程中，听到一些议论……"

楚鸿飞继续只顾吃饼，不理睬她的唠叨。陈正茜不满道："你也不关心是些什么议论？"

陈正茜话说半句，等着楚鸿飞接话，但楚鸿飞一脸漠然，也不看她。陈正茜只好自己继续："……他们说，楚大师近年的作品虽然很多，但是，都没能超越他的成名作，

他们期待能收藏到像《宝贝》那样的经典作品。哎哟，你吃慢点儿，小心噎着……"

楚鸿飞烦躁地说："他们懂什么？说这些话的肯定都是乡巴佬、土豪，不懂艺术。"

"我也是这么回答的。不过……"

楚鸿飞摆摆手："好了好了，你先去忙吧。"

陈正茜刚离开，楚鸿飞接到赵老板的电话："不好意思，楚大师，那个莉莉已经离开上海了……我这边，实在没办法了。"

"她总会回来的，到时候再说吧……"

楚鸿飞放下电话，忧心忡忡，脑海里反复回想着照片上李心月的模样，越发感觉好像在哪里见过她似。既然那个女孩不敢见自己，而且还离开了上海，她一定有问题。

楚鸿飞只好拨通那个神秘人的电话："欧阳先生，那个拿画的女孩离开了上海。我这边，实在是鞭长莫及……"

"好吧，我会派人去找到她的。"

一座豪宅内，欧阳先生放下电话后，直接拨通胡志辉的电话："阿辉，画在一个叫莉莉的女孩手里，她现在已离开上海，你要找到她，拿回那幅画。"

辉哥马上答应："放心，老板，我一定帮您拿回那幅画。"

Chapter 15

楚鸿飞半躺在靠椅上，半合着眼睛盯着墙上那幅临摹的《宝贝》，耳边回响着年轻时一个年轻姑娘和自己的对话。

"……亲爱的，你看，这是我刚完成的作业。"

"进步很大啊，你的水平很快就能达到以假乱真的程度了。"

"可是，我刻苦画画不是为了模仿大师作品，我的愿望……是帮助你成为大师……"

"哈哈哈，我想我一定能帮助你实现这个愿望。"

"我爱你！跟你在一起，我好幸福啊……"

楚鸿飞的眼神逐渐变得阴狠起来，这些年来他和贩毒集团老大欧阳先生之间不可告人的利益关系，驱使他早已丧失了作为画家的纯粹。

为了把贩毒的黑钱洗白，从楚鸿飞还不知名、不被公众看好时，欧阳先生就开始接近和利诱他，开始用黑钱捧他、炒他，直至他成为一代宗师并骑虎难下，为其操控。

作为同一条贼船上的人，急功近利、贪慕虚荣的楚鸿飞早已身不由己，他只能在人前装作受人尊敬的一代宗师，人后却不得不像奴仆一样无止境地听从欧阳先生的指令，帮其洗钱。多年来两人之间的暗中交易可谓各取所需，也正如一句名言所说，在"每一笔巨大的财富背后都隐藏着罪恶"。

拍卖会当天，欧阳先生突然要拿楚之翰的性命威胁楚鸿飞交出有关那幅画的秘密时，楚鸿飞只好吐露出埋藏多年的秘密："其实，这幅画不是我的。"

"不是你的？什么意思？"

"我不是那幅画的原创作者,是我占用了的别人的画。"

欧阳先生愣了一下,遂嘲笑道:"有意思,堂堂雪山画派的领军人物,居然是个偷画的。我们合作这十几年,你一直在骗我?"

楚鸿飞解释道:"除了《宝贝》,您经手拍卖的我其他的作品,都是我亲手作的。"

欧阳先生追问:"那《宝贝》是谁画的?"

楚鸿飞犹豫了片刻,痛苦地说出三个字:"李奇峰。"

欧阳先生听到这个名字,敏感一怔,想起什么:"……是他!"

"是的。"

楚鸿飞为了儿子楚之翰的命,把深埋心底、准备带进坟墓的秘密说了出来,就像是撕开了心口的一层皮,屈辱、痛苦、无奈、愤怒的血液喷涌而出。然而,楚鸿飞何曾知道,他试图隐瞒的秘密和欧阳先生索要的秘密却不一样。

房车继续行驶在高速公路上,李心月望着窗外掠过的风景出神,但只要她闭上眼睛,痛苦的回忆就会浮现在眼前。

人生最幸福的回忆都停止在李心月五岁生日前的一天。

1996年的某一天,小心月一心盼望着生日的到来,因为她知道生日那天爸爸会从外地回家,而且给她准备了一份特别的生日礼物,妈妈说那是一幅叫作《宝贝》的画。

为了迎接李心月的生日,妈妈正在拼命照着说明书学做蛋糕,可惜当时她一连做糊了三个蛋糕也未能成功。

看到妈妈吃力的样子,小心月好奇地问:"妈妈,你真的能做蛋糕吗?"

妈妈将第四个蛋糕放进烤箱,信誓旦旦地说:"当然,这次妈妈一定要成功。"

小心月:"那我过生日的时候,爸爸真的会回来吗?"

李妻用沾满面粉的手指点点小心月的鼻子:"当然了!你可是爸爸的宝贝!"

小心月的鼻头沾满面粉,拍手鼓掌:"太好了!爸爸要回来了!"

这时电话铃响起,妈妈擦擦手上的面粉,出去接电话:"喂,请问哪位?"

电话里传来一个女人的声音:"你好,我是陈正茜,美术学院楚鸿飞的爱人。"

"哦,你好,听我家老李经常说起,请问,有什么事吗……"

"……我只是想告诉你,你家老李出事了!"

"什么,他出什么事了?"

"他在雪山上写生时遇到雪崩,失踪了……"

妈妈顿时变了脸色:"什么?"

妈妈手里的电话掉了……

在李心月的记忆中，那个突然打来的电话彻底改变了她的命运。

接下来，一切都变得像噩梦一样可怕。

李妻不顾一切地拉着小心月往外跑，母女二人历经各种颠簸，终于来到香格里拉。然而当她们冲上一辆出租车赶往出事地点时，意外再次发生。

出租车上，李妻神情恍惚，不断催促司机："师傅，再快点，快点！"

司机踩着油门说："不能再快了，再快就超速了。"

李妻有些精神失控，她开始哭诉："师傅，求求你，再快点！我的爱人在雪山上生死未卜，我要尽快赶过去！"

小心月被妈妈的样子吓哭了："妈妈，妈妈你怎么了？"

司机见状，只好将油门再踩下去，时速180。

路上，出租车不断并道，超车，抢道，经过一个十字路口时，一辆大上车突然从侧面开过来，两辆车撞在一起。

出租车被挤压变形，冒着滚滚浓烟，玻璃碎片到处都是，司机趴在方向盘上一动不动。

小心月先醒了过来，她看到一块坚硬物刺穿妈妈的胸部，拼命大喊："妈妈，妈妈……"

从此，整个世界再也看不到爸爸和妈妈了。

一切的一切都变得恍惚模糊，直到有一天，在香格里拉的一个派出所，警察叔叔将李奇峰的遗物《宝贝》交给了小心月。

那时候小心月还不知道，父亲李奇峰是为了救楚鸿飞才被雪崩掩埋，最后却连尸体也没有找到……

没想到楚鸿飞恩将仇报，竟公然盗取侵占了《宝贝》，据为己有，更凭此画平步青云，成为一代宗师！

22年过去了，李心月没有一天不想着夺回这幅并替父亲讨回公道：这幅画真正的作者是我父亲李奇峰，不是楚鸿飞！她决定，按照她自己的方式拿回属于她的《宝贝》！

一切都从李心月得知《宝贝》即将参加拍卖会的消息开始，而她计划的第一步便是那个与众不同画筒。

在一家偏僻的杂货店内，李心月向店主订制了暗藏夹层、有两道拉环的画筒，正是那个画筒和养母萧芳芳临摹的《宝贝》让她瞒天过海调了包，终于拿回父亲的遗作。

路标正在向香格里拉不断靠近，李心月心中默念："爸爸，妈妈，女儿来了。我已踏上你们曾经走过的路找寻你们的足迹。等着我！香格里拉见！"

111

然而，李心月并不知道因为这幅画，通往香格里拉的路将充满危险，她更不知道，身边难缠的小混混金小天竟是潜伏在她身边的卧底警察……

楚之翰看着眼前充满心事的李心月，发现自己特别想让这个女孩开心，却又不知道该如何博她一笑。对于刚才金小天的离去，楚之翰可谓喜忧参半。喜的是，金小天只是李心月的前男友，自己还有追求爱情的机会；忧的是，作为"稻草熊"的老板，旅行直播该如何继续下去？楚之翰被李心月和金小天全新的关系以及自己的私心难住了。

无奈中，楚之翰再次打开设备，盛夏站在镜头前开始直播：

"宝宝们，欢迎回来。是的，就在不久之前，我们的甜心情侣发生了各自分飞的意外状况。夏夏在后台也收到了无数热心粉丝的留言，询问他们现在怎么样了。别急，答案马上揭晓——

直播镜头一转，拍到了站在一起的李心月和金小天，两人勉强做出和好的样子。

盛夏继续说："是的，他们已经和好了。分分合合，吵完了再和好，这可能是大部分情侣之间相处的日常状态吧，所以，我们的直播够真实吧。现在，让我们来问问这对甜心情侣，你们有什么想对大家说的？"

李心月："我想说的是，请大家在吵架之前，先看管好自己的东西。"

金小天："要我说嘛，有什么问题不能坐下来说呢？人与人相处，要多接触，多沟通，才能更了解对方。"

弹幕又热闹起来，各种花式评论满天飞。随着直播，房车下了高速，开进一座江南古城。城内，一条很宽的河静静地流淌着，在阳光下似一条银链。

河岸林立着青瓦白墙的房屋，斑驳的墙面，留下一年又一年的印记，一排排房屋整齐排列，檐角向上轻轻翘起，褪色后的青瓦也倍显沧桑。

古城的街道全以青石板铺筑，从北到南九曲十三弯，宛如一条条青龙。古街两旁分布着近百条纵横交错呈网状的卵石巷道，或长或短，或宽或窄，高墙窄巷，古朴幽远。

盛夏把镜头伸向车窗外侃侃而谈："宝宝们，这就是我们的第一站目的地江南古城，感谢大家陪伴我们'稻草熊'网'和好之旅'度过的快乐时光。接下来我来介绍介绍美丽的江南古城，这座古城开建于公元前221年，拥有深厚的历史积淀，保留了许多文化古物。此处距离我们的目的地香格里拉还有2000左右公里…"

金小天和李心月有些尴尬地坐在另一侧看风景。

这时，当地的几名混混跟在他们的老大华子后边，大摇大摆行走在街道上，华子随手拿起一家水果摊位上的苹果，大口咬下。

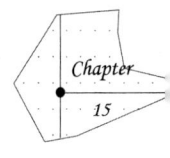

摊位老板笑着说:"华子,今天晚上再去玩两把?"

华子吃着水果含糊不清地:"还玩?我还是先想想怎么挣钱吧。"

华子身后的一名小弟拉了拉华子的衣袖,指指不远处开来的一辆房车说:"老大,上海来的车……"

华子顺着小弟的方向望过去,看到沪牌的房车缓慢地行驶在街道上。

华子狠狠地咬了一口手中的苹果,剩下的半个扔在地上:"开工。"

于是,一个小混混突然冲向房车,车子急刹车停下。

房车上,大家都跟着晃荡了一下,正在直播的盛夏也惊叫一声,"啊,什么情况?"

阿裴隔着挡风玻璃看着躺在地上的那人,狠狠地拍了一下方向盘:"坏了,碰瓷的!"

大家都在发愁,盛夏却兴奋道:"哇,大事件,绝对不能错过。"

李心月提醒道:"你能不能安静点?"

盛夏拿着手机打开直播:"要你管?"

楚之翰边拉车门边叮嘱:"你们两个在车上待着,阿裴,跟我下车。"

楚之翰和阿裴打开车门下车,只见一个小混混模样的年轻男子躺在地上,那家伙正抱着左腿在地上不停地翻滚,叫喊:"哎哟,我的腿哟,哎哟。"

楚之翰拿出手机刚要拨打电话,混混头儿华子走了出来,大声叫嚣着:"你干什么,撞了人不负责,打电话叫人是吧。"

楚之翰赶紧解释:"我是叫救护车。"

话音刚落,躺在地上的小混混惨叫得更加厉害。

华子大声呵斥:"叫什么救护车,外地来的吧?"

华子边说边打开刚录的视频,上面显示房车撞上小混混的一幕,视角卡得很好,就像是真正的车祸一样。

"大家看清楚了,证据在我这,现在,你报警吧。"华子四处展示与吆喝。

阿裴中招了似的,心虚地对着楚之翰小声嘀咕:

"怎么办?如果交警来了,扣了我的驾驶执照,我们就上不了路了。"

楚之翰也不想在此处惹出事端,不好收场。他看着华子问:"那你想怎么样?"

"当然是赔钱!"

楚之翰强忍着问道:"你想要多少?"

"撞成这样,怎么着,也得赔个三千五千的吧。"地上的小混混立刻配合着发出更大的惨叫声。

Chapter 16

　　李心月忍不住跳下车叱问华子："这是碰瓷！是敲诈！以为我们好欺负的呀！"

　　华子打量一下李心月，冷笑道："欺负你，说对了！在我们的地盘，你还想欺负我们不成？"

　　说着华子一挥手，几个小混混冲上来将楚之翰、阿裴和李心月团团包围，正在大家不知所措时，金小天从人群中挤了进来。

　　李心月三人还没反应过来，金小天已走到小混混的身边蹲下，嬉笑道："兄弟，可以啊，等会我给你发个小金人。"

　　华子威胁金小天："兄弟，出来混，就得规规矩矩地，别找自找麻烦。"

　　金小天站起身看着华子："我看你们好手好脚的，怎么出来干这么低级的事？"

　　华子的几名小弟从人群中挤出来，站在华子身后。金小天上前两步走到华子身前："怎么，比人多啊？"华子笑道："有本事你也喊几个来啊。"

　　"碰上你这种，我也要喊人的话，那就证明我太逊了。"说完金小天脸色一变，躺在地上，捂着胸口："哎哟，你打人，快，快报警。"

　　华子脸色铁青："兄弟，别玩过了。"

　　盛夏一看外面越发精彩了，她打开车门走了出来，手里拿着手机直播，边录边小声对网友说："看到了吗，亲们，好戏上演了！我们遇见一个碰瓷的。金小天正在跟他斗智斗勇。"

一场遇见爱情的旅行

一场遇见爱情的旅行

不论是以前还是现在,它一直是我「心中的日月」。

盛夏特意为倒地的小混混和金小天来了个大特写，网友们看到两个人戏精般的表演，纷纷打来弹幕："新时代影帝。""从今天起，金小天就是我偶像。""谁都不服，'舅'服你。""666，这波硬操作已经不是大爷大妈的专利了。""又打开了碰瓷界大门，隔空碰瓷。"

金小天躺在地上不断哀号，阿裴会意，指着金小天对华子说："你赶紧救他呀，不然这出了人命，你跑都跑不掉。"

躺在车下的小混混愣愣地看着金小天，又看看华子，不知道如何是好。

华子硬着头皮走到金小天跟前："兄弟，混哪的？知不知道自己过界了。"

金小天躺在地上看着华子，小声说了句："认识大斌吗？"

华子一愣，赶紧问："你跟他是什么关系？"

"哼，我跟他的关系，还轮不到你来打听。"

华子踌躇起来，不知道该怎么下台。

金小天拿出流氓架势，大吼一声："还不快滚？"

华子吓得一哆嗦，对混混们："走！"

小混混们跟着华子赶紧离去，围观的人群也散了。

金小天掸了掸身上的土，对楚之翰几个人说："你们啊，一点社会经验都没有。"

楚之翰自愧不如道："我们可没法跟你比。"

金小天笑笑："谁不想更体面地活着，但是这个社会就是这样，想要活得好，"金小天指着华子等人离去的方向，"就得比他们更加无耻才行。"

楚之翰没理睬金小天的说辞，转身走了。

阿裴凑上前去，手搭在金小天肩膀上点了两下："可以啊，改天也教教我。"

金小天浑身一个机灵，弹开阿裴："独门秘籍，绝不外传。"

楚之翰走到车前拉开车门，对阿裴喊道："走了。"

不料大家上了车，车子正要发动，但是开了没多久就熄火了。

阿裴停下，再打火，引擎抖动两下之后，熄火。

阿裴再次打火，再次熄火。

楚之翰问："怎么了？"

阿裴欲哭无泪，拍拍方向盘："车坏了。"

盛夏感叹："天啊，等会那帮碰瓷的不会再回来吧？"

阿裴解开安全带，打开车门下去："你们等着，我下去看看。"

阿裴下车，走到车头前。

楚之翰从车里下来，来到阿裴的身边："怎么样，好不好修？"

"楚总，我开车可以，修车啥的可不懂。"

楚之翰掏出手机说："那还是赶紧打电话找 4S 店的人来修吧。"

大家纷纷下了车，不一会来了一名修车工，他趴在引擎盖下边检查完，站起来对楚之翰说："油管堵住了，油压不过来。"

楚之翰焦急道："那怎么办？"

修车工看了看车："换条油管吧，一千。"

阿裴一听要花一千修车，心疼得要命："师傅，就没有别的办法吗？"

修车工摇头："没有。"

楚之翰看看时间，只好说，"一千就一千吧，师傅麻烦你快一点修。"

修车工刚要动手，金小天上前阻拦。"等等。师傅，修什么要花这么多钱？"

修车工："车的油管堵了，需要换条油管。"

金小天放下单车，径直走到车头，撸起袖子找到油泵，检查了一下回头对阿裴说："油管堵了，他让换你就换啊？"

阿裴赶紧问："那不然呢？你会修？"

金小天得意道："我不会修，但是油管堵了，我有办法解决。瞧我的吧！"

金小天说完撸起袖子，用手使劲压油泵，眼看着油管里边的油压了上来，金小天得意地看看楚之翰和李心月："怎么样，帮你们省了一千块钱。"

楚之翰只好对金小天说了句："只能说声谢谢。"遂又对修车工笑笑："抱歉，你请回吧。"

修车工将自己的工具箱提起来，整了整衣领："有病。"

修车工说完大步走到自己的车前，上车刚离开，一阵摩托的轰鸣声传来，五六辆摩托车将几人围了起来。

楚之翰见状，焦急又无奈道："又是他们。大家快上车。"

然而已经晚了，五六辆摩托车将几人围了起来。

盛夏吓得连忙抓住李心月的胳膊，楚之翰把李心月和盛夏护在身后，但自己也有些胆怯，在原地紧张地不敢动。

为首的华子将帽子摘下来之后，看着金小天狠狠地说："小子，真有种，还在这等我们。"

盛夏惊慌道："完了，完了。"

李心月安慰："别怕，这种小痞子，虚张声势而已，没什么真本事。"

然而，安慰盛夏时她自己也紧张地抓着楚之翰的衣角。

只有金小天气定神闲地看着华子，不紧不慢道："兄弟，看来你不给面子啊。"

华子挑衅道："你说你是大斌的人，那就让他来吧！"

金小天掏了掏耳朵："你小子说的话，我怎么就句句都不爱听呢？"

华子怒了，拿出铁棍："没办法，老子骨头硬，就不会说好听的。"

其他人也纷纷拿出家伙，对金小天虎视眈眈。

金小天双手一叉腰："得了，懒得跟你废话。这样吧，咱们都省点事，两个两个上，别说我欺负你们。"

这话说得太狂妄，反而让小混混们心生惧意，面面相觑，有点拿不定主意。

金小天继续说："来呀，我可没耐心等了。"

金小天主动朝他们走去，其他人本能地后退。

华子看上去有点想退，但又抹不开面子，心一横，举起棍子朝金小天冲去："呀……啊！"

不料，华子的喊声只到半截就生生咽了回去，因为人刚到金小天面前，就被踢中，继而缴械，被金小天拿棍指着头。

金小天环顾四周道："这点三脚猫本事，也好意思来我面前丢人？"说时，金小天一脚踢开华子，看看其他人，大吼一声："都他妈看什么？还不快滚？！"

其他人如梦初醒，忙不迭地跑开了。

围观的人群一起为金小天叫好，鼓掌，吹口哨，就连盛夏都露出花痴表情包，赞道："哇，想不到这家伙这么帅！"

李心月心中给金小天点赞，嘴上却不承认，打趣盛夏："这就让你倾心了？"

盛夏看着金小天的方向，又看向楚之翰，马上摇摇头，提醒自己道："还是楚总比较帅！"

众人重新上车，房车继续向前开。

楚之翰好奇地回过头，他看着金小天问："你们说的那个大斌，到底是什么人？听上去很厉害的样子。"

金小天却看向窗外回答："那个人嘛，……你不会想认识的。"

"为什么？"

"因为他是个死刑犯。"

车上的人都被吓了一跳。

阿裴边开车边打听："那你是怎么认识他的？"

金小天："看新闻呗。"

楚之翰和阿裴呆了呆，终于明白过来。

楚之翰想想觉得后怕，感慨着："所以，你根本就不认识他，刚才那是……空城计？不对，狐假虎威？也不对，那是……"

金小天打断道："是诈和。"

阿裴问："可你怎么就断定，跟那帮人提大斌的名字，就一定好使？"

金小天说："我记得他的籍贯就是这里，又是在附近地区被抓的，所以我推测，这一带的小混混，应该都听过他的恶名。"

楚之翰开始对金小天刮目相看，钦佩地点点头："今天幸亏有你，不然，刚才的第一关，我们可能就被困住了。"

盛夏听了，带头鼓掌："金小天，刚才那一下真的很帅。"

金小天得意状："谢谢。"说时，他瞟一眼李心月，见她一声不吭，故意挤到她身边问："我刚才怎么样，是不是很帅？"

李心月在心里不得不承认，在关键时刻金小天的确有那么一点帅气，可她嘴上不肯承认："哪里帅了？我怎么没看出来？"

金小天马上争辩："我可是以一对多，力压群雄，英雄救美呀！"

李心月笑了："哦，你是说刚才，一个小混混打跑了一帮小混混？"

金小天作出夸张的生气状："你这是偏见。我再说一遍，我不是混混，正经工作，在财务公司讨债。"

李心月刚要说什么，突然收到海伦的手机短信，她马上点开："你之前一直在找的那位余老先生最近回国了，现在在太湖边的画室里修养，地址是无锡市美术学院院内。"

看到这条信息，李心月难惊喜，她的异常反应引起金小天的关注，凑过来想看，"谁发的信息，这么高兴。"

李心月忙收起手机，推开金小天："离我远点。跟你有什么关系！"

李心月边说边向车窗外的路标看去。

高速路上出现一块路标，一侧是"无锡"，另一侧指向"杭州"。

眼看房车要朝"杭州"方向驶去，李心月不由得站起来问："楚总，我们下一站是哪里？"

　　楚之翰回答："杭州。"

　　"不是无锡吗？"

　　"哦，我和盛夏商量了一下，觉得单从旅游热度来说，杭州是更好的选择……"

　　李心月脸色变了，大声喊了句："阿裴，前面停车。"

　　阿裴赶紧说："不行啊，我们现在高速上。"

　　大家都被李心月的举动有点费解。

　　这时楚之翰追问："莉莉，你怎么了？"

　　李心月口气坚定道："我必须要去无锡。"

　　盛夏问："为什么一定要是无锡呢？杭州的景点明明更多……"

　　李心月看看窗外越来越远的路牌，当机立断道："楚总，我能单独跟你谈谈吗？"

　　楚之翰转移到车厢后面说话。

　　盛夏对金小天发着牢骚："你女朋友怎么回事？就她事情多。"

　　金小天没有应答，他怀疑李心月的异常反应跟刚刚收到的信息有关。想到这儿，他不由得暗自捏了把汗，猜测跟李心月接头的人也许就在无锡……

　　车厢后部，楚之翰和李心月相对而坐。

　　楚之翰问："莉莉，到底什么事情，需要私下说？"

　　"我有一个不情之请……跟我的父母有关。"

　　"哦，他们怎么了？"

　　"我的父母，多年前就过世了。一直以来，我的心愿就是，能有机会去寻访我父母当年的足迹，看看他们年轻时走过的地方……"

　　"那你说，我怎么才可以帮到你？"

　　"爸爸妈妈当年就是在无锡的一个湖边定情的，所以，在做行程设计的时候，我有了私心，把那个湖作为一个站点，还搜集了很多相关资料，可是现在，行程突然更改了……我，怕是没有机会达成这个心愿了……"

　　楚之翰沉吟着，在犹豫。

　　李心月继续恳求："我很想去看看父母当年定情的湖，读书的学习，牵手走过的路……"

　　李心月说到难过的地方，她几乎哽咽起来。

　　一看到李心月的眼泪在眼眶里打转，楚之翰马上心软："别难过，这个事好解决。

我们可以改路线。"

"真的吗，楚总？我不需要太久，半天时间就可以。"

"那怎么行？你专门来寻访父母的足迹，那就看个够。我们今晚就住在无锡好了。"

李心月擦了擦眼睛，露出笑容："太好了，谢谢你，之翰。麻烦你了。"

听到李心月亲切地唤他"之翰"，而非"楚总"，楚之翰忽然感到很享受，他更加坚定道："别客气，我会去交代这件事的，你放心。"

楚之翰起身走到副驾驶位，对阿裴指示道："阿裴，调头，去无锡。"

阿裴惊诧道："啊？"

盛夏一听，马上不高兴了，这显然是楚之翰在向李心月的无理要求妥协，她喊起来："什么，去无锡？那杭州呢，什么时候去？"

楚之翰回答："杭州取消了，我们改去无锡。"

金小天也配合起来，"杭州有什么好玩的，我也赞同去无锡。"

看到两个大帅哥都力挺李心月的无理要求，盛夏更加来气："可是，我都提前预告，直播会去杭州的……"

楚之翰打断道："那就改一下吧。我先去改一下预定的房间。"

盛夏不爽地瞪了李心月一眼："哼，就你任性。全然不顾团队的感受！"

可房车已随着楚之翰的命令掉头转向无锡驶去。

金小天暗中观察着李心月，李心月的表情明显很激动，很兴奋，他不知道在无锡等待她的是什么人，什么事……

不久，房车进入无锡市，一路开向太湖。

到了太湖边，众人一下车，眼前湖光山色让众人眼前一亮，心旷神怡，就连盛夏也不再抱怨没去西湖了。

只见太湖湖面一望无际，湖水清澈见底，水草都可以看得一清二楚。

此时正是夕阳西下，夕阳映红了大半边天，微风轻轻地、缓缓地把闪耀的太湖水推向与天的交界处，以橙红为主的五彩斑斓的各种红，交相辉映……

湖周围青山环绕，树木茂密，流水潺潺，还有密密丛丛的芦苇，芦苇丛中不时传出一阵阵野鸭的叫声。

大家都沉浸在美景中，只有李心月脸色肃穆，站在湖边极目远眺。

金小天顺着她的目光看去，发现那里是当地美术学院的所在。

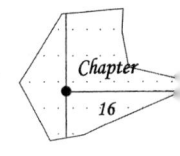

盛夏向楚之翰提议,"楚总,这里好美,咱们就在这里开始直播吧。"

楚之翰点头,"嗯,是的,夕阳下的太湖简直让人醉了。就在这里开始吧,趁着太阳落山前,我们抓紧直播一段夕阳美景。"

就在大家忙活直播时,李心月悄然离开,径直向湖边的美术学院走去。

阿裴让金小天搭把手拿东西,金小天推辞着,"我去看看我女朋友去,你们直播吧。"

金小天追着李心月的方向去了,阿裴羡慕地看着金小天的背影感叹,"还真是小两口,形影不离呀。"

湖边道路上,美术学院到了,李心月走进去,只见学院中央的大路上,三三两两的学生越来越多。

李心月拦住一个满脸稚气的学生:"同学你好,请问,你们学校有位叫余艺生的老师吗?"

学生摇摇头:"没听过耶,我才大一,你找高年级的问问吧。"

李心月面露失望:"哦,谢谢。"

李心月对路过的学生挨个询问,金小天小心翼翼地跟在远处。

李心月又拦住了一个夹着教案的老师问:"老师您好,打扰一下,请问您认识余艺生吗?"

老师回答:"余老啊?他早退休了,你找他有事吗?"

李心月欣喜道:"嗯,我是他带过的一位学生的亲属,特意来看望他。"

老师指向李心月身后一个方向:"哦,那你去文苑路三号那边,余老师家吧。他家很好找,院子里有竹子的那家就是。"

李心月笑道:"谢谢您。"

李心月转身向回走,金小天躲避不及,索性大大方方迎了上去。

李心月沉下脸:"你干嘛?跟踪我?"

金小天嬉笑:"对啊,不然你又甩掉我跑了怎么办?"

李心月无言以对,从鼻子里"哼"了一声,不再搭理他,继续往前走。

金小天边走边问:"你到底要去哪儿?"

"和你没有关系。别跟着我。"

金小天拉住了李心月的胳膊,一脸正经地说:"既然现在是一个团队,做事就得考虑其他人。不管你去哪儿,要干什么,至少跟大家打声招呼,我们可以送你过去,你人生地不熟的,万一再像之前那样,遇到危险怎么办?"

李心月无话可说，只好点点头："知道了，我会去跟他们说的。你先放开我。"

金小天亲密地一搂她肩头："那就一起过去吧！"

李心月想推开他，但金小天没有松手，搂着她往房车那边走了。

看到金小天搂着李心月走过来，楚之翰有些丧气，他迎上来："心月，小天，我已订好这附近的宾馆，晚饭还可以顺便品尝无锡的太湖银鱼。"

李心月："谢谢楚总，你们吃吧，我还有点事，需要离开一下……"

楚之翰露出失望的神色。

盛夏上前指责："你又这样，我们是来工作的，你以为是自由行吗？"

李心月不知道如何接话，金小天抢先道："谢谢楚总的安排，我们没问题，她的意思是，她想吃完晚饭后出去消消食。"

楚之翰看着李心月，没再说什么。

盛夏的直播结束后，大家一起回到预订酒店。晚饭一结束，李心月就要单独行动，楚之翰不放心道："你初来乍到的，我陪你一起吧。"

李心月推辞着："不用了，我听说我父亲以前在这里学过画，想去他学画的地方看看。"

楚之翰惊讶："你父亲也是画家么？难怪你学美术设计，一眼就拍中我爸的成名作《宝贝》，原来是子承父业。不像我，一点基因都没有。"

静谧的夕阳下，楚之翰好听的嗓音更像是一把锋利的刀，直戳李心月的心脏。她的胸口血气上涌，就像一只猛兽在身体里横冲直撞，随时就要挣脱出来，扑向楚之翰。

但是她忍住了。可还是有一丝厌恶、愤怒的表情被金小天捕捉到。

李心月无法和楚之翰同处一个空间，她现在必须逃离。

李心月紧握着拳，沉默片刻，坚定地说："真的不用了，我想一个人去。"

楚之翰却异常坚持："我开车送你过去！"

李心月不情愿地被楚之翰拉走了，金小天更是以"男朋友"的身份强行要为李心月保驾护航，跟了过去。

夜幕降临，太湖边闪烁着星星点点的灯火。

湖风有点凉意，楚之翰边开车边从反光镜看看李心月，见她有点冷，马上关上车窗。

李心月的注意力全部在车窗外的路边，她马上说："不要关车窗，我在看地址。"

楚之翰只好又打开车窗，一路开过去，最后在一个院子前停下来。

李心月独自下车，对楚之翰和金小天说："你们就停在这里等我就好，我去一下就回来。"

金小天看着那个院落追问:"这是什么地方?"

李心月只好回答,"这里有位余老先生,是我父亲的老师。"

楚之翰点头:"好的,你去吧,我们等你。"

李心月说完下了车,摁响了门铃。

余老的儿子打开问,看着李心月问:"你找谁?"

李心月恭敬地问道:"请问余老师在吗?"

"你是买画还是学画?"

"我想见余老师。"

"不好意思,家父已经休息了,如果是买画或者学画,我可以给您做一些咨询。"

李心月解释道:"是这样的,我父亲是余老师的学生,叫李奇峰,还请通报一声,说他已故弟子的女儿来看他了。"

"这样啊,那你等一下。"

余老儿子上了楼,李心月在一楼四处张望。

没多久,余老儿子打开门说:"进去吧。"

李心月跟着余老儿子穿过院落,绕过客厅,走进余老先生的画室。

只见一位须发皆白的老人正拿着放大镜看书,看到李心月,他站了起来,有些激动和意外地看着李心月问:"你是,奇峰的女儿吧?"

李心月迎上去,同样激动地说:"是的,余老师您好。"

余老师打量着李心月,似乎在她身上寻找李奇峰的影子,遂连连感叹着:"像,长得真像,想不到,奇峰的女儿都这么大了……"

李心月也同样打量着余老先生,看起来他和照片上的模样差不多。继而,李心月又环顾这间画室,也和照片上当年几乎一模一样。

想到父亲当年在这里跟着余老先生学画画,李心月思绪万千,面对父亲当年的老师,亦是非常敬爱。

"余老师,这些年您身体还好吗?"

余老师招呼着李心月坐下来,挥挥手说:"心脏不好,老毛病了,定时吃药就好,没什么大问题。"

"我这次来,是想替我父亲,探望您。小时候经常听他和妈妈提起您。"

余老师想起悠悠往事长叹一声:"想一想,你父亲走了有十多年了。"

"不，是二十年。"

"哦。我这记性。你来找我，有事吗？"

"父亲去世之后，一幅作品都没能留下。我想知道，您这里还留有家父的手稿吗？"

余老师回想一番说："奇峰早年的画我这里确实有，不过在他去世后不久，楚鸿飞曾来找我，说要将师哥的遗作收藏在他的画廊里，所以，我都交给他了。"

Chapter 17

李心月听闻这一消息，不禁有些恼怒："被他收走了？您怎么可以这样草率，把我父亲的手稿交给不相干的人？"

余老先生解释道："因为我联系不到你们母女俩，鸿飞说要帮着整理手稿做纪念，我就交给他了。他和你父亲当年，可是最好的朋友啊。"

李心月冷静下来，强压着内心的愤懑，又问："余老师，您应该很了解我的父亲的画吧？"

余老师点头："当然，他是我最得意的学生，我当然是了解他的。"

"那您觉得，他的画作水平怎么样？"

"如果你父亲活到今天，继续发扬他画里的特点，说不定，也是可以开山立派，成为一个画派的祖师爷。只可惜，天妒英才，他没有等到施展才华的机会就……"

"那现在市面上，没有人和我父亲的画，风格差不多吗？"

"要论画风和笔法，也就是他的师兄楚鸿飞了。只可惜，他只是形似，但关键的地方，总是差了一口气……"

李心月"腾"地站了起来，说："余老师，您是说，楚鸿飞的水平不如我父亲吗？"

"嗯，那是当时，艺术家是不断成长的。"

"您刚才对楚鸿飞的评价，能不能对媒体再说一遍？"

余老先生脸色变了，他困惑不解地看着这个小姑娘，不明白她的真正来意是什么，问道："你要让我公开质疑自己的学生？到底是什么目的？"

李心月义正词严道："楚鸿飞因为实力不及我父亲，所以偷盗了他的画，我想请您出来作证。"

余老师吃惊道："没有证据的事，怎么能随便怀疑？"

"当初他俩一起去雪山写生，我父亲意外身亡了，可他却好好活着回来，我父亲的画稿不见了，他却拿出了一幅震惊画坛的名作……这也太巧合了！"

余老师沉思片刻，摇了摇头："没有证据的事，不要随意猜疑，不然你会伤害到很多人……"

余老师说到激动，不由得咳嗽了起来，生气地挥挥手说："你走吧！我累了。"

"余老师，我……实在抱歉，我无意冒犯的，先告辞了。"

余老师也不看李心月，李心月只好离开那间画室，一脸失魂落魄地离开了余老先生的家……

李心月返回车上，楚之翰看到她愁云惨淡又满腔怒火的样子，变得小心翼翼起来，没敢问什么，但金小天却显得很淡定。

原来，李心月进入余老先生家后，金小天借口上厕所也溜进了余家院子，悄悄找到李心月和余老师交谈的房间，站在窗外窥视偷听。虽然听不清房间里的谈话内容，但整个过程金小天看在眼中，直到最后余老先生提高嗓门说了句："你不能这样做事，太武断了！"

随后，金小天眼看李心月打开门，眉头紧皱地离开，余老师站在桌子后面也是一脸愁容，摇头叹气。

回宾馆的路上，三人一路无话，李心月暗自默念着，"爸爸，我该怎么办？我只有找到你从前的作品，还有楚鸿飞的旧作，才能帮你讨回公道！爸爸，你若在天有灵，能否帮女儿指引方向，前边的路，我该如何走下去？"

三人回到宾馆，来到各自房间门前时，楚之翰这才对李心月说，"莉莉，明天早晨，我们启程离开这里，好吗？"

李心月知道自己为私事已耽误了团队的行程，她犹豫片刻，只好点头，"好的。"

不料第二天清晨，当楚之翰的车队准备出发时，两名当地警察突然找上门来，声称余老先生的儿子报了警，指控李心月涉嫌伤害和盗窃……

此话一出，大家都惊呆了。

李心月忙解释："怎么可能？你们一定是搞错了。余老师现在哪里？"

警察告诉她："他心脏病发作，现正在医院抢救。据我们所了解，他昨晚最后见到的人就是你。"

李心月争辩："不可能，我走的时候，老先生还好好的。"

警察又说："可是据家属证词，昨晚他们听到老先生房间内有响动，赶到时老人已经晕倒在地，他的房间也有盗窃痕迹，并且听见了有人逃走的脚步声。所以，请你和你的朋友跟我们走一趟，接受调查。"

这一切来得如此突然、诡异，让李心月猝不及防，她来不及辩解就被警察强制带回去接受调查，就连楚之翰一行人也受牵连跟着一起去做笔录。

金小天置身其中，也一下子蒙了，他仔细回想头天晚上的情景，确定李心月离开余老先生时，老人还好好的。

无锡当地公安局内，李心月被带进一间审讯室。

审讯室空荡荡的墙壁挂着"坦白从宽抗拒从严"的八字。

李心月坐在一张冰冷的铁质审讯椅上，双手被要求放进案台的环里，这一切让她的心怦怦直跳，攥紧了双拳。

一名警察递给李心月一张打印的《犯罪嫌疑人权利义务告知书》，说："好好看看。"

李心月逐行看下去，上写："根据《中华人民共和国刑事诉讼法》的有关规定，你在审查起诉阶段依法享有的诉讼权利和承担的诉讼义务如下：一、诉讼权利：1.如实供述获得从宽处理的权利，在接受讯问时，你如实供述自己的罪行，可以获得从宽处理……"

紧接着，另一名警察坐在李心月对面，审讯开始了：

"你不用紧张，有什么说什么。不过，不要撒谎。"

李心月赶忙点了点头。

"当晚你有没有和余老先生发生语言冲突呢？"

李心月立刻摇头："余老师是我爸爸以前的恩师，我们并没有争吵，只是提到我爸爸的陈年旧事时，余老师对我的观点不太同意，但我们并没有吵架。"

"那么，你离开余老先生的房间之前，还做过什么吗？"

"没有啊，我当时只是不太高兴，说了声告辞就走了。然后就直接返回宾馆，其他什么也没做。"

警察直接打开一个文件夹，从里面取出几张现场照片给李心月看。

只见照片显示屋里有些凌乱，桌柜的抽屉都打开着，那是明显被盗的现场痕迹。

李心月看着照片大吃一惊，她不敢相信那间画室会发生这种事情。

警察继续审问:"我们在现场发现,房屋内有被人翻动的痕迹。"

李心月为自己争辩着:"可我走的时候,一切都好好的。"

几番审问,李心月坚持自己什么也没做,警察只好暂时将其拘押,等候调查结果。

楚之翰、金小天等人录完笔录,得知李心月被拘留,都焦急地追问原因。警察告知,目前各方面证据都显示李心月是最后离开房间的人,她现在是最大嫌疑人,受害家属也正在统计损失金额,涉案金额决定量刑和刑期。所以,李心月暂时不能离开。

楚之翰还要为李心月辩解,金小天拍拍楚之翰说:"冷静。警察说的没错,现在一切交给警察来查明吧。"

公安局内,李心月被一名女警带进摄像区。按照收押程序,女警操作电子拍照器按钮,为李心月录了指纹和眼膜,甚至要求她脱了鞋检查鞋底,同时没收了她的鞋带和裤腰带,这才将李心月送进拘留室。

李心月手提着裤子走进小小的拘留室,里面大约2x3平方米,三面厚厚的墙壁,铁门上露出一扇小窗,房内只有一个窄窄的板床,一个带锁的椅子。

女警对李心月说:"这两天你就住在这里,吃饭饮水都会定时发,有额外合理需要再叫人。"

李心月点了点头,女警关上拘留房的铁门,李心月虚弱地坐了下来。她没有想到,通往香格里拉的路从一开始就如此不顺,如此意外……

正所谓"福无双至,祸不单行"。

李心月的事情被曝光,房车旅行的专题页面出现大量转贴,一篇题为《稻草熊网旅行主播将六旬老人气进急救室》的文章正在疯狂被转发。

盛夏第一个发现,她赶忙点开,只见上写,"昨日傍晚,最近突然走红的稻草熊网房车浪漫爱情之旅团队来到了无锡,并在此停留,该团队其中一位女主播拜访了一位老先生,并发生争执。然而,就在该主播离开后不久,老先生便被家属发现心脏病发,被送往ICU急救,而家中同时又有被盗的迹象,具体财物损失还在核对中。警方现在已经抓获了嫌疑人女主播,但因事发时距离她离开有一段时间,可能会推脱引发病情的关联。家属表示,相信法律会做出公正的判断,此文希望大家知道这个栏目组真实的一面……"

盛夏吓出一身汗,忙翻看网友评论:"我忍着不耐烦看了一期,没看懂有趣在哪!我以为我看得不够认真,于是又强迫自己看了一期,结果还是没看懂到底有趣在哪!好

评都是买的水军吧！3000赞。"

"感觉就是一对假情侣在做戏，想做真人秀却像电视剧的一个怪胎节目。2800赞。"

"今年看过最无聊的节目。2500赞。"

"人渣节目组，欺负老人，抵制！2600赞。"

"听说现在还惹上官司了，不知道那位老爷爷有没有好点。800赞。"

盛夏迅速将此事通知了楚之翰和阿裴，并满面怒容，打字回复网友1："你才是水军，你全家都是水军！"

阿裴无奈道："消消气，网友有那么多人，你这样一个一个地怼，什么时候有个完？"

盛夏："那你说怎么办？任由那些键盘侠胡乱喷我们吗？"

阿裴："要我说，你现在就少说两句，安静地待会儿吧。关心则乱，咱们现在的任务是稳住局面，不能乱。"

盛夏抱怨道，"这都怪莉莉，她就是个惹事精！害我们录笔录还不算，这是打算要毁了稻草熊吗？"说完，她看向楚之翰，想要听他的意见，不料却见楚之翰婴儿般蜷缩在床上发呆，也是一脸焦急和无奈状。

盛夏顿时安静了，她悄声问阿裴："阿裴，总得做点什么吧，难道咱们就这样干等着？"

阿裴会意，倒了杯水给楚之翰送过去："先喝点水吧。"

楚之翰摇摇头，翻身继续躺着，这时手机响了起来。

楚之翰拿起的电话一看，显示是"青山投资 王总"，忙坐起来接通电话："喂，王总，你好……什么？融资会议取消了？为什么呀……喂，喂？"

紧接着，楚之翰又收到一条微信，他连忙点开，是植入广告的公司发来信息："楚先生您好，我司之前和您洽谈的广告事宜，出于各种考量，暂时先不做了，十分抱歉。以后合作再联系。"

楚之翰明白了，这是负面新闻带来的结果，如同墙倒众人推一般。

手机不断响起，楚之翰不再接听，他把手机放在桌上，任由电话声接连不断响着。

盛夏见状，轻轻走过去，把楚之翰的手机按了静音，安慰道："楚总，没事了，不想接那些电话可以不接。"

楚之翰却呆呆说了句："也不知道莉莉吃饭了没有。要不要给她送去？"

盛夏生气道："安啦，从公安局离开的时候我问过那个女警，她说三餐都是统一安排的，放心吧。"

楚之翰:"真的?"

盛夏噘着嘴不情愿地点了点头。

这时阿裴忽然发现什么,感慨着:"倒是金小天,一下午了,睡得跟猪一样。女朋友被关了,他还能睡着,心真大。"

盛夏说:"这小子,可能是属猴的,上天入地浑不懔。"

然而,让他们没想到的是,此时金小天正躲在一个安静处跟老冯联系。

他将发生在无锡的事件汇报了一遍,老冯关切地追问:"那你知道李心月和那个老先生说了些什么吗?"

"具体内容不清楚,我推测是聊了些父母当年学画的往事吧。我亲眼看到李心月走时,余老师还有行动能力。以我对李心月的了解,应该不是她干的。"

老冯训斥道:"你小子对她了解多少?什么时候我们查案要凭感觉了?!如果她是犯罪分子,就不会伪装吗?你唯一应该凭借的,就是证据!"

金小天沉默,他咬了咬嘴唇。

老冯又问:"那李心月之后呢?有什么异常表现?"

金小天边回想边说:"她整晚都忧心忡忡。"

老冯:"好吧,这件事,我让那边同事配合调查,尽快查出结果。"

金小天立刻申请道:"冯队,我现在就在这个团队中,有便利条件,我请求和当地同志一起联合查案,如果能查清楚这件事确实跟我们的侦查方向无关,也是剔除干扰因素,让我们这边的调查尽早接近真相。"

老冯斟酌了片刻:"好。我协调当地兄弟单位,让你拿到这边案子的所有材料,协助他们尽快查清余老先生的病发原因,然后继续调查李心月手上那幅画的事。"

"收到。"

老冯再次叮嘱:"多用证据说话,少感情用事,犯罪分子的伪装远比你现在能想象得复杂。自己小心。"

金小天放下电话,四下看看环境,然后直接走向当地公安局,找到参与办案的几名警察,向他们亮出了自己的身份。

一名叫孙健的警察对金小天说:"你们冯队刚来过电话,说你可以协助我们的调查工作。"

"没错,我现在是以追债的名义,和李心月他们一起前往香格里拉,没想到半路遇到这样的意外。"

孙健问："你现在有什么思路吗？"

金小天马上提议，调出案发当天余家小院路口的监控录像。

录像调控室内，金小天紧盯着那个路口监控的视频，反复切换视频、拨动进度条，努力辨识并在小记事本上画了个地形图。

孙健接过金小天画的图细看，只见图以余家为中心，把周围的交通监控路口视频的可视区域画得很详细，孙健看罢连声赞叹、肯定。

金小天提出："我怀疑监控有盲区，这样的话，即便有人在李心月离开后潜入了余家，也有可能不被发现。还有其他线索吗？"

孙健说："有，余老先生的画室有被翻动的痕迹，这是照片。"

金小天翻看照片："家属有说丢了什么东西吗？"

"他们发现，老先生的玉佩和南红手串不见了。这两样都是他的心爱之物，爱不释手，一般就放在书桌上。家属的意见是，怀疑李心月和余老先生发生语言冲突时有一些比如摔东西的过激行为。"

金小天盯着照片说："但是整个房间只有写字台有被翻动过的痕迹，而且很明显是惯偷偷东西的手法。你看余老先生的写字台，看到了么，左边那个？"

孙健点头："没错，可这说明什么？"

"这样复合式的抽屉，一般人拉开时，会是从上到下，打开一层找不到东西，推进去，再开下一层。"

孙健眼前一亮道："而余老先生这里的抽屉全都是打开的。这一般是惯偷为了节省时间的做法，从下面一层一层打开，不用推回去。"

金小天肯定地说："我见过李心月平时找东西，她是很细致的人，就算着急的时候，也下意识地会拉上前面一个包。"

"所以你怀疑是有小偷在李心月之后进了屋子？那监控又怎么解释。"

"我那天围着余家的小院前后都看过了，这里后面北面的小街，平均200米左右才有一个探头，存在一些盲区。小院本来墙也不高，是可以翻入翻出的。如果是惯偷的话，能观察出来这些盲区也是合理的。"

孙健点头："就算你的推理是对的，但是现在没有证据能给李心月脱罪。"

金小天沮丧地抓抓头发："没错，光凭这一点还不行。要找到直接的证据，或者证人才行。"想到这儿，他又说，"我能不能跟你们去现场看看？"

孙健点头，"当然可以。"

金小天和换了便衣的孙健来到余家小院门前街道，然后俩人各自散开。

金小天探了探院墙，说："唉，如果这要是有一个探头，那就好了。"

金小天突然停住了脚步，在他现在面对的方向，有一家落地窗的店面。玻璃里面堆放了一些柜子，玻璃反射出他的身影。

金小天走上前仔细观察玻璃，发现从这里可以通过反射看到余家小院，他马上想到了办法，自说自夸道："嘿，本神探一出马，手到擒来呀。"

金小天转身跑过马路，到对面停着的几辆汽车前，转过身来望着落地窗这边，感觉角度不对，他又往旁边走了两辆车，他望着落地窗，正好可以通过反射看到余家小院的一边围墙。

金小天转过身来，看着车里的行车记录仪，他露出了胜利的笑容。

正这时，孙健从车身另一侧绕过来，和金小天不期而遇，俩人都有些意外。

孙健指着行车记录仪："这个，可以解决问题。"

俩人哈哈大笑，异口同声："英雄所见略同嘛。"

很快，行车记录仪的视频找到了，金小天和孙健等人紧盯着视频画面。

只见黑漆漆的夜色里，路灯照出一个人影，鬼鬼祟祟地四下张望，然后翻进余家的小院……画面快进一段，人影又翻墙而出跑走了。

金小天笑了："Yes！那是不是可以放了李心月了？"

孙健摇头："只能看出是个人影，怎么断定不是李心月？"

"我跟她很熟，看走路的姿态就知道不是她。"

孙健摇头："你怎么证明他和李心月没有关系，不是一伙的？"

金小天刚刚扬起的眉毛又皱了下去："余家人报案的时候，是怎么说的，他们有看到窃贼的样子吗？"

孙健回道："他们是听到书房里动静不对，敲门也没回应，就撞开了门，没看到外人，但看到窗户是开着的，而且似乎听见了脚步声。"

金小天想了想说："这样吧，我今晚去余家蹲守。"

孙健怀疑道："可他还会去吗？如果真是惯偷，失手了可不会回原来的地方。"

金小天摇头，否定他的论断："根据我这一路的观察，这件事的发生不像是个纯粹的意外，更像是有人在跟着我们，跟着李心月。"

孙健："听冯队在电话里提过这事，说李心月手里有一幅很名贵的画。"

"没错。李心月去拜访余老师，然后离开了。如果他们以为李心月会把画放在余老

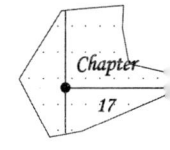

先生家里，就会潜入进去翻找。"

孙健："但没想到吓到了余老师，家属听见后赶来，窃贼怕被发现，就逃跑了，只来得及翻写字台，别的地方都没动过。"

"那么李心月作为嫌疑人关起来之后，真的潜入者解除了威胁，就有可能再来，直到找到他们想要的东西。"

孙健马上说："嗯，我这就安排人手。"

金小天提出："孙队，我请求跟你们一起去。"

孙健打量着金小天，经过短时间相处，他看得出金小天是个智勇双全的好警察，他答应道："好！一起吧！"

Chapter 18

　　酒店内，楚之翰经过一番思考，他坚信李心月一定会清者自清，给大家一个交代，为此他决定先解开网友们对太湖事件的偏见。

　　手机直播开始了，盛夏、楚之翰和阿裴面对镜头，每人举着一摞卡纸，上面写着字。三人先翻出一张，依次写着"对"、"不"、"起"。

　　盛夏说道："非常抱歉，今天没有能够更新直播内容，今天我们的旅行临时遇到了点小状况。"

　　楚之翰继续说："有些网友可能已经看到了那篇帖子，但我要说的是，那不是事实。请大家和我们一起保持冷静，理性，客观的心态，等待警方调查之后给出结果。不负责任地胡乱猜疑，不论对我们、对莉莉，还是对余老先生和他的家人，都是伤害。"

　　阿裴接着说："要是还有喜欢乱喷的键盘侠，欢迎来和我约架。"

　　楚之翰、盛夏同时回头道："阿裴！"

　　阿裴摸摸脑袋："哎呀我就说别拉上我嘛，我就是不会说漂亮话。这段可以翻篇了吧？"

　　阿裴自作主张地把手中卡纸翻到第二页，其他两人也同时翻页。

　　这回是另外三个字："请"、"等"、"待"。

　　盛夏对着直播镜头说："宝宝们，我们的旅行才开始，还有更多的精彩未知在前方等着我们。"

　　楚之翰说："请大家和我们一起等待，等待莉莉归来。"

　　阿裴不知道说什么，盛夏和楚之翰一起扭脸看着他，阿裴别扭地憋出一句："等待……一场遇见爱情的旅行。"

评论区弹幕纷飞："阿裴呆萌。夏夏我们永远支持你。""我站莉莉，永远挺你。""怎么不见我的小天哥哥？""楚老板一脸严肃，就不能笑一笑吗？""关键时刻，还得我们夏夏站出来撑场子。""支持夏夏独播的举手。""滚开，我是莉莉粉。夏夏和她之间隔了 50 条街好吗？""女主不在，小天哥哥独自伤心去了吗？""讲真，你们不觉得夏夏完全有实力独播吗？""为什么要等金百合？支持夏夏独播。""我是金百合这对 CP 粉。"

盛夏看着屏幕上的弹幕，指着中间加粗的那条念了出来："有个宝宝说，让我做独播。夏夏想说的是，在这之前和之后，我 solo 到底也没问题。但在这场旅程中，我们是一个团体，五个人缺一不可。"

盛夏的这番话让楚之翰对她刮目相看。

在他眼中，盛夏一直是个大胆、个性、爱出风头甚至不作不死的女网红，有些世俗，而且一路上对李心月心怀嫉妒与不忿。但李心月真得出事了，在困难面前，盛夏的担当和团队精神又让楚之翰重新认识了这个女网红。

对此，楚之翰露出欣慰笑容，附和道："对，我们节目的核心是情侣的旅行，这是一场关于爱的旅行，而不是别的什么旅行就可以，我一定要把这个坚持下来。"

盛夏："而我，绝对支持楚总的这个坚持。"

阿裴："还有我。我们是'稻草熊'房车五人组。"

三人伸出手搭在一起。

金小天返回宾馆，为了打消众人的怀疑，他故意喝下两罐啤酒，踉跄地走到楚之翰房间门口，大力拍门。

盛夏开门，对浑身酒气的金小天一脸嫌弃，指责道："好大的酒味，你什么时候跑出去喝酒的？"

金小天走进楚之翰的房间："你怎么在这儿？"

"我怎么不能在这儿？"

金小天看到阿裴和楚之翰，反应了一下，拿着手里的啤酒说："都在啊，来，喝酒。"

盛夏指责："金小天，你够了。现在是喝酒的时候吗？"

阿裴也上前指责："这种时候，大家都在想办法解决问题，可是你呢，你看看你，像什么样子？"

金小天晃了晃身体，说："其实，白天我去打探了一圈，得到的消息，偷东西的事是真的。"

楚之翰惊讶道："啊？不会吧，她怎么会？"

金小天抬手打断楚之翰："你先别着急，听我说。偷东西的是别人，现在警方正在积极地寻找，莉莉很快就能回来了。"

楚之翰："真的？那太好了。"

金小天："我要跟你商议一下，后面的行程可不可以不要那么高调？"

楚之翰问："你这是什么意思？"

"能不能不做直播，用录播的方式，这样至少不会让别人随时随地掌握我们的行踪。"

楚之翰回绝道："这不行。你不了解我们这个项目的运作机制和成本，如果不是直播，我们的房车旅行就失去了最大的卖点，绝对不行。"

金小天也急了："如果涉及团队里人员的安危，你也不在乎吗？"

楚之翰无言以对，阿裴上前说："是什么人员安危问题？"

金小天说："我没法告诉你细节……"

盛夏问："那别人怎么相信你？"

金小天："那你是怀疑我？"

楚之翰："至少，目前为止，我找不到信任你的理由。"

金小天有些意外楚之翰的直接，尴尬地想对策，但对方没打算给他余地。

楚之翰又说："其实惹上麻烦的人，是你吧？所以你不想暴露行踪。"

金小天失落道："原来，你这么看我？"

楚之翰："我不在乎你跟她以前有什么瓜葛，当时选中你让你加入的人是我，只要你做事不要太出格，我都可以不计较。但你现在想让我半途而废，不可能。"

两人对视了一阵，眼神对视充满了火药味。

金小天烦躁地一挥手："你怎么看我，我不在乎。我提的意见，你爱听不听。小爷我走了。我要睡到自然醒，谁也别来叫我。"

金小天摇晃着离开楚之翰的房间，返回自己的房间，将闹钟订在一点半。

凌晨一点半，闹钟响了，金小天睁开眼，轻轻起身，拿起衣服，轻轻打开房门，四下观察片刻，然后迅速离开，潜入夜色中。

余家小院附近停着辆车，金小天来到车边，有规律地敲了三下，然后上车，孙健和警察小李跟金小天打过招呼，三人在黑暗中盯着余家的院墙周边。

月亮高挂，太湖的晚风吹得树枝瑟瑟发响，更显得深夜寂寥。

余家小院一片沉寂，所有人一直等到凌晨3点50分，目标终于出现。

Chapter 18

夜色中，只见一个人影摸到了墙边，悄悄地摸到离伏击处不远的位置，观察着余家小院。

车内，金小天瞪大眼睛盯着那个黑影，看上去那身影跟视频里一样！

金小天小声问："这大夏天，他为什么穿军大衣？"

孙健小声回答："等会儿你就知道了，这都是惯偷。"

"我们什么时候上？"

"别急，等他翻墙，我这拿执法仪都录着呢，跑不了他的。"

这时，惯偷左右观察发现没人，他脱下军大衣扔上墙头，盖住了墙上防盗的玻璃碴，遂跳起抓住墙沿。

蹲守的警员第一时间跃出，把惯偷拽了下来，俩人扭打在一处。

金小天和孙健同时下车，冲过去援手。

孙健大喊一声："不许动！"

惯偷听到喊声吓了一跳，回头看过来。孙健用手电筒晃在惯偷脸上，惯偷用手挡脸，金小天猛蹿过去一把将惯偷拦腰抱住，扑倒在地。

惯偷想挣扎，金小天运用地面柔术，牢牢锁住惯偷让他动弹不得。

孙健拎着手铐走上前："你松开他一只手，这我怎么上铐子啊。"

金小天赶紧配合，孙健给惯偷戴上了手铐。

众警察将盗窃犯送回局里，金小天和孙健互相敬礼，告别。

"金小天同志，一路任务不容易，祝你马到功成！"

"谢谢孙哥，一定不辱使命！今天跟孙哥学习了很多东西！"

"我们这都是小工作，比不了你呀，有重任在身，加油。"

"我一定不辱使命！"金小天挺直腰杆和胸膛，非常正式地敬了一个礼。

远处，太阳正在露出地平线，金小天神不知鬼不觉地返回酒店，这才开始倒头大睡。

公安局的审讯室内，孙健却不能休息，他坚持坐在审讯桌前亲自审讯。

"朱老三，又是你啊，怎么？隔壁县的看守所不够你蹲的，刚出来没半年又来这边转转？"

惯偷朱老三坐在审讯椅上，神情萎靡，一言不发。

孙健发火道："别以为不说话就行！我告诉你，昨天夜里你的录像我们也已经掌握了。"孙健拿出平板电脑播放之前的视频给对方看："怎么着，早点自己撂了吧。"

朱老三一看视频，知道再狡辩也没用了，只好说："是……是我。"

孙健拿起笔边写笔录边审问:"昨晚干吗去了?"

朱老三交代:"昨天,我看他们家停了一辆豪车,好几个看起来很有钱的人都进去了。我想他们肯定得留点值钱东西。晚上就去走了一圈。我看他们家都在客房吃饭,就进了书房,翻了一通,除了书多,看起来值钱的什么都没有。没想到那老爷子还在屋里。"

"继续说,接下来发生了什么?"

"我想跑,他却抓住了我的胳膊,我推开了那个老爷子逃了。我当时真得只是推了他一把,别的什么也没做。谁知道,他这么不禁推。"

孙健盯着朱老三:"你说没拿什么东西?那玉佩和手串是怎么回事?"

朱老三眼睛滴溜溜转了转:"那个……贼不走开这是规矩,多少得捎带着点。"

"哟,你偷盗还整出规矩来了?说,还惦记上什么了?"

朱老三装傻充愣道:"没、没惦记上什么呀。"

"笑话,没有让你惦记的,今天又来?"

"是这样,我当时光顾着跑,没想到老爷子身体不好。后来听人都在说犯人已经抓住了,我觉得没有嫌疑了,想着还不如拿几张书画也能卖点钱,就又来了。"

"那有没有人指使或者收买你来犯案?"

朱老三否认道:"没有,就是生活所迫。警察同志,我家里都快没钱买米了。"

"少来这套!你个年轻力壮的,手脚健全的,天天干这些偷鸡摸狗的就不嫌害臊?"

朱老三不耐烦地别过脸去,一副不爱听的架势。

"以前你家隔壁的小赵,人家脚是跛的,进城打工学了技术,回来开养鸡场,现在小洋楼都盖起来了,勤劳致富!你呢,你腿脚好,翻墙溜院的挺有本事啊!"

朱老三不服气地哼哼道:"我也想开养鸡场,可我没本钱啊。"

孙健一拍桌子,骂道,"放屁!你以为你跟人家差的是本钱吗,你花时间精力去学习过做生意吗?给你钱你也是全给赌了!"

朱老三哑口无言,孙健把笔录拍在朱老三面前:"签字!你就是欠改造,在外面不想好好干活,到里面干吧!"

清晨,盛夏早早到了餐厅,点着自助早餐。

阿裴陪着楚之翰来到餐厅,一夜无眠的他看起来憔悴不已,他看了看同样愁容不展的楚之翰,小心翼翼地说:"楚总,咱们在这里耽误了时间,花费可不小啊。"

楚之翰明白阿裴的意思,只好说,"把咱们俩的房间退了吧,省点钱。"

Chapter 18

"那其他人的房间呢?"

"先不动,就把我们俩的退了就行了。"

这时盛夏走过来跟楚之翰打着招呼,金小天也打着哈欠走了过来,拉开椅子大刺刺地坐下,一边给自己张罗着吃食一边打趣:"人挺齐啊。"

楚之翰生气地看了一眼金小天:"你会不会说话,我们少了一个人,你居然说人齐。"

盛夏嘲讽:"金小天,莉莉可是你女朋友,她现在还被关着,我们大家担心她,都一夜没睡好。你怎么一点都不操心呢?遇到你这样的,难怪她要分手,不然留着过年啊?"

金小天恢复了吊丝状:"这你们就不知道了吧,马上她就能出来了。"

楚之翰瞪大眼睛问:"真的?你怎么知道?"

"纯属直觉,就不跟你们解释了。"

盛夏、阿裴一起说:"喊!"

楚之翰正色道:"小天,不开玩笑,这个消息属实吗?你从哪知道的?"

金小天也正色道:"喂,我再怎么没底线,也不会拿自己女朋友的事开涮嘛,对不对?这一大早,我就起来打电话给公安局,问莉莉的情况,他们说抓住盗窃犯了,今天就能放莉莉出来。这下你们满意了吧!"

楚之翰开心地笑了:"太好了!终于有个好消息了。"

盛夏眼珠转了转,马上提醒道:"赶紧吃赶紧吃!这可是个现身说法的大好时机,吃完了,我们一起去直播莉莉无罪释放,给那些唱衰的人好好打打脸!"

楚之翰拍拍桌子,也想起了什么,说,"没错,还要把余老先生的儿子叫过去,当众解释清楚。太好了,盛夏,我果然没看错你。"

盛夏听到老板的夸赞,更来劲了,"放心,老板,天下谁负你,我盛夏都不会负你的!"

盛夏此话一出,楚之翰的脸红了,他不知道如何接这话。

盛夏对楚之翰赤裸裸的一厢情愿表露无遗,旁边的金小天和阿裴相互吐舌头、做鬼脸。

拘留室,一名女警打开了铁栅栏隔离门。李心月从里面走出来,办完手续后,在孙健陪同下,她快步走出公安局的大门,对着阳光她深深地吸了一口自由的空气。

金小天、楚之翰等人等待已久,他们立刻迎了上去。

盛夏开始直播:"观众朋友们,昨天我们栏目组的成员莉莉小姐积极配合警方调查案件昨天我们的莉莉小姐积极配合警方调查案件,经过一天一夜的不懈努力,警方已经将真正的罪犯绳之以法。"

盛夏把镜头转回自己，她热情地搂着李心月："昨天有一些别有用心的人，恶意诋毁我们栏目组，但事实胜于雄辩，我们不必理会那些小丑……"

余老师的儿子也赶到了公安局，对着孙健说："谢谢警察同志，帮我们抓到了真正的犯人。"说着又转向李心月："真对不起，李小姐，昨天我们全家都太情绪化了，给你造成的影响，实在是不知该怎么补偿你才好……"

盛夏马上说："那就请您向不明真相的公众解释一下吧。"

余老师儿子转向镜头，一脸歉意道："各位观众，你们好，我是余老先生的儿子。托大家的福，我父亲已经脱离了危险，醒了过来。我父亲其实自己早就有心脏病的隐患，只是一直瞒着我们。关于昨天的误会，啊，不是误会，是我们一家对莉莉小姐犯下的错误，我表示非常的抱歉，我已经写了全新的帖子来澄清事实和承认错误。"

李心月上前关切地问："余老先生醒了吗？能不能带我去看看老人家？"

余老儿子说："当然可以。我家老爷子也想再见你一面。"

节目直播的弹幕上纷纷刷屏。

"终于真相大白了。""莉莉，我们会一直支持你的。""都没事太好了。""阴谋论打脸了。""现在的新闻都得等几天反转才能看。"

医院，李心月一众人走进病房。只见老人躺在病床上，眼睛微闭着。

李心月轻轻走近病床，听到脚步声，

余老先生慢慢睁开眼睛，看到李心月站在床前，激动地伸出手："孩子，你来啦。"

李心月握着余老师的手："余老师……对不起，害您弄成这样。"

"不怪你。我啊，平时一直觉得身体挺好的，没想到，还真的是老了。"

"如果我没去您家就不会这样了。"

"没事的，你要是不来，我看不到奇峰的女儿，也是很遗憾的。小李啊，其实那天，我也说了一些不好听的话。希望你别介意。"

"没事，您说的都是实话，您别为这些操心了，好好休养。"

"嗯，孩子，我还一句话想对你说……关于画技的事，难以定夺，我不能替你说那些话。但无论如何可以确定的，就是，你爸爸他，是个十足的好人、好学生、好丈夫。这你绝对可以放心。"

李心月微笑流泪，紧紧握住余老师的手："谢谢余老师，有这句话对我就够了，谢谢您！"

金小天、李心月一行人回到酒店，楚之翰故作轻松地让大家回房休息，自己和阿裴却只能返回车，声称有工作要做。

鬼精的金小天感觉到什么，跑到前台一问，才知道楚之翰和阿裴已退了房间，他立刻明白了其中原因，叫上李心月和盛夏，三人也一起把房间退了。

楚之翰回到房车内，拿起手机打电话：

"喂，李总啊？我是小楚，咱们之前谈好的合作……啊，对，我们今天早上已经解决了，现在网络上都知道事情跟我们无关了……您能不能再考虑一下，我们真的很需要这次合作……那我们按原来预算的60%可以吗？30%呢？……啊您多考虑一下啊，我们这个项目真的很有潜力的！"

电话那头传来嘟嘟声，楚之翰沮丧地垂下了手，把手机丢到桌上，手扶额头坐下。

正这时，他被车窗外的声音惊醒，打开窗帘看过去，只见金小天、李心月和盛夏正在阿裴帮助下把行李放进货仓。

楚之翰抹了抹脸，打起精神去走下车去："你们怎么……"

金小天说："旅行久了，酒店住不惯。退房省点钱。"

金小天大咧咧走上房车，到沙发躺了下来。

盛夏拉着李心月一起上了车，对楚之翰说："莉莉有个主意，建议我们做一期新节目。"

楚之翰问："什么？"

李心月笑道："主题是——向警察叔叔致敬！"

看到大家精诚团结、同甘共苦的态度，楚之翰由衷感动着……

盛夏举着直播镜头，先来到一个菜市场，跟拍了一个满身文身、染着黄头发、戴着墨镜的大汉。

菜市声里人来人往，人声喧闹。

一个瘦弱男子混杂在人群中，鬼头鬼脑地跟在一个女人后面，当他探身看菜时，悄悄偷走了那个女人的皮夹。这时，文身大汉一把扑倒旁边一个瘦弱的男子，遂对盛夏的镜头说："我是这个菜市场的商户，我们这个片区的警务人员经常在过来巡查的同时，教我们怎么识别这种小偷。"

接下来，盛夏又在大街上跟拍了几个不同身份的人进行随机采访。

一个清纯可爱的女生说："我有一次过地下通道的时候，遇到了流氓骚扰，吓得我往回跑，幸好遇到了警察叔叔，那个臭流氓灰溜溜跑远了，警察叔叔还送我回了学校。

谢谢你们，警察叔叔。"

一对恋人互相推辞一下，然后女朋友说道："那我说吧，我觉得警察最英勇的时候，就是那次在商城遇到一个变态，挥着棍子打人，我们俩当时都在场，直接被吓蒙了，幸亏有个帅气的警察小哥哥，冲过去一招制服了。"

男生补充："从那以后，在她眼里我的颜值就下降了不止一分，还被逼着每天去健身房报到……"

一位大叔说："说到我和人民警察的故事，那可就太多了。我老母亲前年查出来有阿兹海默症，越来越不记事，走丢了好几次，每次都是在警察的帮助下找到的。还有两次，是遇到好心人，给送到公安局里，联系到我们才能领回家的。我对人民警察，可是太感谢了。给他们添麻烦了。"

节目的最后，盛夏和李心月出现在镜头里。

盛夏："宝宝们，今天呢我们特地走访了当地的几位网友，了解了一下大家跟警察叔叔发生的故事。"

李心月："警察也都是普通人，但因为工作的需要，他们把自己变成了能文能武的超人，用耐心、热心和责任心，替我们背负起了生活中会遇到的威胁。"

盛夏："在我心目中，人民警察是最可爱的人。"

李心月："向在一线的人民警察致敬。"

桌上的电脑播放着节目，弹幕里一片好评。

金小天躺要沙发上，偷偷打量着李心月，心想，"李心月啊李心月，你可知，你身边的小混混就是可爱的警察叔叔？你可知，警察要盯的目标正是你。如果你现在说的话全是真心的，那么，在你身上发生的一切，又该怎么解释？"

太湖之行的直播节目给"爱情之旅"带来了百万播放量，圈了很多新粉，这让楚之翰为之欣喜，他决定请大家好好吃一顿，还特意开了一瓶香槟庆祝。

金小天假装喝多，小跑着到厕所方便，借机向老冯汇报工作。

得到老冯的肯定后，金小天美滋滋地走出厕所。迎面走过来一个年轻小伙，他戴着帽子、高高的衣领遮住了半边脸，他低着头，从金小天身边走过。

这个看似平平无奇的年轻人，走向另一间饭店包间，里面有三个人正在打牌。他脱下帽子，扯了扯衣服，领口下方隐约露出一个蝎子的文身，此人不是别人，正是天蝎。而坐在正中间的人头发灰白，脸如刀削，左眉附近有一道弯曲的疤痕，正是辉哥。

辉哥问文身小伙："天蝎，你找的那个叫什么，朱老三，嘴严不严啊。"

天蝎赶紧回答："哥，放心吧，我没告诉他太细的东西，他也不敢乱说。"

"外人就是不靠谱。天蝎，你辛苦跑一趟吧。知道该怎么做吧？"

天蝎说："我刚从厕所出来遇上那个酒店服务生了，看来那些人出来吃饭了，现在正是拿画的好时机。哥，你放心，包在我身上。"

Chapter 19

　　结束了太湖之旅,"爱情之旅"再次上路,这次他们的目的地是徽州。

　　徽州古城的夜晚,长巷深处,到处都张灯结彩,人来人往,红色的灯笼映衬着古城的喜庆夜景。

　　然而,在一片喜庆中,有一家叫"四月徽州"的客栈却门庭冷落,整座客栈看不到一个人影,所有客房阴沉一片,只有走廊悬挂的几盏灯笼随风摇曳忽闪。

　　客栈大堂前台坐着两名男服务员,他们看上去都很强壮高大,只不过一个大脸,一个小脸,而且两人胸前各挂一个红锦囊。

　　不远处的过堂风呼啸而过,外面传来野猫叫声,像啼哭的婴儿,又似呻吟的女人。大脸服务员吓得哆嗦,抚摸胸前的锦囊念念有词:"佛祖保佑,佛祖保佑。"

　　小脸服务员小声说:"咱俩这岁数可是男人阳气最壮的时候了,不过,还是架不住这里的阴气太重。"

　　"哎,看在比别家高一倍的工钱上,忍忍吧。"

　　这时一辆车开进院内,从车上下来一位七十多岁的老人和一个三十岁左右的年轻人。老人慈眉善目,年轻人尖嘴猴腮。

　　年长的魏老先生正是这家客栈的老板,年轻晚辈是他的孙子小魏老板。

　　小魏老板搀扶着魏老先生走进大厅,看上去魏老先生气虚体弱,颤颤巍巍。

两名服务员一起向老人问好："魏老板好。"

魏老先生轻声问道："嗯，今天还是没有客人？"

两名服务员异口同声："没有。"

魏老先生环视四周，不满道："客栈的灯为什么不打开？一进院子到处阴沉沉的，能有客人吗？去，马上打开所有的灯！"

小脸服务员看看小魏老板，小魏老板只好点点头，小脸服务员赶紧去开灯。

当廊灯、院灯、亭灯、房灯打开后，黑压压、阴森森的院落变得灯火辉煌。

灯光下，这幢百年老宅露出真容，让人震撼不已。

徽派建筑、石雕风格与传说中那般气势宏大、雕刻精美，将庄重与精美融于一体。更让人惊叹的是，每一块木雕和石雕都仿佛在向后人诉着它们的悠悠往事，曾经的辉煌与恩怨似乎都在那些年轮中弥漫出"迷"一般的魅力……

魏老先生从大厅走到院中，四下看看，带着自豪的笑容返回大堂，满意地对着前台服务生说："嗯，这样才像样！"

小魏老板上前解释："爷爷，我这不是为了省电吗？"

魏老先生发火："省什么电？"

"我们客栈的房价是镇上最低的了，但还是没客人。"

"为什么从前客栈经营得好好的，现在就没有客人了呢？"

"这可不能怪我，要怪就怪这老宅子的风水出了问题。"

"什么问题？"

"很多客人都说，这院子里闹鬼。"

"胡说，哪儿来的鬼？我怎么没看见？！"

"我也不信呀，还请了风水师过来看看，结果人家说，咱们这宅子里还真有一个冤死鬼。我没办法，又请了好多符咒，希望能驱鬼挡煞。可还是不行，这段时间吓走了十几拨客人，连累我们签约的旅行社也被投诉。现在我们的账上入不敷出，连电费都赔上了。"

魏老先生摇摇头，叹口气："怎么会有这种事情呢？"

小魏老板掏出一大堆账单递上去："爷爷，您自己看看，这两年客栈一直负债经营，全靠茶厂养着。可现在茶厂也不景气，现金流马上就要断了。昨天，老胡那边又催咱们款。再这样下去，茶厂也要被拖垮了。"

"那你说怎么办？"魏老先生看着孙子。

小魏老板眼珠转了两转，小心翼翼地说："只有，把客栈卖掉，不然……"

魏老先生痛心疾首地打断道："不能卖！这是我们魏氏祖宅，传了一百多年，不能在我手上卖掉啊……"

"好的，爷爷，我不说了，那您说，您有什么其他办法吗？"

魏老先生无语，叹气，摇头，露出无助的表情："我对不起老魏家的列祖列宗啊。"

小魏老板又取出一份合同递给祖父："您看，这是我和一位澳门富豪谈好条件，客栈卖给他，他给咱们九千九百万。我对比过，这可是不能再高的价格了。"

巨额的数字让前台服务员张大了嘴巴，但魏老先生还是一脸不舍与悲伤。他慢慢走到门口窗边，伸出满是皱纹的手，轻轻抚摸着比他还苍老的木雕，眼眶湿润，对着孙子痛心说道：

"你的父亲两年前病逝，我身体也每况愈下，这家客栈全靠你来经营。可惜，凡事都有运数，也许这宅子跟我们家的缘分尽了。"

小魏老板兴奋道："爷爷，那您的意思是？"

魏老先生挥挥手："如果今晚还没有客人，就随你意吧。"小魏老板听闻眉开眼笑，魏老先生红了眼眶转身离去，"我们回去吧，我累了。"

祖孙二人的车刚开出大院，"爱情之旅"房车迎面而来，两辆车擦肩而过。

房车开进客栈"四月徽州"，停在大门口，楚之翰一行人从车上下来。

阿裴指着客栈："就是这里了，是莉莉推荐的，说这是整个古城镇性价比最高的客栈。怎么样？"

众人面对眼前灯火辉煌、美轮美奂的百年老宅，无不震撼与赞叹。

盛夏欢喜得跳起来大呼："燃，太燃了，燃得就像皇帝的行宫吧！"

李心月面对着父母曾经住过的客栈，由衷赞叹道："这里的徽州建筑至少也有百年历史。"

楚之翰问："你怎么知道的？"

李心月正要说话被阿裴抢先道："当然是做攻略知道的！这里不仅有百年历史，而且它的木雕、石雕手艺在当地已经失传，完全可以申请非物质文化遗产了。"

楚之翰看着灯火辉煌的客栈，在夜晚显得充满生气与华彩，他满意道："嗯，环境很好，这个风格我很喜欢。嗯，阿裴，这事你办得不错。"

阿裴得意扬扬道："所以，我办事你放心。来吧，大家搬行李吧。"

就在大家搬运行李时，客栈外的长巷拐角处，天蝎正窥视着房车里的一行人。

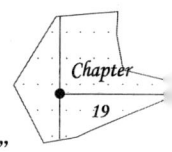

眼看着楚之翰一行人入住"四月徽州",天蝎回过头,对着不远处的辉哥做了个"OK"的手势,辉哥放心地点点头,开车离去。

楚之翰一行人走进大厅,两名服务员看见有客人,非常意外。

阿裴走到前台办理入住手续:"订五间房。"

大脸服务员:"身份证。"

楚之翰和盛夏走过来将各自的身份证放到前台。

李心月转身瞪着金小天,金小天明白她的意思,走上前,一只手将两张身份证放在了柜台上,一张是李心月的,一张是金小天的。

李心月想抢回来,但是手没有金小天快。

金小天得意地一扬头,李心月咬了咬牙:"无赖。把证件还给我。"

"不给。都说了等你回心转意了再给你的,万一又扔下我跑了怎么办?"

楚之翰上前劝说:"小天,我也觉得你该还给莉莉。"

金小天拒绝道:"这是我们俩之间的事。"

盛夏从俩人之间走过:"秀恩爱可以回房间去进行吗?阿裴,快点给我房卡,这里太辣眼睛了,真是一分钟都不想多待。"

阿裴赶紧分发房卡给大家:"好了好了,给,这是你的。"

大家拿了房卡准备离开时,阿裴忽然打量起四周的装修。

他发现大厅顶部挂着一个巨大的葫芦,葫芦上用朱砂画着符,他开始感觉头皮发麻,好奇地问道:"麻烦问一下,咱们这里是什么装修风格?"

小脸服务员神秘地回答:"不是什么风格,是风水,风水,你懂吧?"

"噢,按风水装修的,讲究。可是,现在是旅游旺季,为什么看不见其他客人,还有,你家的房价怎么,这么优惠?"

大脸服务员更加神秘地说:"因为,这里比较特别。"

阿裴伸长脖子打听道:"怎么特别?"

服务员甲神秘地递给他五张黄色符纸:"记得,每个房间贴一张。"

阿裴看着手上的五张黄符:"这是什么?"

大脸服务员:"驱鬼挡煞的符咒!"

小脸服务员:"欢迎来到四月徽州。"

阿裴不由打个冷战,喃喃自语:"老天保佑,不会遇到黑店吧。"

这时楚之翰走过来:"阿裴,这里真的是性价比很高,给你大大地点赞。"

阿裴受了表扬，不好再提出质疑，只好赶紧将五张黄符揣进怀里："呵呵，那当然。"

楚之翰一行人跟着大脸服务员走向他们的房间。他们踏着古老的石阶，沿着潮湿的木质回廊，绕过前院向后院走去。

廊上悬挂的灯笼和风铃随风摆动，叮当作响，声音听起来有些阴森。

大家发现越走越静，越走越瘆人，他们开始觉得哪里不对劲了。当他们绕过天井，开始上楼时，楼板"咯吱"作响。不时还能看到楼板的破洞，房檐上出现蜘蛛网，木窗随风摆动。

突然一只黑猫窜出来，"喵"的一声，两只猫眼在黄昏中精光四射。

阿裴吓得后退大叫，一脚踩塌一块楼板，众人赶紧帮阿裴把脚抽出来。

大脸服务员赶紧解释："不好意思，楼板年久失修，一直说要修还没来得及。"

盛夏质疑道："阿裴，这是你们家皇帝的行宫？"

阿裴心虚道："是吧，这不是红楼梦里写的抄手游廊？黄昏看不太清楚风景，明天白天，太阳出来了，肯定不一样。"

大脸服务员笑了："等月亮出来了，本店更不一般了。"

金小天追问："怎么不一般？"

服务员指指天空："一旦停电，月亮就是本店唯一的节能灯了"。

众人面面相觑，无语的表情。服务员继续说："到了晚上，各种各样的野生宠物都出来了，野猫、野狗不算什么，遇到'野生四仙'才是本店特色。"

李心月没想到父母曾经住过的地方如今这般残破，心里有些难过，问："野生四仙是什么？"

"就是黄鼠狼、狐狸、刺猬、蛇，这四仙可是本店精品宠物，能遇到的它们就算抽到幸运奖了。而且……"服务员故意停顿一下，冲所有人眨眨眼，表情诡异道："只要客人喜欢可以随便领养，老板交代过，全当本店的免费大礼包！"

楚之翰一行人听得目瞪口呆。

阿裴赶紧安慰："今天大家都累了，早点休息。"

楚之翰打开自己的房门要进去，李心月叫住了她："凯文，等一下。"

楚之翰转过身，李心月走上前："凯文，一直想对你说声对不起，因为我，在太湖耽误了大家的行程，也给你们带了麻烦。谢谢你，我……"

楚之翰打断道："你什么都不用想，只要安心工作就好了。以后不管有什么事情，都可以跟我说说，我是站在你这边的……"

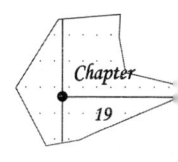

"好的。"李心月感动地点了点头。

面对温柔善良、通情达理的楚之翰，李心月有时候会忘记他是楚鸿飞的儿子。但越是这样李心月越害怕担心，她害怕终有一天，她会亲手伤害到这个一路上都在帮助自己的大男孩。

李心月打开自己的房门，立刻一股老房子里潮湿发霉的味道扑面而来。她觉得呼吸不畅，来不及关门，赶紧放下行李箱，站起来打开窗户，一阵风吹进来，她对着窗外大口呼吸着。

金小天经过李心月的房门时不经意瞟了一眼走过去，突然，他好像看到什么，停下脚步，退回门前向里看去，顿时睁大眼睛惊呆了。

只见房梁上缠着一条黑色的毒蛇，蛇正沿着房梁悄无声息地爬到吊灯上，慢慢靠近李心月。

金小天轻步走进房间，小声提醒李心月："不要动，房梁上有个仙儿。"

李心月以为金小天开玩笑，不屑道："哼，少来，我才不信这里有什么四仙！"

金小天边走边说："是真的。千万不要动。"

李心月转过身，看到金小天的表情这才向房顶瞟了一眼，果然看见一条蛇体形又黑又大，它正沿着吊灯从上而下，吐着信子，离李心月的头顶越来越近……

李心月吓得面色苍白，浑身发抖，小声问金小天："怎么办？现在怎么办？"

金小天边移动边压低声音说："交给我，别出声。"

金小天慢慢向前移动，并冷静地用余光快速扫了遍房间，发现茶几上有一瓶灭蚊喷雾剂，他轻轻靠近茶几，拿起了那瓶喷雾剂。

这个动作立刻惊动了黑蛇，它迅速将蛇头转向金小天，从半空中俯瞰并冲其吐出信子，盘旋在吊灯上的身体开始慢慢游动，不断靠近灯下的金小天。

房间里寂静无声，金小天毫不退缩，他举起手中的喷雾剂，迅猛出击，朝着蛇眼喷射灭蚊剂。

黑蛇惊慌之下，从吊灯坠落掉地，在屋子里四处乱窜。李心月一边尖叫着跳脚，躲避黑蛇。

金小天随手拎起一个衣服架，满屋子追蛇，打蛇。黑蛇被金小天逼至一个角落，它无处可逃了，掉转蛇头，直冲金小天，摆出决斗前的架势。

楚之翰等人听到李心月的尖叫声都跑了过来，他们被眼前一幕吓呆，所有人屏住呼吸不敢动了。

只见黑蛇突然发起进攻，张开大嘴向金小天扑过来，金小天迅猛应战，稳准狠地用衣服架击中毒蛇的头部。黑蛇身体扭曲挣扎时，金小天一把抓住了黑蛇的七寸，将其塞进垃圾袋里。

李心月张大嘴巴看着金天，所有人都目瞪口呆，他们不敢相信，眼前这个勇猛无敌、身手不凡的家伙竟是每天要被她骂几遍的小混混。

楚之翰跑到李心月身边紧张地问道："怎么样，你没受伤吧。"

李心月："没事，我没事。"

阿裴崇拜地看着金小天手里的袋子，"小天，你真是爷们，纯爷们！"

金小天一手拎着袋子，一手将窗户关上，对着众人说道："这边窗户靠山，大家最好别开，如果觉得比较闷的话，把靠走道的门打开，透透气。"

此时的金小天有一种领袖气质，令人佩服。

李心月逐渐恢复平静："金小天，谢谢你了。"

盛夏指着袋子里的蛇提议："野生的蛇羹最鲜美了。不如，咱们去夜宵把它炖了吧。"

金小天嘿嘿一笑："不要了吧，它可是四仙之一，还是找个地方放生的好。"

楚之翰关心地看着李心月："不如我们一起出去喝一杯，给莉莉压压惊吧。"

盛夏听了又开始撇嘴，心里各种羡慕嫉妒恨。

李心月推辞道："你们去吧，我有点累，不想吃。"

楚之翰想要说些什么被盛夏打断："她上去是很累，让她休息会儿。咱们走吧，我都快饿死了。"

楚之翰和金小天都有点不放心地看着李心月。

楚之翰问："你真的不去吗？"

李心月点头："我是有些累。"

"那好吧，我们走了。"

金小天有点犹豫："你还是跟我们去吧，一个人留在客栈不安全。"

李心月指指他手里的袋子："最大的仙都被你抓了，窗户也关上了，一会儿我把门锁好，不会有事的。你们去吧。"

盛夏不耐烦："你们两个腻腻歪歪的，烦不烦啊。金小天你要不在家陪她，要不赶紧跟我们走，爽快点儿。"

阿裴拉着金小天往外走："金小天，我还想跟你喝两杯呢。"

众人离开，金小天走在最后边，细心地将李心月的房门关上，拎着那个袋子走了。

小巷深处，天蝎远远地看着楚之翰、阿裴、盛夏、金小天从客栈里走出来。天蝎确认离开的人数后，他摘下墨镜，悄悄走进了客栈。

突然，李心月迎面走来，天蝎立刻戴上墨镜，躲在暗处观察着李心月。

李心月径直走进客栈大堂，看了一圈，像是在找什么东西。

李心月上前询问服务员："跟你们打听个事，这里以前是不是摆着张烟榻？"

一个服务员问："你问的是不是那张雕花木床？"

"对，做工很漂亮，我以前看照片上有，怎么不见了？"

另一个服务员说："那个啊，上周还在这儿来着。前几天老板说有人高价收购，给卖了。"

李心月失望："卖了？"

服务员好奇地问："美女，你打听这个干什么？"

李心月赶紧说："没什么，就是觉得很漂亮，想亲眼看看。没事了。"

李心月失落地往回走，一直回到房间，拿出那本老相册，翻看。

只见其中一张照片上，李奇峰和楚鸿飞就坐在一张雕花烟榻上。

李心月自语着："应该就是这里了。爸爸，我来到你当年住过的地方了，可是，你和妈妈都觉得惊艳的那张烟榻，却不在了。"

Chapter 20

楚之翰四个人一起来到一家当地的土菜馆，点了当地几盘农家特色菜。

楚之翰、金小天、盛夏、阿裴四人围坐一桌，阿裴做了代表性发言："小天，你这几天真厉害了。能打退地痞流氓，能疏通油管，还能抓仙儿，真是我们团队不可或缺的高人啊。"

金小天被捧得笑呵呵，眼看系着围裙的老板娘亲自上菜，麻利地把一盘盘农家特色的菜肴端上桌，盛夏赶紧把直播镜头对准了饭桌，开始晒美食。

楚之翰、金小天、阿裴也凑过来，看着老板娘一一揭开盖子，热气腾腾的菜肴摆了一桌子。

四个人异口同声地赞叹一声，然后纷纷拿起筷子开吃。

盛夏直播着："宝宝们，夏夏就先替你们品尝喽。"

盛夏尝了一筷子，做出享受的表情，夸张地说："好吃得想哭。"

金小天夹起一块腌肉尝了尝，眼睛都发光了："好吃得想死。"

盛夏嫌弃地转脸，看到楚之翰正在喝汤，于是殷勤地给楚之翰夹菜："楚总，你尝尝这个。"

楚之翰尝了一口，回味了一下说："嗯，很好吃。给莉莉打包一份。"

阿裴答应一声，就要站起来，被金小天拉着坐下："不用，我已经交代厨房了，给她带份小炒就好。"

盛夏看大家都只顾着吃菜，看看四周，走过去拿起一瓶当地的烧

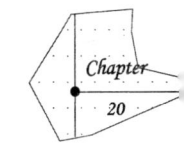

酒，提议道："这样吃多没意思，不如我们玩游戏吧，输的罚酒好了。"

楚之翰劝阻："女孩子还是少喝点酒，对身体不好。"

"哦……"盛夏乖乖放下酒，温顺得像小猫。回味着楚总的话，不由说出了口，"楚总，你这么关心我，我好开心。"

阿裴笑出了声，楚之翰赶紧解释："你是这个团队的一员，我当然要关心了，好好吃饭。"

盛夏乖巧地说："好。"

金小天也笑出了声，盛夏不爽地瞪他一眼："笑什么？嫉妒啊？"

金小天学盛夏："楚总，你也关心关心我啊？"

"好。"楚之翰二话没说，给金小天夹菜，金小天瞥一眼盛夏，她丢他个白眼。

盛夏拉来老板娘，和大家一起做游戏，大家边做游戏边直播。

盛夏："宝宝们，这位就是厨艺和美貌兼具的本店老板娘。欢迎她和我们一起玩游戏。我们玩的是"石头剪刀布"，输了的队伍要指定一名队员，干掉一杯本地自酿的烧酒。"

大家热热闹闹地玩着游戏，老板娘猜丁壳输了，被大家起哄喝酒，她豪爽地一饮而尽，大家喝彩。

老板娘放下酒杯，热情地问道："你们是今天刚来这里吧，住哪里？"

楚之翰回答："四月徽州。"

老板娘脸色一变，说了句："可不能住在那里！"

楚之翰问："有什么问题吗？"

老板娘告知："那家店闹鬼。"

众人面面相觑，盛夏又怕又兴奋："什么？闹鬼？真的吗？"

阿裴回想起在前台看到的顶上画了符咒的葫芦，又心虚地摸了摸口袋里的那几张符咒，被眼尖的盛夏看见。

盛夏指着阿裴大声问："你在藏什么？"

盛夏一把从阿裴手上抢过符咒，没拿稳，符咒散落，在桌子上空飞舞，每个人都捡了一张，还有一张飘进了菜汤里。

楚之翰拿着符咒问阿裴："阿裴，这是什么？"

阿裴吞吞吐吐："这是服务员给我的，说……说每个房间贴一张。"

大家都回头看向老板娘，金小天追问："老板娘，到底怎么回事？"

老板娘告诉他们："你们是不知道，那家店已经吓走了好几拨客人，房价全镇最低

都没人住，店家自己都心虚，还给你们符咒。符咒要是能压住，他们生意也不至于这么差……"

金小天立刻担心起来："不是吧？那客栈里岂不是很危险？"

老板娘："反正入住的客人经常被吓到，大半夜换酒店的也不是一两次了。"

楚之翰也担心起来："那莉莉会不会有事？她一个人在房间里。"

盛夏看见金小天和楚之翰两具大帅哥都在关心李心月，却无视眼前的自己，一时生起气来："那位大小姐的脾气那么冷，鬼见了也得让开。来来来，游戏继续。"

在盛夏的积极组织下，金小天和楚之翰都不好意思离开了。

"四月徽州"客栈，黑漆漆一片，空无一人。

李心月的房间内，她正在浴室洗澡，玻璃房内充满了水汽。

天蝎蒙上面，顺着窗户悄悄爬进李心月的房间，他身手敏捷，直奔李心月的行李箱开始翻找着，突然不小心碰掉一个盒子，天蝎迅速躲到窗帘后面。

李心月似乎听到什么动静，她从浴室走出来，一眼发现行李箱被人翻过，她吓得迅速环视房间，当看到窗帘在动时，李心月紧张地靠近窗帘。

随着李心月逼近的脚步，窗帘后面的天蝎掏出了一把刀。

但就在这时，门外响起敲门声。

李心月回头问："谁呀？"

门外传来一个男子的声音："服务员，过来给你送盘电蚊香。"

李心月转身走向门口，躲在窗帘后面的天蝎迅速翻出窗户，消失不见。

李心月打开房门，门外出现的竟然是大金牙，她吓得马上关门，但为时已晚，彪悍的大金牙用力推门，强行进入。

李心月转身就跑，却被大金牙一把抓住，并迅速将李心月的双手、双脚捆绑住，在其嘴里强塞一块布，取出准备好的绳子，将李心月被吊在卫生间木质的房梁上。

在李心月的身体下方正对着浴缸，浴缸里装满热气腾腾的水。

悬吊李心月的那根粗绳，一端系在李心月的腰上，另一端则抓在大金牙的手中。

李心月看明白大金牙的意图后拼命挣扎，嘴里发出"唔唔"的叫声。

大金牙一边拽着绳子一边说："你他妈的欠了钱还敢跑这么远，喜欢玩是吧，今天老子要陪你好好玩玩。"

李心月拼命咳嗽，摇头。

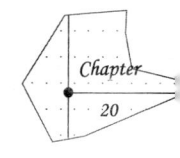

大金牙看她有话要说，上前将她嘴里的布掏出来。

李心月大声说："大哥，钱我都还清了，你们还想怎么样？"

"少给我装，赵老板说了，还了的是本金，我来要的是利息，利滚利，一共十万，拿钱吧。"

"他这是不讲理，耍无赖，再说，现在我哪有钱啊。真的没有。"

"那是你的事！不然，还有一个办法，就是乖乖跟我回上海，老老实实地陪赵老板上邮轮……这样债就清了。"

李心月摇头拒绝："我死也不会上他的邮轮的……"

大金牙一把把破布塞回李心月嘴里："那就去死吧。"

随着大金牙慢慢放出手中的绳索，李心月的身体开始下降，不断靠近水缸。李心月瞳孔放大，拼命挣扎，但最后她还是被放进水缸，沉入水底。

李心月拼命挣扎，快要窒息时又被拉出水面，再次吊至半空，然后再下沉。几次下来，李心月已经崩溃。

大金牙慢慢走上前，伸手取出李心月嘴里的布，威胁道："怎么样，好不好玩？"

李心月拼命呼吸，咳嗽，摇头道："大哥，求你放了我吧，钱我一定还。"

"少他妈装可怜，我要马上见到钱！要不跟我回上海，你选一个吧！"

两个选择李心月都无法承受，她没有说话。

大金牙不耐烦地拽了拽绳子，威胁道："说话呀，怎么着，再陪你玩几下？"

李心月咬咬牙说："我选，还钱。"

大金牙拿出李心月的手机："好啊，那就打个电话，让游戏彻底结束吧！"

"给谁打？"

"当然是能帮你还钱的人了，要对方马上到账。不然，游戏继续。"大金牙又狠狠拽了拽绳子。李心月只好大声说："好的，我打。"

在急需钱的时刻，李心月说出了楚之翰的手机号。

大金牙立刻拨出去，按了免提键。

不料楚之翰、阿裴和金小天都喝高了，三人一起去卫生间吐酒。

楚之翰的手机落在桌上，盛夏看到来电显示是李心月，她竟然擅自接听了电话，"这么晚了，什么事呀？"

李心月大喊："喂，盛夏，快让凯文接电话。"

盛夏一听更来气："有什么事，你跟我说好了。"

"我现在情况紧急，请他马上给我转账十万，就算是我借的。"

"你以为自己谁呀？再说我们现在这么困难，你还好意思借钱，你太自私了吧。"说完，盛夏"啪"一声挂断电话。

看着那个唯一的希望被挂断，李心月绝望无助地看着大金牙。

大金牙发火了："你玩我呢？"

"不是的，你再给我一点时间，我保证打给他本人后，他一定会帮我。"

"再给你一点时间，好呀，我等着，我坐等！"

大金牙退后几步，然后一屁股坐在浴室的窗台上，粗壮的身体压得木质窗框"咯吱咯吱"地响，一只手还拽着绳子，继续用力将李心月往上边拉升，下降，进水，入水，出水。

李心月的身体随着大金牙的拉升，下降，不断进水，出水，她拼命尖叫，表情惊恐。大金牙就像在玩耍一样，以此为乐。

反复几次，大金牙用力过度，突然窗框断裂，大金牙猝不及防地向后仰去，整个人从二楼的窗户摔了下去。窗外随着重重的坠地声，大金牙发出一声惨叫。

大金牙手里的绳子松开后，李心月身体迅速下降。

眼看李心月就要冲进水缸，突然绳子另一端卡在房梁上，李心月距离水面只有两公分。

房梁上的绳子，摇摇欲坠，随时会彻底脱落。李心月开始冲着窗外拼命大叫："救命，救命，救命啊！"

李心月的呼救声穿透寂静的夜空，飘进客栈前台。

两名服务员却在各忙各的，小脸服务员在专注地玩手游，大脸服务员戴着耳机在看电影。

小脸服务员隐隐约约听到什么，他停下来推推大脸，大脸拽下耳机问："怎么了？"小脸服务员指着空气说："哎，你听到什么吗？"

大脸服务员听了听，神秘地说："幻听，告诉你，在这里待久了，都会产生幻听。还有，我警告你，如果大半夜听到有人喊你名字，千万别回应，更不要回头看，知道吗？"

小脸服务员吓得连连点头，戴上自己的耳机，继续打手游。

摔下楼的大金牙慢慢从地上爬起来，他摔得头破血流，听着李心月的叫声，强撑着身体，**跌跌撞撞朝楼上走去**，马上上到二楼时，楼梯木板突然断裂，大金牙滚落下来，**身体被卡在楼板之间**，整个人昏迷过去。

房梁上，吊挂着李心月的绳子一点一点地松动，李心月的身体一点一点下降，并没入水面。李心月拼命仰头，把脸仰着，抬出水面，大口呼吸。

生死关头，李心月突然发现她的手机掉落在地上，她眼前一亮，回想起在上海和金小天一起吃烧烤的情景。当时两人喝了很多酒，当桌上还剩最后一杯酒时，他们开始相互劝酒。

李心月劝说："这可是福根，还是留给你喝吧。"

金小天拍拍肚子，摇摇头："不，既然是福根，女士优先。你请吧。"

"不然，石头剪刀布，谁输了谁喝。"

金小天摆手："这个，不好玩。换一个！"

李心月眨眼睛："那换什么？"

金小天看看桌上两人各自的手机，都是华为品牌。他忽然有了主意，指着桌上的手机提议，"咱们谁可以不用拨号却能打通对方的电话，就算谁赢！怎么样？"

李心月看看桌上的手机，再看看金小天，她笑了：

"我看你是真喝大了。开什么玩笑，不拨号怎么打电话？"

"那要是我做到了，你就喝下这杯福根。"

"好，我就不信你能拨通，除非，你的手机是魔法手机。"

金小天神秘一笑，对着自己的手机说："阿仁！"

金小天话音一落，他的手机自动亮了。金小天对手机发送指令："打电话给莉莉。"没过几秒，李心月的电话果然响了，来电显示为"金小天"。

李心月不敢相信的样子："天呀，你怎么做到的？这真是魔法手机吗？"

金小天得意道："你不知道了吧，手机有语音唤醒功能，当然，只有华为手机有这项功能。只不过启动这个功能，你必须先设一个唤醒模式。"

"所以，你的唤醒模式就是'阿仁'。"

金小天点头，李心月好奇道："为什么是阿仁？"

金小天若有所思，犹豫片刻说："我很喜欢《无间道》里的阿仁。"

李心月跳起来大叫："我也要，我也要，你帮我也设置一个。"

金小天看着李心月可爱的样子发了一下呆，被李心月推醒："来嘛，帮我设置一个。"

"好，你要设置什么？"

李心月脑中闪现出《宝贝》的画面，她脱口而出道："宝贝。"

金小天帮李心月设置好后，他看看李心月若有所思道："以后，我不在你身边时，只要你呼喊亲爱的宝贝，我就会像阿拉丁的神灯那样，立刻出现在你面前。"

金小天曾经帮李心月设置了唤醒模式，但她从未试过。

生死关头，李心月像抓住最后的救命稻草，拼尽全力冲手机大喊："宝贝！"

李心月的手机果然被唤醒，灯亮起来。

李心月激动地大声喊出："打电话给金小天！"

菜馆里，金小天从厕所出来，刚返回饭桌手机就响了。他一看是李心月来电马上接听，还未及说话，电话里传来李心月断断续续的呼救声："救命，救命啊……"

盛夏也听到了，她翻着白眼说："哼，她非要留在客栈休息，现在又扮戏精，一会向凯文借钱，一会又冲你喊救命。真不知道她在搞什么！"

金小天听出李心月没在演戏，她真的出事了。

金小天立刻跑到身后的窗前，翻身从二楼一跃而下。

盛夏吓得跑到窗口向下张望，只见金小天一阵风似的消失在黑暗里……

四月徽州客栈内，阴风阵阵，鬼气森森。

被卡在楼梯上的大金牙终于苏醒，他从断裂的楼板里挣脱出来继续上楼，并沿着寂静无人的走廊走向李心月的房间。

突然，一个瘦小的白影从走廊上一闪而过，大金牙吓了一跳，紧张问道："谁？"

对方没有回应，大金牙快步走到李心月房门前，刚要推门，他看到地板出现一大一小两个倒影，同时，一只手拍了拍他的肩膀，大金牙迅速转身，身后空无一人。

大金牙吓得有点发毛，他大吼一声为自己壮胆："谁，有种出来！"

走廊上，只有几盏廊灯随风摇摆，还有一串风铃发出让人发毛的声音。

大金牙正纳闷时，从房梁上掉下了几滴黏黏的液体。

大金牙慢慢抬头，像是看见了什么，整张脸惊恐，变形，扭曲，然后发出杀猪般的惊叫声，整个人跌跌撞撞地向后退，一屁股跌倒在走廊上摆着的美人靠上。

美人靠并不结实，大金牙再次从二楼摔落，这回他顾不得疼痛，惊慌失措地爬起来，嘴里喊着"鬼啊，有鬼"，遂跌跌撞撞地向外跑去。

此时，李心月已沉入水缸，因为双手双脚被捆，无法挣脱，整个人只能在水下拼命挣扎……

Chapter 21

　　金小天疯狂地奔跑，穿越小巷，一路冲进客栈，不料和迎面而来的大金牙撞上，两人同时倒在地上。

　　金小天爬起来，一把抓住大金牙问："你把莉莉怎么了？"

　　大金牙已经神志不清，他指着远处惊恐大叫："鬼，鬼，有鬼！"

　　金小天看着大金牙的样子更加担心，他松开大金牙，继续朝李心月的房间奔跑。

　　金小天冲上楼，破门而入，迅速冲到浴缸前将李心月抱出来，解开绳索，发现她已昏迷。

　　金小天慌忙拍打李心月的脸："莉莉，醒醒，醒醒。"

　　良久，李心月猛地吐出一口水，慢慢睁开眼，看到金小天后她失声痛哭。

　　那一刻，两人都没有意识到，他们紧紧地抱住了对方，直到金小天过于用力，李心月"哎哟"一声感到疼痛，他们才松开了彼此。

　　看着衣不蔽体的李心月浑身淤青，面颊微红，身体轻颤，他一时有些心疼，忘记了尴尬。金小天将浴巾披在李心月身上，则迅速在房间内外检查一遍，然后走回房间，扒头看向窗外，什么也没有发现。

　　金小天回头询问李心月："你确定，除了大金牙，没有别人吗？"

　　李心月点点头："应该是，反正，我只见到他一人。"

　　"可是，从房间、走廊和楼梯上的痕迹看，应该有两个人来过这里。否则，凭大金牙的身手，怎么可能摔得这么惨？还吓成那样，好像他说，自己撞见什么鬼？"

李心月惊魂未定道:"大金牙就是可怕的魔鬼!"

金小天看着浑身湿透的李心月:"你赶紧换件衣服吧,小心感冒。"

李心月点头,金小天起身要回避。不料李心月扯住金小天的手:"不要走,我,有点怕。"

金小天看看李心月,犹豫道:"可是,你要换衣服。"

"你转过身就好。"金小天只好转过身体,面对电视墙站着。

李心月打开行李箱取干净衣服,像是发现什么似的,喃喃自语:"我的行李箱,好像有人动过。"

金小天警觉道:"那你快看看,有没有丢失什么重要物品?"

李心月检查了一遍:"没有,什么也没丢。"

窗外的树叶沙沙作响,月光透过窗帘照进屋内,李心月的身影印在电视墙上,金小天别过脸去,望向别处。

金小天打破沉寂,对李心月试探道:"你是不是藏着什么宝贝,让人老惦记你。"

李心月边换衣服边说:"我一穷二白,被你和大金牙一路追债,能有什么宝贝?"

"那可能真的见鬼了!"

李心月换好衣服,走到金小天面前说:"不管怎么样,谢谢你救了我。"

"这可是从大金牙手里第二回救你了!"

金小天看似漫不经心的话却触动了李心月,回想起来,金小天虽然也是个追债的小混混,可从认识以来一直在保护她,久而久之,竟让她对金小天产生了某种依赖,她不懂为什么会变成这样。

看着金小天,李心月发心地又说了句:"谢谢你……"

金小天莫名地开心,嘴上却依旧不饶人:"怎么谢我?"

李心月有点不好意思看金小天,一时竟想不出用什么办法谢他。

金小天笑出了声:"好了,不用谢,你只要不总想法甩掉我,赶我走就行……不过,就算你想赶我走,我也不怕了。"

"为什么?"

金小天坏笑:"因为,你的身份证在我这里。"

李心月瞪了一眼金小天,刚要说什么,突然房间的灯黑了,与此同时,整个客栈也漆黑一片,没有一丝亮光……

李心月下意识抓住金小天的衣袖,金小天冷静道:"别怕,好像停电了。"

金小天掏出手机，刚要打开手机上的电筒，李心月隐约看到窗帘后出现一个瘦小的影子。

李心月搂紧金小天的胳膊，指着窗户问："你看，有个人在那儿。"

金小天顺指看去，果然看到一个影子，他打开手机电筒，慢慢走向窗户。窗帘随风飘起，只见一个披散白发，身穿白衣的白脸鬼出现，李心月吓得尖叫。

金小天不由分说，拉住李心月的手一起冲出门外，追赶白毛鬼。

月亮被乌云遮住，树梢随风吹动。

金小天和李心月穿过客房宅院，在一条长长的抄手游廊停下，眼看着白毛鬼躲在一根柱子后面，若隐若现。

金小天壮胆举起手机电筒，慢慢向前靠近，走到跟前却见柱子后空空如也，当金小天再抬头时，白毛鬼已飘至远处。

金小天和李心月继续追踪，两人追至一座天井时，突然看到水里出现月亮的倒影，眼看白毛鬼从月亮的倒影中飞了过去。

金小天和李心月抬头看去，只见白毛鬼从一个屋顶飞至另一个屋顶。

金小天眼疾手快，用手机对着那个白影"咔咔咔"几声，连拍了好几张。不料，这一幕却将李心月吓坏了，她发出尖叫声："鬼，鬼！"

夜晚的古城，灯火辉煌，小巷两边挂着各种灯笼，古香古色。

沿着徽州的古巷街头，楚之翰、盛夏、阿裴一起往客栈走着。

盛夏为了能和楚之翰多待一会，她谎称金小天不舒服先回客栈了。但楚之翰听说"四月徽州"闹鬼之后，总觉得心里不安，一路上都在担心李心月，为此他不断加快脚步，无心留恋徽州美丽的夜景。

盛夏为了留住楚之翰，她突然停下脚步，拿出手机打开了直播："嘿，各位朋友，晚上好！我们现在已经到达古城徽州，这里的夜景超燃！你们看这里，看这里，看这里。"

随着盛夏的旋转式自拍，镜头突然对准了楚之翰，盛夏兴奋道："凯文，跟大家打个招呼吧。"

楚之翰猝不及防，局促地挥挥手："嘿，大家好，我是凯文。"

盛夏继续为网友们直播徽州实景："你们看，从这里眺望，整座古城的夜景尽在眼底。瞧，这里还有马头墙，美人靠，满眼都是雕刻精美的物件，木雕、石雕、砖雕。怎么形容呢，这地方，讲究！"

盛夏靠在一个"美人靠"上冲观众招手示意。

阿裴在旁边乐得看戏精演戏，楚之翰则不时看表，心不在焉，他对阿裴耳语几句，转身准备离去，盛夏再次拦住楚之翰说：

"请我们的大 Boss 给大家点评一下这里的美景。"

楚之翰勉强笑道："这里，很美，我相信会带给大家不一样的旅行！"

盛夏借着酒劲当众挑逗："有没有，不一样的我？"

楚之翰一时被问懵，不知所答。

盛夏继续挑逗："我们的大 Boss 有一点点害羞。"

弹幕纷纷飘来："盛夏，那你还不生扑。""生扑？太保守，生吃吧，千万别客气。""下嘴轻点，别把人家弄伤了。""妖女，唐僧小心。"

楚之翰突然对着镜头宣布："今天太晚了，明天继续直播，大家晚安。"

楚之翰强行关闭了直播，然后对盛夏说："我们回去了，我总觉得，有事情发生。"说完，他径直朝向客栈快步走去。

阿裴紧跟其后，只剩下盛夏一个人站在原地发呆，气得自言自语，"莉莉，我讨厌你！"说完一跺脚，大声喊道，"凯文，等等我。"

楚之翰没有理会，继续赶路。

阿裴跟在后面自言自语："接下来，该摔倒了吧！"

果然盛夏假装摔倒在地，夸张地喊叫："哎哟，好疼啊。"

楚之翰回头看，无奈地上前将她扶起来："你怎么样？"

盛夏故作娇柔状："我的脚不能走了。"

不料，楚之翰一把将阿裴拉过来："阿裴，盛夏交给你了，我先赶回去看看。"

阿裴会意眨眼道："放心去，这里交给我。"

楚之翰已转身跑掉了，盛夏狠狠瞪了一眼留下来的阿裴。阿裴坏笑道："接下来，该康复了吧！"

盛夏气急败坏，抬起脚快步追了过去。

楚之翰跑回客栈，发现停电了，他打开手机电筒，飞奔上楼，远远听到李心月的哭泣声。

楚之翰沿着哭声找过去，只见李心月双手捂头坐在地上，金小天正在哄劝："没事了，现在没事了，别怕。"

楚之翰蹲下来刚要开口，客栈的灯亮了。只见李心月的手臂、脖子和双腿到处都是被绳索捆绑后的淤青和伤痕。

楚之翰一把抓住金小天质问:"这是怎么回事?金小天,你对莉莉做了什么?"

这时盛夏和阿裴跟着跑了过来,金小天把刚才发生的"追债"和"闹鬼"事件讲了一遍,大家听完都惊呆了。

楚之翰忙叫阿裴去房间取来急救包,又扶着李心月将其送回房间,亲自为李心月擦洗上药。

所有人都看得出,楚之翰十分在意李心月,盛夏醋意十足,在一旁酸酸地说:"莉莉,你可不不简单,明明拍下9500万的画,却一路上被追债!"

楚之翰马上提出:"莉莉,不要担心,你欠的十万,我来帮你还。"

此话一出,阿裴在旁边有点急了,他脱口而出:"楚总,你要这样花钱,咱们只能打道回府喝西北风了!"

李心月马上谢绝道:"谢谢你,楚总,那笔钱不用还!当初我是替赵老板拍画,早就还清了本息。我不欠那人什么!"

盛夏追问:"那人家为什么还要追着你讨债?"

李心月犹豫片刻,咬着嘴唇说:"是那个老板图谋不轨,故意耍赖!"

金小天心中明白那个赵老板的心思,更对李心月的坚守不屈看得一清二楚,看着李心月身上的伤痕,他马上为李心月点赞:"我作证,那个赵老板就是个大色狼,我们莉莉可不是那种坐在宝马车里哭的女孩子。"

盛夏又问:"那闹鬼又是怎么回事?"

阿裴附和:"我们刚才在外面也听说,这家客栈不干净,经常闹鬼。好多客人吓得半夜退房。"

楚之翰为李心月上好药,起身说:"世上哪有什么鬼?我从不信这些。"

金小天掏出手机,将其抢拍下的照片给三人看。

对着照片上那个腾空而起、飞跃天井的白影,大家面面相觑。最后在楚之翰带领下,大家一起来到前台,向两名服务员寻问闹鬼之事。

大脸服务员压低声音说道:"我们俩也刚来不久,不过听说,这宅子里有个冤死鬼。"

小脸服务员补充:"所以,这里没有客人敢住。"

阿裴恍然大悟:"噢,怪不得住房这么便宜,原来,馅饼真的都是陷阱。"

楚之翰仍然不相信,说:"我感觉,那都是迷信。"

大脸服务员反问金小天:"那你说,你看到的那个东西是什么?"

金小天沉思片刻说，"这东西到底是人还是鬼，只有揭开真相才能知道。"

盛夏灵机一动道："哎，凯文，我提议我们成立一个抓鬼小组，连抓鬼带直播，怎么样？"

阿裴立刻赞同："哇噢，这创意绝对劲爆！吸人眼珠，强烈支持！"

楚之翰想了想说："直播抓鬼，应该很有看点。只是，如果直播出去，我们又抓不住鬼，怎么收场呢？"

阿裴也挠起头来："是呀，这个鬼会飞会跳，来无影去无踪，可我们一点线索没有，就开直播？怕到时候又当众出丑了！"

房间里只有金小天没有表态，楚之翰问道："小天，你有不同意见吗？"

金小天说："我发现了一个问题。"

"什么？"

"从来都是鬼上身，鬼吓人，鬼抓人，哪里有怕人的鬼？但今天晚上，一直是鬼在跑，我们在追，鬼在藏，我们在找。这说明什么？"

楚之翰眼前一亮："说明，它不是我们想象中的鬼。"

楚之翰："那好，如果我们要做这件事，明天，我们先对这院子实地勘察一下，找找线索再说。"

商量完对策，大家各回各屋，很快都睡了。

夜深人静，李心月梦见在绿油油的一眼望不尽的竹林，一个穿着碎花裙，梳着羊角辫的小女孩正站在一个戴着眼镜，穿着白色格子衬衫的男子旁边。

男子用沾满颜料的手在小女孩的鼻子上刮刮，惹得小女孩传来阵阵笑声。突然，男子消失不见了，小女孩开始在竹林中寻找男子。

不料，竹林深处站着另一个男子，面色阴沉，像鬼一样令人恐惧。小女孩转身要跑，男子上前抓住了她。

小女孩拼命挣开男子的拉拽，小跑到山崖边。小女孩一脚踩空，坠落山崖……

李心月从梦中吓醒，她坐起来，满头大汗，心跳不止，她光着脚飞速离开自己的房间，直接跑到金小天的房门前敲门。

金小天听到敲门声，迷迷糊糊地半睁着眼睛，打开门，还未及看清楚，李心月已破门而入，身体缩在金小天身后惊恐异常。

金小天顿时清醒了，他紧张追问："大金牙又来了吗？我去收拾他！"

李心月紧紧拉住金小天的手说："没有，是，是我做了噩梦……"

金小天这才看清，李心月面色苍白，只穿着一件吊带睡衣，头发蓬散着，胸脯剧烈起伏，连头发丝都在颤抖，看上去好像撞见了比鬼还要可怕的东西。

金小天第一次发现，一向强悍坚韧的李心月原来那么楚楚可怜，又楚楚动人。那个瞬间他忽然有种冲动，想一把将李心月搂进怀里，好好保护她。

然而，金小天只是任由李心月拉着自己的手，简单地安慰道："别怕，有我在。"

李心月怯怯地说："我今晚能在你房间里睡吗？"

金小天点点头，并把床让给了李心月，自己睡在了沙发上。

金小天想要关上床头灯，李心月阻止道："别关。"

金小天轻声问："你到底做了什么梦？"

"……一个可怕的梦。"

"比鬼还要可怕吗？"

"是的，比鬼还要可怕……"

这一晚，李心月再也无法入眠。

金小天同样无法入眠，胸中好像燃着一把火似的，躺在那里胡思乱想。

他忽然意识到，从前在出租房跟李心月共处一室的时候，两个人像欢喜冤家，整天斗智斗勇，但现在与她共处一室却好像哪里不一样了。

眼看天快亮了，金小天还在胡思乱想。忽然，他听到了什么动静，仔细分辨，他发觉是李心月在屋里轻轻走动的声音。他悄悄眯着眼睛偷窥过去，只见李心月正在他的行李箱内翻找东西，他顿时明白了，她在找自己的身份证。

李心月的这一举动让金小天彻底清醒，原来，他们还是斗智斗勇的室友关系。金小天故意发出很大的呼噜声，放手让她去找，眼看李心月翻遍所有可能藏身份证的地方，最后一无所获地返回了床上，金小天扬起嘴角偷偷笑了……

Chapter 22

晨光掠过古城的屋顶，穿过斗檐，照在一只肥猫身上，它懒洋洋地趴在"美人靠"上，睡得正香。

阳光洒落在窗台上，金小天穿着浴袍从浴室出来，看到李心月盯着自己看，故意拉低自己的浴袍，露出肩膀，嬉皮笑脸道："女朋友，你想看什么？"

李心月窝火地说："我找了一晚上，也没有找到我的身份证，你到底把它藏哪儿了？"

金小天乐了，"我就知道，你半夜过来我这儿没安好心。"

李心月站起来，走到金小天面前："你快说，你到底把它藏哪儿了？"

金小天突然眨眨眼睛，坏笑道："在这里。"说时他突然解开浴袍，李心月捂上双眼发出尖叫。

金小天大笑："哈哈，逗你玩呢。"

李心月透过手指缝偷看，只见浴袍下面，金小天穿着条大短裤，短裤腰上竟然缝着一个秘密口袋。

金小天得意地指指短裤上的口袋说："瞧，这是我奶奶缝的，她说出门在外，一定要把最值钱的放在这里才不会丢。"

李心月恍然大悟："怪不得找不到，你好恶心，竟然把我的身份证放在……"

"因为你对我来说，和命根子一样值钱。"金小天抛了个媚眼说道。

李心月强咽一口气问："你到底要怎样，才能把身份证还我？"

这时，门外响起敲门声。金小天问道："谁呀？"

门外传来盛夏的声音："我是盛夏。我听到有叫声，里面怎么了？"

金小天和李心月看看彼此的睡醒妆容，两人都心虚紧张起来。

李心月开始满屋子找地方躲，打算躲在窗帘后面，但窗帘不大，根本藏不住。

盛夏的敲门声越发急促："怎么不开门，难道，你屋里藏着宝贝呢？"

金小天索性拉过李心月，打开房门，只见盛夏和楚之翰同时出现在门外。

金小天："嗨，早啊。怎么，你们俩在一起？"

盛夏挽住楚之翰的胳膊说："我们俩刚巧一起经过这里，听到你屋里有大叫，看看有什么需要帮忙的，看来我们来得不巧。"盛夏上下打量了两人，意有所指。

金小天面对盛夏和楚之翰坦然露出亲昵的样子，李心月却觉得无地自容。

楚之翰狐疑地看着李心月头发松散、衣衫不整的样子，脸色顿时沉了下来，问道："莉莉，你怎么在他的房间里？这是怎么回事？"

李心月恨不得钻进地缝："啊，好巧，我早上过来借个东西。"

金小天一把搂住李心月："什么好巧，昨晚我们一直在一起的。"

楚之翰和李心月都很不自在。

盛夏却笑了："你们两个能不能注意一下影响？你们是来工作的，不是度蜜月。"

金小天故意说："你们要拍的不就是情侣之间的甜蜜恩爱吗？"

李心月想挣开他的手，金小天亲昵地摸摸李心月的头发："宝贝，瞧你这头乱毛，真像泰迪一样，太萌了！"

李心月忍受着金小天的摸头，只能傻笑。

盛夏别过头去："哎，真是没眼看。大清早就这么起腻，不怕消化不良吗？楚总，我觉得他俩大概已经吃饱狗粮了，我们三个人去吃早饭吧。"

楚之翰沉着脸："洗漱好了就下来，吃完早饭我们就开始今天的工作吧。"

楚之翰说完转身下楼了，盛夏欣喜若狂，赶紧追了上去。

阿裴听到动静也走出来看热闹，遂竖起大拇指打趣金小天："下次订房，我可以少订一间！省钱！"

金小天和李心月听罢，松开彼此，异口同声："不要！"

阿裴一走，李心月马上捶打金小天："你想干什么？"

金小天边躲边说："跑来敲我房门的人明明是你，我还没问你想干什么呢。"

李心月停了下来，冷静发问："金小天，你是存了私心吧？不然刚才为什么故意让别人误会我们之间的关系？"

"与其等着露馅了被他们发现，不如大方承认，让别人都闭嘴。有问题吗？"

李心月想了想，只能承认他说得对。但转念一想："盛夏怎么办？你可是为了追她才……你不怕她误会？"

金小天："明眼人都看得出来盛夏的心思，我干吗凑这个热闹。"

李心月："之前你说追盛夏——你去和盛夏直播，原来都是有预谋的。我竟然信了你的邪！金小天你为了粘着我，还真是不择手段。你到底想干什么？"

金小天怕被李心月怀疑，盯着李心月问："那你这么在意，不会是对楚之翰有什么想法吧……"

李心月马上否认："没有。这种话不许乱讲。"

李心月冷冷地甩下这句，打开房门走了。

楚之翰一行人吃过早饭，大家开始围绕闹鬼事件在院内寻找"鬼"线索。

众人一起来到一幢木楼前停下，只见上面挂着一块匾牌"不落轩"。

阿裴好奇地问："这里为什么叫'不落轩'？"

李心月回忆起之前从网上查到的客栈的介绍，给大家解释：

"这上面是过去大户人家的千金小姐的闺房，她们从六七岁开始就不能再下楼了，所以叫'不落轩'。"

盛夏也问："那为什么不让她们下楼？"

"因为未出嫁的女孩双脚不能沾地气的，沾了地气，就会把娘家的财气带走，所以她们只能待在楼上。"

阿裴惊叹道："那岂不是这些大小姐们一年365天，吃喝拉撒全在楼上？"

李心月点了点头，盛夏摇了摇头："真可怜她们，虽然住在这么美的院子里生活，过着饭来张口，衣来伸手的生活，但人生没有自由，那活着有什么意思？"

楚之翰："我也这么认为，这么小小的方寸之间，却限制住了一个年轻鲜活的身体，太残酷了。"

众人边走边说，一起来到后院的天井，对着正中央清澈见底的大水缸围观起来。

金小天仰头说道："昨晚那个鬼从上面飞过的倒影，就是从这口缸里显现的。"

阿裴也抬头看看，睁大眼睛说："能从上面飞过去，如果不是吊威亚，那可能真的只有鬼才能做到。"

大家都在围观天井时，李心月感慨着："我从网上查过资料，'四月徽州'客栈去年还小有名气，订房率很高，旅游旺季可以说是一房难求，节假日更是要提前一个月预定。想不到这么短的时间就变成了鬼屋。"

盛夏撇撇嘴说："这有什么难理解的，风水轮流转呗。"

李心月摇头："从前，他们的前台大堂里有一张烟榻，现在也没有了。"

阿裴好奇道："烟榻？是吸大烟的烟榻吗？"

李心月点头："是的。那是一张明清时期的烟榻，很珍贵的收藏品。"

李心月的话引起了大家的关注，楚之翰更是欣赏地看着李心月。

盛夏心中不爽，她决定自己也要发现点什么，博得楚之翰的好感。

当大家都继续往前走时，盛夏没有跟上，她一个人落在后面，四处张望，悄悄离开。

盛夏发现一幢奇怪的房子，门窗都关闭，捂得严严实实，她鬼鬼祟祟地推开门，走进屋子，顿时感觉里面阴森森的。

只见长长的案几上摆放数十个灵牌位，上面写着宅院列祖列宗的名字，长条案几上摆放着几盘供果糕点。

四周墙壁悬挂几幅男人画像，从清朝到民国，不同时期的人物画像，个个正襟危坐，看上去像是达官贵人。

显然，这是一间祠堂，墙壁上画像的眼睛仿佛会动似的盯着闯入者看。

盛夏正在害怕时，隐隐听到房梁上传来动静，她抬头一看，一个白色身影一闪而过，然后又慢慢探出脑袋，只见一张戴着面具的脸。

盛夏吓得拔腿就跑，拼命大叫："鬼啊！来人啊，救命啊！"

盛夏从祠堂惊慌跑出，楚之翰一行人闻声而来，只见盛夏光着一只脚抱头鼠窜，面色苍白。

金小天一个箭步上前："盛夏，你怎么了？"

盛夏伸手指向祠堂："里面有鬼，吓死我了。吓死我了。"

楚之翰追问："你到底看见了什么？"

盛夏指着祠堂那边："那……那个屋子阴森森的，我看到一张白色的脸……"

楚之翰回头让阿裴将盛夏送回房间，他带着金小天、李心月向祠堂走去。

三人走进祠堂，楚之翰环视四周说道："这里应该是大家族的祠堂。"

金小天点头："昨晚，那个白毛鬼就是在这里消失不见的。"

屋子里果然有点阴森之气，三人正在环视屋内时，突然从案几底下走出来一只鞋子。那正是盛夏丢失的鞋子，只见它自己在屋子里走来走去。

李心月害怕得向后退去，金小天和楚之翰不约而同挡在她面前。大家还没想明白是怎么回事时，金小天迅速发现鞋子里露出一只小尾巴，他追上那只鞋子，快速抓住那只尾巴，原来是一只小老鼠在作怪。

金小天将那只小老鼠举到李心月面前，"一只老鼠就把你吓成这样？"

李心月这才长出一口气，哭笑不得地看着金小天。这时楚之翰发现了什么，他指着那些供品说："你们看，这些食物，好像有被啃过的痕迹。"

三人盯着那些果品糕点看，果然有些残缺不全，像是被小孩子啃过一样，甚至还留下一些抓痕。

李心月质疑道："怎么感觉像是被动物啃过的？难道是老鼠？"

金小天摇头："老鼠不可能会飞，我是亲眼看见白毛鬼是飞过去的……"

楚之翰决定当晚直播抓鬼，可由于盛夏受到惊吓，开始发烧。

阿裴给她吃了退烧药，盛夏很快睡着了。

楚之翰决定，当晚直播由李心月代替盛夏来做。

李心月本想拒绝，但在阿裴和楚之翰轮番劝说下，只好勉为其难代替盛夏。

天黑了，李心月第一次对着镜头向"稻草熊"粉们问好："大家好，今晚由我暂时代替盛夏为你们做直播。内容当然还是让所有人期待的闹鬼和抓鬼。在这座百年老宅，我们遇到了一些所谓灵异的东西。当然，我们都不相信世上有鬼，所以今晚，我和你们一样期待着揭晓真相……"

李心月和楚之翰、金小天、阿裴一起守在天井，每人手里拿着一根木棍。

阿裴更是夸张，只见他"全副武装"，手里拿着个铃铛，身上贴满各种符咒，嘴里念念有词："天道无极，万法归元，乾坤五行，阴阳逆转，障壁无形，敕令龙神。龙神敕令，风神借法，九龙缚鬼之定身咒。龙神敕令，风神借法，空之结界，万法莫侵。急急如律令！"

李心月给阿裴的装扮来了个特写，并笑道："阿裴，你这装备太高端了吧。"

阿裴认真地说："这可是法器，是我专门找当地法师请来的。"

金小天嘲讽："你这玩意管用吗？别打不跑鬼，倒把鬼给招来了。"

话音刚落，一个白影"嗖"地从房顶一闪而过，四人愣一下，全追了出去。

大家一路追赶，来到后院的一片池塘，水面中有几块假山石冒出水面。可眼看白毛鬼踩着假山石连飞带跳，犹如蜻蜓点水，越过池塘，飞驰而过，进入凉亭。

四人一路追至凉亭，金小天抬头看，用手机电筒照射凉亭顶部，什么也没有发现。

阿裴举着铃铛走出凉亭，经过一个木柱时他感觉到什么，脚步不由停了下来。

阿裴慢慢转身，只见一个白毛鬼倒挂在凉亭的飞檐上，可怕的白色面具笑脸正对着他。

阿裴惊声尖叫，尖叫声划破夜空，令人汗毛倒立。

其他人冲了过来，眼看白毛鬼跑远，阿裴晕倒在地。

金小天只好对楚之翰说："凯文，你送他回去，莉莉，我们俩继续追。"

楚之翰看看地上的阿裴，无奈地点头："好吧。我一会过去找你们！"

楚之翰背起阿裴往回走，金小天和李心月一起追了上去。

月色清冷，街道静寂。

金小天和李心月追至古城街道，白毛鬼飞入一片建筑里，消失不见。

街道两旁的老宅子飞檐翘壁，阴沉一遍，深不可测。

金小天和李心月并肩前行，走进古城街道。突然窜出来的一个野猫吓坏了李心月，她不由后向退却，差点儿失足摔倒在夜露打湿的青石板路上。金小天一把搂住李心月的腰，不知不觉中，两人拉着手继续前行。

不料，神出鬼没的白影出现在李心月身后，正要袭击举着手机直播的李心月。金小天感觉到了什么，他迅速转身，将李心月护到身后。

李心月惊叫一声，随之金小天举起棍子打上去，又狠又准，只听一声惨叫，白毛鬼"扑通"摔倒地上。

金小天冲上去，刚要伸手去抓，白毛鬼快速蹿起来，仓皇逃跑。

李心月和金小天又一路追赶，来到一幢木楼前，眼看着白毛鬼窜上楼。李心月继续直播，金小天打开手机电筒给她打光，两人放慢脚步，紧跟着踏上木楼。

手机光下，白毛鬼继续逃跑，突然消失。两人赶紧冲到木楼栏杆边，向下张望，漆黑一片。一束巨大的光射过来，是楚之翰及时赶到。

金小天大声喊道："我打到那个鬼了，它好像摔下楼了。"

金小天、李心月、楚之翰三人分散在木楼附近，继续寻找。不一会儿，楚之翰大叫一声："找到了，它在这儿。"李心月和金小天跑过来，他们被眼前一幕惊呆了。

只见那个白毛鬼倒在血泊中，身上的白袍沾满血迹，戴在脸上的面具完好无损，袍子下面露出一条长长的尾巴，无法辨认它是什么怪兽。

李心月举起直播杆对着白毛鬼开拍："大家请看这里，经过昨晚奋战一夜终于抓住这个鬼。到底是个什么鬼，让我们现在揭开它的面具。"

171

金小天走上前，伸手摘下面具，露出一张毛茸茸的猴子脸。

抓鬼事件的直播掀起一波热议，大部分网友都在怀疑，这根本就是为了吸引眼球，"稻草熊"精心策划的人为事件。

就连海伦也认定"鬼"不可能自己穿上袍子戴上面具，她还向李心月转述了其他人的评论："莉莉，大家都说你们这回是走玄幻风。你们的大Boss也被尊称为《新封神演义》的大导演。"

李心月拼命解释："我发誓，这次闹鬼绝对不是人为的。这个鬼真的与我们无关。"

海伦勉强相信，但是当李心月向海伦强调，自己现在的日子过得很仙，比在公司强多了，海伦揭穿了她的谎言："少来，真开心的话你一定会写游记的。从前就算逛个夜市你还要留一笔金句，发个照片呢，现在呢，直播旅行开始到现在，没见你在朋友圈刷过一篇，一句，一字，这个怎么解释？"

李心月被说中心事，她无言以对，笑容僵在嘴角。

是的，李心月并不快乐，因为她根本不是来旅行的。对李心月而言，"爱情之旅"只是帮父亲讨回公道的复仇之路。

李心月马上追问海伦："我让你帮我办的那件事，办好了吗？"

海伦压低声音说："放心吧！那个画筒我已按你要求的地址寄出去了！妥妥的！只不过在仓库找画筒，费了我老大力气，最后浑身都是土。"

"谢谢你！辛苦了，亲爱的。"

抓鬼事件结束了，旅行还要继续。

"稻草熊"网旅行直播团队所有成员，在客栈大门口进行告别直播。

盛夏由于发烧，头疼欲裂，仍然无法直播，李心月只好对着镜头发布新的消息："……经过昨晚一夜鏖战，真相大白，原来是一只猴子在作怪。接下来，我们就要结束这里的旅行，赶往下一座城市了……"

阿裴举起一个醒目的牌子进入镜头，上面是"稻草熊"网的二维码。

李心月指着二维码说道："请大家扫一扫'稻草熊'网二维码，下载APP，继续关注和支持我们的直播旅行！在下一个目的地，下一道风景，我们再见！"

不料，还未及关闭直播镜头，一群披麻戴孝的人突然闯入了镜头。只见他们抬着一口小棺材，举起白色横幅，横幅异常醒目抢镜，上写"杀人偿命，杀猴赔钱！"

眼看着一群人将楚之翰一行人团团围住，李心月赶紧关闭直播镜头。

Chapter 23

　　站在横幅前面的人正是"四月徽州"客栈的小魏老板，他一脸怒火地冲了上来："你们杀了我家的神猴，不能就这样走了！"

　　其他人跟着小魏老板一起高喊：

　　"不能走，不能让他们走了！"

　　"我们决不放杀猴凶手离开！"

　　面对这突如其来并气势汹汹的砸场子的人群，楚之翰等人全都懵了，还未反应过来是怎么回事时，有过激人士开始拿石头砸向房车，众人起哄试图掀翻他们的房车。

　　金小天和阿裴一起上去阻拦，楚之翰冲到小魏老板面前大声劝阻，"请你让他们冷静一下，有什么事，我们坐下来谈一谈再说。"

　　在楚之翰的百般劝说之下，小魏老板这才答应跟他谈判。

　　两人走进客栈大堂，楚之翰向小魏老板解释："我觉得这件事情可能是有点误会，我们一开始以为是鬼，可没想到是只猴子……"

　　小魏老板怒目而视道："那只猴子可不是普通的猴，是我们家族的神猴。"

　　金小天觉得可笑："请问，它神在哪里？"

　　小魏老板开始述说神猴的神奇：

　　"这只猴子能上山采茶，会打坐念经，能为亡人超度，能为活人祈福，还能为罪人消业。"

　　阿裴和金小天都忍不住笑出了声。

　　李心月也笑道"我以前只听说有万金油，没听说还有万能猴的！"

小魏老板继续述说神猴的神奇:"这一年,我们家的客栈的确经营不善,所以才花重金请来了这只万能的神猴。每天供养它好吃好喝,请它在祠堂为我们家族念经祈福,祈祷进出平安,保佑升官发财。现在好,你们把它逼死了。可怜我家神猴,做了这么多贡献,到头来被你们活活逼死,还断了我家的财路和香火,你们不仅要赔偿神猴的性命,还要赔偿我们一家老小的精神损失。"

阿裴忍不住说道:"太荒唐了!哪有猴子能念经祈福的?你骗谁?"

小魏老板冷笑:"好,你们如果不赔偿,我就起诉你们。还要在网络上把你们搞臭!"

阿裴忍不住要争辩,楚之翰阻止:"那你说说看,你要多少赔偿?"小魏老板显然已打算好了,他脱口而出道:"至少也要20万,绝不能低过这个价。"

阿裴气疯了:"你疯了吗,想钱想疯了,你干吗不拿把刀,上大街抢钱去?"

小魏老板看看阿裴,又看看楚之翰,话突然硬了起来:

"兄弟,抢钱是犯法的。总之,我限你们两天之内做出赔偿,否则,我就报警!到时候把你们全拘起来,我来给你们做直播!"

阿裴气得要冲上去,楚之翰也不淡定了。但这时金小天突然按住他们,开口说话:"好,给我们两天时间,我们商量一下再给你答复。"

金小天和楚之翰将小魏老板一行人送到大门外。

金小天客客气气地挥手告别,楚之翰一脸无奈,等他们转过身往回走时,只见阿裴、盛夏和李心月站在身后。

阿裴质问金小天:"你搞什么?明摆着他这是在敲诈我们!有什么可商量的?"

李心月附和道:"没错!血淋淋的敲诈!绝不能给他一分钱!"

楚之翰无奈地叹气:"你们别这样说,想一想,我们如果不赔偿,还有其他解决办法吗?"

盛夏瞟一眼李心月,阴阳怪气道:"哎,我病得真不是时候,以为换一下主播可以带来什么好运,谁能想到惹上官司了。"

李心月被盛夏这么一说,脸色不好看。楚之翰赶紧解围:"这只是一个小意外,我认为昨晚整个直播,莉莉做得非常好!"

李心月咬咬嘴唇说:"这件事我会负责到底,一定会给所有人一个交代。"

盛夏"哼"了一声:"你负责?你能怎么负责?"

李心月掏出手机开始拨110:"报警,让警察来处理!"

金小天一把夺过李心月的手机,挂断电话:"暂时先不要报警!你们想想看,目前我们没搞清楚这一切到底是怎么回事？如果只是游客和店家的矛盾，可以自己解决。遇见事情就报警，这是不负责任的表现，是浪费警力。"

楚之翰觉得金小天言之有理，追问道："那么，你有什么办法吗？"

"我们自己先搞清真相！只要心里有底，抓住对方违法乱纪的证据，那时候再报警，就能马上破案，解决问题。"

大家面面相觑，都感觉到金小天的话有些道理，可又全是一头雾水，不知道从哪里入手。

金小天说出了自己的查找思路，

"就从小魏老板身上开始查，因为他的行为很古怪！按理说，客栈闹鬼会给客栈经营带来负面影响，闹鬼的时候，这个小魏老板应该是第一时间出现，安抚客人，可是他没有。猴子一死，他却马上出现，而且还和客人对立，好像在等着这一切发生似的……"

金小天的话启发了所有人，大家决定沿着这个思路一起走街串巷，向当地人打听情况。

上海的画廊内正在举办一批当代年轻画家的画展，画廊入口摆着画展的招牌："13人——首届当代新锐画家作品展"。

一个客户正驻足在一副人物画前欣赏。陈正茜走过来和他打招呼："李总！你好。"

李总回道："哟，陈总！好久不见了！"

"这里可有李总中意的作品？"

"确实有很多不错的作品，这次你们选的这十三个画家，虽然都还很年轻，名气不大，但贵在各有特色、新鲜、有潜力。有您和老楚给他们包装推广，只怕里面又要出几个市场大热门啊！"

"哪里，我们也做不了什么，就是希望能利用自己这一点影响力，推这些有才华的年轻人一把，既帮他们实现自己的价值，也算对我们艺术市场的发展出把力。"

"陈总说得太好了。不过我最想看的，还是楚大师的作品，对了，前阵子那幅《宝贝》拍出了天价，楚大师这身价又要水涨船高了啊！"

此时楚鸿飞走过来，听着客户的恭维，心里十分满足，嘴上却说："咳，都是虚名而已。"

李总迎上去说："楚大师，好久不见。"

楚鸿飞与李总打过招呼，陈正茜也上前恭维对方："李总，你公司的股票最近翻了

倍，你这才真是身价倍增啊！"

李总回道："哈哈哈，公司我现在是操心越来越少了，主要交给儿子去打理。"

楚鸿飞羡慕道："令郎这么能干，你可真是有福气啊！"

"你儿子也很厉害啊！搞的那个旅游网站也是风生水起啊。"

楚鸿飞一脸不屑道："我儿子，那都是瞎胡闹。"

李总摇摇头说："哎，可不能拿咱们的老眼光看年轻人。他搞的直播视频，这两天在网上火得不得了啊！朋友圈里都在转，点击率已经好几十万了。"

陈正茜马上问："什么视频？我怎么不知道？"

李总惊讶地："你没看吗？就是那个客栈抓鬼的。我还以为是你这个市场高手帮他策划的营销方案呢！"

陈正茜和楚鸿飞送走李总后，夫妇俩急速走进画廊办公室。

陈正茜坐到电脑前，打开"稻草熊"网页面，搜索"客栈抓鬼"，遂找到并点开了那段视频。

很快，陈正茜脸色沉下来，"什么乱七八糟的，拿着我的钱就这么瞎胡闹，这孩子真是不让人省心……"说着她看向楚鸿飞。

楚鸿飞脸色铁青，本来就不高兴，突然又发现了什么，说："停一下。倒回去。"

陈正茜不解地看着丈夫，楚鸿飞干脆拿过鼠标自己操作着，终于找到了最清晰的那个画面，李心月的画面定格。

楚鸿飞直勾勾地盯着李心月手腕上那个造型别致的手链看。

与此同时，陈正茜也认出了李心月，回想起从前她来找自己索要《宝贝》的情景，顿时也来了气，脱口而出道："原来是她！"

楚鸿飞回头问："你认得她？她是谁？"

"她是李奇峰的女儿，李心月！当初来找过我，竟然口出狂言，说什么《宝贝》是她父亲画的，让我们把画还给她，向所有人说明，那是李奇峰的作品！简直是痴人说梦！我看她就是个江湖骗子！现在，竟然骗到我儿子头上了！我不会放过这个狐狸精的！"

听到妻子的这番话，楚鸿飞整个后背都在发冷，嘴唇也不由得微微颤抖。

陈正茜发现丈夫有点晃神，追问："你怎么了？"

楚鸿飞摆摆手："我累了，你先回去吧，我去画室待一会儿。"

楚鸿飞匆匆离开，走进画室，整个人瘫倒在椅子上，眼前却一直晃动着李心月的手链，脑海里浮现出当年的情景。

年轻时的李奇峰曾经拿那个手链给他看："鸿飞，这是我给月月的礼物。我亲手做的，怎么样？牦牛骨雕的三通，四眼天珠，我爱人亲手编织的绳结……"

在楚鸿飞内心，他本对故友李奇峰的死心怀愧疚，也曾为了弥补这种愧疚收养过李心月。然而有一天，当李心月在电视上看到父亲画的《宝贝》时，她对电视手舞足蹈，不停高喊："我爸爸的画！这是我爸爸的画！电视里面是我爸爸的画……"

李心月不知道，正是她的呼喊声惊动了楚鸿飞，引起他内心的恐慌。

在楚鸿飞看来，最好全世界没有人知道这幅画的秘密。

为了彻底解决隐患，楚鸿飞做出一个可怕的决定。

有一天，他借口带小心月去坐过山车将其带到了一片荒郊野外。

小心月看着荒山野岭，边走边问："叔叔，过山车到底在哪里？"

楚鸿飞阴冷回答："过山车，都在山里。"

楚鸿飞继续拉着小心月向山崖边走去，一直到了山崖边才松开了小心月的手。

楚鸿飞的手心满是冷汗，因为他想用那只手将小心月推下山崖，但又不忍下手。犹豫不决之时，他眼看着小心月看着野草中的一朵红颜色的小花在风中摇曳，她跑到山崖边，伸出小手试图帮小花挡风。

楚鸿飞慢慢上前，伸手靠向小心月，似乎想把她推下山崖，但是非常接近小心月的后背时，眼前出现李奇峰冒死救他的情景，楚鸿飞不由得再次收回了手。

正这时，一只老鹰的叫声响彻天空，小心月抬头看见老鹰喜悦，起身走到悬崖边想要离老鹰更近些，却不小心踩空，突然向山间滑落。

小心月急忙抓住一小撮救命草。楚鸿飞走到悬崖边，半天也没有伸出手，他有点暗自窃喜，也许这是天意，这孩子命该如此……

小心月抓着那棵救命草不停大喊"叔叔，叔叔救我"，另一手乱摸试图抓住别的什么，而手上的那个手链，随着她的身体来回摇晃着，脚下不停地乱踩，可是没有落脚的地儿。

眼看石块泥土从山间滑落，眼看小心月就要坠落悬崖，一个人影突然出现，她冲下去将心月拉进了怀中……

一阵手机铃声打断了楚鸿飞的回忆，他一看来电显示为"欧阳先生"，马上调整好情绪，恭敬道："喂，你好，欧阳先生。"

电话里传来欧阳先生的质询声："我派人去搜过李心月的行李箱，什么没发现。你老实交代，你是不是在耍老子？"

楚鸿飞马上解释："没有，绝对没有。我怎么敢耍您？"

"那你说，那幅画到底在哪里？"

"我敢肯定，就在那女孩手里。"

"你凭什么这么肯定？"

"因为，那个叫莉莉的女孩不是别人。"

"是谁？"

"她是李奇峰的女儿。李心月。"

"……所以呢？"

楚鸿飞情绪激动、急切起来，他提高嗓门大声说："她是冲着我来的。她先拍走了我的画，然后又接近我儿子，接着就蛊惑他去香格里拉，现在，她正在我儿子身边，还在上直播，这是在向我示威，她要拿走属于我的一切……"

欧阳先生沉思片刻说："我对你们的恩怨没兴趣，我只要那幅画。"

"画就在她手里，去找她，这个女人太可怕了，一定要阻止她……"

"行了，该怎么办我自有分寸，还轮不到你来教。"

楚鸿飞还想说什么，电话里传来挂断的忙音，他不由虚脱地坐下。

徽州古城，楚之翰一行人走访了当地的很多老人，他们打听到，"四月徽州"原是当地名门望族，大老板是小魏老板的父亲，两年前因病去世后，小魏老板才接手管理，但短短两年时间，客栈和茶厂生意一天不如一天，濒临倒闭。

李心月最大的收获是，经过了解得知，她一直关注的那个烟榻正是因为小魏老板赌钱输掉的。而小魏老板的为人在当地人眼中就是个吃喝嫖赌、不务正业的败家子，甚至为了还赌债已找好买家，准备把祖宅卖了变现。

金小天打听到了更为细节的信息，小魏老板找到的买家是来自澳门的一个富商，谈好的价钱是一个亿。魏老先生被迫答应卖房，谁知因为楚之翰一行人的到来打乱了小魏老板的计划。

了解到这些情况，金小天判断这"神猴"背后一定另有隐情。他和楚之翰商量决定兵分两路，继续查清两件事情，猴子从哪里买的？那个澳门商人到底是谁？

楚之翰和阿裴负责找卖猴人，李心月和金小天则负责找富商。

楚之翰和阿裴按着当地人的引导，两人进入附近村落，遍访当地耍猴卖猴的村民，了解到当地的猴子便宜的一千多，贵点的也顶多三千多，但根本没有小魏老板描述的那种"神猴"，也没有卖猴人认识小魏老板。

经过一天的寻找，两人累得筋疲力尽却没有收获，抱着最后一线希望，他们来到最后一家卖猴的村民家中，结果还是一样，卖猴人称不认识小魏老板。

楚之翰在和卖猴人交流的时候，阿裴环视着屋内。

屋内到处破破烂烂，墙上挂着一张全家福，看上去的确很穷，但阿裴总觉得这个卖猴人眼神有点不对劲，似乎对他们的到来怀有戒备和紧张。

阿裴忽然想起金小天的叮嘱，要他遇到可疑的人就拍几张照片回来，阿裴趁卖猴人不注意，对着屋子快速拍了几张照片。

李心月和金小天为了寻找富商，走进当地各个酒店、庄园和客栈，结果同样一无所获。就在两人从一家酒店走出来时，一个中年男子迎面走来，边走边打电话：

"喂，文物鉴定拿到手了吗？……怎么还没有？一张烟榻，拖这么久？"

李心月和金小天听到"烟榻"二字，两人对视一眼，默契地跟上了那个男人。

中年男子边走边对着手机说话："一定要想办法办成线下文物，我知道它是明清文物，但是，大陆对线上文物的报关手续卡得很严，出境很麻烦，有的要拖半年。所以，一定想办法，办成线下文物……什么办法？这个还要问我吗，去给那些鉴定专家送礼呀！送厚礼了！我们缺这点打点费吗，笨蛋！"

中年男子挂了电话，气冲冲叫了一辆车，上车走了。

金小天和李心月紧跟着这个神秘男人来进一家餐厅，只见里面和他一起吃饭的人正是小魏老板。

这下金小天和李心月乐了，他们悄悄坐在离小魏老板很近的角落，暗中监听。

澳门商人和小魏老板边吃边聊，澳门商人看上去有点焦急：

"怎么样？什么时候可以签约？"

小魏老板忙安抚："明天，明天就带你去我家，跟我家老太爷见面。"

"太好了！明天签约后，我马上给你打款。签完字一起飞澳门，这次你全程的费用，我来买单。"

小魏老板眉飞色舞："好呀。不过，玩游戏的时候，你会不会也替我买单？"

澳门商人大笑两声："没问题，这次到那边，赢了算你的，输了算我的。"

两人举杯相碰："合作愉快！""合作愉快！"

这下，金小天和李心月恍然大悟。

小魏老板一定是在澳门输了钱，而且是一大笔，所以才决定卖掉祖宅。可现在的问题是，明天小魏老板就要跟澳门商人签约了，他们却拿不出指控小魏老板的证据。这可

怎么办呢？

第二天很快来临，徽州一幢别墅内，魏老先生正躺在院子的竹椅上闭目养神。

小魏老板领着澳门商人走进来，他小心翼翼地试探着魏老先生：

"爷爷，这两天还是没有客人入住。"

魏老先生像没有听见的样子，继续闭目养神。

小魏老板只好又说："您看，我把收购祖宅的陈总带来了，人家是专门从澳门赶过来的。"

陈总伸出手："魏老先生，您好。"

魏老先生睁开眼但并未伸手，他盯着孙子质问："我什么时候说过要卖房了？"

小魏老板有点着急："您那天明明答应了，再没客人入住就卖房。"

"我说过吗？"

小魏老板递上一份卖房合约："爷爷，您看看这份合约，只要您签字，陈总马上就能把近亿资金打到咱们账户上。"

魏老先生："就算给我一百亿我也不卖。"

小魏老板又拿出几份赔偿清单："您看这个，咱们客栈好不容易来过的很多客人，不是因为年久失修，导致客人摔伤，就是被鬼吓着了。光这一年，客栈赔偿的医疗费和精神损失费加起来也有几十万了。"

魏老先生"哼"了一声，"我活了这么久没见过一个鬼。你先给我捉一只过来，让我开开眼再说！"

小魏老板急眼了，他抓住爷爷的手晃动着："爷爷，我请过开天眼的风水师看过，他说咱们祖宅，有个阴魂不散的冤死鬼。"

魏老先生甩开孙子的手："够了，只要我们饿不死，这房子，我就不卖。你请这位客人回去吧。"

陈总一时站在那里无可奈何，这时保姆走上前："先生，外面有人想见您。"

魏老先生问："谁呀？"

保姆回答："说是住客栈的客人。"

魏老先生惊讶地看看魏小老板："你不是说，这两天没有客人吗？"

小魏老板赶紧掩饰："是没有啊，肯定是弄错了，我去看看。"

小魏老板走过去刚打开门，金小天、楚之翰带人闯了进来。与此同时，阿斐打开直播软件，李心月开始直播。

小魏老板指责："你们是什么人？凭什么到我家来，我现在命令你们马上出去。不然我报警，告你们私闯民宅！"

楚之翰冷静地说："只怕现在，最不想见到警察的人是你！"

楚之翰话音刚落，一名警察走了进来。

小魏老板一看到警察，果然心虚不已。金小天、楚之翰、李心月彼此相视，三人会意地笑了。

原来，金小天通过阿裴拍下的卖猴人的全家福，发现上面的小男孩正是客栈前台的小脸服务员。他立刻找到那个服务员，说服他带自己去他家中，和他父亲好好谈一谈。最后金小天动之以情，晓之以理地说服了服务员的父亲，把小魏老板在他家买猴的事情供了出来。

金小天和楚之翰带着证人和证据连夜赶到当地派出所报了案。

魏老先生看到警察，吃力地起身上前："警察同志，你们来这里做什么？"

警察说道："我们接到群众举报，四月徽州客栈有人涉嫌诈骗，装神弄鬼，并且非法倒卖文物。"

小魏老板惊慌否认："这是诬陷！是诽谤！"

老魏先生面对眼前突如其来的一切彻底懵了，双手发抖道："这，这到底是怎么回事？"

楚之翰告诉魏老先生："魏老，我是'稻草熊'网的楚之翰，我们团队前天入住你们家客栈，但没想到，这两天发生了一些事情，我们觉得有必要让您知道真实的情况。"

老魏老先生听完楚之翰的讲述异常震惊。他气得浑身发抖，质问小魏老板："你说说，这是怎么回事？哪里来的神猴？这么大事情我怎么不知道？"

小魏老板说："爷爷，您身体不好，我不想让您担心嘛。"

警察当众揭穿了小魏老板："你是因为在澳门输了钱，所以才出此下策，买回一只猴子装神弄鬼，目的是用卖房钱还赌债。"

小魏老板赶紧解释："我没有，警察同志，你不要相信谣言！"

这时，另一名警察领着卖猴村民走进人群。警察指指小魏老板，对卖猴村民："是不是这个人从你那里买的猴子？"

卖猴村民回答："没错，就是他。当时花了两千元买走的，后来又给了我两千封口费，在这里。"卖猴村民掏出两千元塞给小魏老板："不好意思，钱还你！这是犯法的事，我不能做。"

小魏老板脸上忽白忽红。

阿裴大叫："花 2000 钱买来的猴子却敲诈我们 20 万，你太狠了吧。"

小魏老板强词夺理道："经过培训的猴就是神猴。"

警察质问小魏老板："是吗？那这是什么？"

警察甲从档案袋里取出一张照片推至小魏老板面前，对方变了脸色。

照片上，只见小魏老板坐在一张大赌桌前，输得异常狼狈的样子。坐在他对家的正是澳门商人陈先生。

Chapter 24

　　原来，这张截图照片是李心月通过戴维搞到的。

　　戴维从前做导游时认识一个澳门的小兄弟，他在赌场做荷官，来往客人打眼前一过，那个荷官一记一个准，而且能很快摸清底牌。

　　李心月把小魏老板和澳门商人的照片发给戴维，戴维又发给荷官，荷官一眼就认出那两个人。

　　原来一年前，小魏老板在澳门输了三千万，对家就是这个澳门商人，而且那个澳门人找行家出老千才导致小魏老板输了三千万，这是一场有预谋的骗局。

　　澳门商人闻听李心月的指控立刻为自己辩护："在澳门赌场他输给我三千多万，没有钱还，主动提出把祖宅卖给我。本来我没打算买，可来了之后，被古城镇上的木雕、石雕和砖雕迷住了。这宅子的确太珍贵了，是上好的收藏品，所以我决定买下来。"

　　警察甲又拿出几张澳门商人出老千的截图给小魏老板看，"魏老板，你被这个人下了套。"

　　小魏老板看着截图大惊失色："怎么会这样？"

　　警察说道："原本你只是在澳门输了钱，想卖掉那张烟榻应急。可是，刚巧这张烟榻被陈总买下来，随后他又发现了你们家老宅的价值。为买下整幢客栈，开始引诱你去澳门赌钱，然后找人出千，让你输钱，最后逼你不得不卖掉祖宅……"

　　小魏老板闻听事情真相，追悔莫及。

　　魏老先生气得浑身发抖："你这个不孝子，你是活活要把我气死了！"

　　警察甲对小魏老板和澳门商人说："现在人证、物证俱全，你们俩跟我们走一趟吧。"

　　澳门商人和小魏老板只好跟着警察走了，魏老先生气得晕了过去。

　　楚之翰一行人把魏老先生送到医院安置好后，他们凯旋。一进客栈大堂，小脸服务员兴奋地迎了上来，寻问结果。

　　金小天开心地说："谢谢你了，小兄弟。要不是你，我们今天可成功不了。"

　　小脸服务员马上说："那你答应我的事呢。"

　　金小天立刻摆出一个武功架势："马上兑现，跟我来！"

　　金小天带着小脸服务员来到大厅空地，他当场耍了几个格斗动作，只不过看上去，就像路边小混混打架时的架势，但服务员却认真地跟着金小天学了起来。

　　阿裴翻出手机里的照片，那张全家福显示，对照眼前的服务员，他连连感叹："谁能认出来照片上的小男孩就是这个服务员呀？"

　　楚之翰点头："是的，换成我也认不出来。所以，别看金小天这小子平时吊儿郎当，可有时候他挺不一般……"

　　李心月看着金小天喃喃自语："是呀，他有时候，很不一般。"

　　金小天在一边教小脸服务员武功，阿裴则晃到大脸服务员面前，讪笑道："嘿，你要不要也跟我学一招？"大脸服务员懵懂道："学什么？"

　　阿裴取出那五张黄符，一张一张贴在服务员身上、脸上、脑门上，"瞧，这些全是你给我的，现在全部还给你。"说时阿裴又掏出一个铃铛晃起来："等我走了你要保护好自己哟。现在跟我念咒，'天道无极，万法归原，乾坤五行，阴阳逆转，障壁无形，敕令龙神。龙神敕令，风神借法，九龙缚鬼之定身咒。龙神敕令，风神借法，空之结界，万法莫侵。急急如律令！'"

　　服务员甲贴着黄符，跟着阿裴一起念咒。李心月和楚之翰看着眼前的情景，两人被逗得哈哈大笑，只有盛夏站在远处，感觉自己有些落单了，莫名失落起来。

　　正在这时，楚之翰接到父亲的电话。

　　"喂，爸，有什么事吗？"

　　"之翰，李叔叔你还记得吗？"

　　"那个做艺术品投资的大老板？记得啊，怎么了？"

　　"前几天我们见了一面，他对你搞的这个旅游 APP 很感兴趣，还夸你搞的这个房车直播策划得好呢。"

楚之翰一脸惊喜，"真的？爸，我就说嘛，我们做的事是有价值的。"

"李叔叔有意向投资你的公司。"

"太好了。那等我结束了这次旅行，第一时间飞回去。"

"那倒不用。你李叔叔说看了你们的直播，只对其中一点不满意。"

"哪一点？我马上改。"

"那对情侣，他说如果能换成他选的人，马上就拍板。"

楚之翰本来欣喜的表情凝固了："这是什么要求？我们是一个团队，怎么可以中途换人！"

楚鸿飞加重语气，继续劝说："之翰，在商言商，你要真想做生意，就必须考虑投资人的意见。"

楚之翰看着不远处的李心月，坚定拒绝道："爸，他们是我选的，一路上大家同甘共苦地走过来，现在因为几个钱就抛弃他们，这样的事我做不出来！而且，他们每一个人的表现，都足够优秀。"

楚鸿飞有些急躁："那你要看着机会溜走吗？"

楚之翰深吸一口气，冷静了一下，然后一字一句说得清楚："如果投资是以牺牲团队的完整性为代价的，那么，我宁可不要！"

"之翰！"

"爸，不要再说了，我还有事，先挂了。"

楚之翰挂了电话，楚鸿飞拿着手机发呆，看来想要除去李心月的威胁，他还得另外想办法……

四月徽州，皓月当空，景色宜人。

在一座古香古色的凉亭内，魏老先生设宴答谢楚之翰，并为其一行人送行。

魏老先生环视着这座百年老宅，亭台楼榭，木雕、石雕和砖雕，他颤抖着举起酒杯对几个年轻人说："这座祖宅能保留下来，全要感谢你们啊。我这个老朽代表全家老少感谢你们，也代替我那个不孝的孙子，向你们道歉，请你们看在我的老脸上，宽恕那个孽子。"

楚之翰赶紧回敬："魏老，您客气了。"

魏老先生一口喝尽，感慨万千："魏家出了这个孽子，真是家门不幸！如果不是你们，我就成了家族罪人，死了，也没脸去面对列祖列宗啊。"

魏老先生又饮尽一杯，老泪纵横，令人动容。

李心月上前夺过酒杯："魏老，您注意身体。"

魏老先生摆手："不不，让我喝，今天，我太高兴了。"

李心月劝说道："您要是喝醉了，我怎么跟您商量事情？"

魏老先生放下酒杯："噢，小姑娘，你说吧，什么事情？"

"魏老，您看，我们这几天住下来，感觉您家的大院真的很好，只是，我建议您把这大院好好装修一下，重新打造出适合游客居住的精品客栈。您完全可以保留原有的建筑风格，只需要做一下内部装修就好。"

楚之翰附和道："我有同感，原来的装修除了过于陈旧，色调风格上也过阴暗了。"

阿裴补充道："而且相当潮湿，新的装修要注意除潮，这两天住下来我的关节都疼了。"

魏老先生开心道："哎哟，小姑娘，你说到我心里去了，我也正有这个想法。只是，还没有想好怎么进行。"

李心月接着说："建议您先请一个专业的设计师，制定一个古今结合的装修方案。"

魏老先生连连点头："嗯嗯，想法不错，不错。"

李心月又看向楚之翰说："我觉得，你和魏老先生可以协商一下，看看是否能通过'稻草熊'网为'四月徽州'客栈提供宣传与订房平台，凡是通过这个平台预订房间的顾客，都可以享受相应的优惠政策。比如旅游旺季时，'稻草熊'网站的客人享受七折优惠等等。具体条款，你们双方可以再进一步沟通，协商。"

魏老先生拍手道："这个建议太好了！我在这里保证，只要是你们推荐到我这里的客人，我一律给他们七折优惠。"

楚之翰也兴奋道："好啊，非常感谢您的支持，今晚，我就拟出一份合约。"

魏老先生开心得合不拢嘴："我这个老头子一夜不睡，也要等你的合约，合约不来，我不放你们走！"

楚之翰举起酒杯："好，一言为定！"

楚之翰又对李心月举起酒杯："莉莉，这次你立首功！真心感谢！"

"不用谢，我只是在回报我的老板！不然就会像阿裴说得那样，老板对我不薄，我对老板不义。"

阿裴赶紧举杯："哎哟喂，这是冲我来了。我谢谢你了，你对我们楚总真是太好了！要不要我给您磕一个？"

李心月撇嘴："免了吧，以后你只要嘴下留情，别说我白吃白喝不干活就行。"

"我哪敢！"

Chapter 24

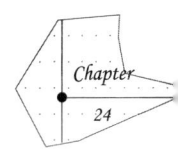

当晚大家碰杯，气氛欢喜。

晚宴散后，李心月和楚之翰一起在院中散步，不知不觉走进祠堂前。

李心月走进去，在牌位前上了一炷香，双手合十，虔诚鞠躬。楚之翰像李心月一样，上香，鞠躬。仰望着那些先人牌位，她有感而发道：

"这些先人，都是建造这个家园的先人。在这个大家庭里，多少人来了，又走了，可留下的却是不变的家规、家训、家法。令人肃然起敬，也让人感觉到，家的力量……"

楚之翰点头："是的。这也是中国传统文化的力量。"

在皆大欢喜的氛围中，李心月做了直播告别：

"……在这个告别的日子，我忽然想起，我们的老板凯文对我说过的话。他说，在非洲有一个纯朴、善良、快乐的布须曼族群，他们有着与众不同的告别方式！布须曼人对所有告别充满了快乐的心态，没有任何伤感，因为在他们眼中告别意味着，即将开启下一段旅行，那是充满希望和快乐的事情。在这里，我们也将以快乐的心态跟这里的山水告别，跟这里的故事告别。但是我们永远不会跟关注'稻草熊'网的朋友们告别，因为有你的陪伴，旅行才会充满期待，充满快乐……"

直播平台弹幕纷纷飘来："太赞了！有点泪目！""这是从鬼片到大团圆结局，神转折呀！""莉莉主播人给力了！""稻草熊风尚标变了吗？""我马上订房，魏家大院，我来了。""我只住莉莉那间，我的专属房哟！""女二去哪了？""转黑了呗！""哇，爱上女主播，马上路转粉"……

阿裴看着粉丝留言，对旁边盛夏调侃："'稻草熊'一姐，看来你被完美取代了。"盛夏拉着脸，狠狠瞪他："你不说话没人把你当哑巴！"

"爱情之旅"的五个年轻人挥别了徽州与魏老牛牛，一行人踏上了新的旅程。

"四月徽州"因为"稻草熊"的直播与联盟名声大振，阿裴兴奋地向楚之翰汇报，客房订爆。其中李心月所住的鬼屋成了爆款与特价房，这让楚之翰对未来更加充满信心。

李心月看着父母曾经住过的客栈又重新焕发勃勃生机，她更加坚定了心中的信念。看着重燃希望的楚之翰，李心月心中愧疚，这一路上楚之翰都在无微不至地关心帮助自己，如果有一天他知道真相又会怎样呢？李心月摇了摇头，不敢往下想，她望着窗外的风景，思绪飘向远方。

大家一路高歌继续向南而去，路经服务区时，金小天发现了大金牙的身影。这次他没有告诉李心月，而是打算自己解决。

楚之翰发现金小天没有返回房车，他跟过去喊住金小天："你去哪儿？我们要走了。"

金小天将楚之翰拉到一边小声说："你在这里守着，我去替莉莉收拾那个讨债的家伙。"

"你怎么认识他的？"

"在上海的时候，他和他手下恐吓过莉莉，他已经害莉莉两次了……"

楚之翰回想起李心月手臂上的伤痕，激动地拉住金小天说："我跟你一起去。"

金小天上下打量着楚之翰："你还是待在这里吧，那种人你应付不来的。别到时候我还要照顾你。"

楚之翰被金小天的态度激怒，更加坚定道："我一定要去。"

金小天只好答应，并随手从路边捡了一根木棍拎在手上。

楚之翰见状，也捡起一根木棍跟了过去。

两人迎着大金牙走过去，看到他们气势汹汹的样子，大金牙想躲已来不及。金小天冲过去就给他一棍，大金牙抬起一拳还击，打在金小天的左臂上，疼得他直甩手。

金小天勇猛地挥舞着木棍往身材高大的大金牙脑袋和身上敲击……

大金牙从兜里掏出一把弹簧刀，朝金小天刺过去。

楚之翰从后面挥舞着木棍，照大金牙的肩膀就是狠狠一击。

大金牙的手松开，弹簧刀掉在地下，他一个踉跄倒地。

金小天一脚踩上他的后背，把大金牙拖起来反钳制住对方。

大金牙虽然被钳制住，但他表情狰狞，仍然一副挑衅的样子。

金小天二话不说，挥拳打去，眼看大金牙满脸是血，血肉模糊，楚之翰只好拉住金小天："够了，再打要闹出人命了。"

金小天发疯似的不肯住手，继续殴打金大牙，这时李心月和盛夏、阿裴找了过来。

李心月拼命拉开金小天，金小天指大金牙警告，"以后离莉莉远点，再敢靠近她，我打死你！"

大金牙被打怕了，只好求饶，"小爷放过我吧，我这也是替人办事，迫不得已。"

李心月对大金牙怒目而视："你听好了，回去告诉赵老板，本金我早就还清了，利息，我当时跟他说好的，从佣金里扣除。我帮赵老板赚了那么多钱，早就超过这个数字了，没要你们佣金就不错了！"

金小天又高喊一声："还不快滚？"

大金牙踉跄着站了起来，转身就跑，金小天冲他背影吼道："以后，小爷我看见你一次就打一次。"

阿裴拉着金小天，大家一起返回车上。重新上路。

看到金小天为李心月这么卖命，阿裴和盛夏都煽起了小风。

阿裴感叹："小天，为了莉莉，我看你能豁出命去。"

盛夏看看楚之翰，羡慕道："要是有人能为我这样打架，我可幸福死了。"

李心月对盛夏说："别起哄了，刚才差点招来警察。"

金小天闻言心中一凛，刚才打架的时候居然忘记了自己的身份，更忘记自己是干什么来了。金小天偷偷看了眼李心月，心中烦躁不安。

"哼，连老板都冲上去为你打架了，你偷着乐去吧。"

盛夏的话让楚之翰和金小天同时不自在起来，因为盛夏说得没错，他们俩的确是为了李心月才去打架的。

楚之翰想了想，坐直身体感慨道："原来打架是这种感觉，太爽了。"

金小天看了楚之翰一眼："你不会是第一次打架吧？"

金小天的话让楚之翰不爽，他忽然问了句："金小天，在你眼里，我是个什么样的男人？"

金小天不经意地回答道："富二代呗！"

"噢，那富二代又是什么概念？"

金小天看着车窗外："可以任性地选择生活，选择工作、职业……选择健康、低糖、低卡路里……选择朋友，选择三件套西装。可是我们呢，只能被生活赶着，东奔西跑。"

楚之翰却意味深长道："但是，我们也会被这些绑架。"

"那是，绑架富二代的新闻层出不穷的。"

"我说的绑架是，比如名片上的 title，隐形的社会阶层、年龄、职业、学历。这些都会被标签化，然后就会无意识地拥有各种立场。再比如说社会关系：谁的子女，谁的朋友，谁的妻子丈夫，于是就被多多少少地束缚在这些责任义务里。我们活在各种身份里，大家关心的是你的面具，而不关心你到底是谁。"

金小天品味着楚之翰的话："总有一些人更希望别人不关心他是谁，只关心他的面具。"

两人暗中较劲，车里气氛怪怪的。

楚之翰刚要说什么，房车忽然停了下来。

阿裴反复打火，反复熄火，看来车又坏了。

大家只好集体下车，费了好大力气，一起将房车推至山区公路旁的一家汽修店门口。

修车工告诉楚之翰，油泵出了毛病，需要换零件！关键是，店里没有零件，现调的话得到明天才能到货。

看来大家必须在这里住一晚了，楚之翰看看四周环境，再看看地图，他告诉大家，目前他们只有两个选择，一是徒步走到前面的镇子的酒店，至少也要3个小时；二是当晚露营，在这附近的找个地方搭帐篷住一宿。

盛夏听到后一脸兴奋："我同意第二种。现在天已经黑了，就算我们到了镇子上也不敢保证能有房间。我喜欢露营！没住过帐篷，那还算是真正的旅行吗？"

楚之翰看看李心月："你觉得呢？"

李心月平静道："露营挺好的，我没问题。"

楚之翰立刻开始安排露营："我后备厢有两个帐篷，我们正好男女各一个。还有，我们可以来一场野外烧烤。"

众人听了，一起欢呼着行动起来。金小天和阿裴负责搭帐篷，李心月和盛夏则给楚之翰打下手，搬出折叠桌椅、烧烤架、袋装炭，又从里取出抽真空的鸡翅、香肠、牛排、蘑菇、豆干等烧烤食品。

两个女生看到楚之翰准备得这么充分，都显得很兴奋。盛夏叫了起来："哇，什么都有，凯文，你太强了。"

楚之翰笑道："这些都是驴友的基本装备。不算什么。"说着，楚之翰又拿出一个旅行咖啡机、一大袋咖啡粉、和一套精致的咖啡具。

李心月惊叹："凯文，你这个箱子是百宝箱吗，怎么什么都有？"

楚之翰摇头："就这些了，来，你们挑选自己喜欢的咖啡口味吧。"

盛夏崇拜地："哇，亲爱的老板，你太有品了。我要卡布奇诺。"

金小天熟练地搭好帐篷，走过来，看了一眼："还有什么？"楚之翰拿出一罐啤酒扔给他："你是不是在找这个？"楚之翰又拿出麻辣条、花生米、牛肉干，"还有下酒菜。"

金小天感叹："无话可说了！"

阿裴附和道："那当然，我们楚总是个讲究生活品质的人，不管身处何地，都要把日子过的有情调。"

上海楚家别墅内，陈正茜正在客厅看账目。

楚鸿飞拿本书过来坐下看，装作很随意的样子问了句："之翰他们现在到哪儿了？"

陈正茜麻利地在IPAD上打开页面给楚鸿飞看："给，看完了别关，我忙完了看回放。"

190

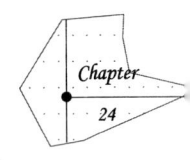

直播画面里楚之翰等人正在做饭，几个年轻人说笑打闹，讨论着要做什么拿手菜。

楚鸿飞拿着 IPAD 坐到了离陈正茜稍远一点的位置细看，看完又看了一眼陈正茜，悄悄走了出去。

回到书房，楚鸿飞立刻锁好门，轻轻打开电脑，找到一个特殊的页面。

页面弹出一个窗口，楚鸿飞随即拿起电话，拨通一个神秘人的号码："喂，我需要人手。"

神秘人问："什么种类？"

"封口——永久的。"

"地点？"

"安徽一带，地点不确定，可以根据车辆 GPS 寻找。要最优选择，不必考虑价格。"

两人结束通话，楚鸿飞拿起雪茄，刚打算点燃，电话又响起。

神秘人告知："资料和照片发给你了，飓风，男，28 岁，擅长近身搏斗，动作小，反侦查能力强，200 单+，命中率 95%。"

楚鸿飞满意地说："可以，就他了。"

很快，一袭黑衣的职业杀手飓风收到了任务，他立刻带上战术刀、麻绳等工具，戴好头盔，发动摩托车，朝着指定方位急驶而去……

Chapter 25

　　深蓝的天幕，星河低垂，群星璀璨，夜幕下的山丘显得无比静谧。

　　山地里的篝火让这个夜晚显得热闹起来，五个年轻人围坐一圈，兴高采烈地吃着烧烤，喝着啤酒，忙着直播。

　　金小天发现还缺主食，他自告奋勇地煮了一锅方便面，然后小心翼翼地端到折叠桌中间："来来，大家走过路过，不要错过，金氏泡面，天下第一的泡面。"

　　大家拿起筷子，一起挑着分吃，纷纷竖起大拇指夸赞。楚之翰说："看来广告时间到了。今晚的美食，每个人都有参与，不如都为自己打打广告，来段现场直播吧。"

　　盛夏赶紧打开直播软件，摆好自拍杆，开始对着每个人旋转式拍摄。"好的呀，好的呀。"

　　金小天端起自己煮的泡面，郑重打起广告："天下第一的泡面，来，欧巴亲自喂你吃。"众人乐了，李心月做了个欲吐的表情。

　　阿裴举起一块烤面饼为自己打广告："裴家烤饼，早餐吃一块，管饱一整天！"

　　李心月举起烤鸡翅："麻辣烤鸡翅，重口味变态辣！"

　　盛夏举起一根烤香肠："盛夏香肠，人人都爱，香肠界的玛丽苏。"

　　接下来，大家都看着楚之翰，楚之翰举起一杯咖啡："滴滴香浓，意犹未尽。"说完，楚之翰举起手中的杯子："为了友谊，为了明天，为了爱情之旅，干杯！"

　　所有人举杯碰在一起，齐喊："干杯！"

五个年轻人玩嗨了，盛夏提议："我们来玩个游戏吧，真心话大冒险怎么样？"

　　阿裴不屑道："多大人了，还玩这个几百年前的游戏？"

　　楚之翰看看李心月，她的面庞因为喝酒红润如霞，火光映衬下那么明艳动人。

　　楚之翰真切感受到自己对李心月的爱慕之情，他既想表白，但不知对方心意如何，于是，他马上赞同道："长夜漫漫，既然大家都无心睡眠，玩玩也好。"

　　盛夏把几张纸条分给大家："这个游戏叫真心话猜猜！我来出题，大家把自己的答案匿名写在纸条上。然后大家来猜猜看哪张纸条是谁写的。"

　　阿裴追问："是猜灯谜吗？"

　　盛夏摇头："不是的。问题是，为什么要参加这次旅行？原因只能有一个，每个人都把自己的答案写下来，不能骗人的啊！然后把纸条揉成团，放到桌上。"

　　众人低头写下自己的答案，然后把各自的纸条揉成一团放在桌上。

　　盛夏又说："我们现在每人轮流抽一张纸条打开，然后猜这是谁写的。"

　　阿裴："我先来！"阿裴拿起一个纸团，展开。纸条上写着："工作。"阿裴苦笑："靠，我自己的！"众人哈哈大笑。

　　盛夏说道："那也算你猜对了吧。顺时针来吧，下一个凯文。"

　　楚之翰拿起一个纸团，展开。纸条上写着："逃。"

　　阿裴问道："谁啊，那么精炼，怎么猜啊。"

　　楚之翰看了看李心月说："……应该是莉莉吧？对吗？"

　　李心月点点头。金小天在旁话里有话道："逃得了一时，逃不了一世，逃跑不是办法，要勇敢地去面对……"

　　阿裴："哎哟，小天，你什么时候也会煲心灵鸡汤了。"

　　楚之翰："金小天说得对。逃避不是一种积极的生活态度。"

　　李心月叹口气："你们不是我，不明白，我除了逃，没有别的法子，而且，我逃避是为了让自己好好想一想，如何跟这个世界相处。"

　　楚之翰："其实，跟这个世界相处，没有想象中那么难。一切都会好起来的。"

　　李心月苦笑："那只是你的感受。"

　　"难道你不是吗？"

　　"跟这个世界相处下来，我发现自己根本不可能改变世界，但最后的尊严是：不要被这个世界改变就好。不过结果，就像我现在这样，糟透了。"

　　金小天看着李心月，欲言又止。

盛夏有点不耐烦了:"拜托,我们是玩游戏,不要搞得那么沉重好不好。继续游戏,下一个该我了吧。"盛夏拿起一个纸团,展开。纸条上写着:"工作。"她立刻说道:"啊,裴大总管,怎么跟你的一样,你是不是写了两张。"

阿裴说:"没有啊,我猜这是凯文的,我们俩就是为了工作为了前途,才出来那么拼的。"

楚之翰摇头:"抱歉,这不是我的,应该是金小天的。"

金小天点了点头:"是我的。"

阿裴恍然大悟的样子:"我知道了,你是为了向莉莉要房租才参加旅行的,要钱就是你暂时的工作,虽然不是那么放得上桌面。"

盛夏斜眼看着金小天:"那么点钱还好意思追账,一个正经工作都没有。"金小天看了盛夏一眼,哑口无言,只能大口灌酒。

李心月有点看不下去:"说起来,金小天一直在帮助我们,他如果去找工作,肯定能去一个不错的单位。"

盛夏继续说:"下一个,是金小天的,打开吧。"

金小天拿起一个纸团,展开。纸条上写着:"爱情。"金小天抬头看了看盛夏,又看了看楚之翰。

盛夏表情热切地看着楚之翰,令楚之翰有些不自在。

阿裴转转眼睛珠子说:"就剩凯文和盛夏两个人的了。"

盛夏笑道:"是我的。寻找爱情就是我参加旅行的目的!"

盛夏望着楚之翰,期待他能给一个回应,楚之翰却假装没有看见,反而催促道:"继续吧。最后这个显然就是我的了,拆开吧。"

盛夏表情失落,李心月拿起最后那个纸条,拆开,愣住了。

只见纸条上写着:"心中的日月"。

阿裴不明就里地问楚之翰:"凯文,是个女孩吗?"

楚之翰向李心月看过去,鼓起勇气说道:"是的……第一次见到莉莉的时候,正是公司最困难的时候,我真的有点想要放弃了。如果不是那天遇到她,可能我真的会按照父母的意愿,关掉公司,回去跟着他们一起经营画廊了,那也就没有这次旅行了。这次'稻草熊'的'爱情之旅',之所以会把目的地放在香格里拉,就是因为莉莉之前在APP里发的那张'心中的日月'的照片和那幅画,帮我消减了压力,给了我勇气和决心。所以,莉莉,我一直想对你说,谢谢你。"

楚之翰冲着李心月深情地笑了。

李心月微笑着晃了晃手腕上的手链，伸手抚摸，轻声述说："'心中的日月'其实是香格里拉的别称。就像这条手链，我爸爸送给我的，他说这也代表着香格里拉。"

这个真心话大冒险果然威力无比，楚之翰爱慕李心月的心意昭然于众，此处本该有围观者鼓励的掌声与起哄，但现场却莫名的凉了。

金小天抬头仰望着夜空的月亮，突然感到阵阵失落与孤寂，他暗中警告自己，"金小天，你怎么了？时刻要记住，你是警察，而她，就像这天空的月亮，再美，也是虚幻的，甚至是假象！"

金小天掩饰住了自己的情绪，但盛夏无法接受，她又妒又恨又尴尬，不顾众人的感受，"腾"地站起来，忍无可忍地跑掉了。

眼看盛夏消失在夜色中，李心月既担心又内疚，只好起身追了上去。

江河在夜色中静静流淌，李心月一路追着盛夏来到了河边，看着盛夏狠狠地拿石头砸向水面。

李心月脱下外套披在盛夏身上。

盛夏把李心月的外套扔在桥上："用不着你在这当圣母。"

李心月把外套捡起来拿在手上："对不起，盛夏，这一路上发生的所有事情都是意外。我——从始至终从没想过要和你抢任何人以及你的位置。"

盛夏咬牙道："可是，我想要的，你全部都得到了。我讨厌你！"

李心月："对不起……"

盛夏突然抓住李心月的手腕用力摇晃："你都有金小天了，你不能和凯文在一起，我求你了！"

"盛夏，你抓疼我了。松手！"盛夏不听，反而抓得更紧："你答应我好吗？"

李心月将盛夏推开："你喝多了。"

盛夏被李心月一推，没站稳摔倒在地上。

李心月赶紧上前将她拉起来："对不起，盛夏，咱们还是回去吧，这里荒郊野外，很危险的。"

盛夏生气地推开她："我不想看到你，你走！"

李心月："盛夏，我跟金小天……我们之间，……没有感情了，但请你相信，我绝对不会和凯文在一起！"

盛夏："我相信什么？相信你一路上装懂事，会做菜，了不起吗？你要这么多心机，

就是为了让楚之翰对你感兴趣，不是吗？

李心月心里一惊，她确实想吸引楚之翰的注意，但她是为了……她回想起金小天的话，难道她做得这么明显吗？

她不想伤害任何人，看来已经迟了，她只能无力地解释道："盛夏，你误会了。"

盛夏冷笑："都说我盛夏是戏精，我哪有你会演！"

这时阿裴跑过来，冲两人喊着："楚总叫你们俩回去，早点休息，明天还要赶路呢。"

盛夏气冲冲地走回营地，拉开帐篷钻了进去。

李心月拿着外套走到帐篷跟前，想着要不要进去，却不知手链滑落到地上。

金小天和楚之翰看着两人，面面相觑，一时无言。

夜深了，风掠过，树影摇曳，远处河流潺潺。

四下宁静，显得帐篷里几个人的鼾声格外明显。

万籁俱寂中，飓风开着摩托车靠近指定位置。他将车停靠在远处，手持刀具逼近帐篷，随着他的脚步发出轻踩草丛的声音。

他捡起地上的手链塞进口袋，正打算拉开眼前的帐篷，另一个帐篷内的鼾声突然停住。

帐篷内，金小天听到动静猛地醒过来，他警觉起身，拉开帐篷拉链往外看，又什么都没有，隐隐约约地听到摩托远去的声音。

金小天揉了揉眼睛，走出帐篷，只见远处一点摩托车的尾光快速消失。

金小天四下看看，小心翼翼地走到李心月睡觉的帐篷，轻轻拉开拉链，看到李心月和盛夏睡得横七竖八，又拉上拉链，这才返回帐篷放心睡觉……

天亮了，山林里，晨雾缭绕，蝉鸣鸟叫，野花的花瓣上还滴着露珠。

李心月走出帐篷，从旁边男生的帐篷里传出呼噜声，听上去他们还在沉睡之中。

李心月伸了个懒腰，顺便抖了抖手腕，突然发现手链不见了，她马上在帐篷周围的草丛里翻找手链，可怎么找也找不到，猛地想起昨晚的情景，她追着盛夏跑到河边，盛夏抓着她的手腕拼命摇晃，想到这儿，李心月拔腿向河边跑去。

不一会，楚之翰醒了，他推醒阿裴和金小天，三人走出帐篷，舒展舒展筋骨，呼吸一下新鲜空气。

阿裴感叹："睡得好香啊，比在客栈睡得还香。"

金小天在地上做了几个俯卧撑，激活一下身体。起身后左右顾盼一番，眼看盛夏走出来，却没有见到李心月。

金小天追问："咦，盛夏，莉莉还没起？"

盛夏噘着嘴说："起了吧，反正我醒来就没见到她。"

金小天拿出手机拨打李心月的电话，没人接电话。

金小天反复打了几次，都没人接，他不安起来，开始一路寻找李心月。

沿着河岸，李心月找了半天也没有找到手链，正在焦急时，突然发现河对面的树上有什么东西闪了一下，李心月仔细看，发现正是她的手链在反光。

李心月只好走上一个吊桥，那是连接两岸的木栈桥，人走上去晃来晃去。

李心月小心翼翼地走向桥中央，但她没有想到，飓风已在暗处开始用刀割断木栈桥的绳索。

随着李心月的脚步，吊桥摇晃得越发厉害。但李心月浑然不觉，她全神贯注地盯着对岸被挂在树上的那个手链。

正这时，远处传来金小天的呼唤声："莉莉，莉莉。"

听见金小天的呼喊，李心月抬起头来挥挥手："我在这儿！"

金小天看到李心月正在吊桥上，整个人随着吊桥晃来晃去，金小天大喊："你跑那么远干嘛？"

李心月喊道："我的手链丢了，我出来找，它挂在那棵树上了。"

金小天喊话："谁挂上去的？"

李心月喊话："不知道。"

金小天看到那座桥剧烈地摇晃着，他马上喊话："先别拿了，快过来吧。"

李心月喊话："不行，万一掉河里冲走了，就再也找不回来了。"

金小天喊话："快过来吧，手链丢了买一个就好了。"

李心月喊话："你不懂的，那手链花多少钱也买不到，你先回去吧！我一会儿就回去！"

可这时，木桥的绳子只剩下中心的一股，正在一点一点散开断裂，木桥往河中心缓缓滑动。

躲在暗处的飓风见有人来找李心月，他赶紧隐入树林，消失不见。

金小天跑到桥边大声警告李心月："你还是下来吧，太危险了，你看桥一直在晃。"

李心月这才发现桥晃得厉害，她整个人已站不稳，心里慌起来，转身准备往回走，没想到动作一大，木桥发出了断裂的咔嚓声，桥面开始下降，往河面掉去。

李心月看见湍急的河水，吓得大叫。

金小天不再说话，他敏锐地感觉到什么，直接踩上木桥向李心月走去。

整座桥随着他的脚步更加剧烈地摇晃着。

李心月双手拉着晃动的桥面吼道："你干嘛？"

"我把你背回去还不行吗，姑奶奶！"

金小天终于摇晃着走到李心月身边，无奈道："真是个惹事儿精！我怎么这么倒霉啊，偏偏碰上你！"

李心月来气了："是我让你来的吗？你赶紧走，别管我！"

木桥更加激烈晃荡、下落，金小天停下脚步，仔细观察道："这是怎么回事儿？"

李心月也慌了："是啊，这桥会不会断啊。"

金小天抬眼向桥头张望，隐隐地看到丛林中，一个黑色的身影一闪而过。金小天立刻警惕起来："别废话了，赶紧跟我回去！"

说着金小天再次迈开脚步向李心月走去，随着他的脚步，木桥摇摇欲坠，李心月害怕道："桥是不是要断了，这河水太深太急了！你知道的，我不会游泳！"

金小天眉头紧皱，思考着面临的危险性：

"放心，万一桥断了，我背着你蹚过去，快走！"

"你疯了啊！这么急的河水你自己能回去就不错了，怎么可能再背一个人？你赶紧走吧，回去找人来救我！"

"傻么你？你看这木桥晃荡的频率，等我找到人回来你早就掉河里，被冲没影儿了！"

"那……只能喊人了。有人吗！救命啊！"

四周杳无人迹，这时木桥左摇右晃，"咔嚓"一声，木桥有根梁彻底断了。

李心月恐惧地号啕大哭："救命！我不想死啊……"

金小天一把抱住摇摇晃晃的李心月："没事没事，我在呢！就算死我也陪着你！"

"可是，我不想跟你死在一起……"李心月边哭边语无伦次地说，"我不想死，我还有很多事情没有做，我承诺的很多事情，还没有做到……我不是怕死，你以为我怕死吗？其实不是怕死，死可能是一个更好的方法，死了，我就能去陪着他们，我只是怕，我死了，很多东西，也会跟着死了……"

金小天抱着李心月，被她语无伦次的话弄得一脸迷糊，但也顾及不上这么多了，只是试着安慰她和转移她的注意力，一点点朝岸边移动。

"其实你沾大光了知道吗？你可是第一个跟我一起亡命天涯的人！"

李心月尝试挣脱开金小天："都什么时候了你还开玩笑！你会游泳，身体素质也好，别在这陪我等死了，下水试着游回去，说不定还有机会！"

金小天把李心月搂得更紧："别乱动。我金小天是那种扔掉别人自己逃命的人吗？"

李心月因为金小天的话，怔怔地看着他，金小天被她看得有点不好意思了。只好掩饰起自己的情感："再说，你刚才不是说你还有事情没有做完吗？你至少要活下来，把事情做完呀。"

李心月哇地又哭出来："你怎么这么傻啊？我又不是你什么人，你陪着我丧命干什么？"

金小天突然惊喜地指向远处："你看！"

李心月顺着金小天指的方向望去，见河的下游大约一百米处，竟有一个类似皮艇的东西停在水边，而且皮艇上似乎坐着个人！

李心月惊喜，拼命地向皮艇方向挥手，高喊："喂，救命啊！"

坐在皮艇里的人头也未回，直接开船走了，两人绝望地相互看一眼。

这时，岸边传来楚之翰的声音："莉莉！金小天！"

金小天和李心月转头一望，见楚之翰站在河边冲他们挥手。

两人精神一振，连忙也向岸边挥手。金小天大呼："快来帮我们一把，我们快撑不住了！"

楚之翰看着摇摇欲坠的桥，他意识到了危险，赶紧安慰道："你们坚持住！我找人救你们！"楚之翰立刻拿起手机打电话。

金小天、李心月焦急地等待着，站在原处不敢动唤，声怕一动，桥就会断裂。

楚之翰放下电话，对两人高喊："阿裴刚才已经去前面的修车店开车了，正在过来的路上，你们再坚持几分钟！车上有野外急救工具。坚持一下。"

这时，李心月忽然被晃荡的桥摇得一个趔趄，差点摔到。

金小天忙抱紧她，好不容易稳住了身体，小声说："胜利在望，坚持住！"

李心月望着金小天，坚定地点点头，两人紧紧贴在一起。

很快，阿裴开着房车来到河边，他和盛夏跳下车，跟着楚之翰一起从后备箱里取出一台野外急救绳、救生镐、救生背心。

盛夏找出一大捆绳子和救生背心，交给楚之翰。

楚之翰脱了外衣外裤，穿上救生背心，把绳子一头系在自己腰间，前面还余出来好

199

几米，另一头绑在河边树上，用力打好结。

阿裴叮嘱道："凯文，你可要小心！这也太危险了！"

盛夏也不放心揪着楚之翰的救生背心："太危险了，你别去。"

楚之翰推开盛夏，说道，"放心吧，我在美国西海岸考过海滩救生员执照的！万一我被水冲下去了，你们就拉着绳子把我拉回来。"说完楚之翰慢慢走到河水中，举着两个救生背心，奋力向金小天和李心月游去。

河岸上的盛夏和阿裴，桥上的金小天和李心月都屏息凝神地盯着楚之翰。

木桥的断裂越来越厉害，金小天和李心月，两人摇摇欲坠。忽然一阵激流冲来，楚之翰身体有点失衡，往下游漂去。

众人同时发出一声惊呼，岸上的阿裴和盛夏赶紧拽住绳子往回拉。在绳子的牵制下，楚之翰定住了身子，又继续往金小天和李心月游，众人松了口气。

终于，楚之翰游到了金小天和李心月身边，他立刻将一个救生背心递给李心月："快穿上！"

李心月接过来赶紧穿上，楚之翰把剩余的绳头和救生背心递给金小天。

金小天接过绳子往腰上系，伸手举出水面。

楚之翰笑笑，伸出手和金小天相握："准备好了吗？"

"好了！"

楚之翰和金小天默契地往前一跃，两人左右扶着李心月，奋力向岸边游去，终于一起上了岸。

不料刚一上岸，李心月惊魂未定，楚之翰一把将她抱进怀里。

李心月任由楚之翰抱着，眼神却望向一旁的金小天。

金小天看到这一幕，心里像被小刀划了一道，开始隐隐作痛……

Chapter 26

　　河的下游，那个划着皮艇的神秘男人上了岸，他不是别人，正是欧阳先生派来的辉哥。

　　按照欧阳先生的指令，辉哥是来找画的。

　　在"四月徽州"，天蝎找画的行动被讨债的大金牙打乱，辉哥发了一通脾气，决定自己亲自出马。

　　他一路跟到"爱情之旅"的露营地，打算伺机下手，没想到撞上李心月遇险一幕，这让辉哥大吃了一惊，他不过是想那幅画，但看起来有人想要李心月的命。

　　露营地，李心月返回帐篷换了身干净衣服，可仍然惊魂未定，坐在那里发呆。

　　盛夏本来还在生气，因为楚之翰拥抱李心月的样子让她心堵，但看到李心月失魂落魄的样子又于心不忍，主动拿着吹风机帮她吹头发。

　　李心月诧异地转头看向盛夏，既尴尬又感动，说："盛夏，谢谢你。"

　　盛夏帮李心月解开头发上的结："你头发打结了，解开再吹这样干得快，也不伤头发。"

　　两人沉默下来，盛夏有些自责道："其实，都怪我不好，不然，你的手链也不会丢。那样，你也不会去找……"

　　说到手链，李心月忽然想到了什么，自言自语道："可是，我的手链为什么会挂在河对岸的树上呢？好奇怪……"

　　"是啊，就算是因为我，那也是掉在地上。会不会是哪个好心人，怕你看不到，所有捡到后，故意挂在高处让你发现的？"

"也许吧。"李心月说着心里却有了疑惑，"什么人会这么做呢？而且做得这么刻意。"

楚之翰端着一个热气腾腾的汤锅走进帐篷："莉莉，喝点姜汤，驱驱寒吧。"

楚之翰亲手盛了一杯，递给李心月。

李心月看了眼盛夏，还是大方地接过边喝边说："谢谢！嗯，味道真不错！你怎么会煮这个？"

"我在国外读书的时候，每次天冷或者感冒，房东太太都会给我熬这个汤。喝下去肚子就觉得暖了。"

盛夏放下吹风机向楚之翰撒娇道："我也要喝我也要喝。"

楚之翰开玩笑道："里面加了黑糖，你不怕胖吗？"

盛夏嗔怪道："胖也要喝，谁叫是你煮的呢！"

楚之翰笑呵呵地给盛夏盛汤。

李心月边喝姜汤边打量着楚之翰。

回想起刚才他冒死相救的情景，眼前突然浮现小时候，楚鸿飞站在悬崖上对自己见死不救的情景，李心月越发不知道该如何解释自己的心情，就连那碗加了黑糖的姜汤也变得五味杂陈……

楚之翰浑然不觉，跟盛夏说笑着，最后也给自己盛了半碗喝着。

李心月突然想起了什么，关切地问道："金小天呢，他喝姜汤了吗？"

楚之翰说："他换完衣服，又去了河边。"

李心月问："为什么？"

"他说，要把你的手链找回来。"

盛夏感叹起来："莉莉，我发现，小天平时吊儿郎当的，可到了事儿上，他是真爷们！拿命来对你好的那种，"说到这儿她故意看看楚之翰，又看看李心月，"你可要珍惜他呀，这样的男孩，现在可不好找。"

盛夏的话一出口，帐篷里安静下来。三个人有了各自的心思。

金小天骑了一辆共享单车沿着河岸查看起来，他边骑边想，那座桥为什么突然断了？李心月的手链又为什么被挂在对岸？当时他在桥上抱着李心月时，隐隐看见对岸树林里有一个人影，还有，那个划皮艇却见死不救的神秘人又是谁……

想着想着，金小天奋力朝河上的另一座石桥骑去，快速绕到断桥的河对岸，跑到断

Chapter 26

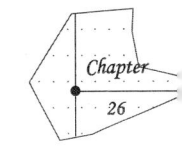

桥旁边仔细查看那根连接断桥的绳索。

只见原本拴着木桥的绳索外围是整齐的切口，内里则有着承受力量不均匀自己断开的毛边。金小天掏出随身的瑞士军刀，割下了这个绳头，放进了兜里，然后继续环顾四周，找到靠近河岸边的那棵树，树上挂着李心月的手链。

金小天后退几步端详着手链，比画着高度，断定是有人故意挂上去的……

金小天跳起来摘下了手链，放进兜里。又发现几百米开外的一处山丘是附近的高地，他转身又向山丘跑去，然后站在山丘上向四面观望，看到一处坡地，视野极佳，他向坡上走去，在坡地上发现几根烟头，旁边还有男性的脚印。

金小天捡起烟头端详了一下，正这时，李心月和楚之翰骑着共享单车找了过来，两人直冲金小天走来，金小天赶紧转过身用脚踩着地上的烟头向旁边一踢，顺便抹去了地上的脚印。

楚之翰抬头问道："你在这里干嘛？"

金小天故意说："上面风景不错，还能晒晒太阳。"

李心月追问："我的手链找到了吗？"

金小天马上从口袋掏出她的手链递过去："给，这次可要收好了。"

李心月如获至宝似的，捧在手心看了又看，自言自语道："是的，以后可不能再丢了它。"

李心月边说边单手将手链系在另一只手腕上，可怎么也扣不上扣。

金小天和楚之翰同时伸手过去要帮她戴，看到对方的样子又都停住了手。

金小天主动收手回来。

楚之翰帮着李心月戴上了手链，但仍然觉得有些尴尬，楚之翰只好转移话题，有意往阳光更好的地方走去，拿出手机拍河景："这个地方视野不错，我去拍几张照。"

楚之翰走到远处拍照，留下李心月和金小天在原地。

李心月目光追随着楚之翰，嘴上却对金小天由衷说了句："谢谢你。"

金小天同样不看李心月，笑道："从前老听你骂我，现在，老听你说谢谢，还有点不习惯呢。"

李心月也乐了："那你觉得，听我骂你更舒服些是吗？"

"还是不要了。只要你不赶我走就行。"

李心月转过身，真诚地看着金小天说："我不会再赶你走了。"

金小天扭过脸，迎着李心月的目光问："为什么？"

203

"因为，你是我的阿拉丁神灯，只要呼唤你，你就会出现，做我的，保护神。"

两人都回想起那个"唤醒手机"的游戏，金小天也认真地对李心月说："是啊，我答应过你，只要你唤醒那个手机，我就会出现。不过，"

"不过什么？"

金小天恢复了屌丝样："不过，我可不是阿拉丁神灯，我是金小天神仙。"

两人都笑出了声，阳光洒落在他们年轻的面庞上，四周清风徐风，松涛阵阵，山间的野花绽放着各种颜色，空气都充满了香甜与芬芳，那一刻，李心月和金小天在那个小山坡上，从心底里开出一朵朵小花，从心底里吮吸到同甘共苦的滋味……

忽然，李心月发现不远处地上的烟头，她走过去捡起来："呦，这是什么烟啊？你抽烟还用跑这么远？"

金小天警觉道："这是上海卷烟厂出的烟，老牌子，凤凰。停产了一段时间，最近刚恢复市场供应。"

"路上我也没看到你抽这个烟啊，这个山旮旯里，怎么会有上海的香烟？你说的这种刚恢复供应的，应该挺不好买的吧？这么细的烟头，应该是女士烟？"

"现在男款香烟也出细支的了……"

"你怎么头头是道，没有你不懂的。这个烟头有什么问题吗？"

金小天摆手："没有没有。"

李心月眨着明亮的双眼审视着金小天："我不信。"

金小天掩饰着："说不定就是和我们一样的游客，来晒太阳留下的呢。"

李心月扔掉那个烟头："好吧，可看你的样子，怪怪的。"

金小天盯着李心月的手链，小心试探道："我一直想问你一个问题。"

"你说。"

"你为什么非要找到你的手链？手链有那么重要吗，再买一个不行吗？"

"买不到的。这可是我父亲留给我的遗物，带着它，就好像父亲一直陪在我身边一样，我就什么都不用怕了，所以它对我来说非常重要。"

金小天心疼地看着李心月，张了张嘴想说点什么，但最终还是不知道说什么，他愣了片刻，双手将李心月的手握在掌心，又开始装不正经。

金小天："这不是还有我陪着你吗。"手却不由得越握越紧。

李心月罕见地没有反感地甩开，金小天的手很温暖，让她感到心安。表面神色自若的她，心中早已千回百转。最终，她还是轻轻拿下金小天的手。

李心月打趣道："你啊，安慰人都安慰得这么烂。"

金小天嘿嘿一笑。

这时楚之翰拍完照走回来，招呼着两人："咱们该回去了，还要赶时间呢。"

三个人一起沿山坡往回走去，一起返回露营地，大家收拾好行装，盛夏突然提议去婺源看油菜花。

这个临时的建议得到阿裴的极力赞同，他助攻道："这时候的油菜花开得最美了，油菜花周围的中乡村也都很美，我们还可以过把摄影的瘾！"

楚之翰征求了李心月和金小天的意见，提议全部通过，众人收拾好营地的帐篷和桌椅等物品，一起上车驶向了婺源。

当婺源的油菜花梯田出现在眼前，见惯都市风景的年轻人瞬间被迷倒了。

婺源不愧有着"中国最美乡村"及"中国旅游精品线路上的明珠"的美誉。

站在山端往下俯瞰，微风徐徐，一片片梯田尽现眼前。金黄色的花海美得让人震撼，花海随着微风，涌起一股又一股金色的波浪。

绿水、村落、田园交织在一起，宛若梦境，又似一幅美妙绝伦的山水画卷。山间的古树、茶香、小桥、流水、人家无不展现着婺源风貌，村庄里数百幢明清时期的民居建筑静静伫立，记录着当地历史的辉煌、厚重与沧桑。

面对如此美景，五个年轻人纷纷拍起照来。尤其是盛夏，她激动得取出自拍伴侣ITO，而且还要坚持拖着行李箱边走边拍，最关键是，她要楚之翰为自己拍照。

盛夏的这个创意让沉稳的楚之翰也跟着兴奋起来，随着盛夏性感的步伐，她拖着行李箱走向花海，眼神中透露着自信与娇媚。

楚之翰不断跟拍，镜头里，盛夏不停地与行李箱凹造型。

一通拍照后，盛夏又打开直播软件，对阿裴说："你快去我房间里刷个大飞机，就说什么等了我很久之类的，我终于上播了，让所有频道的人都看见，拉点观众。"

阿裴在手机上开始操作："没问题。"

直播软件界面上都是花海里盛夏拍照的样子，屏幕上闪过了名为'培培'的观众刷出的大飞机。房间里的人疾速增多。

在阿裴这个托儿的卖力炒作下，盛夏对着镜头派送飞吻，边飞边说："谢谢这位叫培培的宝宝刷出的大飞机，你们的夏夏又来给你们直播了，今天带你们来到的是中国最美乡村婺源，油菜花开得正好……"

阿裴在一旁撇嘴道："你才是宝宝，你全家都是宝宝。"

就在盛夏和楚之翰、阿裴专心拍照、直播时，李心月和金小天却心不在焉，各怀心事。

两人的心思仍然停留在那座断桥之上，他们无法平抚心里的各种疑团。

李心月背朝大家，装作拿手机拍照的样子，人却走向相反的方向。

金小天的目光始终没有离开过李心月，他很快跟了过来，嬉皮笑脸地往李心月身边凑："小月月，干嘛呢？"

李心月随意回了句："拍照呗。"

金小天顺势拿过手机查看："我看看都拍什么了。"

结果很显然李心月刚才根本没有认真拍照，里面的照片不是黑的就是过曝光，或者模糊一片根本没对上焦，总之一塌糊涂。

金小天笑了："哈哈哈，我看你这哪儿是拍照呢，你是想我了吧，想和我说话。"

李心月一把夺过手机："别闹了，我真的有话问你。"

"这么巧，我一过来你就有话想跟我说？果然我们俩心有灵犀……"

李心月看着金小天，严肃地问道："你老实说，是不是在河边发现什么了？"

金小天看李心月这样直接，于是也收起了嬉皮笑脸，他感觉试探李心月的机会到了，于是认真回答："对。"

"什么发现？"

"这就取决于你要和我说什么了。"

李心月沉默了一会儿，终于开口："有些事，局外人知道的越少越好。"

金小天见她对自己心怀戒备，只好说："现在大家都觉得早上的事纯属意外。但是，你和我都清楚，这根本不是意外。"

李心月没有否认，也没表态，只是追问："你后来又去河边，找到了什么吗？"

金小天在判断是否应该和李心月共享信息，于是他犹豫着，李心月看出了他的心思，只好说："这件事和我有关，如果你真的担心我，就应该告诉我你发现了什么。"

金小天决定先拿出自己的诚意，来打开李心月严守的秘密。他拿出被自己割下来的绳头："这是吊桥的绳索，有被人切割的痕迹，你看这一半的断口，很整齐，明显是刀口。里面这圈是因为外面被割开了，承受力不足，自己断开的，所以断口有毛边儿。"

李心月接过绳子翻看着："割一半留一半，为什么不直接割断呢？"

金小天拍拍李心月的脑袋："凭你这脑瓜，还猜不到吗？"

"懂了，这是个布置好的陷阱，包括那个手链也是诱饵。"

"没错，当时看桥是完好的，所以你才会走过去，等你察觉到桥身不牢靠，已经在桥中央，来不及跑了。"

李心月倒吸一口凉气，回想起来觉得后怕。

金小天补充道："虽然不知道他是什么人，但这个对手，很强大。"

李心月镇定下来，又问："那你后来去山坡，有什么发现？"

"那是个绝佳的观察点，就是咱们发现烟头那里，除了烟头，还有应该属于男性的脚印，烟头有十几个，我猜那个人，应该在那里待了很久。李心月，一直有双眼睛在盯着我们。"

金小天直视李心月，格外强调了"我"字，但李心月回避着他的视线，不在乎的样子，说："怎么会呢？要盯也应该是盯着楚之翰，他是老板嘛。"

金小天看出李心月仍然紧闭心门，他继续说："我都说了这么多了，你是不是也该说点什么？你自己肯定知道，为什么会有人要对你下毒手。"

李心月犹豫着，她收回目光说："我本来不想说，因为外人知道的越少，麻烦就越少。"

"现在已经不是麻烦的问题了，心月，有人想要你的性命。你最好对我说实话，我不会害你的。"

李心月沉思片刻，咬了一下嘴唇说："好吧，他们是冲着画儿来的。"

李心月终于点着要害，金小天心中暗喜，马上装傻追问："画儿？"

"嗯，就是那幅《宝贝》。我拿出去的画，是赝品，杀手应该是冲着真画来的。"

这个答案金小天早就知道了，他还是假装吃惊的神情："假的？那么贵的画，你给掉包了？为什么这么做？这可是犯罪，你不知道吗？"

李心月回避着金小天的目光："抱歉，这个我现在暂时还不能告诉你，但我向你保证，等到时机成熟的时候，我会把真画归还给它真正的主人的。"

"那真画被你放在哪儿了？"

李心月看着金小天，不说话。

金小天继续追问："所以之前我们遇到的种种，都是因为这幅画？"

"也不全是，不是还有追债的大金牙吗。"

"我说的是除了追债的。"

"我不知道……我想，应该是吧。"

"你胆子可真大啊，那么贵的画你说掉包就掉包，要是出了什么差错，卖了你也赔不上。"

"你一定要相信我，我有我的苦衷。我会自己解决这件事的。"

"就算我相信你有你的苦衷，可这是你一个人能担当起来的事吗？"

"我当然可以，这么久以来不都是我一个人？"

金小天注视着李心月，认真地告诉她："李心月，你不是一个人，你给我记住，你现在有我。"

听到金小天这句话，李心月先是感动，随即又摇头："你在又怎样？还不一样是讨债鬼？！"

"这么说就没良心了啊，我这一路上，帮了你、救了你多少次，你自己算算。"

李心月不说话。金小天趁热打铁，继续追问："我这么说不是为了邀功，而是想让你意识到事情的严重性，这次是桥断了，下次说不定就是更严重的事件，而且，如果他们达不到目的，你觉得他们会善罢甘休吗？你怎么保证他们不会向对楚之翰下手？不会瞄准盛夏，还有阿裴？你觉得自己无所谓，可是你身边的人呢？你有想过其他人的安危吗？"

金小天的这番话触痛了李心月，她咬着嘴唇，回头看了看远处的队友们。

花海之中，楚之翰正和盛夏、阿裴三个人笑得开心。李心月知道，金小天说得没错，万一因为她连累了楚之翰、盛夏和阿裴，包括金小天，这都是她不愿意面对的结果。毕竟替父亲讨回公道的复仇之路是她自己的事情，其他人不该为此承担责任，付出代价……

Chapter 27

　　李心月平复了一下情绪，回头看向金小天，表情严肃地说："谢谢你在木桥上救了我，但是有些事，是我必须要做的，否则我的人生毫无意义。你知道这幅画的价值，也看见了这一路来的事故，现在还有可能危及你，危及其他人，你说得没错，我是个很危险的人，你离我远点。"

　　金小天赶忙解释："我不是这个意思，我的意思是，你应该把实情全部告诉我，真画在哪里，你必须要做的事情又是什么，我可以帮你想办法。"

　　"对不起，你帮不了，你还是离我远远的吧。"

　　说完，李心月就转头离去，她在转身的瞬间掉下泪来，又迅速擦去眼泪。

　　金小天追上去："李心月！你听我说。"

　　李心月并没有回头："别跟着我。让我一个人待一会。"

　　另一边，盛夏看着楚之翰相机里为自己拍的照片，露出十分的满意，百分的赞叹："哇，徕卡相机拍出来的不一样就是不一样，这个相机很贵吧？

　　楚之翰笑道："其实摄影的效果好坏，器材不是决定作用。还是要看镜头后面的人。"

　　"难道用手机能拍出徕卡的效果吗？"

　　"我不是这个意思，就好像直播一样，直播好不好看跟器材没有太大关系，大家都是要去看直播的内容，看主播在做些什么，播得好的主播，比如你，自然看得人也就多。"

盛夏突然被夸奖，有点不好意思："我……真的有那么好吗？"

盛夏的问题没得到回答，她抬头一看，楚之翰正专注地透过取景框拍着天际线。

盛夏突然又有了一个灵感："楚总，我有个提议，不如我们在这里来个比赛好了。"

"什么比赛？"

盛夏点点头却不马上回答他的疑问，而是转身朝着李心月和金小天的方向喊起来："你们俩快过来，我有事要宣布。我说金小天，别老跟你女朋友腻歪，向组织靠拢。"

金小天跟着李心月不放，李心月正愁无法摆脱，她索性就朝大家走过来："什么事？"

盛夏指着四周的风景说："这里风景这么漂亮，我们就来个摄影比赛吧，每个人各自发挥，自己拍照，最后发到官网上，让网友来评比。"

李心月问："这个提议蛮好。那总得有个主题吧。"

这下把盛夏问住了，她开始挖空心思想主题，还未想出来，李心月若有所思地说出一个契合自己心情的主题，"未来，这个主题怎么样？"

楚之翰眼前一亮："好，这个主题好！"

盛夏赞道："不错，就这个吧，我们在这里，拍一下我们各自的未来。"

接下来，五个人各自拿着手机在花田里寻找有关"未来"的灵感。

金小天一言不发，目光始终盯着李心月的身影和她周围。

花海之中，专注拍照的李心月特别美，但透着一股忧伤的气息。

盛夏无意间看到，于是悄悄拍下金小天注视李心月的目光。

李心月心不在焉，环顾四周，开始往田坎接近公路的地方走，但回头一看，金小天果然跟在不远处，她转过身冲金小天说："你能不能离我远点。"

金小天摆出无赖的嘴脸："我偏就觉得这边风景独好。"

"这片独好的风景，让给你了，你慢慢拍。"

李心月扭头往另外的方向跑去，金小天刚要跟上，李心月突然一个急刹车停住："跟你说了，别、跟、着、我！"

"一起嘛。"

李心月气急败坏道："我内急，要去上厕所，你也要一起吗？"

"呃，这个……"

金小天尴尬地回身，李心月跑向了公路另一侧的花田。

金小天喊了声："快点回来啊。"

金小天四下张望，楚之翰和盛夏等人正在远处的花田里拍照。眼看着大家都拍完了照，陆续从远处回来聚在一起，相互交换看着照片。金小天的手机里只有几张花田的全景，以及团队中的其他人在拍照的样子。

盛夏叫起来："果然上帝是公平的呀，你打架那么厉害，拍照却这么烂。"

金小天打趣道："你拍的比我能好到哪里？"

盛夏忽然想起了什么，翻出一张照片向大家炫耀："好不好，大家评一评，我可有一张偷拍照，抓拍得相当有意思呢。"

楚之翰凑上来问："你抓拍了什么？"

盛夏将金小天偷偷注视李心月的照片拿给楚之翰看，楚之翰果然顿住了。

只见那张照片上，金小天凝视李心月的目光异常坚定，深情，复杂……

盛夏见楚之翰愣神，忙打圆场："这是胡乱拍着玩的。咦，对了，怎么一直不见李心月？"

楚之翰也恍过神来："对呀，我也没看到，金小天，你们不是在一起吗？"

金小天说："她刚才内急，去方便了。等一下吧。"

金小天给李心月发微信，众人在田边坐下等待，但等了很久不见李心月回来，也不见李心月回复短信，金小天这才反应过来，他猛地起身跑向房车的方向。

楚之翰一看，也紧跟跑去，盛夏和阿裴只好都跟了过去。

金小天第一个上车，发现李心月的东西已经不见了。

司机的座位上放着一封信，金小天连忙打开信，信上写着一行字："我实在是不想连累大家，但我会在精神上与你们同行，我们终点再见。"

楚之翰、盛夏、阿裴悉数上车，看到李心月留下的字条，对她的不告而别充满疑惑，纷纷把矛头指向金小天。

楚之翰追问："金小天，你老实说，到底发生了什么？莉莉说这话是什么意思？什么怕连累大家？她到底为什么不告而别？"

金小天在楚之翰焦急的追问下无暇回答，只说了句："马上追她，她不能离开我们。"

盛夏问，"怎么追？又不知道她现在在哪里？"

金小天想了想说，"她一定会从县里的车站乘车去香格里拉，我们就去车站找她。"

房车急速开向县车站，空旷的公路上，房车转了一个弯，路面上的车逐渐多起来。大家都打开车窗向外张望，盛夏眼尖，看见了前面的一辆出租车，她高喊着："你们看，那里面会不会是李心月。"

金小天探出头去，只见出租车里后座坐了一个人，也看不真切是谁。

出租车开得很快，和房车之间的距离忽远忽近，一时还赶不上。

房车正在追赶之时，前面又出现了一个弯道，出租甩尾拐弯不见了。

金小天催促阿裴："快，再快一点，追上去。"

仪表盘上的指针又往右走了几格，盛夏在车内晃了起来，她抓住车内扶手说："也别太快了，安全第一啊，别人还没找到，咱先出事儿了……"

盛夏话音刚落，一阵巨大的摩托车引擎声传来，大家顺声看去，只见飓风戴着头盔，正开着摩托车正全马力向前飞奔。

金小天盯着那辆急驶而去的摩托车，感觉哪里不对，直至那辆摩托车的尾气消失在前方，他猛然回想起，在露营地的深夜，也曾有一辆摩托车的尾灯消失在他的眼前。

金小天暗叫不好，再次催促阿裴，"快，超过那辆摩托车。"

阿裴抱怨着："你听它的引擎，咱们怎么可能超过它？"

楚之翰也在旁提醒："小天别急，安全第一。"

然而就在这时，飓风驾驶的摩托车已追上前面的出租车。

出租车上的乘客正是李心月。

司机从后视镜看到一辆黑色摩托车的影像正在急速变大。他瞟了一眼仪表盘，此时车速已经到了120，遂嘟囔着："嚯，真够玩命儿的。"

李心月坐在后面，满脑子都在想金小天几个人看到自己的字条后，会不会怨她不告而别。

这时摩托车已追上出租车，并且紧贴着出租车并行。司机脸色变了，他慌忙地转动方向盘，车子猛地向右让出一点空位。

可飓风没有丝毫避让的意思，他转过头来看了李心月一眼，与此同时，李心月也看到了飓风，但隔着头盔看不到他的样子，只是莫名感到一阵紧张。

飓风驾驶着摩托车超过出租车，用手偷偷洒出几个小颗粒，遂加速开走了。

司机骂道："妈的，不要命了！"

司机刚抱怨完，就听到一声刺耳的巨响，随着轮胎爆胎，出租车突然改变了方向。司机猝不及防，拼命把持方向盘，但不及车轮带动的速度，车头向路边的隔离栏杆猛烈撞去。

房车开到拐弯处，阿裴死死踩下了刹车，房车轮胎和地面发出刺耳的摩擦声，拐过弯停住了。

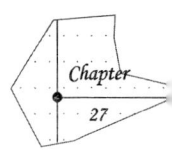

盛夏起身往前一看，捂住眼发出了尖叫。

只见刚才那辆出租车撞在路边栏杆，损毁严重，阵阵白烟从引擎盖里飘出，带血的挡风玻璃已严重碎裂，后挡风玻璃上也都是血。

金小天大喊："停车，停车。"

房车停下，门刚一打开，金小天疯了似的第一个冲下去，其他人也忙跟上。

就在这时，飓风驾驶着摩托车竟然掉过头，再次轰鸣而来。

金小天向出租车狂奔跑去，飓风的摩托车眼看要撞向出租车，金小天及时赶到。俩人隔空对视，打了个照面，飓风的摩托车稍微倾斜，擦着金小天的身侧开了过去。

金小天顾不上追飓风，跑到车身前观察。只见变形的车里，弹开的安全气囊把前排司机包裹得严实，司机受了轻伤但神志清醒，他正颤颤巍巍打开车门。

车后座上，李心月满头是血，昏迷不醒。

金小天拉车门，但打不开。这时其他人赶到，大家一起帮忙。

金小天敲打着车玻璃大叫："莉莉，醒醒！"

楚之翰见状，跑回房车去拿扳手。金小天等不及扳手，用胳膊肘用力向车窗砸去，打了几下，车窗裂开了，金小天不顾玻璃锋利，伸手进去打开门锁，钻进车内，将李心月抱出来。

李心月额头上的血顺着脸往下流，脸色苍白。

楚之翰上前想给李心月擦血，金小天大叫着"让开！"遂用力抱起李心月，小跑几步到路边安全处，把她平放在地上，仔细检查李心月伤势，并给李心月做了外耳前上方的颈浅动脉按压止血。

金小天低头看了一眼怀里失去知觉的李心月，时空瞬间变得很慢，耳边所有声音都消失了，只能听到他自己的心跳声，犹如大鼓那样用力地、急促地敲打着。

寂静中，金小天只听得见怀里这个女人微弱的呼吸声和自己的心跳声，他开始对李心月实施心肺复苏抢救。他用双手用力按压李心月的胸部，并进行人工呼吸，很快他的嘴上沾满了李心月的鲜血，救人的画面惨烈却又感人。

路边停了很多路过车辆，乌泱泱的围观人群里，有人打电话报警，叫救护车，也有路人拍照录像，甚至开启了闪光灯。

盛夏对着录像的路人大吼："什么时候了你们还瞎拍？！"

金小天不断地进行心肺复苏，在一片寂静之中，终于他又听到了自己心跳之外，"扑通"一声颤动。

金小天用手指按向李心月的颈动脉，顿时松了口气，跌坐在地上。

李心月抽搐着咳嗽了一下，楚之翰终于也松了一口气。

金小天继续给李心月按压，李心月的心跳声在金小天的世界里越来越明显清晰起来。

金小天的世界渐渐恢复了正常，这时，远处救护车的鸣笛声越来越近。

县医院，金小天、楚之翰和几名护士推着担架床在医院的走廊飞跑。当李心月被推进手术室后，手术中的指示灯亮起。

楚之翰几个人坐在门外，焦急守候着。

不知过了多久，手术室顶端的灯熄灭，女医生和护士走了出来，金小天和楚之翰两人同时冲上前。

护士问："病人家属在哪儿？"

楚之翰看了金小天一眼，金小天马上说："我……男朋友，我是她男朋友。"

护士递给金小天材料："你赶紧看，没问题在这儿签字。"

金小天在材料上签字。

护士叮嘱："病人术后需要入院观察，拿着这些材料先去办相关手续吧。"

楚之翰问："医生，病人情况怎么样？"

女医生告知："病人头部有轻微脑震荡，不过不严重，四肢和额头软组织损伤，已经处理过了，休息几天就没事了。"

金小天松了一口气："哦，那就好，那就好。"

这时，楚之翰的手机响，他一看号码显示"妈妈"，紧张地走到安静处接听。

陈正茜面前的电脑屏幕上是李心月车祸现场的照片，她生怕出车祸的女孩讹上儿子，焦虑地打来电话，按了"免提"键开始劝说儿子："听妈妈的劝，这个要命的旅行赶紧停下来吧，不要再往前走了，谁知道前边再出什么事情。"

楚之翰解释着："妈，这只是一次小小的意外。没事的。"

楚鸿飞在一旁故作镇定地拿抹布擦拭兰花，仔细擦拭每一片叶子上的灰尘。

陈正茜发火，"还没事呀，妈妈每天提心吊胆的。现在并不怕你赔钱，只怕你出事。宝贝儿子，妈妈就你一个孩子，你可得听妈妈的话呀。快点回来，妈看着你才放心。"

"妈，我已经不是小孩了！"

楚鸿飞停下手上的活，走过来对着手机问："之翰，那个女孩怎么样了？"

楚之翰回答："医生说这次车祸没什么大碍，就是她还在昏迷，可能是年幼时候头部受伤的旧伤，养着就行。"

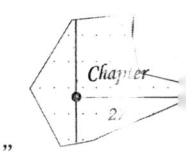

楚鸿飞听闻一下子愣住，眼神里划过一缕失望，嘴上却说："那就好，那就好。"

医院，夜已深，一轮孤月升起。

病房内，李心月头上缠着绷带，躺在病床上还没有苏醒，心电监护仪显示的体征数据正常平稳。

金小天和楚之翰二人并排坐在台阶上，各自端着一份盒饭，茫然地一口一口慢慢吃着。

一场风波之后，金小天虽然擦掉脸上的血迹，但还是穿着一身血衣。楚之翰依然是一副考究的绅士派头。

另一边，盛夏和阿裴在吃盒饭，两人边吃饭边看各自的手机。

由于路人纷纷把车祸现场的视频发送到网上，再加上盛夏发布的车祸新闻，很多稻草熊的粉丝自行将网上的"救人视频"饭制成了合集。尤其是大家用心地将金小天营救李心月的视频剪辑成感人MV。

在视频中，金小天奋力抢救李心月的一举一动都超级震撼，有爱。

盛夏兴奋起来："阿裴，你知道今天热搜榜上排名第一的关键词是什么？"

阿裴没精打采道："什么？"

"血吻，好多女粉说，能得到金小天这样的血吻，就算死了，也值了。"

阿裴目睹了这场车祸，感慨着生死问题："要我说，什么都是假的，活着才是真的。人生真是无常，转眼之间，活蹦乱跳的莉莉就躺在这里，差一点就，哎……"

"不要这么现实吧。人活在世，还是要感性一些的好。说起来，今天这件事让我越来越不明白了。"

阿裴问，"不明白什么？"

盛夏一脸困惑道，"如果莉莉和金小天从一开始是假恋爱，为什么这场车祸让所有人感觉，他俩是真爱呢。"

"网友都很八卦，他们总按自己意愿去揣测别人。"

"可是我感觉，金小天是来真的！你看他当时有多紧张，那个血吻，连我看了都热血沸腾，太Man了！"

这时阿裴又发现了什么："盛夏快看，大家都在呼唤你呢。"

阿裴将大家留言逐条念了出来："盛夏，莉莉现在怎么样？抢救过来了吗？我想知道，莉莉醒来第一时间，金小天最想说什么？看到金小天和凯文这么Man，爱死他们了！关键时刻，凯文也很给力呀。盛夏，快给我们后续呀。"

盛夏站起身说："好吧，那就开工喽。"说完，她举着自拍杆凑到金小天身边："金小天，网友一直都很关心莉莉的情况，我现在代表一直关心我们的网友采访一下你，请问作为男朋友，最想在她醒来的第一时间说些什么？"

金小天摆摆手："我现在，没心情直播，对不起。"

阿裴走到楚之翰身边："凯文，咱们不在这儿熬着行吗？找家酒店先住下，好好休息一下，明天还得干活呢！"

楚之翰："你们回去，我在这儿守着。"

阿裴看看疲惫的楚之翰有些心疼道："这大晚上，风寒露重的，你要是病了，我怎么跟董事长交代啊！"

金小天在旁说道："凯文，这儿多一个人或者少一个人都不会改变什么，你回去休息，明天来替我。都在这里没有意义。"

楚之翰无奈地点头："那好，今晚辛苦你了，明天早晨，我来接班。"

楚之翰带着阿裴和盛夏离开医院，在附近找了一家酒店住下。

当晚楚之翰刚洗完澡，盛夏就发送给他一条视频链接。

楚之翰打开链接，只见除了粉丝饭制的"血吻"MV，盛夏又把"爱情之旅"一路走来金小天和李心月的视频做了一个合集，题目是"爱的目光"。视频中，金小天追寻并注视李心月的目光专注之至，一刻不离。

盛夏发来语音："这么一看，还真是有点意思。就像粉丝说的，一路走来，金小天的目光从未离开过她。完全是恋人的眼光。而且，这个视频合集在APP的点击打破纪录，已高达七十万了。"

楚之翰看完"爱的目光"，莫名的生气，他用语音回复盛夏："那是注视吗？那是盯梢！一个讨债的家伙在盯梢！"

楚之翰扔下手机倒在床上，这时手机又响了，楚之翰以为是盛夏，不料电话里传来楚鸿飞的声音："之翰，是我，怎么了？"

楚之翰赶紧坐起来："爸……这么晚，有事吗？"

楚鸿飞问："那个女孩现在怎么样了？"

楚之翰回答："她抢救过来了，就是还没醒，正在观察中。"

楚鸿飞沉默片刻又说："嗯。就别让她跟你们继续旅行了，等她出院，给她一笔钱让她离开吧。"

楚之翰有点诧异："爸，这件事我不能自己决定，得看她的想法。"

楚鸿飞语气有些严肃了："你是组织者，难道你还没有这个权力吗！你告诉爸，你不会喜欢上她了吧？"

楚之翰沉默了一会说："她是个好女孩，爸，我不可以喜欢她吗？"

楚鸿飞手抓着凉台的栏杆，颤抖着说："爸没有别的意思，谈恋爱这种事你要想好了，得看清楚她到底是什么样的人。"

楚之翰站在落地窗前，望着窗外的夜空，一轮明月躲藏在乌云后面，若隐若现，若即若离。

楚之翰感慨道："她是个坚强又神秘的女孩。"

楚鸿飞叹气："……遇事不要冲动，多想多看。你别太快就陷入爱情，先把你旅游直播的事做好，你得有些成绩，才好追人家女孩子。"

楚鸿飞挂上了电话，心情烦躁。他不敢相信自己的儿子竟然爱上了李心月，这绝对不允许。最可恶的是，这个李心月如此命大，飓风两次出手都没能要了她的命，这着实让楚鸿飞暗自窝火。

事已至此，楚鸿飞一不做二不休，给飓风发送一条短信："在医院。"

Chapter 28

清晨，枝头上落着一只颜色艳丽的小鸟，声音婉转动听。

阳光洒落在李心月的床头，李心月慢慢醒来，睁开双眼，发现自己躺在病床上，楚之翰正守在床边。

值班医生和护士走进来对李心月进行检查，李心月这才知道，自己遭遇车祸并昏迷了近10个小时。

女医生告诉她："小姑娘，你很幸运，只是软组织损伤，没有什么大碍。"

李心月问："对了，那司机师傅呢？"

楚之翰上前安慰道："司机没什么大碍，受了点擦伤，昨天打上夹板就回家了，我又多给了他一些医药费和误工费，维修的费用阿裴去跟他办了，放心吧。"

李心月点了点头。

女医生又对护士叮嘱："给她约照片子，全面检查一下，如果没有太大的问题就可以转到普通病房了。"

李心月四下看了看，楚之翰忙过去问："你在找什么？我帮你。"

李心月问："金小天呢？"

楚之翰脸上掠过一丝不快，但很快平复："他去吃早饭了，待会儿就回来。"

"哦。"李心月微微有些失落，她似乎很想在这个时候看到金小天。

"心月，你为什么要偷偷离开？是遇到了什么问题吗？"楚之翰小心翼翼地问道，李心月回避着楚之翰关切的目光:"没有啦,只是这一路,因为我,给大家带来不少麻烦。先是余老师的事让团队耽误了行程,后来又因为大金牙追债,闹得大家没休息好。昨天过桥的时候,又出了意外,害得你要下河来救我……"

"说这样的话就见外了,我们是一个团队,当然要携手共渡难关才对。再说……"

"再说什么?"

"哦,没什么,就是这次旅行的主题就是你和金小天的寻爱之旅。你可千万不能再缺席了,答应我,好吗?"

李心月只好轻轻点了点头。

车祸现场,金小天正沿着公路外沿走,边走边查看那段被撞弯曲的隔离带。

道路早已被处理干净,金小天在周围的土地里漫无目的地翻找,最后捡起了一块小石头,石头的形状是锥形的,看起来似乎只是碎石粒。

金小天仔细端详那块石头,还用手指搓了搓,又在土地里寻找起来,这次他的眼神变得锐利。

金小天盘腿坐在地上,手里颠着一把小石头,他看看四周,打开了跟老冯的视频通话:"老爹,我到车祸现场了。"

老冯回道:"嗯,有没有什么新发现?"

"有,被您说中了,我在周围找到了几个石子。"

金小天扬起手中的石子:"我记得事故鉴定报告上写着,出事车辆的车胎花纹卡住了石子。看照片,这些石子和扎穿车胎的那几颗很像。"

老冯说,"可报告说,爆胎断口分析没有太大的异常,车检前轮的里程数也很多了,定性是意外,走保险。"

"但我感觉这件事巧合太多。"

老冯仔细查看了金小天手上的石子形状,说:"嗯,尖锐棱角划破外层橡胶,胎内气体迅速泄漏,引发车辆轮胎突然偏转,继而出现碰撞点。你觉得有什么疑点?"

"这些石子跟周边的石头从色泽到抛光,都有些不同,似乎没有人工痕迹,可它们却都有共同的形状结构。"

金小天边说边把手里的石子摆在地上,看起来形态各异,但经过金小天旋转摆放之后,都有雷同的结构。

金小天继续说:"这些石头的一半都呈现锐角,和另一半风格不同。似乎不是自然形成。"

老冯："但也有可能是一颗大石头落地从内部碎裂而形成的，比如土方车从旁边经过。"

"对，这个我也考虑过，但最最关键的一点就是，这些石头上都有油脂成分，而周围土地的其他却没有。"

"油脂？"

"对。昨天忙着救人，今天才刚过来，石头上的油脂已经比较风干了，但我还是验过了……我觉得，是有人提前把石子涂了润滑油，以便更容易快速刺穿车胎而引发爆胎，而且还特地只打磨了一半隐藏证据。所以需要确认交管局的物证有没有相同点。还有，希望查一下之前有没有以骑摩托车为特征的前科人员。"

老冯点点头："不错，这些线索很重要，我这就派人去查，如果你的推理正确，那么针对李心月的犯罪行为已经大大升级，切记，保证你和直播团队的人身安全！"

金小天："收到，会全力戒备。"

金小天查完车祸现场，赶紧买了早点赶回医院，看见李心月醒来，高兴地扶她坐起来，将早饭摆到她面前，

"吃早餐吧。我买了粥，还有你爱吃的酱豆腐。"

李心月边吃，金小天边问："车祸发生前，你看到一辆摩托车吗？"

李心月点头："看到了。当时，司机师傅正开着车，有一辆摩托车突然超过了我们。"

"有什么特征，比如颜色，骑车的人样貌身材？"

"车和衣服基本上是黑色的，他戴着头盔，身材比较高大。他超车时，司机师傅猛打了一下方向盘躲避，还骂他开摩托不要命。而且，他超车时，还扭头看了我一眼。我当时莫名的就很害怕……后来车就开始旋转，然后我就不知道了。"

这时，楚之翰推着一个轮椅进来，并拿出几张检查单："莉莉，吃完早饭，我带你去做几项检查！"

李心月看着金小天准备的早饭和楚之翰手中的轮椅，鼻子有些发酸。

楚之翰接了金小天的班，金小天回酒店休息。

楚之翰开始推着李心月做了彩超、CT、胸透等多项检查。

检查完所有项目，李心月被推回到病房，她感激地看着楚之翰道："谢谢你，这次又给你和大家添麻烦了。"

楚之翰安抚道，"别这么说，我们既然是一个团队，那就应该有福同享，有难同当。"

李心月若有所思道："是的，也许，我真的不适合独自一人……"

楚之翰看着李心月的背影，安慰道："……很多人溺水的时候，被巨大的恐惧所淹没，他们下意识地开始挣扎，越是挣扎就越是沉溺。很多人溺死的地方，事实上站起来会发现水甚至不到胸口。其实那个时候只需要放松身体，就自然浮了起来，甚至可以回忆起在母体中游泳的本能。很多时候，人不是被水淹死的，而是被自己的恐惧吓死的。所以，我希望你，遇到什么困难都不要害怕，恐惧，因为，有我在你身边。所以，以后，不要再离开我……们了。"

李心月虽然背对着楚之翰，但仍然感受到他的真情实义，故意自我解嘲道，"放心吧，我这种从小命苦的人，是打不死的小强。就算是溺水，也会侥幸活下来的。所以，不用担心我。"

楚之翰听罢，他直接走到李心月面前，掏出手机当着她的面敲了几个字，发送了朋友圈。

李心月忙问："你发了什么？"

"你自己看。"

李心月打开微信，只见楚之翰在朋友圈发了一句话："通向未来的路，有你，有我，才有希望……"

李心月看着照片和文字，内心充满感动和愧疚。

白天楚之翰陪了李心月一天，到了晚上，金小天又来接班了。

这一晚，他躺在李心月旁边的空床上睡着了。

李心月戴着耳机在看"稻草熊"网粉自制的"血吻"和"爱的目光"合集。随着金小天奋不顾身的"血吻"，以及一路上他追随、注视、偷窥自己的各种目光，李心月同样感到震惊，困惑。

李心月回头看着身边睡着的金小天。月光洒在金小天身上，呈现出一个很萌很漂亮的大男孩。

李心月轻轻下床，慢慢移动到金小天的床边，伸出手将金小天脱落的被子拉上来，重新盖好。不料，这个动作惊醒了金小天。他本能地一把抓住李心月，迅速下床，反手将其按压在床上，动作迅猛稳狠。

李心月瞬间被制服，她拼命大叫："你干什么？"

金小天发现是李心月，赶紧松手，李心月用力挣脱，但用力过猛，金小天猝不及防，两人一起滚落到床下。金小天全身压在李心月身上，李心月穿着薄薄的病号服，金小天感受到她胸前的柔软贴在自己的胸膛，两个人甚至听到彼此的心跳……李心月推开他，气愤地站起来。

金小天起身忙说："对不起，对不起，我以为，以为。"

李心月甩开金小天的手："以为什么？"

金小天一时不知道该说什么，李心月继续追问："你到底以为我是谁？"

金小天只好撒谎道："刚才我做了一个噩梦，以为你是梦里的小鬼，所以，吓死我了。"

金小天的言辞更加引起李心月的怀疑，她盯着金小天，越靠越近。金小天见状，慢慢后退。李心月趁机一翻把金小天压倒身下，一只手搭在金小天肩上："老实交代，你到底是做什么的？"

金小天被李心月犀利的眼神看得心慌，他赶紧从李心月胳膊下挣脱出来，"为什么这么问？"

李心月审视着金小天："你怎么那么，身手不凡，警惕性还那么高？"

"哎哟哎，难得你这么夸我一句，听着心里这个舒服。"

"别转移话题，快交代问题。"

金小天嬉皮笑脸："都不好意思告诉你，其实我是个保镖。"

"真的？"

"当然是真的，不怪你误会，本来呢是追债，结果你这人麻烦太多，硬生生把我逼成了保镖。"

"小天，你小的时候有想过长大成为什么样的人么？"

"行侠仗义的剑客。"

李心月看着金小天，笑出了声，遂又想起什么，抚摸着那条手链不再言语。

金小天问，"你怎么了？"

"我想起小时候，爸爸也曾问过我同样的问题。"

"那你怎么说的？"

"我说，想成为爸爸那样的人。"李心月说着，眼泪在眼眶里打转。

金小天一时不知道该如何安慰她，他走到窗边，拉开窗帘，看到夜空中满天繁星，金小天指着星星说："李心月，你看那是什么？"

李心月向窗外看了一眼："星星。怎么了？"

"你看过动画片《狮子王》没有？老狮王死了，但他告诉辛巴，爸爸死了以后会变成天上的星星，一直看着他茁壮成长，成为新的领袖。"

李心月也抬头看着星空，金小天安慰道："我相信你爸爸也在天上看着你。如果你哭泣，他也会伤心，如果你微笑，他会随着一起笑。所以，你想让他看到笑容还是眼泪？"

　　李心月有些诧异地看看金小天，然后她擦去眼泪，做出一副轻松的姿态："我才没有那么脆弱呢，睡了。"

　　李心月转头睡了。

　　金小天也躺下来，这时手机铃响了，他低头一看，是老冯发来的信息："当地交警支队查过了，那块石头上确实也有油脂，检验后是类似润滑油的成分。"

　　金小天回复："果然不是意外。"

　　老冯回复："我已经给沿途的片区都打过招呼了，一旦有需要会第一时间有同志来配合你，但没有证据之前，你只能靠自己，一定要保护好自己和目标。"

　　金小天发送"收到！"

　　第二天早晨，楚之翰带来了丰富的早餐，什么小笼包、饺子、烧卖、蒸南瓜琳琅满目。

　　李心月做出流口水的小孩子状，"哇，这么多好吃的！好开心哟。"

　　楚之翰一边摆放食物，一边高兴地说："还有个好消息。"

　　"什么？"金小天问道，

　　"刚才我碰到主治医生，她说，检查结果出来了，骨折问题不大，再把其他几项检查做下看看，没问题一周左右就可以出院了。"

　　李心月高兴得手舞足蹈，说，"太好了，再住下去我要憋坏了。"

　　楚之翰和金小天不约而同地帮她夹饺子，夹烧卖，李心月幸福得像个受宠溺的小女生。那一刻她忽然想到海伦对自己的嘲讽，一路上她从未晒过什么照片和心情，再加上网友们对她的各种揣测与担心，李心月拿起手机，对着自己和小笼包，还有楚之翰、金小天拍成合影，然后心满意足地发送到"稻草熊"APP，并配文："有美食，有帅哥，还有我。"

　　照片里美食诱人，但金小天和楚之翰两枚大帅哥灿烂的笑容更加诱人，看得出两人都对李心月透露出关爱，所以这张照片一经发布，立刻引起众多网友的关注和留言，大家给这张照片起名为"爱的悬疑照"，还有人为它起名"谁能笑到最后？"。

　　网友对三人关系的猜测和热议令金小天和楚之翰心中起了波澜，两人对视的时候，目光跟从前也不相同，微妙的变化让他们面对彼此时开始有些不自在了。偏偏这时，李心月将这张"爱的悬疑照"改为了自己的微信头像，这一举动引发圈内一波"换头像热潮"。

阿裴酸溜溜地将他和一只流浪狗的合影换成了头像,并配文"我和狗狗在一起"。不料李心月对着阿裴的照片点赞并留言:"这是认识你以来最帅的照片!"这让阿裴小小地激动了。

楚之翰拿出自己的头像试探李心月:"莉莉,我的头像帅不帅?"

李心月摇了摇头,楚之翰的头像是他面向阳光的一个盛世"侧颜"照。

金小天拿出自己的头像问:"那我的呢?"

李心月还是摇了摇头,金小天的微信头像是一个故作神秘的背影照。

金小天大叫:"我们明明是两个大帅哥好不好?!"

"在我眼中,帅男人除了要有颜,还要有狗,有笑容!你们俩有吗?"

楚之翰和金小天相互看了看都哭笑不得,金小天吐槽道:"你这是什么奇葩的审美?这么大的帅哥,还不如阿裴?"

李心月却像个小公主般任性地"哼"了一声,"怎样?"

两大帅哥无奈地苦笑了起来。

阳光明媚,鸟语虫鸣。

这天,李心月终于拆了石膏,整个人感觉轻松了很多,但在金小天监督下,她还要不断做拉伸性的康复运动。

楚之翰和盛夏带着两名粉丝走进病房,盛夏掏出自拍杆开始直播:"亲爱的观众朋友们,应你们大家的要求,现在,替正在康复中的莉莉说一声,想死你们啦!"

李心月惊讶地转过头来,两名粉丝放下果篮,上前给李心月抱上一大束花。

金小天面色一沉,悄悄问楚之翰:"网友怎么找来的?"

楚之翰笑着说:"当地的粉丝很热心,盛夏说要给粉丝送福利,就组织了探视活动,放心,只选了两个代表过来,不会影响她休息的。"

"啊?网上明着写的活动?"

"对啊,就在咱们的专栏搞的呀。"

金小天把头伸到楼道看了看,脸上很是焦虑,他担心这样公开李心月的消息,会招来想要暗算她的人。

楚之翰看着满脸写着不爽的金小天,问:"你最近到底怎么了,疑神疑鬼的?"

金小天只好说:"别问了,去办出院吧。"

楚之翰拒绝道,"不行,按医生要求,还要再住几天的。"

金小天坚持着:"听我的,去办出院,现在我没法给你解释。"

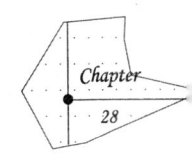

"你不说清楚，我这次不能同意，这关系到莉莉骨骼康复的问题。"

这时，盛夏和粉丝互动，招呼金小天和楚之翰过去："两位大帅哥大英雄怎么能不出镜呢，别那么低调，来来来，我们一起合个影。"

金小天和楚之翰只得暂停争执，装出一脸笑容上前合影。

粉丝和大帅哥合影时激动得满脸花痴状，不料刚拍完照，金小天就打发起粉丝来："谢谢你们来看莉莉，但医生要求她多休息。所以……"

两位粉丝明白了金小天在下逐客令，她们只好告别，离开李心月的病房。

金小天急于赶走粉丝的态度惹得众人不满，尤其是盛夏，指责金小天没礼貌，伤了粉丝的心，但金小天没时间跟他们争辩，他坚持马上给李心月办出院手续，尽早离开医院。

楚之翰正与金小天争执时，楼下传来熟悉的摩托车引擎声，由远及近，停了下来。

金小天立刻跑到最近的窗户边往下查看，只见楼下果然停着那辆摩托车。金小天刚回身就被楚之翰拉出病房，两人来到走廊的角落里。

楚之翰质问："你必须给我一个合理的理由。"

"没时间了，算我求你，行不行？为了莉莉的安全。"

金小天说话时握住了楚之翰的手臂，满眼诚恳。

楚之翰对金小天说出的"求"字很是意外，他看着金小天严肃的脸说："好，我先信你，但回头你必须要告诉我。"

金小天恳切道："好，我收拾东西，你去办手续，楼下见。对了，务必走正门。"

金小天看到楚之翰点了头，这才放心，转身快步回到病房，要盛夏马上收拾行李准备出院。

金小天如临大敌一般的严肃，让盛夏不便多问，两人飞快收拾起行李。

金小天把行李包塞给盛夏，然后搀扶着李心月走到楼道，又从隔壁病房门口拿了一辆轮椅。

李心月明白金小天在担心什么，追问："到底怎么了？"

金小天小声说："那个摩托车手来了。"

李心月一听，也是一阵惶恐。

金小天推着轮椅向电梯走去，不料远远地看到电梯门打开，从门缝里，金小天一眼看到黑皮衣的袖子和那双熟悉的皮鞋，金小天立刻调转轮椅，背对着飓风，靠走廊路人的掩护往回跑。

戴着墨镜的飓风走出电梯，他也一眼看见了金小天若隐若现的身影，加快脚步跟过

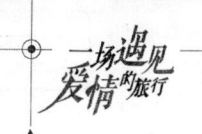

去。

金小天被逼无奈，只好又把李心月推回了病房。

李心月问："怎么又回来了？"

"那个人在电梯那，另一边只有楼梯，我带着你肯定跑不过他。"

"那回来这里不更是等死吗？"

"让我想想办法。"

这时，飓风开始挨个病房查找李心月，最后他走到李心月的病房门前。

Chapter 29

飓风一步步走到床前，床上的人身穿病号服，下半身盖着被子，头上绑着绷带，脸朝着另一边。

飓风伸出手把床上的人肩膀翻过来，却见金小天头上绑着纱布，嘴上抹着口红，捏成女人腔问，"你谁啊？"

飓风往后退了一步，环视房间。

就在病床旁挡帘和小柜的后面，李心月披着金小天外衣蹲在地上，紧张地把身体缩成一团。

飓风目光看向挡帘，开始迈步过去，眼看就要穿帮。

金小天在被子后面伸出头，偷瞄飓风的腰际和双手，只见他的夹克里鼓鼓囊囊的。金小天突然"啊"地大叫起来，摁响了床头的呼叫器，尖叫着嗓子大喊，

"护士快来呀！护士快来呀！"

飓风忙去阻止手脚乱舞、大呼小叫的金小天。

护士很快走进病房："怎么了怎么了？"

金小天在床上用被子挡住脸，柔弱地女声，指着飓风说，"护士，这个人我不认识，我害怕！"

护士一听，转身看着飓风，打量了一下他这身打扮问："你找谁，几号床啊？"

飓风只好说："对不起，我走错楼层了。"

护士指责："能不看错吗，在屋里还戴个墨镜，装什么酷啊。打扰别的病人了，还不赶紧出去？"

飓风又四周扫视一圈,不情愿的样子,护士催促道:"嘿我说你这人,怎么还不走啊,等我叫保卫科啊?"

护士上前打开门,飓风只好走出病房,护士这才关门走了。

李心月冒出头来,小声问:"走了吗?"

金小天躺在病床上说:"不知道。你先别出来。我去看看。"

金小天蹑手蹑脚地走到门口,悄悄地打开一条缝。门缝里没有看到人,金小天正要把门开大时,又听到一阵脚步声。金小天赶忙又溜回床上,一边摆手示意李心月躲好。

飓风慢慢移动着脚步向外走,与楚之翰擦肩而过,飓风马上认出那是雇主楚鸿飞的儿子。不过,他一向做事有"三不"原则:一是不管目标和雇主的关系;二是,不是目标的人绝对不碰,如果要碰就要加钱;三是任务完成前决不罢休。

飓风停下脚步,转身向楚之翰看去,眼看他走进自己刚刚离开的那间病房,飓风肯定自己没有找错地方,李心月就在那里。

飓风透过墨镜看向护士站,发现没有护士注意自己,他再次朝李心月的病房走去。

病房内,楚之翰走到病床前拍了拍"李心月"的肩膀,问,"你怎么没走?金小天呢?"

金小天转过身来,把楚之翰吓了一跳:"你……你干嘛呢?"

金小天刚要说什么,一眼看到门被飓风的皮手套推开一条缝,金小天一把搂住楚之翰的脖子,紧紧贴着他的脸,压低声音:"嘘,机灵点!"

楚之翰不知所措,但很快反应过来,点了点头。

金小天扮成女孩的样子冲楚之翰撒娇:"Honey呀,你怎么来这么晚呢,有没有想我呀?"楚之翰还没反应过来,金小天一把搂住楚之翰,在他耳边说道:"外面那个人在找莉莉,不能让他进来。"

楚之翰惊讶,他背对着门口,一脸不情愿的假装和金小天亲吻。

飓风推门进来,金小天赶紧松开楚之翰,又用被子蒙住头,但紧盯着飓风的双手尖叫:"Honey!就是他,刚才就是他进来骚扰我,你赶他走!"

楚之翰站起来回过身,飓风比他还要高,大步朝身后的小柜子走去。

听到脚步声靠近,躲在后面的李心月越来越紧张,楚之翰冲上去,挡在飓风身前,飓风往左他就往左,飓风往右他就往右。

楚之翰还是很心虚,所以提高音量来给自己壮胆:"就是你是吧,你要动我女、女、女朋友干嘛,啊?"

飓风冷着脸看着楚之翰,缓缓伸出手,把他向一边拨开。

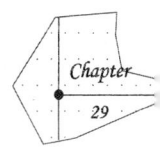

楚之翰的力量完全比不过飓风，一把被其推开。

路过的护士闻声又走进了房间，训斥飓风道："哎！我说你这人，不是让你走了吗，怎么又进来了！"

飓风停下了动作，回头看护士。

楚之翰立刻又站回了原来的位置，挡住飓风的去路。

护士朝着门外喊："小吴，打给保卫科，这有个人擅闯病房，赶紧来人把他轰走！"

飓风转过头，他透过墨镜意味深长地看了一眼楚之翰，楚之翰努力鼓起勇气和飓风对视，最后，飓风只好转身走出了病房。

护士饶有兴趣地看了一脸口红印的楚之翰，乐得向门口走去。护士跟着飓风往外走，顺带关上了门："快出去！这次我盯着你！"

床上，金小天一把抹掉口红，扯下头上的纱布，跳下床对楚之翰说："我去跟那个人，你走我反方向，带莉莉赶紧上车，咱们电话联系！"

金小天跑出门去，他穿着病号服和拖鞋一路跟着飓风。

飓风走路头也不回，一路朝着医院后方偏僻的小楼区走去。

金小天过每个拐弯时都小心翼翼，不断观察周围的设施。三拐两拐后，跟飓风的距离越来越远，再过一个路口，金小天彻底跟丢了飓风。

金小天焦急的左右张望时，手机振动，他赶忙拿出来看，是楚之翰发来的信息："我们已上车。"

金小天舒了一口气，忽然听到远处一阵轰鸣的引擎声响起并逐渐远去。

金小天马上拨通老冯的电话："老爹，我这边有情况。李心月之前的遇袭和这次的车祸，我之前推测是同一个人所为。今天，这人又追到医院来了。"

老冯马上命令小马去调取金小天所在医院的监控录像，确认飓风的外形特征，又追问金小天："这个人我们会往下查。你那边还有什么新线索？"

金小天说："根据我这段时间对李心月的观察，还有她这次遇袭事件，我推测，李心月本人跟贩毒集团没有直接关联。可以解除对她的嫌疑了吗？"

老冯质疑道："可是，那幅画里到底藏了什么，引得这么多人觊觎？"

"李心月说她只是拍走了那幅画，具体画里有什么会引起楚鸿飞和辉哥这么大的动静，具体原因我会继续查找的。"

老冯若有所思道，"小天，你遇到了一个很厉害的对手。小心点！"

金小天找到房车，和大家会合后，赶紧开动，离开了当地。

然而，车上的气氛有些压抑。盛夏完全被蒙在鼓里，看着三人的狼狈样，实在憋不住问："我们为什么走得这么突然，这么急啊？"

车内一片寂静，李心月和金小天都不知道该如何回答这个问题，倒是楚之翰，误以为又是上海的赵老板派来追债的，他看着李心月说："莉莉，其实，我挺想帮你把那笔债还了，再也不用这么狼狈地跑来跑去。可是，现在，我们的经费遇到了麻烦。"

盛夏追问："什么麻烦？"

楚之翰局促地说："刚才在医院结账时发现，我所有银行卡都被冻结了，目前，只有一张卡能用。"

大家一听都吃了一惊，尤其是阿裴，恨不能马上停车。他边开车边问："那我们还有多少钱？"

楚之翰张了张嘴，却碍于颜面，说不出口。

阿裴催促："到底还有多少？"

楚之翰回答："全部经费，只剩下一万了。"

众人惊讶，没想到这么严峻。

盛夏叫出声来："啊，一万块钱？够干什么的呀，别说我们这些人的住宿和吃饭了，连路费和油费都不够的……"

阿裴干脆把车停在路边："看来，是太后断了我们的粮草了。我们现在就只剩下一个选择，那就是回去。"

李心月变了脸色："什么？回去？"

盛夏问："真的要回去吗？只有这一条路了吗？"

楚之翰愧疚道："我妈每次都是这样，她为了能阻止我继续这次旅行，就拿钱来控制我。"

金小天反问楚之翰："那你现在怎么打算？"

楚之翰看着金小天等人："我想，先听听大家的想法。"

阿裴感叹："现在生杀大权在太后手里，没办法，没钱寸步难行啊！而且，这次莉莉住院又额外花了六千多块钱。"

李心月听了更加内疚，因为她的擅自离开导致车祸，住院，白白让团队为她一个承担了几千块钱。

李心月看着楚之翰说："对不起，都怪我不好。这笔钱，我以后找机会会还给你的。"

楚之翰马上说："别听阿裴瞎说，你是这个团队的成员之一，在这次旅行中遇到任

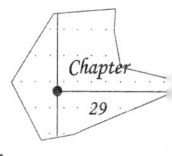

何事情，我作为组织者，都有义务帮你分担。所以，不要为这件事情自责，只要你答应，以后，不要再擅自行动就好了。"

李心月咬着嘴唇点了点头，遂又问："那么，你打算怎么办呢？"

金小天在旁边一言不发，却观察着李心月，又在判断自己该怎么表态。

楚之翰犹豫着，看上去举棋不定。

李心月知道自己是绝对不能回头的，楚鸿飞估计已经知道了自己是谁，才会有这一路上发生的事情，她如果现在回去就是死路一条。父亲的事情让她顾不了这么多了，她只余下一个念头，清晰地刻在脑海里——留下楚之翰。

必须要留下楚之翰，这样她才能安全抵达香格里拉。

心意已定。李心月上前一步，抓住了楚之翰的手："之翰，我不知道你在犹豫什么，我认为只要定下了目标，那就想办法去达到自己的目标，没有钱，我们可以自己赚！"

阿裴追问："怎么赚钱？靠什么赚钱？赚钱需要本钱啊，但是现在卡被董事长已经冻结了……"

楚之翰喝止阿裴："够了！阿裴，我是你老板，还是我妈是你老板？"

阿裴顿时被楚之翰的话难住："您是我老板，但太后她老人家是董事长啊！"

李心月看到楚之翰仍然拿不定主意的模样，她将手抽了回来："如果你感到为难的话，那你们回去吧，我自己一个人在这边养伤，养好伤之后我自己去香格里拉。"

金小天对李心月的反应有点意外，琢磨着她的这番决心。

楚之翰面对李心月的心意，他坚定地说："我们再分头想想办法，无论我妈那边怎么说，旅行一定要继续下去！"

盛夏想起了什么，她拿出手机查看着自己的银行存款，手机app上显示，可提现五万元，她犹豫了一下，马上说："呃，那个，我作为这个集体的一分子，那，也就有责任。我们这次直播是有打赏功能的，所以，目前我能提取出来的打赏的收入，有大概五万。这笔收入，按理说是我作为主播的个人所得，但是现在我愿意拿出来作为团体的活动经费。"

大家仿佛听到了希望，气氛缓和了一点，不再凝重。

楚之瀚惊喜地看着盛夏："太好了，夏夏，我给你写个借条，这笔钱算我借你的。"

盛夏豪爽道："都是一个团队的，不用了，再说，直播这么受欢迎，也有你们的功劳。"

"必须要写，五万虽然不多，但也够我们解决眼前的问题了。"说着楚之翰激动地抱了盛夏，"谢谢你，盛夏。"

盛夏对这一抱全无准备，沉醉地闭上了眼睛："也没有什么啦！"

大家都在为盛夏点赞，楚之瀚放开盛夏，然后对李心月说："莉莉，你先好好养病，其他人也好好休息，我去重新制定一个预算表，看看我们还能撑到哪一步。"

李心月点头："好的。"

金小天见状，拍拍胸脯说："咱们可以穷游啊。没准还能涨粉呢。"

楚之瀚想了想说，"前面是个叫南华的小镇，因为经费有限，我们就在附近找个小旅馆住一晚，然后抓紧时间赶路去昆明吧，到了昆明再想办法解决经费的事。"

阿裴只好重新调整房车的路线，开始向南华驶去。

金小天刚把要去南华县的消息发给老冯，刑警大刘拿着文件匆匆走了进来向老冯汇报："头，刚接到公安部 A 级通缉令！昆明那边有两名犯人越狱了，其中一名是 713 运毒大案主犯，于两年前在上海被捕。"

老冯连忙结果文件看，看到通缉令的照片，他神情严峻道："是他？713 运毒案？"

小周点头："是的。"

老冯马上问："他们最后现身的地点在哪里？"

"在南华县。"

"南华县？"

老冯立刻在地图上标出南华县，地图显示南华县再向东正是金小天汇报的地点。

老冯心中不由得替金小天捏了把汗，因为两年前，这两名毒贩正是被金小天亲手抓到的。

老冯知道其中一个逃犯名叫周润泽，昆明楚雄人，此人做事极为谨慎，隐匿手段很强，行凶手腕更加狠辣，唯一能识别他的地方就是他手腕处的文身。那个文身是周润泽为了他的女朋友沈玉灵留下的特殊图案，并且在图案中配有沈玉灵的姓名特点，将文身图案拆分开来是冰花的形状与"沈"字的结合。

想到这儿，老冯掏出手机，拨通金小天的手机，但是收到的提示是不在服务区。老冯皱起了眉头，神情异常严重，他开始替金小天担心，希望金小天不要遇到这两名逃犯，否则，金小天的处境不仅危险，而且他的卧底身份很有可能暴露。

"爱情之旅"的房车继续向南开进，为了节省房钱，阿裴特意选在南华县东郊的小旅馆里住宿。

大家一下车就立刻感受到什么叫作穷乡僻壤，什么叫脏乱差。

盛夏想要打开直播，但是显示连接失败，盛夏见到手机显示无网络。盛夏立刻嘟着嘴抱怨："什么情况，这破地方连网都没有！"

小旅馆老板打量了这几个人的装扮，赔笑着说道："这里比较偏僻，又处于两省交界地区，所以信号有些不好，打电话还是座机方便一些。"

盛夏嘟着嘴将手机收了起来，阿裴将众人的身份证收集起来办理住房："老板，五间单人房。"

小旅馆老板笑着拿出一个本子，将几人的身份证号抄录在上边："抱歉啊，地方比较偏僻，一般我们都是简单记录一下就行了。"

就在小旅馆老板登记的时候，从外面走进来一个留着波浪长卷发并遮住双眼的住客，手里拎着盒饭一样的东西。当他与金小天擦肩而过时，那个人一眼认出了金小天，两年前，正是金小天亲手将他周润泽送入大牢的。

周润泽吓得瞳孔紧缩，但见金小天好像没有认出他，周润泽忙低头走了过去。上楼后他进入房间，轻轻将门关上，把耳朵贴在门上听着外边的声音。房间里另一个卷毛逃犯好奇道："怎么了？有什么异常？"

周润泽神情紧张："我刚才回来的时候，见到两年前抓我们的那个警察了。"

卷毛立刻坐起来，惊恐地瞪大双眼："警察？你确定吗？"

"确定，化成灰我也认识他，如果不是他，我也不会被抓。"

卷毛有些惊慌："那我们赶紧离开这里吧。"

"别慌，他应该没认出我。"

说话的同时，周润泽将自己的长发假发摘下来，露出光头和眼睛，只见他的眼神凶险狡诈："先别紧张，我们本来就是无期，现在出来一天就是赚一天。再说了如果警方真的发现了，我们还有时间商量对策？"

"那你说，我们该怎么办？"

周润泽打开一罐啤酒，对着嘴咕咚咕咚喝下几口，狠狠地放下啤酒说："干掉他！为我们住的这几年大牢报仇雪恨！"

Chapter 30

楼下，小旅馆老板登记完所有人的信息，转身将钥匙从墙上取下来，热情地笑道："手续办好了，我带你们上楼。"

旅馆老板走在前边，身后跟着金小天等人，盛夏看着两边发黄发黑的墙壁，闻着扑面而来的霉味，忍不住有些嫌弃。

旅馆老板带着众人一间房一间房的安排过去，每到一间房就拿出一把钥匙，交给各人。

金小天走进自己的客房，将行李放在窗边，拿出手机想向老冯汇报自己的位置，但发现没有信号，正在房间内寻找信号时，外面传来的吵架声。

原来，盛夏嫌弃房间和被子太潮湿，要求换房间，为此和老板发生了争执。老板赔笑道："姑娘，我们家就是一个小旅馆，所有的房间格局都是一样的。"

"那我不管……你这房间根本没法住人啊，脏还不说，被子也是潮的，这让人怎么睡啊？我要换个阳面房间。"

楚之翰、阿裴和金小天先后打开门，走了出来，赶紧走过去拦住盛夏。阿裴劝说："姑奶奶，咱别挑了行吗？今晚先凑合一下。"

盛夏更加来劲了，大声说："不行，我就要阳面的房间，阴面的房间又脏又潮！不换房间，我就不住了！"

楚之翰只好说："老板，咱们这边没有别房间了吗？帮忙换一下吧。"

小旅馆老板为难道："咱们这就是一个小旅店，阳面的房间……"老板指了指屋顶："就上边这一间，你要想换，那也得人家同意才行。"

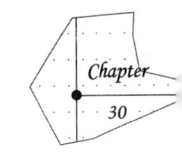

金小天上前说道："这好办，交给我，老板，你带我去一趟，我去跟对方谈。"

旅馆老板无奈地："好吧，好吧，我带你去。"

老板带着金小天上了楼顶房间前敲门，周润泽警惕地问"谁呀"，老板回答："是我，旅馆老板。有个事情想和你商量一下。"

周润泽只好打开门，看到旅馆老板带着金小天出现在门口，心里一惊，他极力掩饰着自己的表情。

老板赶紧向客人解释："抱歉打扰了，这几位朋友想要……"

金小天上前解释："不好意思，我们这边有个妹妹风湿加老寒腿，住不了阴面房，想跟你们换一下阳面的房间。你看能不能帮个忙？"

周润泽爽快答应："没问题，出门在外，大家都相互帮忙嘛，换！"

阿裴赶紧上前："这样吧，我们帮你搬行李。"

金小天和阿裴进屋去帮忙收拾两人的东西，周润泽慌忙阻拦："不用，不用，就几件衣服，我们自己收拾就行了。"说着，周润泽拿着衣服往袋子里边塞，手腕处露出文身。

金小天无意中看见那个文身，因为似曾相识，他愣了一下。与此同时，周润泽连忙盖住自己的文身。

金小天假装什么也没看到："我来帮你吧，不然我们这心里过意不去。"

阿裴上前将收拾好的行李拎了起来："对对，我们帮你，我们帮你。"

金小天夹在两名逃犯的中间，三人成一路，各自拎着行李及物品向着盛夏的朝阴面房间走去，进入盛夏的房间后，三人将行李放在地面上。金小天放行李时故意碰到了卷毛的头，卷毛的头套松动，金小天双目凝重，一闪而过。金小天赶紧站起来，一脸歉意道："抱歉，抱歉，你看我这，还跟您碰了一下，没事吧？"

卷毛摸着头套后退一步："没事，没事。"

金小天离开他们的房间，回到自己房间，神色立马变得凝重起来。他认出了那名逃犯，立刻拿出手机编辑短信："贵滇交界地区小旅馆，发现两年前被捕嫌犯。他认识我，我随时可能暴露，请求支援。"

然而关键时刻，短信仍然无法发送出去，金小天懊恼的将手机装进口袋，只好想别的办法把信息传递出去。

金小天走到一楼值班室，旅馆老板拎着暖壶正要出去。

金小天上前道："老板，打个电话。"旅馆老板将电话拿了过来，金小天拿出三个一块硬币交给旅馆老板，旅馆老板拎着暖壶走出值班室。

金小天拿起电话，拨打，话筒里传来一阵忙音。他怀疑电话线被剪断，于是找到旅店外的墙角一侧，将埋在墙角的电话线找出来，果然电话线被人剪断了。金小天马上确定这是那两名逃犯干的，而且可以肯定的是，他们也认出了自己。

　　形势变得越发紧急，金小天返回前台，翻出登记信息，发现两名逃犯用的是假身份证信息，他趁人不注意，悄悄把这一页撕了下来。但如何才能把消息传送出去呢，这个问题让金小天焦急无奈。

　　这时，阿裴通知金小天到楚之翰的房间开会。

　　金小天来到楚之翰的房间，楚之翰告诉他一个惊人的决定："是这样的，刚才我出去的时候碰上跟盛夏换房间的那位客人，随便聊了几句，他说他们也要去昆明，想搭我们车，路上他们出油钱，到昆明后再付给我们一笔路费。我来和你们商量一下，你们看呢？"

　　金小天心里一惊，他暗自意识到，那两名逃犯搭他们的车绝非善意，而是有预谋的，这一路上不仅危险重重，而且他的警察身份随时都会暴露。

　　金小天马上反对道："我不同意，我们连对方是干什么的都不知道，随便搭两个陌生人，很不安全。万一出点意外怎么办？"

　　盛夏反驳："我看你就是小人之心度君子之腹，跟人家换房间的时候，人家不是很爽快地就答应了吗？我觉得他们挺好。再说，我们的车后边刚好空出来两个座位，怎么不能帮人家搭个顺风车？"

　　金小天继续反对："那不一样好吗？……"

　　李心月开口道："可是他们给钱，又是油钱又是路费的。你要知道，现在我们很需要这笔钱。而且，我们这么多人，他们只有两个人，有什么好怕的？"

　　李心月的话得到大家的一致认可，并纷纷驳斥金小天的反对意见。但金小天坚持反对，盛夏急了："大家都同意，只有你反对，四比一，反对无效！"

　　楚之翰笑道："我看也是。就这么定了，搭他们吧，咱们现在先吃饭去。"

　　金小天闷闷不乐地跟着下了楼，路经楼梯口时，看到一侧放着一个行李箱和一个行李袋，有两名旅客正在前台办理退房手续。

　　李心月在阿裴的搀扶下慢慢走在后面，由于一下没站稳将那个行李箱碰倒了。正在办理退房手续的夫妻见行李箱被碰倒，女住客跑了过来，一脸不悦道："不看路的啊，这么大一个箱子看不见啊。"

　　李心月赶紧给人道歉："对不起，对不起。"

　　男住客也走过来催促女住客："赶紧看看里边东西，别被压坏了。"

盛夏见状竟然冲上前替李心月抱不平："我说你们两位，这走廊又不是你的，你把行李放在这碍着人走路，你还有理了是吧。"

男住客也来了劲："怎么着，你这是打算讹上我了是吧，告诉你，这么多眼睛看着呢，是她摔倒之后，压在我箱子上的。"

"嘿，大哥，你讲点理行不行。"

"是你们把我的箱子碰倒的，你让我讲理？"

"你挡路了，知道吗？这是公共区域！"

"你也说了是公共区域，我放下行李怎么了！？"

两人正在激烈争执时，女住客打开行李箱检查里面的物品。

金小天灵机一动，迅速掏出那张记着逃犯信息的登记表，在其背面快速写下一行字，"青木小旅馆发现通缉犯，十万火急！报警！"

写完后，金小天开始当和事佬，上前劝说，"哎，大家都不要吵了，一场误会而已。"说着他假装上前帮助女住客，"里面的东西有没有损坏呀？"

女住客合上盖子："倒是没有了。"

"那就好。"说着金小天帮助对方将行李箱扶起来，趁乱悄悄将纸条塞进女住客身边的行李袋里。

女住客拖起行李箱走到老公身边："老公，走吧，东西都好着呢。"

男住客"哼"了一声，拎起行李箱向外走去。

盛夏吵架上瘾似的，正想追着吵，周润泽故意安慰盛夏："消消气，消消气。等会我让我兄弟去买酒，咱们一块好好喝一杯，认识一下。"

卷毛说："我这就去买，在外边见到一个投缘的，很不容易啊。"

金小天伸出手想要去拉卷毛："不用不用了，等会我们出去吃。"

周润泽和阿裴同时拉住金小天，周润泽捏住金小天的手腕别有用心地说："我一见到你就有一种莫名的亲切感，这顿酒一定得喝。"

阿裴在金小天的耳边低声说道："有人请吃饭还不好？又省下一笔钱。"

金小天挣脱开周润泽的手笑着说道："喝，谁说不喝了，不过本来是想请你们的，看你这么热情，那我们就却之不恭了。"

小旅馆外，一辆黑色的轿车停靠在旅馆对面。

辉哥躺在副驾驶，天蝎隔着老远盯着有"稻草熊"标识的旅行房车："大哥，这里信号这么差，跟外边交流很不方便，要不要在这里动手？"

辉哥没有回答，他透过车窗向外看去。眼看着卷毛拎着两个装了啤酒的塑料袋，向小旅馆旁边的小饭店走去。

辉哥慢慢说了句："等机会来了再动手。"

小饭馆里，五个年轻人和两名逃犯围坐在一起，开始吃喝。

酒入三巡，金小天和周润泽开始了意味深长的对话。

周润泽看着金小天笑道："你跟我一个朋友长得很像！"

金小天回应道："你的朋友哪的人？"

"应该是上海人吧。只是，不知道你是做什么的？"

金小天自我解嘲道："我啊，就是一混混，到处要债的那种。"

周润泽又敬金小天一杯酒："来来，兄弟，咱俩喝一杯。刚才在旅馆的时候，看你脾气挺暴的，应该很能打吧。"

阿裴说道："其实说到打架，我还是挺佩服小天的，不光能打，而且懂的特别多，特别是遇到我们处理不了的问题的时候，他一出手那指定马到成功。"

盛夏跟着说，"我们这一路上，就靠金小天一人在前挡刀。"

李心月更是意味深长地说，"他以一当十，什么刀都能接得住。是个让人捉摸不透的小混混。"

大家的夸赞让俩逃犯心里越发警惕，卷毛故意试探："看不出来，这还是个全能选手啊，兄弟以前干吗的啊？"

金小天连忙端起酒杯："来来来，别光说，喝着，喝着。"

端起酒杯喝酒的时候，金小天看了一眼阿裴和盛夏，这个动作被李心月看到。

周润泽感叹起来："哎，你们这旅行是从哪儿开始的，跟你们说啊，我打小就喜欢旅行，但是没有办法，总是在准备旅行的时候，碰上各种各样的事情耽误了……"

盛夏嘴里吃着东西刚要回复被金小天抢先道："我们这可不单单是旅行，这时我们公司的一项业务，在旅行的过程中开着直播，将当地的特色介绍给没来过的人。"

金小天拿过了盛夏的手机："来来来，直播一下新加入的朋友。"

金小天拿手机冲向了两名逃犯。

这下两名逃犯立刻本能地闪躲起来，纷纷用手挡住了脸："别拍，别拍我……"

盛夏抢回了手机："没信号，拍什么？！"

金小天笑了一下："哦，我忘了。"

李心月拉住了盛夏："你多吃点，免得等会说你吃不饱。"

盛夏白了她一眼，拿起李心月夹过来的菜吃了起来。

周润泽松了一口气，转向楚之翰说："兄弟，你们这目的地在哪啊？捎上我们，不会耽误了你们吧。"

"不会不会，我们去香格里拉，正好顺路。"

金小天向两名逃犯举起酒杯："我们这一路上遇到的事情那可多了去了，你们要想听，我给你们讲。来吧，先喝，咱们喝完再聊……"

当晚，金小天不断敬酒，把两名逃犯灌得晕晕乎乎地回了房间。卷毛感叹："这小子太能说了，一顿饭下来，都没问到什么有用的消息。"

"行了，早点休息，明天上路了，找个没人的地方做了他们，车就归我们了。"

卷毛吓了一跳："你……你还要把那五个人都做了。"

周润泽摘下假发，眼冒凶光："我们做完了就跑，找个地方吧车牌换了！"

卷毛有些害怕了："这可是大案啊……"

"你别忘了，他们可是长途旅行，身上的钱肯定不会少。而且那个领头的年轻人一看就富二代！"

逃犯乙一听有钱来了精神："干他娘的！"

深夜，旅店四周漆黑一片，唯有旅店上边的招牌亮着蓝光，寂静中只有野猫偶尔发出叫声。

金小天难以入睡，他不时检查手机信号，无意间发现楚之翰更换了微信头像，头像竟是他和一只阿拉斯加大型犬的合影。

金小天顿时明白了，这张照片符合李心月的奇葩要求，"有颜，有狗，有笑容"，显然，这是楚之翰向李心月传递出来的爱意……

漆黑寂静的房间里，金小天眼前闪现出自己的一张老照片。那是他在警犬基地实习时的一张照片，照片上他身穿警服搂着一只德国牧羊犬亲密合影，那个警察金小天英姿逼人，笑容灿烂，就连那只警犬都帅得一塌糊涂。

那张昔日的制服照刚好也符合"有颜，有狗，有笑容"的标准。可惜，金小天只能把它埋藏在心底，一如他把自己对李心月的懵懂的心跳掩藏起来，不能让任何人发现，甚至包括他自己。这一切都被老冯冷静的声音覆盖："小天，你的任务还不能结束。关于那幅画，李心月不肯告诉你藏在哪里，这说明还是有问题。到现在为止，你没有弄明白，她为什么要调包那幅画？那幅画背后又有什么秘密？这些为什么，都是你要留下来的理由……"

当晚，金小天像是有预感似的做了一个噩梦，他梦见两个逃犯当众揭穿了他的警察

身份，并联手行凶杀害了楚之翰、阿裴和盛夏。逃犯正要杀害李心月时，床头柜上的手机闹铃响起，金小天从床上猛地坐起来，大口喘着粗气。

金小天将闹铃关闭，心怦怦怦跳个不停，他有特别不好的预感，那两名逃犯绝不会真的想搭车同行，他们一定会在半路采取什么行动。

金小天必须做点什么，阻止两名逃犯跟他们一起同行。想到这儿，金小天翻身下床，悄悄溜出小旅馆，钻到房车下面暗做了手脚。

清晨，所有人还在睡懒觉时，金小天早早起来，拿出了摆放在房间里的芦荟，把叶片两边的刺去掉，再把芦荟叶上的皮也去掉，然后挤压成汁灌进矿泉水瓶子。他下楼溜到登记入住处，见勤快的老板已起来为大家打好了水。

金小天装作漫不经心地样子坐在大堂看报纸，趁老板不在时，他打开所有暖水瓶，把芦荟汁往几个暖水瓶里倒了一些，然后迅速溜上楼躲进房间。直到阿裴喊大家准备出发时，金小天才拎着行李箱走出房间，只见两名逃犯早已收拾好行李在外边等候了。

周润泽看到阿裴的模样笑呵呵地说道："快点吧，中午到了地方，我请你吃好的。"

阿裴一听对方又请吃饭，高兴得合不拢嘴，忙催促众人纷纷上车。不料所有人上车后，阿裴却打不着火了，车子出现颤抖却没有任何启动的迹象。

阿裴拧着车钥匙："完了，完了，又出毛病了。"

金小天赶紧说："这么不凑巧啊，看来是走不了了。"

周润泽起身下车："这个不叫事，我去看看。"周润泽站在车外侧，竖起耳朵对阿裴说："再打一次火。"

阿裴打火，周润泽伸出手示意停止："我知道怎么回事了，别动啊。"

周润泽钻到车底，金小天皱起了眉头，不一会儿周润泽钻出来："打火。"

阿裴打火，车辆顺利启动。阿裴开心道："哎哟，还真是，看来我们队伍里的人才越来越全乎了。"不料刚说完，阿裴突然捂着肚子感觉不适道："那什么，等我一下啊，我肚子有点疼。"

阿裴连忙下车，跑进小旅馆，随后金小天也假装捂着肚子匆忙下车，跑进了小旅馆。

紧接着，其他人都觉得肚子不适，纷纷跑进小旅馆。几趟下来，大家猜测昨晚吃坏了肚子。这样出发的话，半路上会很狼狈。

金小天建议："我看今天就休息吧，别折腾了，要是走到高速路上再想找厕所，那可难了。"

楚之翰点头："我也是这么打算的，今天不走了。"

长途客站的候车区，那名被李心月撞过行李箱的女住客终于发现袋子里有一张纸条，她和老公打开一看，竟是登记本上的一页，翻过来看，只见背面写着："青木小旅馆发现通缉犯，十万火急！报警！"

女旅客边回想边说："肯定是那个帮我扶行李箱的年轻小伙子塞进来的。快，赶紧报警。"

男住客慌张地拿出手机："喂，110吗？我要报案……"

县城警局接到了报警后，立刻通知了上海缉毒大队的老冯，原来老冯提前与县城警方取得联系，针对两名在逃犯他们达成相互协作、共享信息的共识。

老冯闻听有逃犯的消息，而且很有可能是金小天传出来的消息，他立刻带人赶到县警局，见到县警局的缉毒科刘科长，老冯直奔主题道：

"刘科长，青木小旅馆的住客里面，有我们的一名卧底，正在执行一项重大任务，他的身份绝对不能暴露，我希望你们能配合我们。"

"这还用说嘛，我们一定配合！"

两名逃犯回到旅馆房间，嘀咕着两件事情的巧合性。

周润泽敏感地察觉到是金小天做了手脚，既然大家都心知肚明彼此的身份，他决定一不做二不休，不等上路，晚上动手杀死那五个年轻人！

夜深人静时，两名逃犯拿着刀子悄悄走出房间，不料金小天已抢占先机，他料到他们会在今晚动手，于是提前将配电箱拆开，用钳子扯断其中一根保险丝。

这下，旅店停电，到处一片漆黑，两名逃犯不知所措。

与此同时，辉哥带着天蝎驱车开向小旅馆，他们也想在今晚潜入李心月的房间，但辉哥突然发现车后边出现数辆警车，它们正悄无声息地开向小旅馆。

辉哥连忙拉回方向盘："往前走，后边有警车。"

于是，辉哥和天蝎开车从小旅馆前驶过。

数辆警车停在旅店远处，警员下车分散开来。

老冯将一队、二队安排在旅馆所有出入口进行把控，每个窗门下边站一人，他们决定围堵越狱犯，防止他们再次逃脱。

一切都准备好了，老冯拿出鸟哨，用鸟语为信号开始联络金小天。

金小天听到了信号，刚想学鸟叫回应，忽然看到李心月顺着墙壁一瘸一拐地走了过来，摸黑回到了自己的房间。就在李心月身后，有两个的身影跟了过去，走向了李心月的房间。

金小天急中生智，突然在漆黑中自言自语："这个破地方，怎么还停电啊？还得找蜡烛去。"说着，金小天走下了楼。

两名逃犯顺着金小天的脚步声，快速地追了过去。

金小天把两名逃犯引入楼下库房，眼看两人摸黑前行，金小天主动出击，将两人打倒在地。

周润泽拿着刀子向金小天刺去，金小天翻身躲过了刀子，但是却被卷毛抓住，金小天一个跨步摆脱卷毛，冲在他的左边，一把抓住他左手的刀把，用力一夺，刀掉在地上，随即金小天拧住卷毛的胳膊，发出咔嚓一声，肩关节已经脱臼，卷毛发出惨叫声。

周润泽见状，举刀再次冲向金小天，金小天速度极快，身形一闪，一把将周润泽拉到刚才自己站的位置上，以迅雷不及掩耳的速度抓着对方持刀的手，反向别了回去。

黑暗中，两人咬牙用力僵持了近两分钟，最后周润泽不敌金小天，金小天猛地持刀刺向周润泽的大腿。血喷溅出来，周润泽翻滚在地，金小天借机将两名逃犯制服，捆绑……

三人在楼下打斗的动静惊动了旅馆老板和李心月，两人点着蜡烛从楼上走了下来。在楼梯上，他们碰见了正在上楼的金小天，烛光中，金小天一身泥土，满脸伤痕。

李心月关切道："你这是怎么了？"

金小天笑道："别提了，下楼找蜡烛，这摸黑下楼，摔得我，够狠的。"

李心月想要看清金小天的伤势，她上前两步，结果一个没站稳差点摔下楼。金小天眼疾手快将李心月接在怀里，顺势将其抱起来送回房间。

李心月举着蜡烛不好意思道："你放我下来，我可以走的。"

"不要，这么黑，你再摔伤了，就是我的罪过了。我可不想再陪床了。"

李心月举着蜡烛躺在金小天怀里，沿着漆黑的走廊一步一步走向房间，烛光下金小天的脸显得特别动人，她忽然意识到，自己在通往香格里拉的路途中，金小天一直这样守护着自己，那一刻她忽然有种冲动，想要告诉他，在她心里，他不再是一个无赖小混混，而是个有担当的大英雄。

老冯站在小旅馆外再次吹响鸟哨，仍然没有得到金小天的回应。老冯有些焦急，只好下令："一队、二队盯好所有出口，其他人跟我来。"

老冯一马当先冲进旅店，身后警员跟在身后突入小旅馆大门，结果发现，两名通缉犯被绑在屋子中间，嘴里堵着抹布……

金小天站在房间的窗口，默默看着老冯等人带着两名逃犯上了警车，他欣慰地笑了。这种笑容让他感觉到从未有过的放松与成就感……

Chapter 31

第二天，楚之翰一行人准备上路，发现两个原本要搭车的男人像从地球上消失一样不见了，楚之翰询问旅馆老板，老板也不知道那两人去哪里了。

楚之翰感叹："这两个人真不靠谱！幸好没带他们一起上路。"

金小天一身伤心情却格外好："没错，还是我火眼金睛，开始就瞧出俩人不正经，哪有这种天上掉馅饼的好事，你们还不信我。况且挣钱的方法多着呢，咱们再想别的招。"

阿裴结完旅馆的账，大家陆续上了车，阿裴看着格外轻松的金小天问："金小天，你怎么这么高兴，一单生意飞了啊，飞了！"

李心月学金小天的话："挣钱的方法多着呢，咱们再想别的招。"

金小天笑出了声："是的，就是这话。"

阿裴无可奈何地摇摇头："切，夫唱妇随"。

金小天和李心月互相对视了一眼，开心地笑了。

阿裴启动了车子，"爱情之旅"开始了下一段旅行。

车上，大家都在为钱的事情发愁，只有楚之翰兴致勃勃地做了一次旅行总结："告诉大家一个好消息，这个季度我们的产品效应显著，直接带动APP用户数已达三十多万，其中活跃用户十万左右，VIP用户三万多人。通过我们平台产生的连锁交易额，利润超过十个百分点。目前形势看，还有进一步上升趋势。所以，未来形势乐观！"

看到楚之翰近乎盲目的乐观，李心月不忍心却又忍不住提醒道："虽然大数据分析结果很乐观，但从全局战略、长远发展来看，我们

的运营模式缺乏后台助力，只靠前台的直播吸引顾客，还是远远不够的。需要及时调整后台助力，才能把'现象'变成'现实'。所以，建议注入O2O电商模式！通过第三方电商平台，及时与当地旅游委员会展开商业合作，让在线服务窗和线下场景体验两大板块完美结合在一起，形成最有效的消费体验和链接服务……"

楚之翰激动道："太好了，跟我想到一起了！所以，这就需要打造一款全新的、完全从商业本身策划的产品体验。"

李心月点头："是的！"

阿裴边开车边发牢骚："不好意思，我必须说，计划再好还需资金支持。远的暂且不说，就说眼前，我们能不能继续直播都是个问题了！"

楚之翰鼓励道："不管怎么样，这次'爱情之旅'直播效果显著。所以，我们这次旅行绝不能半途而废。我相信，只要大家齐心协力，一定能完成这场旅行。"

金小天乐观道："对对对，大家有手有脚的，还能饿死不成！"

盛夏也马上表态："看来，还是要我出马了。"

说完盛夏拿手机拨打号码："喂，陈导啊，听说你们最近在云南呀，是什么剧啊？需不需要演员？哦，我正好也要去昆明，想向你讨个机会啊，不知道有没有这份荣幸。啊？真的呀，好好好。没问题，男的女的都有。哎，是是，好的，拜。"

挂完电话，盛夏傲娇的双手交叉放在胸前，向楚之翰表功道："楚总，搞定了！"

楚之翰问："搞定什么？"

"等到了昆明，我带你们去一个拍摄剧组，导演说，给我们当群演的机会！"

听到这个消息，大家都相视一笑，虽然是当群演，挣点碎银子，可这种机会在现在这种时刻显得弥足珍贵，所有人越发对盛夏刮目相看了。

上海，楚鸿飞的豪车正在车流中缓缓行驶。

楚鸿飞坐在后排车座上，一副困倦憔悴、心事重重的样子。他一想起昨晚与欧阳先生的通话，楚鸿飞就感到整个人陷入无解与无助。

欧阳先生已知道有人想要李心月的命，他警告楚鸿飞："如果是你干的，你要她的命，我不干涉，但你要是把画弄丢了，那就是在妨碍我！所以，那幅画，我无论如何都要拿到手！如果你坏了我的事，别怪我对你不客气！"

至于怎么不客气，楚鸿飞不担心自己，他最担心的还是欧阳先生派人对儿子下手。

楚鸿飞正在胡思乱想，心神不定时，坐在身边的陈正茜小心试探道："昨晚没睡好吧……叫你晚上睡觉关手机，你就是不听，昨天半夜三更还接电话，到底谁给你打的电话？还要专门跑到书房反锁上门！"

楚鸿飞紧张道："你怎么知道我锁门了？你这个人，怎么老是鬼鬼祟祟偷听我电话？"

"鬼鬼祟祟的人明明是你，好不好，我还想问你，那个人到底跟你说什么了，你要发那么大火，摔电话？"

楚鸿飞只好应付道："一个讨厌的老熟人，听说之翰的公司发展不错，想要入股，我拒绝了。"

"跟老熟人讲讲话还要半夜锁门，跟你一个床上睡了一辈子也搞不懂你。"

楚鸿飞看着窗外出神，陈正茜的电话响，来电显示为"阿裴"。

陈正茜接电话："什么，你们要自己筹集资金，继续旅行！？"

阿裴在电话里汇报着楚之翰的情况："是的，凯文下定决心了，看样子是没有回头的意思。"

"知道了。"陈正茜放下电话，看看楚鸿飞无奈叹气"哎，这孩子这倔脾气是像谁啊！"

楚鸿飞问："又怎么了？"

"我以为停他的卡，他就回上海了，阿裴说他要自己筹集资金，继续旅行，绝不半途而废。"说完，陈正茜突然想起了什么："哟，上次和王太太逛商场，给之翰买了块新手表，放在画廊了！老张，你开车拐一趟画廊，我拿了东西再走。"

司机回答："好的。"

楚鸿飞白了妻子一眼："一块表，有那么重要吗？回头再去取吧。跟王总约好的时间快到了！"

"那可是最新款的 Richard Mille，我儿子最喜欢的品牌。万一丢了我怕是要心疼死的！"

"整天瞎操心，你根本不了解儿子到底喜欢什么。"

"那你知道儿子喜欢什么？"

楚鸿飞听了语塞。这时，车靠近画廊停下，楚鸿飞和陈正茜从车上走下来，远远地望见一群路人正围绕在楚家画廊门前议论纷纷。夫妻俩急忙走近一看，赫然发现画廊的大门上被泼了红色油漆，两人不禁吓得大吃一惊。

不明真相的陈正茜惊慌拿起手机要拨110，楚鸿飞急忙夺下的陈正茜的手机。

陈正茜大叫："出这么大的事，为什么不报警？"

楚鸿飞躲避着陈正茜审视的眼神，胡乱解释着："肯定是在生意场上得罪了人，没什么大惊小怪的。叫小马过来处理一下，我们内部消化一下，就可以小事化了了。何苦惊动警察，弄得满城风雨？我不想让别人看笑话！"

楚鸿飞将陈正茜带进室内，扶她在沙发上躺下，但眼看陈正茜的情绪激动不安，歇斯底里地发作着："我受不了了，简直要被逼疯了……到底是谁？为什么从来不露身份？到底是什么人干的？他们想干什么？你为什么不让我报警，每次都不让我报警？"

楚鸿飞只好解释："我们的画廊也算是在沪上赫赫有名，闹大了，不利于画廊的发展不说，惹得记者八卦，到时候天天被围堵你愿意看到吗？"

"……这么多年了，我感觉你一直有事情瞒着我，我一直活得惴惴不安，按理说，这么多年的打拼，也是时候过上安乐的生活了，楚鸿飞，你能不能跟我坦白，到底怎么了？"

"我的太太，我对天发誓，我真的什么都不知道。那么多年的努力是为什么，不就是为了让你和之翰过上好日子么，我怎么会亲手去毁掉这一切呢？"

楚鸿飞只好陈正茜包里掏出一瓶药，取出镇定药片让她服了下去。然后坐到妻子身旁，握着她的手安慰。陈正茜在丈夫的安慰和药物的作用下，安静下来。

这件事肯定是欧阳先生送给楚鸿飞的警告，所谓的"不客气"也只是眼前这种骚扰，楚鸿飞暗自庆幸欧阳先生的矛头指向的是自己不是儿子，这让他长出一口气，他暗自对飓风下达命令："杀了李心月，拿到那幅画。"

"爱情之旅"房车终于驶入云南境内，盛夏忍不住边拍边大声尖叫起来："云南，我来了！爱情之旅来了！"

阿裴跟着定位找到网上预定的客栈，众人先后下车，客栈看上去有些破旧，更无法看到湖泊和雪山，但院内种满了各种鲜花让这个小院子充满生活气息。

阿裴带着楚之翰等人来到前台办理入住手续："老板，我们预定了三个房间。"

阿裴把大家的身份证给了前台的大妈。前台大妈看着手中的手机，然后把房门钥匙交给了阿裴。

盛夏刚到云南的兴奋与激动消失殆尽，她噘着嘴小声说着："不要又是潮湿阴暗的房间吧。"

阿裴赶忙安慰大家："凑合住吧，经费有限啊！"

楚之翰也跟着说："委屈一下大家了！"

李心月坦然道："凯文，放心吧，我们都能接受！"

盛夏提醒道:"大家把行李放一下,马上跟我去摄影棚吧。"

大家点点头,赶紧各自回房,然后跟着盛夏赶到了一家摄影棚。

剧组正在拍一部电影,电影的女主角是当红明星佟水儿,一个人如其名,肌肤吹弹可破的一线女明星。

接待盛夏的是一位副导演,他看看盛夏爱带来的人,看上去有点饥不择食的急切感:"可以可以,跟我进来吧!"副导演边走边说:"是这样的,我们需要两位替身演员。原本定好的两个替身,一个病了,一个受伤,所以现在需要一个女主的文替,另一个是男主的武替,我带你们去见导演。"

盛夏连声说:"好的,好的。"

很快,盛夏一行人来到导演面前,五个人并排而站。

导演捏了捏金小天和楚之翰的胳膊,又看看盛夏和李心月,然后指着金小天问:"你是不是有底子?"

金小天回答:"以前做过保安,有一点底子。"

导演点点头:"嗯,那就行,反正我们要求的动作不大,有点就行,武替就是你吧。"

副导演补充说明:"这次的广告戏不多。大概要一周左右,时间上没问题吧?"

金小天回答:"没问题!您放心吧!"

接下来是为女主角佟水儿选择替身,由于不能轻视,导演在李心月和盛夏之间选来选去,最后选择了形象与气质更胜一筹的李心月。

李心月欣然接受,但她腿伤未愈,盛夏于心不忍,只好主动向导演自荐:"导演,您觉得我怎么样?她前段时间受伤了,恐怕身体吃不消的。我有表演经验的,比她强多了!"

李心月坚持道:"盛夏,我没问题,导演,我可以的!"

导演犹豫了一下:"好了好了,受伤的不行,万一再出问题谁负责!那就你上吧。"就这样,盛夏成了佟水儿的替身。

副导演带着金小天和盛夏进入化妆间化妆。

一切准备好后,剧组人员各自就位,导演一声"开始",盛夏按剧本要求,她冲上来抓住一名男子大喊:"不要走!不要抛弃我!"男子一巴掌打在盛夏的脸上怒吼:"滚开!"

这时导演喊了声:"停!怎么搞的,那个替身,你不要回头,露脸了!我们只要背影!背影!"

盛夏面露难堪、委屈。楚之翰、李心月面面相觑，两人感到心疼和内疚。

这时副导演喊着："再来一条，各部门准备！"随着导演又一声"开始"，盛夏冲了上来："不要走！不要抛弃我！"男子反手一巴掌打上去，怒吼"滚开！"

不料导演又喊："停！男演员注意了，打得太轻，不真实，再用力一点。"

男演员点点头，盛夏摸着脸，露出害怕的样子，并向另一边投以羡慕的眼神。

只见当红影星佟水儿，穿着打扮跟盛夏一模一样，正躺在长椅上翻看杂志。身边的一个助理帮佟水儿捏腿，佟水儿一伸手，另一个助理立刻递了一杯水给佟水儿。

角落里，两名工作人员正在小声八卦："现在的演员啊，真是轻松，不露脸的都是替身来演。""哎，是啊，要不都想出名呢！有了名气，轻轻松松千百万的片酬就到手了，还不用吃苦。"

楚之翰和李心月看着反复挨打的盛夏，越发内疚与不安。

这时副导演上前："好，大家休息一下，下一场我们拍打戏。"

盛夏装作没事的样子，乐呵呵地来到楚之翰身边："你们看我演的怎么样？"

楚之翰勉强地笑了笑："好，特别好！"

李心月关心地问："盛夏，脸怎么样？疼吗？"

盛夏故作轻松状："没事，我以前也做过群演，挨打很正常，习惯了，早晚有一天我会打回来的！"

楚之翰内疚道："对不起，是我连累大家了。"

李心月说："盛夏，我去跟导演说说，下一场我来吧。"

盛夏推辞道："好了好了，没什么大不了的，都别矫情了啊！你们就等着看我的精彩表演吧。"

下一场打戏开始了，在导演的"开始"后，金小天在现场与人几番搏斗，飞身摔倒在桌子上，砸烂桌子，躺在地上，几个人过来拳打脚踢一阵。

虽然是演戏，但还是会发生误伤，眼看金小天被围殴并不断受伤，楚之翰和李心月都很是揪心，难受，无奈。

楚之翰不忍再看下去，转身走出了片场，看到盛夏也在外面，他给盛夏拿了一瓶水："夏夏，今天你辛苦了。"盛夏尴尬地摸了摸自己的脸："别这么客气，你要是过意不去，单独请我吃顿好的吧。"

"没问题。我去跟他们打个招呼。哎，你想吃什么吗？不过我可能请不起什么法式大餐了！"

盛夏高兴地挽住楚之翰的胳膊："你就是想请，这小地方也没有法式大餐啊，我们去吃著名的云南烧烤吧。"

当天拍摄结束后，大家都喊累在房间休息，不想出去吃饭。

楚之翰给大家安排好晚饭后，兑现了对盛夏的承诺，两人来到路边摊点了一堆串串和啤酒。

盛夏还是头一回单独和男神楚之翰在一起吃饭，她感觉自己脸上挨的那几巴掌太值了。

盛夏难掩兴奋道："嗯，好久没有这样自在的撸串喝酒了。真开心！"

楚之翰微笑看着她："那你今天就尽情吃，法式大餐暂时没有，串串还是管够的。"

"呜哇，你真是好老板！不过，等直播结束回上海了，法国大餐你是要给我补回来啊！"

"一定补回来！"

两人碰杯，盛夏拿出手机，打开直播，对着楚之翰和桌子上的啤酒串串边拍边炫耀："莉莉和凯文的 cp 粉们，你们看，凯文在和美女主播夏夏一起共进晚餐哦。凯文，来和大家打个招呼吧！"

就在这时，一个神秘的女子闯入她的镜头。

盛夏眼疾手快，立刻将镜头对准远处丝毫没有察觉的佟水儿，兴奋自语："这是要刷屏的节奏啊……凯文快看，那是谁？"

楚之翰好奇地顺指看去："谁呀？

盛夏边拍边说，"就是刚才那部电影的女主角佟水儿。"

只见佟水儿从豪车下来，然后东张西望，低头走进路边一家快捷酒店。

随着盛夏的偷拍与直播，弹幕稀稀拉拉地发出几个名字，显然人不算多。

"是广告女王佟水儿，水儿姐！""她一个人来这里做什么？""看样子像是幽会哟。""哇，这下，盛夏抓住了头条。"

盛夏的这条直播迅速传播开并被转发无数条，佟水儿完全蒙在鼓里，全然不知。她走进预订的房间，悠闲地洗了个澡，然后穿着浴袍走到阳台上，手里晃着一杯红酒，看上去像在等人。直到手机响，佟水儿接听电话："亲爱的，红酒已经醒上，你什么时候到啊？"电话里传来一个男子急促的声音："不好了亲爱的，你被偷拍了。现在很多狗仔都赶来酒店堵你，今天就不能见面了！"

佟水儿大惊失色："什么？怎么会呢，我很小心的。"说着她悄悄从窗外向酒店楼

下望去，果然大门外出现很多记者，他们拿着长枪短炮隐藏在各个角落，等待着佟水儿的出现，还有很多记者闯进酒店，到处寻找佟水儿。

盛夏和楚之翰这才意识到，他们的直播给佟水儿带来了麻烦。楚之翰有些内疚地看着那些等着捕捉八卦丑闻的记者，他对盛夏严肃地说，"我们给佟水儿带来了麻烦，我觉得，还是帮她解决眼下的困境吧。"

盛夏点头，"是呀，我也没想到事情会变成这样？可我们怎么帮她呢？"

"先找到她的房间。"

"然后呢？"

楚之翰上下打量着盛夏，眼前一亮道："然后，你来帮她脱身。"

众多记者出现在酒店走廊，他们正在寻找佟水儿。"佟水儿是在这里吗？""看直播视频，就是这家酒店。""她到底在哪个房间？""如果真的是她，这下可有爆料了。"

楚之翰和盛夏走过来，恰巧这时佟水儿的房门悄悄打开了一个门缝。

盛夏一眼发现，她立刻跑到佟水儿房门口。

楚之翰负责盯着远处的记者，盛夏敲敲房门小声说："佟小姐，我是你白天拍电影的替身，我可以帮你离开这里！你开门，让我进去。"

佟水儿半天没有声音，这时记者们从走廊另一头走了过来。眼看记者就要到了佟水儿的房间，楚之翰两人十分紧张地守着门口，这时佟水儿的房门打开了，楚之翰和盛夏赶紧钻了进去。

房间内，佟水儿焦急在屋内徘徊："你们真能帮我？"

盛夏点头："别忘了我是你的替身，我们换个衣服，我俩从这里跑出去吸引记者的注意力，等记者出了门，你就从员工通道离开。"

佟水儿感激地看着盛夏，"好，那真是太感谢你了！我一定会回报你的。"

盛夏和佟水儿更换衣服后，盛夏戴着口罩墨镜，包得严严实实，手里捧着一束花，她和楚之翰走出房间，走向电梯。

两人的出现果然吸引了走廊的记者们，有记者大叫："她在这里！"

Chapter 32

走廊顿时炸开了锅,所有记者蜂拥而至,对两个人围追堵截,不停拍照录像,楚之翰搂着盛夏,奋力抵挡人群。楚之翰大声喊着:"走开!让开!"

楚之翰搂着盛夏冲进电梯,记者们围上前,长枪短炮递上:

"请问水姐,你是在和男朋友约会吗?给我们介绍一下这位送花的帅哥吧。""佟小姐,谈一下你新拍的作品吧,这位先生是导演还是赞助商?""水姐,你把墨镜和帽子摘了,和我们的观众打个招呼吧。""水姐,请说说你收花的心情。"

就在所有记者围堵盛夏和楚之翰时,走廊深处的门悄然打开,佟水儿溜了出去,从员工通道快速下楼。楚之翰在人群中眼看着佟水儿安全离开,他给盛夏一个眼神暗示,盛夏立刻如释重负,她取下墨镜和帽子,露出自己的面容:

"抱歉各位,你们弄错了,我不是佟水儿,我叫盛夏。"

记者们这才发现被摆了一个乌龙,大家失望地四下散去,并纷纷抱怨:"原来是个冒牌货,谁报的假消息?""好像是个主播不小心拍到的。""白跑一趟,谁跟我一起,继续喝大酒去。""走吧走吧,散了。"

盛夏和楚之翰离开那家酒店后,两人长出一口气,相互击掌。盛夏暗自想着,这下,佟水儿肯定会想法报答他们,盛夏幻想着她最好能给钱,这样最实际了。

不料,第二天盛夏哼着小曲来到片场,远远看到佟水儿坐在椅子

上休息。盛夏主动上前打招呼："水儿姐，你好。"

佟水儿睁开眼睛一看是盛夏，她怒气冲冲地站了起来，伸手狠狠地给了盛夏一巴掌。

盛夏捂着脸惊呆了，也眼泪打转道："你，为什么打我？！"

佟水儿怒目而视道："为什么打你，你自己不知道吗？"

"昨天我还帮了你，你怎么翻脸不认人呢！"

"我问你，昨天我在酒店的事情是谁泄露出去的？"

盛夏的眼泪从脸颊滚落下来："我不是故意的！"

佟水儿怒气未消："不是故意的？你说你不是故意的，我就信你吗？你先是闯了祸，再假装好人来帮我挡过去，你算什么东西？！"

佟水儿扬起手臂又要打盛夏，这时金小天上前抓住了佟水儿的胳膊，楚之翰挡在盛夏面前："佟小姐，无论怎样打人都是不对的，更何况我们昨天也帮过你。"

副导演看到佟水儿吵架，赶忙跑了过来，把佟水儿拉到一边，说了几句悄悄话。楚之翰看着盛夏被打红的脸，深感愧疚。

很快，副导演走到阿裴身边说："事已至此，水儿姐不想看到你们了。所以，替身演员我们决定重新找，报酬我们会按之前谈好的，按天结账，不好意思了！"

阿裴为难地看看楚之翰，楚之翰拉着盛夏就往外走："我们走！"

"爱情之旅"的挣钱计划出师不利，大家都像被狠狠打了脸似的，无精打采地坐在客栈的院中里唉声叹气。

盛夏更没了往日的嚣张气焰，一侧的脸看上去被打肿似的："对不起，是我搞砸了好不容易得来的赚钱机会。"

李心月拉着盛夏的手安慰道："夏夏，这不是你的原因。"

金小天说："对啊，怎么能怪你呢！倒是我们，之前错怪了你，应该说对不起的是我们。"

楚之翰说："嗯，夏夏，你是最棒的主播。"

阿裴打断道："好了，大家都别相互吹捧了，现在我们要想的问题是，怎么才能挣到钱。"

李心月说道："我通过朋友联系了当地的一家酒吧，他们正需要歌手，我想去试一试！"

阿裴立刻响应："那太好了，如果你不能久站，可以坐着唱。"

李心月活动着双腿："没问题，你看，一点都不疼了！完全可以自由活动了。"

几个人又重新燃起了斗志，只有楚之翰一言不发。

阿裴开玩笑道："凯文，我这个员工是不是得多拿一份年终奖啊？"

楚之翰看着大家，表情严肃道："我决定了，我们的旅行到此结束。大家晚上修整一天，明天我们回上海！"

李心月惊讶道："为什么？我们不是想到办法了吗？我会去好好唱歌的，酒吧的小费还是不少的！"

盛夏说："是啊，眼看我们就要到香格里拉了，怎么能这么灰溜溜地回去呢！"

楚之翰激动地大喊："我不能让大家再为我的事业这么拼命了！"说着楚之翰拉起金小天的胳膊："你们看！"只见金小天的胳膊青一块紫一块。

楚之翰又指着盛夏的脸："盛夏的脸这两天已经挨了多少巴掌了！"

最后，楚之翰指着李心月的腿："还有莉莉的腿刚好，我又怎么忍心让你去酒吧卖艺？"

氛围突然安静下来，大家沉默着，金小天暗自观察着李心月的反应，显然，她看上去心神不定，并再次恳求道："凯文，拜托你再给我们一次机会，好吗？我不想放弃。就今天晚上唱一次，如果效果不好，明天我们立刻回上海。"

阿裴附和道："是啊，回上海也要路费的，卡还是冻结状态呢。"

金小天也说："凯文，你就让她试试吧，而且，我们走的是不收费的老公路，走夜路也不安全。万一迷路了，怎么办？"

盛夏也求情："就让她们试试呗，试试也不吃亏啊！一个晚上而已。"

楚之翰看着众人挚诚的眼神，不忍回绝："好吧，今晚过后，不论结果如何，明天我们立刻回上海！"

李心月只好点头答应，"好的，今晚如果还是不行，我们就回上海。"

上海，楚鸿飞紧锁眉头，坐在画桌前思索着。

陈正茜走过来，楚鸿飞回头看看她，两人脸色都不太好看。

陈正茜忽然发现丈夫的头发花白了大片，心疼道："才几天工夫，你的头发，怎么白了这么多？"

楚鸿飞苦笑："老了，你给我染发的速度，已经赶不上白发的速度了……所以我在想，我们是不是应该支持之翰，让他去做点自己喜欢的事情了。"

"为什么？"

"也许他是对的，趁着年轻，做喜欢的事情，这样的人生比较简单。如果被一些东西诱惑、牵绊，挣再多的钱也没意思了。"

"是啊，我们之翰从小就喜欢游山玩水，每次你出去写生，只要他学校放假，就会吵着跟你一起去，那孩子出门前还会自己整理小旅行包，带换洗衣服和洗漱用品，都不让我操心的。"

楚鸿飞随之想了儿子小时候的往事："……我记得，他小学三年级的时候，写了一篇作文，题目是《一次难忘的春游》，还在年级家长会上朗读过，当时老师给了他全班最高的95分。"

"我也想起来了，那篇作文的开头是这么写的，……清晨，东方刚露出鱼肚白……，老师都觉得奇怪，问他，你怎么知道鱼肚白？他说他是看他爸爸的画，研究出来的……"

楚鸿飞笑了，神情骄傲："这孩子，就是爱钻研。"

陈正茜却陷入沉思，感慨着："你说的也对，这样的孩子，咱们有什么不放心的。而且，从生意的角度考虑，不能把鸡蛋放在一个篮子里。万一将来……你不画了，他也要有自己的立足之地。"

楚鸿飞疲惫厌倦地："我现在，每天都想封笔……感觉自己再也画不出来我想要的东西了……"

陈正茜惊讶地喊："鸿飞！"

楚鸿飞继续说："这一天总会到来的。所以，投资到之翰的公司，也算是未雨绸缪，换个筐放你的鸡蛋。"

陈正茜担心地看着楚鸿飞，正这时她收到楚之翰发来的信息："妈，我可能明天返回上海，中止旅行。这下，你满意了吧！"

陈正茜又看向楚鸿飞，欲言又止，最后咬牙说："之翰，恐怕要放弃了。"

"什么？"楚鸿飞盯着妻子的脸，似乎看出了什么，"你老实说，他为什么要放弃？"

"因为，我停了他的卡。"

"你，你怎么能这样！"楚鸿飞脸沉下来，"当初不是答应了他吗，尽管让他放手去做，失败了那是他的事情，但作为父母，既然答应了就不能从我们这里变卦。"

看到楚鸿飞发火，陈正茜只好妥协："好吧。既然你爱唱红脸，你就去跟他说，让他继续。这个白脸我来做好了。"

"我不是这个意思，我的意思是，如果，万一之翰的项目有前途呢，你非要一手毁了它？"

"嗯，我会认真考虑你的意见，先找个人做个尽调，审核一下他的那个项目究竟是不是有市场前景。"

"具体操作，你安排吧。至于钱，马上给他！"

酒吧一条街道，两边各种霓虹灯招牌闪烁，人来车往，喧闹繁华。路边各个酒吧里面传出不同的歌声，打扮性感又个性的女孩们花枝招展，招摇过市。

"KIU 酒吧"里，李心月已化妆完毕，只等上台，盛夏陪着她坐在后台，两个人都有些紧张，楚之翰、金小天和阿裴三人也早已在大厅坐等。

一阵喧闹的 DJ 狂舞完毕，酒吧的灯光突然熄灭，场内响起众人的嘘声、口哨声。舞台上的激光灯营造出"雪山升明月"的效果，雪花机开始飘舞漫天雪花，刹那间，场内雾气蒸腾，美轮美奂的空间如漫画世界的仙境。

一个天籁般清亮无瑕的女声响起，唱的是著名的情歌《在那东山顶上》："在那东山顶上，升起白白的月亮，年轻姑娘的脸庞，浮现在我的心上……"

仙气缭绕中，长发白裙李心月被鲜花和云朵簇拥着，从天际翩然而来，气息纯净不沾尘埃，犹如落入凡间的精灵和从天而降的仙女，沐浴着皎洁的月光，从大家头顶飘过……

所有的人都憋住呼吸，一脸陶醉的表情，抬头仰望。音乐旋律突然变化，是摇滚节奏的劲歌热舞《阳光》。场内灯光大亮，洒满阳光，音乐喷泉齐齐发射半空。舞台上的仙女瞬间换装，燃烧的红色短发，黑色长靴，小吊带上衣，超短裤。

伴舞的演员蜂拥而上，场内的气氛嗨起来。

李心月（唱）："……快乐一直在我们身旁，请你遇到困难不要说放就放，追逐希望超越梦想，过程不一定就是艰难。态度，决定了一切，乐观，迎难而上，让生活每一天都充满阳光！……"

李心月的精彩歌声，引爆全场观众的热情。

楚之翰、金小天、盛夏、阿裴四个人同时大喊："莉莉！莉莉！莉莉！"

场内气氛骤然升温，热闹非凡。李心月阳光灿烂的笑脸，如花绽放！

就在这时，楚之翰电话突然响起，来电显示为"爸爸"。

楚之翰找到一个安静的角落接听电话："爸爸，我们在酒吧……"

电话里，楚鸿飞语气平缓道："儿子，听说，你现在处境不太好？想打退堂鼓了？"

楚之翰一听就知道是阿裴讲的。他语气低迷道："嗯，是不好，我打算明天就回上海了。"

楚鸿飞停顿了片刻，忽然说道："你这样就叫逃兵。打败了仗逃回家的逃兵。"

"爸，我实在没有办法了，我妈把您给我的卡给冻结了，她就会来这一套，不就是逼我回去吗。现在好了，她可以放心了。我也不想当逃兵，可我在外面待不下去了……"

楚之翰的声音有点哽噎，他说不下去了，这时电话里传来令他振奋的声音："你妈那边，我已经说服她了，你放心，继续往前走，爸爸在后边支持你！钱不是问题！"

楚之翰有点不相信自己的耳朵："爸，这是真的吗？您再说一遍！真的吗，太好了！谢谢您，我今晚会把我们的具体计划书发给您，希望您能一直支持我战斗到最后一刻。"

楚之翰兴奋地回到了座位上，这才发现李心月的节目已结束："怎么，莉莉唱完了？"

金小天说："你这个电话接的可是错过了今晚最棒的表演啊！"

楚之翰开心的宣布："是吗？可是我这个电话意义重大！"

这时，换了衣服的李心月走了过来："什么事这么高兴？"

楚之翰举起酒杯说："好，人到齐了，我宣布，明天我们继续我们的'爱情之旅'！"

众人一愣，阿裴问："什么意思？就因为李心月的一支歌吗？"

金小天说："难道以后我们真的要靠她一个人养活吗？"

楚之翰笑出声："哈哈，都不是，旅行继续，是因为我们的资金问题解决了！"

众人听了这个消息兴奋地抱在了一起，欢呼。

这时，酒吧的经理过找到李心月，当着五个人的面说："刚才我们老板说，你唱得不错，希望你明天继续来表演。你看怎么样？"

李心月马上看看楚之翰，楚之翰对经理说："不好意思，我们明天还要继续赶路，今天就是在这里客串一下，谢谢你们经理的好意了。"

经理只好说："那太遗憾了，祝你们好运。"

经理走后，楚之翰继续对大家说："好了，亲爱的们，今晚好好放松享受一下。明天向大理出发，到了大理，我一定给大家找家好一点的酒店。"

阿裴站起身欢呼："哦，太好了！凯文终于变回富二代了！"

盛夏跟着欢呼："大理，我来了！终于不用再住潮湿的房子了。"

听了盛夏的话，大家跟着开心地笑起来。

大理是片充满传说和神奇的土地，上关风、下关花、苍山雪、洱海月，每一个人心中都有一个风花雪月的梦。

一进入大理，所有人都感受到了当地山水的魅力。似黛的青山，清澈的湖水，清新的空气，明媚的阳光，美丽的白云，皎洁的雪山，仿佛一阵阵诗情画意扑面而来。再加上身穿少数民族服饰的人们穿梭往来，随便走到哪里，满眼都是杜鹃花、蝴蝶花、玫瑰花，大理艳丽的民族风让五个年轻人振奋起来。

房车上，五个年轻人在欢歌笑语声中缓缓前行，但金小天下意识地看后视镜，宽阔的道路上，一辆轿车紧跟在他们后面，始终不超车，这引起了金小天的注意。

金小天悄悄给老冯发送消息："路上被跟踪了，老熟人。"随即，他给老冯发了自己的定位。

老冯回复："以不变应万变，不要起正面冲突。我协调当地巡警过去查看。"

房车减慢了速度，开向路边的加油站。

这时前方斜刺里突然开出一辆白色轿车，差一点撞上房车，阿裴忙踩刹车，把车稳稳停在了路边，疑惑道："这人有病啊……"

白色轿车正好停在房车身后，后面那辆轿车开过来，倒着停在了房车前面，把路堵死。

金小天站起身来查看情况："都别动，我们等等看。"

阿裴："怕什么？是他们全责。"

楚之翰："是啊，这样被他们挡着不能走，算怎么回事？"

金小天提醒："现在局面不明朗，对方两辆车前后夹击，要是贸然行事，吃亏的是我们。"

楚之翰："那我们，就这么干等着？"

金小天从后视镜盯着那辆一路跟踪的轿车，说："没有更好的办法前，就这么干等着。"

楚之翰想反驳，但看看金小天笃定的样子，也不好再说什么了。

这时一阵汽车喇叭声在他们身后响起，只见那辆商务车正在房车和白色轿车的后面，司机正不满地按喇叭催促。

紧接着，一个打扮前卫、抹着黑眼影、黑指甲、黑口红的女孩子跳下车，查看情况。

金小天等人贴着车窗玻璃看，盛夏打量着女孩羡慕道："哇，这个女孩家一定很有钱。"

李心月却盯着那辆白色轿车："白车里的那个人，怎么有点眼熟……"

金小天也认了出来，白车里坐在副驾上的人正是辉哥。

辉哥看到金小天看向自己的眼神，并不躲闪，反而迎着他的目光，轻蔑地一笑，金小天看到辉哥有恃无恐的笑容，愈发心头一惊。

这时天蝎打开车门下了车，径直走到金小天他们的房车处，他拉开车门，在里面扫视一番。

楚之翰马上说，"你们是什么人，想干什么？我是这个团队的负责人楚之……"

楚之翰还没说完，天蝎突然动手，拉起李心月："下车。"

Chapter 33

李心月一边挣脱一边喊着:"放手。"

金小天冲上去:"你们干什么?强抢民女?!"

这时另一个女孩的声音在天蝎身后响起,吓得他连忙回头。

"哟,这是谁啊,这么威风?我们是不是见过?"

天蝎看着女孩一脸蒙圈,辉哥急忙下车,走到她面前:"蒂娜小姐?"

天蝎松开了李心月,金小天也松开了天蝎。

蒂娜撇了撇嘴:"我说是什么人呢,原来是你的手下,我差一点以为是强盗。"

辉哥一幅恭敬的样子:"是我带兵无方。"

"胡经理,你怎么在这儿?"蒂娜看着辉哥饶有兴趣地问。

"啊,过来旅游。"

"旅游?不像啊。你们的车刚才就一直跟着我们,很烦人诶。"

"这个……欧阳先生的贵客,我们迎接是应该的。"辉哥赶紧赔笑解释。

"你们既然想跟我奶奶做生意,就应该知道她最反感什么吧?"

辉哥不解地看着蒂娜。

蒂娜扬声:"就是未经她许可,搞一些名为保护、实为盯梢的事。"

辉哥颇为忌惮地看了看不远处商务车,显然在纠结。片刻之后,辉哥微微鞠躬:"好,我们认错人了,走吧。"

辉哥带人离去,大家都惊讶地看着蒂娜。

蒂娜却看都不看他们一眼，径直回到了商务车里。

辉哥返回车上，车子一边发动，他一边打电话，"欧阳先生，我们在加油站堵住了那伙人，可是，这时候遇到了蒂娜。"

电话里，欧阳先生吃了一惊："蒂娜？央金老太的孙女？"电话那边停顿了半响，"行动被她撞见了？"

"没有，我只说是认错了人，现在已经离开加油站。任务失败，抱歉。"

"没关系，我们的事一定不能让蒂娜知道！"

"是，明白。"辉哥严肃道。

"再找机会完成任务。"

"是。"胡志辉挂了电话。

三辆车朝着各自的方向驶去。

"爱情之旅"的房车上，金小天对辉哥如此明目张胆地出现感到意外，更让他惊诧的是，辉哥居然是直接冲着李心月来的。明明经过这一路的观察，他已经判断李心月和贩毒集团并无关系，此时，辉哥的举动让他心里发寒，难道是他判断错了吗？他一直都被李心月的面具欺骗了？他不知道该不该问李心月，如果问了会不会打草惊蛇？金小天低下头陷入了沉思，他需要赶紧将这个情况报告给老冯。

盛夏看着李心月，忍不住好奇地追问："莉莉，这一路上，总是有人想找你的麻烦，你到底惹了什么人？感觉，你好复杂啊。"

盛夏的话说到所有人心里，大家只不过没有说出口而已，似乎那是李心月的个人隐私，不便打探，但却都感到，李心月不是一般的女孩。

李心月不知道如何回答，她的难言之隐就来自那幅画，可她不能说……但她意识到，这一路上，有人追债，有人想要她的画，更有人想要她的命，而她只能猜测是楚鸿飞，因为小时候她已领教过这个男人为了抢夺父亲的画，见死不救的毒辣嘴脸。

想到这儿，李心月把目光落在前排的楚之翰身上，心里纠结着下一步的计划。下一步，她只能利用楚之翰来对付楚鸿飞这只老狐狸。可是让李心月于心不忍的是，她利用的是楚之翰对自己的爱意，现在他们之间只差表白了，只要李心月再继续撩他几下，楚之翰一定会向自己表白，那样的话，她就可以开始下一步计划了。

李心月偷偷瞄着楚之翰的背影，想到这一路上他对自己重情重义，不离不弃，心中又是百感交集，错只错在，他是楚鸿飞的儿子……

还有金小天，他那一直注视着自己的眼睛，戏谑之下却深邃，让她感觉温暖，又感

到害怕。

随着李心月的胡思乱想，阿裴驾驶房车开入一家酒店外的露天停车场准备停车。

盛夏举着自拍杆直播起来："宝宝们，你们吃饭了吗？盛夏小姐姐好心酸，都快两点了，还没吃到午饭，嘤嘤嘤。不过在前方，我们终于隐隐约约看到了目的地，一家精品酒店。"说着她切换后置摄像头继续直播，"当当当当！此时此刻，小姐姐只有一句话想说，'好饿好饿好饿，我真的好饿'。但愿酒店餐厅午市不打烊！"

阿裴打左转向灯，超过前面的车，快速向前开，直接把房车开进停车场，不料这时，央金乘坐的大通房车从另一个入口开了进来。

阿裴见状，手法老练，一把倒车入库，遂露出胜利的微笑。

阿裴招呼着大家下车搬行李，这时大通房车车门打开，蒂娜跳下车，迎面拦住几个人："How dare you！How dare you taking my parking spot？Don't you see that we were parking？Are you blind？（你胆子真大，竟敢抢我们的车位！没看见我们正在停车吗？你是不是瞎了？）"

盛夏举着自拍杆直播道："现实版抢车位，遇到找碴儿的了！对方还是一个漂亮小姐姐！"

楚之翰皱皱眉头："这位小姐，我们是中国人，请你说中国话。"

蒂娜白了他一眼，马上切换成普通话："什么人啊，一点儿也不绅士，一大老爷们儿哪儿这么多废话。汤姆！"

盛夏在旁同期发表着评论："哇，英语和汉语都这么流利！"

李心月皱眉，问盛夏："你向着哪边啊？"

盛夏回道："我现在就是一个热心市民，吃瓜群众！"

这时，蒂娜的保镖汤姆从房车上下来，此人人高马大，戴墨镜，一身黑西服，神情冷酷。他直接走到楚之翰面前站定，一言不发。

阿裴看看汤姆的大块头，小声劝楚之翰："老板，我们还是换个地方停车吧，安全第一，不然这姐们儿划咱们车，可就……咱还是……挪个位子吧。"

楚之翰对汤姆毫不畏惧道："先来后到，不要找麻烦。咱们走吧！"

汤姆往前逼近一步，伸手钳住楚之翰的胳膊："识趣点。"

金小天一看局势要僵，忙上前去，隔开俩人，看似随意的一站，正好把汤姆可能击打的位置封住了。

汤姆戒备地摆出了格斗姿势，直视着金小天等他出招。不料金小天笑嘻嘻地两边劝：

"哎，出门在外都是朋友，有话好说，有话好说。"

汤姆威胁："给你二十秒，把位置让出来。"

楚之翰坚持道："没门。"

这时，车窗打开，央金淡然道："算了，再找个车位就是了。汤姆，我让你下车是这个意思吗？"

汤姆赶紧回头说："对不起，董事长。我误会了。"

蒂娜不满地："奶奶！明明是我们先看见这个车位的。"

"上车！"央金不由分说。

"奶奶……"

"蒂娜，同样的话不要让我重复第二遍。"央金严厉道。

金小天在旁边起哄道："乖，听奶奶的话，快回去。"

蒂娜对金小天，愤愤地说："别让我再遇到你们！"

金小天对央金："谢谢您啊，奶奶！"

央金冷冷地看了金小天一眼，这一眼让金小天为之一惊。只见央金满头银发，配合一身黑色服饰，抹着鲜红的眼影、口红、指甲，与那个黑眼影、黑口红、黑指甲的孙女形成鲜明对比。整个人雍容华贵，浑身上下珠光宝气，仅胸前一块翡翠项链坠就价值千万，手上的七眼天珠更是价值连城。举手投足像一个久经沙场、老辣厉害的狠角色，让金小天看了都望而生畏。

香格里拉大酒店前台，阿裴正在给大家登记开房间，盛夏上前撒娇道："小裴裴，我是第一次来云南，而且这里的风景比我们上个客栈好多了，请给我一间看得见全部风景的房间好吗。"

阿裴也故意撒娇道："哎哟哟，小夏夏，我订房时，酒店正在做活动，我们可以得到一间免费升级的商务房，在顶层，"马上正色道，"可是，那是给凯文的。"

楚之翰马上说道："我不需要，就给盛夏吧。"

不料就在这时，央金的秘书也订了顶屋的套房。秘书对央金说："董事长，您的商务套房在最顶层，我先陪您上去。"

秘书搀扶着央金离开，金小天开始注意到，央金的手里始终抱着一个神秘盒子，他开始感觉蹊跷，以老太太的身份，这个盒子若非重要之至，她是不会抱着不撒手的。那个盒子里到底是什么呢？

酒店的豪华套房门前，汤姆守在蒂娜的房间门外，像职业保镖那样站得笔挺。这时

眼看着秘书引路，女服务员推着餐车过来，上面摆满各种诱人的美食。

秘书走到门口停下，回头叮嘱服务员："不管她怎么闹，不用理她，所有损失我们照单赔偿。"女服务员紧张地点点头，秘书冲保镖点头示意，汤姆打开门，服务员推车进去。

果然，里面很快传出尖叫与摔碎瓷器的声音，蒂娜在房间里大喊大叫着："滚出去，告诉那个老太婆，不让我出去，我就饿死给她看！"

屋内不断传出各种摔东西的声音。秘书听着里面的动静，露出习以为常的表情。

汤姆好奇地问秘书："董事长为什么老是把孙女关起来？"

秘书瞟他一眼，"这不是我们做属下的该问的问题。"

汤姆低声问道："听说，这丫头野着呢，是不是真的？"

秘书平静地说："知道你的上一任是怎么离开的吗？"

汤姆摇摇头。秘书接着说："被蒂娜玩残了。当然，他也得到了赔偿，下半身虽然不能用了，可下半辈子也不用愁了。"

汤姆听罢张大了嘴巴，正这时房间里传来一声尖叫，门"嘭"的打开，只见女服务员满脸是血，双手捂着脸，跑了出来。秘书见状立刻把门关好，叮嘱汤姆："在这里看好！我带她去医务室。"

秘书扶着那个女服务员向酒店医务室跑去。

汤姆下意识用双手护住下盘，如临大敌般，重新站好。

秘书将受伤的服务员带到酒店医务室，医生在里面替服务员包扎伤口，秘书则在门外走来走去，等了很久还不见服务员出来，她不放心地走进去，却见值班医生一手拿着服务员的衣服，一手拿着几张美金，坐在那里一幅很纠结的样子。

秘书愣在原地，看着值班医生，她猛然意识到自己领出来的"服务员"竟然是蒂娜，她知道自己上当了，急声追问医生："人呢？"

值班医生指指另一扇门，秘书追出去，走廊上已空无一人，秘书赶紧跑回去向央金汇报。

央金的豪华套房，房间内点燃着几盏酥油灯。墙上挂着一幅唐卡佛像，央金双盘而坐，正对着那个神秘的盒子默默诵经。

秘书进来报告："对不起，董事长，蒂娜和服务员调了包，就在刚才，她又跑了。"

央金紧张了一下，马上说："追踪她的手机定位。"

秘书举起蒂娜的手机："她没带手机。"

"马上去附近的夜店找,一定不能让警察先找到她。"

央金说这话时,神情凝重、紧张,秘书心领神会道:"是!"

夜幕降临,楚之翰一行人走进大理古城,沿着老街欣赏着两边的夜景。

老街上那古色古香的纳西民居依山傍水,错落别致。古桥下流水潺潺,清冽透明。小河清澈见底,纤尘不染,两岸纤纤垂柳,素雅娴静。石板路上行人摩肩接踵,络绎不绝,远方的玉龙雪山高耸入云,挺拔俊秀。月光笼罩下,大理古城灯火辉煌,热闹喧嚣。

尤其是酒吧一条街到处歌舞生庭,大理特有的夜晚展现在人们面前,它和阳光下的大理不太一样,仿佛这个时候,无论你是来自哪里的人,几杯酒下肚,大家就可以像一家人了。

KIU酒吧里,楚之翰正带大家举杯庆祝:"我们能顺利渡过难关,每个人都功不可没,尤其是夏夏。"

盛夏害羞地举起杯子:"别这样说,是大家共同努力的结果。"

阿裴说:"如果不是大家的努力和坚持,我们可能现在已经回到上海了!不过,团结奋斗的感觉还真是不错啊!"

李心月举杯:"团结!团结!"

金小天随声附和:"团结就是力量!"

大家碰杯,一饮而尽,开怀大笑。

楚之翰一时兴起,他让服务员将大酒杯、小酒杯、啤酒、伏特加放在桌子上。

阿裴在旁郑重介绍:"各位亲,精彩不容错过,马上由我们的楚总为大家表演调制——深水炸弹!BOOM!"

楚之翰把大酒杯排成一排,很娴熟的倒上了大半杯的啤酒。又将小酒杯一个个放置在大酒杯上,两个杯子之间的接缝处,他打开一瓶伏特加,分别为小酒杯倒满,动作轻盈而优雅。

楚之翰看了看李心月,用手比画着:"你要不要玩一玩,就像这样,用手推过去。"

李心月做出一幅小女儿的模样,她羞涩地摆摆手:"我不行,搞砸了怎么办?"

"别怕,我帮你。用你的食指,对,手指在杯子这个位置……"说时,楚之翰握着李心月的手,一边教一边贴耳说:"瞧,像这样,伸出食指,挨近小酒杯中央的位置。"

李心月伸着食指小心问道:"使劲推吗?"

"不,轻轻推。"

楚之翰抓着李心月的食指，轻轻往前一戳，小酒杯像多米诺骨牌般，一个个倒在了大杯子里，酒液融合，冒出了气泡，李心月见状开心地跟楚之翰击掌庆祝。

金小天审视着李心月的笑脸，他回想起和李心月在上海一起烧烤时的情景。当时金小天问李心月在PLENA127除了会烤肉还会什么，李心月告诉他，她还会调酒，诸如深水炸弹、亚历山大、波斯猫、红绿灯全不在话下。而此刻，李心月却在楚之翰面前装作不懂的样子，金小天意识到李心月是故意这样做的，难道这仅仅是为了讨好楚之翰吗？有没有其他的用意？李心月的脸在彩灯的旋转中越来越看不清楚了，这种模糊难辨让金小天心里不舒服。

盛夏眼看着楚之翰对李心月手把手教她深水炸弹，她无法掩饰自己的醋意："凯文，你还真是夜店小王子，挺会玩的！"

楚之翰笑了："我在国外念书那会儿，做过调酒师，在夜场里打工。"

盛夏讽刺地："原来不是为了泡妹子啊。"

"我那时候只是觉得调酒很酷，很好玩。"楚之翰说着，将手里的酒瓶抛起，做了几个花式调酒动作，引起众人喝彩。

这时，场内音乐换成了慢摇的风格，灯光变得幽暗，舞池中年轻的男男女女在随乐摇摆。

盛夏放下酒杯，有点醉意，走到楚之翰身边："凯文，你不能偏心，刚才陪李心月喝酒，现在陪我跳支舞吧。"

楚之翰推脱道："抱歉，我刚跟莉莉约了今晚第一支舞……"

盛夏马上说，"她的腿能跳吗？"

李心月刚要推辞，楚之翰伸手拉住李心月，微笑道："我保证你可以跳。"

音乐响起，不等盛夏反击，楚之翰拉着李心月走进了舞池，只见他直接让李心月的双脚踩在自己的双脚上。

李心月不好意思踩，楚之翰鼓励道，"难道你担心会把我踩伤吗？笑话，我连这点都扛不住，还能做什么？"

楚之翰见李心月还是不敢踩，他一把揽住对方的腰，霸气地将李心月抱起来，让其双脚踩在自己的双脚上。

接下来，楚之翰开始搂着李心月的腰随乐轻舞起来。

这一幕被远处的盛夏、阿裴和金小天看在眼，三人相互对视，没有一个人看上去开心的，尤其是盛夏，生气地跺着脚抱怨："讨厌，不管我做了什么，做了多少，他总是对李心月最好，我讨厌你！楚总！"

盛夏那起调好的酒，又干了一杯，又要拿起一杯。

金小天上前拦住："你喝多了。"

盛夏发火，"你烦不烦！我想喝！你女朋友被别的男人这么搂着，你一点反应都没有的啊？"说着一杯下肚。

这时阿裴凑上来响应："我来给盛大小姐陪酒！"

盛夏气急败坏地："谁是小姐？我是盛大主播！"

阿裴赶紧改口："是是是，小的说错了。"

盛夏推开阿裴，自己走进了舞池，跟随音乐摇摆起来。

阿裴只好转向金小天："小天，走，咱俩一起跳，我陪你。"

阿裴说完，手就搭上了金小天的肩膀，金小天一哆嗦，他拿开阿裴的手："别别，你自己玩去吧，别管我。我要休息会儿。"

阿裴叹着气坐在一个角落里，目光始终追随着楚之翰和李心月。

舞池里，两人边跳边甜蜜地聊天，金小天感到一阵落寞和酸涩……

Chapter 34

一身性感火辣装扮的蒂娜推开酒吧门走了进来,她直扑吧台,迅速扫过吧台陈列的各种名酒,有点失望。

服务生上前询问:"请问您喝点什么?"

"我要喝 Golden Grain。"

服务生露出惊讶表情:"什么酒?"

蒂娜乏眨眼:"'尖叫的紫衣耶稣',也叫'瞬间死亡'。"

服务生一脸懵圈,蒂娜不耐烦道:"什么都没有你开什么酒吧?"

服务员被骂得不知所措。

这时酒吧老板走了过来:"美女,喝点什么?"

蒂娜重复:"Golden Grain。"

老板笑道,"不好意思,那个就算在美国也是禁酒。"

蒂娜:"那要不然,给我来一瓶 Spirytus 也行。"

"酒精度 96%,那玩意喝一口就像肚子上挨了一拳似的。"

蒂娜:"没错,大叔,看来,你懂我。"

"可惜,国内没有。"

蒂娜一脸失望,她有些焦躁地拍打吧台:"什么都没有,开什么酒吧。"蒂娜拿出一沓美金甩在吧台上:"开个价吧!"

老板看着躁动不安,嗜酒如命的女孩,眼睛露出一丝老道和会意,他笑道:"不如这样,我自己有瓶个人珍藏,Everclear,这个也很烈的,在美国可是年轻人的最爱,你看如何?"

蒂娜不耐烦道:"凑合着吧,赶紧拿来。"

老板冲身边调酒师耳语几句，调酒师转身走了，很快，他拿着一瓶 Everclear 过来，蒂娜从服务员手中夺过酒瓶，自己猛倒半杯酒，然后一仰脖，如饥似渴地干掉半杯烈酒。

当她一杯接一杯，很快喝掉半瓶 Everclear 时，蒂娜看上去喝嗨了，整个人重新兴奋欢快起来。

舞池中，随着轻柔缥缈的音乐，李心月和楚之翰相拥轻舞。

李心月注视楚之翰的目光不再像从前那样躲闪回避，而是迎着他的目光，两人边跳边聊，看上去比从前亲密了许多。

面对酒吧四壁贴满了各种旅行及风光照，李心月好奇道："这家酒吧的老板一定是个旅行爱好者。"

楚之翰判断："不要小看那些照片，有时候为了一张照片，要付出很大的代价。"

李心月问道："什么代价？比如呢？"

楚之翰开始拿自己的经历和经验讲给李心月听："比如，我在墨尔本海边拍的照片，为了等待最好的浪花，我晒曝了两层皮。"

"还有吗？"

"当然，我曾经为了拍西伯利亚的冰雪，穿了十几层衣服，可还是冻病了。在美国密歇根的上半岛，我专程秋天赶到那里，只为了拍到彩色的树，简直美到让人醉了。"

"那你印象最深的照片是哪张？"

楚之翰想了想说："是在耶路撒冷哭泣墙拍到的照片。因为传说那堵墙是离上帝最近的地方，所以每个人把心愿写在小纸条上塞进墙缝，送给上帝。"

李心月问："所以，你也写了小纸条？"

"是的，只不过，我担心上帝看不懂中文，专门写了英文、法语和希伯来语三种语言。"

李心月笑得花枝乱颤："哈哈哈哈，为了读你这张小纸条，我猜上帝要请很多翻译。"

看到李心月开心的笑容，楚之翰心里也开出花儿似的，悄悄地把李心月更紧地搂向自己，问："你呢？你有什么心得？"

李心月也说："对我来说，拍到一张好照片，除了要有一双发现美丽的眼睛，还要有一颗足够强大的心脏。就像从前，我为拍到最好的风景作页面，会在山沟沟里坐等十几个小时，就为了捕捉到红色的云，黄色的树，还有，45度角的风动。"

楚之翰好奇道："什么是45度的风动？"

"就是刮过来的风是45度角喽。"

"这个风怎么测量角度？好奇葩的要求。"

"奇葩是吧，就是那个腹黑主管提出来的要求。"

"那你能做到吗？"

"当然能，选择树枝被吹成45度时抓拍下来，就是风动45度喽。"

楚之翰恍然大悟："哈哈哈，原来是这样。"

"我够厉害吧，但狠不过我们大主管啊！风动45度！主管弄死我算了！"

楚之翰哈哈大笑，他看着李心月感慨道："真好，我们俩好像又回到了初见时。"

李心月故意问道："初见时怎么了？"

楚之翰用法语动情地说："Heureusement, c'est vous（幸亏是你）！"

面对李心月与楚之翰调情的样子，金小天看不下去了，他一甩头，独自坐在吧台上打算喝闷酒。服务生见状上前打招呼："喝点什么？"

金小天扫一眼各种酒："来杯便宜的，劲小的。"

服务生将一杯鸡尾酒推到他面前："这杯'蓝色诱惑'劲小，今晚打七五折。"

金小天接过蓝色诱惑，刚要喝，一只手抢走了他的酒杯，直接倒掉了他的酒。

金小天回头看是蒂娜，生气道："你干什么？"

蒂娜有些醉态，背靠在吧台上，侧身看着金小天："是男人吗？竟然喝这种最没劲的廉价饮料？请你喝这个！"

蒂娜转过身，倒了一杯Everclear递给金小天，金小天没好气地接过来，也直接倒掉："不好意思，我只想喝我的饮料！"

金小天对服务生说："再来一杯蓝色诱惑，刚才那杯算她的！"金小天指了指蛮横无理的蒂娜。

服务生又递上一杯"蓝色诱惑"，不料蒂娜再次夺过来倒掉。金小天气得站起来发火："你干什么？"

蒂娜上半身俯在吧台上，推上一杯Everclear："我请你喝酒呀。有种你尝一口！这可是烈酒！喝一口顶那个饮料一缸！"

金小天气愤地对服务生说："再来一杯蓝色诱惑"。

蒂娜甩出几张美金对服务生说："今晚你们家所有蓝色诱惑被我包了！"看到蒂娜的嚣张跋扈，金小天被惹怒了："我最讨厌你这种人了！有钱就了不起吗？"

蒂娜看着金小天好奇道："你是不是失恋了？"

"关你毛事！"

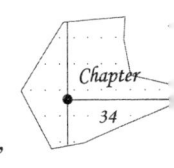

金小天不再理她，蒂娜却对金小天发生兴趣，纠缠上去："帅哥，陪我喝一杯。"

调酒的服务生远远看着，好奇地问辉哥："那女的是酒托吗？以前没见过呀。"

辉哥晃晃手中的酒杯，拿过服务生手中的美金："你见过自己掏钱，拿美刀买单的酒托吗？"

酒吧的舞池里，楚之翰拥着李心月，他们跟随音乐，轻轻扭动，两个人跳得越来越合拍。盛夏正在不远处热舞，看见两人的节奏明显比周围人慢了一拍，好像在属于自己的小世界里。

这时，一个文身男人靠近盛夏，跟她热舞，跳着跳着一手搭在了盛夏的腰间，盛夏一把推开，离去。

文身男子感兴趣地看着盛夏的背影："够劲，我喜欢。"

文身男人招手叫了身边的小弟，耳语了几句。

盛夏朝楚之翰和李心月走去，这时候音乐的风格变了，换成强烈节奏的音乐。

原来换了一个DJ，正是蒂娜来临时串场。

蒂娜一边扭动小腰一边高喊："Everybody,come on！嗨起来，呦，呦！"

现场气氛顿时热烈起来，舞池中的人跳起动作激烈的舞姿，上下掂着身子。

这时，有些喝飘的盛夏摇晃着走到楚之翰面前，对他做了一个挑逗的手势，然后就贴着楚之翰扭动起来，姿势相当撩人。

李心月停了下来，看着盛夏的表演，楚之翰十分尴尬。

调音台上的蒂娜注意到盛夏，莫名地来火，她忍无可忍地把控制台交给DJ，跳下去，走到了盛夏面前，忽然拍了拍她，"嘿，小姐，不要玷污我的音乐好吗？你想跳脱衣舞，去别处跳。"

盛夏回头看到蒂娜，她立刻火冒三丈："你才是小姐！我爱怎么跳，就怎么跳，你管不着，这儿又不是你家开的。"

"还挺卖力的，这位先生付你多少钱？我付你双倍！"

"闭上你的臭嘴！"

盛夏说着就朝蒂娜抓去，两人拉扯。

楚之翰和李心月赶紧上前拉架："误会，误会，这位女士，你确实有点过分了。"

蒂娜大叫着："曲子是我打的，她跑来发骚，像个脱衣舞女郎，我就是看不惯！"

盛夏又想扑过去，忽然被一只粗壮的手拉住。拉他的人是个黑壮男人："姑娘，我们老板请你过去一趟。"

盛夏问："谁啊，我不去！"

"那请你自己跟我们老板说。"

黑壮男人强行拉着盛夏，就往一个卡座走去。楚之翰、李心月、蒂娜与盛夏、黑壮男人相互拉扯着跟了过去。

盛夏被黑壮男人带到一个超大卡座前。只见一个长得肥头大耳戴着金链子抽着雪茄的男人是老板，他旁边坐着刚刚跟盛夏跳舞的文身男人。

老板摆着老大的架子，俯视着盛夏说："姑娘，我弟弟看上你了，想你陪他跳跳舞，你开个价吧。"

文身男人男子猥琐地笑着，走到盛夏身边。盛夏怒火中烧，拿起酒杯朝文身男人泼了一身酒水。

蒂娜见状大喊一声："有种！"

文身男人看见蒂娜，双眼放光："小妹妹，跟哥哥一起玩三明治吧？"

蒂娜一脸娇媚性感："你确定要跟我玩耍？"

文身男人伸手捏了把蒂娜的屁股："当然是真的。"

蒂娜坏坏地笑了："那你可玩不起了。"

蒂娜伸出右脚，用她利刃般的鞋尖用力踢向文身男人的下盘，就听一声惨叫，文身男人捂着下盘痛苦倒地。蒂娜甩下一把钱就要走。

金小天和阿装也闻声跑过来，金小天看着倒地的家伙同情道："啧啧，好惨。"

蒂娜却说："我给他医疗费了。"

黑壮男人和大老板坐不住了，冲上来大叫："你们他妈的找死啊！"

吧台这里，见到舞池当中的混乱。

黑壮男人伸手就要抓住蒂娜时，汤姆及时赶到。蒂娜一见汤姆，脸色一变，马上转身逃跑。

黑壮男人举起一个凳子朝蒂娜砸了上去，汤姆冲上前，替蒂娜挨了这一下，当即头破血流。

汤姆捂着流血的脑袋在拥挤的人群中，他找不到蒂娜了，他发怒地回头还击黑壮男人，两边人扭打在一起。

楚之翰、金小天、李心月、盛夏他们看到这么混乱的场面，傻了眼。

金小天说："汤姆过来，那女孩就没问题了。凯文，这里太乱了，你带她俩先走！"

楚之翰犹豫："我不能把你一个人留下来……"

Chapter 34

"没关系的,我帮你们拖住他们。"说着金小天拿起酒瓶子往桌上一敲,用碎碴子对着几个打手:"都不许动!谁敢试试,我捅死他!"

阿裴冲过来帮忙,楚之翰护着李心月和盛夏,混入混乱的人群中。李心月看着金小天的背影犹豫不定,阿裴将其拉走,"放心吧,小天肯定没事的。"

蒂娜也被秘书用披肩包着头拉出酒吧,强拉房车,汤姆迅速将房车开离现场。

很快,110巡警冲入酒吧,将打架闹事的人都带上警车,其中包括金小天。

楚之翰、李心月站在路边看着,神态焦虑。

李心月发愁道:"怎么办,金小天也被警察抓了。"

楚之翰说:"只要没出人命,估计就是行政拘留一晚,再交点罚款。"

阿裴把车开过来:"上车吧,你们先回酒店休息,我再去打听一下情况。"

李心月却说:"回什么酒店,谁还睡得着,我们直接到警局外面去等消息吧。"

楚之翰突然发现人群中少了盛夏,赶紧问道:"哎,盛夏呢?"

李心月这才发现盛夏不在:"对啊,刚才还在呢。"

楚之翰说:"唉,真不让人省心。阿裴你开慢点,大家在路上找找她。"

商务车在街道上慢慢地走着。阿裴生气道:"……其实,我的意思是别找了,盛夏是成年人。再说了,我们这是在做什么呀?"

楚之翰问:"我们在旅行啊,这是什么意思?"

李心月知了:"他的意思是,一般旅行的人在路上……会有艳遇也说不定……"

阿裴陶醉地:"是啊,风是软的,空气是香的,没准盛夏被哪个帅哥勾走了。我也是想遇见美人儿的……"

楚之翰将纸巾揉成一团,砸在阿裴脑袋上:"今晚发生这么多事,金小天进了警局,盛夏还丢了,你在这想什么美梦呢。"说着,他掏出手机,"我还是先给盛夏打个电话吧。"

深夜,一轮圆月悬在上空,皎洁的月光洒落在青石板上。

盛夏拎着酒瓶,独自游走在小巷,郁郁寡欢。

她生气没有人注意她,尤其是楚之翰,他的所有注意力都在李心月身上,自己始终像一个可有可无的人,没有丝毫的存在感。这让她恼羞成怒,独自离开大家喝起了闷酒。

盛夏正喝得半醉半醒时,楚之翰终于来电,她狠狠地关机道:"哼,现在才想起我!"

盛夏拎着酒瓶继续漫无目的、醉意盎然地行走在街道上,路经一个凉亭,她停住了脚步,只见凉亭上写着"望月亭"。

盛夏盯着那三个字,哭喊道:"月!月!我讨厌月亮,讨厌望月亭,讨厌李心月!"

271

盛夏将手里的酒瓶用力扔过去，狠狠砸在"望月亭"的柱子上。不料随着酒瓶破碎声，碎片四散，随着里面"哎哟"一声，碎片溅到一个男人的脸上。

盛夏晃悠着走过去，含糊不清地说道："对不起，对不起，我没有看到。"

男人低头用手抚摸面颊，一侧面颊被碎片划破，流出了鲜血。盛夏慌忙从包里取出面巾纸递给对方，对方接过纸，将脸上的血擦掉。

男人抬头，竟然是辉哥。

盛夏继续说："对不起，刚才我，真没看到你……"

辉哥看看地上的碎片，看看纸上的血，幽默说道："现在，我也开始讨厌月亮，讨厌望月亭，讨厌李心月了！"

盛夏晃悠着身体，不让自己摔倒："是的，你真不该在望月亭休息。"

辉哥明知故问："谁是李心月？"

盛夏拧着眉头说："一个讨厌的家伙，有她在的地方，到处都是她的光芒。待在她身边，就算我拼命刷存在，也没人能注意到我的存在。"

辉哥笑笑，脱下西装，撑在盛夏的头顶上。

盛夏懵了："你这是干吗？"

辉哥温柔地说道："替你遮住月亮的光芒。"

盛夏忽然感动了："你是这世上，唯一为我遮住月光的人。谢谢你。"

辉哥："姑娘，你醉了，你住哪，我送你回去吧。"

Chapter 35

辉哥开车将盛夏送回酒店，正在帮她打开房门时，李心月从隔壁走了出来，见状赶紧将盛夏接过来，同时她认出辉哥就是那个在加油站见到的人，他的手下还要抓自己，李心月马上充满警惕，沉下脸说："我来就好。"

辉哥把盛夏交给李心月，瞟了一眼李心月的房间号，遂说了句："她喝多了，睡一觉就好了……"

李心月冷冷地说："那就替她谢谢你了。"

"谢什么，大家出门在外，相互关照也是应该的。"辉哥说完，冲李心月意味深长地笑了笑，遂转身离去。

李心月面对辉哥那个笑容心里发毛，直觉上，他认为这个男人是个让人看不透的老江湖。

安置好盛夏，李心月返回自己的房间，心里又开始牵念金小天。

想到这一路上，自己有困难时都是金小天第一个冲过来守在她身边，现在金小天出了事，她却不知道该如何帮他。

一晚上，李心月翻天覆地没有睡着，天刚亮，她早早起来准备早点……

天亮了，洱海边水天一色，天边映着粉红的朝霞，水面上飞过成群的红嘴鸥。

金小天鼻青脸肿地被巡警押至附近派出所，在那里他被关了一宿，只好向当地民警说出自己的真实身份并联系了老冯。

老冯虽然替金小天解了围，但在电话里将他臭骂一顿："金小天！

你以为你是在拍007啊？幸好110赶到得及时！不然后果难以想象。这次给你一个警告处分！再有下次，我饶不了你！"

金小天对着电话筒嬉皮笑脸道："头儿，我这也是没办法啊，在他们认知里，我就是痞子、混混，遇到事，我得装得像个混混啊！"

"你少来这一套。当卧底最重要的是把真实的自己掩藏起来，可是，遇事绝不能冲动。你要时刻铭记，你是个警察，你有特殊任务在身。危险时刻首先要自保！"

金小天握着电话挺直身体，连声回答，"是，是，我知道！我也是迫不得已。"

老冯缓和了一下语气又说："不就是为了替女孩出气吗？装什么伸张正义，为民除害。这件事，你本来可以更冷静地处理矛盾！希望以后你在工作中，不要夹带私人感情。私事公办造成的意外受伤，别想让我给你承担医院费。"

金小天赶紧说："不就两瓶云南白药吗？"

"再有下回？！谁知道会是两瓶什么药！这回算你走运。现在开始，给我把心思都用到工作上去！"

金小天回道："是！正要向您汇报，今天在路上遇到的一行人，来历不明，看上去像是有钱有势的那种，为首的是个老太太，神神秘秘的，而且辉哥好像和她认识。辉哥还要抓李心月，但被老太太的孙女给止住了。哦，对了，老太太手里一直攥着一个盒子不敢撒手。"

老冯脸色变得严肃起来："辉哥抓李心月？李心月和贩毒集团不是没有关系么？老太太身份清楚了吗？"金小天摇摇头，老冯追问，"那你知道盒子里装的是什么吗？"

"暂时还没有打听到。"

"那就赶紧滚回去工作！"

"是！"

金小天挂断手机，派出所民警笑着对他说："赶紧走吧，你朋友在外面等了你一夜呢。还有，昨晚歌舞厅闹事的那伙人是我们重点关注对象，不好惹！千万小心点！"

金小天连声道谢："谢谢，给你们添麻烦了。"

金小天走出派出所，楚之翰、李心月等人赶紧迎上去，大家看到金小天脸上受的伤无不心疼。

楚之翰赶紧上前说："小天，怎么样，没事吧。"

金小天笑了笑："没事，小意思。"

阿裴崇拜道："金小天，你昨天好英勇，伤得不严重吧？"

金小天甩甩头:"小磕小碰,没啥大碍。"

李心月看着金小天,明明是一晚的担心和揪心却故意嘴硬道:"以后不要再逞强了,你那点三脚猫功夫,这次算是走运了。"说着,李心月递给金小天一份准备好的早点,"赶紧吃点东西吧,吃饱了好继续找人打架啊。"

虽然李心月在说气话,可金小天接过来还是吃很香,盛夏见状说道:"哟,莉莉对小天真是好,我们一大早都没来得及吃东西,她就单为你一人准备好了早点。"

金小天听了更是欢喜,边吃边说:"好吃,真好吃。"

李心月直接把金小天拉到另一边跟他说起了小话。

金小天扮出那副吊儿郎当的样子:"干什么呀,这么神秘。"

李心月看着他说:"不管你表面装得多么吊儿郎当,痞气十足,满嘴坏话,但我还是看得出,你骨子里,是个很好很好的人。"

金小天不知如何回答,突然又发现了什么,他盯着李心月的眼睛问,"你眼睛怎么了,怎么跟熊猫眼一样。这么夸张?"

"没什么,晚上没睡好。"

金小天试探着:"是不是担心我了?"

李心月掩饰着:"哪有,你还用得着我担心吗?你可是打不死的小强。"说着,李心月伸手拧了金小天胳膊一下,金小天夸张地跳起来:"我刚回来你就欺负我。"

回想着这一路上金小天所有的行为,李心月笑了笑,由衷夸赞道:"是啊,我该感谢你才对。这一路上,你多次带大家化险为夷,更多次救我。谢谢你一直帮我、帮大家做了这么多好事。"

金小天心里美滋滋的,可嘴上却耍贫:"夸我这么多,你不会要向我求婚吧。"

"你少来。我只是想说,你这样一路上跟着我,受这么多苦,你何必呢。"

金小天说了句:"我愿意。行了吧。"

"可是,你一路上也隐藏了不少秘密吧。"

金小天正在喝豆浆,差点被呛到:"什么秘密?我能有什么秘密?"

"可我觉得你,不像一般追债的。你经常能预知我的危险,对旅行的事并不上心。"

"那你说,我对什么上心?"

"当然是我了!"说到这儿,两个人又意识到什么,脸都红了,他们把目光移开,李心月赶紧解释,"你只对我在哪里,在干什么上心。我怀疑,怀疑……"

"怀疑什么?"

李心月忽然严肃地看着金小天："你是不是萧芳芳请来监督我的？"

金小天一脸茫然："啊？谁？你说的这个人我根本不认识。"

李心月仔细看着金小天的反应，轻轻摇了摇头："你不是她请来的。那你为什么这样跟着我。"

两人对视。金小天只好说："既然你知道我是好人，又对你没有歪心眼，这不就行了嘛？再说，我们之前不是说好的嘛。"

"说好什么？"李心月疑惑地看着金小天，金小天犹豫一下说："说好，我来做你的阿拉丁神灯，金小天神仙，只要你需要，我随叫随到。"

两人对视着，脸都红了起来，都不再对视，直直望着前方，各自心跳不已。

就在这时，楚之翰招呼大家上车："走了，我请大家去个好地方喝茶去！"

清晨，洱海湖面上有着轻盈的薄雾，湖面烟波无际，旭日初升，朝阳四射，泛起微微金波，轻涛拍岸……

酒店的露天茶室临水而设，一眼可望洱海、苍山，风景怡人，风光无限。

楚之翰几个人在这里吃完早饭，开始喝茶休息。

李心月一时兴起搭起画板要为楚之翰作画，楚之翰乖乖为她做起了模特。

这时，央金和秘书走进来，她们背对金小天坐在另一桌。

金小天悄悄窥视着这个怪老太的背影，怪老太像是感觉到似的，她猛地一回头，从墨镜后面审视着金小天。

金小天打个冷战，赶紧冲怪老太挥手问好："奶奶好！您看这天，真好啊！"

央金一句话没说，冷冷地看了金小天一眼。金小天知趣地把目光转向别处，怪老太这才回转过去。

金小天碰一鼻子灰，阿裴在旁笑道："这老太太，高冷范儿！"

金小天却努努嘴说："瞧那边，高糖范儿！"

金小天示意阿裴向李心月和楚之翰看过去。

随着李心月手中的画笔，两人暗自眉目传情，彼此心动的感觉弥漫在空气中，甜甜的味道感染着在场的每一个人。

阿裴感叹："哇哦，相看两不厌，这是走心的爱啊。"

金小天走到俩人身边，他认真看着画板，只见画板上远处的山和近处的胡泊做背景，楚之翰作模特，他在李心月的画笔下，犹如童话中的王子，有着与世隔绝的美好，令人心向往之，而李心月却有些被自己的画弄得恍惚起来，她开始分不清画外是真实的世界，

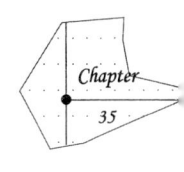

还是画里是真实的世界。

金小天啧啧赞叹："这画……超水平发挥啊。"

李心月听到金小天的声音，神情有些黯然，但是转瞬就恢复了过来。

楚之翰笑道："那当然，莉莉大学里是学设计的，绘画是入门的基础嘛。"

"楚总，你这个大画家的儿子为什么没有子承父业？"金小天问。

"呵呵，我没那个天赋。"

这时李心月甜甜地说："凯文，把头朝水那边偏一偏，我要画你的侧颜杀。"

楚之翰笑笑，把脸侧过去，李心月和金小天消失在了他的视线范围内。

金小天忽然弯下腰，凑近李心月的耳边："我一直以为你只会在PLENA127烤烤肉、调调酒，玩个深水炸弹什么的，想不到还是做戏、作画的高手。"

李心月手中的画笔停顿了一下，声音有些冰冷："你到底想说什么？"

金小天警告道："小心，玩火自焚！"

李心月："谢谢。不劳驾您费心。"

李心月说完突然举起画笔朝着金小天嘴巴上画了两撇，猛一看像添了两道八字胡。金小天大叫："你干什么？"

李心月咪咪笑道："这两笔，免费！不谢！"

金小天气得说不出话来，不远处阿裴看到都哈哈大笑。

楚之翰回头一看，也忍俊不禁，也跟着大笑起来。

盛夏换了件衣服从外面走过来，看见金小天的样子冷下脸来："金小天，你又自讨没趣了吧！还不赶紧回来，给本宫备茶！"

金小天 边擦掉胡了，一边灰溜溜地去倒茶。

李心月回过头看着楚之翰，在青山绿水间，那张英俊真诚的笑脸在她的手指间越来越清晰，可她的心情却越来越复杂。她知道自己是在有意向楚之翰放电，或者说有意勾引他，而她内心并没有爱，只有抱歉和愧疚。谁叫楚之翰是楚鸿飞的儿子呢？谁叫这一切都是命运的安排……

蒂娜从外面走过来，她看见金小天立刻兴奋激动地喊起来："呦，帅哥，又见面了。"

盛夏发现蒂娜注视金小天的目光充满崇拜与爱慕，故意把茶杯递给金小天："这茶有点凉了，给我加点热水。"

金小天接过水杯去倒水，看到金小天在盛夏面前像个仆人，蒂娜瞟了一眼盛夏，这才发现她们俩散落的长发间扎了几根同款的藏式花辫，这种莫名的撞衫感让蒂娜更加不

爽，她烦感地质问金小天：

"你为什么给这种女人服务？"

金小天耸耸肩一脸无奈。

盛夏故意在一边搭话："金小天，从今天开始你就是我助理了！"

"什么，我做你助理？你神经病了吧，给我多少钱啊，让我做你助理？"

蒂娜马上说："既然你要做助理，就跟着我吧！不管她给你多少，我都给你更多的钱。"

金小天苦笑摇头，没有理会两人的斗嘴。盛夏更是傲慢地看着蒂娜："你跟我争他？你知道我们俩是什么关系吗？！"

"什么关系？"

盛夏傲娇地昂起头："他到这里来，可是为了追我的，而我，还没想好要不要他。哼！"

金小天刚想开口，见盛夏瞪了自己一眼，嘴型在说：你欠我的。想起曾经求盛夏帮忙假借追她的名义留在"爱情之旅"，金小天欲哭无泪。女人啊，记忆力就是好，总会恰到好处地翻旧账。

蒂娜闻听，她生气地转过身要走，走了两步又转回头对着金小天大声宣布："帅哥，从现在开始，我要追你！"

说完，蒂娜走到奶奶身边气鼓鼓地坐下，眼睛却痴痴地看向金小天。金小天和盛夏都被蒂娜的突然表白震惊到了，两人相互看一眼，金小天有点脸红，盛夏一脸不爽道："哼，这种人你会喜欢吗？"

金小天不想回答，拿起茶喝起来。

阿裴一副吃瓜的样子，搭腔道："干吗不喜欢，有钱，有颜，还有奶奶。"

金小天嘴里的茶喷了阿裴一脸，盛夏笑出声。金小天恼羞成怒地对阿裴说："你们少拿我寻开心！"

这时秘书端着水端着药和水杯递给央金："董事长，您该吃药了。"

央金看见蒂娜头上的花辫，她放下水杯，用手摸了摸心脏的位置，脸色有些难看，嘴里用藏语喃喃自语："菩萨啊……"

秘书赶紧为央金测量血压，一会看着血压指数，皱皱眉说："您今天低压有些高。"

"多少？"

"120。叫个医生过来检查一下吧。"

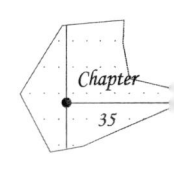

央金摆手："不用了，我知道怎么回事。"

蒂娜说："奶奶，您老说血压升高，是我气的，那还不如早点把我放回美国，眼不见为净！"

央金嘴唇有点发抖："我宁愿被你气死，也不能再放任你不管！"

盛夏见央金训斥蒂娜，莫名高兴，她不知趣地凑上来说话："奶奶您别生气，跟不懂事的孩子生气，相当于拿别人的错误惩罚自己。您看这里这么美，咱们还是聊点高兴的事吧！"

央金瞟都没瞟盛夏一眼，拿起药塞进嘴里。

蒂娜在旁窃笑。

盛夏仍然不知趣地凑近乎："奶奶，我们是去香格里拉一路旅行直播的。在旅途中也会随机采访游客，我想请您做我们的采访嘉宾，好吗？"

央金瞟一眼盛夏头上的花辫子，没好脸地说："我不是来玩的。"

"那您是来干什么的？"央金冷冷地用英文回答："与你无关！"

盛夏当众吃了个闭门羹，蒂娜笑出了声，当众讪笑道："中国好像有句话，叫滚烫的脸贴了屁股。我奶奶的屁股是不是很冰，哈哈哈……"

盛夏脸难看极了，气呼呼走到李心月身边，假装欣赏她的画。

央金看着得意洋洋的蒂娜训斥道："你还有脸笑，看看你的头发，知道那是什么辫子吗？"

蒂娜不明就里，盛夏站在一边听到这话，她摸着自己的辫子问李心月："这是什么辫子？"

李心月和央金同时说出"寡妇辫"。

盛夏立刻将手中的辫子甩到身后。

央金对着蒂娜继续训斥道："无知！马上给我拆了！"说时央金胸口又疼，一只手紧捂胸口，吓坏了秘书，秘书起身说："我去拿救心丹，您稍等。"

蒂娜噘着嘴小声说："拆就拆，什么人不了的。"

蒂娜起身，匆忙往回走，盛夏也跟着回去，两人互翻白眼，一起上了楼。

李心月放下画笔，她上前安慰央金："奶奶，您别着急，云南古城街头到处是扎花辫的人，外地人都不太清楚藏族的习俗。"

央金叹气："哎，传统习俗都丢了，孽障啊。"

秘书慌慌张张拿了救心丹走出房间，匆忙中房门没有锁住。刚巧拆完彩辫的盛夏从

央金的房门前经过，忽然她闻一股藏香从屋内飘来，她吸了吸鼻子，自言自语："好香啊，谁点了香？"

盛夏发现商务套间的门缝虚掩，她扒着门缝向里看看没人，遂好奇地走了进去。渐渐地，她看到屋内供奉的佛像，神秘的唐卡和盒子，还有缭绕的藏香，盛夏立刻拿出手机，边录边直播："嗨，'爱情之旅'的粉们，知道我现在在哪里吗？洱海边的VIP套房，不仅很豪，而且很神秘耶，有没有，有没有？"

跟随盛夏的镜头，最后停顿在那个精美的盒子上，盛夏慢慢靠近，拿着手机继续直播："想知道这个神秘的盒子里是什么吗？"

盛夏慢慢靠近那个盒子想要打开一探究竟，这时蒂娜从自己房间出来，发现盛夏在奶奶的房间，她站在盛夏身后大喊一声："你干什么？"说时，蒂娜冲过去将盛夏一把推开，盛夏的胳膊掠过盒子，盒子被打翻在地。从里面掉出一个精致水晶瓶，里面放着的数颗灰色珠子滚落出来。此外，木盒子里还有一叠老照片、一叠誊抄的经文等物品都散落一地。

蒂娜捂着脑袋发出尖叫"啊！！！！！"她的尖叫声穿透力极强，把露天茶室的人全都吸引过来，大家听到尖叫起一起向楼上跑去。

蒂娜怒斥盛夏："你闯大祸了，这些都是我奶奶的心肝宝贝，你手贱不贱？！怎么像个贼一样，偷偷摸摸的！马上滚出去，这里不欢迎你……"

盛夏赶紧道歉："对不起，我真不是故意的。"

正这时大家先后冲进房间，见撒落一地的东西，不由得大吃一惊。

央金看到眼前的情景，整个人摇晃了一下，双手合十，情绪激动道："菩萨啊！"说着央金跪倒在地，老泪纵横，她用颤抖的双手捡着散落的一沓照片，那都是她和一个男人的合影，老旧的照片展示着时间的痕迹……

李心月赶紧蹲下，双手捧起落地的手抄经文，一张一张往盒子里放，异常恭敬小心。

楚之翰追问盛夏："这是怎么回事？"

盛夏紧张道："我刚刚经过，看到门没锁，一时好奇，就进来了。谁知道，"

蒂娜打断道："她像个贼一样进我奶奶的房间，还打翻了我爷爷的骨灰盒！"

众人一听，都惊诧地看着地上的佛珠，金小天诧异道："这是骨灰？"

秘书将救心丹塞进老太太嘴里，同时一边用手在老太太胸前按压，顺气，一边向众人解释："这是用董事长丈夫的骨灰凝制的佛珠。董事长带着它跨越了大半个地球才回到故乡。"

蒂娜眼眶湿润道："这一路上，就好像一场祭拜爷爷的仪式，本来打算带爷爷回香格里拉的雪山宝地安葬的……"

央金捧起水晶瓶，查看里面的珠子，她惊慌失措："啊，少了一颗，怎么办？菩萨啊，怎么办，惩罚我吧……"

蒂娜和秘书赶紧趴在地下帮忙寻找，李心月也匍匐在地下，四处寻找着，最后李心月终于找到，她双手捧着那颗佛珠，跪地将骨灰佛珠递给老太太。

看到盛夏还站在那里手足无措，李心月拉着她一起双膝跪地，对着骨灰盒双手合十，虔诚道歉："爷爷，请您在天之灵不要生气，这次可能是场误会，让您受惊了。"

央金将那颗珠子放回盒子里，整个人剧烈颤抖，情绪激动，秘书赶紧将她扶进卧室，给她注射了一支镇静剂，很快老人睡过去了。

秘书转身出来，立刻打电话将酒店的值班经理和保卫科科长叫来，她开始向酒店管理人员要个说法。

值班经理了解了事情经过后，楚之翰首先向秘书赔礼道歉："我是团队的负责人，抱歉出了这样的事情，我们会遵守酒店规定，该如何处理，希望我们大家能坐下来谈谈。"值班经理指着一名身穿制服的男子说："根据你们所说的情况，按照我们酒店的管理条令，这件事交由酒店的保卫科处理。这位是我们保卫科科长。"

盛夏站在阿裴的身边，神情恐慌地看着众人。阿裴替盛夏讲情："我们的人虽然没有得到允许闯进房间，但是，到目前为止没有造成什么重大损失……"

蒂娜愤怒大喊："她把我爷爷的骨灰盒打翻了！这个损失不严重吗？"

秘书劝说："蒂娜，你冷静点儿。"

蒂娜指着盛夏大声说："马上联系公司法务部，马上找律师，我要起诉这个小偷！"

就在所有人陷入僵局时，金小天站出来说道："据我了解，以现在情况可考虑指控的罪名，一是非法侵入住宅罪，它是指未经法定机关批准和住宅主权人允许，非法强行侵入他人住宅的行为。二是故意毁坏公私财物罪，是指故意毁灭或者损坏公私财物，情节严重的行为。故意毁坏公私财物，造成公私财物损失五千元以上的，可予立案追诉。根据刚才的调查，当事人盛夏涉嫌第一种情况。"

蒂娜打断道："怎么会只涉嫌第一种呢，她打翻我家人的骨灰盒，这个，不算是毁坏我们的财物吗？"

盛夏哭泣着："我不是贼，我不是！我只是，只是闻到香味才进房间的，盒子是什么东西我并没有打开，是她推我的……"盛夏说时指向蒂娜。

保卫科长开口说话："这件事情很难处理，当时只有两位女士在场，你们现在各执一词，而且并没有证据表明，到底是谁打翻客人的盒子……"

李心月思索着，她抬头看见走廊的摄像头说道："经理，房间刚才的门是开着的，这个角度也许能看见房间刚才发生的一切，我建议您和保卫科长去查一下刚才的监控视频，再来定到底是谁的责任。"

金小天对李心月的机警表示赞同。值班经理和保卫科长相视一眼，点头同意："好的。你们各派一个人跟我们一起去查看一下。"

盛夏拉着李心月的胳膊："莉莉，谢谢你。"

蒂娜的表情闪过一丝慌乱，秘书看在眼里。

果然，秘书和楚之翰在监控室看到了当时一幕，由于蒂娜冲进去推了盛夏一把，导致骨灰盒摔落在地上。

这个事实让秘书无话好说，她和楚之翰走出监控室，两人点头告别。

金小天等人赶紧迎上去，阿裴问："怎么样，什么结果？"

楚之翰看看盛夏，叹气道："各打五十大板。"

李心月问："就是说，这事不再追究了？"

楚之翰点了点头，所有人都松了一口气。

Chapter 36

金小天感叹:"这两位姑奶奶都不是省油的灯,简直就是惹事精!"

阿裴说:"是啊,昨晚在酒吧里,也是因为她们俩……"

盛夏低着头说:"对不起,以后我会注意的。"

楚之翰看着盛夏劝说:"盛夏,你真的要接受教训了,出门在外,不要再那么莽撞了。"

盛夏点头,并为自己辩解:"其实我也是为了直播,那房间怪怪的,我就是觉得好奇才进去的……"

金小天指责:"直播?盛夏,你整天脑子里想什么呢?别人的私人空间能随便直播吗?你不要再打着直播的名义,给自己的愚蠢找借口了。"

盛夏生气道:"金小天!我都说对不起了,你还要怎么样?"

楚之翰见状劝说道:"好了好了,大家都少说两句。好在这事有惊无险,现在,我们一起出去转转吧。"

楚之翰、金小天、李心月、阿裴、盛夏一起往酒店外走,后面传来蒂娜的声音:"嗨,你们去干什么,想跑吗?我要跟你一起去玩!"

阿裴一看马上叹气:"哎哟,麻烦啦,惹事精又黏上来了。"

云南古城街头,游客人头涌动,路边商店鳞次栉比,热闹非凡。

行人中,有情侣相互依偎地看着,也有小朋友购买了制造肥皂泡的工具在一旁玩耍,还有狗在周围追逐打闹。

楚之翰、李心月一行人在德国人的餐厅品尝树莓蛋糕、杏仁饼干。

盛夏买了一堆东西,金小天跟在后面拎了大包小包,一路上不时

掉东西,狼狈不堪。

蒂娜感叹:"这里有这么多外国人开的店。"

阿裴:"姑奶奶,麻烦您不要这么套近乎,咱们刚才可还是针锋相对呢。"

蒂娜:"你想多了吧,谁跟你套近乎?"

蒂娜说完走到金小天的身边,挽住金小天的胳膊,金小天有些僵硬,想要甩掉蒂娜的手,但是他的双手拎满了东西。

楚之翰看到蒂娜天真可爱,对国内很多事情都感到新鲜好奇,他亲切地上前解释:"大家本来要去更多更远的地方,结果来了云南古城就住下来不走了。这里就是一个地球村。"

蒂娜歪着脑袋继续问:"为什么呢?"

阿裴看着蒂娜撇撇嘴,晃晃头,很是不满。楚之翰继续说:"跟四季如春的气候有关,跟纬度也有关系,总之,云南古城适合居住。"

蒂娜听罢想到了什么,她忽然转向金小天,表情异常认真地问:"小天哥哥,你要住在这里么?如果你想住下来,我在这里买一套别墅,咱们一起留下来。"

盛夏瞪一眼金小天:"别装大尾巴狼,金大保安!"

金小天很是尴尬:"这个,别墅嘛,我还真接不住。谢谢你了。"

蒂娜攻击盛夏:"告诉你,不许你欺负他。"

盛夏回怼:"你管得着吗?"

蒂娜盯着金小天手里的大包小包,嘲讽盛夏:"穷人出门才买这么多华而不实的旅游纪念品,假装自己是有钱人,可笑。"

盛夏恼羞成怒地:"你说谁假装了,你这人怎么那么讨厌!"

两人眼看又要掐架,这时远处一阵鼓点响起,他们顺声看去,只见很多人在围观什么。

蒂娜搂着金小天的胳膊望向人群聚集的地方走去:"那边一定很好玩,一起去看看。"

金小天看看手里的大包小包,他摇摇头。"算了吧,你们去吧。"

蒂娜不容分说把所有东西拿过来塞到盛夏手中:"自己的东西,自己拿!"说完,蒂娜拉上金小天就往围观人群跑去。

盛夏气得咬牙跳脚:"我也要去!"盛夏接着把大包小包转交给阿裴,拿着手机跑过去。阿裴无奈地抱着东西摇摇头:"惹事模式又开启了!"

路边,大家正在围观一组表演,看上去每个人打扮成非洲野人的样子,敲打着几个塑料桶、木箱、非洲鼓、沙锤的节奏狂舞扭动。

盛夏挤进人群，只见几位年轻人留着脏辫，嬉皮装扮，神色轻松愉快，面前摆着几个投掷钱币的铁皮桶，上面分别贴着标签："吃饭、啤酒、狗粮、汽油。"

其中，有一个身材魁梧，穿黑夹克、牛仔裤、梳着花白长发辫起来的中年大叔正在卖力吆喝："现在，为大家献上'非洲之夜'的正是来自'宇宙塑料人组合'，他们为大家展现是来自非洲撒哈拉大沙漠里的非洲原始部落的歌舞……"

"宇宙塑料人组合"一看就是常年在外跑江湖的草台班子，这个卖力吆喝的男人名叫黄雄，是组合表演团的老大。他一脸横肉，浑身江湖气，满头小辫子，看上去七个不服八个不忿的老顽童样子。

盛夏立刻打开直播，黄雄发现后放下麦克风走到盛夏面前，用手遮挡住摄像头，大声吼道："哎，你干嘛呢？"

盛夏躲开黄雄的手，继续用手机照着表演的人，没好气地说："看不见吗，我在直播。"

"不准录。别以为我们不懂，直播，赚钱，你利用我们赚钱！"

金小天看不下去，直接上去说："大哥，咱有话好好说，有话好好说。"

黄雄上下打量了一下金小天，看到他脸上的伤讪笑："刚到云南的吧，我看你这旧伤没好，还想添新伤？"

楚之翰走到黄雄面前："你怎么不讲道理呢？"

黄雄斜着眼睛瞪着两人："总之，我们的表演，你事先没问过就直播，就是不行！"

双方有点剑拔弩张，都不退让。蒂娜扫了一眼黄雄等人："拍你是给你面子，演的什么玩意！"

黄雄眼睛瞪圆，作势要动手。李心月赶紧上前劝道："您别生气，我们不录了，不录了。"

黄雄的表情突然变了，他眼睛直勾勾看着李心月，结结巴巴地说："是……是你……"

金小天赶紧把李心月护在身后："你干什么？"

黄雄紧盯着李心月热切道："你这是要去香格里拉吗？跟我走吧！我带你去！"

李心月惊愕的表情看着突然变了一副面孔的黄雄，又转变成厌恶："有病吧你！我又不认识你！"

金小天看看黄雄，又看了看一脸厌恶的李心月，他不由得多看了黄雄几眼，心里暗想，这人好像认识李心月？

这时马路对面传出 James Brown 的音乐，只见蒂娜另起炉灶，在黄雄的对面跟着音乐跳了一段 Locking。她的周围迅速聚集了许多的观众，尤其是年轻人，大家跟着 funk 音乐的节拍摆动，起哄。

"宇宙塑料人组合"正在卖力表演，忽然围观者散去，大家都跑到另一边去了。

这时酒吧闹事的文身哥带着几个手下刚巧路过，见状也吆五喝六地跟着过去看热闹。

黄雄纳闷，跟着人群走到另一个围观人群中，只见蒂娜一副嘻哈少年的模样，拿着蓝牙麦克风表演了一段 B—box 的开场，接着阿裴和盛夏迈着夸张的模特步走到蒂娜旁边。阿裴又走到观众面前摆了几个夸张的造型，观众开始尖叫，起哄，很多人拿出手机拍。音乐声逐渐快起来，阿裴的身体迅速地旋转和摆动，跳了一首精彩的 waacking。

这分明是挑衅！黄雄看到自己的观众都被抢走，他火冒三丈："我们'宇宙塑料人'闯荡江湖这么多年，从来没人敢砸我的场子！你们几个外地来的熊孩子，竟敢在我地盘撒野，来呀，给我砸！"

黄雄一挥手，他手下的"非洲野人"一拥而上，不容分说开始乱砸一气。两拨人立刻打成一片，围观群众四散而去。

文身哥的一个手下看见金小天和李心月他们，他向文身哥指点着，文身哥向他耳语，手下跑到广场旁边的面包车上，拿了根棍子加入打架的队伍，场面十分混乱，几拨人打成一团。

混乱中，文身哥悄悄袭击，举着棍棒打向李心月，金小天冲上去扑倒文身哥，一个漂亮的擒拿手，将他用反关节压制住。

人群中，辉哥和天蝎正在偷偷观望。

天蝎指着金小天对辉哥说："哥，这小子确实不简单。"

辉哥眼看金小天对李心月舍命相护的样子，狠狠说了句："这丫头才不简单，给自己请了个保镖。"

天蝎问："哥，那我们再碰到这小子怎么办？"

辉哥冷笑一声："再厉害他也是肉长的不是。"

辉哥正在窥视和议论金小天的时候，金小天好像感知到了似的，觉得后脖颈发冷，他扭回头看向身后，辉哥已带人离去。

这时，文身哥的手下冲上来围住他们，蒂娜像头小豹子似的，冲上前，双手毫无章法地挥舞着和他们对打。

广场边又跑来两名巡警，金小天赶紧拉着蒂娜和盛夏撒腿就跑，突然他意识到李心月不见了，赶紧转头寻找李心月。

Chapter 36

黄雄的手下举着棍棒正要砸向李心月，楚之翰推开李心月自己迎了上去，棒棍落到楚之翰头上时，李心月扑上来，棒子打歪到黄雄的后背。楚之翰一个趔趄，黄雄跑过来制止手下，李心月却冲上前推倒他，还勇敢地踢了他一脚。

黄雄冷不防被推了个趔趄，他生气地抓住李心月的袖子。李心月另一只手毫不犹豫地拿起包，砸他脑袋，和他对抗，黄雄生生受了几下，没还手。黄雄看着李心月的眼睛，突然对手下大喝一声："兄弟们，撤。"

这一幕被金小天看在眼中，他开始怀疑黄雄就是李心月要接头的那个人……

楚之翰一行人跑到僻静处，金小天问李心月："你认识刚才那个花辫子男人？"

"我怎么可能认识那种老混混！"

盛夏突然想起什么："阿裴，我今天买的东西呢？"

阿裴喘着气说："都扔了，刚才打架的时候当武器砸坏人了。"

盛夏气得直蹦："啊，你这个脑残加白痴。"

盛夏追打阿裴，阿裴转身跑。

李心月突然想起什么，关切地问楚之翰："你没事吗？有没有受伤？"

楚之翰摆手："没事。不过我也觉得刚才那个男人很奇怪，他似乎认识你。"

"他一定是认错人了，也许我和他认识的某个人长得很像吧。"

金小天追问："他怎么会知道你是要去香格里拉？"

李心月想了想说："也许他是我们直播节目的粉丝，谁知道呢？"

金小天立刻怼了回去："粉丝还能不让盛夏直播？"

李心月也有些伤脑筋地看着严肃的金小天。这时蒂娜凑上前对李心月说："莉莉，我也喜欢你。你刚才打坏人的姿势好帅噢！"

"真的吗？是不是像这样？"李心月伸腿开踢，又举起包作势打人，边做边问："帅的是这招还是这招？"

看着李心月完全没心没肺的模样，金小天无可奈何却没有丝毫笑容。

这一天有惊无险地度过了。夜晚，所有人都因为白天的喧闹和奔跑早早入睡，只有金小天难以入眠。他拨通电话，带着复杂的心情开始向老冯汇报情况，

"目前出现两组可疑人物，第一组是美籍华人央金，她是藏族人，目前已搞清楚，她那个神秘盒子里装的是她丈夫的骨灰……"

"有什么可疑处吗？"

"……这个老太太对所有人都冷漠，但对李心月却有好感。"

287

"嗯，那第二组呢？"

"第二组是一个叫黄雄的中年男子，带着几个流浪艺人，这个人似乎对李心月特别关注，好像认识她似的，但李心月对他很陌生，不知道他们是什么关系。另外，李心月最近对楚之翰有些异常，还对他撒谎，不知道她在谋划什么。还有，盛夏前两天一夜未归，她和什么人在一起，目前，不得而知。"

老冯沉思片刻说："嗯，也要防止贩毒集团的人通过第三方，接近李心月和楚之翰。还有什么特别的线索吗？"

金小天回答，"没有，只是有种直觉。我总觉得有双隐藏的眼睛在旁边看着我们，让我的脖子发冷。"

"警察说话，要凭证据。什么叫直觉？"

"明白。我会积极地寻找线索。"

央金的豪华套房内，骨灰盒重新安放在唐卡佛像下。

秘书正在向央金汇报在国内的投资计划："我们下一步打算先从上海、杭州、南京等长三角地区的旅游城市开始，考察合适的投资项目，投资的重点会是在成熟景区的周边开发度假型的酒店、大型度假村，配套包括餐饮酒吧街、购物中心等等。我们酒店的定位是艺术精品酒店，突出设计感，规模不会太大，每间酒店大约200到300个房间。在设计风格上，我们会结合当地的自然和人文特点设计不同的建筑风格……"

央金似听非听，似乎对那些计划不太感兴趣。

离开祖国与故土已有五十多年，此次第一次归国。表面上看，她是为了生意，为了上亿的投资项目，可谓衣锦还乡，风光无限，实际上只有她自己知道内心的苦楚和对故乡的思念。比起她带回故土的财富，她能带回故土的亲人却只有一盒骨灰和一个放荡不羁、任性难管的孙女。

这些压抑在胸口的隐痛让央金无法呼吸，看着丈夫的骨灰盒，她突然打断秘书的汇报："我决定，把我丈夫的骨灰就安葬在这里，明天一早我要上山！"

秘书惊讶道："您不是准备在香格里拉建家族墓地吗？"

"不，这里才是他的故乡。今天发生的事情，让我意识到，也许，他是想告诉我，他想在这里安息。"

"可是，董事长，明天，美国那边的要和您开视频会议。"

央金沉吟片刻："……那就你留下吧，代表我主持会议。"

"可是……"

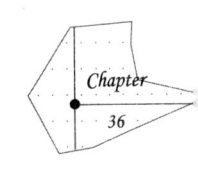

央金看看面前的骨灰盒："没有可是，就算天崩地裂，我也必须上山。"

秘书只好说，"好吧。我马上去准备。"

这时，门外响起敲门声。

秘书打开门，只见蒂娜带着李心月、楚之翰、盛夏和金小天依次进入，他们在央金面前恭敬地站成一排。

央金打量着几个年轻人，不解地问："你们来做什么？"

楚之翰还未及开口，蒂娜跳起来说："他们说，要向奶奶道歉。"

央金冷冷地说："我不是说过不追究你们了吗？你们回去吧。"

李心月上前道："奶奶，这件事终归是我们犯的错，我们想跟您正式道歉。"

李心月给盛夏使眼色，盛夏一脸诚恳的道歉："央金奶奶，我对不起您，也对不起爷爷……"

楚之翰："董事长，我们想努力弥补……"

央金伸手打断："不必了，我已决定，把我丈夫的骨灰就安葬在这里。"

众人都大吃一惊，蒂娜也惊讶道，"您不是说要在香格里拉建家族墓地吗？"

央金叹了口气："说来也巧，其实这里才是他的故乡。所以我才特地多花时间转了转。昨天发生的事情，让我意识到，也许，他是想告诉我，他就想在这里安息。"

众人面面相觑，央金露出一点微笑，她眼里闪着思念亡夫的泪光："老头子生前爱玩，总想到处走走看山山水水。但是从我们结婚之后，我却一直忙着做生意，没空陪他去旅行。我总是说，工作忙啊，等我忙完这阵；等着等着，他就病了；我又说，你乖乖做治疗，再等半年就是我们结婚四十周年，我一年不再工作，就陪你玩个遍……"

央金哽咽了。

众人都被感动了，蒂娜瘪着小嘴快要哭出来了。

央金抚摸着骨灰盒说："以前他没病时，开玩笑说过不想厚葬，随便洒在山山水水就好，可我觉得那样不行。现在看来，他是跟我闹意见呢……这个老头子爱爬山，我决定，就去附近的山上，走走撒撒，陪他留在故乡的山上。所以，我没有怨你们，你们走吧。"

蒂娜走到央金身边轻轻抱着她。

刘秘书担心道："那我这就帮您安排上山的人手。不过这荒山野岭的，我很担心安全问题。"

蒂娜想起了什么，高兴地说："奶奶，带小天哥哥一起去吧，小天哥哥保护我好几次了，有他在，一定不会有问题。"

央金看了看金小天，然后转头指了指李心月："那好，李姑娘，你也陪我一起去吧。"

李心月马上点头答应："奶奶，能陪您一起上山，是我的荣幸。"

楚之翰和盛夏也请求一起去被央金马上回拒："不必了，谢谢你们。"

央金注视李心月的目光很是亲和，这和她注视其他人的神情大不相同，两人的亲密互动引起金小天的关注。

金小天马上表态："没问题，明天我为大家保驾护航。"

一场遇见
爱情的旅行

一场遇见爱情的旅行

——我相信，早晚有一天，你会在某个地方扎下根，不再漂泊。

Chapter 37

楚鸿飞躲在画室，进入匿名聊天网页，他追问飓风："有什么进展？"

飓风发过来几张照片，照片是楚之翰和李心月各种亲密相处的情景，酒吧里楚之翰手把手教李心月玩游戏，舞池里楚之翰和李心月贴身跳舞，露台上李心月为楚之翰画画，街道上楚之翰和李心月逛街等等。

楚鸿飞点击着那些照片，怒目而视，焦虑不安，他质问飓风："你什么意思？"

信息回复："你儿子总是和目标太近。我不好下手。"

楚鸿飞回复："那你先等等，我想想办法。"

飓风回复："可以，日薪照算。"

屏幕上显示飓风的伪装 ID 离开了聊天室。

楚鸿飞点击"删除消息记录"按钮，弹出对话框：请选择如何删除与联系人的消息记录。楚鸿飞点击"全部删除"按钮，然后无力地靠在椅背上。

那些照片刺痛着楚鸿飞的软肋，他看得出儿子对李心月一往情深，可现在他却要置李心月于死地。

楚鸿飞沉思半晌，最后拿出手机拨通楚之翰的号码："之翰……旅行怎么样，进行得顺利吗？"

楚之翰正在酒店房间做第二天的直播计划，他回道："很顺利，放心吧。"

楚鸿飞失望地"哦"了一声，楚之翰似乎听出父亲情绪有些低沉，马上问道："您和妈怎么样？"

楚鸿飞故意说："你妈她，最近心情不太好。"

"为什么？"楚之翰关切地问。

"你还问？你不就是原因所在？"楚鸿飞责备道。

楚之翰抱歉地："爸，对不起，让你们为我操心了。我一结束旅行就回去。你先帮我好好照顾妈。"

"可我到底不是你。之翰，回家来吧，你妈很想你。"

楚之翰思考片刻："爸，我是这个团队的负责人，不可以丢下大家自己走掉。你也一直教导我说，男子汉要有担当，不是吗？"

楚鸿飞无奈地点点头："好，那你自己多保重。"

楚鸿飞挂了电话，看着庭院前的灯光，陷入沉思。

第二天一早，央金在四个保镖以及蒂娜、李心月、金小天陪同下坐上了大通房车，准备出发。

金小天将秘书交给的两个背包放进房车行李区，李心月扶着央金坐进了房车的后座。央金紧紧抱着骨灰盒，端坐在后座上。

金小天想坐副驾驶，但被蒂娜推进后座，紧接着蒂娜坐到了他身边。金小天看了李心月一眼，李心月恰好回头看他，金小天又立刻躲开视线。

金小天往里挪了一步，蒂娜又往里贴，两人就这么反复了几下，直到金小天退到另一边尽头，金小天只好尴尬地等待车开。

刘秘书在车外边不断向李心月交代着："这个蓝色包是药，这个红色包是户外用品……"

李心月连连点头，"放心吧，我都记得。我们这么多人，会照顾好央金奶奶的。"

央金挥挥手："行了，交代再多，吃药的人也是我。"

楚之翰和盛夏、阿裴站在酒店门口，冲着大通房车挥手告别，直至望着车辆离去，楚之翰再仰头眺望苍山，心里莫名地担心起来。

盛夏看看身边没有了李心月，忽然感到异常轻松，她笑道："这算不算因祸得福？今天咱俩可以好好清静一下了。楚总，你早饭想吃点什么呀？"

楚之翰摆摆手："没胃口，你自己先吃吧，我回房间待会儿再说。"

楚之翰转身向回走去，阿裴只好跟了过去，只剩下盛夏一人站在那里。

盛夏赌气道："好，你们不吃，我自己去吃！"

盛夏走进餐厅，在自助餐区域捡了一盘自己喜欢的美食，找了一个座位刚坐下来，辉哥也端着一盘食物走了过来。

"美女，早上好。"

盛夏认出对方是那晚自己拿酒瓶误伤的男人，她不好意思地说道："啊，是你，那晚，我喝多了，真是不好意思。"

辉哥摸摸头上的伤痕笑道："小意思，没事，不必挂在心上。"

盛夏笑道："那晚，谢谢你送我回酒店。"

"那是刚巧，我也住这里。顺便的。不必客气了！"说着，辉哥自我介绍，"我叫胡志辉，叫我辉哥就好。"

盛夏只好叫了声："辉哥。"

盛夏看着辉哥一脸笑意，猛然想起之前在香格里拉大酒店，他对自己的不友好，顺生疑虑，并不想介绍自己的名字。她的沉默并未让辉哥难堪，他直接说出了她的名字。"很高兴认识你，盛夏。"

盛夏意外地看着辉哥："你怎么知道我名字？"

辉哥拿起自己的手机屏保给盛夏看，上面是盛夏的主播截图："你可是直播网红，很火的，我一直是你的铁粉。"辉哥好像看穿了盛夏眼中的怀疑，赔笑道："只可惜我们第一次见面并不愉快，我为当时的行为像你道歉。"

"你是说，你见我之前就认识我？"盛夏假装失忆追问道。

"是，那晚见到你时就认出来了。看你伤心的样子，我有点替你难过。"

盛夏的虚荣心得到了满足，疑虑顿时消失，像是遇到知音似的。

辉哥笑道："怎么样，今天月亮有没有惹你？"

"今天月亮不在。"盛夏没好气地喝了一口牛奶。

辉哥随意地问："噢，是出什么事情了吗？她怎么单独行动？"

盛夏开始吃精美的甜点："她陪着一个老太太上山去了。哎，你干嘛也打听她？你也关注她了吗？"

"错！你忘了，我可是帮你遮住月亮的人。如果可以，我愿意一直帮你。"

"为什么？"

"因为，在我眼中，盛夏才是那个光芒四射、美丽迷人的太阳。这个世界本该以太阳为中心的！"

"真的吗？可是，我们团队里，只有月亮没有太阳，只有李心月，没有盛夏。"

辉哥从背包里取出一部比楚之翰的徕卡相机规格更高的相机，他不容分说，对着盛夏从不同角度各拍几张照片。

面对突如其来的闪光灯，盛夏一脸茫然无措，其中还夹杂着受宠若惊的感觉，似乎从未有人对她这样关注过。

很快，辉哥拍完，他选出其中最漂亮的一张照片给盛夏看：

"你自己看看，你有多美？"

盛夏接过来一看，果然在辉哥的镜头里自己的照片极具立体感，娇美中夹杂淡淡的忧伤与迷茫，整个人在光影里显得异常精致、美丽。

盛夏不敢相信自己有这么美，她顿时兴奋起来："哇，真的是我吗？辉哥，你把我拍得太美了！"

"不是我拍得美，而是你本来就很美，只可惜，你身边的人被月晕遮住了眼，他们没有发现美的眼光。"

就在盛夏全神贯注地看照片时，辉哥凑到了她身边，神不知鬼不觉地从盛夏的坤包里取出了房卡。

天蝎从辉哥身后走过，悄然拿走了门卡，迅速走进电梯上了楼。

天蝎走到盛夏和李心月的房门前，四下看看，没有人，他打开门走了进去，然后戴上手套口罩，套上鞋套，开始在李心月房间内开始翻找原画，每挪动一处，他都小心翼翼地还原位置……

然而，天蝎把房间每个角落全都翻了一遍，什么也没有找到，他只好摇了摇头离开了那个房间，重新来到一楼餐厅。

天蝎从辉哥身后走过，他轻轻碰了辉哥一下，把盛夏的房卡扔在地上。

辉哥故意对盛夏说："哎，这是你的东西吗？"

盛夏回头一看，赶忙把房卡捡起："哎呀，怎么掉了？真是的，万一有追踪狂拿了去，我可怎么办呀……辉哥，谢谢你哦！"

辉哥笑着摆摆手，"不客气，"紧接着又随口问道，"你们遇到跟踪狂了吗？"

上山的路途中，金小天暗中将自己上山的行动与定位发送给老冯，老冯叮嘱他盯好李心月，老冯这边会马上联系当地警方，全力配合金小天。

李心月坐在车上，海伦给她发来几大段语音，八卦了一下丽萨和公司的事情，其中

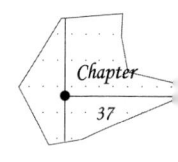

最让李心月感觉痛快的是，那个"烟雨杏花节"的案子终于东窗事发。

原来，很多游客被丽萨的虚假广告骗到杏花村后，发现一朵杏花都没开，他们纷纷向飞马公司打来投诉电话，有的要求退钱，有的要求道歉，总之这件事闹得沸沸扬扬，引起公司上层的关注。

在公司大会上，丽萨受到徐总和其他部门主管的指责。丽萨本想把责任推给已经辞职的李心月，但显然，这个理由不能帮助丽萨圆过此事。

会上徐总当着其他部门的主管批评丽萨："损失钱是小事，恶劣影响是大事。这个损失，你能弥补吗？……旅游业作为世界第三大产业的朝阳产业，为什么在目前游客越来越多的情况下，我们的季度业绩却在下滑？各位都是部门主管，我很想知道原因在哪里？请大家做一个自我评估，当然对别的部门也可以监督与点评。"

运营部的刘主管提出："通过这个季度的业绩报告，再加上我对其他同行的业绩分析，我发现，我们的旅游方式太过单一。这其中的关键在于，设计部提供的产品项目，仍然停留在以一般性观光为主，活动内容单调，缺乏可让旅客直接参与的活动，直接导致景点吸引力弱，旅客不愿长时间停留。同时，传统的旅游项目，质量也不高……"

丽萨反驳道："你意思是，业绩下滑全是我们设计部的错吗？你们运营部就没有过失吗？没有好创新，还拉不到客户，就算我们提供再好的产品也没有用的。"

另一个部门的主管附和道："我同意刘主管的意见。目前，旅游市场处于无序竞争状态，如果没有好的战略计划，市场定位不明确，在自媒体时代，我们来不及行动就被对方给淘汰了。比如，现在最火的一个APP平台，'稻草熊'网，仅仅通过一次产品体验，一路上制造各种直播话题，迅速占领了热搜榜。这种全新的旅游战略，与我们的传统旅游项目竞争，可以说，打得我们措手不及。"

刘主管瞟了一眼丽萨嘲讽道："关键是，参与这次爱情之旅的女主角，竟然是被丽萨挤走的下属。不知道，当初莉莉为什么要辞职？如果不走，是不是能带给我们同样的优质业绩？"

丽萨遭到同事围攻，更加来气，奋起反击："你们把自己的责任推得一干二净？你们真的那么干净，那么无辜吗？'稻草熊'网的营销手段，完全是业内不正当竞争策略，应该作为反面教材来说的，现在你们却标榜这种不正当开发的产品，打压自己的品牌，是何居心？"

会议室里的火药味越来越浓。徐总打断道："虽然在目前相关法律规章制度不健全的情况下，个别旅游者为了获得更多的利润，不惜以破坏环境为代价。但是，'稻草熊'

网是个例外，我不认为他们的做法不正当，反而感觉，'稻草熊'网成功制造了各种社会话题，尤其是在一个旅游产品中注入了顾客的特殊需求，为不同的顾客量身打制旅游产品，这很值得我们去思考，甚至去效仿！"

丽萨脸色越发难看，其他主管暗看笑话。

会议一散，丽萨气冲冲走进设计部办公区，把手里的文件狠狠摔在桌上。正在发火时，不知情的戴维从外面进来，拿着一份报表递给丽萨："主管，这张报表还差您的签字。"

丽萨瞪他一眼，接过报表狠狠签字，最后一笔用力过猛，把报表戳破了。戴维拿着报表，小心翼翼地转身离去，走到门口被丽萨喊住："通知所有人，今晚全部加班！"

戴维点头，刚要走，丽萨又叫住他："还有，让海伦给我冲杯'五花水'来。"戴维转过身，像是没听懂的样子："什么水？"

丽萨发火："重要的事我只说一遍！看不到我要的水，你明天就不用来了！"

戴维一溜烟跑到水吧，冲到海伦面前，大口喘气，说不出话来。海伦问："怎么了？见鬼了？"

戴维喘着气说："丽萨，让你，给她送，送一种，奇怪的水。"

"什么水？"

戴维说不上水名，但记住了一个数字，于是一边喘气一边伸出五根手指。海伦立刻看懂了："五花水？"

戴维拍桌子："对，五花水。五花水是什么玩意儿？"

海伦神秘地笑道："哇，看来，丽萨又怒了。"

"你怎么知道？"

"因为，这就是一杯怒水！"

说着，海伦开始调制五花水，只见她将咖啡、橙汁、可乐、牛奶、红茶混在一杯当中，搅拌一下，一杯"五花水"调制完毕。海伦举起那杯水说："瞧，这就是五花水，重口味的丽萨原创。据说，相当刺激，要不要尝尝？"

戴维好奇地接过杯子，轻轻沾一下嘴，表情亮了——完全扭曲的样子："简直就是魔鬼的饮料！"

海伦大笑："知道，什么叫重口味了吧！喝了它，会让人更怒！我们做好准备吧。"

海伦端杯走进丽萨的办公室，她将水杯放在丽萨桌上，转身走了。一出门，海伦就悄悄躲在门外，戴维的大脑袋也悄悄冒出来，两个人一起往里偷窥。

只见丽萨拿起水杯，一口气喝完，整张脸变得扭曲了。她开始暴怒，直接打开窗户，

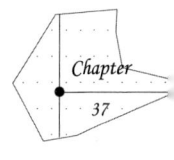

探出半个身体，迎着大风狂叫："啊，啊，啊！！！"

海伦和戴维跑过来冲其他同事发警报："不好了，丽萨要来了！"

话音刚落，丽萨怒冲冲走过来："所有人把手里活放一放！"

所有人赶紧转身，专注地听主管讲话。

丽萨开始训话："这个季度，你们也没少加班加点干活，但是却没有拿出一份像样的产品策划，还停留在老路上！现在什么时代了？顾客的旅行需求变了，旅行思维变了，可我们提供的旅行方式还没有改变。所以，这证明，你们全是饭桶，饭桶，一群饭桶！"

海伦和戴维对视一眼，相互撇撇嘴。

丽萨继续说："如果我们公司要淘汰掉谁，第一个就是我们，不，是你们，一个也别想留下来！从现在起，你们所有人都加班。三天之内，每人写一份策划案交上来。策划思路，我要你们参考……'稻草熊'网。参考他们与网友及时互动的直播旅行模式，想一想，他们是不是我们未来可以参考的模式。"

事情逆转，"稻草熊"的"爱情之旅"成为飞马公司全体同仁学习的楷模。这不由得让李心月扬眉吐气。

想着想着，李心月竟然笑出了声，金小天好奇地问道："什么事呀，自己偷着乐？"

李心月回头看着金小天，调皮道"那个黑黑的女主管被自己的小聪明搞惨了！现在，她正在号召设计部全体员工学习我们的'爱情之旅'呢！哈哈哈，你说，好笑不好笑？"

"真的吗？那太好了，你终于可以出口气了！"

李心月和金小天一路上山，有说有笑。

山下，楚之翰看着阴沉的天气，越发担心起来，他对阿裴说："不知道山上怎么样，会不会下雨，而且他们进山，有没有带装备？"

阿裴抱怨道："他们走得那么匆忙，哪来得及准备什么装备？！都怪那个怪老太，就跟中邪似的，非要进山，自找苦吃。"

楚之翰掏出手机查天气预报，一脸担心。阿裴看出他在担心李心月，转而又安慰道："放心吧，有金小天那个孙悟空在肯定能保她们平安。再说，李心月那丫头机灵得很，不用操心。"

楚之翰仍然不放心道："如果他们天黑之前不下山，晚上也许会在山上过夜了，也不知道带帐篷没有……"

"你就别操心了，咱们也下楼吃点东西吧。"

楚之翰点点头，两人朝着楼下餐厅走去。

盛夏正沉浸在被赞美的幸福中，楚之翰和阿裴走了进来，他们看到盛夏和一个中年男人坐在一起很熟的样子，两人都愣了一下。

阿裴敏感地小声说："哟呵，大理有艳遇啊。咦，这小子咋这么眼熟？"

楚之翰小声回应："你的脑子就不能想点别的。我们快过去吧。"

楚之翰和阿裴走过来。

楚之翰看见辉哥，想起之前他的手下对莉莉无礼，有些敌意地拉起盛夏，问道："盛夏，这位是……"

"凯文，你们来了。这位是辉哥。"盛夏感受到楚之翰的敌意，想起又是为了莉莉，有些不爽，她甜丝丝地介绍，"他是很厉害的旅行家和摄影家。"

辉哥起身，"不好意思，之前都是误会，"遂伸出手，"胡志辉，幸会！"

楚之翰伸手与辉哥相握："你好，辉哥，我是凯文。"

阿裴也伸出手："我是楚总的助理，你叫我阿裴就行了。"

Chapter 38

阿裴一眼看到桌上的相机，拿起来赞道："这相机，太专业了吧。"

辉哥随意地翻了几张照片给他们看，楚之翰看到照片是世界各地的风景照，顿时对辉哥产生了兴趣。他指着其中一张惊叹道："这一张是南迦巴瓦山峰的雪峰顶，哇，厉害了。那可是圈里考察摄影家在行业内能否晋级的必备考题之一。"

辉哥笑道："那都是江湖规矩，入不了专业的法眼。不过为了拍那张照片，我可是九死一生。"

阿裴好奇追问："什么照片那么霸道？"

楚之翰说："南迦巴瓦峰是在川藏交界的雪山深处，传说那是藏族的战神格萨尔王落在人间的宝刀刀鞘，是神山，山顶常年云遮雾盖的，轻易不显露出来。"

辉哥补充："我走川藏公路的时候，天气很恶劣，为拍到南迦巴瓦峰，我在雪窝里蹲守了三天，终于等到云开雾散，宝剑露出锋芒，我才抢到了这一张。"

盛夏感叹："有这么严重，夸张吧？"

楚之翰说："有的。我也曾为拍南迦巴瓦峰骑游川藏公路，到过那里，但很遗憾，我蹲守了24小时，暴雪一直没停。实在是气候太恶劣，不得不铩羽而归。太羡慕了，辉哥！"

楚之翰像找到知音一般开始跟辉哥热聊起来，盛夏和阿裴反而被晾到一边。一顿愉快的早餐结束后，辉哥起身告辞。楚之翰对这个知识渊博、志趣相投的人产生了极大的好感。

与辉哥分手后，楚之翰三人进入古城，穿梭在人流中，边走边看。

阿裴八卦起来："盛夏，你和那个辉哥真是缘分不浅啊。说说，都进展到哪一步了？"

盛夏看着楚之翰，连忙掩饰道："你烦不烦啊，跟个八婆似的。我跟他能有什么进展，啰唆。"

阿裴被堵得没话说，看着无精打采的楚之翰和心神不宁的盛夏，再看看来往人流，他忽然叹了口气，说："听说来云南古城的人，多半是有心事的人，不是失恋，就是失业，要不然也是失意者。我看，你们仨现在是加入了大部队。"

楚之翰思索着："如果是这样，那我们今天的直播的主题就定在找到治愈系的美食吧。"

盛夏来了精神："治愈？哪有那样的美食？"这时阿裴发现了什么，他指着街对面的一家花团锦簇的小店："那家店好像刚开张，说不定有优惠。"

三人看过去，只见对面有一座二层木楼，牌匾上写着四个香艳的大字"活色生香"。小楼门前有一张很特别的广告牌，上写："失恋了，请来这里；失业了，请来这里；失意了，请来这里。"

三人互相看看对方，会意地穿过马路，走进店内。只见很大的厅堂布局分为两部分，一半是柜台，一半是餐厅。餐厅的装修给人一种回家的感觉，壁炉、地毯、雪白桌布、古典烛台、鲜花、书架、黑胶片唱片机，墙壁上悬挂一幅油画，一对情侣相互依偎，坐于花海之中。

精致的柜台内，玻璃橱窗内摆了各种颜色、各种款式的鲜花造型的乳扇，在典雅的瓷盘中，撒了糖霜或芝士，精美诱人。橱窗后挂着另一幅广告牌。"本店主打鲜花乳扇，可治愈来自五湖四海的'失客'们。"

楚之翰看看空空如也的大厅："怎么没人呢？"

盛夏突然发现了什么，用手指向沙发处："瞧那里。"

楚之翰和阿裴顺指看去。只见角落的沙发上躺着一个睡着了的女人，看起来三十多岁，耳边放本书，书签是红叶，散落的青丝和红叶缠绕在一起，美得让人不忍打扰……

三个人正不知道该不该叫醒那个睡美人时，厨房里走出一个小伙子，二十多岁的年纪，皮肤黑黑的，朴实憨厚的样子。他热情地迎上来："你们好。"

盛夏好奇地问道："什么是鲜花乳扇？"

阿明开始介绍："啊，这个是我们小店的独创甜品，用鲜花汁液融进羊奶乳酪后做成的乳扇。"

阿明又指指着身后的一张宣传画，上面展示了各种颜色及形状的甜品，他边指边介绍："每个季节我们都会用这里的时令鲜花制作不同款的乳扇，今天我们供应的是山茶花、蝴蝶兰、郁金香三款……"

楚之翰问道："那为什么说，失恋，失业，失意了，都来吃这个？真的有治愈功效吗？"

阿明憨憨地笑道："那要你们尝尝才知道。"说着他取出三种颜色的鲜花乳扇分别介绍道："失业了，可以品尝这款富贵的重瓣茶花乳扇。失意了，就品尝清雅的蝴蝶兰乳扇；失恋了，品尝香浓的郁金香乳扇。"

阿裴追问："针对不同的心情，有什么不同的特别配料在里面吗？"

阿明回答："这个是当然的。我说不好的，要等发明的调味师本人来讲比较好。"

盛夏悄悄指指沙发上睡着的女人："是那个人吗？"阿明点点头。

阿裴又问："她是老板娘吗？"

阿明又点点头，指着三款乳扇说："你们尝尝吧。"

三人相互看看，又同时盯着摆在眼前的三款乳扇看，谁也不好意思拿失恋款，楚之翰取了失意款，盛夏选了失业款。

阿裴只好拿起"失恋款"："好吧，只有我失恋了。"

三人分别咬下去，咀嚼，下咽，遂面面相觑，发出惊叹。

盛夏惊叹："太好吃了，我知道了，失业者吃了这个，味蕾有点刺激，心中升起莫名的希望……"

阿裴赞叹："不得了，真心赞，失恋者吃了这个，心里暖暖的……"

楚之翰也赞叹道："真的是人间美味！"

这时，沙发上的女人翻了个身，她似乎被几个人打扰到了。阿明看看三位客人，只好走到沙发前轻轻蹲下身小声呼唤："老板娘，打扰一下你的美梦。"

女人睁开眼睛，看到阿明，马上搂住他的脖子，用嗲嗲地台湾腔说道："阿明，刚刚梦到我们俩出海，一只红嘴鸥竟然开口说话了。"

阿明温柔地问："说什么？"

女人娇媚地笑道："明天要下彩虹雨，记得去看彩虹雨。"

两人相拥而笑，看上去极其缠绵，楚之翰三人看傻了。

阿裴对盛夏耳语："小伙计跟老板娘是相好？"

盛夏则对阿裴八卦："一看就知道是对姐弟恋了。"

楚之翰小声提醒："不要乱讲话。"

这时，阿明才指指客厅的人："老板娘，有客人来了。"

娜娜回头一看，脸红地打了阿明一下，撒娇道："好坏了啦你，不提前告诉人家，害我在这里跟你讲梦话。"

娜娜起身整理好头发和衣裙，温婉地站在大家面前，充满知性美、小资范儿："不好意思，昨晚睡得太晚了，刚刚看书，不小心睡着了，欢迎你们光临本店！"

苍山脚下，山路崎岖，保镖开着房车缓慢前行，但山路越来越狭窄，最终还是无路可走了。

车上一行人先后下来，央金抱着骨灰盒，仰望着前方越发艰险的山路，喃喃自语道："就是这里。天意，天意啊。"

蒂娜看到漫山遍野的鲜花，像个旅游者那样，对一切新鲜好奇："奶奶，这里就是爷爷的故乡啊，好美！"

一个保镖上前请示："董事长，现在车没法继续进山了。我们怎么办？"

央金坚定地回答："车没法走，我们就用脚！"

金小天惊讶道："您到底要去哪里？"

"去我该去的地方。"说完，央金抱着骨灰盒开始往山上走。

金小天看看山势陡峭艰险，他上前阻拦："这条路线徒步难度很高。我们早晨出发太过匆忙，没带齐全装备，进山很危险。"

李心月也对这个突发情况感到诧异，她上前劝说："央金奶奶，他说得对，我们这样进山有危险。"

央金冷冷地教训着："危险是什么，人活在世上，随时都会遇上各种危险，都会威胁到自身，躲避不是办法，克服它，它就消失了。"

金小天和李心月一时语塞，气氛安静下来。

央金只好缓和了一下语气说："……人生要走很多危险的路，相信装备不如相信自己的力量。再说，这条路我年轻时走过几十遍，你们就放心吧。"

李心月说："可是您现在的身体状态怎么能跟年轻时比呢？保险起见……"

央金打断道："你们的体格不见得比我好！这条路我能走下来，你们未必！很多事情是上天安排好的，我只是按照天神的旨意去做而已。你们别劝了，就算爬，我也要爬上去。"

央金固执地抱着骨灰盒往有路的地方走。

金小天和李心月互视一眼，两人的表情都很无奈。

金小天只好妥协道："好吧，你们先走，我找个地方把车停好，再去追你们。"

蒂娜问李心月："刘秘书把奶奶的药带给你了吗？"

李心月拍拍自己的双肩背包："带了，还有食物和水，都在这个包包里。"

金小天去停车，不一会就追上来，将所有的东西都背在他一个人身上。

三个年轻人和四个保镖开始陪着央金艰难地爬山，大家走得呼哧带喘，不时停下来喝水。

然而，两小时下来，大家发现平时药不离身的央金像神迹一般，她一直不停地走着，看上去一点也不累的样子。

金小天感叹："这老太太，平时看着那么虚弱，怎么爬起山来这么厉害？"

李心月看着老人的背影若有所思道："也许这就是精神力量吧。因为要把爱人的骨灰送到山上，所以，她一点也不觉得累。"

蒂娜在旁边说道："你们说得都不对，奶奶不累，是因为这条路是她年轻时和爷爷一起走过的路，听奶奶讲，好像叫什么茶马路。"

李心月纠正："是茶马古道。"

金小天惊叹："这条路就是传说中的茶马古道？"

"是的，这条路从云南的普洱到大理、丽江、香格里拉，再到西藏的拉萨，都是古老的茶马古道。"

央金听到身后年轻人议论茶马古道，也来了精神，她边走边说："茶马古道是马帮跑生意的路，当年你爷爷就是跟着马帮出发，到奶奶老家……"

蒂娜说："奶奶，你记不记得有一次和爷爷开车去美国西部玩？"

"当然记得。很像那次我们见过的秃鹫，它们在等待，等着陆地上的动物走不动，放弃了，失去信念，就飞下去吃掉。蒂娜，佛祖说痛苦为什么会轮回？"

"我记得，因为不精进！"

央金停下来看着孙女，露出少有的笑容："没错，永远要精进，跟自己的惰性抗衡。"

金小天一脸愁容地看着头顶上的山路："这条路要走到什么时候才是个头啊？本以为绕过这座山就会到，结果又有新的山要绕。"

央金笑了："放心吧，我还没有老糊涂，我知道每个落脚点的。"

金小天说："那您告诉我们，也好有个盼头。"

央金说："徒步最大的乐趣就在于孤独和未知。"

李心月疑惑地问道:"孤独和未知不是大家最害怕的吗?怎么是乐趣呢?"

"走得多了,自然会悟出来。"

李心月看着眼前的这位意志力坚强的老人,不由暗自佩服,感觉一路上的问答也好像参禅问道似的,让人回味无穷。

几个人又走了两小时,到了中午时分他们才坐在岩石下的阴凉处休息。

李心月负责给大家分发面包和水,央金指着山中峡谷:"那儿就是我们上午来的地方。"

金小天惊叹:"哇,我们已经走了这么远的路了!"

央金说:"这才是一半的路程。"

蒂娜听到瘫软在地下:"奶奶呀!这已经都快要了命了。"

央金滴水未进,她看大家吃得差不多了,站起身:"继续赶路。"

蒂娜不想走了:"奶奶,还有多远?"

央金指指上面:"大概再往上爬海拔 1000 米左右吧。"

蒂娜腿一软,摔了一跤,欲哭的表情:"我走不动了。"

蒂娜朝着地下踢石头发泄,她的脚踢到地上的两个背包,两个背包竟然顺着山坡滚落下去。与此同时,蒂娜也扭伤了脚,她坐在地下,伸手按着脚,崩溃地哭泣。

李心月和金小天急忙冲下山坡,一路奔跑,但还是眼看着背包掉下山涧。李心月不顾一切地想要下去,被金小天阻拦:"别追了,太危险了。"

李心月用力挣脱,但被金小天死死抱住腰,动弹不得,她大叫着:"所有水和食物,还有药都在那两个背包里!现在怎么办?"

金小天强拉她往回走去:"打道回府!"

李心月走到央金身边恳求道:"央金奶奶,现在没有水和食物,还有您的药,我们真的没办法继续进山了。而且,看上去天气也不太好,我们在山下找个地方休息一下,明天白天再上山好么?"

央金坚定地摇摇头:"走回头路不是吉祥的征兆,会前功尽弃。我一定要继续赶路。"

"可是您看上去脸色也不好,我是真的怕出什么意外。没有急救药在身边,您的身体一旦出现问题,怎么办?"

"我答应过老头子的事情,我一定要办到,如果真的死在山上,那也是上天的安排,也算是我和他最好的归宿了。"

蒂娜大叫起来:"奶奶,你疯了吗?你为什么非要这样呢?"

央金看着孙女说:"你现在不会懂的,将来总有一天,你会明白的。"

看着老人坚定的表情,李心月无奈点头:"好吧,您既然那么坚持,我就陪您走到底。"

蒂娜赌气地一瘸一拐:"好,我们都走,继续走!"

央金看着孙女的脚,她慈爱地抚摸着蒂娜的头:"你尽力了,你爷爷会知道的。"说着她命令一个保镖:"你把蒂娜送回山下吧。"

不料,蒂娜却指着金小天说,"我要小天哥哥送,我就要他送。"

金小天不想离开李心月和央金,他赶紧推辞:"蒂娜,别这样,山上路途不安全,我还是在这里陪着奶奶比较好。你听话,跟着保镖大哥回酒店。"

金小天越是推辞,蒂娜越是不肯:"不,我就要你送,就要你送!"

眼看蒂娜要哭出来了,央金只好恳求金小天:"小伙子,算我老太太请求你帮忙了。把蒂娜带下山,安全地送回酒店去吧。费用我会加倍付给你的。"

金小天摇头:"这不是钱的问题……"

李心月打断他们:"这样吧,央金奶奶,我跟他商量一下。"

李心月把金小天拉到旁边小声说:"我们别再为走还是回的问题浪费时间了,这位董事长奶奶的意志很坚定,她做出的决定是不会改变的。我们就兵分两路,各司其职,这是目前情况下,最理性的决定。"

金小天担心道:"可是,我不能自己下山,把你和老太太丢在这。"

金小天的话,还有他的眼神都让李心月感动,她心领神会道:"放心吧,我也是打不死的小强。"

金小天看着李心月,再看看山上,他忽然觉得这是不是央金把自己支开,好和李心月接头的计划。但转念一想,这一切发生得那么自然,不像刻意谋划。

金小天拿不定主意,他巡视着李心月的目光,似乎想确认她到底是有意为之还是无意为之,自己到底要不要离开?

正胡思乱想时,李心月催促道:"你快点带着蒂娜下山吧。"

"你啊,你一个女孩子带着个老人怎么办啊,瞎逞强!"

"现在不是聊这些的时候,你别耽误时间了。"

金小天看着李心月倔强的脸庞,确信自己绝对说服不了她。他犹豫片刻,很快点头:"好。你们早上早回。山里信号不稳,再往前走,怕就没信号了。你要不断地发定位给我和楚之翰。我把她送回,马上就来找你们。"

李心月点头答应了。

"活色生香"店内，楚之翰三人了解到老板娘名叫娜娜，来自台湾。更令他们惊奇的是，娜娜竟然有博士学位，曾是台湾大公司的白领，做到CEO的位置。但机缘巧合，娜娜来到大理旅游时与大理小伙阿明一见钟情。阿明纯朴善良但却没有钱，又比娜娜小近十岁，但两人却深深相爱，为此娜娜竟然放弃了台湾的一切与阿明结成夫妻，在大理经营起小小的"鲜花乳扇"店。

这对近乎传奇的恋人和他们创造的美食打动了楚之翰，他向娜娜提出用直播为他们原创的鲜花乳扇以及关于爱的故事进行宣传，娜娜爽快答应了，楚之翰、盛夏和阿裴激动不已。

直播开始后，阿明开始向所有人展示用羊奶提炼乳酪的过程，每一个动作都娴熟、有序，充满对食材的敬意。盛夏则在旁边做着解说："大家请看，这就是乳扇制作过程。云南古城乳扇的制作工序到这里就算结束了，但在'活色生香'鲜花乳扇店，它却是刚刚开始……"

只见阿明将凝结成团的乳扇分成三份，分别倒入三种不同颜色的鲜花汁，用手将汁液溶入白色的乳扇，经过揉搓，三份乳扇呈现出红、蓝、紫色三种不同的颜色。盛夏继续介绍："从前，我们只知道鲜花是用来赏心悦目的，却不知许多鲜花营养物质丰富，常食鲜花可调节神经、促进新陈代谢、提高机体免疫力。在这里，我们为大家推荐的独具匠心的独创甜品，鲜花乳扇。加入鲜花汁液的乳扇，即将在你眼前绽放……"

阿明将切片的乳酪装放入蒸笼，片刻，热气蒸腾，乳酪半硬半软之际出笼。接下来娜娜像雕塑家一般，用她的双手将乳扇片捏成山茶花、蝴蝶兰、郁金香的形状，再次放入烤箱中。眼看着三款不同的花饱满绽放，装饰枝叶，糖霜点缀花瓣，以假乱真的鲜花乳扇，芬芳诱人，娇艳欲滴……整个直播的画面看上去，不仅是美食的盛宴，更是一次视觉盛宴，让人对那些用鲜花做的乳扇不仅垂涎三尺，更是心向往之。

盛夏介绍："这是一款中西合并的甜点。"说着，盛夏拿起一朵鲜花乳扇，对着镜头咬一口，露出瞳孔放大的浮夸表情："哇噢，真的，太，太，太好吃！太美味了！软糯香甜，唇齿间，回味无穷，关键是，它让我内心燃起希望，它真是失意者的治愈美食……"

Chapter 39

关于美食的制作直播结束了，但有关爱的部分才刚刚开始。

在楚之翰的引导下，镜头转向小店夫妇的照片，娜娜和阿明牵手相依，恩爱满框。盛夏为观众介绍道："……'活色生香'是一个像家一样的温馨小店。这家店的主人是一对具有传奇色彩的夫妻……"

盛夏为大家介绍："这位老板娘是来自台湾宝岛的女博士娜娜，她抛弃了在台湾高薪的白领生活，嫁给了咱们大理当地的白族小伙阿明。没错，这位不是小店伙计，而是这娜娜的丈夫阿明。夫妻二人经营的小店，每一道甜品都有一个治愈系的故事。现在，就请本店的老板娘娜娜为我们解读这些甜品的故事。"

接下来，镜头对准娜娜，她操着一口绵软的台湾腔向观众讲述道："……比如玫瑰的花语是'相遇'，也是我和老公第一次相遇的回忆。那是去年，因为在台湾工作，公司内部竞争激烈，我其实是出来散心、逃避的失意者。没想到在一家餐厅点一道玫瑰鲜花饼后，店老板告诉我们，因当天的客人太多，玫瑰花用完了。建议我第二天再来。可是我已订好第二天离开的机票，于是店老板又提议去他们家后院山坡采摘玫瑰花，让厨师为我单做。于是，我到后院采摘玫瑰，就是在那个开遍玫瑰的山坡上遇到了阿明，因为玫瑰花有刺，我的手被扎破，阿明帮我包扎，帮我采摘。为表达谢意我邀请他吃饭，那道特色的玫瑰鲜花饼和乳扇成为我们相遇的记忆。第二天，我退掉了返回台湾的机票，爱上了这里清新舒爽的空气和美味的鲜花饼和乳扇，更重要的是我爱上了这个男人，我觉得和他在一起心里很宁静很踏实。所以，当

我们开始决定留在这里开店后，我们所有的'鲜花乳扇'都来自爱的体验，都有爱的味道……"

"爱情之旅"的这段治愈美食的直播很快在网友间掀起热议，弹幕纷纷飘来："那个鲜花乳扇真那么好吃吗？""盛夏的样子太做戏了吧，瞳孔都放大了！""想不明白，娜娜姐那么美，又是台湾女学霸，干吗想不开，嫁给黑不溜秋的白族小哥""感觉是作秀！""没错，如果真是那么神奇，敢不敢在现场做个实验？"……

盛夏看到网友们对娜娜和阿明的各种质疑弹幕，她心血来潮，当场提问："娜娜姐，网友们不太相信这世上有真爱，更不信有爱的味道。所以，有网友提出，能不能请你们在现场做个实验？证明你所说的'爱的味道'？"

娜娜充满自信地回答："当然可以。可是，怎么证明呢？"

盛夏眨眨眼："我有办法。"说完盛夏回头对着镜头眨眨眼睛："朋友们，千万不要走开，好戏就要开始了！"

很快，直播镜头被固定在一角，正对着厨房操作台。

操作台上，摆放四份一模一样的乳扇食材，羊奶、白砂糖、香料、玫瑰等。娜娜、楚之翰、盛夏、阿裴依次站在一份食材前，看上去他们是准备各做一份玫瑰乳扇。阿明则背对四人，双眼蒙布，独自坐在角落，静候待命。

盛夏开始直播道："现在，正如大家所看到的，我们四个人面前摆放着一模一样的乳扇食材。我们会跟着娜娜一起学习制作鲜花乳扇，然后由阿明来品尝。如果他能吃出哪一份是娜娜做的，就证明，这世上真有爱的味道！我们已经准备好，你们准备好了吗？"

娜娜开始点火，熬制羊奶，其他三人学着娜娜的样子，点火，熬制羊奶。

接下来，经过一道又一道精心的步骤与煎制，最后餐桌上摆放了四道"玫瑰花乳扇"。盛夏指指娜娜做的那一份对着镜头说："朋友们，你们都知道是这一份对吧，现在，看看阿明哥能不能尝出来？"

阿明蒙着双眼开始品尝，每一口都在舌间回味。当他尝到最后一盘时，嘴角露出甜蜜的笑容。阿明拈起那朵玫瑰乳扇："这一朵，就是爱的味道……"

娜娜露出幸福的笑容，她抱住阿明说："亲爱的，我知道这不会难倒你的。"

盛夏三人睁大眼睛，面面相觑，无不惊叹。

弹幕纷纷打来："哇，太神奇了！""服了服了服了！""原来，真的有爱的味道……""我失恋了，如果鲜花乳扇真能治愈，我要打飞的去云南。""爱的味道，我来了！"

在很多路转粉中，新加入的"黑粉丝"丽萨也在组织设计部的全体员工"追剧"。

投影定格在娜娜与阿明紧紧相拥的幸福画面上，大家看得两眼发直，直流口水。丽萨看看大家说："现在，大家说说看，你们有什么想法？"

会议室内寂静无声。丽萨开始发火："你们这些浪费粮食的玩意，你们的脑子里装的都是屎吗？这个直播分明在向我们传递一个信息，那就是，创造独有的专属品牌，就可以成就最新、最强的连锁卖点。我敢打赌，这个刚开张的小店'活色生香'就要火了。"

罗宾发言："我明白了，我们要抢占先机找到类似卖点，挖掘我们的旅游产品。"

"没错！今晚大家留这里加班，我给你们每人分配两座城市，你们在每个城市都要找出一家类似'活色生香'的特色实体小店，针对它来策划我们的旅游产品，建立并通过第三方平台，让线上、线下迅速互动起来，扩大营销范围和影响。"

海伦提问道："那就是需要二十座城市的策划案喽？"

丽萨看着对方："是的，有问题吗？"

海伦吐吐舌头："没问题。"

丽萨又说："丑话说前头，这次完成的策划案，谁通不过，我就打赏谁一杯五花水。通过了，给赏银。"

戴维问："那活色生香店呢？"

丽萨看看大屏幕："这个店由我亲自来做。你们不用管了！罗宾，你马上帮我订一张最快飞往大理的机票。"

由于"稻草熊"网的直播，"活色生香"小店迅速火了起来。

店外排起长长的队伍，大都是年轻人。一个年轻小伙子边排队边打电话："喂，我现在就在'活色生香'排队呢，你别急，再等等哈，快轮到我了。"

另一个年轻人边拍大家排队的视频边说："哥几个，看到了吗，这里超火爆。"

娜娜走出来，挂上"今天货品告罄"的标牌。

娜娜对大家安抚道："真对不起，我们今天准备的鲜花乳扇全部卖完了，小店打烊了，请大家先回去，明天再来好不好？真的很抱歉……"

排队的人听到，都沮丧地散去。

丽萨出现在"活色生香"店门前，见店已打烊，她推门进入小店。

娜娜看见有人进来，迎上前去："对不起，小店打烊了。"

"我不是来买东西的，我是来跟你谈生意的。"丽萨说时，摆出一副居高凌下的姿态。

娜娜看着对方有些意外道："噢，那您请进来吧。"

丽萨和娜娜面对面坐在餐桌前。看上去，丽萨像个强势的职场经理，而娜娜是温柔谦和的小店老板娘。

丽萨递上一份合约:"如果你同意跟我们'飞马'旅行网签约,我们不仅免费提供我们的宣传平台,而且还会在组织旅行团来这里后,从所有利润中让利一个点。你看如何?"

娜娜看都没看直接将合约推还给丽萨:"对不起,您来晚了。"

"什么意思?"

"我们已经和'稻草熊'网的签约了。"

丽萨面露失望:"想不到这么快?我能看看你们的合约条款吗?"

"为什么?"

"他给你什么条件,我们加倍。"

娜娜摇头微笑:"噢,对不起,这个肯定不行。"

丽萨仍然摆出一副高高在上的姿态:"为什么?"

娜娜凝视着丽萨,不卑不亢道:"你知道我在台湾是做什么?"

"什么?"

"我在一家上市公司做到项目总经理,从我手上签过的合约,比你这个分量重多了。但我选择放弃那一切,来这里经营一家小店,你认为会是什么原因?"

丽萨惊讶,摇头:"来之前我的确想过这个问题,以你的身份和资历,为什么要放弃那一切,经营这样的小店?"

"因为每一个大项目的背后,都有尔虞我诈,不择手段。我厌烦那一套了。那不是我想要的生活……如果我没猜错,你现在恐怕只做到分管部门的小经理。所以,如果在我手下做事,我同样不会选择你的。"

娜娜面对强势的丽萨,一改小店老板娘的姿态,露出了比她更为强势与坚定的气场,令丽萨望而生畏。

苍山上,李心月和央金走累了,大家坐在溪水边休息。

李心月用树叶接了水,递给央金:"您先喝点水,我去找点果子来吃,您在这儿等我。"

央金说:"你先等等。"她回头看看四周的树,指着不远处的一棵大树说,"那棵树上长着野莓子,可以吃的。"

李心月顺指看去,一棵树上长满红色的果子,她走上前踮脚采摘了一把,在溪水中冲刷一下捧过来递给央金。

央金吃下一个果子，在嘴里回味良久，感慨道："快50年了，味道还是那样。这个野莓子，是我年轻时最爱吃的果子。"

李心月吃下后却被酸得挤眉弄眼："可是，有点酸。"

"可对我来说，它是世上最甜的。"

"为什么？"

"因为，我第一次吃到它时，是我心爱的人摘给我的……"

"真羡慕您，一生拥有一次无悔的爱情。"

央金回头看看李心月："你没有吗？"

李心月摇头。

"……不管怎样，我要谢谢你。小姑娘，我想不到，在我生命中最重要的时刻，是你陪在我身边，这真是奇怪的缘分。"

"央金奶奶，既然这件事情如此庄严神圣，为什么要悄悄上山，不为老人家举办一场盛大的祭奠仪式？"

"我原本计划在香格里拉举办下葬仪式，但昨天的突发事件，让我感觉，这是天意。因为今天，是我们俩当年定情的纪念日，所有记忆只属于我们俩。我丈夫生前不爱说话，我相信这种时候，他一定只想我一人陪他，把他安放在我们定情的树下。"

李心月感动道："……定情的树下。多美好啊。"

央金眼神飘至山上，指着一处说："快到了，就是那里。"

高处的山峰被夕阳染成橘红色，李心月和央金继续向上走去，又经过一段跋涉，他们终于走到了目的地，远远看去，那里矗立着一棵粗壮挺拔的大树。

央金看到那棵树眼泪夺眶而出，她将骨灰盒转交给李心月，自己则跪下，朝着不过处的"定情树"，开始行藏式一步一顶礼的朝拜仪式，嘴里念念有词。

李心月看到眼前情景，感动不已，捧着骨灰盒，默默跟随……

央金一步一伏地的顶礼仪式，直到树下停止。央金布满皱纹的双手郑重地揭开骨灰盒，拿出水晶瓶，倒出骨灰佛珠，扬起，伴着阵阵山风，骨灰佛珠滚落山谷。庄严又深情的仪式感打动着李心月，她含泪目睹着眼前一切。

当仪式结束后，就在那棵定情树下，央金含泪向李心月讲述了那段尘封已久的往事：

"……认识他的时候，我16岁，他18岁，当年跟着马帮走茶马古道，路过香格里拉。第一次相遇时，我正在河边洗衣，他骑着一匹红色的马慢慢经过，坐在马背上的他，英

俊得像太阳。他和我对视的瞬间，我的心狂跳起来。那时候，我就知道，我想找的人间挚爱，就是这个白族小伙了。"

李心月问："后来呢？"

央金的眼神飘向遥远的过去，"后来，他们马帮在香格里拉住了几日，几天的时光，我们俩不约而同地每天去小河边，我拿着干净的衣服去洗，他牵着干净的马儿去洗，我们每天都隔着一条河，相互看着，谁也没有说话……"

"再后来呢？"

"再后来，马帮要离开香格里拉了，眼看着马背上的哥哥渐渐走远，我终于骑着马追上了他，告诉他，我愿意做他的新娘。然后，我就跟着他来到他家乡，在这棵树下，我们俩定下了终身……"

李心月感叹："奶奶的爱情故事，好美，比我们这年轻人的爱情浪漫多了！"

央金看得出来，金小天和楚之翰都对李心月关爱超过其他人，很显然，这三个年轻人之间存在着很微妙、欲说还休的关系。

央金语重心长地对李心月说："……孩子，你心中有爱，身边也有爱，只是，你不敢爱，或者，不知道那是爱……你的心锁着门，不让别人进去，这是你自己的问题……"

李心月一脸困惑，在央金的点拨下，她第一次对"爱"这个字去仔细打量、思量。

从上海一路走来，她每时每刻都在思考着如何按照自己的计划一步一步走下去，身边每个人都像她的棋子一般，她只会去考虑如何安排他们，不要打乱自己的步伐，却从没有认真打量过身边的"爱"。

但此刻，李心月和一位经历过风雨的老人坐在苍山之巅，回顾了老人一生的爱与悔，再放眼望去，四周遍是花海与芬芳，在如梦如幻又真实可敬的情境下，李心月第一次认真地回望身边的"爱"。

她脑海中第一念闪现的是金小天。不知道为什么，表面上放荡不羁、实际上侠肝义胆的金小天总是不经意间带给她无限的安全和依赖，还有心跳。

至于楚之翰，他虽温文尔雅、款款多情，虽然让李心月感到温暖，但夹在她和楚之翰之间的恩怨却似一把利刃，让她对楚之翰的好感随时随地都可能变成血淋淋的伤痕。

相比之下，李心月的心更倾向于金小天，可她又看不透金小天，总觉得这个家伙后脑勺还有一双眼睛，那双眼睛充满警惕和距离，让她望而却步……

想到这儿，李心月无奈地叹了口气："可有的爱，我不能爱。"

"到底能不能爱，最终，还是要听从内心的召唤，还有神的旨意。千万不要自作聪明，欺骗自己的心，错过一份真爱，那样，无论你将来得到什么，最终都将事与愿违，更追悔莫及……"

央金的话深深打动着李心月，她用力点了点头："嗯，奶奶，我记住了。"

金小天扶着蒂娜往下走，他不时看手机，直到收到李心月发出的定位信息，金小天心情轻松多，借口方便，他躲开蒂娜和保镖的视线，来到树林深处向老冯汇报。

上海，公安局指挥中心大厅里人来人往，接电话的声音此起彼伏。

大屏幕上电子地图正是金小天他们所处的位置，一个绿色信号在闪着光。

老冯正盯着大屏幕上同步的地图观察变化，他的手机响了，老冯马上拿起电话："喂？儿子，你现在怎么样？"

"老爹，工间休息，上个厕所，跟你聊两句。"

"说吧，情况怎么样？"

"我们现在距离早上进山的地方已经走过了12公里，海拔提高了2500米。随行的小姑娘脚伤了，老太太派我和一名保镖护送她下山。"

"他们有借机接头的可能。"

"是，我把自己的追踪器放在李心月的口袋里了，起码可以提供大概的位置。"

老冯看着监控屏幕，只见目标移动中。

老冯夸赞："干得不错，这边交给我们了。但是后面你怎么办？"

金小天："我把蒂娜送下山就会返回山上，跟李心月他们会合。"

老冯："嗯，好的，记住，支援就在附近，我相信你的随机应变，但必须注意自己安全第一。"

"放心吧，老爹"。

金小天挂了电话看看四周，然后装出一副刚解决完内急的样子往回走。

蒂娜回想起金小天和李心月告别的情景，她心里有点酸酸地说，"小天哥哥，你为什么那么关心李心月？我觉得你对李心月比对盛夏和我都好多了。"

"什么为什么，我还关心你奶奶呢。"

蒂娜瞬间被取悦，眯眯眼笑道："你关心我奶奶，就是等于关心我，是吗？"

金小天一时语塞："小丫头，你说话，总让我接不住。"

这时，蒂娜脚疼没踩稳，摔倒在地。

金小天赶紧上前将她拉起来："小心点儿看着脚下面……"

蒂娜看看自己的脚忽然说："你可以接住我的。"

金小天懵懂："怎么接？"

蒂娜调皮地走到金小天身后，一跃而起，跳到他身上，双手环绕住金小天的脖子："背我哟。"

金小天猝不及防，狼狈道："别闹了，快下来。"

"我不下，我脚摔伤了，哎哟，疼。"

"是真疼么？"

"反正我走不动了，你背我。你答应我奶奶的，要安全地把我送回去。"

"怎么遇到了你这个惹事精，害得我临时改变计划……"

"你原来的计划是什么？是不是想单独和莉莉在一起，看山上的日落还看湖边的日出？"

金小天背着她走，没有接她的话茬。

蒂娜趴在金小天后背上，渐渐有了安全感。而金小天感受到少女的体温和芳香，身体骤然紧绷了起来，一旁跟随的保镖边走边偷乐。

金小天脸红了，他结结巴巴地说："把手松开点，我喘不过气来了。"

蒂娜搂得更紧了："不，我听见老虎叫。"

金小天瞧瞧四周："这地方没有老虎，熊或许还有。"

"我们要是遇到熊怎么办？"

金小天故意说道："把你喂了熊呀。"

蒂娜用手打着金小天的肩膀："你好坏，我要是被吃了，你以后可就再也见不到我了。"

"那可真是谢天谢地。"

两人正说着，金小天远远看见央金的大房车停靠在路边。

金小天立刻放下蒂娜，笑着说："好了，这下我任务完成了。"说着，他叮嘱保镖，"你开车把小姐安全送回酒店，带她到酒店医务室看看脚，我这就返回山上，跟央金奶奶会合。"

蒂娜一把搂住金小天的胳膊："不，小天哥哥，我要你陪我去看脚。"

金小天用力挣脱道，"不行，这回真的不行，眼看天黑了，山上很不安全，你这里已经安全了，难道你就不担心你奶奶吗？"

蒂娜听到这话，只好噘着嘴，不情愿地跟着保镖上了车。

金小天送走蒂娜，转身重新向山上走去。

Chapter 40

太阳落山，华灯初上。

楚之翰三人回到酒店餐厅，阿裴举杯说道："今天签下'活色生香'鲜花乳扇店，我们'稻草熊'网又赢了一单。"

盛夏也举杯："开心，干杯！"

阿裴和盛夏显得兴奋，楚之翰则眺望着远山，心中牵挂着李心月。

盛夏看到楚之翰为李心月牵肠挂肚的样子，心中难受，举起酒杯喝下一大口，放下酒杯说："凯文，不带这样的。大家开心，你这个Leader却不给力。"

正说时，辉哥和天蝎也过来吃饭，几个人再次聚在一起。

楚之翰情绪明显不如早晨高涨，他一直低头摆弄着手机短信，上面显示着两小时前李心月发来的定位信息，以及他的数条语音："心月，你们现在下山了吗？""心月，你们现在在哪里？""心月，听到请回复，我很担心……"

自从那条定位信息后，李心月就像消失似的全无音讯，楚之翰心神不宁。

阿裴看出他的思虑，不由得感叹："咱们 Leader 恐怕又在惦记某人了。"

辉哥故意问盛夏："他在惦记谁？"

盛夏撇嘴道："还能有谁，那个月亮呗！"

辉哥追问："她怎么了？"

"她陪着央金奶奶上山去了，现在失去了联系。"

楚之翰干脆拿起手机，拨通李心月的电话，可是回复是"对方不在服务区"。楚之翰站起来："不行，我得上山找他们。"

阿裴起身阻止："先别急呀，弄清楚情况再说。"

几个人跟着楚之翰匆匆起身，正这时，盛夏眼尖，一眼看到央金的保镖背着蒂娜走进酒店大厅。

盛夏指着蒂娜喊出来："蒂娜，蒂娜。"

楚之翰顺声看见，他立刻跑上前，紧张地询问："蒂娜小姐，怎么回事？你们在山上出事了？莉莉呢？"

蒂娜撇撇嘴说："我的脚扭伤了，奶奶非要让我下山，其他人还在山上呢。"

楚之翰松了一口气。

辉哥走上前："蒂娜，你怎么了？你奶奶呢？"

蒂娜惊讶道："咦，胡叔叔？您怎么也在。"

楚之翰望向辉哥一眼："怎么，你们也认识？"

蒂娜解释："他们公司和我奶奶在谈项目的呀。"

楚之翰："你奶奶，难道……"

辉哥笑道："呵呵，我确实代表公司和央金女士在接洽项目。同时呢，我也是你们直播旅行的忠实观众。看来，大家都是朋友。"

蒂娜看到盛夏，撇了撇嘴说："唉，惹祸精倒是总不缺席。"

楚之翰给盛夏使眼色，盛夏强忍着没有发作。

辉哥继续问着："蒂娜，你奶奶打算在山上过夜吗？需不需要我帮忙？"

蒂娜取出一个平板电脑，上面是卫星定位："胡叔叔放心吧，我奶奶他们还有好几个保镖呢。看，这是卫星定位，如果有什么事情，他们团队的人一按按钮，这边就能收到。"

平板电脑屏幕上显示的电子地图，能清晰地看到地形，旁边还有经纬度数字显示，央金等人的位置有一个绿色的光点不断闪动。

楚之翰认真看了看，辉哥也认真了看了看地图，并装作惊讶的样子："哈，现在的高科技可真是厉害。那蒂娜，你快点回房休息吧。"

楚之翰还是不放心地追问一句："蒂娜，莉莉爬山可以吗？"

蒂娜说："好着呢她，切，我都不知道那是我奶奶还是他奶奶了。"

辉哥同众人分手后，他带着几名手下直接向外走去，一直走到停车场，打开一辆车

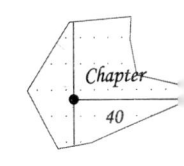

的车门坐进去，把手机递给司机小弟说："地图上这个位置，快。"

天蝎和两个小弟上了另一辆车，两辆车先后驶出，一起朝山上急驶而去。

丽萨与娜娜的谈判失败后，一脸沮丧地返回酒店。她没想到那个看似弱不禁风的老板娘竟然是比自己想象中还要强百倍。

就在丽萨经过前台时，一对台湾来的老夫妇正在办理入住手续。

服务员问："请问，您要入住几天？"

娜娜爸回答："两天。"不料娜娜妈纠正道："五天。"

娜娜爸回头看看老伴说："其他地方我们都住两天的啊，为什么这里要住五天？"

娜娜妈回答："你不要忘了啦，我们这趟出来是跟着娜娜的消费卡走的。她在其他地方都刷过卡，但是，那张卡是在大理消失了，再也没刷过。所以，我们要在这里多找几天。"

服务员又问："您二位到底要住几天？"

娜娜妈坚定道："五天！"

丽萨猛地听到"娜娜"二字，再回味老人的台湾口音，她停下脚步，转过身，走上前问了句："请问，您刚才说，您要找娜娜？"

娜娜妈妈点头："是的啦，那是我女儿。"

丽萨继续确认道："她原是台湾的公司女高管，对吗？"

娜娜父母激动地对视一眼，连连点头。娜娜妈冲到丽萨面前，一把抓住她的手追问："你知道她在哪里吗？我们找得好辛苦。"

丽萨目光狡黠，微微一笑："您先别急，我先了解一下，到底是什么情况？"

丽萨将娜娜的父母请到大堂的沙发前坐下，娜娜妈开始向丽萨倾诉了他们夫妇俩寻女未果的苦楚和辛酸。原来，娜娜在台湾的工作虽然很有成就，但却一直不太开心，于是娜娜决定休假去国内旅行。谁知道有一天突然给他们寄来一封信，说她要去寻找自己的幸福，让他们不要找她。夫妻俩又找到公司，这才知道女儿竟然辞职不干了。娜娜父母不放心，开始不顾一切地沿着娜娜在国内旅行的路线到处寻找女儿，跑了很多城市，找了很多地方却一直没有找到。

丽萨得到这些内幕，心中有了主意，她自称是娜娜的朋友，下定决心将这对老夫妻引入她设定好的圈套里。

"活色生香"的小院里，娜娜正悠闲地用一个小巧的青石磨盘磨面。阿明端着一盘

刚出锅的苦荞粑粑过来，然后在茶台上帮娜娜泡茶，将几颗金边玫瑰放进茶壶中。

娜娜看着阿明感到发自内心的幸福。可是这幸福中总觉得有一丝不圆满，想到至今她还未见过阿明的父母，娜娜觉得这正是不圆满之处。于是她对阿明说：

"阿明，我们既然已经结婚了，还是应该找个时间去拜访一下你父母吧。这件事，我在心里想了很久，你一直不带我去见公公婆婆，我想应该是他们反对我们俩的婚事。以前我是一心想嫁给你，怕他们反对，所以你不提我也装作不知道，但是现在我已经是你们家的媳妇了，不管他们对我什么态度，上门孝敬公婆，还是我必须要做的。不是有句话叫，丑媳妇总要见公婆的。"

阿明闻听，先是愣了一下，然后马上说："不，娜娜你不丑，你是最美的。只不过，我觉得还要再等些时间，现在小店刚上轨道，一切都要你亲自操作，等以后找个过节的时候，我们再一起回家看望两位老人家，你看好吗？"

"……好的。不过你还是要先跟他们提一下，我们已经结婚的事情，让老人家有点心理准备。"

"……其实，我跟我父母说起过，我们白族人从古到今，最尊重的就是读书人，他们对你这个博士儿媳妇很满意。放心吧，他们从来都相信我的眼光，支持我的决定。"

娜娜开心道："真的吗，阿明，你父母是支持我们的吗？"

阿明点头："是的。"

娜娜叹口气："唉，其实，我也没跟我爸妈说呢，我阿妈一直发愁我嫁不出去，不知道他们听到这个消息，是高兴还是生气……"

"找时间我也陪你回趟台湾，把欠你父母的礼节都补上。"

阿明把娜娜拉到茶台前坐下，温柔地将玫瑰花茶和苦荞粑粑端给她。

娜娜指着玫瑰花茶和苦荞粑粑说："阿明，你看，我亲手磨的面，你亲手摘的花，它们合起来像什么？"

阿明看看那壶茶，茶壶中的玫瑰，随着水的浸泡，花苞慢慢绽放开来，在水中显得异常美丽。阿明又看看苦荞粑粑，他不明就里地摇了摇头。

娜娜说："它们就像你和我，相守在一起，苦中有乐，苦尽甘来。"

阿明恍然大悟，感动中他拿起一块粑粑给妻子，娜娜倒了杯茶给丈夫喝，两人卿卿我我，缠绵悱恻。

这一幕却被娜娜的父母看在眼中，只见丽萨将他们带到院前，隔着栅栏，娜娜妈看到女儿和一个年轻小伙子亲昵的样子，不由得怒火中烧。

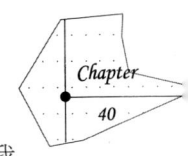

丽萨在旁边添油加醋道："阿姨，娜娜一定是被那个娶不起媳妇的穷小伙骗了，我一会就帮你进行直播，让网友们看到那个穷小子骗娜娜，让娜娜也知道真相，跟您回去！"

娜娜妈点了点头，然后大吼一声："娜娜，你让我们找得好苦呀。"

随着这一声吼叫，娜娜惊呆了，她急忙松开阿明，奔跑出来。

娜娜惊叫："爸妈，你们怎么来了？"

娜娜赶紧打开院子大门，让两位老人进去。

丽萨悄悄地躲到旁边，拿出电话拨通罗宾的电话："我这里五分钟以后开启直播，你那边指挥雇佣的水军，帮我把这个小店拉黑，让这个'活色生香'从网红变成黑店！"

丽萨挂断电话，表情狰狞道："哼，我得不到的，谁也别想要！"

丽萨举着手机，打开直播面对准娜娜一家人。

娜娜妈正在质问娜娜："这个黑不溜秋的家伙是谁？你怎么和这样的人在一起，是不是要气死我呀，女儿，你怎么可以这样子？"

娜娜爸也在旁边说："我和你妈找了你很久，凡是你走过的地方，我们都走了一遍。"

娜娜说："爸，妈，我不是给你们寄信了吗，我挺好的，你们不用为我担心。"

娜娜妈指着阿明说："这就是你说的好吗？你放弃台湾的一切，放弃事业，放弃父母，就为这样一个男人吗？他是谁，你说！"

娜娜介绍："他叫阿明，是云南本地人。阿明，这是我父母。"

阿明恭敬地喊了声："爸，妈。"

娜娜妈翻脸："谁是你妈，哪个是你爸？你乱叫什么！"

娜娜妈不容分说，拉着女儿就往外走："跟我走，跟我回家。"

娜娜使劲挣脱："这里就是我的家。我哪也不去。"

娜娜妈惊讶："这里是你的家？你什么意思？你不要认我们了吗？"

"不是的，妈，我只是，只是已经和阿明结婚了，我们是合法夫妻。"

娜娜妈一听，两腿发软，一屁股坐在椅子上，大口喘气。遂失声痛哭起来："哎哟，我不想活了……"

娜娜的母亲属于典型的小市民，有些势利，一心盼望女儿攀上高枝，嫁个有钱人。但女儿却偏偏选择了身份卑微的大理小伙子，这相当于男女私奔，娜娜的母亲感到丢尽了面子。

这时，丽萨不失时机地把镜头对着娜娜的母亲："阿姨，你有什么要对观众说的吗？"

娜娜妈情绪激动地对着镜头说："……我这个女儿，原本是台北大公司的高管，事业发展得很好，可是去年因为一个项目，说是心烦，要去散散心。我们也没说什么，谁知道，她突然邮来一封连地址都没有的信，叫我们不要找她，她要寻找自己的幸福去了。"

这段直播视频果然引发大爆炸，网友纷纷评论："不得了，姐弟恋啊，真的结婚了吗？""娜娜这么高学历高颜值是属于被骗婚了？""女博士竟然变成了小商贩，苍天啊！""我也得去骗个娜娜回来！""这样的秀恩爱，像艳遇，私奔那种。""不像，看他们样子很清纯的。""活色生香，改叫古城艳遇好了。""原来是家黑店……"事实上，这些弹幕也多是罗宾找来的水军在黑"活色生香"店，丽萨看到这些评论，感到十分满意，这就是她要的结果……

夜幕降临，雾气弥漫，若隐若现的手电光随着一个人正在一点一点向山上移动。

山路上，金小天举着手电，刚跳过一块石头，突然背上被狠狠打了一棍。

金小天向前扑倒在地，他立马翻过身来，他开手电筒左右照着，但什么都没有看到。这时又有人一脚踢在他手上，手电筒滚到了一边。

金小天猛爬过去想抓手电筒，他的两只脚分别被人抓住，把他猛地往后拉去。金小天的手和脸在地上摩擦，他惨叫着："谁呀，你们是谁？"

金小天挣扎着翻过身来，双脚乱蹬，抓他的人突然又松开他，不知所踪。

金小天赶快爬起成蹲姿，他大口喘着气，左右看去，四周除了雾什么都看不清。金小天起身往前走，但没几步又脚下被人绊了一下，这次他有所防备，一个踉跄站稳后，立刻向后踢出一脚。

雾气中传来"呜"的一声，人影依稀可以看到了。

金小天立刻追击，双拳不断打出去，都打在人影身上。但他身后又中了一棍，紧接着是另一边被踹了一脚。

金小天知道了对方人数众多，他就地打了个滚，向外跑去。刚跑了几步，金小天脸上被狠狠抽了一下，他颓然昏倒在地上，等他再醒过来时，发现自己已经被绑在了树上。

一辆摩托车穿越山林开过来，一个当地向导开着摩托带着楚之翰，两人经过一条崎岖的土路时，遇到一个土坑，摩托车连人带车摔倒在地。

向导爬起来看看前方说："雾太大，不能再往前开了。会出事的。"

楚之翰看看前方，取出五百元递给向导说："那好，我自己走上去。"

楚之翰从车上拿下自己的背包向前走去，向导看看钱，再看看楚之翰。

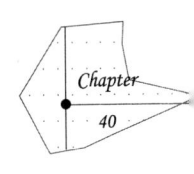

向导喊了一声:"喂,这么上山真的很危险,前两天,还有一个游客失踪了。"

楚之翰挥挥手:"没关系!我爬过的山多了,不会有事的!"

楚之翰独自向漆黑一片的山林走去,无论如何,他都要找到李心月……

地面因为冷雾变得湿滑,树叶与树叶的摩擦声,伴着乌鸦的哀鸣,好像奏着死亡之歌,整个山林显得阴森恐怖。

央金命令身边的两个保镖搭起帐篷来,一个保镖负责生火取暖,他们只能等到第二天再下山。

火生好了,李心月搀扶着央金坐在火前,两人都已精疲力竭,相依取暖。

火光映在李心月的面庞上,她忽然从央金老奶奶的身上获取了家人的温暖似的,对着火光感慨着:"奶奶,我好想念我的父母……"

"你的父母?"

"他们很早就过世了,就在您的故乡,香格里拉。现在,爷爷总算魂归故里,可是,我的爸爸……他在哪里呢?"

"看来,你真是个有故事的孩子。"央金轻抚着李心月的头发,充满怜惜地看着这个女孩。

李心月眼睛湿润:"我的故事,很伤心。但是,央金奶奶,我再伤心也不会放弃希望!"

央金轻轻点了点头,遂觉得口渴,四下找水喝。

李心月赶紧起身,拿着空壶说:"奶奶,我去那边接点河水。"

"嗯,别走远了,快去快回。"

李心月走到一条小河边接了一壶水,转身往回走,却发现深林中有发光的眼睛,李心月又冷又饿,以为自己饿花了眼。她端着水杯小心移动,不料那双发光的眼睛跟着她走,并发出窸窸窣窣的声音。

李心月吓得跑起来,不知不觉跑错了方向,跑来跑去,找不到返回的路。正在恐惧无助时,突然深雾中有手电筒的光芒在闪烁。

就听楚之翰的声音传来:"莉莉,莉莉。"

一个模糊的身影穿过浓雾渐渐走近,只见楚之翰背着一个超大的登山包,走得满头大汗。楚之翰看到李心月,加快脚步追逐,边追边喊:"你不要跑,是我!"

李心月看到远处有人影跑来,吓得大叫,边叫边跑,眼看就要被追上,她一紧张,回头之际一脚踩空,差点摔下山崖,这时楚之翰一步冲上前,一把抱住她:"莉莉,别

害怕，是我。"

李心月仰脸看到楚之翰的脸，突然想起了楚鸿飞的脸，她吓得晕了过去。

等李心月再次睁开眼，发现自己躺在一个帐篷里，身上盖着薄被，帐篷外燃起一团火光，一切都让她觉得格外温暖。

李心月起身，走出帐篷，只见空地上燃着篝火，楚之翰正低头忙碌着，卡式炉煮着方便面，空气中弥散着热腾腾的香味。

央金正坐在篝火前，端着一碗热腾腾的泡面吃着。看到发呆的李心月，央金笑道："你醒了，刚才可把凯文吓坏了。"

楚之翰看到李心月很高兴："正好，开锅喽，快来尝尝我的超级部队锅泡面，加了卤蛋和辣白菜的，这叫一个香，香格里拉都没这么香！"

楚之翰端着泡面锅向李心月走来。

李心月接过方便面，顾不上说话，饿极了的样子吃起来。

楚之翰一声不吭，只是微笑着看着李心月吃饭。李心月吃得太急突然噎到，楚之翰慌忙起身，拿出水杯递上去："喝点水再吃。"

李心月一口气喝了一杯水，然后头也不抬地继续吃面。

楚之翰看到她饿坏的样子，充满怜爱道："对不起，莉莉，我应该陪你们一起来的。"

李心月停下手中的筷子，抬头看看楚之翰："没关系，你是领队，当然应该以直播工作为重。"

央金看在眼中，楚之翰拿着空壶起身去河边接水。

央金手指夜空说："心月，你看。"

李心月抬头看，只见云开雾散，一轮明亮的月亮挂在天空，四周繁星闪烁。

李心月惊叹："月亮什么时候出来了？"

央金："就在你睡着的时候，它悄悄地出来了……其实，人生往往是这样，守得云开见月明。孩子，你心中的月亮也被云雾遮住了，所以，要勇敢地拨开云雾，看清自己的真心。"

李心月看看央金，又看看从远处走过来的楚之翰。

火光照耀下，他就像月光一样，闪烁着让李心月温暖与欢快的光芒。

一场见情
遇爱的旅行

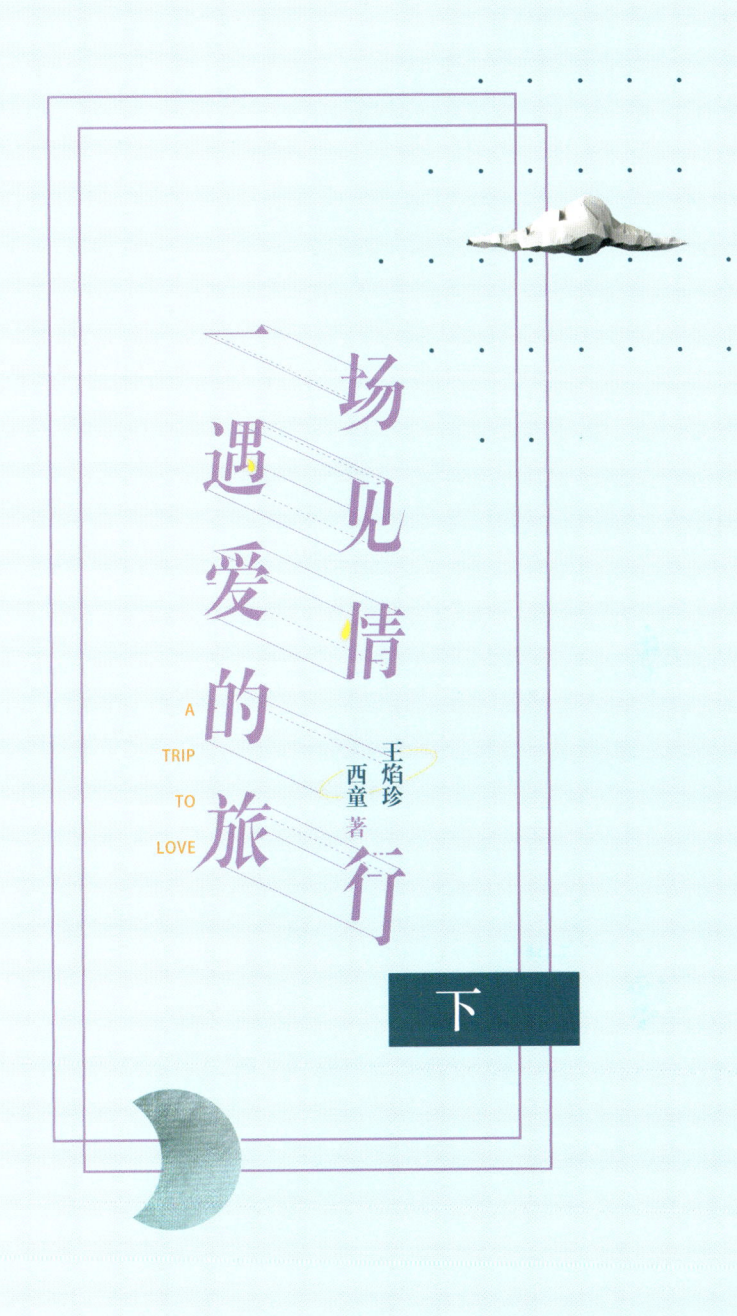

A TRIP TO LOVE

王焰珍
西童 著

下

长江出版社
CHANGJIANGPRESS

我要当你永远的护身符。

目录

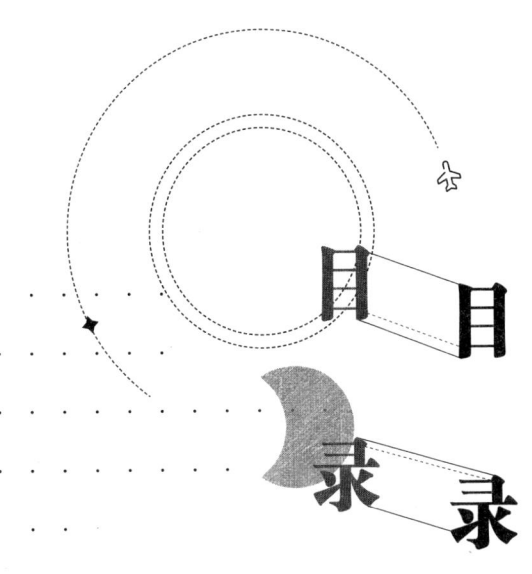

Chapter 41	323
Chapter 42	332
Chapter 43	341
Chapter 44	348
Chapter 45	355
Chapter 46	364
Chapter 47	372
Chapter 48	381
Chapter 49	391
Chapter 50	400
Chapter 51	409
Chapter 52	416
Chapter 53	424
Chapter 54	432
Chapter 55	440
Chapter 56	447
Chapter 57	454
Chapter 58	464

Chapter 59	474
Chapter 60	482
Chapter 61	492
Chapter 62	501
Chapter 63	511
Chapter 64	521
Chapter 65	531
Chapter 66	541
Chapter 67	549
Chapter 68	559
Chapter 69	566
Chapter 70	574
Chapter 71	582
Chapter 72	591
Chapter 73	599
Chapter 74	606
Chapter 75	615
Chapter 76	623

一场遇见爱情的旅行

Chapter 41

一个头发灰白的男人正蹲在金小天面前，眼神犀利地盯着他看。

金小天认出是辉哥，他马上一脸无辜道："你是谁，为什么要绑我？"

辉哥咧嘴笑道："小子，又见面了。"

"你抓我想干什么！"

辉哥从天蝎手里拿过他的短刀，在金小天面前摆弄着："别装了！你自己干过什么，还不清楚吗？"

金小天脑子里迅速盘算着对策，边想边应对道："我不认识你们，你们找错人了，放我走吧。"

辉哥眼光变了，刀子架在金小天脖子上："找错了？找的就是你！"

金小天一脸惊恐状："哦，我认出来了，我见过你，是在拍卖会上。还有上次在路上。我也见过他，他偷我们东西。"说时又看向天蝎，"你们是一伙的，你、你们到底是什么人啊！"

辉哥用刀把拍拍金小天的脸："还给我装！"话音一落，他一刀划过金小天的胳膊，立马鲜血淋漓，金小天发出惨叫声，疼得他整张脸都扭曲变形。

辉哥继续质问："什么人，该我问你吧。你三番四次阻碍我们，护着那个女的，你是什么人？"

金小天哆嗦着解释："我谁也不是，我就是个过路的，陪着老奶奶上山撒骨灰的……"

辉哥一刀戳在金小天腿上，金小天大声惨叫，声音穿透寂静的深林，令人不寒而栗。

辉哥冷笑："使劲叫，没关系，这够远，他们听不见的。"

金小天咬牙切齿地瞪着辉哥："你大爷，有本事放开我……单挑啊！"

辉哥站起身来："他喊我单挑，你们说怎么办啊？"

天蝎和其他三人围着金小天一顿猛踢，很快，金小天被打得鼻青脸肿，不成人样，紫黑的血从他嘴角流下，惨不忍睹。

辉哥走上前蹲下说："硬骨头？不错。但你不说，也没关系。"

金小天吃力地抬起眼皮看着辉哥："我……不知道……说什么……你抓我……干什么……"

辉哥抓着金小天的头发，凶狠地问："你是不是警察？"

金小天心里惊了一下，但他继续跟对方演戏："我……要是……警察……早把……你们……毙了。"

"那你跟着那女的干嘛？你都知道些什么？"

"我不认识……你们……"

辉哥把刀从金小天腿上拔出来，金小天又惨叫了一下，辉哥又把刀尖抵在金小天心口，金小天的胸口快速起伏着，心怦怦地跳动着。

辉哥又把刀往前推了一寸："小子，我再给你最后一次机会，你说的话，自己可考虑好后果。"

金小天打定主意从那幅画上把辉哥绕进去："我说…我说…别杀我，别杀我！我不是……不是警察！其实，我也是……为了钱……才跟着李……李心月的！"

辉哥大声问："说仔细。"

"有人……有人让我从她手里偷东西！……偷一幅画！"

辉哥眉毛挑了一下："哦？什么画，谁让你偷的？"

"拍卖的画……上海……拍卖会……咳咳咳咳。"

金小天剧烈地咳嗽起来。

辉哥拿回刀，抽了金小天一巴掌："接着说！"

金小天喘了一口气："我不知道，是谁找我，我当时在拍卖会，碰到了你，然后也看见了这个女孩。她正好住我亲戚家的房子……我开始看她漂亮，又有钱，想泡她……结果第二天，就有人找我，让我从她那拿找……找画。他答应给我……十万块。那人好像，是个画家……"

辉哥眯起了眼睛盘算着，问："那你，怎么没偷，还一路保护她啊？"

"我……我没答应他。他让我偷画，我知道那幅画，值钱，于是我就没答应……我想……我想自己找，可是找不到……于是我就想跟她混熟点，混成她男朋友，问出来……"

"所以，你保护她，是想独吞那幅画？"

金小天点了点头。

辉哥又问："那个画家，姓什么？"

"好像是姓……楚，我也不确定是不是姓这个……"

辉哥若有所思地看着金小天。

"我根本不知道，这画背后有什么麻烦……我以为不过几个小毛贼……你们是谁……也是为了画来的？"

辉哥冷笑一声："嘿，你以为只有你一个人爱钱？只不过，有些钱，你未必有命享。"

金小天装可怜："我都说了……放了我吧……"

辉哥没有说话，为了证明这小子的话，他突然从金小天兜里掏出手机，追问出密码，打开手机锁屏，开始翻看金小天微信和信息，发现信息内容多是跟"老爹"的对话，对方的头像是一个平凡的中年人。

辉哥继续查看其他聊天记录，也都是一些日常琐碎，叮嘱金小天多吃菜，各种朋友圈饮食养生的链接。

最后，辉哥又打开通话记录，里面前排的除了李心月就是老爹。

为了一试究竟，辉哥找出"老爹"的电话号码按了下去。

上海公安局指挥中心，老冯正在房间内焦急地走来走去，边走边对大刘和小马说："金小天的手机定位消失了50分钟了，要想办法尽快找到他。"

大刘说，"我们已经调动了当地的警力，根据金小天手机最后用国际网络IP发出的位置进行搜救！"

老冯刚要说话，抽屉的电话响了，他马上示意大刘和小马安静。

老冯谨慎地拿起电话，接通后装作睡眼朦胧的口气，打了个哈欠："喂，兔崽子，这么晚了还给我打什么电话？"

电话里传来金小天的声音："喂……老爹啊……我今天加班呢，按错了，吵你睡觉了吧。"

"当然吵我睡觉了，你个兔崽子，你会加班？有气无力的，是不是没干好事啊！"老冯边说话边指着手机，冲大刘做指示，大刘马上操作平板电脑，跟踪手机信号。

金小天回道:"屁……我还没搞定女朋友呢……我刚才……锻炼来着。你个老东西,给你打电话,你还不高兴。那就不说了,你换个姿势,接着睡吧。"

老冯刚要说话,电话挂断了,他马上问大刘:"怎么样?"

大刘失望地说:"时间太短,但是定位了大概的区域,距离之前他的位置信号有三公里,我已经通知了前线人员,应该很快就到。"

老冯叮嘱:"一定要小心,不要打草惊蛇,保证金小天的安全第一!"

苍山上,辉哥慢慢把手机收回去,但眼神仍然审视着金小天。

金小天马上说:"我真没说谎,这位大哥,放了我好吗,我还在流血。"

金小天的大腿不断流着血,已经染红了裤子。

辉哥把玩着刀子,阴森森地笑起来:"我可没说过,你不撒谎就要放了你啊。"

"我也认识,认识蒂娜,看在她的份上,别杀我……"

"放心,我确定她听见你意外身亡时会很难过的。"

金小天闭上眼睛:"我今天,什么都没看见,我是自己摔的,我什么都没看见……"

辉哥又把刀子抵在金小天的喉头:"你要怪就怪你自己,挡了我的道。"

金小天露出一幅乞丐相:"大哥,我求你别杀我,画的事,我帮你!"

"不需要,下辈子再做人,小心点,懂吗?"

辉哥眼里闪出寒光,他握紧刀子逼近金小天,正要下手时,天蝎听到远处有动静,马上说:"哥,有人!"

辉哥停住了手,向后看去,这时一道手电筒的光芒扫过他的脸。

辉哥站起身来,把刀藏进袖子,几个小弟把金小天挡在身后。

一名巡警闪着手电光开始问话:"前面的是什么人?"

随着那名巡警走近,只见他身后还跟着几名巡警。

辉哥马上回答:"过路人。"

打头巡警用手电光从辉哥等人的脸上下移,又照到地上的木棍,他立刻把手按在了枪套上,大声警告道:"前面的人听着,我们是警察。你们是什么人,为什么地上有武器?"

辉哥眯起了眼睛,众小弟慌张地望着辉哥。天蝎趁着前面的人墙阻挡,把捆金小天的腰带解了下来。

辉哥等人的手向后腰移动过去,他向天蝎使了个眼色,天蝎恶狠狠盯着金小天,示意他老实点,别乱讲话。

金小天立刻明白他们的意思,心想,就趁这个机会跟辉哥走近一点,也许对安案件有帮助，于是他大声对巡警解释：

"警察同志，别误会，他们是……救我的人！"

辉哥众人都一愣，金小天又说："警察同志，别开枪，他们救了我。"

辉哥一听，顺势把金小天搀扶了起来。

巡警走上前，指着地上的木棍问："那这棍子是怎么回事？"

金小天解释："警察同志，我出来撒尿，碰到了熊。还好这些人路过，救了我。这些木棍都是刚才打熊用的。"

另一名巡警上前问："刚才我们接到报警，有个摩的司机说一个男子自己进山，害怕有危险。说的是你吗？"

金小天："是我，是我……"

巡警问："你叫什么名字？"

"我叫，金小天。"

巡警们的手从枪套上拿开了，他们张开了手。

打头的巡警说："没事就好了，大晚上瞎跑进山干什么。"

辉哥等人也放松下来。

巡警们照例上前检查了一番，辉哥和手下非常配合。

辉哥说："既然有警察来了，我们就先走了。小子，下次再碰到这种事，可别指望运气了。"

辉哥拍了拍金小天的肩膀。

金小天赶紧装得很客气："谢谢……谢谢几位大哥……救我小命。不会再有下次了。"

辉哥等人迅速走开。

一名巡警发现金小天的伤口，担心道："流了不少血啊，用不用给你打120，还是跟我们警车去医院吧？"

金小天把流血的腿往后躲："没事，皮外伤，我的朋友们就在山上露营，我去涂点药就行了。"

打头的巡警上前一步，查看金小天的伤腿，趁势靠近他耳边说道："冯队让我们过来的，你信号失联，队里很担心你的安全。"

金小天心头一热，任凭巡警查看伤势。

巡警继续说："用不用给你送过去？这连手机信号都没有。"

金小天谢绝道："不用，不用。谢谢你们了。"

巡警只好说："行吧，随你。"然后对着对讲机说，"进山走失的找到了，收队。"

巡警们先后离开，金小天捡起手电筒，一瘸一拐地向山上走去。

远处，辉哥等人正躲在不远处看着。

天蝎小声问："哥，就这么放了他？"

辉哥狠狠地说："他之前要是敢往警察跟前走一步，他已经死了。我们撤。"

辉哥等人转身走了。

金小天一瘸一拐地走着，耳边仍然回荡着巡警和老冯的声音："是老冯让我们过来的。""安全第一。""用不用我们送你过去？"

在这漆黑凶险的深山之中，老冯和警察们的关爱、保护让金小天感到他不是一个人在行动，他身后有着强大的力量支撑他继续向前走，还有，来自老冯如师如父般的温暖与鼓励……

金小天抹一把脸，脸上的汗水和泪水被一并擦去。前方已经可以看到露营地的火光，他朝着光亮走去。

山上，李心月搀扶央金进帐篷。

帐篷是单人的，空间很小，李心月照顾老人躺到下，帮她拉上睡袋。

央金拉住李心月的手："来，孩子，今晚就凑合着跟我一起睡吧。"

李心月摇摇头："奶奶，这里太小了，您安心睡，我另外找地方休息。"

央金看了李心月一眼，无力地点点头，疲惫地闭上眼睛，她实在太累了。

李心月小心翼翼地退出帐篷，楚之翰迎上来问："你怎么出来了？今晚你就和奶奶一起睡吧。地方有点小，但毕竟还是暖和的。"

李心月摇头："不，央金奶奶今天累坏了，让她一个人好好休息吧。"

楚之翰想了一下，马上说："跟我来，我带你去个地方。"

楚之翰拉着李心月来到一个山坡的空地处，那里有一棵古树，坚固的树枝上，搭着一个精致可爱的木房子，一个梯子靠在树干，通向上面。

李心月好奇道："那是什么？"

楚之翰开心地说："一个树屋，我刚才打水的时候发现的。我们上去看看吧。"

楚之翰打开一盏头灯，他和李心月手脚并用地爬上梯子，爬进树屋。

在明亮的头灯照射下，两人看清屋内的情景。只见屋内地板上铺着一屋塑胶垫，收拾得很干净，看上去像有人住过。墙壁上挂着一块精致的木牌，上面写的是法文，楚之翰好奇地凑上前翻译成中文道:"……我是这座小木屋的主人让波若,向一个中国姑娘表白失败后,追寻她的脚步从法国远道而来。我在此搭建小木屋,耐心等候……最终在这间小屋表白成功,得到姑娘的芳心。所以这座小木屋是幸运小屋,爱的小屋。我已带心上人返回法国,小木屋留下,送给天下有情人,祝愿你们终成眷属。让波若,2018年3月6日。"

李心月感叹:"看来这是树屋的屋主留下的。好美啊,像童话世界。我们今晚就住在这里吗?"

楚之翰微笑着点头:"当然,山上野外湿气很重,我们就在这里吧,你也累了,赶紧躺下休息会儿,天一亮,我们就下山。"

李心月点头:"好的。我还从来没住过树屋呢,只在动画片里看见过。"

李心月和楚之翰并肩坐在树屋边上,两人沐浴在月光下忽然都没了睡意,似乎被这童话般的美景感染着。

李心月说:"记得我童年的时候经常去香格里拉,爸爸妈妈带着我在山上玩,爸爸画画,我和妈妈采蘑菇,那些蘑菇又大又圆。那时候,我看到的雪山上的月亮就是那么大那么亮。"

楚之翰看着李心月:"你是在香格里拉长大的,难怪你说香格里拉是你最想去,也是最怕去的地方。"

李心月点头:"后来爸爸外出写生,在雪山遇难,妈妈去奔丧的时候也出车祸去世了,所以,我就成了孤儿,后来跟着一个阿姨去了四川。"

"对不起,让你想起伤心的往事。"

李心月故作轻松道:"没什么,这么多年过去了,我已经习惯了,一个人也挺好呀。"

楚之翰怜爱地看着心月:"你是我见过的最坚强的女孩!有时候我很羡慕你,凡事只跟随自己的内心,不会有那么多的羁绊。不像我,凡事都得听我父母的安排,尤其是我母亲,她经常堂而皇之地命令我做应该做的事,我根本无权做自己喜欢做的事……"

"楚大少爷,您可是有点炫富拉仇恨了啊,别身在福中不知福了。"

"你是不知道,别人家是严父慈母,我们家偏偏是慈父严母,从小我就生活在我妈的高压之下,事事都得听我妈的,就连穿衣服穿袜子都是她做主。"

慈父李心月看着楚之翰,眼神变得幽深起来。李心月心想,看来你并不了解你的父亲,他其实最凶恶残忍的人。

楚鸿飞捕捉到李心月的眼神,两人目光于空中交错,李心月看到他眼中的炙热,别

过脸去，掩饰道：

"哈哈，有一种冷叫你妈觉得你冷，这说明你妈是亲妈呀。没有你妈的严格管教，你能混成今天这个样子？开着商务车，带着我们这些伙伴，一路游山玩水。"

楚之翰叹息："哪里是你想的那个样子，我是表面光鲜，内心的痛苦，你们谁也体会不到。为了走出我爸妈的影子，我选择出国留学，学商业学管理，谁承想最后还是回来了。"

"你爸是大画家，你妈开着那么大一画廊，就你这么一个孩子，你们楚家家大业大，肯定要千方百计把你拉回来子承父业。"

"小时候，天天被我妈逼着画画，跟噩梦一样，听他们一聊画，我就烦。"

李心月长叹一口气："哎，我倒是喜欢画画，但是天天跟饥寒交迫做斗争，有空拿笔，也没画画的心境。最多只能画饼……"

楚之翰好奇道："什么饼？"

"画饼充饥的饼。"

楚之翰被逗乐了，看着眼前坚强独立、美丽可爱的李心月，内心压抑的爱洋溢在他的笑容里，眼睛里……

金小天终于来到央金的露营地，他顺着火光看到三个保镖守在一个帐篷外，金小天走过去，急切地追问："李心月和央金奶奶在里面睡了吗？"

一个保镖说，"董事长在里面睡了，李小姐嘛，"保镖指指远处的树屋，"她和楚之翰在那里。"

金小天顺指望去，只见一个树屋架在一棵大树上，依稀能听到人里面传出的笑声。

金小天犹豫片刻，他慢慢朝树屋走去，走到树屋下，沿着木梯一步一步地向上爬去，爬到半截时，就听楚之翰正在向李心月表白："莉莉，一直以来我，我……你不要告诉我，你没有感受到我对你的爱。"

李心月沉默不语，金小天不由得停下了脚步，他站在木梯上进退两难。

突然，李心月指着天空说："快看，流星。我们一起许愿吧。"

李心月开始低头许愿，楚之翰想要表白的勇气再次被击退，这让他有些懊恼，于是他用双手捧住李心月的脸，强行让她面对自己，霸道地追问："你为什么一直逃避我？"

李心月躲开楚之翰的目光，说："我没有。我只是，在许愿。"

"那么，你有什么愿望能告诉我吗？我们一起努力实现它，好不好？"

李心月等的就是这句话，她鼓足勇气，直视着楚之翰："我的愿望，你真的愿意帮我实现吗?"

"当然!"

"那好,我想让你送我两幅画。"

楚之翰一听,愣了一下,马上又问:"什么画?"

"一幅是你父亲的早期作品,另一幅是他的好朋友李奇峰的早期作品。"

李心月的话让楚之翰大感意外与困惑,也让偷听的金小天大吃了一惊。

Chapter 42

楚之翰追问李心月:"为什么想要他们的早期作品?"

李心月眼神飘向窗外无尽的黑暗,违心回答道:"因为我从小就热爱画画,但没能实现成为画家的愿望。所以,我崇拜画家,尤其是李奇峰,还有……"说到这儿,她回头直视着楚之翰,"你的父亲……"

楚之翰表情复杂,心中为难,因为以他对父亲的了解,想从父亲那里得到这两幅画很难。

李心月从楚之翰的表情看出他的为难,马上说:"既然你为难,那就当我没说吧。"

楚之翰赶忙解释:"不,我想,你这个愿望,我要等到回上海以后,才能去帮你实现。首先,我得说服父亲,恐怕,还要说服母亲……"

李心月急切道:"不,你不能告诉他们,而且,我等不了你回上海,我,想尽快得到那两幅画。"

面对李心月这个急切又奇怪的要求,楚之翰更加为难了,但为了不让李心月失望,他还是硬着头皮说:"那好,我想想办法,好吗?"

李心月继续逼宫道:"你有什么办法?"

楚之翰只好说:"你给我点时间,让我好好想想。"

李心月只好退了一步:"好吧,我等你,想出办法……"

楚之翰的表白被两幅画莫名其妙地打乱了,而在外面偷听的金小天也被李心月的奇怪愿望惊到了。

他悄悄退下来,坐在安静的地方让自己想清楚,李心月为什么突然向楚之翰索要楚鸿飞和李奇峰的早期作品,而这个李奇峰又是谁?

332

金小天百思不得其解，但至少，他一路跟下来，发现李心月既没有跟任何人接头，看上去与辉哥也无关联，反而一直在跟楚鸿飞及其作品有着不可告人的渊源。

晨光熹微，万物翠绿，彩霞满天，鸟儿鸣叫，清风徐来。

晨光照射进树屋，霞光映照在李心月的脸上，勾勒出她脸上的每一个细节，长长的睫毛，俏俏的鼻尖，柔和的面颊。楚之翰看着这美好的一切，呆呆出神。李心月慢慢醒来，发觉自己身上盖了条毯子，楚之翰坐在她身边。

楚之翰温柔地说："你醒了。"

李心月赶紧爬起来，看看楚之翰黑青的眼窝问："你……一夜没睡吗？"

楚之翰直视着李心月说："莉莉，我想了一夜，终于想通。你不用紧张，这么短时间让你接受我，也许有点突然，但是，我不会放弃，我会努力地先让你喜欢上我，然后爱上我。"

李心月表情复杂地看着他，无从回答。这时楚之翰掏出一支防水油墨笔，在木牌的空白处写下一行中文："第一次表白失败，但不放弃！等我们再来！楚之翰　2018年3月20日。"

李心月面对这样一行字，她不知道该如何告诉楚之翰自己内心的秘密……

这时，金小天在树屋下喊起来："莉莉，楚总，咱们该出发了。"

李心月听到金小天的声音，顿时开心起来，她从树屋上下来，声音上扬："金小天，你什么时候回来的？"

"昨天半夜啊，来的时候，看你睡得跟猪头一样，就没打扰你。"金小天一脸轻松地调侃道。

此时的李心月听着金小天明亮的声音特别舒服，她没有和金小天互怼，而是认真地看着他。忽然她发现金小天身上的血迹和伤痕，紧张地问："你怎么了？"

"噢，昨晚天太黑了，一不小心，摔进沟里，划破了点皮。没事。"

李心月紧张地检视金小天的伤口，眼见血已结痂，再看他浑身上下到处是淤青肿包，时竟心疼得手足无措。"这怎么办？带的医药包全掉进山里了。"说着，她掏出一块手绢轻轻地帮金小天擦血渍。

这么一碰，反让金小天疼得叫出声来："哎哟，你要谋杀亲夫啊！你是吃了猪饲料么，下手这么重！"

李心月并没有放手，反而更加轻轻地帮他擦拭着，目光温柔。

这时，央金走出帐篷，她看到李心月对金小天下意识的反应，再看站在一旁的楚之

翰的表情酸涩，心里明了了李心月的心意……

楚之翰咳嗽了一声，打断两人的浓情蜜意："小天，咱们一起收拾好行李物品，准备下山吧。"

金小天马上应道："好嘞！"

众人一起收好帐篷，李心月搀扶着央金，大家开始下山。等到手机刚恢复信号，盛夏就给楚之翰打来电话："楚总，不好了，'活色生香'出事了。"

楚之翰将央金送回酒店后，立刻带着大家一起赶到"活色生香"乳扇店外，眼前的情景令人唏嘘。

只见店门紧闭，门外墙壁上被恶搞者涂鸦，各种恶搞图文出现。其中鲜花乳扇被恶搞成大便形状，下面写着"狗男女，滚出古城"等字迹……

阿裴倒抽一口冷气，惊叹道："天哪，惨不忍睹啊，昨天还门庭若市的，今天就关门大吉了。"

李心月弄清整个事件的原委后，她总觉得哪里不对劲，为寻找线索，她开始搜索其他人上传的小店视频，终于发现了丽萨的身影。

李心月立刻打电话寻问海伦，海伦支支吾吾不置可否。李心月又问戴维，戴维告知她是丽萨找来水军黑了"活色生香"店。

这下真相大白，盛夏借题发挥道："本来好好的，都怨莉莉的前同事，你们之间有什么矛盾我不知道，但不应该牵怒牵到他们身上，这也太冤了吧！"

李心月内疚道："小店因为丽萨的直播才弄成这样，我一定要负责任。"

楚之翰纠正道："不是我，是我们一定要负责。这件事由我们的直播引起，再说，飞马旅游网的人从中作祟，他们不单单是冲着莉莉来的，更重要的是，飞马网利用曝光个人隐私打击乳扇生意，他们真正的目的是从我们手上抢单。"

金小天点头："没错，我们有责任帮他们渡过难关。既然他们是冲着'稻草熊'网来的，我们必须打赢这一仗！"

李心月想了想说："首先需要做的，是立刻洗清娜娜的私奔形象，重新挽回这对爱人在网友心目中的健康形象。"

盛夏撇嘴道："说得轻巧，已经黑成这样了，怎么挽回？"

李心月充满自信道："就从那段视频里找突破。"

接下来，李心月回到车上带领大家一起研究那段黑视频回放，但大家都没有发现有什么办法可以帮助小店逆袭的。盛夏索性说：

"我看我们还是老老实实向网友道歉吧,反正是我来丢这个人。这件事无法反转了。"

然而,娜娜妈嫌弃阿明穷的一段对话引起了李心月的关注。

视频中,娜娜妈喊着:"我求求你了,乖女儿,跟我回台湾吧!"

娜娜坚持道:"我不能跟你回去,我的家就在这里。"

娜娜妈看看四周生气道:"这是什么家?这只是个店,过这种日子你将来会受一辈子穷,一辈子苦的!三叔给你介绍的韩教授,人家要什么有什么,身份地位,房子车子,相貌排场,什么没有啊?你为什么死活看不上,非要跟着一个土包子呢?"

娜娜看着阿明说:"妈,他现在是我丈夫,我不在乎他有没有钱,我在乎的是他人好,心好。"

阿明也在旁边说:"阿姨,我想说,您放心,我保证不会让娜娜受穷,受苦的。"

娜娜妈举起女儿的无名指,只见娜娜无名指上戴着一枚绿得发亮的戒指。

娜娜妈嘲讽阿明:"这就是你给的幸福吗?一看上去只值三十块钱的结婚戒指。难道我女儿嫁给你,只配戴地摊货吗?"

阿明看着那枚戒指欲言又止。娜娜赶紧替阿明解围:"我不在乎,我不在乎结婚戒指值多少钱,我在乎的是,阿明对我的一片真心。妈,你就放过我们吧!我是不会跟你回去的!"

"傻女儿,人心会变的,你三十五,他二十六,等他变心的时候,你已经老了,一切都晚了……"

李心月突然发现了什么,她将画面倒回并定格在娜娜手上戴的戒指上。

金小天感慨道:"我看这个台湾丈母娘根本嫌贫爱富,想要她答应这门亲事,除非能在两天内把阿明变成有钱人。"

阿裴感叹:"两天之内变成有钱人,这不是天方夜谭吗。你让阿明去偷去抢去贩毒啊。"

李心月轻松地靠在椅背上,伸了个懒腰说:"不用把阿明变成有钱人,因为,他就是一个有钱人!"

楚之翰跳起来兴奋道:"什么意思?"

盛夏打趣道:"莉莉,这是啥眼神,我说呀,他比金小天还不如。"

金小天听到这,一副躺枪的表情。

李心月说道:"……你们看,娜娜手上戴的戒指根本不是地摊货,至少两万美金,价值人民币十多万吧?这是个名牌。"

李心月打开一个品牌珠宝的国际官网，找出一款戒指的图片，给大家看。

盛夏对比下来说："也许是个高仿呢，我还是不相信娜娜手上是真的。"

李心月将戒指图片放大："这个美国品牌一贯走简约风，没有那些高档首饰的镶钻鎏金什么的，所以容易被人看走眼。你们看，戒指的下方藏有设计师的私人 Logo，因为他的设计理念很前卫，这个品牌也比较小众，所以，一般人都不知道，高仿也不会打它的主意。"

楚之翰笑道："看来所有人都把珍珠当鱼目了。"

盛夏好奇道："莉莉，你不是没有钱吗？怎么对名牌珠宝这么了解？"

"因为我的专业是美术设计，上大学的时候，有一门国际品牌欣赏的必修课，我是全优。"

李心月看了眼盛夏心爱的坤包："你这款倒是仿得不错。"李心月说时冲盛夏挑了挑眉，盛夏气得翻了个白眼。

金小天想到问题的症结所在："……这个阿明到底什么来头呢，他为什么要隐藏身份？"

楚之翰说："我们最好找一个当地人去问问清楚。"

盛夏突然眼有一亮道："找辉哥呀，他常年在外旅行，没有他不知道的事情。"

金小天敏感地追问："你怎么跟辉哥那么熟？"

盛夏一脸自豪地介绍："人家可是我的忠实粉丝。"

楚之翰回头看着他们说："盛夏，你赶紧给辉哥打电话。"

盛夏愉快地："好。"

金小天把楚之翰拉到一旁："怎么我就一天不在，连你也对这个辉哥这么信任？你了解他吗？什么来头？"

李心月看了金小天一眼："你怎么跟警察审犯人似的。"

这时在旁边打电话的盛夏尖叫起来："什么，那么大的来头……"

房内所有人都奇怪地看着手足舞蹈的盛夏，盛夏放下电话，一脸神秘又兴奋地对大家说了句："这下，我们有搞头了！"

李心月看着盛夏的表情，会心地笑道："那么，大家就动起来吧。"

酒店，娜娜爸将行李箱合上，娜娜妈握着女儿的手，像看守犯人一样始终不松手。

娜娜哀求着："妈，你捏痛我了。"

娜娜妈坚持不松手："那我也不松手。"

"我不会走的了。你放开。"

"你不走，好！"娜娜妈突然松开了手，径直走到窗户前，将窗户打开，整个人跳上窗台，做出随时准备跳楼的架势。

娜娜和父亲吓坏了，两人一起冲上去。娜娜妈大叫："都别过来，娜娜，你先说，你跟不跟我走？"

双方正在僵持时，房间门铃响起，娜娜爸走向门口："别闹了，有人来了。"

娜娜爸打开房门，只见李心月和楚之翰笑容可掬地站在门口，两人穿着灰色西装，看上去像某个行业的工作服。

娜娜爸问："你们是……"

李心月自我介绍："您好，我是古城旅行社的导游，这是我们老板楚先生。"

娜娜看着楚之翰，楚之翰向她眨眨眼，娜娜愣了一下，回了个会意的表情。

楚之翰接着说："先生太太你们好，欢迎你们来云南古城，你们是我们旅行社接待的第一万名客人，我们正在做一个回馈游客的活动，祝贺你们中奖了，接下来，我们旅行社会免费邀请你们游玩云南古城。"

娜娜爸说："可是我们明天都要回台湾了。"

娜娜妈赶紧从窗台上跳下来，跑步到门口："免费的，好啊。我们第一次来云南古城，以后也不会再来了，不要钱旅游旅游也是好事啊。"

李心月鞠躬："谢谢您的赏光。这是我们旅行社送你们的小礼品。"

李心月给他们送上几大盒包装精美的云南土特产礼品包。

娜娜妈看见那么多的东西，疑惑立刻解消，眉开眼笑接过礼品："赠送的啊，你们旅行社好大方噢。谢谢你们。那我女儿……"

李心月立刻说："你三位可以都免费的。"

娜娜妈喜笑颜开地对老伴说："那我们马上就去就把机票改签一下，推迟两天走好了。"

楚之翰立刻又说："您把机票交给我吧，我去帮你们改签，免费的。"

娜娜爸取出机票递上去："太好了，我心里正在遗憾，来到云南这么美丽的地方，却哪里也没有观光一下，回到台湾都没法跟朋友聊天了。"

娜娜爸爸机票交给楚之翰，楚之翰接过来，和娜娜交换了一个眼色。

娜娜马上说："爸妈，你们好好玩，这里好玩的地方很多。"

娜娜妈说："你跟着我们，一步不许离开，人家旅行社也讲了你可以和我们一起免

费玩。你不要想自己偷偷地去和那个什么阿明阿黑的见面。"

"好好，您就放心吧。这两天我哪里也不去，24小时陪着您和爸。"

楚之翰、李心月顺利拿到机票，看向娜娜点了点头，两人离开。

接下来，李心月和楚之翰以导游身份带着娜娜一家人开始大理一日游。一天之内他们游历观赏了洱海、三塔、蝴蝶泉，李心月发挥着做导游的天赋，每到一处都很专业地向一对台湾老人介绍祖国的大好河山。楚之翰则跑前跑后，负责买门票、买饮料、买小吃，把两位老人照顾得无比妥帖。一旁的娜娜虽然不知道楚之翰的葫芦里卖的什么药，但她知道一定是为帮助自己，她始终假装不认识两人。

一天玩下来，娜娜的父母玩得尽兴，也都有些累了。眼看夕阳西下，娜娜妈想回酒店休息，楚之翰和李心月声称还有最后一个地方没去，他们要带娜娜去观赏当地的花田和白族人的庭院。

娜娜父母只好提着兴致跟随李心月走到一个山坡上，俯瞰大片大片的花海，随着阵阵清风，花香袭来，所有人震撼赞叹。

娜娜爸妈异口同声地说："太美了！太美了。"

娜娜也被震惊到："我还从来没来过这里。不知道这边还有那么大的花田。"

李心月介绍："大家所看到的这个美丽的地方是美湖农庄。眼前的八百亩花田，以及之前我们看到的湖泊、山林和草场都是农庄的产业，他们养羊、养花、养殖水产和各种野生菌，听说每年纯利润千万以上。"

娜娜妈说："哇，想不到云南古城这个小地方，还有这么有钱的人？"

娜娜爸："太太，你在台湾也没见过有钱人啊。"

娜娜看不惯母亲势利的模样，她刚想说什么，李心月对她轻轻摇了摇头，示意她把话咽回去，娜娜只好默不作声。

李心月又说："是的。现在，我就带大家去农庄主人家中看一看。"

李心月带着大家走向花海深处，一个气派非凡的白族院落渐渐显现。

整幢白族院落呈现出"四合五天井"的构架，一看就是大户人家。进门处迎面高大的照壁上画着"百鸟朝凤"，花坊、门窗上雕刻着鸟兽、山水以及各种白族先祖的典故。走进去，到处是木雕、石雕、大理石屏，可谓中角飞檐，花枋精巧，斗拱重叠，雄浑稳重。

李心月带着娜娜一家人走进这幢漂亮的白族庭院后，几位白族姑娘手捧茶碗迎上来，一起清唱着动听的民歌《三道茶》，依次向客人们献上苦茶、甜茶、回味茶。

盛夏和阿裴拿着手机开始直播，盛夏向大家热情地介绍道："'稻草熊'的粉们，大家好，现在我们来到了大理著名的美湖农庄，现在咱们看白族迎接宾客的仪式。"

这时，一对身穿白族服饰、笑容可掬的中年夫妇迎上来，李心月赶紧介绍："董事长好，夫人好，这几位是从台湾来的客人。"

白族夫妇对着娜娜的父母说："欢迎你们来我们美湖农庄游玩。"

李心月又向娜娜父母介绍那对夫妇："这两位是美湖农庄的董事长和夫人。"

白族夫妇上前握住娜娜父母的双手，真诚的笑容让娜娜妈受宠若惊。

娜娜妈说："谢谢你们的三道茶，很好喝。哇，你们的家的别墅好大，好气派。"

董事长做出请的手势："请到客厅坐一坐。"

众人进入客厅，雕梁画栋、布罩豪华的客厅再次让娜娜妈眼前一亮。

农庄工作人员陆续端上当地最鲜美精致的水果茶点。

董事长夫人热情地招呼大家吃东西："都是我们自家种的，绿色有机不含化学成分。"

娜娜妈边吃边说："这里真是太好了。"

李心月借机寻问娜娜妈："阿姨，如果让你的女儿住在这山清水秀的大别墅里，会不会幸福？"

娜娜妈马上说："那当然……幸福了！可惜，我女儿命苦啊，哪有这样的福分，她被那个穷小子……"

李心月打断她的话题："那我做媒，把您女儿嫁给这家的儿子如何？"

娜娜妈说："好呀！"

娜娜却说："不行！"

李心月笑了："你们先都别着急，先看看人再说，这么样？接下来，请我们的男主角，闪亮登场！"李心月冲金小天递个眼神，金小天拿起手机拨了个神秘电话，然后向李心月比出"OK"的手势。

很快，大门外传来巨大的发动机轰鸣的声音，一辆百万跑车从门外驶进别墅大门，林荫道卷起一阵灰尘。跑车开到别墅大门前，一个原地调头急刹车，车稳稳地停下。

车门打开，一身名牌西装的阿明下车，他掀起跑车的后背箱，从里面捧出 99 朵玫瑰的巨型花束，潇洒地摘掉墨镜，走向大门内。

阿明出现在客厅门口，逆光的高大背影镶了圈金边。所有人都目瞪口呆地看着他，一时没反应过来。

娜娜"噌"地站起身，她不敢相信自己所看到的。她眼看着西装革履的阿明通身富家子气质，风度翩翩地出现在大门口。

盛夏小声喃喃道:"这个出场,要不要这么浮夸啊。"

阿裴回道:"当然要,必须炫才能镇住台湾的丈母娘!"

果然,娜娜妈手中的茶杯"咣当"一声掉在地下,茶水溅了一身。娜娜妈手忙脚乱地擦,越乱越出错,农庄工作人员赶紧上前帮忙,场面有点儿混乱。

李心月和楚之翰互相看了一眼,楚之翰悄悄地对她竖了个大拇指。

阿明快步走到娜娜和父母身边,温暖的笑容依旧,他手捧鲜花看着他们:"娜娜,伯父伯母,欢迎你们来到我家做客。"说着他指向董事长和夫人介绍道,"他们是我的父母。"

Chapter 43

娜娜呆呆站在那里，她盯着阿明，一副不敢相信的样子："你……你真的是……我的那个阿明？"

娜娜妈见状连忙起身，上前从阿明手中接过花，塞到女儿手中。

娜娜妈喜笑颜开："阿明啊，原来噢你是这个美湖农庄的小开啊。你早说呀！妈妈没意见的了！"遂用闽南语小声对丈夫说，"咱们的乖女这下挖到金矿了。"

娜娜爸嫌弃妻子的势利与改变，娜娜却呆呆地盯着站在自己面前的陌生男人，她表情严肃道："阿明，这个美湖农庄是你们家的？"

阿明有点紧张了："其实那是我爸的，他和我妈……"

阿明父亲走上前来，亲切地对娜娜说："这个农场我们三十年前承包的山林、草场和鱼塘，没想到政策好，能做这么大……"

阿明母亲握着娜娜妈的手说："是啊，我们以前做得很辛苦的。"

娜娜妈笑道："现在好就行了，阿明兄弟几个啊？"

阿明妈说："我们家三代单传，就阿明一个儿子，他有两个姐姐，都在昆明工作嫁人了。"

娜娜妈乐得合不拢嘴："好好好。以后让他们多生几个。"

娜娜仍然盯着阿明，表情越发阴沉："说什么大学毕业回乡创业，你一直都在骗我？"

阿明赶忙解释："我是大学毕业回乡创业的，只不过……"

"只不过什么？你说啊！"

阿明无奈地说："我是美国哥伦比亚大学商学院……毕业。"

娜娜不敢相信地看着阿明，踉跄后退几步，脚步碰倒巨型玫瑰花束，花瓣散落一地。当阿明追上前时，娜娜给了阿明一记耳光，气愤尖叫："骗子！骗子！"

阿明母亲急了，她拉过儿子想上前质问娜娜，却被阿明父亲拉着，示意她不要出声，静观事态变化。

李心月被这突如其来的变化惊呆了，小声自语："怎么会这样？"

金小天冷静道："看来阿明是有意向娜娜隐瞒了自己的身份和学历。"

阿明眼睛都红了，焦急地分辩着："我……我我……我没有骗，我只是想等我成功了以后再说的……"

娜娜打断他："恭喜你阿明先生，你成功了！你成功地骗取了一个老女人的信任，我佩服你。"

娜娜冷静下来，她将手上的戒指摘下还给阿明："看来，这个也不是什么地摊货了，我可真是眼拙，竟然没看出它的价值……"

"娜娜，当时我买这个戒指的时候，就是想要送给我的心上人。这是用我省下的生活费和自己打工攒的钱买的。没有用家里的钱！"

娜娜不理睬他，转身对娜妈："妈，我跟你回台湾！马上！各位，抱歉。"

娜娜转身跑了。

娜娜妈赶紧向阿明父母解释："哎呀，我女儿不懂事，公公婆婆你们不要生气。阿明放心，我会把娜娜嫁给你的……"

娜娜爸使劲拉了她一把："快走吧。唠唠叨叨的，丢脸死了。"

娜娜父母赶紧追了上去，边跑边喊："娜娜，等等！女儿你别跑啊！……"

农庄林荫道，娜娜抹着眼泪在前面跑，娜妈娜爸在后面气喘吁吁地追上来，娜娜妈一把拉住娜娜："我同意你嫁他啦！你又作什么妖？"

娜娜哭喊出声："我不要，离婚！我要离婚！"

随后追上来的李心月、楚之翰一行人听到，大家面面相觑，全都惊呆了。

李心月突然发现阿裴的手机还在继续直播，她冲着阿裴喊："快关掉直播，你还嫌不够乱啊。"

阿裴赶紧关掉直播，这才发现已经来不及了，刚才的一幕全播了出去。

盛夏在旁边看着自己的手机兴奋高喊："涨粉了，涨粉了。我们超过飞马了！"

阿明却沮丧地看着他们说，"这下全完了。娜娜真的生气了。现在，我该怎么办？"

金小天挠着头说："女主飞走了，想追回来难了。我们的直播这次也彻底砸牌子了。"

这时李心月的手机响了，她一接电话，就听娜娜妈在电话里大喊着："导游，你快帮帮我吧，我的女儿收拾东西要去机场，她要带我们一起回台湾了！"

李心月放下电话对阿明说，"娜娜要回台湾了，阿明，你马上过去阻止她。"

阿明闻听立刻转身，开车去追娜娜了。

楚之翰拉住李心月说："我们也应该去阻止娜娜。"

李心月却转身向回走，边走边说："我想到一个办法，我们一起研究一下。"

所有人返回阿明的家，大家安慰了阿明的父母后，楚之翰追问李心月："你快说，你有什么办法？"

李心月当着阿明父母的面对大家说，"既然事情已经这样了，我们就来个将错就错！"

阿明父亲问："怎么将错就错？"

"不是有句话叫'患难见真情'吗，既然他们的爱情那么曲折，我们就接着策划和好之旅，为他们策划一场'假绑架'。"

楚之翰问："绑架谁？"

李心月回答："对，假装绑架阿明。如果他们两人是真爱，就能留住娜娜，如果不是，那就真得没必要强留了……"

大家会意了，阿明父亲沉吟片刻说："……做父母的都是希望孩子们好。如果短时间内没有更好的办法，就按你们年轻人的办法来吧。我这边会配合你们。记得两个字：安全！"

李心月回答："放心吧，董事长，我们肯定把您儿子安全地还给您。"

金小天自告奋勇："我来假装绑匪吧，这事我行。"

李心月摇头："你不行，但你的朋友行。"

金小天问："谁？"

李心月神秘地笑了……

酒店大门，娜娜拖着行李走出来，阿明和娜娜的父母在后面紧追不放，阿明边追边说："娜娜，听我解释，事情不是你想的那样。"

娜娜边走边说："没错，事情比我想象得还要恶劣，我现在什么都不想听，我只相信自己的眼睛所看到的！"说时娜娜伸手叫了出租车，她气愤地要上车，阿明用身体挡住车门不让她上车。娜娜用力推着他，大声说道："你不要这样！我们俩完了，我讨厌你在我面前一直在扮演穷人。"

"对不起，我不是有意要隐瞒你的，只是，从一开始你就以为我是个普通大学生，

我也觉得两个人真心相爱就够了。而且，我好不容易消除你心里对我们之间年龄悬殊的阴影，我不敢冒险，我怕你……"

"怕我这个老女人自卑是吗。年轻富有还有良好的学历，跟我在一起实在是太亏了，没必要。"娜娜气得嘴唇发抖，眼泪在眼眶里打着转。

阿明伸出手想要抚摸她："娜娜，我真的是很爱你。"

娜娜将阿明的手打下去，有点歇斯底里地喊起来："不要碰我。"

"我想对你说，虽然我家里是有钱，但那是我父母一辈子辛苦挣下的，我有信心靠自己打拼一份事业，给爱人带来幸福生活，我不需要另外任何的附加值。我就是阿明，一个愿意听你教诲被你照顾跟着你做事的毛头小伙子。"

"爱情最基本的就是信任，抱歉，我现在对你没有信任了，我不知道你什么时候说的是真话，什么时候说的是假话，我感到害怕，没有安全感，在这个陌生的地方我，我突然觉得很孤独……我回台湾后会把离婚协议寄给你的！再见！"

说完，娜娜奋力推开阿明，强拉着父母上车关门，阿明无奈，只好也叫了出租车追上去。

两辆出租车一离开，一辆面包车悄悄跟了上去。

三辆车先后到了机场，娜娜和父母先后下了出租车，娜娜不顾父母劝阻，继续拖着行李继续向机场大厅走去。

阿明下车后一边呼喊"娜娜"一边追上来，突然阿明的喊声变成了"你们是谁？"。娜娜忍不住转过身，只见一辆面包车停在阿明身边，有两个戴着棒球帽、墨镜和口罩的男子正将阿明强行拉进车里，阿明来不及反抗就被拖进车中，车迅速开走。

娜娜愣住了，娜娜的父母也惊呆了。

娜娜猛地意识到什么，她立刻扔掉行李，脱掉高跟鞋，光着脚不顾一切追赶那辆面包车，边跑边喊："停车！停车！阿明！"

车速很快，街上的车也很多，娜娜只能从车窗后面看到里面被捆绑，拼命挣扎的阿明。娜娜摔倒在地，面包车穿越车流，跑掉了。她从地上爬起来掏出手机准备报警，刚拨出两个数字，阿明的手机发来视频聊天的邀请。

娜娜接通，镜头正对着被捆绑的阿明，镜头外传出一个神秘男人的声音："听着，不准报警，否则你就来收尸吧。"

镜头里，阿明拼命挣扎，嘶喊，旁边一名绑匪用一块布蒙在阿明鼻子上，阿明昏迷过去。娜娜对着镜头急切道："你们到底想要什么？"

神秘男人说:"当然是钱。我只给你三小时准备时间,三小时内让他有钱的老子准备好一百万,否则就来收尸。从现在开始,你的手机全程保持视频通话状态,我会时刻监督你的行踪,如果报警或者挂断,交易结束!我保证,你看到的最后一个视频会是撕票!明白了吗?"

娜娜点头:"明白!"

"OK,倒计时开始!"

娜娜看到,手机视频中,出现一个计时器,时间开始一秒一秒地流逝。

娜娜的父母追着跑过来,看到手机视频中阿明被绑着的样子,吓得要大呼"救命",娜娜马上阻止道:"妈,不要喊,你惊动了绑匪,他们会杀掉阿明的。"

娜娜妈哭着说:"那我们现在该怎么办?"

娜娜爸马上说:"还能怎么办,马上去阿明家里找他父母帮忙吧。"

娜娜一只手小心地拿好手机,另一只手挥手叫停一辆出租车,三人迅速上了车。出租车一路开向阿明的父母家,娜娜妈一进门就开始大叫,

"不好了,出事了,阿明被绑架了。"

阿明的父母闻声迎上来,阿明的父亲追问:"到底出什么事了?"

娜娜将手机视频举起来给阿明的父母看:"阿明被人绑架了,绑匪要我们在三小时内准备一百万给他,否则就会撕票。"说时,娜娜看了看视频中的计时器,补充道,"现在还剩1小时20分。叔叔,阿姨,你们快想想办法。"

阿明母亲这才看到视频中阿明昏了过去,她对着视频里的儿子呼喊着:"阿明,你醒醒,阿明,我的儿子。求求你们,不要伤害我儿子。"

阿明的父亲沉着地说:"你们等着,我马上准备好赎金。"

说着阿明的父亲走进另一个房间,很快他拎着一个皮箱走出来。

娜娜马上迎上去,手机对准皮箱,阿明的父亲打开皮箱,只见里面是一叠崭新的人民币。

阿明父亲对着镜头:"这里是一百万,请你们不要伤害我儿子。"

神秘男人回复道:"好,把钱交给阿明的女人,让她带钱到市中心广场,会有人来取皮箱。"

娜娜答应:"好!"

娜娜一边用一只手沾了茶杯里的水,在身后的桌上写出一个车牌号,"云LG5417",她示意阿明父亲看车牌号,阿明的父亲会意,点头。

娜娜拎起皮箱要走，娜娜爸妈阻止，两个老人一人拽住女儿的一条胳膊。

娜娜妈阻止道："女儿，你不能去，会要命的。"

娜娜爸说："我们就你一个女儿，你不能去，那些绑匪都是亡命徒！"

娜娜拼命挣脱："妈，爸，我不能不管阿明。他现在才是最危险的，我只要把钱给他们，我们俩都会没事的。"

娜娜妈死活不撒手："我不能让你去啊！"

娜娜无奈，对阿明父亲说："董事长，没有时间了，请你们把我父母拉开，安顿好他们。"

阿明父亲点头："你放心吧。"

阿明父亲示意两名下属上前将娜娜父母拉开，娜娜趁机脱身，迅速冲出门去。

娜娜妈哭喊着追出去，娜娜爸拨打报警电话。阿明父亲阻止："你要干什么？"

娜娜爸说："我看到娜娜留下绑匪的车牌号，她想让我们报警。"

阿明父亲阻止道："不能报警！报警，绑匪会撕票的！"

娜娜爸急了："你们只顾你儿子的安危，难道不顾我女儿的安危吗？"

娜娜爸拿起手机就要拨号，阿明父亲夺过手机，并将桌上的车牌号擦掉了……娜娜爸愤怒道："你这是干什么……"

阿明父亲说道，"不能报警！这不是真绑架！是假的！"

娜娜的父母闻听，两人顿时惊呆了，在阿明母亲的解释下，娜娜的父母才恍然大悟，原来这是几个年轻人出的主意，他们要帮阿明和娜娜和好。

娜娜的母亲这才转忧为喜，她双手合十念叨着，"阿弥陀佛，佛菩萨保佑我女儿和阿明能和好如初吧。"

此时，仍被蒙在鼓里的娜娜乘车来到指定位置三塔外停车场，她拎着皮箱站在川流不息的人群中，手里的手机视频仍然开通着，她对着对话框说："我已到指定位置。"

神秘男人说道："好，在原地等着，我的人马上会出现。"

娜娜看看手机的电池，她催促道："你们要快，我的手机马上没电了。"

"云LG5417"头车牌号的面包车开出角落，慢慢向娜娜靠近。正这时，一个穿黑衣的男子突然穿过熙攘的人群，冲到娜娜身边，二话不说夺走娜娜手中的皮箱跑掉了。

娜娜以为是对方派来的人，将手机对准那个黑衣男的背影说："你们的人已拿走皮箱，现在可以放人了吗？"

对话框中的男人叫起来："不，他不是我们的人！"

"那是谁?"

"你遇到抢劫了,马上拿回箱子。"

可这时娜娜的手机没电了,一遍黑屏,她与绑匪失去了联系。

娜娜傻了,她站在人来人往的广场中心,绝望地大喊:"阿明!你在哪里!"说完,她一咬牙,朝着那个抢劫犯追了过去。

远处的房车上,所有人被这个意外情况给惊吓到了。

盛夏大叫起来:"所有人都等着看咱们收场呢,这下好了!来真的了,你怎么收场?"

Chapter 44

　　李心月焦急无奈，说："娜娜不知道那箱钱只有表面那几张是真的，她一个人追抢劫犯很危险。"

　　金小天马上说："我去追！"不料他刚要行动，电话响了，来电显示为"文身哥"，金小天接了电话马上急促道，"大哥，我们遇到真的抢劫犯了。"

　　文身哥在电话里笑道："不是真的，是我给你们加了点戏。这个劫匪是我请来的表演系学生，你们放心吧，这家伙可爱演了。"

　　这下大家放心了，可阿裴看着黑屏的直播视频发愁道："现在怎么办，直播断了，我们没法跟拍娜娜。"

　　金小天放下电话："那我跟上去吧。"说着他从阿裴手中接过直播手机。

　　楚之翰马上起身："我也去。"金小天和楚之翰先后跳下车追了上去。

　　在金小天和楚之翰的追逐下，直播镜头里娜娜的背影变得忽上忽下、忽左忽右，与此同时伴随着金小天和楚之翰的奔跑与喘息声。

　　娜娜一路追赶抢劫犯，迎面过来一辆车，娜娜突然冲过马路，对面开车的司机吓了一跳，赶紧打方向盘向右转，却撞翻了路边的小摊货物。这下，一个鲜榨果汁摊的红色火龙果果汁浇在娜娜身上，像被鲜血染红了一般，看上去异常惨烈。

　　司机气得跳脚大骂，娜娜已经追着抢劫犯跑远了。

　　这时，一个男人上前给撞车司机和小贩们道歉和赔偿："对不起，

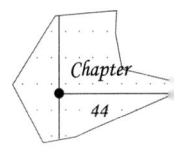

所有损失由美湖农庄赔偿。"拿到数目不菲的钱后,小贩和司机才消了气。

小街上的追逐还在继续,眼看娜娜就要追上抢劫犯,抢劫犯突然抢了一辆电瓶车骑上。娜娜不顾一切地冲上去,一把拽住抢劫犯身上的背包带,抢劫犯气急败坏,越发猛力给车加速,摩托车在拐角处将娜娜甩掉。抢劫犯的摩托车也在娜娜拖拽下失去平衡,连人带车摔倒。

抢劫犯和娜娜都倒在地上,两人摇摇晃晃站起来,抢劫犯捡起皮箱继续逃跑。

娜娜一身狼狈,继续追赶抢劫犯。抢劫犯慌不择路,跑进一座塔楼,顺着楼梯一直爬到顶层,没有了退路。娜娜却越战越勇,一路追至塔楼顶屋,抢劫犯恼羞成怒,拔出一把尖刀威胁:"你再过来,我就杀了你!"

娜娜执着地走向他:"把钱还给我,这是救命的钱。我爱的人在等我。"

远处,金小天和楚之翰跑了过来,金小天举着直播镜头记录着。

此时抢劫犯已走投无路,他不得不跳上房檐,但娜娜继续紧跟不放,也跳上房檐,步步紧逼道:"请你还给我吧,我得用它去救我的爱人。"

抢劫犯两腿发抖,他突然跪下来大叫:"这也是我救命的钱啊!我女朋友说,没有钱就跟别人跑了!大姐,求你放过我吧。"

娜娜继续步步紧逼:"如果这样,你的女友不值得你这样做!"

抢劫犯歇斯底里道:"为什么?为什么你可以用钱换爱人,我不可以?"

"因为,命,可以用钱换,爱,不可以。你女朋友爱的是钱,不是你。而我,爱的是人,不是钱!"

随着娜娜坚定的步伐,抢劫犯脚底又打滑,娜娜一把抓住抢劫犯,两人一起向下坠落……

塔下,几个大汉已经在塔楼下铺上了厚厚的防摔垫,盛夏和阿裴在下面向上仰拍这惊心动魄的一幕。当"劫匪"和娜娜同时落地时,"劫匪"悄悄伸手保护了娜娜,让她安然无恙地落地。

由于惊吓过度,娜娜晕了过去,再加上她身上的果汁如血一般,这一场为爱追逐的"生死大戏"引发了网友们的追捧。

弹幕纷纷飘过来:"泪目了,绝对是真爱!……""娜娜好勇敢!大赞真爱!""大理有真爱!""接下来会怎么样呢?""不过你们这样搞,有点过了吧。""娜娜姐被你们搞惨了!""强烈追剧,直播请继续啊。"

丽萨做黑了"活色生香"后,她开始在大理寻找相同特色的小店,却发现没有一家能与"活色生香"相媲美。丽萨只好改变策略,将目光转向以鲜花做食材的乳扇餐厅,结果她品尝了几家餐厅同样没有找到满意的合作方。

正在发愁时，丽萨发现一家餐厅写着"乳扇料理餐厅"，丽萨被这个创意吸引，决定去尝试一下。然而，当她落座在露天餐厅，发现只有她一位客人，看上去店堂冷清，生意惨淡。

服务员端上一盘品相很好的玫瑰洗沙乳扇。丽萨吃了一口，皱起眉头，对服务员说："把你们老板叫来。"

服务员没动，反问道："有什么问题吗？"

丽萨不耐烦道："让你叫，你就叫。"

一位中年男人走过来："我是老板，这位女士，请问有什么问题吗？"

丽萨看了对方一眼说："这几天，我在大理吃过很多家乳扇，但无论从品相还是味道，都没有'活色生香'店的好。"

老板听罢脸色变了："那个'活色生香'店啊，他们一来这里就搞饥饿营销，接着又搞直播推广，搞得我们这些餐厅都没人光顾。不过现在，呵呵，他们也把自己搞关门了。"

"正因为它关门了，所以急需要有人可以顶替它们，做出第二家'活色生香'店。"

老板不明就里，上下打量盛气凌人的丽萨："请问您是？"

丽萨递上一张名片："我是上海飞马旅行网设计部经理，我们飞马是国内旅游业行内很大的平台，如果你们餐厅可以做出类似的鲜花乳扇这样的特色产品，跟我们合作，在我们的平台上，不仅会为你们大力宣传，还会为各种有需求的情侣量身定制出云南古城之行，看你们家这个状况，想必一定需要很多游客光临吧？"

餐厅老板惊喜道："太好了，这正是我们需要的呀。"

丽萨喝了一口水说，"那好，让你们最好的乳扇师傅做出你们餐厅最好的产品，我们再谈具体合作。"

老板马上吩咐下去，挑出三位最好的乳扇师傅开始为这位从天而降的"财神婆"做最拿手的鲜花乳扇料理。

很快雪白的桌布上摆满三款"鲜花乳扇"，每款"鲜花乳扇"后面站着一位身着厨师制服的大厨。

丽萨开始品尝每一盘甜品，每吃一盘都会漱口再尝下一盘。

餐厅老板小心地看着丽萨的表情。但看上去丽萨品尝后，表情都不满意。

老板小心问道："味道不行吗？"

丽萨回答："总觉得差点什么。"

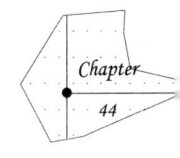

"差什么？我们都是照着视频中阿明的手法，用一模一样的方法做出来的。"

丽萨又吃一口，仔细品味道："差什么我说不上来，总之，它就是差点味道。是不是制作奶酪块的火候不对？"说完，她看向三位师傅，"这样可不行，你们必须仔细观摩视频里阿明制作过程的每一处环节，每一个细节。我虽然是外行，但我知道，细节是决定所有事情成败的关键！不好意思，你们必须重新制作，直到我满意为止。"

三位厨师面面相觑，面露难色……

正这时，旁边一桌客人对着手机议论纷纷："哇，好感动的。""前一阵我去过他们店，乳扇比这里的好吃多了。只不过，我以为那对夫妻是假的呢。""现在看来，这世上真的有真爱！"

丽萨转身看过去，发现临桌女孩们正在围观娜娜救阿明的直播视频，丽萨先是大吃一惊，她没想到"活色生香"的夫妻店被自己黑成这样还能如此逆袭。很快，她意识到这是李心月在幕后操盘的直播，正在愤愤不平时，忽然丽萨又想到了什么，她主动给李心月拨了电话。

李心月接到丽萨的电话同样吃了一惊，但她还是接了电话，语气冷漠道："喂，什么事？"

"真不简单啊，莉莉，你还能导出这样的一场大戏。算你狠！"

"过奖了，哪有你狠，黑黑的主管大人。废话少说，你到底有什么事？"

"是这样，我想给你们加一场好戏，怎么样？"

李心月不明就里，"加什么戏？"

接下来，丽萨在电话里说出她的想法，李心月听着听着，竟然动心了……

娜娜醒来后发现自己被关在一间密闭的小屋内，文身哥戴着面具坐在娜娜面前，两名手下站在旁边，那箱钱也摆在他们面前。

娜娜立刻指着那箱钱说："钱你们拿到了，为什么还不放我老公？"

文身哥笑道："想让我放人，你还得再做一件事。"

"什么？"

"你们俩不是真爱吗？现在，我给你们一次机会。我会安排几位厨师，让他们和阿明每人做道鲜花乳扇，你如果能尝出哪一道是阿明亲手做的，我就放了你们……"

娜娜点了点头："好的。"

很快，同样被蒙在鼓里的阿明被两个蒙面人推进一个房间，当他的蒙眼布摘下来后，只见眼前出现一个高档餐厅的厨房操作间，餐具闪闪发光。

餐台上摆放了四份一模一样的食材配料，羊奶、白砂糖、香料、各种鲜花。其中三份食材前各站着一位厨师，他们正是丽萨安排的"乳扇料理餐厅"的三位厨师。

阿明问道："你们这是要做什么？"

一个蒙面人说："你和他们一起做鲜花乳扇，如果你的妻子能尝出你做的那一份，我们老大就放你走。"

阿明点头答应，他站在自己的那份食材，开始制作鲜花乳扇，其他三位厨师在现场跟着阿明学做相同的鲜花乳扇……

当四份一模一样的鲜花乳扇完成后，蒙面人将它们端上一辆小车推了出去，一直推到娜娜面前。娜娜挨个品尝，每一口都在舌间品尝，回味。当她尝到最后一盘时嘴角露出笑容，眼泪夺眶而出，串串滴落在花瓣上，再从花瓣上滴落下来。

娜娜拈起那朵花："这一朵花，就是我心上人的味道……"

话音一落，门打开，阿明进来，两人冲向对方，紧紧拥抱，相拥而泣。

阿明惊喜道："娜娜，你没有走，太好了，我还以为以后再也见不到你了。"

娜娜看着阿明说："我怎么舍得这样丢下你不管呢。"

阿明看着娜娜脸上的血，疼惜地抚摸着："怎么回事？那些人打你了吗？"

"不是的，是果汁。"

"这些人肯定是冲着我家里来的，绑架我就是为了向我阿爸勒索。对不起，是我连累了你。"

娜娜摇头："只要你好好的，我做什么都愿意。"

阿明再次拥抱娜娜："不要再离开我，好吗？"

娜娜点头，两人手牵着手准备离开，却见文身哥坏笑道，"只能放一个人走。"

娜娜质问："为什么？你们怎么能言而无信？！"

"因为你犯规了！"

娜娜惊讶道："我哪里犯规？"

"你暴露了我们的车牌号，试图报警！"

娜娜一时语塞，她试图否认："……我没有。"

"撒谎！我最讨厌的就是欺骗，你也一样对吗？你的男人欺骗了你，所以你要离开他作为惩罚！现在你同样欺骗了我，所以，你也要接受惩罚！"

阿明质问："……你想怎么样？"

文身哥晃着桌上一杯红酒说："我从来不相信男女之间的感情能超过钱和命，除非

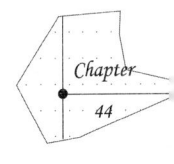

你们可以为对方去死,也许我可以考虑给你们留条活路……"

娜娜催促:"你就直接说吧,想我们怎么做?"

文身哥指着手中的红酒说:"这里有一杯红酒,可惜,里面有毒。喝下去三小时内发作死亡。现在,你们俩有一个人要喝下这杯毒酒,另一个人才可以离开!"

娜娜和阿明都盯着那杯红酒,两人没有犹豫同时去抓那杯酒:

"我来!"

"不,我来!"

阿明深情地看着娜娜:"娜娜,我们俩在一起,其实我是配不上你的。反正现在,你也要离开我,我只想让你知道,我是真心爱你,真心想靠自己的双手带给你幸福。只不过,我没想到,我能做的,是用这双手,送你出去!"

阿明用力将娜娜的手扒开,顺势将其牵制住,另一只手毅然举起酒杯,一仰而尽!

娜娜流下眼泪:"你这个傻瓜,干吗要全部喝下去,你该留一半给我。我们发过誓,不求同年同月同日生,但求同年同月同日死。现在,你先走一步,我怕来世,我们找不到对方。"

娜娜猛地扑上去,拼命吻他的唇,试图吸出点儿毒酒。鲜红的葡萄酒将俩人的吻在一起的嘴唇染红。

面对这段生死别离的直播视频,网友留言挤爆了平台:"哇,血吻重现江湖!""'爱情旅行'太会煽情了,我泪奔了。""回家买瓶葡萄酒,自个儿含泪喝下,自己把自己感动。""上哪儿找这么好的人,谁想拆散娜姐和明哥,俺跟谁急!亲妈也不行!"

直播画面定格在"血吻"镜头。

李心月愣愣地看着感觉熟悉的画面,脑海中闪现之前金小天救自己的"血吻"镜头画面。她一回头,看见旁边的金小天也同样的奇怪表情看着视频中的画面。两个人眼神撞在了一起,又同时赶紧避开。

盛夏边看边流下了眼泪:"我有点看不下去了。怎么办?"

阿裴也说:"我也看不下去了,我们还是出场,告诉他们真相吧。"

李心月咬着嘴唇说,"是的,我们是该出场了!"

门打开,大家一起为两人鼓掌。阿明和娜娜顿时惊呆,两人不明就里,不知所措。

娜娜问道:"你们怎么会在这里?"

盛夏模仿娜娜的台湾腔说:"你这个傻瓜,干吗要全部喝下去,你该留一半给我。我们发过誓,不求同年同月同日生,但求同年同月同日死……"

娜娜恍然大悟，泼辣的她突然红了脸："哎呀，原来是你们……"

盛夏指指直播镜头，得意道："是我们，而且还是现场直播。"

娜娜指着盛夏羞愤道："你，你……"

突然间，娜娜气得喘不上气来，她捂住胸口开始拼命呼吸，遂晕倒在地。阿明立刻抱起娜娜向外冲去。

阿裴开着车向医院急驶而去，娜娜躺在车座上不省人事。阿明守面色焦急无助，其他人则内疚不已。李心月对阿明道歉道："对不起，我们是想留住娜娜，让你们和好，没想到事情会变成这样。"

阿明生气道："你们做得太过份了！如果娜娜有什么事情，我不会放过你们！"

楚之翰劝说道："阿明，你冷静一下，先把娜娜送到医院再说。"

很快，车开到最近的一家医院门前，众人跳下车，阿明正准备将娜娜扶起来，不料娜娜突然咯咯笑出了声，所有人都傻了。娜娜看到大家的反应，笑得越发厉害，捂着肚子前仰后合："我没事的，只是跟你们开个玩笑。"

盛夏气得指着娜娜："你，你，"

娜娜指着盛夏说："怎么，只准你放火，不许我点灯？"

大家恍然大悟，阿明激动冲上去，紧紧抱住娜娜："吓死我了。娜娜，你吓死我了。"

娜娜幸福依偎在阿明怀中小声说："我只是想逗他们玩的，对不起亲爱的。"

李心月、盛夏、金小天等人面对这一幕，大家长出一口气，无奈地笑了。

阿裴小声说："哎，报应啊。"

盛夏也小声说："是啊，人家俩明明铁板一块，谁叫咱们六指挠痒痒，多那一道呢！"

就在这时，李心月收到丽萨发来的信息："我终于明白，我找的厨师差的那一点味道是什么了……是爱的味道……莉莉，这次你赢了！"

原来，所有人离开直播现场赶往医院的时候，丽萨却走入李心月的直播现场，对着那四盘"鲜花乳扇"挨个品尝，当她吃到阿明所做的那一份时，她突然眼眶湿润，体会到什么是真爱……

李心月看到丽萨发来的信息，感慨万千："如果不这样，我们怎么还会相信，这世上有爱的味道呢？"

楚之翰感叹："是啊，现在不仅我们相信，很多人通过我们的直播也会相信，世上有真爱。"

只有金小天一言不发，他默默地看了一眼李心月，欲言又止……

Chapter 45

　　日出东方，霞光万道。洱海的环湖公路上出现很多骑行者，其中娜娜、阿明各骑一辆自行车加入骑行车队，一路上风景怡人。

　　房车紧随其后，阿裴的自拍杆伸出车窗外，一路跟拍直播，对"爱情之旅"而言，这是他们送给网友的"大团圆"结尾。

　　阿明边骑边看骑在前边的娜娜，蓝天白云下，风儿吹起她的头发，映着茫茫湖面，显得灵动飘逸。阿明边骑车边看得出神，差一点撞上别人的自行车。阿明赶紧按闸，双脚落地，一时狼狈不堪地向对方道歉："对不起，对不起。"

　　被撞的骑行者回头取笑道："帅哥，只看美女不看路，小心噢！"

　　骑行者的话让阿明脸红起来。娜娜听到以后，开心地笑弯了腰。

　　娜娜放慢骑车速度，俩人并肩骑行，渐渐地路边的湖泊中出现大片芦苇。

　　阿明和娜娜把车停在路边，两人一起走向湖边。只见湖面上漂浮着星星点点的小白花，到处都是，在远处山峦映衬下，湖泊呈现出另一派景象。

　　娜娜指着那些小白花问："那是什么花？"

　　阿明说："海子花。"

　　"什么是海子？"

　　"就是我们这里的一种水菜，可以吃的。"

　　这时眼看着湖中有一艘小船划过来，上面一对农家夫妇。丈夫跳下湖里拨水菜，妻子在船上接着水菜。船上的水菜已摘了很多捆，摆

得很整齐。

阿明介绍道:"我们当地人都很爱吃这种水菜,他们有个说法,'湖里水菜无根草,不漂不落不生根。'"

房车上,李心月听到这句话感慨道:"海子,我觉得,很像我……"

楚之翰看看李心月,充满怜爱道:"我相信,早晚有一天,你会在某个地方扎下根,不再漂泊。"

李心月看着楚之翰,意味深长道:"是吗?如果有一天,你看到我的根,不知道,我们俩,该如何面对彼此?"

李心月的话语让楚之翰一脸迷惑,李心月回头看着茫茫湖水,表情复杂难测。

金小天站在他们身后,听着这段对话,他想起这一路上李心月对楚之翰有时欲拒还迎的态度,再回想李心月向楚之翰索要两幅画的事情,他开始怀疑李心月与楚之翰之间存在着不可告人的恩怨。

趁着大家都在关注直播的事情,金小天悄悄离开,向老冯汇报了李心月索画之事。

老冯听罢沉思片刻,说:"嗯,我这边会查一查李奇峰与楚鸿飞、李心月之间的关系,也许可以摸清楚李心月的偷画动机。另外,经过调查,目前可以确认央金是美籍华裔富商,这次回国除了安葬家属骨灰,还有一笔高达五亿的投资计划。"

金小天不禁咋舌:"五个亿?!这钱哪儿来的?"

"他们夫妇俩早年间在美国屯了大量土地,自己搞开发,所以资产雄厚。这一点已经确认过,央金是正当商人,没有问题。"

"那辉哥跟他们认识,是因为有经济往来吗?"

"根据目前我们掌握的线索,辉哥刚刚在富商欧阳的集团任职,作为代表正频繁接洽央金。"

金小天恍悟道:"看来辉哥就是个给欧阳跑腿的马仔,这个欧阳先生才是他背后的大人物!"

老冯肯定道:"不错,这个欧阳神出鬼没,很懂得隐藏自己,不是个好对付的角色。"

金小天又问:"那他和央金接洽的目的是什么呢?"

"至于内情,也许是普通的商务合作,也或者,是要借助这次合作,进行隐蔽的跨国犯罪。"

金小天的拳头不由得捏紧了:"您的意思是……"

老冯回答:"不是涉毒,就是洗钱,甚至二者都有。你要保持警惕。"

金小天高度警惕起来:"是。"

老冯继续叮嘱:"现阶段我们已经基本捋清楚了犯罪集团的轮廓了,黄鼠狼被抓,斩断了国际贩毒集团在东南亚经营多年的运输通道,现在,他们正联络残余犯罪势力,打算打通西北这条路,换个方向入境。"

金小天追问:"具体是哪个方向?"

老冯加重语气道,"我们收到消息,现在跨境毒贩派出了接头人老M,近期可能在云南出现,你要严密注意。"

这个"老M"的出现让金小天更加兴奋起来:"这个老M是什么人?"

"我们目前搜索不到关于他的任何消息。所以你还是得盯紧蒂娜,查清楚她和胡志辉那边的关联,看能不能找出什么线索。"

金小天的脑子迅速转动起来,最后他鼓起勇气,突然向老冯申请道:"我请求去辉哥手下卧底。"

老冯怔了一下,不动声色地问道:"理由呢?"

金小天认真回答:"大家都在为找到那个接头的老M忙得昏天黑地,我可倒好,天天跟着房车旅行团游山玩水,况且,以目前跟踪李心月的结果看,她偷画很可能跟她的成长经历有关,跟毒品无关。所以冯队,请您答应我吧。"

老冯马上否决了他的申请:"不行,目前你不能离开李心月,还有央金一行人。再者说,那个辉哥我从前有所接触,这个人行事狠辣,又十分狡猾多疑,我不能让你去冒这个险。"

金小天不肯放弃,他继续说服道:"可我问过小马,他说是之前的卧底周游同志受伤后,我作为替补被调过来的。冯队,我知道,周游是你一手带出来的,但你挑中我,说明我也不差,对不对?周游可以做到的,我一样可以做到。"

老冯透过屏幕看着金小天年轻的面孔,心情复杂。他字斟句酌道:"不要意气用事,你和周游的任务不同,情况有别。我不希望再有无谓的流血牺牲。"

金小天仍然不甘心:"可是,现在我们只能等待,是不是太被动了?"

老冯开始发火,他严厉斥责道:"金小天,我作为上级明令禁止你私自行动,还有,你这样做会打乱既定的部署,你明白吗?!"

金小天没有回答,电话里,老冯也沉默了片刻,放缓语气道:"金小天,你听清楚了吗?"

金小天只好说:"听清楚了。"

老冯叮嘱:"好了,你也别离开太久了,快点回去吧。保持联系,不要轻举妄动。"

金小天无奈地挂断了电话,返回直播现场。

直播还在继续,洱海边,湖水清澈,水草丛生,妙曼如梦。

阿明潜入湖底,一根一根拨着水菜。娜娜则站在湖边,眼看着湖面的小白花一朵一朵消失。随着一串水泡,阿明探出头来,游向岸边,将一把水菜放到娜娜脚下。

另一边的小渔船上,丈夫上了船,跟妻子一起划桨,看上去他们结束回家了。阿明看看远去的小船,又仰头看看岸上的娜娜,笑得灿烂:"娜娜,你现在越来越像我们白族的小媳妇了。"

"讨厌,快去拨水菜了。再来一把,我们就收工了。"

"你要不要跟我一起下水?水底美极了。"

娜娜摇头:"我也想,可惜,我不会潜水。"

阿明重新沉入水中,眼看白花一朵一朵消失,突然白花不再消失了,阿明也消失不见了。娜娜担心大喊:"阿明!阿明!"

仍然没有回音,水面仍然没有动静,娜娜情急之下,鼓足勇气跳入水中。

水底,除了水草,不见阿明的身影,娜娜沉入水中。阿明突然从身后游过来,双手托住娜娜的腰,将其托出水面。

娜娜看到阿明,一把搂住了他:"吓死我了,我以为你溺水了。"

"我跟你开个玩笑,你怎么这么傻?"

娜娜推开阿明,拼命捶打:"讨厌,你为什么要这样?"

阿明动情将娜娜搂入怀中,信誓旦旦地:"对不起,亲爱的,以后,我再也不会骗你了!"

"嗯,我相信你。要记住,感情这东西很脆弱,欺骗是最能伤害到它的……"

最后的环湖骑行,娜娜和阿明换了坐骑,他们共骑一辆情侣脚踏车,车筐里放着一捆白花水菜,远远看去,清新浪漫。

娜娜在前,阿明在后,两人沿着湖边公路一路骑行,湿湿的衣服在风吹动下,慢慢吹干,娜娜的头发吹至阿明的脸上。

蓝天、白云下,两人犹如金童玉女,还默契地同时张开双臂,一起迎风滑行。一路上众多骑行者的回头,全都是羡慕的眼神。

两人回到"活色生香"店,外墙的涂污消失,取而代之的是鲜花和心形图案,还有醒目的字迹:"失恋的人,请来这里;失业的人,请来这里;失意的人,请来这里。"

厨房的灶台上，锅里煮着水，冒着水汽。娜娜把洗好的水菜放到案板上，切掉上面白色的花朵，将菜切成几段，阿明站在两边看着她。李心月一行人则站在镜头外看着这一对有情人。

锅开了，娜娜将云南特产米线和水菜下锅。米线出锅，配上碧绿的水菜和几朵白花，一碗温暖朴素的米线做好了，娜娜和阿明幸福地相互对视。

盛夏对着直播镜头含泪说道："……真爱在大理，大理有真爱。希望来这里的失客们吃了阿明和娜娜做的鲜花乳扇，能治愈他们在远方受的伤。相信那句话，爱是奉献不是索取，真正的爱情里重要的不是财富、地位和容貌，而是可以为对方献出生命！说真的，夏夏也好希望能遇见这样一位真命天子，唉，我的 Mr Right 你在哪里啊……最后，还要告诉大家一个好消息，请看这里。"

当阿裴把镜头转向客厅时，就见楚之翰和阿明父亲在一份合约上签字盖章，两人握手微笑。阿明父亲爽朗地笑着："好啊，楚总，以后你们'稻草熊'网介绍来的客人，我们美湖农庄一定会全力接待，让大家玩好吃好住好！满意而归。"

楚之翰说道："谢谢董事长的大力支持。能签下美湖农庄和鲜花乳扇店两个特色旅游的单子，我们这趟云南古城之行算是收获颇丰。合作愉快！"

两人热情地握手。

盛夏上前介绍："亲爱滴粉们，欢迎你们来到大理这个传说中有情的地方，这不仅有一夜情，更有像娜娜与阿明这样的长情的有情人。希望你们每个人都在旅途中寻找到自己的灵魂伴侣与真爱。不过，我们必须要离开大理了，下一站将是我们的终点'香格里拉'，一个同样有着传奇色彩的神圣之地，请大家继续关注'爱情之旅'，亲爱的们，香格里拉，我们再见！"

楚之翰一行人推着行李从酒店里出来，正准备出发时，辉哥开着一辆悍马出现，楚之翰和盛夏寻问辉哥的去向，辉哥声称要去香格里拉，得知楚之翰一行人也要去香格里拉，辉哥主动提出和楚之翰一路同行，楚之翰爽快答应了。

金小天暗中观察着突然出现的辉哥，李心月也满脸狐疑，面对这个看上去老道的江湖中人，金小天和李心月总觉得此人身上的气场让人无法亲近。但不知道为什么，盛夏和楚之翰视其为知己一般，相谈甚欢。

就在两拨人马准备一起上路时，央金和蒂娜也退房准备出发了，三拨人马的目的地竟然都是香格里拉，这就像是天意似的，大家兴高采烈地一同上路了。

不料刚上高速，又遇到一伙"熟人"，黄雄和他的"宇宙塑料人"团队，这一队人马不太受欢迎，大家都假装没看见，可黄雄却不知趣，主动摇下车窗向楚之翰和李心月打招呼，结果碰了一鼻子灰，没人搭理。

蜿蜒的山路上，几辆车飞速地行驶着。

黄雄的依维柯故意超过楚之翰和央金的房车，似乎要在前方带路似的，不料却在路边抛了锚。

楚之翰的房车开过，只好停下来，央金的商务车也慢慢停下。

楚之翰伸出头问："怎么啦？"

黄雄一脸沮丧道："车坏了，发动不了，这破车，隔三岔五地坏。"

阿裴打趣着："我看是你刚才撒欢地跑，速度飚得太快了，给颠散架了吧。"

黄雄走到房车旁边："楚总，我们的车发动不起来了，您看，方不方便捎我们一段？"

楚之翰说："你们人太多了，我们车上没这么多座位啊。"

黄雄赶紧说："没事，没事，我那俩兄弟瘦，坐后排，不占地方。"

楚之翰有点犹豫，黄雄继续央求："你看，大家都是出门在外，说不定谁遇点难事求到谁，现在我求你帮忙，等到了香格里拉，我一定回报你们。"

楚之翰被黄雄逗乐了："那好吧，只能委屈你们在后面挤挤了。"

黄雄连声感谢："太好了，谢谢楚总，给您添麻烦了。"

黄雄回头冲正在修车的司机招了招手："老赵，让他们带着东西上这辆车，你抓紧时间修车，修好了尽快赶上来，到老地方找我。"

就这样，黄雄带人上了楚之翰的房车，三拨人马继续赶路。

长途跋涉，大家疲惫地陷入瞌睡中，但黄雄始终很精神，而且他一直盯着李心月的侧脸看。

这时车遇到了颠簸，李心月从瞌睡中惊醒，看到黄雄注视着自己，吓了一跳，烦感地问："你干吗这么看我？"

黄雄解释："没什么，就是越看越觉得你面善。"

盛夏在旁打趣："大叔，你也太老套了吧，都什么年代了，还拿这套说辞勾搭小姑娘？"

黄雄却异常认真对李心月说："我有个好朋友，她在找一个人，年龄和你应该差不多……"

李心月不以为然道："好了，大叔，别再演了，你的好朋友是不是二十年前和孩子失散了？也许是盛夏呢，哈哈……"

黄雄脱口而出："真的，我朋友叫……"

李心月不客气地打断他的话："大叔，以后不要跟我开这种玩笑。很无聊的。"

黄雄在李心月面前碰了一鼻子灰，他只好扭过脸来看前边。

这时，坐在前排的楚之翰正拿着手机软件在订房。可他连续点了几个酒店都是客满，楚之翰看着车两边快速掠过的风景，有些心急。

盛夏问道："楚总，你怎么了？"

楚之翰皱眉："没想到这个季节的酒店这么抢手，根本抢不到这么多房间。"

李心月说道："其实我们不一定要住酒店，民宿或者青年旅舍之类的也很好。"

楚之翰担心道："大通铺还是不要了吧？卫生问题很糟心的。"

黄雄一听，马上热情地向他推荐："我知道一家客栈，叫白色阳光，价格实惠，房子干净又漂亮。"

楚之翰："哦，是吗？那现在还有房间吗？能住下我们这些人吗？"

黄雄说："没问题，我跟老板认识很多年了，打个招呼的事。她的民宿特别有特色，我有照片。"

说完黄雄打开手机，翻到民宿的照片，将手机递给大家。

盛夏看到照片后连连称赞："这房间也太赞了吧，太美了。"

盛夏将手机递给李心月，李心月一张一张翻着照片，也露出满意的表情。

黄雄观察着李心月的反应，金小天却在盯着黄雄观察，他纳闷这个黄雄为什么对李心月如此关注，好像认识她似的，但李心月对黄雄却很是反感与排斥。

李心月看完照片点点头："是很漂亮，很适合我们直播推荐给网友。"

楚之翰听到李心月的肯定，马上说："既然两位女士都连连称赞，那么就定这一家了，那就麻烦你带我们去了。"

黄雄收回手机，得意地笑道："没问题。"

碧蓝的天空下，大家从大理沿滇藏公路北行315公里，一路上领略了神奇险峻而又清幽灵秀的峡谷、草原后渐入高原地带，终于到达香格里拉。

一进入香格里拉，远远就看到雪峰连绵，辽阔的高山草原牧场、莽莽的原始森林以及星罗棋布的高山湖泊、身穿藏服的纯朴藏民，这一切都使得香格里拉看上去神秘又神圣。

香格里拉原意为"心中的日月"，既有宗教意味，又有诗意，而且它渊源于"香把拉"，

即人神相通、人与自然和谐相处的意思，李心月的名字也因此而来。

到达目的地后，央金和辉哥选择入住香格里拉大酒店，楚之翰一行人在黄雄的带领下一起来到了"白色阳光客栈"。

当房车开到客栈门前停下，李心月跳下车来，默默感受着这片久违的土地。当年她和妈妈一起踏上这片土地时的情景仿佛就在眼前，失去亲人的伤痛从未在心口消失。

李心月仰望着雪山之巅，就好像仰望着父亲和母亲般百感交集，她站在那里发呆时被盛夏一下子推醒，"嘿，你发什么呆呀，赶紧搬行李。"李心月这才赶紧走到车后去搬自己的行李箱。

金小天下车后，打量着四周的情况，看到黄雄一行人也来到"白色阳光客栈"，黄雄的目光还追随着李心月向里张望，金小天不由得更加起疑，他故意上前搭讪："哟，黄哥，你怎么知道这家客栈的？"

黄雄笑道："这里我太熟了，在香格里拉，我只住这儿。"

眼看黄雄从车上卸下一大包东西，金小天故意上前帮忙，一只手用力帮他抬下车，另一只手在行李袋外面摸着捏着，果然，金小天的手摸着袋子碰到一个圆筒一样的凸起，金小天瞬间警觉起来。

门口的服务员阿勇看到黄雄立刻跑出来，彼此热情地打招呼："雄哥好，我来搬吧，你们进去歇着。"

"阿勇，把这个搬到我的房间里，一定要慢点，小心轻放，里面的东西别碰碎了。"

"好嘞，雄哥，您放心吧。"

黄雄打听着："老板在么？"

阿勇回答："在呢，刚刚一大帮客人住店，老板带他们上楼看房间呢。"

李心月拖着行李走进客栈小院，院内种着格桑花和杜鹃花，显得温馨浪漫。门楣上悬挂很多印着经文的彩色经幡，充满藏风。

她走进客栈，只见内部是原木装修，前台大厅里有一个藏式大铁炉，是冬季用来做水取暖用的。靠近窗户的地方围着一圈铺着藏毯的沙发，阳光洒落在沙发上，显得惬意舒适。角落处还有一张长条桌，上面摆着香格里拉当地的瓜果零食，四周墙壁挂着各种精美的藏式装饰品。

李心月一边往里走，一边摆弄着装饰物，嘴里感叹着："阿裴，这里不错哦，比住酒店舒服多了。"

阿裴边办理入住手续边说："那当然的，我是谁，总管大人，保证大家住得舒服是我的责任和义务。"

盛夏嫌弃："哼，别往脸上贴金了，又不是你找到的。"

李心月转过走廊，进入客栈的楼梯间，忽然看到前台两侧的墙壁上挂着几幅油画，大多是香格里拉雪山、草原、民房的画作，旁边有一幅不大的人物肖像，一对年轻夫妇带着一个小姑娘在树林里游玩，母亲走在最后，父亲拉着女孩儿的手走在最前面。

看到这幅画，李心月呆住了，这简直就是自己经常出现的梦境的真实写照，自己就是画中的小女孩儿。

李心月指着那幅画问阿勇："这幅画是谁画的？"

阿勇回答："我们老板画的，很多客人都觉得不错，我们老板是美院毕业的，以前是位画家。"

李心月追问："你们老板人呢？"

正说着，老板萧芳芳带着住店的客人边走边说："……客栈每天早餐的时间是7到10点，午餐的时间是12点到2点，晚餐的时间是6点到9点……"

李心月抬头看到萧芳芳，萧芳芳也看到了李心月，两人四目相对都大吃一惊。李心月脸色苍白，她猛地掉头跑了出去，萧芳芳不顾及在场的客人，一边喊着"月月，月月"，一边追了出去。

Chapter 46

楚之翰和金小天见状，两人立刻追出了客栈。

院门外，李心月被萧芳芳追上，她一把拽住李心月，恳切地说："月月，不要跑。"

李心月低下头去不看萧芳芳："你放开我！"

萧芳芳松开手，带着哀求的眼神说，"咱们好好谈谈，行吗？"

李心月冷冷回绝道："我跟你没什么好谈的！"

"都这么多年了，你还是不肯给我一个机会吗？"

"这对你重要吗？"

"重要。"

李心月沉默不语。

楚之翰和金小天疑惑地望着两人，两人不知道她们的关系，想说话却张不开嘴。

李心月抬起头望着萧芳芳："如果这对你很重要，那我告诉你……我这辈子都不会给你这个机会。"

萧芳芳说不出话，眼里的泪水随时就要冲出来。

李心月又转向楚之翰："对不起，我不能住这里，我要换个住处。"

李心月径直走进路对面的另一家客栈，客栈门上挂着牌匾"卓玛家客栈"，楚之翰紧跟上去，金小天却留下来，他心里满是问号，直接上前追问萧芳芳："她是你什么人？"

萧芳芳落寞了一会儿，看向金小天答非所问道："如果你能把她劝回白色阳光，我为你们打五折优惠。"

一场遇见
爱情的旅行

一场遇见爱情的旅行

我们都是时间的旅行者,为了寻找生命中的光,终其一生,行走在漫长的旅途上。

Chapter 46

金小天没有回答，他继续跟在萧芳芳身后追问："你跟她认识多久了？"

萧芳芳终于开口回答："很久了。"

"在她小时候就认识吗？"

"是的。"

"怎么看着她跟你好像有仇似的？"

萧芳芳停下脚步，回头瞪着金小天说："我们不是仇人，只是有些话没有说清楚。"说完，萧芳芳头也不回地走进了客栈，金小天停在门外，看看"白色阳光客栈"，再看看"卓玛家客栈"，他转身走了进去。

卓玛家客栈内，洒满阳光的桌子上摆放着几个盒子，里面装着牛骨、藏银、三色铜、玛瑙、松石、蜜蜡、珊瑚等藏族饰品的材料，在阳光下光彩夺目。卓玛阿妈正从盒子里拿起藏银和玛瑙，熟练地穿到正在制作的手链上。

李心月走进来，直接到前台订房。

前台的服务员告诉李心月："我们只剩一间景观房，600元一天。"

李心月满脸失落："啊……没有其他房间吗？简陋点都无所谓的。"

"不好意思，只有这一间了。而且这间也是有预定的客人临时退房才有的，窗子能看到雪山，很划算的。"

李心月翻翻自己的身上，钱包里的钱少得可怜，她窘迫地在站在前台不知所措，这时楚之翰从门外走进来。

李心月立刻说："凯文，你能不能先借我点钱。"

"莉莉，跟我回去吧。有什么事我们回去慢慢说。"

李心月摇摇头："不可能，我不可能回去住。"

"为什么啊？你总得给我个理由吧？有什么事必须连我都瞒着？"

"以后吧，我现在还不想说。"

坐在窗边串手串的卓玛阿妈望着他们，始终沉默不语。

楚之翰自嘲地笑道："原来我在你心里根本就不值得信任是吗？"

"不是不信任你，只是，我现在心里很乱，真的没有心情说这些陈年往事。"

"好，那我现在不问你，你跟我回去，等以后你慢慢跟我说好不好？"

李心月倔强地摇头。

楚之翰焦急道："莉莉，你跟那萧老板，你们有什么恩怨我不知道，但我们只是住在那儿而已，又不是要跟她生活在一起，有必要这样吗？你能不能也体谅体谅我啊？我们现在的资金状况你应该也知道,之前在白色阳光的食宿定金都已经交过了,你就非得自己再单独出来住吗?"

"原来你劝我回去就是因为钱啊?你放心,之前你帮我还的债,还有这边的住宿费,我将来一定会连本带利还给你的!"

楚之翰自尊受伤,脸色难看,停顿了十几秒钟平复心情:"莉莉,我们出来是一个团队,你能不能不要任性,也考虑下我们整个团队呢?"

李心月倔强地坚持着:"你如果非要我回去住的话,那我就退出团队。"

楚之翰真生气了,气得连连点头:"好,好!"他压抑着怒火掏出钱包,拿出一沓钱拍到前台上,然后一言不发转身出去,迎面撞上金小天。

金小天还没开口,楚之翰马上命令道:"你回去,把莉莉的行李给她搬过来!"

金小天看看楚之翰,又看看李心月,只好转身又走了回去。

李心月望着楚之翰的背影张了张嘴,却没说出话来。

前台服务员和卓玛阿妈都目睹了这一幕,一时气氛凝重。

李心月数出房费给前台服务员:"就帮我开这个房间吧。"

服务员开好房间,李心月被带进那个风景房。

那是一间能够俯瞰整个小镇屋顶的风景房,李心月走到窗边,推开窗子,眺望着远方,远方的雪山此时正沐浴在夕阳下,一片粉红的雪白。

李心月望着雪山,眼神迷蒙,不知不觉中,她与萧芳芳的恩怨在眼前浮现。

李心月第一次见到萧芳芳,是在派出所,当时她刚刚成了失去双亲的孤儿。她清楚记得,萧芳芳虽然是个陌生的阿姨,见到她时却一把将她搂进怀里,哭个不停。没过多久,萧芳芳带着她来到父母的墓前,对着墓碑三鞠躬,流泪自语:"老师,师母,我把孩子带走了,以后她就是我的女儿。我会把最好的东西都给她,请你们放心,也请你们原谅我,我……"

萧芳芳欲言又止,眼泪掉了下来。

小心月指着墓碑问:"阿姨,这是什么?"

萧芳芳含泪说道:"这是你的爸爸、妈妈,他们在这里安睡了。以后,你跟阿姨一起生活,好吗?"

小心月看着陌生的萧芳芳,小心地问:"爸爸、妈妈,睡醒了,会来接我吗?"

小心月的问题让萧芳芳无法回答,她一把将心月搂在怀中哭出了声。

萧芳芳收养李心月后,曾带她返回她自己的家中取东西,当她问小心月最想带走什

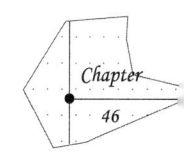

么东西时，小心月指着厨房大声说："我要带走那个！"

小心月跑进厨房，萧芳芳跟了过去。小心月指着烤箱说："妈妈给我烤的生日蛋糕。"

萧芳芳打开烤箱，取出一个烤好的蛋糕，看上去非常成功，只可惜放的时间太长，已经变质发霉。可小心月迫切地问道："阿姨，我可以吃吗？这是妈妈给我做的生日蛋糕。"

萧芳芳劝说："好孩子，这个不能吃了，吃了会拉肚子，阿姨重新为你做蛋糕，好不好？"

小心月摇头："不好，我就想吃妈妈做的蛋糕。"

萧芳芳收养李心月后，本来一切还算顺利，但因为楚鸿飞侵占了那幅画，而心月又认得那幅画，楚鸿飞对小心月起了杀念，导致她差一点掉下山崖。是萧芳芳及时救下小心月，并从此以后，带着她回到四川宜宾老家生活。

小心月五岁生日那天，萧芳芳临摹了那幅《宝贝》，那幅画一直陪伴李心月在偏远的宜宾慢慢长大。

李心月永远也忘不了，当她拿着大学录取通知书后和萧芳芳一起回到香格里拉时的情景。李心月亲手把那张大学录取通知书放在父母的墓碑前含泪说道："爸爸，妈妈，我考上大学了……"

这时，从她们身边走过两个中年妇女，看上去也是来这里祭奠亡人的。她们看到萧芳芳后，表情惊讶意外，开始窃窃私语。

李心月正在纳闷时，一阵风将通知书吹跑，李心月起身追去，无意间听到了两个女人的议论声：

"那个女人就是雪崩救下来的美术学院的女学生吧，当时她住在我们科的。"

"不太确定，这么多年过去了，认不清了。"

"你没看见她来拜祭那个埋在雪山的老师了吗？听说，她和她的老师是那种关系。"

"哎，要真是她，她怎么还有脸来拜，把人家害得家破人亡。"

"可不是，当年要不是她和她老师两人单独上山，那男的也不会死，那他老婆也不会出车祸。"

李心月闻听，犹如晴天霹雳，整个人傻掉了，她握着那个通知书，愤怒地跑回父母的墓碑前，只见萧芳芳正在用手拔掉墓碑四周的杂草。

李心月待在那里，不知道如何张口。萧芳芳回头看看李心月问："月月，收好通知书，我们准备回去了。"

李心月上前质问："你当年，跟我爸爸是什么关系？"

萧芳芳愣住了，她握着一把草站起来，面色苍白道："我是你爸爸的学生。"

"不对，除了这个，还有别的关系是吗？"

萧芳芳突然意识到什么，她握着那把草，越来越紧，她不知道如何回答，而李心月已从萧芳芳不置可否的表情里得到了回答。

李心月自从知道自己的养母竟然是父亲的情人，母亲的情敌后，她无法再面对萧芳芳。借着去上海读大学的契机，她与萧芳芳断绝了母女关系，从此靠自己生活。

离开宜宾时，李心月带走的只有那幅萧芳芳临摹的《宝贝》，从此再也没见过萧芳芳，也是从那时开始，她暗自发誓，一定要从楚鸿飞手中拿回爸爸的画！

现在，李心月历经波折终于兑现了自己的誓言，她拿回了父亲的画，虽然是用瞒天过海的调包计，但无论如何，她拿回了本属于自己的东西！只是，她没有想到，到达香格里拉的第一天就碰到了她不想面对的人，萧芳芳。这个让她又爱又恨、爱恨交加的女人……

李心月正沉浸在痛苦的回忆中时，忽然传来敲门声。李心月擦掉眼泪，走上前开门，只见卓玛阿妈站在门外，她端着一碗热腾腾的酥油茶，笑眯眯地望着李心月，用不太熟练的汉语说道："给你送碗酥油茶尝尝，我自己煮的。"

李心月赶紧接过来："啊，阿妈，太谢谢您了，您请进！"

李心月把把卓玛阿妈让进房间，把酥油茶放到桌上。

卓玛阿妈问："怎么样？房间还满意吗？"

"满意，特别好。"

"第一次到香格里拉来吗？"

"嗯……很多年前来过。"

卓玛阿妈点点头："很多人都说，香格里拉是一个离开之后还会想再回来的地方。"

李心月摇摇头："其实我并不太想回来。"

卓玛阿妈意味深长地望着她："可是上天还是把你带回到了这里，这就是你跟香格里拉的缘分。"

"也许吧。只是不知道是善缘还是孽缘。"

"孩子，上天让你来到这里，一定有他的安排。"

"白色阳光客栈"里，围绕李心月与萧芳芳的神秘关系，大家围在一起议论纷纷。

盛夏说："这李心月到处欠债，这萧老板不会也是她的债主吧？要不怎么一见面就吓跑了？"

Chapter 46

阿裴说:"我看没有那么简单!依我看,这女老板跟李心月可能是情敌!"

"别胡扯了,萧老板看着怎么也有四十了,不至于跟李心月抢男人吧?"

阿裴问:"那你说他们这一见面分外眼红是怎么回事?说不定李心月是老板和老板老公间的小三?"

正这时楚之翰和金小天从门外进来,阿裴和盛夏迎了上去。

盛夏关切追问:"怎么样?她还是不肯回来吗?"

楚之翰摇摇头:"她换到对面的客栈住了。大家都早点回房间休息吧,这两天大家先休整一下,适应下高原环境。"

楚之翰说完就转身上楼。

金小天看到李心月的背包和箱子放在客栈前厅的沙发上,他一手拎包一手拎箱子地来到"卓玛家客栈"。

金小天敲开了李心月房门,辛辛苦苦把行李送到李心月手中,不料连句谢谢都没得到就要被打发走了。

金小天可不是好打发的,他看着李心月哭过的眼睛,小心试探道:"哎我说,你跟那……"

李心月打断:"打住!什么都别问,行吗?"

"唉,好吧。"金小天走到窗前眺望远方的雪山,羡慕道,"你这房间能看见雪山啊。真美!"说时,金小天眼前闪过一张照片,那是在李心月天台出租屋里翻出的一张照片,照片上李心月一家三口在一座雪山前幸福地笑着。那座雪山似乎正是眼前的雪山,连角度都一样。

金小天望着雪山,眼睛一亮道:"你小时候是不是来过这里?"

李心月愣了一下,没说话。

金小天望着窗外的街道,天近黄昏,街道上有一些来来往往的行人。他的目光一一扫视经过的行人,不知为何感觉到一丝不安。

金小天背对着李心月说了句:"不想说就算了,不过,我劝你还是回去和我们大家住一起,你一个人住这里,不安全。"

李心月不以为然道:"你少吓唬人。对了,那个……凯文怎么样了?是不是很生气?"

"他啊,挺郁闷的,什么都不多说就自己回房间了。你住这里就开心了吗?"

李心月摇头:"唉,其实今天是我有点对不起他。"

正这时，金小天无意间发现黄雄正从"白色阳光"客栈走出来，他沿着街走下去，看似悠游自在地哼着小曲，却时不时左右顾盼，有点鬼鬼祟祟的。

金小天立刻对李心月说："你好好休息吧，我先走了！"

金小天说完就冲出门去，偷偷跟在黄雄身后，一路跟到了老街的市场上，只见路两旁是各类旧货文玩的店铺，路边也摆满了卖旧物件的小摊。

黄雄一路走一路东翻翻西看看，但似乎没有真的打算买什么。金小天借着人流的掩护，不远不近地跟着黄雄，眼看着黄雄在一个卖文玩的小摊前停了下来。

摊主热情地打起招呼："哟，阿雄回来啦！"

黄雄回应着："是啊，今天刚到。最近生意怎么样？"

"马马虎虎。这次待多久啊？"

"说不准，办完事就走。"

黄雄蹲下来，翻着摊上的东西。不知是不是感觉到什么，忽然抬头望向金小天的方向。金小天连忙闪到一棵树后，紧张起来。黄雄似乎没有看见金小天，从小摊前站起来："你先忙，我再逛逛！"

摊主忙说："好，有空来喝茶！"

黄雄头也不回，挥手扬了扬，径自向前走去。

黄雄来到一家很小的连招牌都没有的门店前，径直钻进了屋。

金小天躲在门口的树后等黄雄出来，可是等了半天也没见黄雄出来，他抬手看了看表，决定进去看看黄雄到底在干什么。

金小天从树后走出来，大大方方地走进店内，装模作样地翻看着货架上的东西，不动声色地观察着店里的情况，却没看见黄雄的身影，他心中暗想："奇怪了，刚才明明看见黄雄进来的，怎么会凭空不见了？难道……这家店里有暗室？"

金小天正在四处寻找暗室时，老板突然站在金小天身后说："怎么样，有没有喜欢的东西？"

金小天灵机一动，故作神秘地压低声音："除了摆在外面的，还有其他的吗？"

老板警惕地看着金小天，过了几秒钟："没有，都在外面了。要是没有您中意的就没办法啦！"

金小天有些失望："好吧。"

老板站在旁边看着他，显然是送客的意思。

金小天为避免引起更大的怀疑，只好悻悻地走了出去。

从店里出来，金小天发现店老板一直站在门口目送着他，只好装模作样地走出去一段。回头看看老板不在门口了，金小天忙又悄悄地折回去，躲在树后继续盯着小店。

过了一会儿，黄雄终于从店里走出来，一出门就警惕地左右观察。金小天连忙躲回树后，心中惊喜，店里果然有暗门，看来这个黄雄不一般。

黄雄继续在市场上逛着，金小天继续小心跟踪。突然一阵拥挤的人流中黄雄不见了，金小天忙赶上前几步，拨开人群左右张望，却没有见到黄雄的身影。正在气恼时，忽然一只手搭在金小天肩膀上，金小天本能的一个反手擒拿，把拍他的人锁住了手腕。只见眼前的人正是黄雄，正在"哎哟哎哟"地叫。

金小天忙松开手："哦，是雄哥啊，不好意思了，我以为是小偷呢！"

黄雄直起身子，揉揉刚才被擒拿的肩膀，意味深长地望着金小天："可以啊小伙子，好身手啊……"

"哦没什么，我以前练过一段儿散打而已。"

"这种警觉性和反应速度可不是一般人能有的啊！"

"哈哈是啊，当年教练也夸我反应快，要是好好练练说不定现在都去参加比赛了。"

"哈哈，小伙子可以！怎么，也来逛逛？"

"是啊，反正待着也无聊，就出来转转。您呢？买什么了吗？"

金小天看见黄雄的手里空空的。

黄雄笑了笑："没有，我也是无聊出来闲逛。时间也不早了，往回走吧。白色阳光的饭如果错过了可是大大地可惜啊！"

"是嘛！"金小天一边和黄雄掉头往回走一边说，"看您对白色阳光真的挺熟！你，经常来香格里拉？"

"每过个一年半载就会来一次。"

"为什么呢？在这边是有什么事？"

"那倒没什么。不过香格里拉这个地方啊，就是有这种魔力，让来过的人都念念不忘。我这么多年来在外走南闯北，去过很多好地方，但唯有香格里拉，每次离开一阵子就会想念这儿，到这儿就有一种特别的感觉，像是回到了自己家里，特别舒服放松。"

"香格里拉确实是美！"

"不只是美。"

"那还有什么？"

黄雄笑着拍拍金小天的肩膀，意味深长地："你才刚来，慢慢体会吧！"

Chapter 47

金小天和黄雄走近"白色阳光客栈"门前,还没进门,就听见里面传出个女孩子的声音,只见蒂娜站在楼梯口冲着楼上:"金小天!你给我下来!金小天!"

萧芳芳上前劝说:"姑娘,他现在真的没在。"

蒂娜大声喊着:"我不信!那你告诉我他去哪儿啦?"

萧芳芳哭笑不得:"客人去哪儿了我怎么会知道啊!你先别喊了,不然就坐在大厅等会儿,我给你倒杯茶。"

这时萧芳芳看到金小天和黄雄一起进门,脸上闪过一丝讶异,遂又笑着说:"帅哥你可回来了,再不回来这位美女就要拆房子了!"

蒂娜兴奋地扑上前:"小天哥哥!"

蒂娜冲着金小天扑过去,却被金小天敏捷地闪了过去,差点趴到地上,幸好金小天眼疾手快一把捞住了她。

蒂娜顺势靠在金小天身上,脸上飞起红霞:"原来你真的出去了,我还以为他们骗我。"

金小天忙把蒂娜往外推,蒂娜却像树袋熊一样紧紧钩着金小天的脖子不松手,搞得金小天很是狼狈,连喊:"哎哎,撒手!"

"我不!好不容易找到你,我不撒!"

盛夏从窗边的茶座上站起来,瞪着金小天:"呵呵,厉害啊,这么快就抱上了!"

黄雄一直在旁边饶有兴味地看着这一幕,上前笑着拍拍金小天的肩膀:"小子,可以!想要齐人之福啊,老哥服你!"

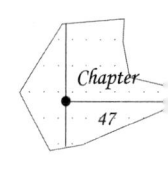

金小天着急了，用力把蒂娜从自己身上扒了下来。

不料蒂娜直接冲萧芳芳大声说："老板，给我开一个房间！"

萧芳芳愣了一下说："不好意思，现在房间都满了。"

蒂娜："我听说莉莉的房间不住了！让我给住吧！"

萧芳芳微笑着摇摇头："不行，那个房间已经给她定下了，别人不能住。"

"为什么啊？我又不是不给钱！"

萧芳芳仍是摇头，眼看着小姑娘在为难萧芳芳，金小天赶紧上前岔开话题："你这个丫头，怎么自己跑出来了，你奶奶呢？"

蒂娜噘嘴道："她啊，在忙着跟当地的政府官员会见呢！"

这个话题引起楚之翰的关注，他追问："政府官员？见了干什么？"

"我奶奶想在这里投资开发旅游项目，所以当地政府很重视，我们一到就来找我们了。"

楚之翰更加感兴趣了，"开发旅游项目？什么项目？"

"这我就不清楚了，度假村之类的吧！不说她了，小天哥哥，我们回房间吧？"

金小天忙离蒂娜远远的："回什么房间！你赶紧回你自己酒店去，回头你奶奶找不到你该着急了。"

蒂娜："我饿了，我要在这里吃完饭再走！"

金小天抓头发："我是造了什么孽啊！你告诉我，你到底喜欢我什么，我都改了，还不行吗！"

蒂娜认真道："没有理由。"

金小天急得抓狂："啊啊啊啊啊啊！救命啊！"

很快，蒂娜的愿望实现了，她和大家一起围坐桌前，满桌子雪域高原的特色菜，暖锅内炭火红红，锅上热气腾腾，房间内热意融融。

楚之翰先开口道："经过这么久的奔波，一路上经过这么多波折，我们今天终于顺利到达我们的目的地——香格里拉！"

众人欢呼鼓掌。楚之翰端起酒杯："感谢大家一路来对我的支持帮助。这杯青稞酒我先干了！"

楚之翰一饮而尽。众人又是一阵欢呼鼓掌。只有金小天心神不宁地问了句："莉莉呢？她怎么不来吃饭？"

楚之翰低落地说："阿裴叫过她了，她死活就是不过来不来，也不说什么原因。"

金小天"哦"了一声，盛夏翻翻眼皮说："这莉莉可真是小姐脾气，说一出是一出的，一点儿团队精神都没有，就是被你们惯的。"

阿裴附和道："是啊，没有她，我们早就到香格里拉了。没想到是，都到了香格里拉了，她还不肯消停！"

楚之翰皱了皱眉头，把手里的酒杯放下。

席间气氛一时有点尴尬。

黄雄举起筷子："来来来，大家快吃菜吧！这'白色阳光'的特色宴席可绝对不能错过！我在外面东奔西跑的时候，不知道有多想念这儿的菜！来尝尝这个，天麻炖鸡，可是萧老板的拿手绝活！"

黄雄拿起碗给大家分鸡汤，大家接过碗道谢，品尝，纷纷说好吃。

黄雄得意道："怎么样，我说的没错吧？告诉你们，白色阳光的鸡汤美味可是超过你们朋友圈的心灵鸡汤，你们可要多喝点儿。"

盛夏来了劲头："等等，这么多美味，一定要直播啊。"

阿裴也说，"没错，香格里拉第一集，从美食开始。"

阿裴拿出拍摄工具，盛夏整理发型，两人开始进入直播状态。

盛夏甜笑道："嗨，大家好，我是夏夏！今天我们终于来到了这次旅行的目的地，香格里拉！"

随之镜头转向所有人，众人一起高喊："耶——香格里拉！"

盛夏继续说："我们现在住在一间很美丽的客栈里，叫'白色阳光'。来大家看一下，是不是特别有民族风情，而且文艺范儿十足呢。还有最关键的是，这家客栈做的饭真的特别好吃，都是当地的特色菜，其他地方很难吃到的！来，雄哥，你给大家介绍一下吧。"

黄雄一道菜一道菜地介绍："这是黑三剁，这是天麻炖鸡，老板亲自做的！这是松茸刺身，辣卤牦牛肉，腊牦牛蹄炖萝卜，牛干巴，菌子牛杂火锅……"

黄雄每介绍一个菜，蒂娜就跟着夹，可惜她筷子用得不熟练，笨拙的样子惹人发笑。

阿裴对着蒂娜拍摄："这位小妹妹的样子好可爱，吃相看得人胃口大开哈哈！"

蒂娜筷子夹着块牛肉，嘴里还含着吃的，抬起头来一脸呆萌："啊？说我吗？"

盛夏："对啊，跟网友打个招呼吧！"

蒂娜咽下去嘴里的食物，冲镜头笑嘻嘻地挥手："Hi Everybody！我叫蒂娜！来自美国。不过我爷爷奶奶都是中国人，所以我有全部的中国血统！这是我第一次来中国。我太喜欢这里了，中国菜特别好吃，比华人街的中餐馆好吃多了！我都舍不得回去了！

而且，中国还有又帅又勇敢的男人，我很喜欢！"

众人笑着大声拍手起哄。

阿裴感叹："哇，网友们好多送礼物的，哇大飞机！蒂娜你这人气可以啊！"

蒂娜得意道："谢谢大家！请多多打赏。"

盛夏被蒂娜抢了风头，生气地小声说："脸皮真厚。好不容易走了一个，又冒出个跟姐抢戏的。"

阿裴说："蒂娜，网友问你喜欢的中国男人是哪个？是不是在座的？"

蒂娜看了金小天一眼，金小天赶紧用威胁的表情，示意蒂娜不要说，小姑娘懂事地说："他就是……呃，现在不告诉你们，想知道的话，下次继续看我们的直播吧！"

趁大家都在全神贯注直播的时候，楚之翰悄悄离开了座位，走到卓玛家客栈门前，抬头望着李心月房间窗口的灯光，犹豫徘徊着要不要进去。

客栈门突然开了，萧芳芳从客栈里出来，拎着个保温盒，神情沮丧，抬头看见楚之翰，萧芳芳笑笑："楚总，你也来啦！"

"啊，是啊，莉莉是我的团员，她没过去吃饭，我过来关心她一下。"

萧芳芳把手中的保温盒交给楚之翰："正好，麻烦你帮我把这盒饭送给心月吧。别告诉她是我送来的。"

"哦。那你……怎么不上去？"

萧芳芳摇摇头："她不肯见我。好了，你快上去吧。要不就过了饭点了。"

萧芳芳不等楚之翰多问就往回走去。楚之翰转头望着她的背影，只觉说不出的落寞。楚之翰拎着保温盒走到李心月的房门前，敲了敲门说："莉莉，开门，是我。凯文。"

李心月听到楚之翰的声音，这才打开门。楚之翰看见她眼睛有些红，眼角隐约有泪痕，关切地问道："没事吧？是不是身体不舒服？……吃饭了吗？"

李心月摇摇头，楚之翰举起手中的饭盒："给。"

李心月接过饭盒，把饭盒放在桌上："什么好吃的啊？"

"啊，你打开看看就知道了。"

李心月把饭盒打开，看着里面的天麻炖鸡，还有四川回锅肉，忽然沉默了。

楚之翰问："呃……怎么了？不喜欢？那我回去给你煮碗面吧。番茄鸡蛋好不好，你最喜欢吃的。"

李心月头也没抬问道："这是她做的吧？"

楚之翰假装不懂的样子："啊？谁啊？"

"少装糊涂，我一眼就看得出来。"

楚之翰愣了一下："你们怎么那么熟悉，她……不会是你妈吧？"

李心月抬起头来，大声地："当然不是！"

"那……你快趁热吃吧。别赌气了，何苦跟自己的肚子过不去？"

李心月沉默了一会儿，她坐下来，开始一口一口慢慢地吃。

看上去她真的饿坏了，但吃着吃着却吃出过去的味道，眼泪不知不觉地流下来，吧嗒吧嗒地滴进饭里。

楚之翰不禁感到有些心疼，他走过去，将李心月轻轻揽在怀中，轻抚着她的头发说："莉莉，我不知道你为什么突然这样，如果你不想说，那么我也不问。只是，你不要跟自己过不去，看见你这样难受，我心里也很不好过。"

李心月轻声说道："有些事不是我不信任你，而是我现在还不知道该怎么说，请给我点时间，让我自己把一些事情想明白。"

"你的心思不想让人知道可以不说，但是，莉莉，我不希望你脱离我们的团队，你不在我眼睛看得到的地方，我担心你。另外，我们的资金不多，团队住可以打折，你这一个人住一个地方，每天的房费太贵了。"

李心月脸色变了，她推开楚之翰："不用再提醒我了，我知道自己在做什么。"

"我不是这个意思，你误会了，我只是……"

"放心，我虽然住在外面，但我不会跑的，我已经和你们'稻草熊'网签了工作合约，在香格里拉期间，我会按时参加团队工作，拼命工作，争取早点把欠你的钱还你。"

楚之翰慌了，赶紧拿纸巾给她："心月，我不是这个意思，而且，你到底怎么了，以前你不是这样的，你一直是很坚强的女孩。怎么突然变得这么敏感脆弱？"

李心月一转身："是啊，我就这样的坏脾气，情绪化，你别理我，我只想一个人静静。"

说着李心月把门打开，一幅送客的样子。

楚之翰无奈地看着李心月，无奈地走出门去。他想不明白，为什么李心月对他总是若即若离，忽冷忽热，这种感觉让他无法知道，到底怎么做才能获得这个女孩的信任与爱情……

"白色阳光客栈"，汤姆出现了，他强行带走了蒂娜，这才帮金小天解了围。金小天正要去卓玛客栈探望李心月，却见楚之翰从外面走进来，萧芳芳马上迎上去，关切地问道："她吃了吗？"

楚之翰点了点头，萧芳芳如释重负般长出一口气，不料楚之翰又补了一句："可她情绪不好，想一个人静静。"

楚之翰叹着气上了楼，萧芳芳也面露无奈，金小天只好转身上楼，心想这时候最好别去打扰李心月了。

金小天回到自己的房间，锁好门，他整理了一下思路，拿出手机开始向老冯汇报工作，"我们一到香格里拉，李心月就和入住的白色阳光客栈的老板萧芳芳闹起了别扭，还赌气住到了另一家客栈，看上去她们之间也像有什么恩怨。"

老冯马上说："你说那个老板叫什么？"

金小天回答："萧芳芳。"

老冯告知："那就对了。我这边调查清了楚鸿飞和李奇峰、李心月之间的关系。李奇峰是李心月的父亲，也是楚鸿飞的同事、朋友，当年在香格里拉，李奇峰在雪山采风时遇难，李心月的母亲也因车祸意外去世，后来，正是一个叫萧芳芳的女人收养了李心月。"

金小天惊讶道，"原来，他们之间是这样的关系。那为什么，李心月会不愿意面对萧芳芳呢？还有，李心月向楚之翰索要那两幅画到底想干什么？"

"这就需要你继续跟踪，了解。"

"之前我一直觉得那个黄雄可疑，今天下午我发现他一个人鬼鬼祟祟地出门，就偷偷跟上了他，虽然没发现什么，但他光顾的那家店肯定有暗门，这个黄雄不一般，他和萧芳芳的关系也不一般……"

"这么说来，这个黄雄确实相当可疑。这样，你这几天继续盯紧点儿他，但先不要采取行动，避免打草惊蛇，同时找当地的警方帮你调查一下黄雄还有那个客栈女老板的背景。我已经跟当地警方联系过了，你找镇上派出所的拉姆警官，我一会儿把她联系方式发给你。记住，直接跟她单线联系，暂时不要跟其他任何人暴露身份。"

"好，我明天就跟她联系。正好我有个计划，需要人帮忙。"

"嗯。你身体怎么样？高原反应厉害吗？"

"白天刚到的时候还没什么，到了晚上开始有感觉了，觉得头疼，脑门一跳一跳的，走路有点儿飘。可难受了！"

"发不发烧？"

金小天摸了摸自己额头："好像没有。"

"那就好，有反应是正常的，好好休息，别剧烈活动，吃点儿高原安。不过要注意

千万别感冒，一有发烧咳嗽之类的症状赶紧吃药或者看医生，高原上感冒可不是闹着玩儿的，能要人命的！"

"知道了。"

夜幕降临，小镇的灯火星星点点，远处的雪山于是在夜色中隐约显露出了身姿，夜色中的客栈看起来安静祥和。

盛夏却在房间里待不住，她敲开楚之翰的房门，提出一起去月光广场采风，为了第二天的独克宗古城的直播做些准备工作。不料，楚之翰无精打采地回绝了盛夏，理由是累，还有高原反应，但盛夏看得明白，这些都不是理由，真正的理由是李心月。

这一整天，楚之翰都在为李心月的事情烦恼郁闷，金小天也围着李心月跑来跑去，就连蒂娜一来都能引人注意，可是却没人关注盛夏是怎么想的？盛夏的心情如何？

看着夜色中的灯火，盛夏只好独自朝着月光广场走去，一个人踽踽独行在清冷的月光广场，显得格外落寞，突然，盛夏掉头走向古城里的一家酒吧。

盛夏一个人在酒吧喝起了闷酒，忽然，辉哥走过来坐在盛夏身边，对服务生说："给这位女士再来一杯'粉红豹'。"

盛夏看了一眼辉哥，连打招呼的心情都没有了，她继续喝自己的酒。

辉哥狡猾地笑了："盛大小姐，怎么样，你们都安顿下来了吗？什么时候请你吃饭呀？"

盛夏仍然没有说话，辉哥又说："看来心情不太好，你的同伴呢？怎么就你自己在这里喝闷酒？"

盛夏狠狠放下酒杯，生气道："我没有同伴，我的同伴都围着另一个人转，她走了，所有人轮番找她，我出来，一个来找我的都没有。"

辉哥试探："你是说那个莉莉吗？"

"除了她，还能有谁？"说到这儿，盛夏的眼泪掉了下来，她开始向辉哥诉苦，"从上海到香格里拉，这一路上，我盛夏总是在关键时刻挺身而出，为旅行解决各种问题，可那个莉莉，却只会一路上招惹各种麻烦，到头来，大家还是无视我的付出，仍然只关心她是否开心，没人在意我是否伤心……"

辉哥见状继续打探："看来今天，那个月亮又惹麻烦了，对不对？"

盛夏更来气了："别提了，一到香格里拉，她就闹着分家。也不知道她和客栈老板有什么仇，说什么也不肯住在白色阳光，非要单独住进别的客栈。"

辉哥心中一惊，马上追问："怎么，莉莉没和你们住在一起？她住哪里？"

Chapter 47

"她住在对面的卓玛家客栈……"说完，盛夏注意到辉哥的表情很是兴奋，她马上又说："我发现，你好像也对莉莉很感兴趣噢，跟我聊天，总是会问到她，是不是你也被月亮吸引了？"

辉哥马上解释："我哪有，我不是在关心你吗。我的意思是，她不在，你就可以安心地当直播一姐了。"

盛夏叹口气，一想到还有个粘着金小天不放的蒂娜，又说："我也想啊，但是，总有那些脸皮厚的人凑上来，烦死了。"

辉哥这次聪明地没追问："你啊，就不要瞎操心了，好好工作，谁也动不了你的位置。对了，你们准备在香格里拉哪里做直播？需要我帮忙吗？"

盛夏摇头："谢谢你的好意。"

白色阳光客栈，门口突然传来声响，盛夏跌跌撞撞地走进门。

金小天正好下楼，他赶紧上来扶住盛夏："盛夏，你怎么回事？你怎么自己一个人出去，还喝这么多酒？"

盛夏推开金小天："现在知道关心我了？少来！"

金小天追问："你路都走不稳，怎么回来的？"

盛夏指指门外说："我的铁粉送我回来的，不行吗？！"

盛夏边说边推开金小天上楼了，金小天探头向客栈外看去，远远看见辉哥离去的背影，他马上警惕地追上盛夏，问："你怎么老是跟这个辉哥搅在一起？这个人，这个人……"金小天想提醒盛夏这个人很危险，让她远离，但盛夏的情绪非常抵触，大声打断道："我愿意跟谁在一起就跟谁在一起，你管不着。你们都不关心我，还不让我有粉丝关心我吗？"

金小天看着盛夏的背影，只好又走到门外，他盯着辉哥渐渐远去的背影，回想起老冯的叮嘱，只觉得后背发冷，"那个辉哥我从前有所接触，这个人行事狠辣，又十分狡猾多疑，我不能让你去冒这个险……不要意气用事，你和周游的任务不同，情况有别。我不希望再有无谓的流血牺牲。"

但金小天仔细地思考，他预感到自己在李心月身上无法突破的点，也许在辉哥那里很快就能找到突破。想到这里，金小天不顾一切地跑出了客栈……

辉哥回到住处，和天蝎等人一起吃起了夜宵，就在这时有人敲门，天蝎打开房门，发现是金小天，辉哥眉毛一挑，有些吃惊。

天蝎上前呵斥："你来干什么？是不是吃错药了？"

金小天走到辉哥面前："大哥，以后让我跟着你吧。"

在场的人大感意外，辉哥却笑了起来："看来是该吃药了。"

金小天加重语气道："大哥，我是认真的。"

辉哥上下打量着金小天："那你说说看，我为什么收留你？"

"大哥，我跟着那女孩，就是为了钱。后来我想通了，有命花，钱才有意义。而我的小命，就在大哥你手里。你给我条路走，有口饭吃，我什么都答应。"

辉哥伸手拉住金小天的领口，把他整个人拉得弯下腰来，然后瞪着眼睛审视着金小天："既然我想要你的命就能要，我又干吗要给你口饭吃呢？"

金小天迎着辉哥的目光说："我可以帮你拿那幅画。"

"哦？"

看到金小天坚定自信的表情，辉哥松开了他："坐下，说："

金小天坐下来："谢谢大哥……那幅画李心月没带在身上，放在了一个秘密的地方。"

听到这句话，辉哥强掩内心的惊喜，冷静地说："再说点我不知道的。"

"我可以想办法从她那套话。"

"别忙。你怎么让我相信你？"

"大哥，你说，我什么都干。"

"是吗？"辉哥边说边从怀里拿出一包奶茶粉，撕开外包装，把袋里的粉末倒进一个玻璃杯，然后注入热水，粉末迅速溶解为一杯类似奶茶的液体。辉哥用筷子搅了搅，递给金小天说："这可是'新货'。你把它喝了，你就是我胡志辉的小弟。"

金小天看着眼前那杯疑似毒品的液体，他神情凝重，犹豫不决。

Chapter 48

金小天判断混在奶茶包装里的粉末很可能是 K 粉或者冰毒,但眼前辉哥举着那杯奶茶,正冷冷看着他,显然,这是对他的一次入门考验,他不能不喝。

金小天眼神一定,一把抓过奶茶喝了几大口,因为紧张和激动,手有些颤抖,导致洒了不少在衣物上,人也被呛得咳嗽了起来。

金小天努力平复自己的心情,感受着有什么不同。

辉哥用蛇蝎般的眼神盯着他看,遂抬了抬下巴示意他继续。

金小天的手虽然颤抖,但他回味着舌尖的味道,感觉那就是一杯普通的奶茶,并无异味,于是又抬手一口气将整杯喝完了,亮给大家看。

辉哥带头拍手,其他人也跟着鼓掌,金小天坐在原地,不安地等待着,心跳加速,呼吸急促。

辉哥笑眯眯地问:"我这奶茶味道怎么样?"

金小天回味了半天:"好像,就是普通的奶茶味道。"

辉哥大笑起来,一把揽住金小天的脖颈:"那你有没有觉得嗨?"

金小天局促道:"不知道……还,还没有……"

"还没有?那就对了。这杯奶茶,确实味道很普通。"

天蝎等人都笑起来,金小天暗中长舒了一口气。

辉哥似乎通过了对金小天的考验,轻松地笑道:"我怎么能这样对自己兄弟呢?要不他们能这么死心塌地跟着我?"

"哥,你别玩我了。"金小天唯唯诺诺道。

天蝎推了金小天一把:"叫辉哥。"

金小天连连点头："辉哥！辉哥！以后您就是我亲哥！"

辉哥突然摆了摆手，目光又阴冷起来，他狠狠瞪着金小天警告道："不过，你要是敢跟我耍花招，我保证你死得比原来更惨！"

金小天忙摆手："不敢，不敢！绝对不会！那辉哥，我们下一步干什么？"

辉哥一挥手："你先回去吧，一切照常，有安排的时候我自然会找你。"

金小天离开了辉哥，返回客栈的路上他为那杯奶茶感到后怕，但又为自己暂时赢得辉哥的信任感到兴奋，他相信自己真得向对手迈近了一步，这一步结结实实的。

只是，金小天未经老冯同意就擅自做出这样的决定，他担心老冯知道了会骂他。但思来想去，金小天并不后悔，因为从上海到香格里拉，一路上他都没有取得案件上的突破，他相信，此举一定能够打开缺口，近距离接触到毒贩，这也是金小天最初进入警校的志愿和梦想。

金小天回到客栈，抬眸望去，就看见对面海景房的窗前灯光朦胧。李心月的身影映在窗帘上。金小天静静地看着窗帘上的侧影，望了好久，影子依然没有移动的样子，这代表着李心月又不知在想什么，或者又在谋算着什么。

金小天眸色轻敛，还有许多谜团等着他去揭开。

第二天，楚之翰一行人准备去独克宗古城开始在香格里拉的第一次直播。

一大早，楚之翰和盛夏、阿裴站在白色阳光客栈外等候着李心月，而金小天则在卓玛客栈门口等了一会儿，和李心月一起走过来。

盛夏酸溜溜地说："哎哟，感情可真好啊，就这么两步路还要接一下，专门虐我们这些单身狗吧？"

李心月上前解释："对不起，但是我真的有私人的理由，不能住在这里。"

"是是是，你是大小姐，大家都得顺着你。谁还没点私事呢？别人也没像你老是给整个团队添麻烦。"愤愤不平的语气。

楚之翰劝阻："行了盛夏，你也说了我们是个团队，成员有困难的时候我们都该尽量帮忙，一路上我们都是这么过来的。如果你有困难，我们也一样会帮助你，莉莉，对吗？"

李心月点头："我肯定会的。"

盛夏还想说什么，楚之翰赶紧圆场："人齐了咱们就出发吧，先找地儿把饭吃了。"

就在大家一起朝古城走去的时候，飓风悄然出现并跟在了他们身后。

金小天走着走着突然停下脚步，警觉地四处看看。

李心月看看不远处兴致勃勃的盛夏和楚之翰、阿裴，又看看身边的金小天，压低声音："怎么了？"

金小天小声说："总觉得有人在跟着我们。"

李心月四下看看："会不会是蒂娜又跑来找你了？"

金小天摇头："她可藏不了这么深，人未到，声已近。"

李心月有点紧张："会不会是……"

楚之翰走过来："你俩聊什么呢？"

金小天打了个马虎眼："嗨，不就是聊聊下一次直播我们俩这情侣人设到底是开虐还是撒糖呗。"

楚之翰稍显尴尬："你俩也太敬业了吧？……"

大家一起吃完早饭，盛夏立刻在月光广场开始直播："宝宝们！我们现在来到了著名的独克宗古城，距今已经有1300多年历史了，七世纪时，吐蕃王朝在大龟山设立寨堡，名'独克宗'，如今的独克宗古城就是围绕大龟山，依山铺路，白土敷墙，建成的一座'白色石头城'，也作'月光城'，我们现在的位置就是月光广场。"。

阿裴悄悄拉过楚之翰："楚总，今天盛夏的状态好像特别好啊？"

楚之翰微笑道："嗯，没跟莉莉生气就好。"

这时盛夏又说："下面我们来采访一下我们的情侣档，甜心cp吧！怎么样？历经千辛万苦，终于来到了我们的目的地香格里拉，出发的时候你们还在吵架，现在和好了吗？"

李心月和金小天没想到盛夏会这么问，猝不及防对视一眼，马上又别开了视线。

金小天一把揽过李心月："你们不懂，我们一直都在热恋期，吵架只是情趣，对吧亲爱的？"

李心月有些不好意思地说："我才没你这种特别爱好！"

盛夏打趣："看样子我们的和好之旅还没有成功啊？那夏夏不要更努力一点，为你们准备一个超级浪漫的表白圣地！"

李心月无奈摇头，推开金小天，独自在古城街道上游览。

李心月走过一个一个建筑，发现已经找不到相册里李奇峰曾经待过的地方了。心情有些低落，自言自语道："这里变了好多……和以前完全不一样了。"

楚之翰："是啊，这里据说遭遇过一场大火，很多地方都重新修过了。你以前来的时候是什么样子的？"

李心月咬着嘴唇，一言不发。

金小天摇晃着李心月的手撒娇："莉莉，你来香格里拉也不带上我。这次得给我补上。"

李心月的思绪被金小天的话拉回来，一脸无语："要玩自己玩去。"

楚之翰温柔地看着李心月："不论是以前还是现在，它一直是我'心中的日月'。"

李心月避开他的目光，眼睛看向远方："香格里拉是一座历史悠久的古城，有着许多美丽的传说，许多艺术家都在香格里拉得到了灵感。"

盛夏也说："是啊，我看萧老板的客栈里也挂了几幅雪山画，她说都是她自己画的呢，水平真不错……"

金小天在旁边偷偷提醒盛夏，让她别说了。

李心月冷冷地说："是吗，那挺好的。"

众人有些尴尬，一时没有接话。

李心月主动打破安静："大家别愣在这啊，一起逛逛吧。"

直播的第一天很快过去了，临近黄昏时，大家都累了。

楚之翰带着大家返回客栈，经过楼梯的墙壁时，他看到李心月的目光停留在墙壁上悬挂的油画上，他上前询问，"莉莉，你和萧老板到底是什么关系，能告诉我吗？"

李心月淡淡地看着楚之翰，摇了摇头，径直回了自己的房间。

楚之翰失落地回到房间，回想着李心月冷漠的眼神，他知道，她一定是在生气自己无法帮助她实现那个愿望，那是她在苍山的树屋上许下的愿望。

楚之翰在内心酝酿了一番草稿，最后鼓起勇气，拨通了父亲的电话："爸，有件事情，我想请您帮帮我。"

"什么，你说。"

"爸，您能送我两幅画吗？"

"你要画做什么？"

"噢，就是来到香格里拉以后，看到这里的雪山和风光，很想收藏两幅画。我知道，您好多早期作品都是在这里画的，能送我两幅做纪念吗？"

听到儿子对自己的作品有兴趣，楚鸿飞也很开心。一直以来，儿子总是跟自己对着干，最大的根源是他对美术作品毫无兴趣。

想到这儿，楚鸿飞爽快地答应道："呵呵，行啊，你想要哪两幅？"

"就是您画的雪山，还有，我知道您有位故友叫李奇峰，听说他也是位优秀的画家，能再送我一幅他的早期作品吗？"

一听到"李奇峰"三个字，楚鸿飞的脸色变了，就连手里的电话线都随着他的变化由热变冷。

老奸巨猾的楚鸿飞马上意识到，这根本不是儿子的想法，世上不可能这么巧，有人想要他和李奇峰早期的作品，这两幅作品只能对一个人产生作用，那就是李心月。

想到这儿，楚鸿飞马上试探："之翰，你老实说，到底是谁想要这两幅画？"

并不擅长撒谎的楚之翰开始编造理由："就是我啊。我真得是因为看到这里的山水，才有了这个想法。"

楚鸿飞打断儿子，厉声质问："是不是那个叫莉莉的女孩，她想要。"

楚之翰见无法隐瞒，只好承认："……是的，她从小就喜欢画画，可是由于家庭原因，没办法实现这个梦想。所以我想把这两幅画送给她当作礼物。"

楚鸿飞雷霆震怒道："不可能！我警告你，儿子，离这个女孩远点！"

楚鸿飞狠狠地放下了电话，坐在沙发上大口大口地喘着气，拼命让自己冷静下来，但却无法冷静。

他明白李心月索要这两幅画的目的，她是为了向世人证明那幅《宝贝》的原创作者是李奇峰，而他楚鸿飞则是欺世盗名的大骗子、伪画家。如果她真的做到了，那么，这几十年来楚鸿飞所有的努力和成就将毁于一旦……

想到这儿，楚鸿飞马上联系上飓风，直接在电话里命令他："你马上动手，我希望这次能干脆利落地干掉她！"

飓风果断回答："好的，我明白了，今晚就动手！"

离开古城后，金小天装作漫不经心的样子溜了出去，一路走到一座烂尾楼的二楼，开始耐心等待接头人拉姆警官。

不一会儿，楼梯传来一阵"噔噔噔"响亮的脚步声，紧接着一位脸色黑红的藏族妇女从楼梯走上来。金小天还以为是路过的人，正想躲起来，对方已看到金小天，上来就热情打起了招呼，嗓门非常大："哎呀，我说要见什么人呢，原来是个帅小伙儿，你好你好，我是拉姆。藏语就是仙女的意思。欢迎来到香格里拉。"

金小天有些迟疑地看着对方，感觉这接头人跟自己想象中的女警完全不同，就像集市里吃喝叫卖的中年妇女。他愣了一下，小心地问："你是警察？"

拉姆警官笑容一顿："怎么，你还不信呀？我在派出所工作。"说着她拿出证件给

金小天看，"这是我的警官证，小伙子，睁大眼睛看清楚了。"

金小天接过警官证一看，照片上的拉姆身着警服，英姿飒爽。

金小天赶紧说："哇，三级警督。失敬失敬！"

拉姆警官笑了笑，收起警官证，看向金小天："你的脸色咋这么差？噢，我知道了，高原反应，昨晚没睡着是吧。"

金小天点头："是的。我……"

拉姆警官立刻打断他："我就猜到了，你们这些平原来的刚到香格里拉都是这样，我已经给你准备好了，快别站在这个地方，这里是风口，吹着了，感冒就麻烦大了。"

拉姆警官一把将金小天拉到楼梯上，再按住他强迫其坐下，接着从自己的包里拿出一个保温壶递给金小天：

"这是我早上刚打的酥油茶，趁热喝，喝了胃里就舒服了！相信我！"

金小天看着那热腾腾的酥油茶和拉姆热情洋溢、兴奋不已的表情，他忽然感觉这不是在"接头"，而是在"认亲"。他赶紧放下保湿壶将话题拉回来："拉姆警官，是这样，我想先说一下我目前的情况。"

拉姆警官一看金小天放下了保湿壶，执着地打断道："不着急，先喝酥油茶，喝完了，你舒服点，咱们再谈工作，不会误事的，相信我！"

说时，那个保温壶重新被塞回到金小天手中，金小天哭笑不得地喝起了酥油茶。果然，一阵特有的浓香弥漫在味蕾中，让他紧绷的身体和紧张的神经松弛下来。

金小天边喝边赞："真好喝。谢谢你了。"

拉姆警察笑着说："那当然，我亲手做的绝对差不了。"

眼看金小天连喝两碗，拉姆警官这才开始谈工作："昨天局里通知我了，最近就由我跟你单线联系，连我们派出所的所长都不知道你的身份。你放心，由我配合你，干事可方便了。我是老香格里拉了，这块地方哪个角落里有耗子打架，我都知道。放心吧，在香格里拉没有我办不成的事情。"

金小天边擦嘴边点头："能遇到您真是太棒了，真是人如其名。"

拉姆被一个帅小伙夸赞，喜不自胜。金小天嘿嘿笑着，看来这个彩虹屁拍得不错。

"那你说，现在你有什么线索吗？要我做什么？尽管开口，我的工作能力，在我们所里没说的，我说第一，没人敢反对的。"

"你们所里有几位民警？"

"七个人，就我跟我们所长两个人编制内的，他老了，只能坐在那里喝酥油茶接电话，外勤的事情都是我在跑，还有几个协警，工作能力都没问题。放心吧，在香格里拉没有我办不成的事情。你有什么事情……"

"……现在我发现有两个人有些可疑，希望你能帮我调查一下他们的背景情况。"

"两个人？没问题，放心吧。什么人？"

"一个叫萧芳芳，是'白色阳光'客栈的老板。"

拉姆警官笑了："哦，我知道我知道，那个半老徐娘嘛，你别说那个萧老板还是挺漂亮的，她那个脸白的呀，跟牛奶似的，我就不明白，她咋就晒不黑呢？对了，我问过她的，她说每天要擦防晒霜，她还送给我几瓶呢，好用得很。哎，你的意思，萧老板有问题？难怪了，她一个女人，不结婚，一个人开那么大的客栈，你说她为什么不结婚呢？"

金小天不得不再次打断拉姆警官发散性思维："停！'仙女'大姐，咱们还是先说正事，还有一个叫黄雄，带着个卖艺的叫宇宙塑料人组合到处跑，但经常到香格里拉来。他跟萧芳芳认识，而且好像还挺熟。我怀疑她俩可能是同伙。"

"黄雄？那个到处流浪唱歌的老男人？我去问问。你是怎么知道她俩有问题的？"拉姆一脸惊讶的样子。

金小天犹豫了一下："……我是跟着一个叫李心月的嫌疑人一路过来的。这个黄雄跟我们同路，一路上他好像一直都对李心月有特别的兴趣，而且我见过他好几次偷偷出门，回来就背着一大包东西，不知道是什么。还有一次，我偷偷跟踪他进了一家有暗门的古玩店，不知道里面有什么玄机，这个也想请你帮我查一下。"

拉姆警官跳起来："暗门？！居然在我眼皮子底下搞这些名堂，我马上就去查！"

拉姆警官一阵风似的，跳起来就往外跑。

金小天喊住她："哎，你的保温壶。"

拉姆警官边跑边说："给你了，我家里还多着呢。"可是她忽然又想起什么，一阵风地跑回来，从金小天手上抢回保温壶。"对咧，这个你不能带回去，不然我们俩的关系就暴露了。"

金小天赶紧叫住她："还有件事想请你帮忙。"

"什么事？"

"我需要一个定位器……"

"好，放心，在香格里拉，没有我办不成的事情……"

结束了不像接头的接头后，金小天返回"白色阳光"客栈。

古城的夜晚十分热闹，游人来来往往，但是白色阳光客栈和卓玛客栈前的这条小街稍显冷清。

金小天走到两间客栈中间时，迎面见萧芳芳拎着一个饭盒向卓玛客栈走去，金小天知道，她又要给李心月送饭了，正在担心李心月会不会接受时，却见一个戴着头盔穿着工服的外卖员骑着电动车停在卓玛客栈前，停好车后，他从保温箱里取出外卖走进客栈。

金小天看见那个外形高大的外卖员走进客栈的背影，瞬间回想起曾经在医院碰到过的飓风的背影，金小天暗叫"不好"，他迅速跟了进去。

飓风假扮的外卖员一路低着头，抢先萧芳芳接近了李心月的房间，并敲响了门。

李心月在屋里问："谁呀？"

飓风改变了自己的声音，说："外卖。"

李心月确定自己没有订外卖，连说："你找错了吧？我没有订外卖。"

飓风只好说："那请问您是李心月小姐吗？"

李心月听到有人说出自己的真名，越发疑惑了，她打开房门问对方："是我，但是我真的没订外卖啊。"

飓风举着饭盒说："我不知道，系统给我的地址和名字就是这里，你收一下吧。"

李心月怀疑是楚之翰或金小天帮自己订的外卖，正在犹豫时，萧芳芳走到了李心月门口，说："月月，你订了外卖？我给你带了饭，你吃点吧？"

李心月听到萧芳芳的声音，突然变色，打开门说："对不起，我订了饭，不用给我送了。师傅，把外卖给我吧！"

飓风双手把餐盒递向李心月，一把锋利的匕首从餐盒下边那只手的袖子里滑出，眼看就要刺向李心月时，金小天突然从后边出现一把推开飓风，说："哎哟，吃什么外卖呀，全是地沟油太不健康了。"

金小天把餐盒从飓风手里拿走，看了他一眼："你这个地址和收件人都不对啊，你是不是送错了？"

飓风也认出了金小天，知道这个人不好对付，只好说："好像是，不好意思，我先走了。"

飓风迅速把匕首收回去，遂快速离开。

飓风的反应让金小天感觉不对，来不及跟李心月说什么，转身追了出去。

金小天冲外卖员喊了声："你等等啊！我没有恶意，就是想问一下，我在网上看过一帖子，说你们送餐迟到会被投诉罚款，这份外卖的钱也得你们出。要是这样的话，你把这份餐卖给我吧，损失也少点。"

飓风推辞道:"不用了,谢谢!"

金小天一路跟着飓风走出客栈,眼看他发动电动车,火速离开,金小天确定那就是一路上几次试图杀害李心月的飓风,他马上陷入沉思,猜测着这个飓风到底是谁派来的,他开始怀疑是辉哥。

为了打探实情,金小天二话不说,转身走向辉哥下榻的酒店。

金小天找到辉哥,直接问道:"辉哥,我有个问题。咱们的兄弟里面,有没有一个身高大概180,爱骑摩托车的?"

辉哥马上说:"没有。怎么了?"

金小天眉头紧皱:"那就是还有别的人在跟着我们。"

辉哥回想起在桥上曾有人想要置李心月于死地的情景,轻描淡写道:"哦,很意外吗?"

金小天看着辉哥的表情问:"您知道这事?"

"你说了不就知道了。"辉哥闪烁其词。

金小天明白辉哥在敷衍他:"辉哥,那……"

辉哥打断:"是我给你汇报吗?老子让你查的事呢?"

金小天马上明白了,只好装作懵懂的样子:"萧芳芳,和李心月,似乎是认识的。但是她什么都不说。"

"那就接着查,什么都不知道,过来干什么?再查不出什么,下次你也别来了!"

金小天灰溜溜地离开了辉哥,一路上揣测着飓风跟辉哥的关系,这时老冯给他发送一条新的消息:根据线人的最新汇报,有一起新的交易会在明晚进行,老M很有可能现身,抓捕行动由当地警方执行,老冯叮嘱金小天一定要盯紧嫌疑人。

这个消息让金小天兴奋,激动,他迅速把目标锁定为黄雄。

金小天快速返回白色阳光客栈,一眼看见萧芳芳正在露天花园里喝着梅子酒,看上去有点醉意,神情落寞。

金小天断定,她今天一定又吃了李心月的闭门羹。

为了打探萧芳芳和黄雄的关系,金小天上前问道:"萧姐,有心事吗?看上去很不开心噢。"

萧芳芳淡淡地说:"到我这把年纪,心里不藏事了。"

金小天跟萧芳芳套起了近乎:"您什么年纪?不是刚十八吗?"

萧芳芳看着金小天,莫名感觉很亲切,她笑道:"是,也就是十八乘以三吧。想当

年……"

"不用想当年，您现在的魅力那也没得说，每次雄哥看你的眼神，一副我能为女神上刀山下火海的样子。"

"别瞎说，我和黄雄不是你想的那样。"萧芳芳又喝了一口梅子酒。

金小天继续试探："您跟雄哥认识很久了？"

"几十年了吧。"

金小天叹气："那我就更同情他了，几十年都没追到自己的女神。"

"其实，黄雄是我的好朋友，某种程度上也算是我的恩人吧。你知道一个单身女人在异乡做生意有多难吗？多亏了他……"

"雄哥真了不起，看起来黑白通吃的样子。"

"他就是为人仗义，大家都卖他几分薄面而已。我们聊他干什么呀。我倒想问问，你和心月，什么时候在一起的？"

金小天只好说："我俩也不是你们想的那样的。"

萧芳芳端着酒杯抬头看着繁星："我太知道一个女孩无依无靠在外打拼的滋味了。事事依靠自己，女孩子的骄纵任性都不能有。可是，我能看得出，你和他之间，跟别人不同。"

金小天一时愣住了，问："哪里不同？"

萧芳芳意味深长道："哪里都不同，但就是表面上装作不在意的样子。"

金小天正回味着萧芳芳的话，萧芳芳站起来伸了个懒腰："哎呀，喝醉了，老婆子的醉话，就当没听到吧。"

萧芳芳离开，留下金小天一个人。

金小天拿起一个酒杯，喝了一杯梅子酒，对着香格里拉的月亮，心里想着："李心月，你和我之间，真有可以有其他的关系吗？如果可以，你为什么藏着那么多秘密，不肯对我打开心门，让我走进去看个清楚……"

Chapter 49

　　第二天一大早，金小天就坐在客栈的前厅盯梢，借口高原反应，拒绝了楚之翰的直播活动，就等着黄雄露面。

　　这一等，一直等到了午饭后，黄雄才走出客栈的大门。

　　金小天悄然跟上，小心翼翼地跟随黄雄走过一条又一条街道，发现黄雄也很警觉，不时停下四下张望。

　　黄雄走进了街边的那家古玩店内，金小天在不远处观望，却许久不见黄雄出来，金小天赶紧追上去，发现黄雄已经从店铺的后门离开，金小天懊恼不已，一路狂奔追出去，终于在一个岔路口发现了黄雄的身影，只见他从一间酒吧的后门闪身进去。

　　金小天也想跟进去，却被后门两个凶神恶煞的保安拦在外面。

　　无奈之下，金小天只好又气喘吁吁地跑进了酒吧正门，人群中，好不容易发现了黄雄的身影，并一眼发现黄雄手中多了一个手提包，金小天迅速追过去，不料正这时他突然听到一个女孩刺耳的笑声。

　　金小天转头一看，只见酒吧角落处，一个男子正搂着蒂娜说笑，两人十分亲密的样子，但蒂娜看上去明显有点神志不清。

　　金小天不由得替蒂娜担心起来，但这时黄雄的身影已经消失，金小天不得不追了几步，可余光再次瞥见那个男人搂着蒂娜朝包间走去，边走边对蒂娜动手动脚起来。金小天终于咬牙停下脚步，骂了声"靠"，选择放弃追踪黄雄，转头朝包间跑去。

　　包间里，男子递给蒂娜一支烟："试试看，这个比刚才的还好。"

　　蒂娜接过烟，问："我能见到小天哥哥吗？"

男子诱惑地:"抽完这支烟,就没有你见不到的人了。"

蒂娜接过烟深吸一口,眼前幻觉更胜,天花板上的灯变成了炽热的太阳,她说了声:"好热,好刺眼。"

男子开始脱去蒂娜的衣服,调戏道:"我不是就是你的小天哥哥吗?"

金小天一脚踹开门,瞪着那个男子:"爷在这儿呢,你算哪根葱!"

蒂娜看向门口,金小天的脸在她眼中也变形了,但她还是认出了他:"小天哥哥,我真的看见你了……"

男子也急了:"你谁呀?活腻了吧!"

金小天二话不说,上前就是一拳,二人扭打在一起。

男子的同伴听到动静都赶过来加入混战,金小天以一敌多,打起来却丝毫不落下风,蒂娜晕晕乎乎地坐在沙发上观战。

金小天打得行云流水,将几人全部制服,这时当地警察冲进房间,其中领头的正是拉姆警官。

金小天将事情经过讲完,又将蒂娜抽剩的半支烟交给拉姆:"拿去化验一下,看看是什么?"

拉姆接过烟说:"放心。对了,你上次问我要的定位器,我给你申请了一个。"说着,拉姆掏出一个小巧的定位器交给金小天,金小天赶紧揣进口袋,又叮嘱拉姆:"今天我没能追上那个黄雄,但这个人肯定有问题。"

拉姆点头答应,金小天遂带着神志不清的蒂娜离开了酒吧。

出租车上,金小天思考着要不要直接把蒂娜送回央金奶奶那里,但又担心奶奶会发火惩罚蒂娜。看着这个天真可爱的小妹妹,他决定先把她送回白色阳光,让蒂娜在李心月的房间休息一下再说。

李心月听见敲门声,打开一看,还未及反应过来,金小天半拖半抱着蒂娜直接闯进去,将蒂娜放在李心月的床上。

眼看着蒂娜发出含混不清的呜呜声,嘴里还塞了个手绢,李心月有点慌了,赶紧将那块手绢拿出来,蒂娜立刻开始说起胡话来:"这里好美呀,一定是天堂吧,我还要抽支烟……"

李心月紧张地问:"蒂娜怎么了?"

瘫坐在沙发上的金小天生气地说了一通:"大概就是这样,你说这孩子是不是傻?出来玩都分不清好赖人,要不是我刚好在那儿,她这辈子不算完也毁差不多了。"

李心月突然明白了似的，马上说："不行，咱们得告诉央金奶奶！"

金小天阻止："你看她这样，能给央金奶奶送回去吗？刚捡回来的一条小命不得被央金奶奶打死。"

"那……"

"就让她在你这儿凑合一晚上吧，但凡有别的选择我也不会把她送这儿来啊。"

"明天蒂娜恢复清醒了该怎么办？"

"让她哪儿凉快呆哪儿去！不过今晚，我就屈尊在你这儿凑合一下了。"

"你又没毛病，干吗住这儿啊。我和蒂娜俩女孩，跟你一屋多不方便啊！"

金小天白了李心月一眼："首先，我对她可一点兴趣都没有！其次，咱俩也不是头一次孤男寡女共处一室了，你的人身安全受到威胁了吗？最后，我留在这儿，还不是怕她疯起来你摁不住？"

李心月只好说："行行行，你有理！"

金小天突然坐起来，促狭地看着李心月："哎，我刚才说住这儿，你紧张什么呀？是不是对我有什么邪念？怕自己半夜控制不住……"

李心月一个枕头砸过去，气势汹汹地说："邪你个头，滚下来，你睡地板，沙发给我！"

第二天清晨，蒂娜清醒过来，发现李心月、金小天在自己身边守了一夜，

可怜兮兮地央求着："莉莉姐，小天哥哥，千万不要告诉奶奶昨天晚上的事情！"

李心月不客气地说："你要是再去那种乱七八糟的地方，我就带着央金奶奶去捉你！"

蒂娜发誓："我发誓再也不敢了！"

金小天也说："昨天胆儿那么大，今天就怂了？"

正这时，蒂娜一眼瞟见楼下，只见对面的白色阳光客栈门前停着一辆警车，眼看着黄雄被两个警察带出客栈，朝着警车走去。

蒂娜睁大眼睛说："快看，那个大叔被警察抓走了。"

金小天和李心月顺指一看，两人赶紧跑下楼，冲出客栈。

萧芳芳也从客栈里追出来，边追边喊："等等！你们是不是抓错人了！"

黄雄停下来，问拉姆："我能跟她说句话吗？"

拉姆点点头，黄雄上前一步，对萧芳芳："对不起。"

萧芳芳惊讶："你干什么了？"

黄雄欲言又止道："你照顾好自己……"

黄雄跟着警察上了警车。萧芳芳仍不能接受："黄雄！你混蛋！"

楚之翰上前扶住萧芳芳："萧姐，咱们先回去吧。"

楚之翰和盛夏把萧芳芳扶回客栈。

这时金小天的手机响了，他一看是老冯，马上对李心月说："蒂娜就拜托你了。我有事先走了。"

金小天拐到客栈外的一个僻静之处接起了老冯的电话："老爹。"

老冯在电话里告知："昨天那半支烟的化验结果出来了。是夜店常见的致幻剂。昨天抓住的小喽啰把上线供出来了。"

金小天追问："是黄雄吗？他刚刚被带走。"

"初步排查黄雄只是负责分销的，并不是老M。看看能从黄雄那儿得到什么消息吧。"

金小天再次搞错怀疑对象，有些气馁。

老冯鼓励道："你别泄气，虽然黄雄不是老M，他也是一个隐藏的毒贩，你的怀疑是对的。更大的鱼还在后边。你尽量搜集证据，寻找嫌疑人。"

金小天这时，小心翼翼地向老冯汇报："老爹，有件事儿，我没有向您申请，擅自作了主。"

"什么？"

"我已经打入到辉哥的身边，成了他的小弟。"

老冯听罢，虽然有些担心，但他知道这对案情是有利的："既然这样，那你千万要小心应对，胡志辉生性狡诈多疑，他是不会轻易相信一个外来人的。所以，你一定要万分小心。"

"是，我知道了。"

老冯放下电话，仍然为谁是老M的问题犯愁，不料从局里传来消息，老M已在云南边境被当地公安抓获。

老冯赶到陈副局长的办公室，陈副局长告知："据老M交代，他是境外提供新型毒品的卖家，要和国内的买家接头。这是他的照片。"

当老冯看到老M的照片，异常震惊："竟然是他！"

陈副局长问："你认识？"

老冯点点头："他就是二十年前那起贩毒洗钱案的一个参与者，当时逃到了境外。我当年就在他身边卧底！"

"这么说他和胡志辉也有可能联系?"

"胡志辉出狱,老M入境,两件事接连发生,我觉得不是巧合。"

陈副局长点头:"据老M交代,即将与他接头的买家来头不小,他也只是众多卖家之一,并不知道上级的更多信息。"

老冯迅速思考的新的方案:"不能放过这条线索,既然他都招了,那么我们就顺着这条线往下查。"

"有什么突破口吗?"

老冯想了想说,"目前,金小天已经与辉哥打过照面,暂时取得了信任,但我了解,干他们这行的,都十分小心狡猾,不会轻易相信外人的。所以,"说到这儿,老冯坚定地看着陈副局长,"我请求前往云南,帮助金小天完成调查。"

黄雄被抓,萧芳芳心神不宁,楚之翰和盛夏都在安慰萧芳芳。

盛夏突然想起了什么,对楚之翰说:"楚总,我听说,楚大师在当地认识很多地方政府的人,要不要让你父亲通过关系打听一下消息?"

楚之翰听了,有些犹豫,心想,母亲最近身体不太好,父亲又因为画的事情刚刚拒绝自己,现在这种时候再给他们添麻烦,肯定是不适合的。

不料萧芳芳听到"楚大师",她好奇地问:"哪个楚大师?"

盛夏脱口而出:"就是楚鸿飞楚大师啊。你知道吗,他的成名作《宝贝》在拍卖会上拍了8500万呢。"听到这儿,萧芳芳的脸色"唰"地白了。她不敢相信地看着楚之翰,轻声问道:"你是,楚鸿飞的儿子?"

楚之翰点点头,萧芳芳的嘴唇不由得颤抖起来,盛夏眨着眼睛又说:"萧老板,还有更有趣的事情呢。你知道买走那幅《宝贝》的人是谁吗?"

"谁?"

"就是我们的莉莉大小姐。一挥手就拍下了《宝贝》,可这一路上却被追债的追得很狼狈。真不知道,莉莉到底是什么样的角色,总之是个狠角色。"

萧芳芳听到这些话,她把所有事情连接在一起,发现李心月是有备而来的。想到这儿,她再也坐不住了,立刻离开客栈跑向卓玛家客栈。

李心月听到敲门声,随口问道:"谁啊!"

门外传来萧芳芳的声音:"是我。"

李心月不耐烦道:"哦,我休息了。"

"你开门,我有重要的事跟你说。"

"我跟你没什么可说的！"

"那楚之翰呢？"

李心月心中一凛，她打开房门。

萧芳芳进了屋："月月，楚之翰是楚鸿飞的儿子，你知道吗？"

李心月冷冷地点了点头，萧芳芳更加起了疑心："那你能不能如实告诉我，你是不是惹上麻烦了？"

萧芳芳审视着李心月，李心月回避着她的眼神："没有。就算有，也与你无关。"

"那你拍下那幅画想做什么？现在又跟楚之翰在一起，这又是为什么？"

李心月气愤地说："我是帮财务公司老板拍的画，我只是个枪手。至于楚之翰，纯属巧合。"

萧芳芳半信半疑道："我是为你好，你这个孩子，不知道轻重。"

"你管不着！你算我什么人！"

萧芳芳突然被激怒，她一巴掌扇向李心月，大声说："不管你承不承认，你就是我萧芳芳的女儿！"

话音刚落，两人听到门外有动静，李心月赶紧打开门，只见盛夏在门外偷听，看到李心月赶紧不好意思地笑道："啊，我是担心萧老板，怕出什么事。"

李心月冷冷地看着盛夏："这里没你什么事，你可以回去了。"

"是啊，没什么事啊，那我走了。"盛夏知趣地下楼，正走向白色阳光客栈，辉哥开着车过来，冲盛夏打招呼，

"嘿，盛夏。"

盛夏没好气地"哦"了一声，辉哥又说："这一看就知道，又是那个月亮惹的祸。"

盛夏转身走到辉哥面前，愤愤地说："可不是。我一番好心好意，担心萧阿姨出事，谁知道那个月亮一点不领情，还把我赶出来了。"

"到底什么事啊。"

盛夏这才眨眨眼睛，八卦道："天大的秘密，那个莉莉和萧老板她们可不是一般的关系。"

"什么关系？"

"她们俩是母女，而且，听上去，她们在为那幅拍卖会上的画争执。"

辉哥听到关于画的线索，眼睛都亮了："她们怎么说的？"

盛夏噘着嘴："没听完，就被发现了。哼，我看这趟旅行，给莉莉设定的人设太简

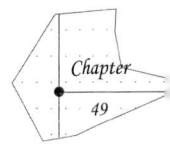

单了，可我没想到她能这么复杂。我服了。"

说完，盛夏没好气地走进了客栈。

辉哥坐在车上，探出头看向对面的卓玛家客栈，心里盘算起来……

卓玛家客栈里，萧芳芳对李心月的质问还在继续："你说，到底为什么要这么做？"

李心月倔强地顶撞着："我喜欢！我愿意！我就要拿回属于我父亲的东西！"

李心月说完，意识到自己说漏了嘴，萧芳芳也听出了什么，马上问："你是说，那幅画在你手里？可是，你不是替别人竞拍的吗？"看着李心月躲闪的表情，萧芳芳恍然大悟，"你，是不是，真画在你手里？"

李心月不置可否，甚至在萧芳芳面前还带着点得意和骄傲的表情。

萧芳芳越发恐惧、紧张："月月，你斗不过他的，告诉我，那幅真画到底在哪里？"

李心月没有回答，萧芳芳担心道："你不能再这么一意孤行了，画再重要也没有人命重要，那个人不是你想象的那么好对付。而且，警方一旦知道你偷了画，你，你是会被判刑的！"

李心月突然颓然地坐下："那我该怎么办？我还能怎么办？"

萧芳芳看着特别脆弱孤独的李心月，叹口气："月月，不管你认不认我这个母亲，现在你既然来到我身边，我是不会看着你有危险不管的。"

萧芳芳说完，有气无力地离开了李心月……

这一晚，萧芳芳一夜未眠。

第二天一早，她拿着一个信封，悄悄塞进李心月的房门，然后背着画筒走出了客栈，不料刚一出门就被一辆车盯上了。

原本是辉哥和两个手下是来盯梢李心月的，却看见萧芳芳手里拿着一个长的画筒，辉哥眼睛一亮，他猜测想要得到的画就在萧芳芳手里，于是对另一个手下说："去，把她背的画筒给我抢回来。"

手下是个有胸肌没头脑的打手，他跟着萧芳芳拐过一个街角，看看四下无人，打手快速接近萧芳芳，不料被萧芳芳察觉，她突然转身直视着打手，辉哥手下正想上手抢画，萧芳芳立刻抱着画大喊："来人呀，有人抢劫！"

手下害怕惊动过路人，情急之下他一拳打向萧芳芳头部，萧芳芳立刻晕倒在地。这时，远处一个路人走来，恰巧辉哥开车过来，另一人下车，帮着一将萧芳芳抬上了车，遂驾车离开。

车上，辉哥埋怨手下："让你抢画筒，谁让你把人给我绑了！"

手下诉苦："她抱着画筒不放手，我怕被人发现，一着急就把她给打晕了。"

辉哥骂道："蠢货！真是个蠢货！"

手下赶紧将画筒交给辉哥，辉哥边骂边打开画筒，展开看那幅画一看，傻眼了，那不过是萧芳芳以雪山画派手法完成的一幅普通油画。

辉哥大发雷霆，把画扔在地上对着手下大骂，"什么破烂玩意，我让你们拿的是《宝贝》！"

两名手下吃得哆哆嗦嗦，"对不起，我错了，现在怎么办？"

辉哥看了一眼车上的萧芳芳，只好咬牙说："凭她和李心月的关系，我不信，李心月不肯把画交出来。"说完，对司机下令，"开车，回去！"

李心月醒来去卫生间，无意间发现门前有一封信，她打开那封信，上写："月月，思来想去，我还是担心你把画调包的行为会惹来麻烦。万一楚鸿飞告你非法侵占，你要面临的可就是牢狱之灾。我的人生已经过半，而你的人生才刚刚开始。我会去找警察自首，弥补我这么多年对你、对恩师的亏欠。你多保重，我的孩子！"

李心月看罢，急忙问前台小姐："她什么时候出去的？"

"一大早就出去了。"

李心月正在生疑时手机响了，她一看是个陌生号码，不耐烦地挂断。不料对方马上又打了过来，李心月接起电话，说："房子、贷款一律不要，谢谢！"

电话里传来一个阴阳怪气的男人声音："那人呢？要不要？客栈老板娘在我手上，要想她平安无事，就用真画来换！"

李心月这才意识到什么，但她装糊涂道："什么画？我不明白你在说什么？"

天蝎在电话里威胁道："少装蒜！你想看到一个无辜的生命被你牵连吗？给你两个小时时间准备，我会再打电话过来的！"

李心月大喊："你是谁！"

天蝎挂断了电话，李心月拿着电话六神无主，直接飞奔到金小天的房门前，用力拍门，"金小天！金小天！"

楚之翰听到李心月拍打金小天的门，好奇地走出来。

只见金小天刚开门，李心月慌忙进去，拽他的胳膊叫起来："出事了！她被绑架了！"

金小天忙问："谁被绑架了？"

李心月语无伦次道："萧老板！怎么办？金小天，你快帮我想想办法！"

金小天不敢相信地问："你是说萧老板？"

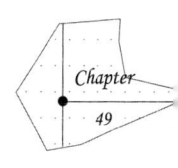

李心月猛烈地点着头。

金小天追问李心月："绑匪提什么交换条件了吗？"

李心月听到这句话，眼神闪躲着说："绑匪说两个小时后再打电话！"

金小天继续追问："还说了什么？没有说交换条件吗？"

"没……没说什么了！现在怎么办？"

"萧老板好好地待在客栈，怎么会被绑架？难道是被黄雄连累的吗？"

金小天正在胡乱揣测时，李心月犹豫地说出真相："她……应该……应该是被我连累的……"

"怎么回事？你先说清楚了我们再想办法。"

李心月不知道如何说出口，金小天明白，这是很好的时机，他故意说，"你不把事情的真相告诉我，我是没办法帮你的。"

李心月顿时哭了起来："好吧，萧老板，她，她是我的养母……"

Chapter 50

　　随着李心月的哭诉，李心月将自己成为孤儿以后跟随萧芳芳长大的经历以及两人决裂的原因讲了一遍。

　　面对命运多舛的李心月，金小天暗自怜惜，他忍不住抚摸了她的头发，轻声安慰，"好了，我知道了。看来，你还是挺在意你的养母。来，我们慢慢理清思路，一起想想办法。"

　　不料，这一切被楚之翰在门外听见，他心里震惊着，原来李心月的父亲是李奇峰，也是楚之翰父亲的故友，难怪李心月向他索要这两个人的早期作品。

　　楚之翰推门进来，焦急地问："你快说，绑匪到底想要什么？是钱吗？"

　　李心月只好说："画！他们要画！他们要那幅《宝贝》。"

　　楚之翰听到绑匪要的是《宝贝》，他异常意外，困惑道："《宝贝》？他们为什么向你要画？拍卖的《宝贝》已经被我爸爸买回去了！"

　　李心月支支吾吾道："可能……可能是因为画是我拍下来的。我现在手上没有画！什么都没有，怎么办！"

　　金小天紧追不放道："那么，画到底在哪里？"

　　李心月彻底崩溃，她大声哭泣，一幅无从回答的样子。

　　金小天只好安慰："算了，你别急，坐在这里冷静一下。我先报警！"

　　很快，拉姆警官带领几位警员赶到客栈，拉姆向大家介绍身边

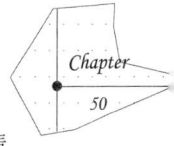

的警员:"这几位是香格里拉市公安局,专程为调查解决萧芳芳女士绑架案而来的。请各位配合我们警察的工作。"

强巴警员开始问询前台小姐:"萧老板是什么时候离开的?她与人有过什么纠纷吗?"

前台小姐回答:"大概七点钟左右。萧老板人很好,从来没有和人发生过矛盾,对我们员工也很好。"

很快,强巴警员得知萧芳芳离开客栈时背了一个画筒,他开始将询问重点转至李心月身上:"请问李小姐,您和萧老板什么关系?"

李心月回答:"她是我养母。"

"你对你养母了解多少?比如她的人际关系?还有我能看看萧老板给你留下的信吗?"

"我和她已经分开很多年了,并不知道她这些年是怎么过的,这封信……与这个案件无关,我不想……"

金小天劝说:"李心月,这关系到萧老板的性命,你最好不要有什么隐瞒。"

李心月心虚地大声嚷着:"我能隐瞒什么!他们不是警察吗!难到人被绑架了就只能坐在这里询问吗?你们倒是去救人啊!"

李心月失控,楚之翰赶忙安慰:"好了好了,你别急,会有办法的。拉姆警官,李心月目前情绪不太稳定,你们能不能先想办法寻找人质?"

金小天见李心月情绪失控,他把拉姆警官拉到一旁,两人低头悄声说话。

金小天寻问:"这附近的监控视频拿到了吗?"

拉姆警官回答:"拿到了。"

"那么加上今天的视频,你和市局的同志先回警局排查,这里交给我,李心月一定还有隐瞒,我再想办法,看看能问出些什么。"

拉姆警官反问:"你的意思,这个绑架案和你跟着的那个案子是同一伙人?"

金小天点头:"嗯。"

"好的,我知道了。"拉姆警官来到强巴身边叮嘱道:"我们先回警局立案排查,强巴,你留在这里监听李小姐的电话。绑匪再打来时尽量拖延时间,争取找到藏匿地点。"

拉姆一行人返回警局,立刻分头搜索出所有与案件相关的视频查看,经过一格一格的视频追查,突然拉姆警官在一段视频认出了那个手下。

拉姆警官将视频定格在手下的身上,说:"这不是多吉爷爷家的那个小孙子吗!这

小子鬼鬼祟祟的在干嘛！"

另一名警员指着自己搜索的视频回应："我这儿也看到他了！不过他倒是常在附近活动。"

只见警员搜索的视频中，打手尾随着萧芳芳走进监控盲目区域，遂双双消失。

拉姆警官惊喜道："是他！一大早上，他在'白色阳光'客栈转了很久。不会是踩点呢吧！"

警员回应道："如果我没记错，这小子已经是三进宫了吧？这小子，偷抢拐骗没有他不敢的。"

拉姆警官又发现了什么，指着视频中的一辆车说："瞧那，这辆黑色越野车跟了过去。马上追查这辆车的去向！另外，我带人去多吉大叔家看看。"

拉姆带着几名警察找到多吉家寻找其孙子的下落，得到的回答却是"这小子好几天没回家了！"拉姆警官只好带人在小镇上继续寻找，终于在一条小巷无意间撞上多吉的孙子，他正拎着盒饭从一家餐厅走出来，拉姆带人立刻冲上去，将其按倒在地，多吉的孙子手里的盒饭撒了一地。

多吉的孙子被带回派出所，他带着手铐，坐在审讯室内叫嚣着："你们拷我干嘛，我又没犯法！"

负责审讯的警察问道："今天早上你在'白色月光'客栈的门口做什么？"

多吉的孙子眼神忽闪着回答："闲逛啊，什么都没做。"

"那你这些饭又是给谁买的？"

"给我自己啊！"

"胡说，你一个人吃这么多？我告诉你，最好老实交代，否则等我查到证据，你就是想说都晚了！"

"我真是什么都没干，你们没证据凭什么抓我！"

拉姆警官大声训斥："别跟我喊冤！你也不看看多吉爷爷多大年龄了！绑架罪可和小偷小摸不一样！"

拉姆提到多吉的名字，这让多吉的孙子有些动摇，他声音低了下来："我可没绑架！就是挣点小钱！"

拉姆继续审问："你最好明白，人质一旦出现意外，你就不只是简单的绑架了！说严重点，你是帮凶！"

多吉孙子吓得脸色煞白："好，我说！我都说，但我跟他们真不是一伙的！"

"白色阳光"客栈里,李心月的电话终于再次响起,强巴拿起手机递给李心月叮嘱道:"尽量拖延时间。"

李心月点点头,电话接通,天蝎的声音在屋中响起:"怎么样,想好了吗,想要萧芳芳活命就用真画来换!"

李心月哀求:"你别动她,我会把画交给你。"

金小天迅速在纸上写字"地址"二字,示意李心月向对方要地址。

李心月问道:"你在什么地方?"

天蝎回答:"这个你不用知道,你按照我说的做。带上画,离开客栈,我会再给你打电话。"

"可是画不在我手上,我一时半会儿拿不到,你给我一天时间好吧?"

电话那头沉默数秒,金小天认真听着另一边传来的声音,对方的手机信号时断时续。很快,天蝎的声音再次响起:"是吗?看来你是不打算让她活着回去了!那你就等着收尸吧!"

就在天蝎挂断电话的同时,金小天听到电话里传来火车驶过的声音。

楚之翰焦急追问警察:"怎么样,跟踪到位置了吗?"

强巴摇头:"没有,时间太短了!我们只能确定大概在这个区域!"

强巴在地图上指出了一片区域。

金小天迅速在纸上边画图边说:"我刚刚听到对方说话有回音,应该是在一个很空旷的大房间里,这样的地方多半是工厂或者仓库,便于隐藏。"

金小天说话同时用笔在地图上圈出一些相关位置,他接着说:"居民楼排除。信号时断时续,说明他所处的附近有隔断或者干扰,刚才的火车声大家都听到了吧,这两点说明藏匿地点偏僻而且靠近铁路沿线。"

众人听着金小天的分析频频点头。

强巴对着金小天画的那个可疑区域说:"这里有一个旧仓库,旁边是个废弃工厂,符合你说的情况。"

金小天点头:"那就对了,应该就在这附近。请你们重点查查这一片吧。"

强巴点头:"我现在给拉姆警官打电话,立刻派人去搜查。"

铁道边的废弃工厂的仓库里,萧芳芳坐在椅子上,嘴上贴上了胶布,整个人仍然昏迷未醒。一旁的天蝎正在接听辉哥的电话。

辉哥通知天蝎,"我刚刚和他们那边的盛夏通过电话,李心月他们报警了!你们赶

紧撤离！"

天蝎拧着眉头说："好，我知道了！是我大意了！我们马上离开。"

辉哥又追问一句："李心月那边怎么说？"

天蝎回答："她说画目前不在她手上，需要一天时间。"

"好，你赶紧换个地方，给她一天时间！总之，必须拿到真画！"

"是，一定。"天蝎挂断电话，他走到萧芳芳身边，一边解着绳索，一边对另一个手下说："走，赶紧的，警察就要来了。"

正说时响起敲门声，门外传来多吉孙子的声音："是我，饭买回来了！"

大门外，多吉孙子拎着盒饭战战兢兢，身后几个警察端着枪悄悄跟在他身后。可是敲了半天门，仓库内没有动静。

拉姆警官示意多吉孙子退后，遂对其他警察一挥手，大家会意，开始强攻，很快打开了仓库大门，所有人进入仓库，却见仓库内空无一人，众人正在纳闷时，突然汽车发动的声音响起，只见一辆黑色汽车直直地向着警察的方向冲了过去。

拉姆大叫一声："大家散开！"警察们被冲散，黑色汽车冲出重围。

一名警察开枪射击，子弹打中车身，另一名警察徒步向前追击一段，黑色汽车在拐角处消失，拉姆立刻带着警员们启动警车，鸣警笛追捕。

一路惊险追逐后，黑色汽车拐进一个岔路口，向一条小路驶去。

几辆警车鸣笛而来，向另一个路口驶去。

自以为甩掉警察的天蝎恼羞成怒地拨通李心月的电话，他大喊道："你居然敢报警！我看你是不想让她活着回去了！"

李心月大声恳求："你别伤害她。"

天蝎威胁："再给你一天时间，准备好画，明天这个时候我会再联系你的。"

李心月连声说："好好好，你不要伤害她，我一定把画给你。"

电话挂断，强巴仍然摇摇头："信号是移动的，无法确定位置。"

金小天说："看来只能等他再次联系了。"

金小天暗中联系了拉姆警官，他离开客栈后来到旧仓库现场。

客栈里，楚之翰为了帮助李心月，他拨通父亲的电话向其求助。

楚鸿飞得知儿子下榻的客栈老板竟然是萧芳芳，而且还因为那幅画被绑架，异常惊诧："怎么会这样？为什么要绑架她？"

楚之翰回答："为了你的那幅《宝贝》，爸，人命关天，绑匪给心月一天时间用画换人，现在只有你能帮帮心月了。"

楚鸿飞猜测这一定跟欧阳先生有关，如果真是这样，他更不便插手，遂拒绝道："对不起，儿子，我无能为力。"

李心月得知楚鸿飞拒绝帮忙，她一点也不意外，现在，她只能亮出底牌，拿出真画了。

这时金小天找到她，面色严肃地逼问道："你到底把真画藏在哪里了？现在，只有这幅画可以解救萧老板。"

李心月纠结地看着金小天，不知道如何回答。

金小天急切道："都什么时候了，人命关天，你还不跟我讲真话。"

李心月咬咬牙，她终于说出了实情："在稻城！我托海伦把画寄到那里，一个朋友暂时帮我保管着。"

金小天愕然："所以你是没打算用真画救萧老板？"

"当然不是，我准备马上去稻城取画！"

"还算你有良心。不过，真画不能交给绑匪。"

"为什么？"

"画是警方的证物啊。拿到画以后，你马上去警局自首吧！"

李心月吓得后退到沙发上："为什么？"

金小天表情严肃道："你利用帮助财务公司赵老板拍卖名画，从中偷龙转凤，将价值上千万的楚鸿飞作品据为己有，还不算犯法？"

李心月据理力争道："据为己有？事实上，这幅画是物归原主！它本来就是属于我父亲的遗物！我拿回它不是犯法！是理所应当！是天经地义！"

金小天听罢大吃一惊："物归原主？你为什么这么说？"

"因为，这幅画是我父亲画的，是楚鸿飞欺世盗名霸占了它！"

李心月终于把当年父亲与楚鸿飞的恩怨以及自己曾试图向陈正茜索回《宝贝》却遭羞辱的往事全部告诉了金小天，金小天恍然大悟。

一路走来，围绕李心月和这幅画的所有谜团终于真相大白，金小天几乎可以断定从一开始对李心月的怀疑就错了，他甚至能够理解李心月所有离经叛道的行为。然而最让金小天兴奋的是，李心月不是毒贩，这让他长长地出一口气，如释重负般的欢喜与激动。

金小天呆愣了半晌，无法掩饰自己的欢喜，他凝视着眼前这个命运多舛的女孩感叹着："原来，你所做的一切都是为了你父亲……"

李心月看着金小天复杂的怪异的表情，她有些不解，抹了一把眼泪说："是的。这

405

幅画不属于楚鸿飞,我就是希望他能承认这画是我父亲李奇峰的作品。"

"你做了那么多,就是为了和楚鸿飞对质。这个圈子兜的,够大的,把所有人都装进来了。"

李心月没听懂:"你说的是什么意思?"

金小天低头琢磨了一下:"那绑匪为什么要这幅画?"

李心月摇头:"这个我也没想明白,这些人到底是谁?为什么要这幅画?我根本不知道。"

"你父亲……当年,遇难以前,有没有说过什么?"

李心月摇头:"我不知道,那时候我才五岁,我爸爸他是突然遇难的。"

"现在看来,这幅画对你来说,意味着危险。所以,你还是听我的去自首吧,把画上交给警察,只有这样才能彻底结束你身边的这些麻烦。"

李心月想了想,摇摇头说:"我现在还不能自首,更不能上交那幅画。"说着,李心月用央求的眼神看着金小天,"我必须要用这幅画来证明我父亲的清白,请你相信我,等我完成了我要做的事情,到那时,我一定会带着画去自首。"

金小天看着李心月,他一时间无法拒绝,只好说:"那好吧,我们先集中精力,把萧老板救出来再说。"

李心月又想起什么,补充道:"我和楚鸿飞的恩怨,你要替我保密,我不想让凯文知道。"

金小天看出李心月的心思,说道:"你是怕他知道后不会再被你利用。"

李心月心虚却又倔强地说:"我只是让他帮我拿两幅画罢了。"

"那你,只是利用他吗?"小心翼翼地试探。

"你这是什么意思?"李心月一脸迷惑。

"我是说,你,心里有他吗?" 此刻在金小天心头涌起了异常柔软动人的情绪,他不禁把心底的疑惑直白地问了出来。

李心月抬眼注视着金小天,对这个问题既不知道如何回答,又有些生气,她瞪了金小天一眼,"都什么时候了,你还有心问这个。你说,现在我们该怎么办?"

"先用假画交易!"金小天没有得到答案,有些失望。

很快,拉姆警官通过黑色汽车最近一段时间出现的地点锁定了几个地方,她立刻带着两名警员连夜排查可疑车号,最终找到一个最为可疑的地下停车场。

物业管理人员带着拉姆警官来到停车场一个角落,只见车位空空。

物业人员纳闷道:"刚才还停在这里呢,怎么没了?!"

拉姆警官问:"你会不会记错了?"

物业人员回答:"肯定不会,这小区进进出出的车,是谁家的我都知道,这辆车不是我们小区的,我估计是哪个最近搬来的租户的车。"

"那你们这里的房子有租赁记录吗?"

"有有,我回办公室拿给你看。"

拉姆警官拿到租户名单后开始逐户分析,发现其中有一家业主只租出去了地下室,这引起拉姆警官的怀疑,她带着两名警员前去查看,不料正遇另一名打手在地下室的角落里吹着口哨撒尿。

打手看到几名警察突然出现,误以为被发现,他吓得尿了一半转身就跑,拉姆见状立刻带人追了上去。

打手一路逃出地下室还是被警察追上,并轻松地将其按倒在地。在拉姆警官追问下,打手交代了关押萧芳芳的地下室,很快,萧芳芳得救了。

就在萧芳芳得救的同时,毫不知情的天蝎已拨通了李心月的手机,要她独自带画到龙潭公园等待下一次电话指示,李心月能带去的却只有一个空画筒。

金小天担心李心月的安危,正在放心不下时拉姆警官传来消息,萧芳芳已经得救,并被送至医院做身体检查。这个消息令李心月和众人欢呼雀跃,如释重负。但绑匪毕竟还在逍遥法外,李心月需要继续配合警察,抓捕绑匪归案。

李心月毅然背着空画筒如约来到龙潭公园,暗中布控的警察们紧紧盯着李心月以及她四周的所有可疑人员。只见她站在一片草地四下张望,手里拿着手机等待着,突然一个球滚到了李心月脚下,一个小孩跑了过来,李心月捡起球递给小男孩,正在这时电话铃响,天蝎要李心月从东门出去,打车等待他的下个指示。

李心月不得不上了一辆出租车,暗中布控的便衣警察驾驶一辆商务车跟了上去,手机地图上追踪着李心月的移动位置。

出租车上,李心月得到新指令,她要在香格里拉酒店下车,不料路经一个十字路口时出租车停下来,在短短的一分钟等待时间内,天蝎突然打来电话,要李心月打开车窗,把画筒递到车窗外面。这个变化让李心月措手不及,她只得打开车窗,把画筒递了出去。

天蝎带着头盔骑着摩托车从车的空隙穿过,他一把抢过李心月的画筒,扬长而去。李心月眼看画筒被抢却无可奈何,负责跟踪的警察立刻驱车紧追那辆摩托车而去。

天蝎骑着摩托穿进小胡同,警察的车步步紧逼。

天蝎突然转向，下个路口处，摩托车消失。警察手机上的定位停止，他们顺着定位找到了那个被拆开的空画筒，从画筒里倒出微型跟踪器。

与此同时天蝎正躲在一堆杂物后面，一名警察正在慢慢靠近他的位置，天蝎屏住呼吸，最终用力将杂物推开再次逃跑，那名警察立刻追赶。

两人在胡同内追逐一番，厮打在一起，天蝎拼命挣脱警察的纠缠，其他警察听到动静迅速向他们跑来，为了逃命天蝎突然掏出手枪对准一名警察的胸口开了一枪，警察应声倒下。

冲过来的警察立刻向天蝎开枪射击，天蝎的胳膊中枪，他捂着胳膊继续逃跑，警察们继续追赶。这时候辉哥驾驶着一辆白色越野车开过来，停在胡同口，天蝎迅速上车，车开走了。

警察们追上来对着车轮开枪，但始终没有击中轮胎，只能眼睁睁地看着那辆越野车消失在警察视野中。

抓捕绑匪的行动失败了，但在现场，警察发现天蝎掉落的一个手机，这个手机成了他们唯一的追捕线索。

李心月急匆匆赶到医院找到了萧芳芳，萧芳芳正配合警察应答相关问询，李心月看到萧芳芳嘴角和手臂上的淤青，眼泪不知不觉掉下来，她回想起小时候萧芳芳给自己做饭，为自己梳小辫的情景，终于忍不住上前抱住了萧芳芳。

萧芳芳幸福地搂着李心月，轻声说道："月月，真想再听你叫我一声妈妈。"

李心月轻声叫了一声："妈妈！芳芳阿妈。"

萧芳芳也流下泪，欣慰地笑了，母女俩终于打破心中的障碍，拥抱在一起。

良久，萧芳芳抚摸着李心月劝说道："月月，经过这件事，你想过没有，如果那画一直在你身上，这些人不会善罢甘休的……"

李心月点了点头："我知道，等我替父亲讨回公道，我一定去自首。"

"还有，答应妈妈，搬回来住吧。妈妈每天都给你做好吃的。"

李心月点头答应："好的。"

Chapter 51

天色渐渐暗了下来，小镇的灯火依次亮起。

卓玛家客栈里，金小天帮李心月拎着行李从楼梯上走下来，楚之翰和李心月正在前台办理退房。

满头银丝的卓玛阿妈仍然坐在窗边的座位上制作藏饰，在各种刻着藏文和吉祥图案的木雕中间，她抬起头来望向李心月。

李心月走到卓玛阿妈面前，蹲下身说：“卓玛阿妈，谢谢您之前劝我要相信缘分。我一定会好好珍惜我的缘分的！”

卓玛阿妈点点头，脸上深深的皱纹也像木雕一般，漾着慈祥而平和的笑意：“香格里拉是个神奇的地方，上天把你带到这里，一定有他的安排。”

李心月点点头，强挤出笑容：“嗯！”

退房手续办好，李心月刚要离开客栈，就见央金在众人簇拥下走进客栈。

前台服务员主动问道：“您好！需要住宿吗？”

央金问：“你好，我看到你们的店西叫卓玛家客栈，卓玛，是你们的老板吗？”

前台服务员看着央金笑道："对，我们店的名字就是我们的姓氏。"

央金犹豫着又问：“是卓玛……次旦？”

前台服务员狐疑地看着央金：“您认识我奶奶？”

央金很是激动：“你是她孙女？她现在在哪？”

前台服务员转头喊了声，“奶奶，有人找你！”

央金激动地转身,看见卓玛站在不远处望着她。卓玛起身,直直地看着央金问:"你是……"

央金抑制着起伏的心潮,声音颤抖地唱起一支藏族老歌。

听到这首老歌,卓玛怔住,随着央金的歌声,眼睛越瞪越大,她手中的盘子跌落在地,各种珠子洒了一地,她开声唱和起来,慢慢走到央金面前,伸出颤抖的手。

汤姆伸出手想要拦着,被央金挥手打断,然后伸出颤抖的手与卓玛相握,歌声落下。

卓玛小心地用藏语问:"央金……是你?"

央金笑起来,用藏语回答:"怎么连老姐妹都认不出来啦?"

"那你……怎么老成这样啦?"

央金一边笑一边流眼泪:"你还说我,你不也老得不像样了?"

两人执手大笑。

卓玛抬手擦眼泪:"是啊是啊,都老啦!真没想到,这辈子还能再跟你相见!"

"我这次回来,这几天到处找你,还到山上我们从前住的藏寨老屋去过,都没能见到你,没想到菩萨竟然让我们在这里相遇……"

楚之翰、李心月和金小天看着激动的两个老太太,他们既感动又困惑,不知道两个老人是什么关系。

一位陪同央金的当地官员上前,寻问央金:"不知道这位是?"

央金激动道:"这是卓玛次旦,是我从小一起长大的好姐妹,自从我出国以后,已经失去联系几十年了。我这次回来,一方面是考察投资,另一方面就是想找到卓玛。"

当地官员马上说:"时隔多年再次重逢!真是可喜可贺!"

随行人员开始举起相机咔嚓咔嚓对着两位老人拍照。这下,卓玛的表情渐渐褪去了初见时的激动,反而显出一丝疏离和不自在。

央金仍然在向大家介绍:"我跟你们说,别看我们现在都是老太太了,当年我们可是远近闻名的一对姐妹花。那时候我们嗓子也好,唱歌就像百灵鸟一样。我们最喜欢在村子口的一棵大树下唱歌,每个经过的人都忍不住要停下来听我们唱,说句不害臊的话,不知道有多少小伙子对我们动心呢……"

另一位官员说:"这样吧,你们姐妹难得相见,肯定有很多话要聊,我们先去外面等一会儿,你们慢慢聊。"

央金点头:"好,那麻烦你们了!"

卓玛却说:"不不,不能耽误你们工作,你们继续考察,我们改天再慢慢聊吧。"

周围的人面面相觑，均感有些奇怪，似乎都察觉到两个老人刚刚相认的热情瞬间变得有一丝的难堪，似乎有些欲言又止的感觉……

央金微微沉吟后说："也好，这是我的名片，你也给我留个电话，我们再约时间慢慢聊。"

央金把联系方式交给卓玛阿妈后离开了客栈。

金小天陪着李心月返回"白色阳光"客栈，只见萧芳芳早已站在"白色阳光"门口，翘首等待着李心月，满心欢喜地带她来到一个房间门口。

萧芳芳赔着笑脸说："就是这儿，特意给你留的景观最好的房间。"

萧芳芳用房卡打开门，李心月率先走进去。

萧芳芳叮嘱："你看看有什么不满意的，或者缺什么随时跟我说。"

李心月转身从萧芳芳手里拿过房卡，淡淡说了句："虽然我肯搬回来，但要原谅你，还需要时间。请你理解。"说完，她关上门，把萧芳芳隔在门外。

萧芳芳面对紧闭的房门，叹了口气，她知道，想要重新打开李心月的这扇门，还需要一个理由，这个可以得到李心月原谅的"理由"，她却无法拿出。

金小天回到房间后向老冯汇报了"营救萧芳芳"的整个行动过程，并汇报了李心月偷画的动机。

老冯得知真相，对金小天说："李心月现在是否可以解除嫌疑，局里还需要进一步确认。"

金小天向老冯提出希望能让李心月暂时保管《宝贝》。

老冯表示会向局里申请，同时告诉金小天，"一直想要李心月命的人是谁，这个人与辉哥有没有关系，仍需要继续调查。暂时能确定辉哥的目标是《宝贝》这幅画。"

金小天马上说："没错，这个辉哥很是狡猾，他正在渗透我们这个团队，我看到他在拉拢央金，接近盛夏和楚之翰，就是他从盛夏那里得到萧芳芳是李心月养母的信息，所以才绑架了萧芳芳。这样下去，防备他的行动会变得非常困难。"

"小天，你要保护好李心月和她身边的人，同时还要监视辉哥，你的任务很艰巨。一定要注意安全。"老冯语重心长地嘱咐道。

金小天突然觉得肩上的担子重了起来，更加肃然起敬。

此时，老冯慈祥地说："别担心，你不是一个人在战斗，我们会同当地警方及时保持联系，确保你的安全，还有，我很快就来香格里拉与你会合。"

金小天惊讶道："怎么，你也来？你来做什么？"

411

"我来会会这个辉哥。"老冯在电话里笑道,"放心吧,我可是个老牌卧底,十年前跟胡志辉接触过,算是老相识了。到时候,咱们狼窝里见吧。"

放了电话,金小天内心既激动,又紧张,他预感到,真正的战争就要拉开帷幕了,越是这个时候,他越是担心李心月的安危……

重新归队的李心月,很快调整好精气神,参加了香格里拉的第二次直播,这次直播地点是距离香格里拉22公里的普达措国家森林公园。

呈现在所有人眼前的是各种高耸的松树以及银杏、水杉、香樟树等珍贵树种。更让人眼前一亮的是,此时正值杜鹃花开的季节,森林中到处是美丽的花海!粉的、黄的、紫的、白的花争鲜斗艳。

"爱情之旅"所有人沿着栈道向碧塔海走去,经过一片片草甸,草丛又高又密,草丛中有成群的牛羊。一路上他们总会遇到一两只可爱的小松鼠,尾巴毛茸茸的,眼睛黑溜溜的。它们会在松树枝上上蹿下跳的,甚至会跳到人们面前吃下他们给的零食,这一切都引得人们赞叹、陶醉。尤其是面对波光粼粼的碧塔海,波纹一圈圈地向四周漫开,重重叠叠的,漫天洒下的阳光与湖面的波粼交相辉映,相得益彰,美不胜收!

就在大家沿栈道向前缓缓步行时,金小天忽然将李心月拉进树林,一幅神神秘秘又有点紧张的样子。

李心月问:"干什么?这么神秘?"

金小天看看四下无人,他从口袋里取出一个用黑线串起来的藏银绿松石吊坠,有些害羞地对李心月说:"我想,送你一个护身符。"

李心月接过吊坠,拎在手里端详着。

在阳光与湖光的映衬下,那个吊坠闪闪发光,异常可爱,虽然只是个小礼物,但因为是金小天送的,李心月打心里乐开了花,可嘴上偏说:"为什么送我这个?"

李心月的目光直视着金小天,金小天脸迅速热了起来:"听当地人说,这个可以庇护平安,带来吉祥。所以,所以……"

看到金小天越发嘴笨害羞的样子,李心月笑出了声,能在这么美的湖光山色中能收到这么美好的礼物,从未有过的幸福与快乐洋溢在她的笑容之中。

"好可爱,谢谢你。"李心月说完竟然将它揣进口袋,金小天马上又说,

"既然可爱,为什么不戴?"

金小天的表情很是严肃,这让李心月十分好奇,"我收起来不行吗?"

"不行！它可是佑你平安的！你不戴上，我可不放心。"

说完，金小天霸气地从李心月的口袋里取出那个吊坠，不由分说直接帮李心月戴在脖子上，那个瞬间，他的双臂将李心月整个人揽在怀中，这让李心月怦然心动，呼吸也渐渐变得急促起来。

眼看着金小天帮她戴好，他上下打量一番，满意地笑道："嗯，真好看，这下我就放心了。"

李心月被金小天看得脸微微发烫，她转过身看向波光闪烁的湖水和五彩灿烂的杜鹃花，偷笑道，"谢谢你。"说完，径直朝前走去。

金小天又追上去，跟在她身后，叫道，"你答应我，不许摘啊。"

李心月背对金小天点了点头。

看着李心月的背影，金小天心中暗想，"李心月，这个吊坠之所以能佑你平安，因为我在里面放了一个定位器，从现在起，你走到哪里，我都能知道了……希望，真的能佑你平安……"

所有人到达了直播地点，楚之翰、盛夏、阿裴忙着调整机位，准备直播。

金小天走到李心月身边，众人在镜头前站位，作为导演的楚之翰看着李心月和金小天，欲言又止。因为他明白，"爱情之旅"走到香格里拉，主题就是围绕金小天和李心月这对情侣能否和好而设定的。

然而现在，目的地已到，"爱情之旅"迫在眉睫地要给所有观众一个交代，男女主角到底有没有和好？这趟旅行到底有没有收获？甚至于"稻草熊"网的这次线上、线下的互动真人秀到底有没有效果？

一切问题都摆在面前，楚之翰却无法导演李心月和金小天的"戏份"了，一切都源自于戏外的楚之翰已不可救药地爱上了李心月，他无法再容忍李心月跟金小天在自己面前"谈情说爱"了，哪怕是演戏，他也不能容忍。

盛夏见楚之翰站在那里一动不动，她像个导演似的指指金小天和李心月："小天、心月，你俩靠近点儿，亲密点儿，别忘了你俩直播时候的身份是情侣！"

金小天和李心月彼此靠近了一些，直播开始，盛夏开始向观众介绍："我们身后的这片湖叫碧塔海，碧塔海以漫山遍野的杜鹃花闻名，每到五六月份杜鹃花开，花瓣落入湖中，这种花瓣带有一点点毒性，湖里的鱼吃了以后会翻了肚皮浮上水面，称为'杜鹃醉鱼'"。

金小天忽然发问："我有一个问题，你说这些鱼是不是很笨啊？它们一直生活在这湖里，应该知道花瓣是有毒的，为什么还要吃呢？"

楚之翰在旁边若有所思道："在我看来，其实这些鱼就像人，杜鹃花瓣就像爱情，明知道吃下去会中毒，会翻起肚皮把自己最柔软的一面暴露出来，"说到这他凝望李心月仿佛在描述自己的心境，"但还是忍不住要去尝……"

李心月躲开楚之翰的注视，故意说道："也许，就跟人喝酒一样，它们爱的并不是花瓣，而正是中毒以后那种感觉，可以暂时放下生活中的烦恼，什么都不想，哪儿都不去，放纵地翻起肚皮晒晒太阳。"

楚之翰望着李心月，眼里都是柔情蜜意，阿裴在旁咳嗽一声，楚之翰忙收回目光。

盛夏看在眼里，一脸妒忌，忽然问道："金小天，李心月，这一趟爱情之旅已经走到目的地，观众都想知道你们俩是否和好了？"

面对直播镜头，金小天和李心月自然配合地点了点头。

不料盛夏继续说："关于碧塔海还有一个传说，当地人说如果一对情侣在这海边接吻，他们就能白头偕老，天长地久。所以，你们还不赶紧在这儿接个吻？"

这下，楚之翰、金小天、李心月都愣住了，楚之翰忙劝阻："喂，盛夏，这……应该只是传说吧。"

盛夏回答："就算只是传说，那也是美丽的传说，为什么不试试呢？"

金小天也说道："这……不太好吧？公共场合，我们还是等会儿自己再来吧……"

盛夏不依不饶道："公共场合才更好啊，有这么多人为你们祝福。你们看，网友们也都希望能见证你们的幸福呢！快点儿来一个吧！"

楚之翰不住冲盛夏使眼色，盛夏装作没看见，金小天则和李心月尴尬相对。

盛夏催促道："快点呀，别扭扭捏捏的嘛！难道你们不想白头偕老吗？"

李心月抚摸着脖子上的那个绿松石吊坠，回想一路走来遇到的各种风波危险，她由衷地对金小天说道："小天，谢谢你，从上海到香格里拉，这一路上有你在，我总是能逢凶化吉，所以，你才是我的护身符。"

金小天看着李心月，回想起自己对李心月从最初的怀疑到现在的关心，一切都在潜移默化地改变着，包括此刻，他甚至有一种"假戏真做"的错觉。

金小天痴痴地看着李心月，百感交集却不知道说什么，唯有耳边传来盛夏的小声催促："亲啊，亲她。"

金小天的心怦怦乱跳，他忽然鼓起勇气向李心月靠近，他注视着她漂亮的眼睛，忽闪忽闪的睫毛，金小天有一点迷醉。

李心月没有躲避，看上去，她甚至有点期待这个吻。她感受着金小天慢慢靠近，还有那不太均匀的呼吸声包围着自己，她居然很安心。李心月缓缓闭上了眼睛，等待着接下来的一切。

眼看金小天和李心月就要吻上，楚之翰突然大声打断："不行。"

楚之翰一把把李心月拉到身边，面对镜头说："对不起，我必须要向大家承认了。其实，金小天和莉莉并不是真正的情侣。"

楚之翰说出这句话，现场所有人都目瞪口呆了。

楚之翰却继续解释着："开始的时候只是个误会，我误会莉莉和金小天是一对情侣，所以邀请他们作为这次旅行的体验者，当时有一些特殊的情况，他们俩就答应了。后来我知道了这是个误会，但已骑虎难下，所以只好将错就错。这次我突然将这件事请讲出来，是因为在这段时间的相处中，我发现我已经喜欢上了莉莉。"说完，楚之翰转向李心月，"莉莉，做我的女朋友好吗？"

李心月当场愣住，当楚之翰再次追问的时候，李心月看看楚之翰，再看看金小天，她不知道该如何回答，只好掉头跑掉了。

盛夏愤怒地将直播关闭，然后质问楚之翰："凯文，你真的太冲动了！你难道就不考虑后果吗？"

楚之翰冷冷地说："我倒是正想问问你，你说的那个接吻的传说，我怎么没有听说过？"

"我……是听当地人说的……"

就在所有人都尴尬时，阿裴却拿手机刷着评论，眉头渐渐舒展开，浮现喜色："嘿，又火了！我给你们念念评论啊。'真爱万岁，祝福凯文与莉莉早日携手！''我就觉得金小天跟蒂娜都比较二，他们才配嘛！''有点跟不上节奏了，怎么感觉跟电影情节一样！''谁才是莉莉的官配？''有意思有看点！''进入高潮部分了，看后面怎么发展吧。期待再有爆料。'"

Chapter 52

楚之翰已不在意评论，他直接转身，眼看李心月跑向房车，他追了过去。

金小天站在原地发呆，不知道为什么，对楚之翰当众揭穿自己和李心月的关系并当众表白的举动隐隐作痛，仿佛他心中某个地方被戳到了。

一路走来，金小天从不情愿扮演李心月的男朋友，到现在竟然舍不得脱离这个身份，甚至对楚之翰的表白产生莫名的嫉妒与羡慕，因为那是他连想都不敢想，但却想做的事情。这个想法在此刻真实地出现在他心底，这让他莫名的恐慌无措。

房车前，楚之翰止住了脚步，他隔着车门对里面的李心月说："对不起，未经你允许，我公布了我的心意，但是我不后悔刚才的表白。如果你现在还不能接受，我，会等，我相信，总会等到你回心转意的那一天……"

车里，李心月的内心异常纠结，自责……

实际上，楚之翰的当众表白是李心月期待的，但这种期待不是她发自内心，她只不过希望刚才那一幕被楚鸿飞看到，这样就会激怒他，相当于无形的挑衅。只有这样，楚鸿飞才有可能出现在香格里找她算账！指责她拐跑了他的儿子，这才是李心月期待的。

李心月越是这样想，她越是纠结难受，因为这中间最受伤的人是楚之翰。

李心月虽然不爱楚之翰，但一路走来却渐渐被其感动着，觉得伤害像楚之翰这样单纯善良的人，是一件违背良知与底线的事情。

普达措的直播再次为"稻草熊"网创造了点击新高，但除了阿裴和点击率，"爱情之旅"所有人都以沉默面对着这次直播的后果。

返回白色阳光客栈，收看了直播的萧芳芳直接把李心月带到自己的房间。

李心月走进萧芳芳的房间，根本没有坐下的意思，只是冷冷地问："你找我有什么事？"

"月月，你来香格里拉好几天了，我们俩也没好好聊聊。上大一的时候，你突然离家出走，不接受我的钱，也不让我去上海找你，说什么如果我出现在你面前，你就立刻退学。"萧芳芳说到激动处，擦起了眼泪，"所以，我就从四川老家搬来香格里拉，我知道你对这里有感情，有一天你会回来的，没想到，我真的等到你了。"

"我挺好的，大学毕业以后就工作了，很顺利。"

"那就好，你跟这个楚之翰到底是怎么回事？你知道他跟你的关系，为什么还会发生这种事？"

李心月一听这些，脸色立刻变了："你别问了，这都是我自己的事情！"

"到了你这个年龄，的确应该谈恋爱了，但跟谁都不能跟楚之翰，这一点，你必须清楚。还有，那个金小天，我觉得他就很好，看上去他也挺关心你的。"

李心月打断道："好了，别说了，我心里已经很乱了。"

上海，楚鸿飞、陈正茜也看到了儿子在普达措的直播视频，这让楚鸿飞大为震惊，更让陈正茜震怒。

两人坐在沙发上，一边刷着楚之翰的朋友圈一边生气。

陈正茜发火道："不行，我绝对不会同意的！想都别想！"

"是不能同意，不过要想办法，有对策，不是胡搅蛮缠！"

陈正茜看着楚鸿飞："我胡搅蛮缠？你又不是不知道李心月究竟是谁的孩子！"

楚鸿飞加重语气："那还能怎么办，难道你要把陈年往事都翻出来告诉他吗？"

"不行，是得想想办法！"陈正茜拿起手机，"我现在就订机票去香格里拉找那个狐狸精算账！"

楚鸿飞神情严肃起来："我劝你别莽撞，之翰的个性你又不是不知道。你越反对，他越不会放弃。"

陈正茜有些焦急："那你赶紧想想办法啊！总不能让我看着自己的孩子掉进陷阱里吧！"

417

"想什么办法啊？这件事情是因为咱们的参与就能停止的吗？"

"难道咱们就看着他们俩走到一起，任由那个女人摆布之瀚？"

"之瀚现在头脑正是发热的时候，你现在这么慌张，只会让那个李心月更开心。"

"行！行！我这么为你着想，你就一点都不领情！好心当成驴肝肺！"

陈正茜冷哼一声，拿起手机打开楚之翰朋友圈，看到楚之翰和李心月的合影，一边盯着看一边生气。突然她翻到一张照片时，手停了下来。

只见照片上，楚之翰坐在客栈的露台上，在他身后的一群人里，陈正茜看到了客栈的老板萧芳芳！

陈正茜沉默了一会儿说："……不行！我还是要亲自去一趟香格里拉。"

楚鸿飞无奈道："你……哎。"

陈正茜拨通电话："Amy，帮我订一张到香格里拉的机票，越早越好！"

陈正茜挂断电话，她不理楚鸿飞，回房间收拾行李了。

楚鸿飞躺在沙发上叹了口气，脸上流露出深深的忧虑，他从直播中看得出来，李心月并不爱自己的儿子，这只是楚之翰一厢情愿罢了。但越是这样，楚鸿飞越是担心，儿子会变成李心月威胁自己的一张底牌。他更为焦虑的是，飓风几次对李心月下手都失败了，冥冥之中，似乎有神灵在保佑着李心月，也许，是李奇峰在天之灵保佑着这个向自己复仇的女孩……

心情欠佳的金小天被拉姆约了出来，拉姆将他带到当地一个藏式茶馆，在里面三绕两绕，走进一个柜子里的暗门，金小天抬头一看，只见老冯出现在眼前。

金小天喜出望外，冲上去和老冯用力地拥抱，一顿猛亲："冯队，你真的来了？"

老冯擦着脸上的口水，一脸笑意："怎么，不想见我？去去去……"

"怎么会呢，师父！"金小天笑嘻嘻地。

"小子，谁是你师父？"老冯假装一脸正色。

"我这一路上，跟你学了这么多东西，你还不是老师？我这几个月喊了你多少次老爹，你还不算父亲？哈哈，别想赖！"

老冯笑了："油嘴滑舌我可没教过你！好了，认亲的事，案子结了再说。先说公事。关于《宝贝》，局里考虑到这是本案的关键，还需要靠它引蛇出洞，所以批准了你的申请，真迹暂由李心月保管。但是，务必要保护好它。"

金小天敬礼："是！"

老冯摆摆手："我这次过来，就是想亲自接触胡志辉！"

金小天问:"您怎么接触?我刚跟他搭上线,这个人戒备心特别强。"

老冯一脸关切:"小天,虽然队里已经批准你的行动,但我还是要批评你,做事情太冲动、由着性子、沉不住气!"

金小天立正敬礼:"冯队,我错了!我愿意接受处罚!"然后一脸求饶,"师父,下次再也不会轻举妄动了,这次真的是时间紧迫,不能再耽误了……"

"放心吧,我跟他有些渊源。只是要提醒你,到时候在狼窝里碰面,你可千万别露馅!机灵着点。"老冯严肃地说。

金小天再次郑重地向老冯敬礼:"是!咱们师徒出马,把他们一网打尽!"

老冯点点头:"天网恢恢疏而不漏,犯罪分子,都不会有好下场的。"

很快,老冯出现在辉哥下榻的酒店,见辉哥带着天蝎穿过大厅,他走上前拍了一下辉哥的肩膀,开口就说:"呦!呦!这是谁啊!"

辉哥回头看,愣了一下,他没有认出老冯,礼貌地笑了笑:"您是?"

老冯转着圈打量辉哥,一幅油腻的模样:"我擦,你他妈什么时候放出来的?"

辉哥眼里有点疑惑,老冯摘了帽子说:"我,小马,不认识了?"

辉哥恍然大悟,"哦,想起来了想起来了,当年面包哥身边的小马?"

"你还记得我,真是缘分啊!"

老冯主动上前拥抱辉哥,小声耳语道:"不是听说你被抓了吗?我们都以为你死了那!"

辉哥示意他小点声,老冯赶忙又说:"不好意思,我粗人一个。"

辉哥低声说道:"伤害致死,判了个无期,减了刚出来。"

"你牛啊,这都没让他们抓到证据,只能用这个判。"

辉哥听了这话有些不爽道:"不说这些了,你怎么到这来了?"

老冯瞬间恢复了严肃,压低声音:"面包哥刚刚被……"他说着做了一个被干掉的手势。

辉哥"哦"了一声,遂盯着老冯感慨道:"您现在还没退休呢?"

"我退了,底下的兄弟吃什么啊?不说了啊,我今天还得见人呢,改天,打我电话,我请你喝茶啊。"说着老冯塞给辉哥一张名片,大摇大摆地走了。

辉哥看了看老冯的背影,端详着那张名片,眼神复杂。

陈正茜风风火火地出现在"白色阳光"客栈门前,带着复杂的心情,她走进客栈,四处打量。

前台小姐主动问道："您好，欢迎光临。请问要住宿吗？"

"哦，我想问一下，楚之翰是住在这里吧？"说时陈正茜掏出手机，找出楚之翰照片："就是这个人，他们是个做网络直播的旅行团队。"

前台小姐看了一眼照片说："啊对，他们是住在这里。不过他们上午就出去了。"

陈正茜收起照片："没关系，帮我开个房间吧。"

"好的，您看您需要什么房型？我们现在还剩下……"

"我要你们这个客栈最好的房间。"

"哦，好的，刚好还有一间山景房。"

前台小姐为陈正茜办着入住手续，陈正茜想了想又掏出手机，翻出楚之翰在客栈天台上的照片，把萧芳芳的部分放大给前台看："麻烦再问一下，这个人你认识吗？"

"当然，这是我们老板呀！你认识我们老板？"

陈正茜收回照片，冷冷道："是啊，我们……是老朋友了。她现在人在吗？"

"在。"说着前台小姐转头向后厅喊道："芳姐，有人找你！"

萧芳芳边走边说："来了！"

萧芳芳掀开门帘，从后厅走了出来，抬头看到陈正茜，顿时怔住了。

两个女人对望几秒后，陈正茜皮笑肉不笑地寒暄："好久不见。"

萧芳芳把陈正茜请到沙发前，两人面对面地坐着，萧芳芳姿态优雅地帮陈正茜沏水、泡茶。

陈正茜端起茶杯抿了一口说，"没想到在这种地方还能喝到上好的明前西湖龙井，想必也是当年培养出来的喜好吧？"

萧芳芳不理睬她这个话题："你是专程来找我的？"

陈正茜看看萧芳芳："你不想见我？"

"你怎么知道我在这儿？"萧芳芳疑惑道。

陈正茜轻轻叹口气："看来你是真的不想见到我，就像我不想见到你一样。"

两人对视，平静的表面下暗流汹涌。

陈正茜接着说："我这次来也没什么别的意思，就是想跟你了解一些当年的事情。"

"当年？太久远了，我什么都不记得了。"

"是吗？我还以为你一直没有放下呢。"讥讽的语气。

"呵呵，放不下的人大概是你吧？"萧芳芳云淡风轻道。

正说时门口一阵嘈杂，陈正茜转头，看见楚之翰一行从外面进门，她向儿子招招手说:"之翰!"

楚之翰看到母亲,吓了一跳:"妈?你怎么来了?"

李心月看到陈正茜的意外出现,她没有显得多么惊讶,这正是她期待的效果,只不过,她没有看到楚鸿飞反而感到了几丝不安。她的奇怪反应被敏感的萧芳芳察觉到,越发地暗自担忧。

这时,陈正茜对儿子微笑道:"我来看看你们的直播开展得怎么样了。"

楚之翰有些尴尬道:"妈,你怎么也不提前说声啊?"

"要是让你提前有准备了,我还能看见什么真实情况?"

"我们现在进行得很顺利,有什么好瞒你的?"

阿裴小跑上前:"是啊,董事长,我们现在每期直播观众都过万呢!"

陈正茜缓缓扫视着李心月、盛夏、金小天,目光在李心月的身上停留了片刻,上下打量了一会儿。李心月也盯着陈正茜,目光冷冷的,恨恨的。

说起来这是她们第二次见面,第一次见面时李心月诚心想要回父亲的画,但却遭到陈正茜的当面羞辱。此次见面,情势已今非昔比。李心月拥有着绝对的掌控权,因为陈正茜的奶酪在她手中,那块不能碰触的奶酪就是楚之翰!

楚之翰看到母亲的目光在看他身边的人,忙上前介绍道:"对了,妈我给你介绍,这是……"

陈正茜狠狠瞪了一眼李心月,遂摆摆手说:"不用了!我累了,先回房间了。我在302,一会儿来找我。"

楚之翰尴尬地:"呃……"

陈正茜转身离开,走了两步回过头看着萧芳芳:"谢谢你的茶。我们改天再好好聊。"

萧芳芳没说话,这下轮到楚之翰大感意外了,他上前问:"萧老板,你们……认识?"

萧芳芳淡淡地说了句:"就随便聊了两句。"

楚之翰转向李心月等人解释着,"你们别生气啊,我妈就这脾气,而且可能因为赶路太累了。"

盛夏一脸献媚的表情:"没关系了,伯母真的好有气质,简直就是贵妇范!"

李心月听罢,嘴角发出冷笑。当她的目光与萧芳芳相撞时,她从萧芳芳复杂的表情中读到了什么,生怕她过来追问似的,李心月转身向外走去。

李心月一路走着一路思考,为什么楚鸿飞没来?难道看到儿子向自己表白,还不足以让楚鸿飞不安吗?正在胡思乱想时,她听到路边行人的对话。

"走了，赶紧回去。"

"这么着急干什么，现在天还早呢啊。"

"明天有一场藏式婚礼，我要去打听打听从那边经过，明天好去看看。"

李心月听到这番对话顿时受到启发，"婚礼"成为她心中的一颗定时炸弹。没错，"表白"的力量远没有"婚礼"爆破力强，李心月打定主意，她要引爆这颗炸弹，将楚鸿飞这只老狐狸引到香格里拉……

李心月返回客栈后悄然来到花园，故意在陈正茜房间的窗户下方约了楚之翰到花园喝咖啡。

楚之翰兴奋地找到小花园，充满期待地问："心月，你找我有什么事吗？"

李心月什么也没说，冲楚之翰甜笑着将手中的咖啡递了过去。

楚之翰接过咖啡，喝下一口，回味着此刻甜蜜的味道："真香，连空气都是香甜的。"

李心月悄悄瞟了一眼上方，发现陈正茜果然正在偷窥，她故意回过头看着楚之翰动情道："这么纯净的世界里，只有我们两个人，就这样安静地坐着，看日出，等日落，那该多好。"

楚之翰深情地看着李心月，一时激动道："莉莉，你真的这样想？我之前以为你，以为你对我……不过，那些都过去了……如果可以那样，我就不回上海了，留在这里，和你开始新的生活，一起终老一生。只是不知道，你愿意吗？"

李心月刚要回答，陈正茜推开窗户喊了声："之翰，你和阿裴上来一趟。"

楚之翰站在李心月面前进退两难，李心月主动说："你去吧，我们回头再聊。"

楚之翰和阿裴一起来到母亲房间，陈正茜不容分说，劈头盖脸地训斥儿子："在我眼皮子底下你就跟那个女孩卿卿我我，你到底知道自己在干什么吗？拿着公司的钱，从上海跑这么远，你就是为了泡妞吗？"

"妈，我们这是在工作，不是游山玩水，一路上的直播，有那么多网友关注我们的'稻草熊'网，您也看到了。"

"我是一直在看直播，人家泡妞都是偷偷摸摸的，你蛮可以的，大张旗鼓，到处宣扬，这个创意倒真是别开生面哟。全国网友都看到了呀，你还怕我说吗？"

楚之翰梗着脖子说："我就是喜欢她，就是要追她，怎么了？"

陈正茜愤怒道："不行！就是不行！这个来历不明的女孩子，我们家不能接受！"

"她怎么来历不明了？她叫李心月，上海大学艺术设计专业毕业。"

"她无父无母，就是来历不明。"

Chapter 52

"你怎么知道？谁告诉你的？"楚之翰疑惑道。

"这个你不要管，她的底细我一清二楚，所以你想也别想，我和你爸爸绝对不会同意你和李心月的关系！"

李心月离开楚之翰走到院门口，她想知道陈正茜会怎么阻止自己，这个女人她交过手，不是轻易能拿住的。正想着，只见一辆悍马越野停在门外，盛夏正在跟辉哥说话。

辉哥看到李心月主动打起了招呼："嗨，我开车出去拍片采风，有没有兴趣一起去呀？"

李心月看了看盛夏说："不是有人陪你了吗？我就不去了。"

辉哥摇头道："盛夏说她不想去。"

李心月故意对盛夏说，"为什么不去？我可听说今天有场藏家婚礼，应该特别有趣，没准会对你的直播有所启发呢！"

盛夏一听跳了起来："有藏式婚礼，那一定很热闹。辉哥，我跟你去采风。"

盛夏二话不说，打开车门跳上了车。辉哥没有叫动李心月，只好驱车离开。

李心月眺望远处的雪山，开始盘算如何能让楚之翰为自己办一场藏式婚礼？

Chapter 53

盛夏看完当地的藏式婚礼，果然来了灵感，她急匆匆赶回客栈，找到楚之翰，兴奋地跑上前："凯文，我想到一个特别棒的直播方案。"

"什么？"

"……我们一路上进行了各式各样的直播，香格里拉是这次活动的终点，所以，我认为，必须要给浪漫的爱情旅行画上一个圆满的句号。"

楚之翰懒洋洋地："说得没错，问题是怎么画句号？"

盛夏张开双臂，闭着眼做拥抱状："我们结婚吧！"

阿裴迅速起身挡在楚之翰身前，盛夏睁眼看到阿裴的脸，赶紧躲开。

楚之翰被他俩的举动逗乐了："你准备和阿裴结婚么？"

"走开！别打岔，我说的是金小天和李心月结婚，穿藏袍骑牦牛，我们'稻草熊'网这次玩票大的，来个全程的藏家婚礼现场直播！"

楚之翰的兴趣被吸引了起来："……嗯，这主意不错！只不过，"楚之翰的神情变得认真起来，"我已经告诉大家，金小天和莉莉是假情侣，而且，我也公开表白了。现在，所有人都知道我对莉莉才是真心的，婚礼还由一对假情侣完成，不太合适吧？"

盛夏和阿裴一听，面面相觑，盛夏明显不高兴道："怎么不合适？在普达措我就看出来了，当时如果没有你的阻拦，金小天就亲上去了。我敢肯定，那个吻，他和莉莉可是你情我愿的，根本不像在假伴情侣。可这时候你偏偏又是表白，又是不让男主跟女主完婚，网友答应吗？大家看的是他们俩吵吵闹闹，分分合合，现在剧情变了，不觉得怪怪的吗……"

盛夏的一番话触动了楚之翰心底最大的担忧，他当然看得出，金小天对李心月有情有义，甚至舍命相守。李心月就算与金小天假伴情侣，在普达措的那个吻却似真心……

阿裴见楚之翰和盛夏争执，在旁打着圆场："要我说，关键在于莉莉想跟谁结这个婚。"

楚之翰看看阿裴，又看看盛夏，满脸忧愁道："这个，我会来跟莉莉说明的，总之，婚礼的事情，不会勉强她。如果她选择金小天，我无话好说。"

楚之翰走了，盛夏跺着脚跟阿裴抱怨："你看出来了吗，楚总这意思是，他想和莉莉完婚是吗？"

阿裴无奈点了点头："貌似是这样。"

"想不到楚总又来这一出。"

阿裴也叹了口气："你觉得莉莉会选谁？"

"当然是金小天了。"

"你不是说，她有心计吗，有高富帅不选，选一个穷小子？"

盛夏想了想说，"这段时间通过跟莉莉深入接触，我发现，她也不是那么物质的。她看金小天时跟看楚总是不一样的。"

"哪里不一样？"

"说不清，总之是女人的直觉，我觉得，莉莉会选金小天。"

辉哥从欧阳先生那里得到消息，跟他们搭上线的老M就是二十年前那个面包哥，但他已被警察抓进去了，欧阳提醒他，境外这条线要格外小心。

辉哥觉得蹊跷，面包哥刚刚被抓，他就遇上面包哥带过的小老弟"小马"，总觉得过于巧合。

为确认小马的来头，辉哥决定邀请对方赴宴，以探虚实。

老冯收到邀请，立刻带着几个手下，搂着化名"小梅"的女警英子，神色招摇地前来赴宴。

包间里，辉哥只带了金小天和天蝎。

这还是金小天第一次和老冯同时出现在辉哥眼皮底下，他故意装作漫不经心的样子，一边打着游戏，一边和老冯随便打了个招呼。

饭桌上，辉哥热情地说："马老板！有失远迎，略备小菜给您接风。"说着，他瞟一眼"小梅"问："这位是嫂子吧？请这边坐。"

老冯一把把小梅推到屋里的沙发去："什么嫂子，可别瞎说。这话传到我老婆耳朵

里我可吃不消。"

小梅装作不高兴，坐到了沙发上，偷偷四处观察环境。

辉哥赶紧说："是我多嘴了。马老板，请坐吧。"

老冯大咧咧坐下，辉哥示意下，小天一一揭开菜盘。

辉哥介绍道："这些都是我的物流公司直接运来的。"

老冯瞟了瞟菜品，露出不屑的表情。

辉哥见状又从桌下拎起一个公文包，小天托住包，辉哥打开公文包，拿出几个文件夹，恭恭敬敬递给老冯："马老板果然见惯大世面，这点小东西入不了法眼，这是我们公司具体的业务，请您过目。"

老冯打开文件夹翻看起来，辉哥在旁边介绍着："不管从西边的山珍，还是南边的海味，我们都有稳定且发达的脉络。"

老冯随便翻了翻，把文件夹往小天怀里一扔："胡先生，您不会请我过来，就只是让我看看这些吧？"

辉哥往前凑了凑："我手下有几十条运输线，每天上百吨货物运来运去，再稍微重个几公斤的粉，根本不是问题。"

老冯还是态度轻蔑，他抓起一块肉放在嘴里大嚼起来："这鱼，也就三斤吧，你就觉得够大了？"

辉哥马上说："娱乐业我们也有门路，全国一二线城市，甚至到港澳，歌厅酒吧娱乐城夜总会，你有多少，我们就能卖多少。"

老冯擦了擦手，站起身来："多谢招待，回见吧。"

老冯向门外走去，走过了辉哥的座位，辉哥始终没动，他不紧不慢地说："欧阳先生这个名号，马老板总听过吧。"

老冯站住了脚步，两人背对背没有转身。

辉哥继续说："欧阳先生让我全权代理这次的新线路。"

老冯和辉哥都回过头看对方。

老冯开口："听当然听过，可见是没见过。"

辉哥吃了一口鱼又说："这只是个开始。"

老冯站在原地想了想，说："过几天再聊聊，到时候我请你。"

辉哥笑了，起身送老冯："马老板客气了，等你好消息。"

老冯搂着小梅离去，辉哥看着老冯的背影，回头再看金小天，他正闷头吃鱼，辉哥打算找个机会再试试眼前的这个毛头小伙。

这天,辉哥又把金小天叫过来吃饭,但在电话里,金小天听得出辉哥语气很重,似乎有什么行动,金小天小心地问道:

"辉哥,这么急叫我过来,不会只是吃饭吧?"

辉哥一挥手:"急什么,先吃饭,吃完再说。"

小天马上说:"那我先去放空一下。"

辉哥摆了摆手,金小天赶紧溜进厕所,拿出一个备用手机和防水袋,悄悄给老冯发了一条信息:"和辉开会,人全在,酒楼。疑有事布置。"发完信息,小天马上删除信息,把备用手机藏在水箱里。

小天洗了手和脸,返回包间,拿起筷子开始大口吃菜。

辉哥一边夹菜一边说:"叫大家来,也没什么大事,就是和马老板的生意谈妥了,晚点就要交易,这事兄弟们都辛苦了,所以犒劳一下,顺便说说接待的安排。"

金小天眼睛动了动,他明知故问道:"辉哥,都要安排什么啊?"

"马老板是大人物,这是笔大买卖,见面咱们得有表示才好干活对不对?好烟好酒,再买点拿得出手的礼品。这事交给你办,怎么样?"

金小天放下筷子,拍拍胸脯:"没问题,保证办妥。"

辉哥打开皮包,掏出两沓钞票扔给小天:"钱不够再管我要,重要的是必须把马老板招呼好。"

"好,我这就去!"

"吃完再去,甭着急。"

金小天狼吞虎咽的扒拉了两口,站起身来往门口走去,辉哥叫住了他:"等等……我看你前几天玩的那个手机游戏不错,借我玩一会儿呗,你不介意吧?"

金小天明白了辉哥的意思,他把手机拿出来,解开锁,恭敬地递给辉哥:"辉哥要是喜欢,连手机一起拿去。"

辉哥笑:"我就借你手机玩会儿,你快去快回。"

金小天出门后,辉哥开始检查金小天的手机,点开游戏的收件箱,看起来,里面都是一些杂乱的系统信息,并没有让他在意的东西。

一个小时后,金小天拎着好几个礼盒回到了酒楼包间,他小心翼翼地把礼盒摆放在桌上,冲着辉哥恭敬地汇报:"辉哥,这是红酒,茶叶。"

小天把剩下的钱还给辉哥,辉哥手一推:"留着当零花吧。"

小天狗腿似的点头哈腰："谢谢辉哥。"

辉哥把手机还给小天："刚才那个李心月给你打了两个电话。"

金小天马上说："切，没什么重要事儿，我才不在乎呢。"

辉哥审视着金小天："你真得对她没意思？"

"辉哥，这都是闹着玩儿的，等我帮你拿到画，我就把她给甩了，安心跟着辉哥您吃香喝辣，还愁没姑娘？"

"嗯，有觉悟。不过，画可不是我要的，是给欧阳先生的。"

"我错了，错了……等给欧阳先生拿到画。"

辉哥浅笑了一下，对金小天的这番话不置可否："行，我知道了，今天就到这儿吧，都早点回去歇了。"

众人起身离开，金小天疑惑道："这就散了？辉哥，那……我们这边的货什么时候去取呢？"

天蝎等小弟露出了轻蔑的笑容。

辉哥路过金小天，拍了拍他的肩膀："哦，已经取完了。"

金小天暗吃一惊："取完了？什么时候？"

"你刚才不出去了吗？"

金小天顿时明白自己被耍了，辉哥故意把他支开，趁机取了货。看来，他并没有信任自己，只是在试探他罢了。

金小天骑着摩托车在盘山公路上飞驰，开到半山腰，他急刹车停下，摘下了头盔，把头盔重重砸在地上，沮丧地把这个情况汇报给了老冯。老冯安慰他，要沉住气，耐心等待下次时机。

楚之翰为了让李心月答应和自己一起完成婚礼直播，他决定先来一场浪漫的"求婚"。

清晨，楚之翰邀请李心月一起去石卡雪山，声称有重要的事情要和她商量。

石卡雪山，高大的玛尼堆矗立在天空下，七彩经幡在山风中飞舞。

一个个红色的车厢从山脚向山顶缓缓爬行，群山环绕中，脚下是绿色的高山草甸，开满了一望无际的杜鹃花。

山脚下，楚之翰和李心月沿着盘山路缓缓步行，然而，就在他们前行的时候，飓风已悄无声息地跟在后面。

飓风远远地看到楚之翰跟李心月在一起，他有些为难，只好向楚鸿飞打电话请示："楚先生，目标正上雪山，时机很好，但可惜，你儿子跟她在一起，怎么办？"

楚鸿飞想了想，对飓风说："想办法把我儿子引开，实在不行，就把他打晕。总之，这次一定要成功，薪酬翻倍。如果不行，前面的钱一分也没有。"

飓风盯着前边的缆车："有您这句话就行了，这次绝不会再有闪失。"

李心月和楚之翰走到一个风景很美的山坡上停了下来，两人一起眺望着群山、圣湖、草甸。李心月仰望着山顶说："快看，那朵云彩下面的山顶，还能看到一点积雪，真是太美了，就像油画一样。"

"是啊，当地人形容这里是'春看绿草夏看花，秋观秋色冬观雪'。不过，现在来得不是时候，这里景色最美的季节是冬天，白雪皑皑，一片素净、神圣的世界。"

李心月开始问："楚总，你带我到这儿来，到底要商量什么事？"

楚之翰酝酿片刻，说："莉莉，你还记得吗，我们最初相识的时候，你的名字叫'心中的日月'，你说，香格里拉是一个让你又爱又怕的地方，而我告诉你，一个人孤单黑夜，两个人，日月同辉……"

"我记得……"

"所以，我们一路走到这里，历经风雨，也算是同甘苦共患难的知己了。我想为这趟旅行做一次圆满的句号。"

"你有什么打算？"

"我打算策划一场藏式婚礼，全程直播，作为这次旅行的结尾。"

"想法很好啊。"

"问题是，我，不想你和金小天来完成这场婚礼。"说着，楚之翰从口袋里掏出一枚绿松石戒指，单膝跪地，仰望李心月："莉莉，我想请求你和我来完成这次婚礼……我不知道这么做对不对，但是我不想再等待了，我想让你听到我的声音，在这里，我向神山圣湖起誓，我会永远爱你、真心疼你，让你永远幸福快乐。所以，这次婚礼，请让我和你一起完成好吗？"

李心月看着楚之翰手中的戒指，她深吸一口气说："这件事，有点突然，你让我考虑考虑……"

就在这时，飓风突然出现，他一掌劈向楚之翰的后脖颈，楚之翰当场晕倒在地。李心月一看是那个几次追杀自己的摩托车手，她惊恐质问："你是？为什么要杀我？"

飓风冷笑不语，直逼着李心月走过去，李心月转身就跑，不料没跑几步就被飓风击倒在地……

当楚之翰醒过来，发现李心月和飓风都不见了，他马上拨电话报警，可是手机没有

信号，他拼命跑下山寻找信号。

客栈里，金小天见盛夏和阿裴都下楼了，却不见楚之翰和李心月。听到前台服务员说，一大早看见楚之翰和李心月一起出门，金小天有些纳闷。

盛夏在旁边挑拨道："小天，我猜，楚总肯定是去说服莉莉了。"

金小天不明就里："说服她什么？"

"我们打算举办一场藏式婚礼，全程直播。可是，现在的问题，谁来跟莉莉完成这场婚礼？"

金小天马上说："那当然是我啊。"

盛夏摇摇头："那可不一定哦。"

金小天从盛夏的表情看出什么，脸色有些不自然，阿裴从旁安慰："先别急，这不是还不知道结果吗？"

盛夏说："是呀，现在关键是，莉莉想要和谁结婚。"

就在这时，阿裴手机响了，就听楚之翰在电话里高喊着："阿裴，莉莉被人抓走了，我已经报警！你们赶紧快来帮忙找人。"

大家闻听这个消息，全都惊慌失措。

金小天悄悄打开手机搜寻着定位器的位置，只见手机屏幕上显示，李心月正沿盘山公路移动着，他立刻把定位图发给拉姆警官，通知她带人上山。随后，阿裴驱车带着金小天、萧芳芳和盛夏沿着定位方向飞快追了过去。

金小天故意坐在最后面的空座上，一路上按着定位标志指挥着阿裴。

阿裴好奇地追问金小天："你怎么知道她在哪？"

金小天谎称："直觉。听我的没错，快点往前开吧。"

一路追过去，金小天的手机突然失去了跟踪信号，金小天等人只好弃车徒步，大家开始分头寻找。

山林上空乌云密布，风吹得树枝颤动，树叶在地上打转。冷风里，金小天开始大声呼喊，声音在山间回荡："心月！心月，你在哪？"

昏迷中的李心月任由飓风扛上山，一直走到悬崖边，飓风才放下李心月，然后又走到崖边向下张望，估算着山崖高度，寻找抛尸的方位。

这时，李心月慢慢醒来，见自己的手脚都被捆绑着，再看那个摩托车手想要把自己扔下山崖，她惊惧地往后退缩。

飓风走到李心月面前，一把拽起她并开始解绳索，眼露凶光道："跳崖自杀的人，

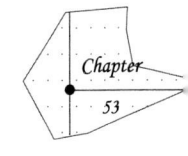

身上可不能有绳索。"

飓风解开绳索后像拎小鸡一般把李心月往身上扛，李心月拼命挣扎，抬脚朝他下盘狠命踢去。

飓风从容地躲开，一抬手，就势抓住李心月的脚踝一提，她摔倒在地，飓风立刻拖拽着她的脚继续向悬崖边走去。

李心月拼命挣扎，顺手抓起一把沙土，在飓风回头的时候朝他眼部撒去。飓风单只手挡在眼前，沙土扬起的灰尘散去，他把手拿开，冷冷地看着李心月。

李心月看着眼前这个无法战胜的对手，神色绝望，任由他将自己拖到悬崖边，李心月突然大喊一声："等一下，我还有最后一句话。"

飓风冷冷回绝："下去说吧。"

飓风拽起李心月准备抛下山崖，李心月突然往他身后看去，欣喜地大喊一声："金小天！"

飓风急忙往后看去，李心月趁机逃跑。

飓风看到身后空荡荡，心知上当，咒骂了一句，疾步追了过去。

李心月拼尽全力奔跑，飓风在后紧追不舍。

就在李心月和飓风离开那个悬崖不久，金小天找到了悬崖上。他看到地上有一条很长的拖痕，还有几截被磨断的绳索，立刻跑到悬崖边四下观望，再看定位器显示就在附近，金小天发足狂奔。

李心月跑得筋疲力尽，飓风紧跟上来，很快就捉住了李心月，他泄愤似的一拳打过去，不料拳头还没落就被人从身后一脚踢开。

飓风转身，发现是金小天，他怒吼一声，拔出刀子向金小天挥去。

李心月看到金小天，惊喜地叫喊着："小天，救我！"

金小天左右腾挪，十分灵活，飓风看无法短时间解决金小天，有些心急。

飓风一个假动作却突然挥刀刺向李心月，李心月被逼退到悬崖边不知所措，眼看就要被刀刺中，金小天来不及多想，飞身扑向李心月，用自己的身躯挡在李心月心口，顿时李心月被这股冲力带得往后退，一脚踏空，俩人相拥跌落悬崖。

随着金小天和李心月的尖叫声，两人滚落悬崖，声音越来越小。

飓风怔了一下，探出身向下查看，又拿着望远镜朝悬崖下搜寻半天，不见李心月的踪影。

飓风只好打电话向楚鸿飞请示："老板，尸体滚下山崖了，我没法拍照，行不行？"

楚鸿飞回绝道："活要见人，死要见尸，否则分文没有。"

Chapter 54

　　悬崖下，李心月被金小天的身躯垫着，一起跌落在一处山坳里，因为地势低，地上堆积着层层落叶，俩人昏了过去。

　　山上气温很低，雪花飘舞下来，落在俩人脸上。

　　金小天醒过来，见李心月还在昏迷中，风雪越来越大，他只好将李心月抱进一个山洞，然后拨打电话求援，但手机完全没有信号，无法与外界联系。

　　金小天焦急地搂着李心月，轻声呼唤："心月……心月，你快醒过来啊！都是我不好，我不该让你离开我的视线……"

　　李心月皱起眉头，呻吟着渐醒过来，金小天激动道"心月，你……"

　　李心月想说话，但发现自己声音嘶哑，浑身发烫。

　　金小天发现她面色发红，立刻用自己的脸贴在李心月脸上："怎么这么烫……"

　　金小天捡来雪块帮着擦洗李心月的脸，李心月轻声问："我们在哪？"

　　"还在山上，外面下大雪，我们被困在这里了。"

　　李心月捂着头："我头好疼，还有脚……"

　　"别担心，我已经帮你处理了。"

　　李心月低头看，发现自己的脚已经被包扎好，她感动道："谢谢你。又救了我一次。"

　　金小天自豪地说，"我是你的保护神嘛。还有，我送你的护身符也在保佑你哦。告诉我，到底怎么回事？"

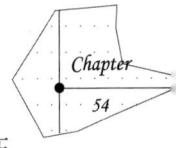

李心月回忆道："我和楚之翰在山坡上被那个摩托车手袭击了，醒过来就发现我在山上。楚之翰呢？他怎么样了？"

"他没事，就是他通知我们的。"

金小天注视着李心月，严肃地问道："这时候，你一定要对我说实话。到底是谁一直想要你的命？"

李心月沉思片刻，回想着小时候楚鸿飞站在悬崖上见死不救的神情，她咬着嘴唇说："这个世界上，想要我死的人只有楚鸿飞！"

"为什么？"

"因为那幅画，只要有我在，他就永远不得安宁，只要我揭出真相，楚鸿飞几十年积攒的名利就将化为灰烬！所以，他不想看到我还活着……"

看到李心月充满仇恨的目光，金小天开始怀疑那个飓风跟楚鸿飞的关系。

李心月抹了一下眼泪说："我气恼的是，除了楚鸿飞侵占我爸爸的作品，还有萧芳芳对他的包庇。没有人可以帮我，我只能靠自己。"

金小天拉起她的手："想不到，你背负了这么多苦恼。不过你记住，不管你做什么，我都会在你身边，帮助你，保护你。"

李心月认真看了金小天半天，感动道："谢谢你，一直陪着我。"

山洞里寒风彻骨，李心月抱着胳膊浑身发抖："这里好冷。"

金小天把衣服脱下来，给李心月盖上，让她靠在洞壁上。然后捡了几段树枝试图点燃，但因为太过潮湿，树枝燃起青烟，马上又灭了。

李心月见状只好说："算了，我们想办法回去吧。"

金小天看着洞外的风雪，摇摇头："不行，现在风雪太大，路又滑，搞不好会丧命的。"

"那怎么办？"

金小天拿起手机，手机仍然没有信号。

李心月打着哆嗦："风太大了，我们得想个办法，挡、挡风……"

金小天环顾四周，捡起山洞里的石头，一块一块往洞口砌。

李心月过去帮忙，边搬石头边说："对不起……又连累你了。"

"哎呀，能听你说句对不起真不容易。哎，你就当我……我上辈子肯定欠了你一个巨人的人情，没准上辈子你是我的用人，为我做牛做马，我不光欠你的，我还欠你全家的！所以，这辈子我来还债了，不然真的说不通。"

李心月听罢说了句："那你就好好还吧，这辈子还不完，下辈子继续。"

李心月说完这句话，两人都沉默下来。

为了打破尴尬，李心月又问："可是，你是怎么找到我的？"

金小天回答："这个嘛……心灵感应。"

李心月感慨："是啊，从认识你开始，我走到哪儿，你跟到哪儿，你还真是甩不掉的牛皮糖。"

"哈哈，牛皮糖怎么也是甜的，比从前你说的狗皮膏药强多了。"

两人说完这番话，再次沉默下来。

洞口好不容易被堵上，寂静中金小天突然想到了办法。他取出一包烟，他把烟全倒了出来，小心翼翼地撕开烟包，然后把包装的锡纸取了出来，然后折成长条，又把手机后盖打开，将锡纸条一端按在手机的接收信号端上。

李心月问道："你在干吗？"

金小天回答："做天线。"

金小天再看看手机，信号还是叉号，他不服气，再次起身朝洞口走去。

手机靠近洞口的某个位置时，突然长了一格信号，金小天惊喜喊道："有了！"

金小天立刻给旅行群里发送定位，并告知大家自己和李心月在一起，不料信号发出的同时手机没电，关机了。

金小天看着手机屏幕，用力使劲晃动手机，两人重新陷入绝望之中。

这时，李心月打了一个大大的喷嚏，浑身仍在发抖。

金小天犹豫一下，他把李心月抱在怀里："这样，好点了吗？"

李心月把头埋在金小天怀里，轻轻点头："嗯。"

俩人感受着对方的体温，李心月轻声问道，"你会一直这样守护我吗？"

"当然！"

李心月抬起头问，"为什么对我这么好？"

迎着李心月期待的目光，金小天鼓足勇气说道："因为，我喜欢你……"

李心月重新把头埋在金小天怀中，幸福地偷笑着，金小天小心地追问："那你呢，你，喜欢我吗？"

李心月轻轻点了点头，两人更紧地拥抱在一起。

寒彻骨髓的山洞里，爱的火焰温暖着两个年轻人的身心……

阿裴收到金小天发出的定位和信息，马上将定位传给拉姆警官，大家一起朝着那个山洞跑去。

但就在这时，楚之翰抢先找到了李心月和金小天被困的山洞，他拼命呼喊着："莉莉，是你吗？"

李心月和金小天立刻跑上前，三人合力推开那些挡风寒的石块，然而就在三人一起欢呼时，飓风堵在了他们身后。

楚之翰和李心月都有些害怕，只有金小天神色不变，他把两人往自己身后护着，身体已经做出了准备搏斗的姿势。

飓风试探性地朝金小天挥拳，金小天躲过了飓风的拳头。

楚之翰将李心月挡在身后，冲过去朝飓风打了一拳，飓风轻而易举地握住了楚之翰的手，把他往远处甩开。

金小天死死拦在李心月前面，飓风朝金小天扑去，金小天体力不支，被飓风按倒在地。排除了这个障碍，飓风虎视眈眈朝李心月走去，李心月不断往后退缩，楚之翰从后面又扑了上来，一把拉住飓风，怒目而视道："你到底是谁？为什么要杀莉莉？"

飓风回头与楚之翰对视几秒后，他只是将楚之翰推开了而已。

楚之翰倒地后，飓风再次走向李心月，金小天重新站了起来，一下扑倒了飓风，飓风被磕破了腿，他爬起来，从口袋里拿出一把弹簧刀向李心月逼近。

楚之翰捡起路边一根比较粗的树枝，试图去打走飓风手上的刀，飓风都躲开了楚之翰的树枝，但无论怎样，他都没有对楚之翰下狠手，只是在防御。

这些细节金小天和李心月都看在眼中，尤其是李心月，她更加肯定飓风就是楚鸿飞派来的杀手！

这时候，金小天瞅准这个空当冲上前来，抱着飓风的腰，想把他撂倒，但飓风左手用棍头敲在小天后脑，短棍扼住了他的喉咙，右手匕首高高举起。

金小天脸色变了，徒劳地挣扎踢打着，但已经呼吸困难。

李心月大声喊着："放开他！"

李心月像疯了一样冲到飓风面前，捡起一块石头朝他头上砸去，飓风挨了一下子，晃了晃脑袋，金小天趁这个机会挣脱飓风，横着打滚出去。

飓风站起身来，举刀直直走向更近的李心月。

就在这时，拉姆警官带着几名警察冲了过来。拉姆边跑边拔枪，大声警告着："放下武器！不然，我开枪了！"

飓风笑了一下，突然用左手棍头顶住李心月的肩膀，右手匕首就要刺下来。这时金小天突然从他背后猛扑过来，抱着飓风一起摔倒在一边，飓风爬了起来，只好捂着受伤的右手，冲进树林慌忙逃窜。

拉姆只好举枪瞄准飓风，并移动枪口，只听"砰"的一声，飓风小腿被击中，整个人猝不及防地一头栽下去，头重重磕在一块石头上，飓风晕死过去。

拉姆手下的警员冲上去，将昏死的飓风抬上了警车。

李心月跑到金小天面前急切地问道："你怎么样？"

金小天露出一贯的嬉笑状："我没事，放心吧。"

楚之瀚看着两人甜蜜的样子，心里酸涩难忍。

这时，萧芳芳、阿裴和盛夏也跑了过来，盛夏紧张地握住楚之翰的手问："楚总，疼不疼？要不要去医院？"

楚之翰冷冷地推开盛夏，说了句："没事，死不了。"

拉姆走过来对萧芳芳和金小天说："这个人摔昏迷了，我们先带回去治疗他，你们先回去休息吧，有事我会随时叫你们去公安局配合调查的。"

萧芳芳和金小天连声感谢，大家也一起返回了客栈。

萧芳芳给每个人端了一杯热茶："今天大家都受惊了，好好休息一下吧！累了一天。晚上我请客，大家好好吃一顿，庆祝心月和金小天平安归来。"

众人群情雀跃，欢呼应和，而在这欢声笑语中，李心月和金小天注视对方的眼神却与从前大为不同了，满满的爱写在他们的眉梢眼角，藏也藏不住了。

楚之翰和萧芳芳都看在眼里，一个郁郁寡欢，一个满心欢喜。

众人喝过茶后，纷纷上楼，只有金小天拦住萧芳芳说："萧老板，您这有感冒药吗？"

萧芳芳好奇地问："你感冒了吗？"

金小天表情有点害羞，但是欲言又止："算是吧。"

萧芳芳会意道："好，等一下。"

萧芳芳在抽屉里找到感康递给金小天："拿去吧，知道你惦记心月。我，祝福你们俩。"

金小天难为情的感谢萧芳芳："谢谢萧老板。"

"还叫我老板？"

"谢谢，萧阿姨。"

萧芳芳撇撇嘴，"嗯，这还差不多，不过希望有一天，你能再改个口。"

金小天满脸的欢喜与不好意思，赶紧拿着感康去倒热水，并抽出感康取下一枚小金牌粘在了水杯上，等他快步上楼后，楚之翰抢先走进李心月的房间。

金小天走到门前，就听里面传来楚之翰的声音，他正在向李心月恳求婚礼直播的事情，"莉莉，答应我好吗？我保证，这场婚礼会办得浪漫、圆满。"

李心月看着楚之翰，正在犹豫时，金小天端着水杯走了进来。

金小天直接说道，"楚总，这不大合适吧。怎么说，我跟莉莉，才是一对。"

"你们是假的。"楚之翰面色铁青。

金小天放下水杯，直视着楚之翰，认真地说："从前是假的，但现在，是真的。"

看着金小天充满自信的目光，楚之翰的眼神弱了下来，他只好转向李心月："如果真是这样，我不勉强，莉莉，你自己选吧。"

楚之翰和金小天都在等待李心月的选择，李心月纠结地注视着眼前的两个人，一个是她所爱，一个是仇人的儿子，她当然想选金小天。

然而，经历几次被飓风追杀的事件，李心月更加相信，楚鸿飞害怕自己。他对自己有多惧怕，就会有多想她消失。这反而更激起李心月的斗志，她一定跟楚鸿飞这只老狐狸抗争到底。

为了把楚鸿飞激怒并引至香格里拉，李心月将目光从金小天转向了楚之翰，她艰难地说道："我选你，楚总！"

金小天大为震惊，楚之翰同样感到意外，两人都不敢相信地看着李心月。

金小天问："你说什么？我没听错吧。"

李心月肯定道："没听错，这场婚礼直播，我要跟楚总一起完成。"

金小天瞬间心灰意冷，回想两人在山洞时的甜蜜情景，他甚至以为那是梦境，或者眼前的李心月才是真实的，她永远那么自我，那么没有人情味。

金小天冷冷地注视着李心月，说："好，既然是你的决定，我没意见。"

说完他转身离去，狠狠的关门声刺痛了李心月的心，却让楚之翰无比激动："谢谢你的信任，莉莉，我一定不会让你失望的。我，这就是去安排。"

李心月突然叫住了他："之翰，你还记得你答应过我什么？"

"什么？"

"那两幅画。"

楚之翰抿了抿嘴唇，说："我答应你，一定帮你拿到这两幅画。只不过，给我点时间好吗？"

李心月点了点头，楚之翰激动地离开了。

房间里只剩下李心月一人，她默默拿起那杯金小天冲好的热水，取下那片"感康"，轻轻放进嘴里，当她吞咽下那粒感康时，眼泪随之流下。

晚饭时，金小天没有下来吃饭，而是独自躲到露台上喝起闷酒。

饭桌上，楚之翰将李心月选择和自己完婚的事情一公布，萧芳芳、阿裴和盛夏都吃了一惊，除了阿裴，萧芳芳和盛夏都一脸不悦。

萧芳芳不相信地质问李心月："这是真的吗？"

李心月冷静回答："是的。所以，我们抓紧时间安排婚礼事宜吧。"

紧接着，楚之翰开始布置婚礼事宜，阿裴主动要求当伴郎被楚之翰拒绝："阿裴，你有更重要的任务。"

"什么更重要的任务？"

"陪好我妈，婚礼那天你一定要陪她，有多远走多远，陪她去哪儿都行，就是别来婚礼现场，千万不能让她知道结婚的事儿。"

阿裴一副求死的表情："为什么是我去陪你妈！为什么每次都是我！"

"因为她是你的董事长！裴助理！"

阿裴无奈地说了句："那金小天呢？他做什么？"

一句话，让所有人陷入尴尬和沉默……

李心月端着饭菜走上露台，轻轻放在金小天身边的桌上，对着金小天的背影，她轻声说道："对不起，小天，以后，我再跟你解释。"

金小天喝了口酒，冷冷地说："不用，你永远都是对的。随便你好了。"

"不是这样的，我……"

金小天站起来，因为喝了酒，他涨红着脸盯着李心月："你太自我了，从来不考虑我的感受……"

这时楚之翰走了过来，气氛更加尴尬。

李心月转身走了，返回房间，她蜷缩在沙发里，神色黯然，眼眶微红。

萧芳芳推门而入，坐在李心月身边问："月月，这到底是怎么回事？"

李心月丝毫不理会萧芳芳的质问，她双眼发直，表情麻木。

萧芳芳继续追问："你心里很清楚，你喜欢的是金小天，不是楚之翰，再说，你和他不可能在一起的。"

李心月抬头看着萧芳芳："我知道，那又怎么样？"

"你既然什么都知道，为什么还答应他？"

"不过是演一场戏罢了，又不是真的。"

Chapter 54

"陈正茜就在这里，她要是知道了，能善罢甘休吗？"

李心月冷笑："我就是要他们拿我没办法。"

"月月，你变了。变得我快不认识了。"

"一个人总是活在回忆里，注定要改变的。"

"可你这样做，到底为了什么？"

李心月注视着萧芳芳，充满愤恨地说："你知道，今天在山上想杀我的人是谁派来的吗？"

"谁？"

"楚鸿飞！这个世界上，只有他想我死！"

萧芳芳惊恐地问："你怎么知道的？"

"那个杀手面对我时，招招都是杀招，可对楚之翰却不下狠手，显然，他知道那是楚鸿飞的儿子。"

萧芳芳听罢，紧张道："那你办这场婚礼，是为了……"

"为了激怒他，跟他当面对峙，我等这一天已经很久了！只要我活着，就是对他的威胁，但只要我活着，我就一定要完成我的心愿！"

看着李心月坚定的眼神，萧芳芳仰天长叹，她不知道该如何平抚李楚两家的恩怨了，冥冥之中，也许这也是宿命……

露台上，楚之翰走到金小天对面坐了下来，他拿起一杯酒陪着金小天一起喝起来。

金小天举起酒杯调侃着："恭喜啊，楚总，要当新郎了。"

楚之翰轻叹一声："我知道，她心里有你。可是，我想和你公平竞争。"

金小天笑了："不用争了，你明天都要结婚了，对了，用不用我给你当伴郎啊。"

"用。你肯吗？"

两人回头对视，一股火药味弥漫在两个大男孩之间。

金小天狠狠喝下大口酒，没有说话。

楚之翰继续说："明天，我真的希望你能参加，毕竟，我们还是一个团队。而且，这场婚礼说到底，也不是真的。"

楚之翰说完起身走了。

金小天独自坐在露台上，仰望着夜空中那轮皎洁的明月，心里感到从未有过的失落。如果说，李心月就像那轮明月，无论在天上，还是在水里，他永远都摸不透，抓不着，更不知道什么时候的李心月才是真的……

Chapter 55

　　清晨，太阳升起，唤醒了雪山脚下美丽的小城镇。

　　阳光照耀在巨大的转经筒上，虔诚的信徒已经在广场上转经，唱诵，煨桑。五色风马旗在蓝天下飘扬。

　　白色阳光客栈张灯结彩，李心月穿着金色红色搭配的藏族新娘服装，佩戴着镶嵌绿松石、珊瑚的各种饰品，几个藏族妇女用茶油帮她辫起藏式小辫，看上去绚丽夺目，光彩照人。

　　厨房里，萧芳芳和卓玛阿妈带着几为藏族妇女帮忙筹备婚礼，打酥油、包包子、煮牦牛肉。正在忙碌时，蒂娜和央金也过来帮忙，一进门就见藏族姑娘们围着李心月所在的房间载歌载舞，整个客栈喜气洋洋。

　　按照藏族风俗，李心月离开前要先谢过娘家人。李心月低头弯腰，依次给央金、卓玛阿妈、萧芳芳敬献"切玛"，接受长辈的祝福。

　　萧芳芳神情复杂地看着李心月，鼻子发酸道："月月，不管结婚是真是假，这句话我迟早都要送给你，将来无论你去哪里，你要记住，在香格里拉，这里就是你的家。"

　　萧芳芳拉住李心月的手，将一块玉佩塞在她的手中。李心月含泪点头："我走了，你自己多保重。"

　　卓玛阿妈在旁边看着萧芳芳和李心月都含着眼泪的样子，一时困惑不解，她看着央金问："我是老糊涂了，他们这个结婚到底是真的还是假的？"

　　央金笑道："有真的有假的，现在的年轻人心思说不清楚。就像是在美国的拉斯维加斯举行婚礼，虽然多数是逢场作戏，但也有人真心相爱一辈子的。"

卓玛阿妈摇头："唉，你越说我越糊涂了。"

盛夏愤愤地冲着卓玛阿妈说："奶奶，他们这个是演戏，是假的。"

卓玛阿妈问："为什么要假结婚呢？"

"是为了做网络直播，宣传我们藏家的藏式婚礼。"盛夏解释道。

卓玛阿妈点头："噢，你这么说，我就听懂了。"

李心月对着镜子，看着脖子上的那串吊坠，她百感交集，心里竟然希望来迎娶自己的是金小天。

央金轻轻起身，拉着卓玛的手走到李心月身边，眼神犀利地看着她，"婚礼虽然是假的，但是，自有真的在你心底。如果机会来了，千万不要错过。"

李心月懵懂地看着央金和卓玛。

央金回头看着卓玛，动情地说："卓玛，我一走几十年，始终欠你一句道歉，但是，我并不后悔……"

在旁边直播的盛夏感觉到了什么，马上将镜头对准央金和卓玛，急切地追问："央金奶奶，您是不是有什么故事呀？"

央金看着李心月，又看看盛夏，说："今天，我当着所有人的面，向我的妹妹卓玛说一声，对不起……"

央金说时向卓玛深深鞠了一躬，卓玛眼含热泪道："当年你一走了之，带走了我们的友情，也带走了我的爱情……这么几十年，你一句解释都没有，你欠我的，是一个解释。"

大家都看着央金，蒂娜握着央金的手："奶奶，说吧，把一切都说出来……"

蒂娜和李心月分别搀扶央金和卓玛坐下，央金开始讲述五十年前的故事。

原来五十年前，央金和卓玛是一对亲密的姐妹，两人天天一起玩耍。

有一天，马帮的小伙子路过她们洗衣的河边，两个姑娘竟同时爱上了同一个男人。但因为她们是藏族姑娘，马帮小伙是白族男孩，他注定待不了多久就要离开这里的……

为了能和白族小伙待在一起，两个姑娘每天都去河边洗衣，白族小伙也每天去河边洗马。然而眉目传情间，央金感受到白族小伙投向自己的眼神充满爱意，只是两人都羞于启齿。

就在三人关系最微妙的时候，卓玛勇敢地给白族小伙写了一封情书，并托央金把信转交给白族小伙。

不料央金把信交给白族小伙后，反被误解是她写的情书，当时小伙激动地把央金搂在怀里。那一刻央金暗自欢喜，默认了这份甜蜜的初恋，答应追随他离开故乡，并对家人和卓玛不告而别……

央金把当年的事情讲述出来，所有人为这位老人当年的疯狂举动感到惊讶与意外。

在大家眼中，央金是何等老练沉稳、叱咤风云的成功富商，想不到当年也会做出这样疯狂的举动。

蒂娜尖叫起来："原来我的爷爷、奶奶这么疯狂啊。"

卓玛恍然大悟："原来……是这样……"

央金继续解释："其实在离开之前，我就告诉了他真相，他说……"

卓玛打断了央金："你不用说了，我明白了……他肯定只把我当妹妹看。而且，就算他喜欢我，我也不敢像你一样，为了爱情远走他乡。"

央金握着卓玛的手："我的好姐妹，谢谢你能理解我……"随即，她又看向李心月，语重心长地说，"我这一辈子，对家人，对姐妹，对故乡，充满愧疚，但我对自己选择的爱人从未后悔过，直到现在，我仍然觉得，我没有爱错人，这是我一辈子的幸福……所以，莉莉，在这个真真假假的世界里，你要清楚，你自己到底想要什么？尤其是在选择爱人的问题上，决能不违背自己的真心……"

李心月抚摸着脖子上的那个吊坠，想到金小天，满是内疚与无奈……

卓玛和央金聊天的画面，逐渐转化成直播的画面，在线观看人数几十万，满屏弹幕："藏寨真美啊""好美的爱情""为爱情放弃一切的央金奶奶真牛""两姐妹年轻的时候一定都是大美女""现在也是老美女啊""看来爱不仅要说出口，还要有实际行动"……

藏族村庄，楚之翰通过萧芳芳介绍在一户人家准备迎亲。

金小天大气地当起了伴郎，眼看着楚之翰换好了藏族服装，浑身上下珠光宝气，但一看就是个穿藏服的汉人，但也称得上华贵潇洒，风采夺目。

楚之翰对镜转了两圈，随口问伴郎金小天："小天，你觉得怎么样？"

金小天尴尬地笑着："整个一白牦牛王子啊。就是这脸白了点，天天洗澡就是不好，又香又嫩，有棕色鞋油么？给你补点太阳的光芒。"

这时盛夏走进来，看着楚之翰的装扮，一时间入了神。直到金小天拍了拍她，才回国神来。

盛夏挤出一个难看的微笑："怎么样，准备好了么？吉时到了，咱们该去抢新娘子了，出发！"

楚之翰骑上一头白牦牛，手里再牵着一匹盛装的白牦牛，牛头上绑着装饰用的金刚结。金小天则骑着高头大马，背着一壶吉祥彩箭，仿佛头上插着雉鸡翎、大闹天宫的弼马温孙悟空，模样怪异又滑稽。盛夏是西部牛仔女汉子的装扮，倒骑着高头大马，走在队伍最前头，用手机直播娶亲队伍。

随着盛夏的一声呼喊，所有人出发了，大家一路欢呼着跟在后面。

走到半路时，金小天接到辉哥的电话，要他马上去一个废弃工厂待命。看着前边的新郎官和盛夏，金小天来不及打招呼，悄悄地离开迎亲队伍，并将消息迅速报告了老冯。

老冯在同时也收到辉哥的邀约，他意识到这次行动的重要性，马上和当地的公安干警进入备战状态，他们仔细研究了那家废弃工厂的设计图纸，勘察好所有的出入线路后，老冯准备出发了。

负责现场指挥的队长亲手交给老冯一块手表和一个小颗粒："冯队，这是通讯器，您试一下音。"

老冯接过小颗粒，塞进耳朵内部："好，测试，测试。"

桌子边戴着耳麦操作电脑的公安干警向老冯举手示意："没有问题，定位芯片给您装在手表上了。"

老冯戴上手表，表情严肃道："我出发了！"

金小天赶到了辉哥所说的废弃工厂，走进巨大的厂房区，只见里面错综复杂，有很多个小厂房，还有两三层的办公楼。

金小天按照辉哥的指令来到1号办公楼，沿途他偷偷做了一些记号。

见到辉哥后，只见他和几个手下并没有带枪，看上去神色正常，桌上有几个打开口的旅行包，但里面只有水和食物。

金小天故意说："这一大早，我还没吃饭呢，这会儿还真有点饿了。"

金小天走向旅行包，拿出里面的食物并偷偷看了内部，没有毒品的痕迹。

金小天一边吃东西一边问："辉哥，咱的货呢？让我开开眼呗，这辈子没碰过那么值钱的玩意呢。"

辉哥笑了一下："别着急啊，一会儿还有好消息告诉你呢。等马老板到了你就知道了。"

小天"哦"了一声，装作轻松的样子继续吃东西，心里面却非常紧张。

这时，天蝎敲了敲门："哥，马老板来了。"

辉哥和小天等人走出门外，只见老冯带来的三辆车停在楼下。

老冯穿得像个土豪，身后的便衣警察都戴着墨镜，像一个保镖团队。

辉哥笑了笑："马老板，有失远迎，实在抱歉。"

老冯看了看四周，不太高兴："阿辉啊，谈生意安全第一我明白，但不用到这么脏乱差的地方来吧。你也不说早点告诉我，我可以帮你挑个地方嘛。"

"马老板，招待不周，让您不高兴了，我该打，该骂。"

辉哥轻轻拍着自己的脸赔笑："今天突然找您来这，也是没有办法，这也并不是我的意思。"

"哦，今天我和你做生意，你都不能做主了？"

"之所以这么仓促，那是因为，欧阳先生，他亲自来了。"

老冯眉毛一挑："哦？你说的，是那个，欧阳先生？"

辉哥点头："正是，欧阳先生对您这次的生意非常感兴趣，所以特地亲自到场，想跟您见上一面。也是由于欧阳先生办事谨慎，才能有这么多年的金字招牌呀。"

老冯回头看了看自己的手下，笑了起来："嘿嘿，那可太好了，能见到欧阳先生，是我马某人的荣幸啊，你们啊都给机灵点，可不能在欧阳先生面前失了礼！"

便衣警察们齐声说："是，老板！"

辉哥向里一伸手："请。"

老冯迈开嚣张的步子往里走，金小天跟在辉哥身后，心跳不由得加速。

在辉哥引领下，老冯走进一个房间前停下脚步，只见房间入口处有一架门框式的探测仪和一台桌子。

老冯向里面望去，还有一间朝里屋的门，老冯问："这是什么意思？"

辉哥笑道："不是信不过您马老板，只是欧阳先生做事一向如此，不想坏了规矩。照例检查，照例检查。"

辉哥赔着笑，手却一挥，天蝎立刻拿着手持金属探测器走上来。

老冯大方地解下手表交给身边的助手："应该的，小意思，呵呵呵呵。"

天蝎用金属探测器在老冯前胸后背双腿仔细检查了一番，并无异样。

老冯晃了晃身子，瞄了瞄安检门，问："没问题了吧？这又是干嘛的？"

辉哥把手机伸过安检门，安检门哔哔响了起来。辉哥解释："这个，是探测电子信号的，如果有追踪器，偷听器，一下就能测出来。"

辉哥把手机放在桌上，然后跨步走过了安检门，安检门红灯闪亮着，却没有再响。

一场遇见
爱情的旅行

一场遇见爱情的旅行

正义或许会迟到，但绝不会缺席。

这时天蝎拿上一个屏蔽铁盒，示意小天等人把手机放进去。

老冯挖了挖耳朵，不屑地说道："嘿，花样还挺多，真麻烦。"说时，老冯把耳朵里的通讯器抠了出来，脸上一丝愁云掠过，马上又笑着弹手指，把微型通讯器弹在地上。

老冯把手机扔进天蝎拿的盒子，然后大摇大摆走过安检门。

探测器没有响，老冯转了个圈，向辉哥示意。

辉哥依然满脸赔笑："有劳了。欧阳先生只是想确保我们的合作，没有任何闪失。"

小天最后把手机放进铁盒，天蝎把盒子扣好，放在桌上。

天蝎和小天陆续穿过安检门，便衣警察们也要过检查，辉哥却摆了摆手："哎，你们就不用过了，欧阳先生交代过，只让马老板一个人进去。"

便衣警察们有些惊讶，望向老冯，老冯想了想，笑道："好，入乡随俗，为了见欧阳先生，我就一个人进去。你们在这等我。"

老冯迈步向前，把监听器踢到墙边。

辉哥点开房间的电子锁，笑着把老冯迎进了屋里，金小天和天蝎紧随其后，跟了进去。

迎亲队伍到达了白色阳光客栈，楚之翰跳下牛背，这才发现金小天不见了，但已来不及找他，楚之翰直接走进院落，依次向央金、卓玛、萧芳芳敬青稞酒。敬到萧芳芳面前时，她脸含愠色，端着青稞酒，手微微颤抖，迟迟不肯喝。

楚之翰再三鞠躬表示敬意："请您喝了这碗酒，让我和莉莉接受您的祝福。"

萧芳芳酸酸地说："喝完酒，你就把月月带走了，我。"

萧芳芳有些哽咽地说不下去，眼看局面僵持着。

盛夏快步走到萧芳芳面前，二话不说拿起酒碗"咕咚"干掉，遂一抹嘴，冲着镜头做出胜利的手势和霸气的笑脸。

欢笑声中，楚之翰将一枝彩箭插在李心月的身上，并把璁玉佩戴在李心月的头顶上，将其扶上牦牛背，一起向央金、卓玛、萧芳芳等人挥手告别。

婚礼举行的同时，阿裴正全力以赴地引开陈止茜，说服她去石卡雪山转转。不料车快开到雪山时，阿裴坐在副驾驶位上偷看直播视频，被金小天奇怪的打扮给逗乐了。

陈正茜坐在后排，望着阿裴的背影问："什么事啊，这么高兴？"

阿裴撒谎道："没什么，看了个恶搞视频。"

"无聊，都是些什么乌七八糟的东西。"

阿裴赶紧打岔，问司机："师傅，离石卡雪山还有多远啊？"

"不远了，再有十几分钟就到了！"

陈正茜感觉哪里不对劲，正这时，她的手机收到一段视频，陈正茜打开一看，只见楚之翰和李心月骑着牦牛、身穿藏服的婚礼场面出现在眼前。

陈正茜对着阿裴怒目而视道："这是什么？告诉我，他们在干什么？"

阿裴吓坏了，哆哆嗦嗦地说："他们，在，在直播！"

"直播什么？"

"直播，播，假结婚。"

陈正茜气得扔掉阿裴的手机，开始给楚之翰打电话，铃声响完了也没人接听。陈正茜将手机扣在座位上，大吼："停车！"

阿裴紧张，有些结巴地回复说："董、董事长，您要做什么？"

"掉头，回酒店！"

阿裴看着陈正茜一脸赔笑地说道："董事长，这马上就到石卡雪山了，咱们不转转？"

陈正茜低声怒吼："掉头。"

阿裴缩缩脖子："好，好。"阿裴看向司机师傅："师傅，掉头。"

婚礼还在热闹进行中，迎亲队伍的歌声越来越近，在鞭炮齐鸣中，楚之翰和李心月的队伍停在村庄农户前。

下马垫子是一只方形的棉布袋，上面有青稞和茶叶摆成的"雍仲"符号，楚之翰搀扶李心月从牦牛上下来，用脚踩在下马垫子上。

大家分列两排，相互拉起哈达，形成一道五彩的拱门。在喇嘛的诵经祝福中，楚之翰和李心月低头穿过拱门，进入婚礼现场，然后彼此交换戒指。

楚之翰将绿松石戒指郑重地戴在李心月手上，虽然是假结婚，但楚之翰看着李心月仍然充满幸福，甚至以为这一切都是真实的。就在这时，楚之翰的笑容僵住了，他看见阿裴在人群中焦急地向他挥手呼喊，另一边陈正茜则出现在人群中，正对着李心月怒目而视，楚之翰知道不好了，但想阻止已来不及了。

李心月浑然不觉，她脖子上搭着很多条雪白的哈达，不断给前来祝福的朋友还礼道谢，脸上挂着幸福的笑容，突然陈正茜迎面走来，她直直地走到李心月面前，狠狠扇了她一巴掌。

Chapter 56

楚之翰急忙冲过去，挡在李心月身前，陈正茜顺手给了楚之翰一个耳光，大声训斥："自古以来，男婚女嫁都是父母之命媒妁之言，你这个不亲不孝的东西，这么重要的事情你有经过我们的同意吗？"

陈正茜再次挥动胳膊向李心月再次打去，楚之翰抓住陈正茜的双手："妈。"

陈正茜看着楚之翰愣了一下，她挣脱开楚之翰的手，近乎歇斯底里地冲着李心月骂道："你这个不要脸的东西，在我这得不到，就想办法接近我儿子，有我在，你就永远也别想进我们楚家的门！"

盛夏乘势继续直播："……正在顺利进行的婚礼，突然出现意外情况。新娘被突然出现的恶婆婆抽了一个耳光，厉害了我的香格里拉，果然是个神奇的地方……"

盛夏的直播镜头里，陈正茜要打李心月被楚之翰拼命拦住，气急之下，陈正茜晕了过去。

现场乱作一团，直播黑屏上布满了网友的弹幕："什么情况，这才刚到高潮啊！""出人命了，大家快跑啊！""居然黑屏，打个马赛克也行啊。""渣男渣女联手对渣婆。""求真相，求赶紧连接。""这么火爆的婚礼，马上买票去香格里拉，强烈要求现场观摩实景演出，世纪婚礼！"

晕倒的陈正茜被送到医院，她躺在病床上慢慢醒来，看到儿子坐在床前，她觉得心里好凉，一边吸氧，一边继续训斥儿子："之翰，我真是想不到，你能当众做出这种事情。我真是白养了你一场！"

望着病中的母亲，楚之翰语气软了下来："妈，您误会了，这个婚礼真的只是一次直播秀。"

"既然是作秀，为什么还要瞒着我，如果不是别人通知我，我还蒙在鼓里呢。"

楚之翰一愣："是谁告诉您的？"

"是谁并不重要，重要的是，我不允许你和那个李心月在一起。"

"要埋怨您就埋怨我，不要责怪李心月。这场婚礼是我策划的，是我一再恳求她当新娘的，她，嗯，其实也是一个好朋友，好心帮忙而已。"

陈正茜盯着楚之翰："听你这么说，你们之间就是没有什么了？"

楚之翰回避了这个问题，"妈，您好好休息吧。"

"你别打岔，老实回答我，你们是普通朋友还是情侣？"

楚之翰看了一眼床头的氧气瓶，努力克制内心的烦躁："妈，医生说了，你的血压有点高，你别激动啊。不然会有危险的。"

"你回答我的话。"

楚之翰勉强说道："是……好朋友。"

"可是你前几天在普达措的直播里，怎么当众宣布，你喜欢那个狐狸精呢？"

"那只是我一厢情愿，李心月并未答应，是她一直当我是朋友，行了吧？"

陈正茜看着儿子的表情，她半信半疑，但不管怎么样，这种情况下不能逼得太紧。她松了一口气说："那好，既然如此，你收拾一下，过两天跟我回上海。"

"妈，我的事业刚刚有点起色，直播的影响力越来越好，我暂时真的离不开。"

陈正茜感到呼吸困难，好像整个胸部都要炸了似的，她无法忍受在香格里拉多待一分钟，咬咬牙说："好，你不走，我走，这样你满意了吧。"

楚之翰听说陈正茜要走，露出轻松的表情："好的，妈，我知道了。对了，明天几点飞机，到时候让阿裴送你。"

就在这时，门外传出花瓶打碎的声音，楚之翰赶紧走出病房，发现地上的碎花瓶旁有一枚戒指，正是那枚他向李心月求婚的绿松石戒指。

楚之翰明白李心月一定是刚刚来过，他拿起戒指追了出去，却早已不见她的身影……

就在老冯带着便衣警察进入工厂时，其他公安干警排着队蹲低行进，从多个角度逐步潜入厂区，与此同时，他们佩戴的耳机里传来老冯现场的声音。

然而，当老冯摘下颗粒状耳麦后，现场的指挥队长马上意识到他们与老冯失去了联系，遂寻问身边的警员："现场都封锁了没有？"

一名公安干警回答:"报告,已经包围了办公大楼。"

"好,一定要保证冯队的安全,如果3分钟后冯队没有回应,立刻强攻。"

老冯走进的房间是个四面封死没有窗户的大房间,里面只有一盏灯,三个沙发座和一张小桌子,沙发上坐着一个人,头上的礼帽挡住了他的脸。

辉哥走到那个人面前,恭敬道:"欧阳先生,马老板来了。"

老冯主动打着招呼:"欧阳先生?见你一下可真不容易啊。"

老冯慢慢走上前去,终于看到了"欧阳先生"的脸。

金小天也跟上前,看到了"欧阳先生"的真面目,他心里一惊,这个人跟他见过的欧阳速写画不一样,显然这个人不是欧阳,而是一个陌生人。

老冯认出对方是假的,心中暗想"不好",也许这是一个局。但此刻,他只能将计就计,说:"欧阳先生,您好!现在,咱们可以开始谈生意了吧?"

"欧阳先生"只是坐在那,没有回应,而是望了辉哥一眼。

金小天眼看着辉哥伸手从沙发下拿了个东西,他惊觉不好,只见辉哥拿出一个电击器捅到老冯身上,老冯一声惨叫,倒在地上,全身蜷缩。

与此同时,天蝎也用电击器给了金小天一下,金小天很快失去了知觉。

辉哥马上下令:"快,把他们弄走。"

天蝎马上打一扇地道暗门,辉哥的手下分别将老冯和金小天架起来,沿着那条昏暗的地道逃离了那个房间。

工厂外埋伏的警察静静等待了三分钟,仍然无法与老冯取得联系,指挥车上的队长只好下令:"开始强攻!"

立刻,厂区内的各组突击队员从各个角度冲进办公楼,对老冯展开营救。

荷枪实弹的突击队员切开了工厂的铁门,找到老冯进入的房间,撬开房门,里面已空无一人,但他们迅速发现地上有个地道,这道门比之前的看起来还要新,还要厚。

突击队员们开始布置装置炸门,装置引爆,炸开了地道门,大家跳进漆黑的地道,打开头盔的灯,排着队列持枪观察,然后向前追击。

现场的指挥队长得知胡志辉团伙沿那条地道逃跑,他判断胡志辉不可能临时挖出一个巨大的地道,了解到工厂不远处有一个废弃的防空洞,队长立刻下令:"所有现场队员,分组追击!马上搞清楚防空洞有几个出口,封锁防空洞出口。继续申请警力支援!"

突击队员们沿着地道追至防空洞。

防空洞内空间巨大,四通八达,突击队员们只好分组寻找老冯。

然而，当公安干警找到并封锁防空洞的出口后，里面的突击队员也从出口爬出来，他们并没有找到老冯。

指挥队长只好下令："调遣所有警力援助！半径五公里，地毯式搜索，五公里搜不到就扩大到十公里！让交管部门配合，调取各路口的监控录像，特别注意厢型车，不要放过一点线索！"

金小天终于醒过来，他发现自己戴着头罩，眼前什么也看不见，嘴里被塞着毛巾，身体被人用脚踩着，整个人随着地势起伏着。金小天发不出什么声音，但他能感觉到自己躺在行驶的车上，而且是车厢后座下。

与此同时，老冯跟金小天一样正躺在另一辆车上，他思考着自己是在哪个环节出了纰漏，导致被绑……

一路剧烈的颠簸之后，车停了下来。

两人被带下车，一阵推搡下，师徒二人上了山，一路上走得磕磕绊绊，不时摔倒，再爬起来继续走，最终，他们被推进一个屋子，分别被绑在两张椅子上。

当头上的罩子被拿掉后，金小天和老冯环顾四周，发现这是山林里的一间废弃小屋，看起来是守林人曾住过的。

辉哥正双手叉腰看着老冯，神情很是得意。

老冯呜呜地示意要说话，辉哥一招手，天蝎摘下老冯嘴里的布。

老冯马上说："阿辉！你们这是干什么！你要搜身，我就让你搜身，你要一个人我就一个人进去，还不够配合吗？你这是干什么？"

辉哥摇了摇头，笑道："戏瘾挺大啊，马老板？接着演！"

辉哥一把抓起老冯的头发，怒瞪着他的脸："你他妈神经病！好啊，我知道，你想黑吃黑！我告诉你，你别想从我这得到一分钱！"说着，辉哥一脚把老冯连人带椅子踢了个跟头，他拿过天蝎手里的枪，上膛指着老冯说："不过我还真挺敬佩你的，今天还有胆子单枪匹马进来。看来真是不怕死！"

老冯躺在地上，口角流血，但他面不改色，从容应对道："甭废话了，你不信我，没关系。老实说，我也不信你！可是，没谁跟钱过不去啊！我看这生意也做不成了，你放了我，以后咱俩各做各的，再不往来！"

辉哥朝老冯身边的地上开了一枪，金小天呜呜大叫起来。

但老冯反应沉着，面对这一枪一言不发，辉哥看着他说："临危不乱。难怪我二十年前，差点也着了你的道。"

"二十年前我怎么了，我他妈差点也没跑成！我们捞偏的，还有工夫顾别人啊！"

"那你说说，你怎么跑的？"

"我跳河里游了半个小时，才躲过了水警！"

"是跳下河，跟你的小伙伴们汇合吧？冯志远大队长？"

金小天身体颤抖了一下，他紧张地看着老冯。

老冯继续辩解："我叫马志强！马志强！你把我打死，我也叫马志强！你别说了，你叫欧阳先生出来见我！"

辉哥把枪顶在老冯额头上："实话跟你说吧，今天根本就没有欧阳先生。临死之前都没能见到欧阳先生，是不是觉得警察当得很失败，很不甘心啊？"

老冯眼神弱下来："阿辉，你放了我，我全部身家都给你，你要多少，我都给你。"

"我不要钱，我要你的命。因为，你是警察。我们之间，只有你死，才有我活。"

"我不是，我不是警察！"

"知道我这20年，学到了什么吗？就是学到了我以前太讲义气，才会被别人骗。所以我出来之后，每一个20年前我碰到过的人，我都努力去查，查得一清二楚，绝对不会再有人能骗我。曾经骗过我出卖过我的人，我加倍奉还。唯一没想到的，就是你，冯志远，居然是禁毒大队队长，我当初真是瞎了眼，把你当兄弟，你让我很意外，也让我……"辉哥咬牙切齿道，"恨之入骨！"

辉哥打开了保险，准备开枪，金小天挣扎着吐掉了嘴里的布团，喊了起来："辉哥，辉哥！"

辉哥停住了手上的动作，看向金小天："怎么，你有话要说？"

"辉哥，你要杀他，那你放了我啊，我跟他没关系的！"

辉哥拍了拍老冯的脸蛋，站起身缓缓走向金小天："说来也有趣，在你的身上，怎么有这么多巧合？在上海，你和我有点小冲突，之后，你又像是李心月的保镖。再后来呢，又主动来投靠我。啧啧……怎么这么有缘分，让我一路都碰到你？"

"辉哥，我说过了，之前都是为了那幅画。后来，我也没骗过你，你交代的每一件事我都做了！"

"嗯，你是个小毛贼，也说得通。可是，我倒觉得，你是个从一开始就想接近我的警察！"

辉哥和金小天对视，眼神露出狡诈的光。

金小天与老冯对视一眼，说："好，你说他是警察，辉哥，既然你这么恨他，你放

开我，我替你杀了他！"

小天坚定地瞪着辉哥，辉哥想了想，掏出了刀子，在小天脖子上比画起来："不必了，我既能杀了他，也能杀了你，我有什么损失！"

"当然有！你损失了唯一能帮你打江山的人！看看你身边这几块料，他们能成大事吗？我能！"

天蝎愤怒地站起，拳头攥得咔咔响。

金小天丝毫不退缩，瞪着天蝎说："你看什么看？手下败将！"

辉哥瞟了一眼天蝎，天蝎只好作罢。

金小天继续向辉哥表忠心："凭他们，你也就这样了。你今天放了我，我以后死心塌地跟你，我们一起赚的钱，都给你。"

辉哥想了想，高高举起刀子，刀尖对准了金小天，眼看就要下手，老冯见自己已经暴露，开始尽全力保全金小天："胡志辉！我是警察！虽然他是个贼，但是你冲我来，别乱杀无辜！"

不料辉哥手起刀落，割断了绑小天的绳子。

老冯松了一口气，金小天吓得一身冷汗。

辉哥拍拍金小天的脑袋："你小子是个好苗子，既然这么有胆量。好，我就给你个机会。"说着，辉哥又从腰后拿出一支枪，在手指上转了一下，递给小天。

金小天一惊，颤颤巍巍地接过手枪，他看看辉哥，天蝎等人立刻举枪，瞄准金小天。

金小天又看向老冯，老冯目光坚定，暗中鼓励他向自己开枪。

金小天犹豫不决时，辉哥问："会用吗？"

金小天摇了摇头。

辉哥开始为其示范："看着我。这样，拉下枪栓。"

辉哥一步步教着金小天，金小天的脑海里却浮现出老冯手把手教其射击的情景。

在刑警队的靶场，金小天看着各色枪支以及戴着耳罩护目镜练习射击的公安干警们，他兴奋无比。

老冯问："你的射击成绩怎么样？"

金小天得意地说："还行吧，也就是个警校优等。可惜后来被分去当片警，就没什么机会摸枪了。"

老冯拿来耳罩和护目镜递给小天，语重心长地对他说，"你在警校打靶，那是练习，但到了禁毒支队，每一次开枪，都可能关乎自己和他人的生死。"

金小天问:"这有区别吗?就是换了个地方开枪呗。"

"你以为开枪是一件威风的事情?我告诉你,开枪打人,是一件暴力的行为。伤害他人甚至夺走性命这种事,只有在万不得已、需要用暴力才能保护公民的生命和财产时,才是唯一正当的理由。你要打出去的每一颗子弹,都要附上责任。来吧,现在我教,你看着学。第一步,右手伸直,左手微曲。右手食指先不要放进扳机扣,左手包住右手……"

随着辉哥一声,"开枪!"金小天身体颤抖了一下,但他没有开枪。

辉哥伸出枪瞄准小天,枪口在金小天的脖颈处怼了一下。

小天身体僵硬,端着枪的手微微颤抖,一步一步挪到老冯身前。

小天用目光指了指自己的枪,又看向老冯,眼神左右闪了闪,示意老冯他要拼死一搏,老冯会意后猛地往小天方向扑了一下,吓得小天向后一个趔趄。

辉哥等人也一惊,枪口在小天和老冯之前移动。

老冯大笑:"哈哈,没种的小子。你们这些犯罪分子,都是一群孬种!"

金小天说:"对,对不起,有些事,我只能这么做,没得选。"

老冯看到金小天还在犹豫着,大吼道:"开枪啊!我,作为一名光荣的人民警察,为了正义的事业,为了人民的安全,肝脑涂地,在所不惜!像我这样的警察,不多,全国也就一百多万个!抓你们几个不成气候的小贼,绰绰有余了!你开枪啊!来啊!"

辉哥骂道:"再磨蹭,我就送你俩一起上路!"

金小天一脚踩住老冯的身体,狠狠地说:"老东西!死到临头还嘴硬!后不后悔当警察!"

老冯望着金小天突然笑了:"小子!留着你的命!有本事,就等我二十年后来取!"

金小天看着老冯的笑容,咬了咬牙:"好!好!那我送你一程!"

金小天瞄准了老冯,就听"砰"的一声枪响,老冯倒在血泊之中。

Chapter 57

公安干警和突击队员们沿着辉哥留下的车轮印,在山上展开了地毯式搜索,最终找到那间林中小屋。

屋内,金小天正失魂落魄地呆立着,双手颤抖,看着老冯胸口,鲜血从还冒着烟的窟窿里喷涌而出。

辉哥走上前一把拉开金小天,又试探地踢了一脚老冯,老冯倒在地上眼神涣散,毫无反应。辉哥举枪打算补射,天蝎冲进来喊着:"辉哥!警察来了。"

辉哥只好带人撤离现场,但已无法避开公安和突击队员们正面交战,双方展开了激烈的枪战。突击队员们一队排成一排朝辉哥边射击边前进,辉哥等人边打边退。

李队长通过无人机看到了金小天,他提醒所有突击队员注意保护自己人。

天蝎推了一把神情呆滞、看上去已经懵掉的金小天:"你掩护辉哥,我断后!"

金小天、辉哥、天蝎等人朝撤离点跑去,突击队在他们身后紧追不舍,金小天为了不引起怀疑也参与进双方的枪战中,却把子弹都向上打偏。

一番激烈的交火后,辉哥等人消失在了山林中。与此同时,另一队突击队员从侧翼冲上去,找到了倒在血泊中的老冯,但已没有生命体征。

白色阳光客栈,餐桌上摆着李心月爱吃的饭菜,萧芳芳还在从厨房忙里忙外，阿裴和盛夏站在桌边帮忙，但却迟迟不见李心月的身影。

阿裴问盛夏："莉莉呢？"

盛夏回答："她说卸完妆就来。"

萧芳芳说："那我们等她一下。"

月光昏暗，夜色清冷。

大家心里都明白，这场婚礼直播是惨败的，尤其是楚之翰的母亲打了李心月一耳光，这无异于当众出丑。

这时，阿裴忽然想起什么，他审视着盛夏："我带着董事长去石卡雪山，本来好好的，可她突然收到了一段婚礼视频，所以才闹了这么一出，你知道是怎么回事吗……"

盛夏心虚地边躲闪边狡辩："我怎么知道？"

"你真的不知道？你骗得了别人骗不了我。事情闹得这么大，楚总现在还在医院陪着董事长，莉莉也很受伤害，这下你满足了吧。"

面对阿裴的质问，盛夏终于承认："我只是想给剧情再加点料，我也没想到，董事长会动手打人。"

"别扯了！你就是嫉妒莉莉和楚总结婚，今天我就把话放这儿，楚总对你根本没那个意思，你破坏了别人，自己也别想得到什么！"

盛夏哭了起来："我错了，行了吧。我一时糊涂，我对不起他们。"

看到盛夏掉泪，萧芳芳只好安慰："算了，都过去了。我去叫她下来吃点东西，折腾了一天，她都没怎么吃东西。"

萧芳芳上楼。阿裴继续指责盛夏，"你呀，以后可别再添乱了。这一出又一出的太闹心了。还有，那个金小大，关键时刻放了我们鸽子，成了落跑伴郎。你知道他在哪吗？"

"我给他打了好多电话，都在关机，不知道他在搞什么。不过，我估计，他肯定也是心里不爽才……"

正说着，萧芳芳陪着李心月走了过来。

李心月听到金小天的事情装作没有反应的样子，径直落座道："现在真是有点饿了。你们也快吃啊，凉了就不好吃了。"

李心月率先夹菜吃了起来，盛夏、阿裴互相看看。

萧芳芳招呼盛夏和阿裴："你俩也别愣着，先吃饭！"

萧芳芳坐在了李心月的旁边，一言不发地把李心月爱吃的菜夹给她。

李心月头也不抬，努力地吃着。

盛夏想了想："莉莉，你真的不知道金小天去哪儿了吗？"

李心月闷声道："去哪儿是他的自由。"

盛夏又说："可是你和金小天……"

阿裴打断："别说了，吃饭吃饭。"

盛夏并不理睬阿裴："我总觉得哪里不对。按说金小天可是咱们团队里最靠谱的一个，虽然平时老嬉皮笑脸的，关键时刻从来没掉过链子，不管是什么样的危险，首先挺身而出的就是他。"

李心月无言以对，她认为金小天一定是生自己气了，所以才成了落跑伴郎。而自己却没有任何理由指责他，因为，是她先负了金小天……

阿裴小声说："可是，这找不到人也不是个事呀，不会是遇到什么危险了吧？我们要不要报警？"

盛夏："你别一惊一乍的，他怎么会遇到危险。他可是孙悟空！"

"那要不是手机丢了？所以联系不上咱们了！"

"阿裴你是不是傻？金小天脑子多灵，就算手机丢了，只要他想联系咱们，那还不是分分钟的事吗？我猜啊，他一定是躲在什么地方喝闷酒去了。"说着，她把眼神瞟向李心月，阿裴也明白似的，不再吭声。

李心月不知何时停下了筷子，双手放在桌下，一只手紧紧握着金小天送的那个护身符，心里隐隐作痛，她起身说："你们慢慢吃吧，我先回去睡会儿。"

李心月转身要走，撇下萧芳芳、盛夏和阿裴尴尬地坐着。

正这时，一个胖胖的男人走进客栈，他一眼认出了萧芳芳，激动地大声说："哎呀，真的是你呀，萧芳芳。"

萧芳芳没认出对方，看了半天说："你是？"

"我是刘从，咱们是老同学，都是李奇峰老师的学生，你忘了吗？"

听到"李奇峰"三个字，李心月停下了脚步，她转身打量着那个老刘。

萧芳芳也认出了对方，她回头看看李心月，一脸紧张与不安道："哎哟，是你呀，真是稀客，你怎么知道我在这里？"

老刘笑道："我来这里旅游，听从前的老朋友说你在这里经营客栈，我就打听着来找你。想不到真的找到你了啊。"

萧芳芳赶紧将老刘带上楼："是啊，多年不见，来，这边请。"

老刘跟着萧芳芳上楼，走进萧芳芳房间，门关上。

李心月悄悄跟上来，走到萧芳芳门外偷听，但什么也听不到，只好悄悄撤回来，心里奇怪萧芳芳为什么会紧张，她猜测这里面一定有什么内情。

半小时过去了，萧芳芳终于送老刘出门，两人挥手告别。

老刘离开客栈，一个人在逛古城，李心月悄悄跟在后面，看到老刘停在路边对着一幢木楼在拍照，她走上前去搭讪："刘叔叔，您好。"

老刘："你是？"

"我叫李心月，我是萧芳芳的亲戚，也是李奇峰的女儿。刚才在客栈，我看到您去找我阿姨。"

老刘看着李心月，异常惊讶与激动："哦，你是李老师的女儿？哎呀，长这么大了！当年，在香格里拉见你时，才四五岁的样子。"

两个人不由走进旁边的茶馆里，一边喝酥油茶一边聊天。

老刘看着李心月不由感叹："哎，如果李老师还在，该有多好。"

一句话勾起李心月的伤感，她又问："当年，您和萧芳芳阿姨都是我父亲的学生，那您怎么会认识楚鸿飞呢？"

"因为萧芳芳不仅是李老师的学生，同时还是楚鸿飞的学生。"

"怎么会这样呢？一个学生可以拜两位老师吗？"

"一般人很难做到，但萧芳芳是幸运的人。当时，不是她要拜师，而是楚老师主动要收她这个学生。听说为了收萧芳芳做学生，楚老师专门给李老师送了礼，当时我们可都羡慕死了。"

李心月似乎无意地问询："楚老师和萧阿姨，他们只是师生关系吗？"

老刘喝了口茶，意味深长道："感觉他们亦师亦友，有时候，又很亲密。"

李心月敏感道："怎么亲密？"

老刘的眼神回到过去："当年，我们几个学生跟着李老师来采风，写生，曾经寄住在一个藏民家里，楚鸿飞也一起住在那里。有一天晚上突然发生地震，虽然不严重，但有一面墙倒塌。我们都逃出来了，只有萧芳芳没有出来，楚老师当时像疯了一样，扒开石头寻找萧芳芳，最后找到后他竟然搂住了萧芳芳。我们当时都看傻了。好在，萧芳芳只有点皮外伤，那次地震，最大损失是李老师的画箱找不到了。"

李心月心里一惊："您是说，我父亲有个画箱找不到了？"

"是的，大部分是初稿。"

"当年你们寄宿的地方在哪里？"

老刘掏出手机，翻了半天，找出一张储存的老照片，指着照片说："瞧，就是这里，尼汝村。"

李心月看过去，那是一张当年的合影照片。只见李奇峰、楚鸿飞和学生们站在一扇大门前，房门顶部悬挂着一个醒目的牛头。

李心月的目光停留在年轻的楚鸿飞和萧芳芳身上。

照片上，楚鸿飞紧挨着萧芳芳，一只手臂似乎揽在萧芳芳的腰上，萧芳芳的头略微偏向楚鸿飞的肩膀，两个人的笑容十分暧昧。

李心月看着那张照片，突然回想起小时候的往事，她眼眶湿润道："我认得这个地方，爸爸带我去过那里……"

跟老刘分手后，李心月迫切地想要找到父亲的手稿，决定去一趟尼汝村，找到照片上的藏式木楼。不料，就在这时候，她接到了楚鸿飞的电话，他已到达香格里拉，想约李心月见一面。

原来，飓风被抓后，陈正茜又气病了，楚鸿飞在上海坐不住了。他通过关系打听到，飓风中了枪，还处于昏迷抢救之中，他心里七上八下，生怕自己雇佣杀手的事情东窗事发。

这一切的祸端都源自那个李心月，他意识到不能继续跟这个危险的女孩硬碰硬地干了，他打算亲自去一趟香格里拉，和李心月面对面谈一谈。

李心月马上答应了和楚鸿飞见面，她抚摸着父亲留给她的那串手链，暗自喜悦，一切正按她的设计发展着。

高级会所的茶室，楚鸿飞和李心月面对面坐着。表面上两人都很平静，实际上他们掩饰着内心的波澜，不想被对方看出自己的紧张与畏惧。

尤其是楚鸿飞，对比面前这个长大的女孩，他眼前闪过五岁的小心月的面孔。他知道事情走到今天这一步，李心月已今非昔比，他不敢再轻敌了。

女茶艺师将茶具端进来，在茶台前跪坐，准备展示茶艺。

楚鸿飞对茶艺师摆摆手："我自己来，你可以出去了。"

女茶艺师点头，起身出去。茶室中只剩下楚鸿飞和李心月。

楚鸿飞亲自为李心月洗茶、泡茶、倒茶，他端起茶盅，一口一口轻呷，慢慢品，边品边说："李小姐，知道我为什么请你喝西湖龙井吗？因为是你父亲李奇峰先生的最爱。"

李心月冷静道："没想到楚大师肯主动来见我。"

"如果可以帮到你，我想，我也是应该放宽一点，平时坚持的原则……"

李心月放下茶杯，直视着楚鸿飞："我们就直说吧，我的目的只有一个，您能凭着

您艺术家的良心和地位，为我父亲说句公道话。"

楚鸿飞也放下茶杯，不急不缓地应付着："李奇峰是我的师兄，我一直是很尊敬的，我可以建议美术学院给他搞一次公开画展，然后组织评论家给他写文章。问题是，你手上有你父亲多少作品原稿？足够开个小型画展吗？"

"你心里清楚，我手上只有我父亲的一幅作品。那就是《宝贝》。"李心月抬头，光明正大与楚鸿飞直视，目光坚定。

"笑话，所有的人都知道，《宝贝》是我楚鸿飞的作品。"楚鸿飞目光阴鸷。

"你的作品，那才是个笑话！画上的小女孩是我李心月！作画的人是我父亲！"李心月的声音清冽。

"你有证据吗？如果李小姐一定要执着于这个念想，我只能让我的律师跟你谈了。"楚鸿飞蔑视地说。

"不管谁来跟我谈，我的诉求不会变。"李心月毫无畏惧地答道。

"我知道你对我有误解，给我一个机会，让我解释这件事，好吗？"楚鸿飞猜不透李心月到底还有什么筹码，于是缓和了一下语气。

李心月没有表态，楚鸿飞自顾自说起来："当年，我和你父亲都是初出茅庐的画家，我们俩是师兄弟，时常会一起讨论对画作技法的心得体会。萧芳芳把相册寄给你，让你误以为我剽窃了《宝贝》。孩子，大错特错，那幅画本来就是我们共同创作的。而且，我可以肯定的是，超过百分之九十的部分是我创作的。"

李心月冷笑了出来："这不可能。"

"你不信，可以问问萧芳芳。你做这些事，叔叔也不怪你。而且，我想过了，如果你和之翰真的你情我愿，我不会反对，我会支持你们在一起，将来成为一家人了，我所有的东西，还不都是你们的吗？"

李心月被楚鸿飞这个决定感到意外，她没有想到，楚鸿飞会改变策略，不再对抗，而是迂回求和，但李心月是不可能接受的。

"谢谢你的好意，可惜，我高攀不起，也不可能进你们家门的。"

楚鸿飞笑道："这世上，没有不可能的事情。再说，你父亲走得太匆忙，我没有替他照看好你，这是我作为叔叔的失职。以后，我可以来照顾你……"

李心月坚定拒绝："不需要，我一个人生活得很好，不需要任何人的怜悯，尤其是你！"

楚鸿飞只好拿出最后一张底牌："那么，告诉我，你要多少钱，才能住手。"

李心月听了，冷笑起来："多少钱？我一分钱也不要，只要我父母活过来，我就住手，你能做到吗？"

两人陷入僵局，冰冷的气氛中，楚鸿飞的语气变得阴狠："小丫头，就算你长大了，也跟我斗不起的。"

"没错，我甚至没想到，你会派人杀死我。可是，我父亲在看着你，也在保佑着我！"

这句话让楚鸿飞出了冷汗，他极力掩饰着自己的惊恐："话不要乱讲。"

"那好，我最后再重申一遍，请你认真考虑我的提议，当众把画的事情向媒体说明，还我父亲一个公道！除了这个，我和你之间，没有别的话题可谈了！"

说完，李心月站起身，愤然离开。

楚鸿飞被李心月拒绝后，他打算从儿子这边发力。

楚鸿飞去医院看了陈正茜，她还在为了李心月的事情和楚之翰争执不下。楚之翰一边不想继续惹陈正茜生气，一边又不想放弃李心月，一时间烦闷不已。

楚鸿飞约了楚之翰一起喝茶，他突然对儿子说："之翰，我想通了，既然你那么喜欢李心月，我也就不再反对你了！"

楚之翰不敢相信的样子："真的吗？"

楚鸿飞点头："真的。想想当年我和她父亲的缘分，再看看你们俩现在的缘分，也许，这一切是命中注定。既然命运让你们在一起，我作为长辈，应该抛开成见，支持你们。"

楚之翰激动："爸，太感谢您了！谢谢您的理解！"说着，他又想起了什么，说，"可是我妈她。"

"那个你不用担心，回头我来说服她就是了。"

"那么，爸，我上次向您提的那个请求呢？"

"哪个？"

"就是那两幅画的事。"

楚鸿飞沉下脸，"你动动脑子，等你把她娶进门后，家里的一切不都属于你和她了吗，还要什么画！现在，你要抓紧时间搞定这个姑娘才是最重要的。"

楚之翰点头："好的爸，我知道了。太谢谢您了。"

"你要谢我的不仅这一件事。"

"还有什么？"

"我听说，央金在香格里拉有一个很大的投资项目，叫'地平线小镇'。"

"是的，明天就要举办项目的启动仪式了。"楚之翰一脸疑惑地看着父亲。

"好，我这次亲自出马，动用我的关系帮你加入这个项目。"

楚之翰被这突如其来的好消息震惊了，一时间，他不知如何感谢父亲，他紧紧抱住了楚鸿飞，开心得像个孩子。

楚鸿飞拍了拍儿子的后背，目光凌厉，心中有了一番思量。

在一片空旷美丽的草原上搭好一片台子，央金和几个政府官员站成一排，他们正进行剪彩仪式。

台下传来掌声，除了媒体记者，还有很多当地藏民和外地游客围观，拉姆带几名警员在维护秩序。

几个藏族姑娘上台，献哈达，另有两个姑娘，一人举着一瓶青稞酒，另一人举着托盘，上面放置几杯青稞酒，两人依次走到各位剪彩嘉宾面前。

央金和领导们各取一杯酒，以手沾酒，敬天、敬地、自饮。

顿珠镇长上台讲话："……'地平线小镇'这个项目，是我们央金董事长阔别故土近半个世纪的回归与回馈，我们当地政府各级领导都非常重视这个项目，可以说在前期筹备过程中，各个部门大开绿色通道，我们都希望能将'地平线小镇'打造成第二个'独克宗古城'，为香格里拉一方百姓带来更多更好的福泽，下面让我们热烈欢迎央金董事长为我们讲几句话……"

热烈的掌声中，央金从容走上前："我非常感谢各位领导对'地平线小镇'的大力支持和帮助。阔别家乡四十多年，现在回来投资这个项目，不是为利益而是发自内心，是想为乡亲们做点什么，也是想为我自己做点什么……但是，坦白讲，我心中的'地平线小镇'不是为了打造第二个独克宗古城……"

央金的话让刚刚发言的顿珠镇长脸色有点不自然。

央金继续说道："……大家都知道，'地平线小镇'这个名字取自1933年英国作家詹姆斯·希尔顿描写香格里拉秘境的小说'消失的地平线'，所以，我们这座小镇的意义在于，让人们找回消失的地平线，它不可能成为第二个独克宗古城，而是为了重建都市生活的人们久违的，和大自然零距离接近的'世外桃源'……"

仪式结束后，楚鸿飞父子在顿珠镇长的引见下，和央金坐在一起聊起了项目。

央金得知楚鸿飞有意加盟她的"地平线小镇"项目，并开设自己的画廊，她很是欣喜："好啊，地平线小镇非常欢迎楚大师的加盟，我们这个项目，一定能够做得非常轰动。"

楚鸿飞客气道："我也非常感谢您给我这样一个机会。"

央金说："我这个人喜欢直来直去，楚大师是雪山画派的代表人物，您的画我看过，很契合雪山小镇的感觉，所以我正在考虑邀请有知名度的艺术家来做我们地平线小镇的艺术总监，看来，楚先生最合适不过了。这个，您意下如何？"

楚鸿飞高兴道："当然，我是受之有愧，辞之不恭。楚某一定尽心尽力，把这些年来探索所得，和对雪山的感情，都投入到地平线小镇的项目里来。"

"那好，您只管放手做，资金这块不用担心。"

这时，楚鸿飞开始推荐自己的儿子，"我这个儿子，现在正在努力开辟自己的事业，我想，我毕竟老了，这个平台，还请您多给年轻人机会。"

央金看着楚之翰笑道，"没问题，我和之翰也是有缘人了，一路上相互照顾着来到香格里拉，我对之翰也有所了解，这个年轻人办事沉稳，很靠谱。"

自上次正面交火之后，金小天就跟随辉哥逃至一个秘密据点藏匿起来，金小天伺机向上级汇报情况，但几个人闷在屋子里一待就是几天，没有任何机会。

这天，辉哥不知去向，金小天装作不在意地起身伸了个懒腰，问正打游戏的天蝎："大老板什么时候派人来接我们？在这里都快闷死了。"

"等会儿，我打完这局再说！"天蝎不耐烦地说。

"我肚子饿了，要不我去买饭吧。在家憋的都长毛了，出去换换空气。你吃什么？"金小天试探道。

天蝎放下手机："好吧，我跟你一起去。"

两人乔装后一起走在街上，金小天不着痕迹地观察着周围的摄像头，几次装作不经意地让摄像头拍到了自己的正脸。

天蝎突然把金小天拽到一边，压低声音："不要命了！"

金小天装作不解："怎么了？"

天蝎小声说："搞不好咱们现在就是通缉犯，这四处都是摄像头，你注意点。"

金小天假装慌张的样子，跟着天蝎来到一家快餐店，点了几个饭菜后，站在餐厅里等着打包带走。

天蝎拍拍金小天："你在这等着，我去趟卫生间。"

金小天点点头，眼看天蝎朝卫生间走去，他快步走向前台，压低声音："我可以借用一下电话吗？"

服务员看了金小天一眼，把座机推到他的面前。

金小天快速拨号，电话即将接通，他一抬头却从玻璃的反光中看到了天蝎从卫生间门口拐出来朝这边走来，金小天只好火速放下电话，大声催促："我们的菜怎么还没好，快一点嘛！"

天蝎走过来，皱皱眉："还没好？"

"催了好几遍了。你怎么这么快？"

"别提了，上厕所还得排队，我没上。"

这时，服务员把打包好的饭菜放在金小天和天蝎面前，二人拎着饭菜离去。

金小天和天蝎拎着打包的饭菜回到住处，几个人开始一边吃饭，一边看着电视，突然，电视上出现了陈副局长的脸。

天蝎正要换台，金小天按住了他："别换，看看。"

只见电视里主持人正在介绍："插播新闻，陈副局长站在众多记者中间，满脸的愤慨：……公然绑架、报复公职人员，致使一名警员在任务期间殉职，这件事情我们警方一定会追查到底，将真凶捉拿归案！"

金小天看着电视里边的新闻愣住了，耳朵里已是一片轰鸣声，心中宛如刀割。他的眼睛渐渐笼罩上一层雾气，电视画面变得模糊，只有老冯鲜血染红的身体和喷着血的窟窿清晰地浮现在脑海中。此时，一阵掌声从他身后传来。

金小天转头一看，辉哥回来了，他盯着电视说："好，你这个进门红包，我很满意！"看到金小天的手有些发抖，辉哥上前问："怎么，怕了？"

金小天看看辉哥挑衅的脸，想否认，但手又开始颤抖，他索性点点头。

辉哥狠狠地盯着金小天，把金小天看得都发毛了："怕就对了。"

说到这里，辉哥邪笑着冲金小天扬了扬下巴："如果你不紧张，那就说明有问题，我会连你……"说着辉哥凑到了金小天的鼻子跟前："一起做掉。"

金小天直视着辉哥近在咫尺的脸："我已经没有回头路了，必须干出点儿名堂来。"

"好，我就喜欢你这样的野心。前两天风声太紧，走哪都感觉有条子盯着，等这阵风头过了，有的是赚大钱的机会，只要你肯干。"

金小天扶着颤抖的手举起酒瓶，示意辉哥干杯，两个酒瓶子碰到一起。

Chapter 58

几天过去了，楚之翰等人仍然找不到金小天，就好像这个人人间蒸发了一样。

大家都认定金小天是生气了，所以故意躲起来不见人，但蒂娜却急得不得了，每天都跑去白色阳光客栈好几趟，追问金小天的下落，最后，她甚至决定要搬进客栈，随时等着金小天回来。

蒂娜的想法遭到央金的回绝，蒂娜一脸不高兴："奶奶，我不想在这里住，我要住白色阳光客栈！"

秘书劝解："我们现在正在竞标，和他们住在一起不方便，不合适。"

蒂娜："那我也不要住在酒店，这里像监狱，我讨厌这里！"

央金走到窗前，看着窗外的蓝天白云，飞翔的雄鹰，她若有所思道："回到家乡了，却一直住在全世界都相同的酒店房间里，是太憋屈了。住久了，我也会闷闷不乐。"

秘书马上问："需要为您换一家酒店吗？"

央金摇头："再高档的酒店，也没有回家的感觉……"

第二天，央金在秘书搀扶下来到松赞林寺，她要朝拜久违的大佛。

然而，离乡五十余年的央金已无法适应高原气候，她戴着氧气瓶沿寺庙又长又陡的台阶，一步一步艰难地踏到最上一层，遂将氧气瓶拿下来交给秘书。

秘书想要劝说，但看到央金坚定的眼神，她接过氧气瓶。

央金颤颤巍巍地对着庙宇大殿双手合十，眼泪夺眶而出，一边大口喘气，一边充满敬畏地向大殿走去。

大殿内，十几名喇嘛在念经，经声回荡在大殿，令人肃然起敬。

央金为佛前的酥油灯添加酥油，灯火闪烁中，动作虔诚之至。

拜过佛的央金似乎受到佛菩萨的加持与洗礼，她在返回途中突然做了一个决定："我想住进卓玛家客栈，是该和我的老姐妹说说话了……"

央金一行人来到卓玛家客栈，央金打量四周，询问服务员：

"请问，卓玛在吗？"

服务员回答："不在。她回尼汝村老宅去了。"

央金眼神激动起来："那里还有人住吗？"

服务员摇头："早就没人住了，但阿妈坚持每月去打扫一次。"

央金立刻启程，赶往尼汝村。

房车一路开向尼汝村，那是个美得犹如世外桃源、保留原始风貌的藏式村寨，一眼望去，山川，河流，瀑布，草原，美不胜收。

一进入村子，央金就下了车，她坚持沿着曾经熟悉的路向前走去，一直走到一幢老式木楼前，她终于停下了脚步。

那幢木楼明显比村中其他房屋陈旧很多。破旧的大门上方挂着一个牛头，看上去经历风吹日晒，有很多年头，牛头上刻写着五字真言。

央金推门进去，院落里挂满迎风飘动的经幡，经幡看上去是新的。

央金站在院落中央，眼眶湿润。她环视一圈，院子角落有一个小小栅栏，看上去像羊圈。院落刚刚洒扫过的样子，干净整齐，这一切为破旧的老院落增添了生气。

蒂娜好奇地问："奶奶，这里是什么地方？"

央金激动地回答："这里，是奶奶的家。"

蒂娜惊讶："那你的家人在哪里？"

央金一时语塞，这时卓玛拿着抹布，拎着水桶走出来，两个老姐妹相对而望。卓玛将水桶里的水倒掉，放下抹布，温和地说了句："你终于回家了。"

"是的，谢谢你，一直回来照料这个家。"央金的声音有些颤抖。

"进来吧，进来看看……你的家。"卓玛牵起央金的手。

央金跟着卓玛走进家门，看着曾经熟悉的灶台、火炉、长椅、桌子、柜子，她的眼神充满了久违的亲切感，还有深深的愧疚。

央金、卓玛、蒂娜走进一个里间，看到一个用布蒙住的架子。

蒂娜问:"这是什么吗?"

卓玛上前将布揭开,只见一个藏式织布机出现在眼前。织布机上有一块织了一半的手工织品,那是藏民手织的"氆氇",紫红、草绿和黑色交替呈现。

央金上前抚摸着漂亮的"氆氇",难掩激动道:"这是我阿妈的织布机,她织的氆氇一直都是寨子里最好的。"

卓玛点头:"是啊,当年,你阿妈要亲手为你织的嫁衣,可惜织了一半,你走了,你阿妈也病倒了,她再也没有碰过这台织布机。你阿妈临走前,一直说,她看不到你穿上她的织的嫁衣了……"

卓玛哽咽着说不下去了。

央金抚摸着那块织了一半的彩布,跪倒在地,失声痛哭:"阿妈,对不起,阿妈……"

楚之翰得到父亲的首肯后,他满心欢喜,一直想找机会向李心月表白,告诉她,他们之间再无阻力。然而,李心月一直拒人千里之外,神情冷淡、忧伤,楚之翰几次想说,却又欲言又止。

由于藏式婚礼的失败,盛夏向楚之翰提议去"纳帕海"直播,重新作为"爱情之旅"的完美收官。为了给旅行画上一个完美的句号,楚之翰答应了。

当大家准备出发时,李心月却借口身体不适,拒绝去纳帕海直播。楚之翰看出,李心月还没有从那场婚礼的阴影里走出来,只好答应她在客栈好好休息。

不料,等楚之翰一行人刚刚离开,李心月瞒着所有人悄悄去了尼汝村。

沿着小时候的记忆,她路经一道美丽的瀑布,李心月飞奔到那块青石板上,蹲下来,撩起水花。她回想起父亲曾将她抱起来放在一块青石板上,帮她脱下袜子,当时李心月的两个小脚丫放进深潭里,双脚欢悦摆动,荡起无数的小水花,十分欢悦。李心月鼻子一酸,眼泪砸落在那块昔日的青石板上。

李心月按着那张老照片,她终于来到了那幢老宅前。看着门上的牛头,她小心翼翼地推门而入,却听到木楼内传出老人的哭泣声。

李心月顺声而去,只见央金正抚摸着那个织布机向卓玛哭诉:

"当年我决定离开家的时候,阿妈正在这里织布。我向门外走去,织布声一点一点消失了……从此,再也没有听到过。想不到,这一走,就是五十多年,再回来,人去楼空……"

卓玛陪着央金一起落泪道:"你走以后,你阿妈、阿爸就病倒了……后来,你给家里来了信,说是去了国外,这下,更麻烦了。老阿爸、老阿妈的日子更难过了……很长一段时间,他们不肯出门,不愿听到寨子里的人提起女儿的名字。"

央金握着卓玛的手:"是你,一直照顾他们对吧?"

卓玛点头,央金握紧卓玛的手,卓玛的手粗糙有力。

央金激动地说:"辛苦你了,好妹妹。这份恩情,我一辈子也报答不完。"

卓玛摇摇头:"我不图你报答,央金,我只希望,你对当年这个选择,没有后悔过。"

所有人都看着央金,现场寂静无声。

央金老泪纵横:"老实说,我不后悔选择跟我爱的男人在一起,我只是,后悔离开的方式。那时候,年纪太小,一直以为外面的世界很好看,外面的声音更好听,对外面的生活充满好奇,向往,可是真的到了外面的世界,什么都看过,听过,尝过,却发现,阿妈的织布声最好听,阿妈打的糌粑最好吃……所以,我悔恨自己选择离开的方式。"

正这时,蒂娜看到李心月,问:"你怎么来了?"

李心月走进去,从手机里翻出那张老照片请卓玛看:"阿妈,您看看,这照片上的人,您认识吗?"

卓玛阿妈看着照片,惊讶道:"认得,认得。好多年前,他们来这个地方画画,在这里住过半个月时间。"

李心月指着李奇峰说:"他是我的爸爸。"

卓玛惊叹,并转头对着央金激动道:"就是这个人,这个人救过你阿妈的命。"

央金追问:"这是怎么回事?"

卓玛回忆道:"当年我们遇到一次地震,有一面墙倒了,可你阿妈身体不好,没有跑出来,是心月的阿爸不顾危险,把你阿妈背出来的。"

央金看着照片上李奇峰的样貌,再抬头看看李心月,似乎捕捉到了父女的相像之处,她不由得握住李心月的手,哽咽着说:

"心月,想不到你阿爸救过我的阿妈,在苍山上你也曾帮过我……谢谢你们父女二人,感恩佛菩萨让我与你结此善缘。"

"不客气的,央金奶奶,无论是当年,还是现在,这都是我们应该做的。"

央金回过身,再次抚摸着那个织布机,满怀遗憾地说:"可惜,我连一张阿妈的照片都没有,现在,只剩下这台织布机……"

卓玛忽然想起了什么,说:"我记得心月的阿爸为你阿妈画过一张画像。"

央金激动地问:"在哪里?"

卓玛叹了口气,"哎,那次地震,心月的阿爸为了救人,没顾上拿自己的东西,听

说他丢了一个画箱，我觉得，阿妈的画像也在那个箱子里。"

闻听这件事，李心月心头一惊，整个人激动起来，她紧紧握着卓玛阿妈的手追问："卓玛奶奶，您还记得画箱丢哪了吗？"

"我们帮他一起找，找了很久也没有找到，你阿爸当时也很心疼。"

李心月内心兴奋不已，她知道，如果能找到这个画箱，无异于多了一份证明父亲清白的证据，也多了一个对付楚鸿飞的武器。

李心月看向央金和卓玛，激动地恳求："奶奶，请允许找找那个画箱，它对我很重要！"

央金和卓玛异口同声道："当然可以。"

蒂娜开始帮着李心月一起围院寻找画箱，眼看太阳快要落山，两人找得满头大汗也没找到。

央金关切地说："心月，今天太晚了，不如，明天再来找吧。"

李心月只好答应，大家正准备离开，李心月被一根掉下的木头砸中，她摔倒在地，捂着脑袋叫出了声。

蒂娜赶紧过去将她扶起来："怎么样，伤到哪了吗？"

李心月松开手，只见脑门上鼓了一个包，蒂娜见状大笑起来，"你这个样子好搞笑啊。我要留个纪念。"说着她竟然拿出手机对着李心月的鼓包拍了一张照片，李心月恼羞道："你还笑。给我把照片删了！"

"我不，我就不删，我还要发到网上。"蒂娜玩心大起，对李心月吐了吐舌头。

李心月追着蒂娜打闹一番，突然，蒂娜被什么东西绊倒，摔倒在地。这时李心月追了过去，正要夺蒂娜的手机时，她突然发现了什么，眼睛直直盯着一个地方，并朝那里走过去。只见那根木柱倒下后，下面露出箱子一角。

李心月开始用手挖，蒂娜见状也赶紧上前帮忙挖，一个木箱终于露出来，李心月小心翼翼地打开箱子，里面出现很多油画。

李心月从画箱中拿出那几幅画，发现大部分都是户外写生作品，主题多是雪山，不同日照光线下的雪山，日出雪山，日落雪山，霞光雪山，月光雪山等。

李心月抚摸着画的右下角签名"李奇峰"，她抱着父亲的遗物，抬起头望向远处的天空和雪山失声痛哭，边哭边喊："爸爸，我找到你了！找到了，爸爸！！"

对着父亲珍贵的遗物，李心月百感交集，用抹布认真擦拭着画箱上的灰尘，擦拭画箱里每支笔，每个角落。

李心月举着一幅"日出雪山"的油画反复端详，对比远处挺拔入云的雪山连连赞叹："爸爸画得太美了！好像把雪山的魂魄都画出来了。"

蒂娜举起另一幅油画端详：

那是一位藏民妇女的肖像画，她坐在织布机前，窗外射进几缕阳光，阳光照在妇女的脸上，细密的皱纹，平静的面容，淡淡的忧伤，犹如一尊佛，传递着安详、慈悲、包容。

她赶紧拿给央金和卓玛看，"奶奶，你看这张画，我觉得画上的人好像在哪里见过似的……"

不料央金和卓玛看到那幅油画，激动地相互看着。

卓玛阿妈激动地说："是她，这就是那个画家为你阿妈画的画像。"

央金接过那幅画，抚摸着画上的藏族妇女，双手颤抖道："是阿妈，真的是我阿妈……我又看到您了，阿妈。"

卓玛阿妈由衷道："这一切，都要托心月姑娘的福了。谢谢你，心月。"

央金边流泪边看向李心月："心月，除了谢谢，我，我还有个不情之请。"

李心月："您说。"

央金抚摸着画像："我能不能买下这幅画？价钱由你定，多少都行。"

"央金奶奶，这幅画送给您了！"李心月百感交集，她握着央金的手，亲切地说。

央金很惊讶，但她摇了摇头："不妥，心月，这样不妥。"

李心月灿烂一笑："我相信，当年我父亲画这幅画，也一定不会收钱的。"

央金感动地抚摸着李心月："谢谢你，好孩子，奶奶又欠你一个人情。"

陈正茜出院后，楚之翰将其在白色阳光客栈订的房间退了，让她和父亲住在一起。

虽然在婚礼上陈正茜打了李心月，但她仍然不放心。现在住在酒店里，她感觉自己两眼一抹黑，对于她想掌控的人和事都了无所知，这让她坐立不安，最后她决定和萧芳芳谈一谈，郑重地提出警告。

萧芳芳正独自在客栈小院里浇花，不料一抬头，看见陈正茜走了进来。

萧芳芳冷冷地问："你有事吗？"

陈正茜高傲地说："来找你叙叙旧。"

陈正茜把衣服往椅背上一放，像个女主人一样自在地坐在露天茶座上，看了看桌上的茶具："连杯茶都不给我倒吗？"

萧芳芳瞬间脸色难看："你打了我女儿，还想让我给你倒茶，这太可笑了！"

陈正茜冷笑一声："她先勾引我儿子，她是找打，该打！"

"你错了,是你儿子一直在追求心月,是你儿子一厢情愿罢了。"

陈正茜对此心知杜明,她故意回避,转移了话题,"像你这样一个女人,孤零零的不肯结婚,是找不到男人,还是惦记着楚鸿飞呀?"

陈正茜的话击中了萧芳芳,她面色难看道:"你放心,我就算一辈子没人要,也不会惦记那种没有人性的男人。你留着自己好好过吧。"

陈正茜见萧芳芳真的急了,她放缓了语气:"我承认,你和楚鸿飞年轻时的一段情曾经让我痛苦不堪,当时我恨不得你死。到底是年轻气盛,现在想想,这算什么呀。他是个男人,还是个有才华的艺术家。你很明白才华对于一个男人来说意味着什么,无欲无求的人是成不了艺术家的。"

"照你这么说,艺术家就可以胡作非为?"萧芳芳质问道。

"是,也不是。对于鸿飞,身边的年轻小姑娘一茬接一茬,可是你不同,白白耽误了你的青春。还好,现在还不晚,我们还有弥补的机会。"陈正茜云淡风轻地说。

"弥补?怎么弥补?你能让时间倒流,阻止这一切发生吗?"

"你我和平共处,你满足楚鸿飞的情感需求,我在事业上让他更上一层楼。"

"陈正茜,你是不是疯了?楚鸿飞到底给你下了什么迷魂药?"萧芳芳闻言震惊。

"再怎么坚强独立,我也是个女人,很多事情必须借助男人这个梯子才能实现。"陈正茜声音低沉。

"你今天来,到底想说什么?"

"之翰就算对李心月一往情深,可过去的历史,就是一道过不去的坎,所以,假如李心月进了我们楚家,你一定明白,有我在,她不会有好日子过的。所以,千万不能再让李心月往里陷了,让她远离我儿子才是明智之举。我今天来,就是想拜托你这件事,孩子们毕竟都年轻,没有经验,但你我不同,我们都是过来人,一定要在旁边帮他们把好关才对。"

萧芳芳明白了对方的来意,冷笑一声:"你放心,就算你不来,我也会阻止他们在一起的。"

陈正茜听罢,站起身,满意地笑道:"那就好,你记住自己说过的话。"

说完,陈正茜转身离去,不料却与李心月迎面撞上。李心月背着父亲的画箱正兴冲冲地返回客栈,看到陈正茜,下意识地抱紧了那个画箱,生怕被对方发现似的。

陈正茜冷冷地看着李心月,并没有在意那个画箱,而是盯着她的脸说,"李心月,我该说的都说了,该做的也都做了,以后,你知趣点!"

陈正茜走后，萧芳芳走上来，轻轻安抚着李心月："别理她，一个疯女人。"说时，萧芳芳盯着李心月怀里的画箱，"这是什么？"

李心月这才恍过神，激动地含泪说："我找到爸爸从前的画箱了……"

美丽的纳帕海边，直播就要结束了，楚之翰对着镜头做最后的发言："很感谢大家一路以来的支持和鼓励，也很感谢我的团队成员们。谢谢夏夏的热情开朗，给我们的旅程增色不少；谢谢阿裴的尽职尽责，精打细算，才让我们在资金紧张的条件下完成了计划；谢谢莉莉，……你和金小天的甜心情侣，让大家感受到了浓浓的浪漫……"

楚之翰在前面说到名字都会鞠躬致谢，说到李心月和金小天时，却有点说不下去了。

在盛夏和阿裴在旁边无声的鼓励下，楚之翰继续说道，"我们从上海出发，一起走过了繁华的都市，太湖之滨的突发案件，百里花海的无限春光，还有野炊的乐趣，在漫天星光下喝咖啡的野营时光，也经历了突如其来的车祸、不可预知的恶劣天气、资金断绝的窘迫，但不管什么难关，我们都携手一路走过来了。我想请大家为自己鼓掌。"

楚之翰话音刚落，盛夏尖叫起来："哇，快看！"

楚之翰顺声看去，天空出现了"日月同辉"的神奇景象。

与此同时，盛夏兴奋地将直播镜头对准了天空，一边直播盛况一边向网友介绍："大家看到了吗，这是日月同辉的盛况啊，想不到，在旅行的最后，我们能看到这么壮丽的美景，真是太赞了！"

楚之翰仰望着天空，耳边响起李心月的声音："很久以前，太阳的儿子刺日爱上了月亮的女儿暗月。他们一直幸福地生活着，人间也一直祥和美好。直到有一天，恋人们开始抱怨对方不够爱自己，人间充满越来越多的猜疑和怨气……刺日和暗月为了减少人间怨气，他们一起高挂在天空，呈现日月同辉的景象。这是为了告诉人类：爱，很重要，爱，从未消失……"

楚之翰突然拔腿就跑，不顾还在直播的盛夏和阿裴，他独自上了房车，直接将车开走了。

阿裴见状，在后面边追边喊："楚总，你去哪儿？直播还没结束呢。"

楚之翰加大油门，快速返回白色阳光客栈，一进门他就迫不及待地冲进客厅，没有看到李心月的身影，他急切地追问前台："莉莉呢？"

前台服务员说："和萧芳芳在楼上。"

楚之翰飞奔上楼，不顾一切地闯进李心月的房间，房间里，萧芳芳和李心月正在激动地浏览着李奇峰的故作，不料，楚之翰一进来，二话不说，就拉着李心月起身，向客

栈的露天天台跑去，一直跑到天台上，李心月甩开楚之翰的手问："你干什么？"

楚之翰激动地指向天空："你看，那是什么？"

李心月顺指仰望，只见天空出现"日月同辉"的景象，李心月惊呆了。

日月同辉，光芒万丈，为香格里拉的雪山笼罩上浪漫与传奇的色彩。

李心月惊叹："我终于看到'日月同辉'了，真的好神奇。"

楚之翰欣喜道："还记得那个传说吗？当刺日和暗月一起高挂在天空，呈现日月同辉的景象，他们是在告诉人类：爱，很重要，爱，从未消失。"

在两人身后，萧芳芳也追了过来，她同样被空中"日月同辉"的景象所震撼，但也深受刺激，仿佛一道白光划破了她曾经的旧伤。

岁月犹如车轮，相同一幕在李心月和楚之翰身上再次重演，竟然一模一样。

年轻时期的楚鸿飞和萧芳芳也曾牵手相依，像楚之翰和李心月那样并肩仰望"日月同辉"，心向往之。

楚之翰突然单膝跪地，取出一枚绿松石戒指："……传说看到日月同辉的恋人，将会一生相爱，相守。"

李心月转过身，迎着楚之翰深情的目光，她表情有些复杂……

楚之翰继续说："做我女朋友吧，莉莉，我对日月同辉发誓，一定要用毕生的努力，给你快乐，让你幸福！"

与此同时，萧芳芳耳边响起楚鸿飞当年的誓言："芳芳，我对日月同辉发誓，一定要用毕生的努力，给你一个幸福的家！"

日月同辉的光芒映照着李心月，阳光下她美丽动人，对眼前这一幕心生感动，但却面露难色，正在不知所措时，萧芳芳冲上去大声阻止："我不同意！"

李心月和楚之翰回头，萧芳芳不容分说，拉住李心月的手就往里走。

楚之翰起身相拦："芳姨，您为什么不同意？"

萧芳芳甩开楚之翰，语气坚定道："不为什么，你们不合适。"

楚之翰继续说："您放心，我父亲已经同意我们俩在一起了。"

萧芳芳借口道："可还有你母亲，有她在，就没有心月的好日子。"

"我父亲答应我，要说服母亲的。这个，请您放心，我不会让心月受苦。"楚之翰急迫地解释道。

萧芳芳异常愤怒，声音尖锐："你父亲同意让她进你们楚家，不是因为喜欢她这个人，而是为了霸占那幅画，那幅《宝贝》！他想永远堵住月月的嘴！"

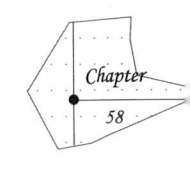

楚之翰懵懂道："我父亲为什么要堵住她的嘴？"

萧芳芳痛苦地看着天空，一字一句道："他做了太多亏心事。"

楚之翰逼问："什么亏心事？"

看着李心月悲愤的眼神，萧芳芳终于爆发出多年以来积压的痛苦和委屈："……楚鸿飞就是个欺世盗名的伪君子！月月，你父母的死，是楚鸿飞夫妇直接造成！而我……只是你父亲的学生。那个毁了我的人生和我的名誉的，躲在背后不敢出现，怕被人知道他的真面目的卑鄙胆小的男人，是……楚鸿飞！楚之翰的父亲……楚大师，才是我当年的情人！"

萧芳芳的话，让李心月和楚之翰呆住了。

李心月跟跄了一下，不可置信地看着萧芳芳："你说什么？这，是真的吗？"

楚之翰同样无法接受这个秘密，惊恐地说："肯定不是真的，我不相信！我不信！"

萧芳芳缓了缓心绪，盯着楚之翰和李心月："好，请你们到我房间来，我给你们看样东西。"

来到房间，萧芳芳取出一个盒子，她慢慢打开盒子，拿出一个信封递给楚之翰："你不是不相信吗？这就是证据，它能证明我萧芳芳没有撒谎。"

楚之翰手一哆嗦，信封掉在地下。

李心月上前捡起，打开信封，从里面取出了一张发黄的信纸，信纸上的内容一目了然，正是萧芳芳向楚鸿飞写下的保证书……

李心月看罢，气愤地把信纸递给楚之翰，楚之翰竟然不敢伸手去接，逃避着说："时间过去那么久了，谁能证明这个东西是真的？"

萧芳芳："上面有你父亲的亲笔签名，你可以拿到有关部门做笔迹验证。"

楚之翰接过信纸，看后，手不由自主地颤抖……

李心月瞪着萧芳芳发怒道："为什么不早告诉我，为什么现在才拿出来！"

萧芳芳流泪道："对不起，月月，隐瞒你这么多年，实在是，情非得已……"

李心月逼问："那你现在告诉我所有的真相吧，当年到底发生了什么？"

事已至此，萧芳芳不得不说出尘封多年的往事……

Chapter 59

当年,萧芳芳怀着对绘画的热爱,走进了李奇峰和楚鸿飞的视线中。萧芳芳对绘画的天赋与勤奋,让两位老师青睐有加,同时收下她做自己的学生,这让萧芳芳欢欣鼓舞。然而,她没有察觉到,自己不仅走进楚鸿飞的视线,更走进了他的心里。

楚鸿飞因与陈正茜感情不和,心中郁闷,恰巧这时萧芳芳出现,他被萧芳芳的单纯和美貌吸引,开始利用师生关系及外出写生的机会引诱萧芳芳。

萧芳芳第一次来到香格里拉写生时,楚鸿飞将她一个人带到一片湖泊前,当时萧芳芳被雪山下的湖泊所陶醉,她放下画板,像个小女孩那样欢呼着,

"太美了!楚老师,谢谢您带我来这里写生!如果是我自己,肯定找不到这么美的地方!"

楚鸿飞心动地说:"只有用心才能找到它,我保证,这里只属于你。"

萧芳芳没有听出楚鸿飞的言外之意,她激动地取出画笔,欢喜地说:"其他同学要是知道您为我开小灶,一定又羡慕死我了。"

楚鸿飞宠溺地回应:"这可不是一般的小灶。"

萧芳芳仍然没有意识到什么,继续低头摆弄画架和画笔:"那是什么,啊,小灶中的小灶,那就是大灶!"

楚鸿飞笑了,看着清纯可爱的萧芳芳,他充满爱意:"可惜,都不是。"

萧芳芳抬头，好奇追问："那是什么？"

楚鸿飞的眼神变得暧昧起来："我要带你走进一颗心。"

萧芳芳正在往画板上挤一管油彩，看到楚鸿飞深情的目光她瞬间呆住了，手中的油彩弄了一手，

萧芳芳慌忙扔下油彩找东西擦手，偏偏找不到，急出一头汗，于是又用手擦脸，弄到脸上一块蓝色的油彩。

楚鸿飞笑了，掏出手帕亲自为萧芳芳擦拭脸上的油彩，温柔地说："你真的，太可爱了，就像这片湖泊，清澈可人。"

萧芳芳躲闪着："楚老师，您别这样。"

楚鸿飞直接拉住萧芳芳的手走到湖边，只见湖边停着一只铺满鲜花的小船。

萧芳芳完全不知所措了，楚鸿飞指着湖心说："你看，那湖心的倒影像什么？"

只见水面呈现出两座雪山的倒影，形状宛若"心型"。夕阳洒落湖面，湖面的"心"被染成粉红。

萧芳芳喃喃自语："像一颗心。"

楚鸿飞微笑，"是的，你知道，那是谁的心吗？"

萧芳芳摇头，楚之翰低声说道："是我的心，也是你的心。我要带你过去，让我们试着，走进彼此的心。"

楚鸿飞强拉萧芳芳上了船。

霞光笼罩下，小船慢慢靠近那颗"心"，当它划进"心"里的瞬间，楚鸿飞强吻了萧芳芳，萧芳芳从反抗到顺从……

萧芳芳清楚楚鸿飞是有家室的男人，但她没能抵挡住楚鸿飞温柔的攻势，他承诺会离婚，会娶萧芳芳为妻，会给她一个家。

带着这种沉迷与幻想，萧芳芳掉进了楚鸿飞柔情蜜意的陷阱，接受了和楚鸿飞之间的"非正当关系"。

然而，随着时间推移，萧芳芳发现楚鸿飞总是找各种借口推拖曾经的承诺，萧芳芳开始绝望，终于有一天，她不堪婚外恋的关系，向楚鸿飞提出了分手。

楚鸿飞求和无望时，他写给萧芳芳的情书被陈正茜发现，楚鸿飞索性提出离婚却遭拒绝。

陈正茜虽然愤怒却不想离婚，她只是迁怒于萧芳芳，一边找上门羞辱萧芳芳，指责她勾引丈夫，另一边利用自己父亲能帮助楚鸿飞在事业上上位，对丈夫软硬兼施，楚鸿

飞再一次向陈正茜妥协了……

萧芳芳为躲避楚鸿飞的纠缠和陈正茜的羞辱,她和其他同学跟随李奇峰来到香格里拉写生。不想,楚鸿飞追到了香格里拉,打着来写生的名义继续纠缠萧芳芳。不料,两人在雪山顶争执时,天空出现"日月同辉"的奇异景观。

楚鸿飞立刻对着雪山起誓:"我对'日月同辉'发誓,一定要用毕生的努力,给你一个幸福的家!"

萧芳芳感动异常,不料两人紧紧相拥的情景被李奇峰撞上。

李奇峰提醒楚鸿飞注意自己的言行,楚鸿飞却不依不饶,两人争执起来。此时,山上突然发生雪崩。

雪崩来势凶猛,李奇峰、楚鸿飞、萧芳芳三人一起朝着安全地带奔逃。

雪浪冲击下,一块巨石横空砸向楚鸿飞,李奇峰推开楚鸿飞,自己被砸中倒地,雪埋住了李奇峰,只露出一双求救的手。

萧芳芳不顾一切冲过去,抓住李奇峰的手用力往外拽,却怎么也拽不出来,萧芳芳焦急地向楚鸿飞求救:"鸿飞,鸿飞!来帮我!"

楚鸿飞犹豫不前,眼看雪崩继续袭来,萧芳芳随着一股新的巨浪冲击,整个人被冲向别处,消失不见。

楚鸿飞惊恐万分,为了保命,他竟然将两人丢在险地,独自逃走了……

逃下山的楚鸿飞立刻带着警察和学生们一起上山搜救、寻找,并及时救回了萧芳芳,却没有找到李奇峰,只找到他遗失的一幅画,正是那幅《宝贝》……

萧芳芳经过抢救保住了性命,但仍处于昏迷状态,而李奇峰则生死未卜。

楚鸿飞充满内疚,让他没有想到的是,雪崩事件不仅引来了报社记者,还引来了陈正茜。面对陈正茜的质问,楚鸿飞只好解释称,萧芳芳是跟着李奇峰单独上山出了事。

陈正茜为泄私愤,她竟然向报社记者宣称,萧芳芳是李奇峰的情人,这个丑闻立刻引起了轩然大波。

面对妻子的诬陷,面对记者的报道,面对众人的非议,楚鸿飞选择了沉默,他为了保全自己的名誉和前途,将所有脏水和责任推给了生死未卜的李奇峰……

萧芳芳清醒后,得知李奇峰老师仍然没有找到,再回想起楚鸿飞将她和李老师丢弃在雪山上的情景,不由得伤心欲绝。然而,雪上加霜的是,萧芳芳在病区无意间听到两名护士的议论,

"……可怜了那个李老师,为了救人,最后自己连尸体都找不到,现在好,雪上加

霜，那个老师的爱人赶来奔丧，又出了车祸。真不知道，我们该不该救这个女学生……"

"只要是病人，我们都得救！"

"听说车祸现场那叫一个惨，万幸的是，孩子平安无事。"

"可那孩子以后成了孤儿，这算幸运还是不幸？"

"听说那是个女孩，现在还在派出所。"

"好像是，太可怜了，那小女孩以后一个人怎么生活呀？"

得知真相的萧芳芳崩溃了，她对楚鸿飞彻底绝望，心痛自己竟然爱上这样一个虚伪自私、阴险卑鄙的男人，一个一直在欺骗自己的伪君子。同时，她开始牵挂李奇峰的遗孤李心月，对那个瞬间变成孤儿的孩子充满了内疚。

然而，即使在事实面前，楚鸿飞仍然为自己辩解："对不起，如果不是陈正茜突然找来，又撞上记者，事情也不会弄成这样。她因为恨你，怀疑我是来找你的，所以一气之下把所有责任推给了你，以至于我，无法收拾残局。对不起，芳芳，事情发展成现在这样，我真得也没想到。"

萧芳芳扬起手，狠狠打了楚鸿飞一巴掌，怒斥道："这一切就是你人为造成的！你在雪山上见死不救！你的老婆陈正茜给李老师的爱人打电话，导致她出了车祸！你们俩，是让李老师家破人亡的罪魁祸首！"

为了抚平自己的内疚，也为了讨好萧芳芳，楚鸿飞当即承诺："我知道我有错，所以，我打算收养奇峰兄的女儿，算是弥补我的过失吧。我要把这个孩子好好抚养长大，给她最好的一切。"

萧芳芳被楚鸿飞的真诚打动了，她看着楚鸿飞，想了片刻说："有陈正茜在，这个孩子不会被善待。还是我来收养吧，这样，我的良心也能好过一点。"

楚鸿飞担心道："那，我们的事情呢？"

萧芳芳看出对方的心思，她冷笑道："放心，为了你的前程，我不会说出去。但是以后，我们不要再来往了。我真得不想再看到你！"

萧芳芳离开医院后，马上领养了小心月，并陪同她一起领回李奇峰留下的那幅遗作《宝贝》。

在香格里拉的派出所，李心月第一次看到《宝贝》。画中呈现出小心月干净纯真的脸，与香格里拉的雪山背景浑然一体。

回想起妈妈说过的话，小心月开心道："我知道，这就是爸爸送我的生日礼物，它叫《宝贝》。"

几名警察和萧芳芳站在小女孩身后，大家都对这个小女孩充满怜爱。

由于李奇峰的遗体仍未找到，萧芳芳和其他同学一起操办了老师及师母的后事，他们将李老师的衣冠和妻子的骨灰合葬在一起，墓碑选在雪山脚下……

当萧芳芳带着小心月离开香格里拉，回到李心月自己的家时，萧芳芳强忍眼泪，询问小心月想要带走什么东西时，小心月跑进厨房，指着烤箱大声说："我要带走那个！"

萧芳芳打开烤箱，取出一个烤好的蛋糕，看上去非常精致，只可惜，因为放得时间太长，已经变质发霉。

萧芳芳明白，师母离开家前一定正在给小心月做生日蛋糕。

小心月看着蛋糕问："这是妈妈给我烤的生日蛋糕。阿姨，我可以吃吗？"

萧芳芳悲痛万分，她强忍着眼泪，微笑着摇摇头，"不能吃了，吃了会拉肚子，阿姨重新为你做蛋糕，好不好？"

小心月摇头："不好，我就想吃妈妈做的蛋糕。"

萧芳芳再也忍不住了，她冲出厨房，跑到院子里哭了起来。偏偏这时楚鸿飞突然出现，他趁机对萧芳芳百般安抚，声称要和她一起承担起抚养李心月的职责。

萧芳芳心软，她再次顺从了楚鸿飞的纠缠，允许他时不时来到自己的住处，一起照顾李心月。

在李心月的记忆中，她被告知爸爸和妈妈去了一个很远的地方工作，要很久才能回来，她需要暂时住在一个新家，而这个新家除了有萧阿姨，还有楚叔叔。

眼看李心月的生日要到了，楚鸿飞问李心月想要什么生日礼物，小心月回答："我想要爸爸带我去公园坐过山车。"

楚鸿飞笑道："好的，叔叔带你去坐。"

小心月摇头："不，我要爸爸带我去。"

楚鸿飞安慰道："你爸爸去了很远的地方，暂时不能回来，不过他临走前托我给你买生日礼物。"

小心月却说："你撒谎，我爸爸已经给我准备了生日礼物。"

楚鸿飞惊讶："是吗？什么生日礼物？"

小心月飞快跑回卧室，取出那幅《宝贝》，拿过来给楚鸿飞看。

楚鸿飞打开后，立刻被李奇峰未完成的油画所震撼，像发现珍宝似的，他拿着油画冲进厨房，激动地对萧芳芳说："芳芳，你看过这幅画吗？"

萧芳芳点头："当然，只可惜，李老师已经不在了！李老师如果还活着，将来会是

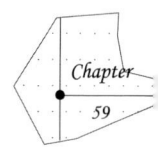

一位名副其实的当代绘画大师。"

楚鸿飞连连感叹:"是的,太遗憾了!天妒英才啊!这幅画是奇峰兄所有作品中,我认为最好的一幅。它有名字吗?"

萧芳芳:"听心月说,叫《宝贝》。"

楚鸿飞欣赏着《宝贝》,感叹道:"这是件传世之作啊,这样,我拿回去做一遍上光油,再装裱起来,毕竟,这是奇峰兄送给女儿的最后一份礼物。"

萧芳芳听了,看看外面玩耍的小心月,她点头同意。

楚鸿飞兴冲冲将李奇峰的遗作带回自己的画室,反得观摩,爱不释手。

为了让画作完美,楚鸿飞亲自动笔完成未完成的部分,并用上光油在画面上喷来喷去,陈正茜看到后,误以为那是楚鸿飞的新作品。

几天后,陈正茜带着几个画商进入楚鸿飞的画室选画,其中欧阳先生一眼看中了那幅《宝贝》,连声赞叹:"这幅画,很不错!"

大家闻声,都凑上前围观,纷纷发出赞叹。

欧阳先生注意到画上没有署名,追问:"这幅油画的作者是?"

陈正茜:"当然是楚鸿飞呀,这是他刚刚完成的作品,还没来得及署名呢。"

陈正茜直接拿起丈夫的印章盖了上去,不料,陈正茜的这一举动令楚鸿飞一夜成名,所有人为这幅折服,甚至被媒体大肆宣传报道。

这大大出乎楚鸿飞的意料,贪慕虚荣、野心勃勃的楚鸿飞渴望得到这份荣耀,不舍得说出真相,他决定将错就错,并趁机创立了"雪山画派",从此奠定了他在画界的大师地位。

萧芳芳得知此事,怒斥楚鸿飞:"你这种行为是剽窃,太无耻了!"

楚鸿飞解释:"我真的冤枉,陈正茜趁我不注意在上面盖了印章,再加上外商和媒体的报道,这幅画被炒成了神作,我现在是骑虎难下,索性就以此画替奇峰兄圆了多年来的梦想,创立了'雪山画派'"。

萧芳芳气得说不出话来,正这时客厅里传来小心月的叫声:"爸爸的画!爸爸的画上电视了!"

楚鸿飞走进客厅,只见电视里出现那幅"少女和雪山"的油画,下面显示字幕:"雪山画派"。

主持人正在报道:"这幅名为《宝贝》的油画一经问世,立刻引起美术界的关注与震惊。其作者楚鸿飞凭借此画开创"雪山画派",一鸣惊人……"

李心月面对电视上的油画，激动地手舞足蹈，不停重复："我爸爸的画！这是我爸爸的画！电视里面是我爸爸的画……"

面对这样的情景，楚鸿飞的脸色突然变得阴沉可怕，凶险难测，他的神情让萧芳芳不寒而栗，并起了戒心……

小心月的无心之举让楚鸿飞寝食难安，他担心自己剽窃李奇峰作品的事件曝光，不由得对小心月起了杀念。

这一天，楚鸿飞趁萧芳芳不在将小心月骗至野外的山崖边，发生了让李心月终生难忘、犹如噩梦般的一幕。她失足掉下山崖，命悬一线，楚鸿飞却袖手旁观，眼看李心月就要坠落悬崖，萧芳芳及时赶到并救了李心月一命。

在那一刻，萧芳芳彻底看清楚鸿飞的面目，她一直以为楚鸿飞只是虚伪自私，但她没有想到他竟然如此凶险难测。

为了李心月的安全，萧芳芳决定和楚鸿飞正式摊牌，要带李心月离开上海。

"我要带心月离开这个地方，那幅画的事，我不想再追究了，但你要保证，不再以任何手段伤害心月。"

楚鸿飞看着萧芳芳决绝的表情，他明白自己已无法挽回她的心，只好跟她谈条件："可以，但你也要保证，绝不会公开事情真相。"

萧芳芳取出两张纸，两支笔，亲手递给楚鸿飞一份："白纸黑字，我们把事情经过写清楚，并立下保证书，各拿一份。"

楚鸿飞犹豫："要把事情经过都写出来吗？"

萧芳芳摇头："我只要你把我们两人的事情说清楚，证明我萧芳芳是清白的，我可以向你保证，此生此世绝不向任何人提起这件事，包括我们两人的关系，我会永远向月月保密！"

从那以后，萧芳芳带着李心月回到老家宜宾，独自承受着世人的误解和生活的艰辛将李心月抚养长大，直到李心月得知她是李奇峰的情人，一怒之下与其断绝了母女关系。

萧芳芳守着这个巨大的秘密，默默承受了所有委屈和辛酸。可她万万没想到，命运弄人，十几年后，在香格里拉的雪山下，楚之翰为追求李心月，他像当年的楚鸿飞一样对着"日月同辉"发誓，犹如因果轮回，却超出了萧芳芳所能承受的底线，她不得不说出真相。

然而，真相总是残酷的，无情的，李心月的心开始滴血。

迟到的真相揭开了李奇峰去世的秘密，可以说，李心月的父母去世，都是因为楚之翰的父母，楚鸿飞和陈正茜，他们夫妇二人是李心月不共戴天的仇人！

　　与此同时，李心月对萧芳芳的误解与伤害让她愧疚、自责，她搂着萧芳芳泪如雨下："妈，对不起，这么多年，我一直以为，是你破坏了我的家庭，是你害死了我的父母。对不起，我不知道，原来你承受了这么多的委屈……"

　　萧芳芳流泪道："没关系，月月，为你受再多苦，我也无怨无悔。最重要的是，现在，你能明白我的苦心就好。"

　　李心月点了点头，擦掉眼泪，咬牙切齿道："所以，楚鸿飞和陈正茜是害死我父母的罪魁祸首！我绝不会跟他们的儿子在一起！"

　　李心月决定马上返回上海，她要跟楚鸿飞面对面的开战！

　　可是，楚之翰不敢相信这一切，他整个人陷入巨大的痛苦与纠结："……我不信！我不信这是真的！我不信，我的父母，会做出这样残忍的事情！"

　　楚之翰绝望地扔掉保证书，转身跑出了客栈。

Chapter 60

酒店的高尔夫球场，楚鸿飞正在恣意挥棒，仿佛想把所有的不顺心统统挥出去。

楚之翰飞奔过来，喘着粗气，凝视着父亲的身影。

在香格里拉的雪山映衬下，这个身影一直是楚之翰心中的偶像，一直那么伟岸，那么坦荡，充满艺术家的气质，但此刻，在他刚刚听到的过往历史中，这个伟岸的父亲形象竟然堕落成了一个卑鄙的伪艺术家和伪君子……

楚之翰不敢相信地站在那里，一动不动。

楚鸿飞发现儿子后，招了招手："过来陪我打两局吧。"

楚之翰仍然站在那里，眼神异样地盯着楚鸿飞，楚鸿飞这才感觉到不对，他放下球杆，走到一旁的茶台边坐下："怎么，你是有什么事吗？"

楚之翰走上前："爸，请你告诉我实情！"

"什么实情？"楚鸿飞疑惑地问。

"关于您和李心月父亲的往事，还有，萧阿姨……"

楚鸿飞看着儿子的神情，他明白，儿子一定听到了什么，他端起茶杯喝了一口，说："坐下说吧。"

楚之翰慢慢坐下，楚鸿飞不紧不慢地说："这么多年以来，我一直保守着这个秘密，这种滋味太煎熬了。我不止是个画家，更是一个丈夫，一个父亲，我很早就想把事情说出来，但你年纪还小，如果过早的让你知道真相，我担心这个家会受到冲击……"

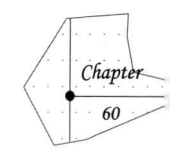

"爸，事情的真相到底是怎样的？"

楚鸿飞长叹一口气："很多事情都是造化弄人。你一定要听解释的话，我只能说，关于那场雪崩，当时的情景，人力无法挽回，逃生只是本能罢了。我没有做错什么。"

"那萧阿姨呢？"

"至于我和萧芳芳的关系，那时我们还年轻，不够成熟，以至于有过一段错误的感情，这个我不会否认，也不能否认。"

"你为什么会出轨，妈妈难道还不够好吗？"

"不是你妈妈不够好，而是你妈妈太好了……她太优秀，甚至于让人有些……自惭形秽，疲倦，以及，害怕……她美丽，优雅，睿智，有见识也有行动力。我们在情窦初开的年纪一见钟情，我的确爱上了你妈妈，并且很快结婚了，那时候我还籍籍无名，她经常带我出席各种艺术交流会，帮我打开局面……可是我慢慢发现，你妈妈在商业上的野心，超过了她对艺术的兴趣。那段时间我非常失落，经常借酒消愁，你妈妈更是忙于画廊的业务，我们俩经常发生争执，也就是在那个时候，萧芳芳出现了。"说到这儿，他问道，"之翰，你看过那部电影吗？《戴珍珠耳环的少女》？"

楚之翰点点头："画家维梅尔不可自拔地爱上了美丽的女仆葛莉叶。"

"我当时的状态，就和里面的维梅尔很像，我有自己的家庭，但是离我最近的人，却不懂我。而萧芳芳，就像是那个戴珍珠耳环的少女，是我的知音，我的缪斯。我被她的天真清纯所吸引，后来……我们在香格里拉，过了一段完全没有人打扰的日子，画画就是每天最重要的事情。但是我发现，萧芳芳别有用心，她是一个有野心的人，她在和我在一起的同时，也跟李奇峰……还有其他的老师关系暧昧不清，我曾经提醒过她，但是她没有听进去，依然我行我素。后来的事，你也知道了，发生了雪崩，李心月的爸爸和妈妈都相继去世了。"

"那李心月呢？她那时候还那么小。"

"作为李奇峰的同门师兄，我本来是想要收养李心月的，但是萧芳芳却为了跟我赌气，以此要挟我离婚。所以，我只能让萧芳芳带走了李心月。"

楚之翰狐疑道："那保证书的事情呢？"

楚鸿飞为难地："当时萧芳芳威胁我说，不写保证书，她就闹到你妈妈那里去。我不能让她那么做，也不能离开你和你妈，所以，我按她的要求，签了那份保证书。但是没想到的是，却因此留下口实，被萧芳芳恨了这么多年……"

楚鸿飞掩面叹息，显得痛悔不已。

楚之翰拍拍父亲，递上纸巾，等待他情绪平复下来。

楚之翰又问："那幅画作，你又怎么解释？"

楚鸿飞情绪激动，他站了起来，大声说："连你也相信她们的捏造？你从小到大看过无数次我作画，应该比任何人都清楚，我的签名，从来没变过。你大可以找人来对比那上面的笔触和签名，看看是不是出自我的笔下？！"

楚之翰被父亲激动的状态吓到，连忙扶着父亲坐下："您消消气。"

楚鸿飞坐下后，楚之翰小心试探着："那我可以找鉴定团队来鉴定那幅画吗？"

"当然可以，但是你也知道这幅画的身价，它现在已经上了保险，叫鉴定团队来的话，要走各种各样的程序，而且现在因为这件事，我们一家都是风口浪尖上，还是等过一段时间再说吧。"

楚之翰点点头，但神情上仍然半信半疑，楚鸿飞将矛头一转，提醒道："事情发展到今天这一步，你难道没有发觉，自己从一开始就被李心月利用了吗？"

楚之翰懵懂地摇了摇头，楚鸿飞继续说："那你就好好回味一下，你是怎么认识李心月的，又是怎么一路来到香格里拉的，她为什么接近你又对你若即若离，难道，一切都是巧合吗？如果你真的这么认为，儿子，你就太天真了。无论事情发展到哪一步，你都要牢牢记住，在这个世界上，只有我和你妈才是真的对你好！所以，你身为儿子，只需要相信我们，听从我们！任何时候，不要被外人说的只言片语迷惑！"

楚之翰迷茫地点了点头："那我走了。"

楚之翰转身离去，楚鸿飞明白，这一切一定是萧芳芳告诉儿子的，她违背了当年对自己的承诺，楚鸿飞决定当面和这个女人摊牌。

萧芳芳被楚鸿飞约到了一个安静的茶室，两个昔日的情人面对面坐着。

楚鸿飞注视着风姿绰约的萧芳芳，在她身上仍然可以找到当年的影子。

萧芳芳却冷冷地问："楚大师，您找我……有什么事吗？"

"也没什么事，就是之翰说他们住在你这里很受你关照，给你添麻烦了……"

"没什么麻烦不麻烦的，我本来就是个开客栈的，客栈就是给人住的，客人们住得舒服高兴就好。你也不用跟我这么客套，有什么就直说吧。"

"你看你说的，我没有跟你客套，就依着咱们当年的情分，要是没有分开的话，我们俩在这香格里拉开个客栈，也是有可能的……"楚鸿飞感慨道。

萧芳芳打断："楚大师，过去的事情就过去了，别再提了。"

"啊，是……是，你说得没错。我今天来，就是想知道，李心月那孩子怎么样，你

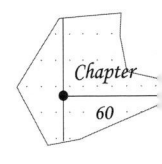

也知道，我们家之翰喜欢她……"

当李心月的名字从楚鸿飞的嘴里说出来后，萧芳芳立刻变得警惕了起来："月月她挺好的，至于她和你儿子之间，他们不会再有瓜葛，你放心吧。"

"是吗？那你说，她为何那么巧和我儿子一路同行，来到这里？"

萧芳芳警惕地坐直了身子："你这话是什么意思？"

"你当真一无所知？"楚鸿飞看着萧芳芳的眼睛，目光阴沉道："从一开始，李心月用你临摹的《宝贝》和那幅真迹调了包。然后又故意结识之翰，引他来到这里，演了一出又一出，就是为了让我来这里向她道歉！"

萧芳芳冷笑："我不懂你说什么，但有一点，那幅画不是你的作品，月月只是拿回了本属于她的东西。"

楚鸿飞打断萧芳芳："不管《宝贝》是谁的作品，李心月都不应该与它牵扯上关系，这是二十多年前我们说好的。"

"月月对曾经发生的事一无所知。这些年来，我花了好大的工夫才让她开始接受我，接受我这个'抢了她父亲'的女人。"

萧芳在"抢了她父亲"几个字上加重了语气，眼神露出从未有过的怨恨与决绝，鄙夷与厌恶，"如果没有别的事情，我告辞了。"

萧芳芳起身要走，楚鸿飞紧张道，"芳芳，这么多年我们本相安无事，但是，你违约了！你把一切都告诉了他们，包括我儿子，你想干什么？"

"是你先违约的！"萧芳芳冷漠地说。

"你这话什么意思？"楚鸿飞追问道。

"除了你，还有谁会派杀手追杀月月？我想来想去，这个世界最想她死的人，只有你！"萧芳芳愤怒地质问。

楚鸿飞不置可否，只说了句："那你更应该知道，李心月现在面临的境况有多危险。你还是老实告诉我，真画到底在哪里？"

萧芳芳冷笑，话语里带着一丝痛快："不好意思，无可奉告！"

楚鸿飞厉声警告，"那请你转告李心月，劝她别再兴风作浪了，否则别怪我不客气！"

"你已经对她不客气了！现在，该她对你不客气了！"

楚鸿飞眼中一丝恐慌："你这是什么意思？"

萧芳芳冷冷地看着他："月月已经返回上海，你就等着接收法院的传票吧！"

楚鸿飞假装不为所动，只长叹一声："我一直以为，这世上只有你最懂我……"

"那真是不好意思，这世上最懂你的，是你自己……"

萧芳芳说完转身走了。楚鸿飞呆呆地坐在那里，他明白，李心月是要跟自己打官司了，他恼羞成怒地将一个茶杯狠狠摔在地上……

上海，李心月终于回到了上海。

夜色中的上海仍然是那么繁华、诱人，尤其是浦江两岸的摩天大厦上绚丽的灯光依次绽放，交相辉映，夜上海被流光溢彩点燃了。

灯火由近到远，层峦叠嶂，每一道街景都是那么精致典雅，让那些漂泊流浪、居无定所的人感到高山仰止一般，不敢奢望。

李心月更是百感交集地出现灯火之中，几年时光过去，在这里，她依然找不到属于自己的安身之所。无奈下，她回到那幢躲在繁华角落的旧楼前，一步一步走到房东的门前，鼓足勇气敲响了门。

房东太太开门出来，看到李心月从天而降，她表情夸张道："哎哟，你怎么像个鬼一样突然消失，突然出现的。"

李心月刚想开口即被打断，房东太太开门见山道："我说李小姐啊，你一走就是一个多月，一个电话也没有，我以为你不再回来了，差一点点噢，房子就租出去了。所以那个天台的房子，我是要加租金的，而且你不在的时候，那房租也是要算的。"

李心月恭敬地鞠躬问好，递上一个厚厚的信封，上面写着"房租"。房东打开点了点，眉开眼笑，把房门钥匙给了她。

走上天台，打开房门，李心月只觉得到处都充斥着她和金小天的回忆。

曾经嬉笑怒骂的日子就像昨天一样，但又遥不可及，恍然如梦。

回想当初，金小天像个无赖一样闯进她的生活，李心月一直想甩掉金小天。现在，她终于甩掉了金小天，却感到从未有过的失落与寂寞，她甚至怀念过去和金小天在天台打打闹闹的时光，那段时光让她内心产生一种从未有过的温暖与快乐。

李心月拿出手机，翻出金小天的微信。

微信界面显示，李心月给金小天发了好多条信息，打过好几次语音电话："你在哪儿""你怎么不回我""你怎么不接语音""看到回我好吗"，但金小天却没有回复她一条……

回想起金小天为自己受过的伤，李心月的泪滴在手机屏幕上。

为躲避大金牙的追债，金小天曾带她一起跳入江中；在"四月徽州"客栈，金小天

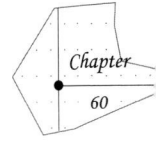

不顾安危拿下袭击她的毒蛇；在摇晃的木桥上，金小天对李心月不离不弃；在公路上，金小天为救她而呈现的"血吻"；被困山洞，金小天与她相依相偎，生死不离；直到最后在客栈里，李心月不顾金小天的感受，选择了楚之翰……

李心月忍不住又给金小天发了一段信息："……我回上海了，也许我是你的克星，如果真是这样，我不再靠近你，请你多多保重，好好休养……我会在远方默默地祝福你！希望你平安、健康、顺利、开心。"

无论如何，李心月现在都要放下一切，集中全部精力向楚鸿飞发起挑战。

李心月委托稻城的朋友将那幅《宝贝》寄还给她，然后抱着它和父亲的早期手稿去了鉴定中心。但是，她知道，要想得到准确的结果，她还必须要拿到楚鸿飞的早期手稿。

李心月约了海伦并将自己的计划告诉了她："原本打算让他在爸爸遇难的地方，对着爸爸的遗作公开忏悔。可这个人很偏执，指望他良心发现、主动道歉是没戏了。所以我这次回来，准备跟他打官司，走法律程序。无论如何我都要给爸爸正名。"

海伦担心道："可是，已经过去二十年了，知识侵权官司最难的就是收集证据。你有证据吗？"

李心月懊恼地摇摇头："我正发愁呢，现在，我只有父亲的手稿，要证明《宝贝》是我父亲画的，还需要拿到楚鸿飞的手稿才行。"

海伦发愁道："那现在怎么办呢？"这时，海伦突然眼前一亮："你可以找楚之翰帮忙。"

李心月摇头："这次的事情，楚之翰也很受伤。估计现在，他还在生我的气。"

"为什么？"

"我没想过欺骗他的感情，但却还是伤害了他。我不想因为自己的事，再让他左右为难。"

海伦叹气："哎，这个楚家大少，莫名有点心疼他。但是……"

"但是什么？"

"凭他对你的感情，我相信，只要你提出来，他会帮忙的。"

李心月听了，犹豫不决，她不想再利用他对自己的感情，但事已至此，她打算再试一试。

李心月通过阿裴了解到，楚之翰也回到了上海，她主动打电话约楚之翰去老地方见个面，楚之翰在电话里想要拒绝，但最后，他还是答应了。

夜晚，楚之翰来到当初和李心月第一次见面的地方，看到李心月早已等候在那里，

他百感交集。

想当初是何其美好的初见，但现在却已物是人非，甚至和李心月有点恍若隔世的感觉。

楚之翰坐下来，一句话不说，开始自斟自饮。他心痛难忍，深深体会到李心月在洱海边说的那番话，将来有一天，当他看清了李心月的根，两个人将如何面对彼此。

李心月也不说话，安静地陪着楚之翰喝酒，酒一杯一杯灌下去，桌上三瓶啤酒已经见底。

楚之翰终于开口说话，他眼睛红红地盯着李心月："在你眼里，我就是个傻瓜吧？听从了你的建议，拿着你设计的路线，去了你要去的地方，一切都在你的算计之中。李心月，你太厉害了……"楚之翰挑衅似的看着李心月，"怎么，你就没有话想要对我说吗？"

"之翰，对不起！整件事中，我最亏欠的人，就是你。最开始接近你，确实是我有意设计的，论坛里的活跃表现，是为了引起你的注意。策划和你一起的房车旅行，也是因为可以通过你随时掌握楚鸿飞的动向。"

楚之翰自嘲地笑："看来我也不是完全无用……亏我还傻乎乎地以为，遇到了知音。"

楚之翰又举杯要喝，被李心月阻止："别喝了。"李心月夺过酒杯，干脆自己一口喝干道："我的初心并不是要伤害你和你的家庭，而是拿回本该属于我爸爸的东西，给他正名。"

"有区别吗？"

"我本来以为，只要踏上房车旅行，就能很快到达目的地。可是意外一个接一个，渐渐脱离了我的预计。你虽然也时常束手无措，却一直在努力解决问题，用真诚把大家团结在一起……之翰，你是个好人，和你爸爸不一样！"

楚之翰感伤地："可他毕竟是我爸爸。一家人，就要一条心。你要我怎么办？"

"我不奢求你和我站在一起，也无权要求你忽视你父亲。你站哪边我都理解。"

"李心月，你善解人意的样子，我之前有多喜欢，现在就有多讨厌。"

楚之翰说完站起身就走，李心月坐着没有动，拿起自己面前那杯酒喝掉。

"对不起了，之翰，我很快就要和你爸对簿公堂了。这是我的使命，我必须完成。"

楚之翰走出了几步，听她这样说，痛苦纠结半天，返身走到李心月面前："你要证明，那画是你爸爸画的，那好，我是不是也该证明，那画是我爸爸画的？"

"真的假不了，拿出他们俩的画稿，跟《宝贝》做一个对比，就一目了然了。再说……"

李心月停顿一下，说，"你答应过我，要帮我找来你父亲的画，现在，我只需要你父亲的早期作品。"

楚之翰气冲冲地指了指李心月，但又没说什么，转身离去。

一路上，他伤心地回想着苍山的树屋里，自己第一次向李心月表白时，她对着流星许了愿，愿望就是关于父亲的画。现在他才知道，那个时候，李心月就已打定主意要起诉自己的父亲。

可是，在楚之翰心底，他也想知道，李心月和自己的父亲，到底谁说的才是真的。

陈正茜一返回上海，就开始忙碌着画廊的事种事宜。不料主展厅竟然被盗，展厅墙壁上的几幅作品不翼而飞，玻璃被打碎，画被偷走，只留下了一地的碎玻璃渣。

陈正茜大叫起来："怎么会这样？怎么会这样？保安呢？保安！"

这时，两名保安从外面慌慌张张跑进来，一人拿着一个盒饭，面对画廊被盗的情景，保安的盒饭全掉在了地上。

一个保安惊慌道："对不起，我们俩刚刚出去买饭了。怎么就一会儿工夫变成了这样？"

陈正茜怒火中烧："滚，都给我滚！你们以后不用再来上班了！"

正这时楚鸿飞从画廊外急匆匆地走进来，看着满地狼藉，盯着空空的相框和满地的玻璃碎片发呆，因为他发现，门锁没有被撬开的痕迹……

陈正茜看见他急切地问："鸿飞，这是怎么回事啊？大白天的，怎么就遭贼了……"

楚鸿飞如同石化一般。仿佛并没有听见陈正茜在叫自己。

陈正茜看着楚鸿飞比自己更受打击的样子，顾不上着急，试图安慰楚鸿飞："鸿飞，你别着急，警察马上就到，一会儿咱们把监控调出来，很快就能查出来，这事是谁干的。"

楚鸿飞一听陈正茜说报了警，瞬间回过神来，暴跳如雷："什么？！你报警了？！陈正茜，你是不是疯了？"

陈正茜感到不解道："怎么了……难道不该报警吗？你凶什么？！"

楚鸿飞一把将陈正茜拉到失窃的画框前，指着失窃的画框前的标签："来！你看看这幅！再看看这幅！难道你没看出来什么吗？这些都是我早年的几幅作品！"

陈正茜看着画框前的标签一脸茫然。

楚鸿飞狠狠说道："这意味着，万一偷画的人另有所图，或者，画要是落到警方手里，然后再和李心月那里《宝贝》的真迹放在一起鉴定，那我们就完了！到了今天这一步，绝对不能让警方介入！"

陈正茜惊恐地看着丈夫，问，"你的意思，是，那幅画，真的是李奇峰的？"

看到楚鸿飞默认的表情，陈正茜一屁股坐在椅子上。

楚鸿飞青筋突暴，强压怒火命令道："你马上通知警察，说这事只是一个误会，让他们不必过来了。现在就打！"

陈正茜只得按照楚鸿飞的要求拨通了警方的电话。

就在楚鸿飞夫妇为画廊被盗一事焦头烂额时，楚之翰已拿着偷来的画来到李心月的房门前。原来，是他偷来父亲的画帮助李心月打这场官司！

看见楚之翰抱着几个画筒站在门外，李心月惊讶得不知说什么好时，楚之翰已将画筒递了给她。

"……这是我从我爸的画廊里拿的几幅早期作品，都是90年代的画，你们可以拿去和你父亲同期的画稿做个比较鉴定，看能不能找出什么证据。"

李心月激动地接过画："太好了，这正是我们现在所需要的。谢谢你，之翰。"

"不客气，"楚之翰看着李心月说，"你不要误会，我不是在帮你，我是在帮我自己。"

李心月感动不已，这时才注意到楚之翰胳膊上划破的伤痕，赶紧问："你受伤了？怎么回事？"

楚之翰掩饰道，"没什么，拿画的时候，不小心被画框上的玻璃划伤了。"

看着楚之翰的伤口以及他躲闪的表情，李心月顿时明白，这些画是他瞒着楚鸿飞偷出来的，李心月赶紧取出纱布帮楚之翰包扎伤口，边包扎边说："对不起，连累了你。可是，你这样做，不怕你父亲生气吗？"

"这件事情，如果真的是我父亲错了，他应该为这个结果负责，只不过，我希望你也能站在我的角度，理解我……"

李心月看着楚之翰犹豫的眼神，说："你想说什么就说吧。"

楚之翰说："等鉴定结果出来后，我希望能尽量避免对簿公堂，双方找到庭外和解的办法……"

李心月神色复杂："可是这样，对我爸爸太不公平了，对不起，我不能同意。"

楚之翰失落地说："好吧，那就让事实说话吧。"

楚鸿飞坐在电脑桌前，目光犀利地盯着电脑上调出的监控视频。

视频中，一个体型匀称、纤瘦的男人穿着一件纯黑的短袖衫，带着黑色的口罩、帽子和手套进了画廊的主展厅。

从画面看，此人的偷窃的过程十分简单粗暴，直接敲碎了玻璃，将画从画框中取出，

Chapter 60

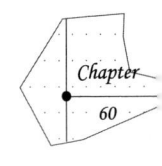

卷好后，放进事先备好的画卷筒里，然后离开画廊。

楚鸿飞将一段视频，完整地看完后，似乎觉得哪里不对劲，立刻将进度条往前回放了一小段，他凑近电脑屏幕仔细一看，发现监控中的男人虽然戴着手套，但是玻璃滑落时，男人并未来得及躲开，男人下意识地抬手挡在额头前。

砸落的尖利的玻璃仍旧不小心割破了他的手腕，眼看着男人被划伤后，急急忙忙地将滴落在地上的血渍擦了干净，然后带上画很快走了。

看完视频的楚鸿飞深深地往座椅背后上一靠，陷入了前所未有的绝望与无奈，他几乎已经可以断定，偷画的人不是别人，正是自己的亲生儿子……

楚鸿飞一时无法接受，他明白儿子偷画一定是为了李心月，这种背叛既让楚鸿飞伤心，震怒，也让他战栗，恐惧，冥冥中好像一场因果轮回。当年，正是他背叛出卖了好友李奇峰，现在，轮到儿子来背叛他……

楚鸿飞脸上浮现出哀痛的表情，目光落在那幅赝品《宝贝》上，他慢慢起身，拿出一把美工刀，走到那幅画前，突然用刀在赝品画上用力划去，一口气划了几十刀后，面对碎片般残破的画布，他大口地喘气并狰狞地笑了。

Chapter 61

楚鸿飞正捂着头瘫在书桌前时，陈正茜匆匆进来，"不好了，李心月上诉的事情上了电视。"

楚鸿飞随着陈正茜走进客厅，只见电视里正在播报着新闻："近日，一位叫李心月的女士起诉著名画家楚鸿飞，罪名是制作、出售冒他人署名的美术作品。目前，对于案件的具体细节我们还无从得知，但画家楚鸿飞的名气，显然让此案受到了极大的社会关注，楚鸿飞创立下的'雪山画派'……"

楚鸿飞怒吼一声，抄起传票揉成一团，扔向电视机。

陈正茜用遥控器关了电视，捡起传票，耐心地把它摊平整，反倒平静地劝说："我问过公司法务郎贤律师了，他精通的是公司法，对于版权纠纷方面，最擅长此类著作权纠纷案的律师，叫王奕。他代理过几起著名的侵权案件，对于文艺作品的侵权认定非常有一套。"

楚鸿飞想起儿子对自己的背叛，和那几幅被偷的手稿，心里充满了恐慌。他眸色暗沉，无力地摆摆手，示意让陈正茜看着办。

楚之翰回到家，看到父亲表情阴郁，小心翼翼地问："爸，您找我，有什么事？"

楚鸿飞眼看儿子穿了一件长袖衫遮挡住了伤口，他一把抓住他受伤的胳膊，并将其衣袖翻了上去，露出一条还带着血的伤口。

楚鸿飞质问："这是怎么回事？"

楚之翰赶紧将袖口重新拉了下来，心虚道："不小心摔的。"

楚鸿飞冷笑，"是吗？真巧，咱们家的画廊丢了几幅早期作品，你说,这盗画的人,偏偏偷的都是我在香格里拉写生时早期的作品……这些画,远比不上后期的作品名气大,为什么其他的却安然无恙呢?"

楚鸿飞一边说着,一边转过身直勾勾地盯着楚之翰的眼睛。

楚之翰明白偷画之事已东窗事发,他激动地站了起来:"这是我们楚家欠李心月的!再说,您不是说过,不怕鉴定的吗?"

楚鸿飞震怒大吼:"没想到,我楚鸿飞的儿子还是个这么有情有义的人。你竟然帮着外人来扳倒自己的父亲!你这个大逆不道的逆子!我没有你这样的儿子!"

楚之翰呆立在原地,无言以对,眼看着楚鸿飞收拾着文件,有几页掉落到地上,楚之翰快步上前捡了起来,正要还给父亲,却无意间瞥见王奕的聘请合同,合同后面附有一份应诉计划。

楚之翰越看越害怕:"爸,你们这是要干吗?"

"她李心月坚持要跟我斗,我奉陪到底。"楚鸿飞冷哼一声,一副蔑视的神情。

"爸……"楚之翰想央求父亲放过李心月,话却如鲠在喉,难以开口。

"别再说了,我这是捍卫我自己的权利。艺术界除了才华,就靠一张脸皮活着,她李心月想毁了我,可没那么容易。"楚鸿飞胸有成竹地说。

"可是她只是一个什么都没有的女孩子,你们砸重金请了王律师,还计划得这么周密,我看这官司也不用打了,她输定了。"楚之翰无奈道。

楚鸿飞盯着楚之翰看了一会儿,突然笑了,他看着楚之翰说:"看来,我和你妈妈真的是太宠你了。你的吃穿,你的车,你的海外留学身份,你的创业,你认识李心月的房车之旅,你住的这座大房子,有哪一样不是我的画给你挣来的?你希望我输官司吗?你好好想一想!"

说完,楚鸿飞拂袖而去,只留下楚之翰一个人呆呆地站在空荡荡的客厅里。

李心月得到楚之翰送来的画稿后,她抱着必胜的决心马上向法院递交了上诉书,紧接着,便小心翼翼地带着楚鸿飞的手稿出了门。

出租车一直开到鉴定中心附近停下,李心月刚打开车门准备下车,一个中年妇女突然出现在她身边,佯装被她开车门撞倒,坐在地上哎哟哎哟地叫唤着不肯起来。

李心月赶紧上前:"你没事吧?有没有伤到哪里?"

这时一个中年男子冲出来,一把拉住李心月不让走:"你撞到我媳妇了,要么送她去医院,要么赔钱。"

李心月明白是遇到碰瓷的了,她冷冷地挣开:"我都没碰到她。"

但对方不依不饶："反正我媳妇被你撞得起不来了，你得给个说法。"

李心月拿出手机警告道："光天化日，路口还有摄像头，你们血口喷人也得挑个地方。再缠着不放，我就报警。"

李心月的注意力都在打电话上，这时，斜刺里一个围观的路人走近，抢过她的包就跑。李心月立马去追，却被碰瓷的夫妇俩死死拽住，要她赔钱。

李心月焦急大喊："放开我。那个人抢了我的包。来人啊，帮帮我啊……那个人抢了我的包，那里面有很重要的东西……"

李心月起先还是很愤怒地说，后来变成了无助的哭喊，最后只能眼睁睁看着那个强盗拿着包一溜烟跑得不见了踪影。

这时候，那对碰瓷夫妇也不了了之，趁李心月追赶抢劫犯时溜走了。

李心月气急败坏地拨打了110，遂蹲在地上，像个委屈的孩子，抱着肩膀无助地哭了起来……

很快，陈正茜陪着楚鸿飞来到王奕所在的律师事务所，见到了这位王律师。

王律师对楚大师的案子已大概了解，他当面向楚鸿飞夫妇确认两件事："第一，你们对审判结果的预期是什么？"

楚鸿飞果断道："让她撤诉。"

陈正茜却说："私下和解。"

楚鸿飞想反对，陈正茜轻轻拍了拍他的手，楚鸿飞不再说话了。

王律师捕捉到了这对夫妇的微妙关系，又问："第二，你们对这起官司的预算是多少？"

陈正茜微微一笑："王律师，我知道您的实力，请放心，我们的预算，绝对配得上您的实力。"

王律师听懂了，笑得更热情了："陈总请放心，我一定尽全力。像这种案件，我们一般都会从作者早期的作品查起，因为那是能证明这幅成名作，跟您早期作品是否有延续性的唯一依据。如果能拿到您的早期手稿，和这幅作品进行比对，就应该能鉴定出来真伪的问题。手稿还在吗？"

楚鸿飞和陈正茜迅速交换了一个默契的眼神，陈正茜回道："没有了。"

楚鸿飞追问王律师："那保证书呢？"

王律师微笑道："这个您完全不用担心，保证书什么的，没有法律效力，不作数的，不能作为法庭上的证据。"

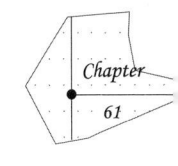

楚鸿飞露出如获大赦的表情，陈正茜也面露喜色。

王律师送走楚鸿飞夫妇，回来后开始和他的团队一起研究各项文件条款。

一名助手提醒王律师："王老师，知识产权的官司，我们打得多了，在我看来，这个案子最重要的就是证据。但目前原告方面的情况，我们还不了解。"

王律师提点道："你不需要了解原告，要了解的，是人心。"

助手懵懂："人心？"

"我刚才看文件，发现这个原告存在很大的问题，起诉他人的第一步就是准备材料，但根据被告方提供的信息来看，她手头几乎没什么材料。这种情况主要有两种可能。一种可能是，她不熟悉法律流程，第二种可能……她确实证据不足。"

助手问："您的意思是……"

"楚鸿飞是当红画家，想要蹭他名气走红的人很多。你去了解一下原告，查清楚她是否真的是李奇峰的女儿。还有她的身份，是不是画家，或者美术行业相关从业者。做这些调查是为了搞清楚原告的真实目的，她可能不是冲楚鸿飞来的，而是借楚鸿飞一炮走红。"

助手点头："好，我明白了。"

这时电话铃声响，王律师接听："喂……哦，楚大师，什么事？"

楚鸿飞在车上打着电话："王律师，我和太太说了一下，这个李心月，她毕竟是故人的女儿……"说到这，楚鸿飞脸上闪过一丝不安，陈正茜也不解地看着楚鸿飞："我们打开天窗说亮话，假如她是为了钱，所以这么做，我帮她一把，是说得过去的。"

王律师赶紧说："难为您了，楚大师，被告替原告着想，这还真是罕见。"

楚鸿飞神情松懈下来："毕竟为人父母，也很同情这孩子从小的经历。主要是我太太，一直讲这个女孩子跟我儿子差不多大，该帮衬的，应该要帮。"

"那这样吧，我亲自出面和原告聊一下，一方面知己知彼，了解一下原告，另一方面，看看有没有庭外调解的可能。"

楚鸿飞欣喜地："太麻烦王律师了。"

很快，王律师带着助手找到了李心月，他将李心月约到了一家咖啡馆。

李心月有些戒备地打量着俩人："请问，你们找我有什么事吗？"

王律师解释道："是这样的，你起诉的这种民事案件，一般以庭外调解为主。我今天来，也是希望跟你谈一谈。鄙人王奕，专供知识产权案件。如果李小姐信任我，无论是这个案子，还是以后遇到其他法律问题，都可以来咨询我。"

李心月收下了名片："楚鸿飞让你来跟我说什么，你说吧。"

"李小姐，据我了解，你是一家民营公司的策划，对吧？"

"是的。"

"你说你是李奇峰的女儿，但你父亲去世时，你还很小，你怎么会知道这幅画的往事？"

李心月反问："你的意思是，我还要证明我是我父亲的女儿？"

"这个么……在法律上，是要有这一环的。不过，我今天主要想跟你了解一下，从你的角度看来，是怎么断定楚鸿飞'剽窃画作'的？"

"这些事，楚鸿飞很清楚。"

"没错，我是楚鸿飞的代理律师，肯定会为他争取最大的利益。但作为优秀律师，我会平衡法律和委托人之间的关系，做到遵循道德，维护公平正义。"

"可是，楚鸿飞难道不是把一切都跟你说过了吗？"李心月微微一怔。

"原告视点和被告视点是不同的，我希望从你这里了解情况。"王律师笑着解释道。

李心月只好当面讲述了关于那幅画的整个过程。

王律师听罢，眉头紧锁："事情比我想象得要复杂一些。你的证人，也就是你的养母萧芳芳，她同意出庭吗？"

"无可奉告。"

"无论你是否爱听，我想把我这边委托人的意思交代一下。"

"你说吧。"

王律师的语气变得亲切起来："我私下问一句，你在这边的房子是买的，还是租的？"

李心月不明就里道："租的，怎么了？"

"哦——这个……委托人的意思是，无论法院怎么说，他愿意提供你一定的经济支持，这个数额……应该可以买下你这间房子。"

李心月明白了，她立刻变了脸色："不可能！楚鸿飞休想收买我！"

王律师赶紧安抚："李小姐，你别激动。你可以把你的诉求告诉我，我会转达给他。"

"请你告诉他，想在庭外解决，只有一个前提，就是他当众道歉，宣布他非法侵占了我父亲的著作权，否则没得谈，我不接受任何形式的调节！"

李心月愤然离席，王律师面露尴尬。

李心月走了几步，又调头回来补充道："楚鸿飞的脏钱，我根本就不在乎！"

Chapter 61

李心月掏出一张百元钞票，拍在桌上："我是穷，但没有你们想的那么穷！这顿我请了，不要再来打扰我！"

李心月脚步生风地离去。

由于王律师私下找李心月和解谈崩，楚鸿飞只好接受对簿公堂的命运了。

别墅里，得到答复的楚鸿飞凝视着桌上的两样东西眼神变得凶狠，一样是他雇人从李心月那里抢来的画，另一样则是那张被他揉皱的法院传票。

这件事很快传开，双方开庭当日，很多记者在法院门口蹲守，当楚鸿飞、陈正茜和王律师出现后，记者们蜂拥而上，围住三人，纷纷提问。

记者甲："楚鸿飞先生，请问《宝贝》是您本人的作品吗？为什么有传言称您是冒名顶替了他人作品？您能给我们一个真相吗？"

楚鸿飞从容地回答："《宝贝》是我本人的作品，冒名顶替纯属诬陷，谢谢。"

记者乙："请问《宝贝》和这次准备将您告上法庭的李心月有什么关联吗？"

楚鸿飞："毫无关联。"

记者丙："如果这场官司真的打起来，请问您有信心胜诉吗？"

楚鸿飞义正辞严道："清者自清！我们相信法律的公平公正，也相信法官会合理公正地审判，还我一个清白。"

记者丁："据说，当年您和原告的父亲李奇峰先生曾是好友，但他去世后，您便成了"雪山画派"的创始人，而李奇峰先生的作品却从此默默无闻，这次李心月小姐指证您冒名顶替李奇峰先生的画作，请问这其中是否有什么不可告人的秘密？"

楚鸿飞开始动情地回复道："李奇峰是我的挚友，他遇雪崩去世后，我本想替李奇峰先生照顾他们母女，但因为奇峰兄的太太突然出了车祸，孩子就被亲戚领回老家了。很长时间，我都在四处寻找，但一直没有她的下落，便再没有了联系。秘密之说，全是无稽之谈，是造谣，谢谢。"

王律师伸手阻拦记者们："谢谢各位媒体朋友，请不要干扰我们上庭，有什么问题，等审判结束以后再问吧，谢谢大家了。"

楚鸿飞、陈正茜、王律师穿过记者群，走上台阶，走进法院大门，即将进入法庭的门口时，他看到李心月和海伦站在那里。

李心月毫不畏惧地看着楚鸿飞的眼睛，步伐坚定地先行走进了法庭。

开庭后，原告与被告双方展开激烈辩护，但很快，王律师占了上风，他极力为楚鸿飞辩护着："现在原告出示的证据都是单方面的证词，没有法律效力的保证书，以及其

父李奇峰的一些当年画作。尚没有决定性证据，能证明我的委托人具有制作、出售假冒他人署名的美术作品的行为。"随即，王律师又转向李心月盘问："请问原告，你是否有鉴定书举证，证明我的委托人的早期画作，与《宝贝》并没有风格上的延续？"

李心月只能回答："有……本来是有的。"

"哦？那么请问鉴定书呢，在哪里？"

"在送去鉴定中心的路上，被抢走了……"

王律师不以为意地一笑："没有证据的举证，跟画大饼有什么两样？都是没有依据的胡说八道。"

"你！"

王律师继续申辩："我方希望原告提供以上证据，作为案件审理的支撑。"

法官只好宣布："……由于证据不足，被告楚鸿飞制作、出售假冒他人署名的美术作品的罪名不予成立，驳回原告上诉请求。"

李心月嘴唇颤抖着，眼中含着泪水，手攥着文件资料，把文件资料捏皱了。

李心月转头看向被告席上的楚鸿飞，楚鸿飞一脸伪装的严肃和正义。再看那个王律师，王律师志得意满，礼貌地对她点了点头。

楚鸿飞在陈正茜和王律师的陪伴下走出法院的玻璃门，他们再次被等候在外的记者蜂团团围住，而李心月则站在后面心痛地看着这一幕。

记者甲："楚先生您好，听说法庭判决原告方败诉，您有什么想说的吗？"

记者乙挤上来："楚先生，'雪山画派'是否会因此受到什么影响呢？"

记者丙："楚先生，相关资料称这名女子是您已故师弟的女儿，那她父亲的画风如何呢？是否是因为画风的相似而导致了原告方怀疑您假冒他人美术作品？"

楚鸿飞义正词严道："假冒他人美术作品一事，纯属无稽之谈！关于别人的内心所想，我不想多做揣测，但我楚鸿飞可以保证，《宝贝》上的每一笔油彩，都是出自我楚鸿飞的笔下……至于雪山画派，那更是我的毕生心血，关于我画派发展、沿革的论文有很多，在这里也不便详述，各位媒体朋友可以去查阅资料……"

李心月听着楚鸿飞的这句话，脸上全是愤怒的神色，她捏紧了拳头，低头垂泪，心里默念着："爸爸，我对不起你，是女儿没用，不能证明你的成就……"

这时又有记者提问："那您是否能说一下，原告李心月以及她的父亲李奇峰和您的关系吗？"

楚鸿飞本想说话，但陈正茜马上拉着楚鸿飞往自己的车旁边走，边走边对媒体说：

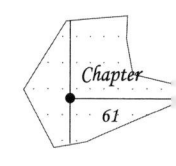

"感谢法庭给予我们正义,至于那些上一代的故事,和大家关注的花边新闻……"

陈正茜推着楚鸿飞钻进了车里,上车前她回头对媒体说:"这些问题,我觉得我们来回答也不合适,毕竟新闻事件也要听多方的说法,案件的原告就在那里,要不然你们去采访一下她?"

说完,陈正茜指向了台阶上玻璃门里面的李心月,并回头吩咐司机:"开车。"

楚鸿飞的车开走了,记者迅速转移了目标,向李心月跑去。

玻璃旋转门旋转着,闪光灯咔嚓一片,刚刚受到重大打击的李心月吓傻了,来不及躲避,下意识地抬起手挡着脸。

海伦拼命帮她抵抗,对记者们大喊:"你们让开。别这样,你们吓到她了……都让一让。"

突然,一只手拉起李心月的手大步朝前跑去,李心月泪眼朦胧泪眼蒙眬地抬头,看到的却是楚之翰,李心月的眼中充满了失望,这时候,她多么希望能出现在她身边的是金小天。

楚之翰开车把李心月送到租住房楼下,两个人一路上都没有说话,空气中一片沉默,最终楚之翰还是打破了沉默:"案子输了就输了吧,至少有结果了……"

李心月摇头:"这算哪门子的输?我输了,不是因为证据确凿,而是因为你送给我的画,在半路上被抢走了。"

"这也未免太巧了吧?"

"楚之翰……算了,我现在不想说这个,谢谢你送我,你回去吧。"

李心月打开车门,径直下了车,然后上了楼,头也没回。

楚之翰看着李心月上了楼,怅然若失,回过头准备开车,发现副驾驶上有一张李心月遗落的文件。

楚之翰捡起其中一份,上面是楚鸿飞的历年画作信息和画的图片,旁边是李心月娟秀的手写体,密密麻麻地写满了笔记,写的是每 幅画的时间、内容、风格、材质等等。楚之翰暗自感叹,李心月为这场官司下了这么多功夫,从这方面也能看出,李心月是不会就此认输的。

楚之翰把所有文件叠起来,放进了副驾驶的置物箱,又想到自己帮她偷来的画在送去鉴定的时候被偷,这件事太过巧合了,想来想去,他能想到的最可能的解释是他的父亲从中做了手脚,想到这儿,楚之翰仿佛被自己的结论吓到了,害怕似的慌忙把车开走了。

李心月打开门,把包包扔在地上,直接踢掉高跟鞋,光着脚走到屋子中间。

拉开冰箱门，拿出了一大堆吃的，直接席地而坐，一个个撕开包装袋，把食物摆了一大摊，开始往嘴里塞东西。

嘴里被塞满了食物，李心月终于控制不住自己的情绪，痛哭失声，她一边哭一边用力下咽食物。这个时候，她多希望金小天能在身边，摸着她的头发，宠溺地说："慢点儿吃，别噎着，虽然说吃饱了才有力气打仗，但你也别先把自己撑死了……想哭就哭吧，哭出来就好了，但是哭过之后不要忘了，我们的小月月是绝对不会认输的，下一次让楚鸿飞走着瞧。"

李心月伸手去摸金小天，却穿过了幻影的身体。

李心月眨了眨眼睛，房间里空荡荡的，根本就没有金小天的影子。

李心月拿出手机打给金小天，一直显示等待对方接听中。

李心月哭得更厉害了，开始控诉金小天："为什么？为什么你刚好是现在不在我身边？你是不是早就想好了一定会离开我？既然你要离开我，为什么在这之前你又要一直站在我身边帮助我？"

手机因为对方一直不接听而自动终止了，李心月用手滑屏幕，她给金小天打了很多个语音，都是对方未接听的状态。

李心月泣不成声："金小天，你混蛋。如果不打算陪我走到最后，又何必半路出现？说到不做到，你这个大骗子……"

窗外，夜幕降临，月光透过窗帘洒进屋里。李心月把头埋在膝盖之间，双肩抽动着哭泣。

Chapter 62

　　香格里拉，金小天仍然跟随着辉哥到处藏匿，每天都绷紧了神经线，盯着辉哥接触的每一个人，并暗中用密码文字将所有相关人员的信息记录在一个小本子上。只有夜深人静时，他才敢偷偷翻看着李心月发给自己的信息，每一次都强忍着泪水，最终还是忍痛注销了微信群。

　　不过，李心月与楚鸿飞打官司的新闻还是被金小天发现，有关这场官司的微博信息不断刷新着："著名画家楚鸿飞一案今天开庭""神秘女子状告雪山派画家楚鸿飞""楚鸿飞《宝贝》涉嫌剽窃，各执一词孰真孰假？""今日开庭，原告方因证据不足，被告楚鸿飞制作、出售假冒他人署名的美术作品的罪名不予成立，驳回原告上诉请求。"

　　金小天可以想象出，李心月此时一定非常难受，非常需要他在身边，然而，他只能在心里默默祝福："心月，我没法陪着你了，这是你一个人的战斗，加油。"

　　辉哥接连带着金小天结识了几个大老板，但就是没有任何行动。夜晚，辉哥跟金小天一边吃烤串一边聊天。

　　辉哥咬下一块羊肉用力嚼着，含糊不清道："今儿见的这几个老板，你觉得怎么样啊？"

　　金小天看得出辉哥是在试探自己，假装认真思索的样子，说："哦哦，我觉得，都挺不错的啊。"

　　"怎么不错了，说说看？"

　　金小天一边回忆一边说道："写字楼里那个老板很是老成，但是

501

办公室装潢却很新，开口闭口区块链，看起来像以前做传统行业，转到创投行业的，这种人有钱，喜欢新东西，但是把握不好方向，和他做投资，好挣钱，但是也得好好给他讲清楚了。"

辉哥点点头："继续说。"

"昨天一起吃饭的那个老板，说一口上海话，一看就是老牌上海企业家，这种人看起来很计较，很难搞，但其实吧，最靠谱，和他做生意，他会比你更谨慎，不容易亏。"

辉哥拿起酒杯："来来来，走一个。"

金小天和辉哥碰杯，各自喝酒。

金小天突然想起来了什么一样，问辉哥："这两天我看新闻，好像楚鸿飞因为作者侵权被人告了。"

辉哥警惕地看着金小天："怎么，你是不是还关心着李心月？"

"那倒没有，男人嘛，过了这个村，还有下个店。我只是没想到，以前雇我偷画的人，现在居然跟李心月闹上了法庭。"

辉哥从鼻子里哼了一声："就让他们自相残杀去吧，只是这下闹大了，搞得我们也不好办了。"

"是啊，惊动了法院，虽然是判决了，但指不定警察有没有盯着呢，要拿画就更困难了。"

"妈的，这个楚鸿飞，真是个隐患。"

金小天进一步试探："辉哥，这幅画有那么重要吗？值钱的画很多，怎么就非它不可了呢？"

"说了你也不会明白的，总之必须要这幅画。"辉哥有意敷衍道。

"难道……是这幅画里有什么重要的秘密？"金小天还想继续试探。

辉哥自顾自拿起酒瓶，给金小天倒上酒，也给自己倒上酒："喝酒喝酒。"

辉哥不肯再提画的事情，金小天明白，辉哥还是没有信任他……

自从老冯牺牲后，金小天与上级组织失去了联系，他一直想找机会重新跟上级组织取得联系。可是，狡猾的辉哥从不让金小天单独行动，金小天心急如焚。

这天，机会终于来了，趁着辉哥不在，金小天和辉哥的两个手下玩斗地主并故意输了牌，然后大发牢骚："靠，这样都能输。哎哎哎，你们是不是换牌了？"

一名手下说："得了吧，愿赌服输，出去给我们买烧鸡去，去晚了可就没有了。"

另一名手下补充道，"记得多买点酒，今晚辉哥回来。"

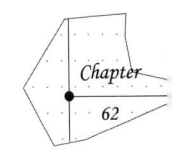

金小天马上说:"好好好,就算我该你们的。"

金小天走到丁家烧鸡门口:"老大爷,我要买两只烧鸡。"

老大爷说:"等着吧,你来晚了,上一炉刚买完,这一炉刚进去不久呢,得一会儿才能好。你附近走走吧,好了我叫你,给你留头两只。

"谢谢大爷,那我先去旁边。"

金小天走向旁边的零售店,零售店窗口处摆着一座公用电话,金小天又扫了一眼货架,注意到上层放酒的格子里只有一瓶酒了。

金小天招呼店主:"老板,买两瓶青稞酒。"

店主走到货架前,一看,放酒的格子里只有一瓶了:"哎哟,忘了上货了你看我,那你等一下吧,我去库房给你找找。"

店主往店后面走去。

金小天眼看店主走进了后面的仓库,他四下张望,确认安全后,拿起公用电话,拨了一串数字。

公安大楼内,电话响了,一名警察甲拿起电话:"您好,请问找谁。"

金小天听着那头的同事的声音,静默了片刻,他说出一串数字:"95958。"

警察甲惊讶道:"同志,请稍等,陈副局长马上过来。"说着她抬头对一旁的女警:"快,通知陈副局长,有个电话打进来,是冯队那条线上的同事,报了95958。"

女警听到,忙一路小跑去陈副局长办公室:"报告陈局,95958来电。"

陈副局长听闻那个特殊的暗号数字,他立即起身赶了过来,他接过听筒放在耳边:"喂?喂?"不料对方没有应答,话筒里传来嘟嘟声。

原来,金小天正焦急地等待时,不远处走来一个打手。金小天马上挂断电话,靠在门口,佯装等待,对着店里喊了一声:"找到了没有啊?"

店主在里屋答应:"来了来了……"

话音刚落,打手走到了金小天的面前:"你磨叽啥呢,买个烧鸡这么久,辉哥都回来了。"

金小天指指旁边的丁家烧鸡:"你没看人摊子空着呢嘛,还不是你们拉着打牌,我来的时候上一炉刚卖完,不过新的一炉马上出来了,咱回去吃热乎新鲜的。"

打手狐疑地看着金小天,打量了一下零售店:"那你跟这儿杵着干嘛?"

"买酒啊。"

说话间,店主拿着两瓶青稞酒从后面走出来:"给,可算是翻着了。"

金小天数了钱递给了店主,接过酒。

这时旁边的丁家烧鸡店主端出来一盘子烧鸡,招呼金小天:"小伙子,烧鸡好了,热乎着呢。"

金小天一副嘴馋相,对打手说:"我没说错吧,刚出炉的最好吃。"

陈副局长挂了电话,表情凝重。要知道,这串数字是从前老冯跟他交代过的重要的接头暗号。

老冯曾私下叮嘱他:"我这边前段时间在跟胡志辉等人贩毒的案子,有一个同志在执行卧底任务,跟我一直都单线联系,我这一走,万一他那边有事需要照应……"

陈副局长:"这个你放心,他需要什么支援,转到我这个口来对接。"

"嗯,那就好。我跟他有约定,如果遇到紧急状况,无法跟我联络时,可以打回局里,代号95958,就能确认是他。"

陈副局长点点头:"知道了,我回头跟局里的人都交代一声,听到这个数字,第一时间转到我这里来。"说完,陈副局长沉吟了一下:"95958,这数字,有点耳熟啊……是你第一次出任务时候用的寻呼台吧?"

老冯笑了:"这你都记着呢?你也是宝刀未老啊。"

陈副局长知道,给他打电话的人一定就是老冯派出去的卧底警察,事关重大,他马上对身边的警员交代:"下一次再接到这个电话,把我的手机号留给他,让他直接联系我。"

就在这时,有警员来报:"飓风醒了。"

陈副局长闻听,马上赶到医院。

病房内,飓风躺在病床上,一边的手被铐在病床栏杆上。

陈副局长和身边的警员找了凳子坐在病床前,飓风假装没看见似的,一脸麻木不仁。

陈副局长开口问道:"你是自己说,还是我们问?"

飓风瞟了一眼陈副局长,没说话。

警员在旁警告:"你别以为你身体状态不好就可以不配合调查工作!"

陈副局长示意警员别激动:"那我来问好了,你为什么要伤害李心月?"

飓风懒洋洋地看了一眼陈副局长,还是不说话。

陈副局长又问:"你的上线是谁?伤害李心月之后,你还有什么秘密任务?"

飓风笑了,他躺着不动,但眼神却特别聚焦,好像是在暗暗发力。

心电图显示他的心跳越来越快,心电图很快就报警了。

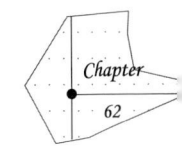

很快，医生、护士冲进了病房，围到飓风身边看监测仪。

可就在医护人员围着飓风忙碌的时候，陈副局长却看到飓风嘴角轻轻上扬，露出一丝得意的笑容。

陈副局长看出飓风不是个简单角色，他竟然能在一定程度下控制自己的心率，肯定是受过严格专业的训练，这样的人，就算是人好好的被警方拿住，要让他开口，也不是一件容易的事情。

陈副局长只好派人继续看守飓风，决定等他身体恢复得差不多了，再审。

这一天终于来了，飓风身体基本康复后，陈副局长立刻派人将飓风押至审讯室内，他要亲自审讯这个狡猾的飓风。

审讯室内，陈副局长拿着一份文件走进来，并不坐下，而是在飓风身边走来走去，他目光如炬，盯着飓风看。

飓风被看得有点儿发毛，他眼神闪躲，终于被看得心虚得受不了："看什么看，你不是来问话的吗？"

陈副局长胸有成竹地："怎么，憋不住了？"

"有问题你就赶紧问，别磨蹭了。你遛弯吗？"

陈副局长将手中的文件甩给飓风："你自己看吧，这里面是你对李心月下手的所有证据。"

飓风用带着手铐的手翻看文件，每翻一页，脸色就不安一分。

与此同时，陈副局长在旁边敲着边鼓："你在婺源附近小镇的车站，骑一辆黑色摩托车，导致李心月乘坐的出租车撞上护栏，当地的交通摄像头拍到了你超速行驶并恶意导致其车祸的视频……还有，在香格里拉的山下，你再次袭击李心月，试图置她于死地。当地警察及时赶到，抓捕了你。"

飓风满头大汗，心跳加速，他把文件合上，极力装作镇定的样子："你们这些都是间接证据，我就是骑摩托车骑得不好怎么了？"

陈副局长冷冷一笑："你以为我们就这些证据吗？我告诉你，你现在交代，是自首，主动配合调查，可以争取宽大处理，等我拿出坐实的证据，你的待遇，可就没有那么好了……"

说话间，陈副局长从手里的另一份文件袋里，抽出一张照片，照片背对着飓风："你也知道，人们都很喜欢拍照、录视频、直播，尤其是在景区。你怎么就能保证，你对李心月动手的时候，就没有被拍到？"

飓风看着陈副局长手里的照片，嘴唇颤抖着。

审讯室内两名作笔录的警察相互看对方，对那张作为有力证据的照片充满了不解，但又不敢吭声。

只见飓风一脸紧张，连身体也在颤抖。

陈副局长见飓风还不说话，又抽出了份文件摔在了飓风面前："这是你的通话记录，你自己看看吧，你跟谁交流最多？"

陈副局长这句话成了压死骆驼的最后一根稻草。

飓风终于开口了，他满头大汗道："是……是楚鸿飞雇佣我的。"

陈副局长一脸轻松地从飓风的审讯室中走出，众警察围上去。

一名警察说："头儿你真厉害。"

另一名警察问："可是头儿，我们根本就没有什么照片和通话记录啊？"

陈副局长笑笑，把手里的照片翻过来，大家一看全傻了，那竟是一张婴儿的照片。

一名警察夺过照片，又好气又好笑又佩服的语气："头儿，你怎么能拿我孩子的照片诈胡呢？"

陈副局长边走边笑："学着点吧，还有，现在拿到飓风的口供，下一步，马上拘捕楚鸿飞，集中精力对这个人展开调查。"

楚鸿飞的别墅内，夫妇二人正春风得意，为了庆祝打赢官司，也为了让所有人知道，他楚鸿飞还是从前的楚大师，陈正茜特意邀请了圈内名流们来家中赴宴。

盛大的宴会上，楚鸿飞夫妇频频举杯跟大家觥筹交错，楚鸿飞更是大肆表现自己问心无愧、一身坦荡的气派。只有楚之翰躲在自己房间，闷闷不乐，以他对李心月的了解，她是不会认输的，这件事情远没有父亲想得那么简单……

不料正在这个时候，大刘带着几名警察走进了楚家别墅，打断了楚家的盛宴。

警察走到众人面前，大刘宣布："楚鸿飞先生，麻烦您跟我们走一趟。"

楚之翰忙问："怎么了？法庭的案件不是已经判决结束了吗？"

大刘回答："是另外一起案件，我们需要楚先生配合调查。"说完又对其他人说，"请各位不用担心，只是配合调查而已。"

陈正茜惊慌失措，上前阻拦："为什么要带走他，我先生做了什么？"

楚鸿飞安抚陈正茜："没事儿，你先招呼着大家，我跟他们去一趟，很快就会回来的。"

在众目睽睽之下，楚鸿飞跟着警察们走了。

楚鸿飞被警方提审的事情立刻传开来，媒体大肆报道，一时间众说纷纭，沸沸扬扬。

楚之翰越来越压抑难受，尽管他从母亲那里没有得到任何提示，但暗自里开始感觉到，父亲是一个深藏很多秘密的人。

楚之翰独自一个人来到江边吹风，盛夏从新闻上看到楚家出事，她找到楚之翰，两人并排坐在江边。

这还是从香格里拉回来后，两人第一次相聚，想不到却是相对无语，都不知道该说什么。

两个人在江边坐了很久，眼看夜色更深了，江边一个人也没有了。

盛夏关切地看着楚之翰："你都在这儿坐了好几小时了，也不说话，你真是要急死我。"

楚之翰看了盛夏一眼，还是不说话。

盛夏却笑了："你终于肯看我一眼了，那说明我刚才那些话都没白说，你要是再没反应，我还以为你聋了呢。"

盛夏拧开一瓶水，咕咚咕咚喝了半瓶："渴死我了，劝人这活儿，简直比当主播还难。"

好几个小时没说话的楚之翰突然开口了："还有水吗？"

盛夏一下子没反应过来："啊？什么水？"

楚之翰一把夺过盛夏手里的瓶子，咕咚咕咚喝了个底朝天。

盛夏着急而尴尬，又有些害羞："你……你……你。"

楚之翰喝完水，仿佛恢复了元气，他稍微往旁边挪了一点，转过身，对着盛夏："我现在是不是很惨？"

盛夏愣了一下，随即坚定地说："没有啊，我觉得，你爸爸肯定没事，警察带走他的时候不是说了吗，只是配合调查，你就别担心了。"

楚之翰认真地问："就算我爸爸会没事，那这件事情的真相呢？"

盛夏没听懂："什么真相？"

"假如我爸爸没事，那就说明，李心月是故意陷害、刁难我爸爸了。"

盛夏吞吞吐吐，不知道说什么好。

楚之翰继续说："到底是我爸爸真的占用李心月爸爸的画作；还是李心月刁难我爸？你怎么想？"

盛夏认真地："你要听实话吗？"

楚之翰点头："当然，一定要听实话。"

"即便法院已经判决，我也还是不知道什么是真相。因为我并不认为李心月是那种会刁难，或误会、陷害别人的坏人。而且庭审过后，我听说，她过得很不好，那件事对她打击很大，所以看起来，这似乎，也不是一场她设计的骗局。"

楚之翰若有所思，面色愧疚。

盛夏又说："但是你要知道，作为你的……朋友，我也不希望你因为你爸爸的事情受到影响。你要问我真相，我真的无法偏向任何一边。"

楚之翰点点头："嗯……我明白你的意思。"

盛夏握住楚之翰的手："我只是希望大家都好……尤其是你好……"

楚之翰看了看盛夏，被她眼里的关切看得有点感动。楚之翰连忙抽出自己的手："谢谢你……你今天说的话，对我启发很大，我似乎……有点想明白了。"

盛夏因为楚之翰把手拿出而有点尴尬，她余光一扫，看到空水瓶子，连忙拿起来，站起身，转移话题，掩饰尴尬："有启发就好，但你把我的水给我喝了，你是不是该赔我一瓶？劝你一晚上了，我感觉我简直能喝下一个游泳池！"

楚之翰站起来："赔！我赔你一个游泳池的水。"

盛夏被逗乐了，楚之翰竟然也苦笑了一下，在心里，他暗自决定，要亲自去揭开隐藏在家里的秘密。

审讯室内，楚鸿飞坐在审讯桌前接受着警察们的轮番审讯，但他始终不承认自己雇佣飓风追杀李心月，眼看48小时到了，陈副局长只好亲自出马，问道："再给你最后一次机会，飓风可是指认了你啊，你还是不说？"

"我确实不认识什么飓风，你说，这都快两天了，假如我真的认识他，找他做了坏事，他又指认了我，我都来了这儿，我肯定一进门就招了啊。我不说，是因为我真的什么都没有做。"

陈副局长面无表情道："那好，48小时扣押时间到了，楚先生既然没做过，那就请吧。"

楚鸿飞走出公安局，他回身看了看公安局的大门，嘴边露出了一丝蔑视的笑。

公安局门口，陈副局长身边的警察眼看楚鸿飞离开，不甘心道："老大，就这么给放走了？一看他的眼睛就知道是他。"

陈副局长平静地说："我们破案一定要有证据，没有足够的证据的时候就需要嫌疑人的口供，现在我们并没有直接的证据能够表明楚鸿飞和飓风有过联系，只凭飓风的单方面指证，是不够的。"

警察问："那……那你在审问飓风的时候，那个通话记录单呢？那不是证据吗？"

陈副局长打了一下警察的头："通话单跟照片一样的，傻小子。"

说完，陈副局长走回了门里，留警察在原地发愣："啊？……也是假的啊？那飓风为什么受骗了？"

欧阳坐在老板椅上，一边喝着工夫茶，一边翻看着报纸，楚鸿飞被警方提审的新闻引起了他的注意，只见报纸上赫然写着"胜诉画家楚鸿飞又被公安机关提审，占用画作案还有后续？"

欧阳眉头紧锁，决定马上召集辉哥回上海，他要抓紧时间从楚鸿飞那里拿到他想要的东西。

辉哥带着金小天回到上海后一起面见欧阳先生，这让金小天异常激动，想到上一次为了面见假的欧阳，导致老冯牺牲，他自己也差一点暴露，为了这个幕后人，他们付出了惨痛的代价。金小天心中暗想，"欧阳，你这只老狐狸，我一定要抓住你为我师父报仇！"

金小天走进欧阳的办公室，只见欧阳坐在沙发上，并没起身，懒洋洋地一挥手："你们坐吧。"

辉哥带着金小天坐在了欧阳旁边的沙发上。

欧阳打量着金小天："这就是你说的新收的小弟？"

辉哥赔笑："是的是的，身手了得，一个撂倒四五个不是问题，人也机灵。"

欧阳问辉哥："让你做的事儿你做了么？"

"已经吩咐手下去办了。"

"这你得自己盯着点，别遗漏了什么，最后成了把柄就不好了。"

辉哥点头："说得是，我回去之后，会再检查一遍的。"

欧阳点点头，想起了什么，又盯着金小天说："既然辉哥这么举荐你，我就交给你一个任务吧。"

金小天马上站起来："您说，什么任务？"

"我要你去楚鸿飞的家里，看看有什么东西，是需要清理的，就带回来。"

金小天刚想答应，辉哥从旁劝阻："这是不是有点难了？"

欧阳发话："你就让他去吧，也就当是个考验了。"

金小天赶紧应承："不难不难，不就是顺个东西嘛，这还不是最基本的？"

辉哥只好作罢:"那好吧,小天,你一定要做得干净,拿回来的东西,全都要交给我和欧阳老板。"

金小天拍拍胸脯:"放心吧,包在我身上。"

欧阳又补上一句:"对了,你多注意下电子设备,比如电脑啊,Ipad什么的,我听说,楚鸿飞还经常会用陈正茜的电脑,你要是有机会,也注意一下。"

金小天点头:"嗯,知道了。"

金小天明白,这次潜入楚家是绝好的一箭三雕的好时机,如果能拿到证据,

既对欧阳交了差,又能帮助警方推进案情,还有,就是李心月,他知道,李心月输给楚鸿飞的原因是,她没有楚鸿飞的手稿画。

Chapter 63

深夜，金小天准备就绪，他偷偷靠近楚家别墅，躲开摄像头翻墙入院，摸进了别墅。

漆黑的客厅内，金小天正在轻轻移动时，他听见了脚步声，看见了地面上拉长的影子，便闪到角落里躲了起来。

陈正茜走了过来，往书房走去。金小天跟着陈正茜来到书房旁边，依旧躲在门外角落，他听见了敲击键盘的声音。

金小天悄悄探出头，看见陈正茜在操作电脑。

这时，保姆走过来，金小天连忙退回角落里。

保姆说："夫人，都收拾好了，您要去看看吗？"

"好，我去看看。"

听见两人起身的声音，金小天立马躲了回去，悄悄尾随着陈正茜和保姆下了楼。不料走到楼梯的一半儿，陈正茜突然回头："谁？"

金小天吓出一身冷汗，身体紧贴墙壁，屏住呼吸。

陈正茜紧紧盯着黑暗看了一会儿。保姆说："夫人，你听错了吧，没有人，老爷出去见于律师了，少爷还没回来呢。"

陈正茜嗯了一声，继续下楼梯。

金小天远远地跟着她走到了一个地下室门口，躲在地下室外面的角落里，听着里面两人的动静。

一通翻阅纸张、搬动木架的声音之后，只听陈正茜说："嗯，都齐了，你不用管了，先去睡吧。"

保姆转身出门，离开了地下室。

金小天听到了屋子里传来了噼里啪啦烧东西的声音，还有红红的火光和烟雾飘来。

一会儿，陈正茜也走出地下室，她关门的一刹那，陈正茜的脸被火光映红，妖艳美丽又有一点邪恶。

金小天一直等到陈正茜的脚步声消失后，他才出来，推开地下室的门。

一股热浪扑面而来，金小天进入地下室，看到屋子里的壁炉火光熊熊，发出噼啪声。金小天上前一看，里面烧的都是画稿，有的还带着画框。

金小天凑近一看，还没有完全烧掉的画，能看见落款是楚鸿飞，金小天立刻明白了，陈正茜正在销毁证据。

金小天冒着火焰，徒手从壁炉里拽出来几张画纸，脱下自己的外套拍打着画作灭火。火熄灭后，金小天仔细卷好残留的画纸，放入怀中，闪身离开了地下室。

金小天刚从地下室里出来，就听见陈正茜正在讲电话的声音："是的，那就麻烦您了王大律师，这么晚了还要打扰您，我们就约在老地方吧，我这就出门。"

等待陈正茜的脚步声远去，关门声落下之后，金小天才出来。

金小天放轻脚步，偷偷上楼。不料陈正茜突然又开门回来，吓得在楼梯上的金小天无处躲藏，眼看就要暴露，没想到陈正茜只是在玄关处拿了一条丝巾，就又关门离开。

金小天长出了一口气，往楼上陈正茜的书房走去，进入房间后他迅速打开了陈正茜的电脑，但电脑显示需要输入密码。

金小天拿出手机搜索出楚鸿飞的生日输入，电脑显示密码错误。金小天又重新输入楚之翰的生日，电脑仍然显示密码错误。

金小天放弃了输入，思考着密码会是什么呢？

金小天在桌台上随手翻找起来，突然，他的目光落到了一本看起来有点旧的书上，是《儒林外史》。

金小天拿起那本《儒林外史》查看，发现有一部分是明显被翻过很多次的，有着自然的书页分界线。

金小天查看此页内容，书上的内容是关于西汉窦太后的部分。他放下书，心中暗想："这些书里，就这本看样子翻了很多次，并且自然停留在这一页，密码会不会是这里面的内容。"

金小天对照书中的信息，在键盘上输入了几次。果然，密码正确，电脑进入了桌面。

金小天运指如飞，搜索到几个加了密的数据文件，并马上在电脑上插入一个U盘，拷贝完数据后，迅速从楚家别墅翻墙出来。

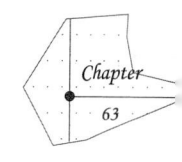

不料金小天没走几步，欧阳的车就开过来了，欧阳探出头，示意金小天上车。

金小天上车后，欧阳坐在金小天对面，向金小天伸出手："东西呢？"

金小天犹豫着："可是辉哥还没看呢？"

欧阳："给我就等于给他。"

金小天见没办法拒绝，只好从裤兜里掏出了U盘，放到了欧阳伸出的手里。

欧阳把U盘交给旁边的手下，手下点点头，打开电脑，插入U盘，确认数据后，对欧阳点点头，满意地称赞道："小天，这次你干得不错。"

"哪有，都是靠您提示要注意陈正茜的电脑，才拿到的。"

欧阳嘿嘿一笑，金小天赶忙示好："以后要是还有什么业务，您尽管找我。"

欧阳："下次的事情下次再说吧，停车。"

司机停下车，欧阳的手下给金小天打开车门，示意金小天下车。

金小天刚下车，欧阳的车已经风驰电掣般开走。

虽然被欧阳这个老狐狸半路截胡，金小天点些懊恼，但他摸摸身上藏着的画，又觉得很是宽慰，感觉总算没白忙一场。

金小天抱着楚鸿飞的手稿，不知不觉来到李心月租住房的楼下，正准备上楼，却见李心月走了出来，独自沿着街道走去，整个人看上去憔悴、疲惫及无助。

金小天小心地跟在后面，始终隔开一段距离。

李心月的目光被店门口的招贴所吸引。巨大的情侣海报，煽情的广告文字，主推产品正是她和金小天曾经穿过的那套情侣衫。

李心月走近前去看着海报，不禁陷入她和金小天的回忆之中，金小天站在远处默默看着李心月，想要冲过去将她搂入怀中，但他不能，金小天只能这样默默地看着李心月神伤。

夜空中腾起的烟花打断了李心月的回忆，她向着烟花看去，看到夜空中缓缓转动的摩天轮，漫无目的李心月突然转身朝摩天轮走去。

金小天看了看摩天轮，他明白了，他也曾和李心月一起坐过那个摩天轮。

李心月坐进摩天轮的一间包厢，缓缓离开了地面，金小天也悄悄进了下一个包厢。

夜色中，烟花盛放，其他人都在兴奋地欢呼、拍照，只有李心月落寞地坐在包厢里，泪流满面，耳边响起两人的对话："李心月，你这态度就不对了，你看看这里一对对的情侣，多浪漫的场所啊，你怎么能嗤之以鼻呢？""跟你这种人困在一起，再浪漫的场所也是浪费。"

金小天在后面的包厢,看着李心月坐在前面哭泣却无法上前安慰,痛苦不已。

李心月从摩天轮下来,她擦干眼泪,深吸口气准备回家。这时一个小萌娃牵着一串彩色气球跑到她腿边,拉了拉她的衣角:"姐姐,这个送你。"

李心月诧异地接过气球,发现最下面是个盒子:"这是哪来的?"

小萌娃指指远处:"一个大哥哥送给你的。"

"大哥哥?他在哪儿?"

小萌娃摇摇头,吃着棒棒糖:"大哥哥让我说不知道。"

李心月狐疑地打开盒子,只见里面是几张烧了边角的画稿,上面都写着楚鸿飞的名字和日期。

李心月难以置信地看着那几张画,忙问:"小弟弟,那个大哥哥长什么样?是不是高高的,"说时她拿出手机图片里的合影,指着照片上的金小天问,"是不是这个人?"

小萌娃点了点头。

李心月激动极了,她知道金小天就在自己身边默默地守护着她,她知道,金小天没有抛弃自己,这让她百感交集,又哭又笑地奔跑着四处寻找,但到处都有牵着彩色气球的人,只是没有金小天的身影。

李心月把盒子抱在胸口大声哭喊着:"金小天!金小天!你给我出来!"

此时,在远离李心月的角落里,金小天正大步走远。

金小天自从帮欧阳拿到楚鸿飞的秘密数据后,得到赏识,欧阳竟单独把金小天约到他新注册的公司。

金小天看着空荡荡的公司,不知道欧阳葫芦里卖的什么药,强颜欢笑了一下,眼神中透露着疑惑。

欧阳拍拍金小天的肩膀,带着他来到窗户边:"看,这是这栋楼视野最好的一间办公室。站在窗边就能看到黄浦江。"

金小天感叹:"我从来没有从这个角度看过黄浦江,确实不太一样。只不过,欧阳先生,我有点不明白……"

欧阳盘着手中的一块古玉:"这是我注册的一家新公司,你以后就是这家公司的总经理,这里,就是你的办公室。"

金小天诧异,随即小心地问:"可是辉哥那边?"

"辉子那边你就不用操心了,就踏踏实实跟着我干,肯定不会亏待你的。"

金小天还是有些担心:"可是……"

欧阳拍了拍金小天的肩膀："男人做事不要犹犹豫豫的，你看这里视野多开阔啊。"

从欧阳的公司出来，金小天找到机会拨通了公安局的电话，当他再次报出"95958"后，警察立刻帮其拨通了陈局的手机。

陈副局长激动地说："喂，我是陈建春。"

金小天不由得站直了身体："陈局你好，我是金小天。"

"金小天，你在哪里？是否安好？请报告你的近况。"

金小天听到组织的问候，有些热泪盈眶，他忙擦了下眼睛："我现在上海。回来后，欧阳派我去楚鸿飞家里找一份加密的数字文件，我猜，那应该是他们之间经济往来的账目。"

"哦？找到了吗？"

"找到了，但我没有时间细看，只拷在一个U盘里，结果一出来就被欧阳拿走了。"

陈副局长又问："你现在上海什么位置？"

"这里是临港开发区，欧阳在这边注册了一个新的公司，我觉得应该很快就有情况了。"

陈副局长："嗯，我们这边从楚鸿飞的财务记录中发现他有洗钱的嫌疑，但是目前没有确凿的证据能证明欧阳的集团跟这事有关。你说那天受欧阳的派遣，去楚鸿飞家偷拷了一份数字文件？"

"是，不过当时时间有限，文件又是加密的，我只知道是账目记录，具体内容不清楚。"

"楚鸿飞和欧阳这种人，都是老江湖了，只有拿到确凿的证据，才能让他们认罪伏法。"

"可我除了弄到楚鸿飞的账务资料以外，就什么都碰不到了，欧阳和辉哥这里，我根本接触不到背后的生意！怎么去抓他们这群蛀虫！"

"慢慢来，他们总有破绽。金小天，你要沉住气啊！切记不可意气用事。你现在的任务就是搜集前线资料，并且保护好自己！记住了没！"

"嗯，知道了。"汇报完工作，金小天开始小心翼翼地问，"二叔，家里人怎么样？我老爹他……怎么样？"

陈副局长回答："他在医院里，目前已经脱离生命危险，正在医院静养。"

金小天激动得差点跳起来："在医院？那他已经获救了？"

"嗯，我们第一时间送去抢救，抢救很及时，当然，还有那个枪法，很准。"

金小天又难过起来:"陈局,那枪……是我开的……"

陈副局长严厉地说:"队里本来打算等你任务结束后,给你治罪,冯队硬是比画着,让人拿来纸、笔,哆嗦着写下你的枪法准。"

金小天眼泪掉了下来,他知道,这个枪法还是老冯手把手教给他的。

记得在射击馆,老冯曾告诉金小天:"人体有个体差异,打中心脏,不一定会致死。比如我,我的肺叶和心脏之间有条缝隙,就在第三颗扣子的位置。想要击毙我,不能打十环。"

金小天当时射击老冯的位置正是他的第三颗纽扣。

金小天擦拭泪水,说:"我对不起冯队……"

陈副局长听出金小天充满自责,他安慰道,"金小天,振作起来。你们冯队预判到了这种情况,所以出发之前特意写了情况说明,组织相信你。"说到这儿,陈副局长为安慰金小天又说,"这样,我发给你一张照片,你就安心工作吧。"

金小天其实没太听清后面陈副局长在说什么,他努力克制脸上抽动的表情,将手机从耳边拿下来,点开手机。

陈副局长发来一张照片,老冯躺在病床上,嘴里插满管子,却在对着镜头打出了个胜利的手势。

陈副局长叹气:"小天,你也辛苦了……保护好自己。"

"陈局,替我跟冯队问好。告诉他,等我完成任务,让他狠狠揍我一顿,一命换一命!"

金小天挂掉电话,隔着手机屏触摸着老冯,泪水在眼眶里直打转。

他擦掉眼泪,抬头看看四周,街头高楼林立,车水马龙,人们悠闲地逛街、交谈。阳光之下,一切都秩序井然,生机勃勃。

金小天努力克制着,将手机收到口袋里,走出街角,走入来来往往的人群中。

李心月收到金小天送来的手稿后,她立刻拿到鉴定中心,再加上那幅《宝贝》和李奇峰的早期作品,最终她拿到了期待已久、来之不易的鉴定结果。

李心月准备二次诉讼时,楚之翰出现在她面前。

楚之翰并不知道李心月已经拿到了鉴定结果,但在他心底却隐隐有了结果,他猜测一定是父亲撒了谎,否则李心月不可能如此坚定地要替她父亲讨回公道。

为了弥补父亲对李心月的伤害与亏欠,也为了恳请李心月手下留情,楚之翰主动找到李心月,先是替父母向其道歉,随后又拿出一份合同摆在李心月面前让她签字。

Chapter 63

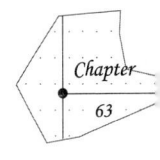

李心月懵懂道，"这是什么？"

"签了这份合同，稻草熊网一半的股份就是你的。"

李心月惊讶又感动，但她只能拒绝："我需要的是工作上真正的认可，不是同情和施舍。"

"这不是同情，是你应得的。稻草熊网有现在的成绩，一半都是我们一起做的房车之旅打下来的，你拿一半股份，成为合伙人，名正言顺。"

"谢谢你的心意，但我从来不乱拿别人的东西。不是我的，我不碰。"

说完，李心月拿包起身。

楚之翰劝阻道："那能不能请你，在拿到真相以后，延迟一个月公布？我会在这段时间带父母出国定居，从此不再回来。"

李心月能体味到楚之翰的心情，她纠结着："你这又是何必？"

"这样，真相始终是属于你的，只不过稍微来得晚了一点。而我父母起码能保留最后一丝颜面。"

李心月艰难地点头："好吧，既然都晚了这么多年，也就不在乎晚这一个月了。"

楚之翰激动地把合同放进李心月的包里："谢谢你，我先走了。"

楚之翰转身离去，李心月发现了包里的合同，拿出来喊道："你的合同。"

楚之翰边跑边喊道："你拿着吧，我不会收回的！"

就在楚之翰开始极力劝说父母移民未果，同时李心月也打算兑现承诺，给楚家留一些时间和脸面时，楚鸿飞却因参与了一部纪录片的拍摄，在片中他与外景记者的访谈内容再次激怒了李心月。

视频中，外景记者提问楚鸿飞："……请问为什么会有传言称您是冒名顶替了他人作品？"

楚鸿飞回答："这种说法纯属诬陷，我已委托我的律师团队，如果再有人造谣，我绝对会拿起法律武器保护自己。"

"对于《宝贝》的著作权纠纷案，一审结果，您是胜诉了。"

"当然。法律要维护的永远是正义的一方。"

李心月愤怒地将手机扔在桌子上："怎么可以无耻到这种地步。"

海伦在旁边怒骂："都欺世盗名这么多年了，他还会在乎无不无耻吗？心月，现在你是有利方就要乘胜追击，还你父亲一个公道。时间拖得越久，对你越不利，再等下去的话，天知道楚鸿飞还会怎么给自己洗白。对于这种人就应该把真相直接展示出来，大家都应该知道他的真面目！"

　　李心月沉默不语，看着父亲的那副《宝贝》，又想起自己对楚之翰的承诺，她犹豫不决。

　　海伦继续说："心月，他都对媒体这样表态了，说明毫无反悔之心。你还犹豫什么？为什么要对他客气？对坏人的姑息，就是对罪恶的纵容！"

　　李心月终于下定决心："没错，他毫无悔改之心。我决定不等了，我要去告他。"

　　李心月向法院提起了二次上诉，这个消息对楚鸿飞而言当然是坏消息。

　　楚鸿飞夫妇马上约见了王律师，商量对策。

　　王律师说："李心月既然敢继续上诉，我怀疑她已拿到您的早期手稿。"

　　楚鸿飞和陈正茜对视，都在疑惑新证据何来。

　　王律师："我想问一下，楚大师，你是不是隐瞒了什么情况？"

　　楚鸿飞摇头："怎么可能？这个李心月，真是牛皮糖，粘上就甩不掉。"

　　"可是，她从哪里找到的证据？"

　　陈正茜猜测着："会不会是伪证？"

　　王律师说："也存在这种可能。所以，请楚大师务必提供真实、有效的信息，我这边才好竭尽全力应对。"

　　楚鸿飞若有所思，看向陈正茜，陈正茜凝视楚鸿飞，示意他镇定："我们问心无愧，实在没什么可说。"

　　王律师无奈："既然如此，我只能在庭审时尽力。"

　　法院门口，李心月与楚鸿飞再次狭路相逢。

　　楚鸿飞冷冷地警告道："你是赢不了我的！"

　　李心月反驳："哦，是吗？"

　　"你非得撞南墙撞到头破血流才知道回头吗？你这样一而再再而三的跟我过不去，到底想要什么？我的忍耐也是有限度的！"

　　"我要的什么你很清楚，我就是想让大家看看你到底是什么样子。"

　　"如果你图钱，我楚某还能帮你点，但是其他的差不多得了，再纠缠对你没好处！"

　　"我爸爸的在天之灵会看着你将属于他的一切一点点还回来！正义可能会迟到，但永远不会缺席！"

　　"谁邪谁正还不一定呢！正义是留给胜利者书写的。"

　　二审开庭了，李心月坐在原告席上，楚鸿飞坐在被告席上。

陈正茜和楚之翰则坐在观众席的角落里，楚之翰目光复杂，他不明白，为什么李心月没有给自己和家人留一段时间。眼看着自己最爱的人对簿公堂，他心如刀绞却无可奈何。

法庭上，王律师仍然在竭力为楚鸿飞辩护："现在所有的证据只能证明我当事人与李奇峰风格一致，并不能证明这幅画是我当事人剽窃李奇峰的创作成果。"

此时，庭上的检方拿出了李心月递交的李奇峰遗作。

原告律师反驳道："这是李奇峰生前的画作，我们可以看出李奇峰的画风是贯穿的，而这个是楚鸿飞早期手稿。"

原告律师拿出了一个文件袋，里面是金小天交给李心月的几张烧了边角、残损的画稿，可以看到楚鸿飞的名字。

坐在被告席上的楚鸿飞变得紧张起来。

楚鸿飞看向李心月，同时瞟到了坐在角落里的楚之翰，最后看向陈正茜。

陈正茜不敢相信，心想着："这是哪里来的？明明已经烧毁了。"

原告律师继续说："我们可以看到早期楚鸿飞的画风与这幅《宝贝》完全不一致，并且他的画风转变也是从获得《宝贝》之后很久才开始的，熟练这种画风也是从前几年开始的。故我们有理由相信《宝贝》并非楚鸿飞所画，是他恶意侵占李奇峰画作所为。"

王律师见状，只好提出休庭的请求，大家站起来纷纷往外走。

李心月再次与楚鸿飞迎面而对，想到楚之翰，她真诚地劝告道："道歉吧。趁现在还来得及。"

楚鸿飞停下了脚步："笑话，只有错的人才道歉！"

"我为楚之翰感到惋惜，你不配有他这样的孩子。"

"你不如为你爸爸惋惜，他没有福气享受我所获得的这一切！"

楚鸿飞说完气话，快步走进调解室，拽住王律师问："你不是说，会尽力吗？"

王律师为难道："楚人师，我向你询问过信息，可你没有坦诚交代。"

"能交代的，我都跟你说过了！王律师，以你的业务能力，就是这样办事的吗？到底有什么办法能扳回局面？你说，再多钱我也出得起！"

"现在原告的证据确凿，我们处于劣势，这不是用钱能解决的问题。"

"我问心无愧！你是我的代理律师，怎么能任由那个小姑娘给我泼脏水？！"

"王某不才，一向秉持知法守法的行事准则，才得以在律师界小有成就。打官司，胜负固然重要，但也不能超越法律范畴。我的职责是在法律范围内施展个人能力，但不

能颠倒黑白，为虎作伥！"

楚鸿飞气得哆嗦："好，好，你被解雇了！"

王律师只好说："我作为律师，也不希望自己的职业生涯上留下败笔。但这次，恕不奉陪。"

法庭上，楚鸿飞成了孤家寡人，在原告充足的证据面前，最终结果可想而知。

法庭内所有人起立，法官郑重宣布："本庭宣判，楚鸿飞侵占李奇峰《宝贝》一画著作权罪名成立，楚鸿飞非法占有李奇峰画作，侵害李奇峰权利，获取非法利益共计八千五百万元，且长期以雪山画派创始人身份自居，给原画作者李奇峰造成难以估量的名誉损失。判处楚鸿飞有期徒刑 3 年，并向李奇峰家属公开道歉。"

法官的宣读声中，李心月难掩激动，掩面哭泣，默默地说，"爸，我做到了，我终于做到了……"

Chapter 64

　　楚鸿飞与同门师兄李奇峰著作权纠纷案二审落下帷幕，但楚鸿飞的官司并没有结束，他雇凶谋杀的刑事案件终于有了重大突破。

　　经过犯罪分子飓风指认和警方的多方调查取证，已经掌握了楚鸿飞与该名犯罪分子联络的通话记录。

　　与之相关的新闻曝光后，楚鸿飞被警方拘押的照片登上各大报刊头条，一代画坛宗师的形象、名誉、成就彻底被摧毁了。

　　正所谓福无双至，祸不单行。

　　楚鸿飞的画廊又因涉及偷税漏税被相关部门查封，楚家所有财产被冻结。

　　面对这一连串的变故，昔日的繁华、多年的荣光、累积的财富一夜之间轰然倒塌，周围的朋友避之不及，没人肯向其伸出援手，虚荣骄傲、心比天高的陈正茜哪里受得了这样的打击，终于，在收拾残局的过程中，她突发心梗，被送至医院抢救。

　　欺世盗名的人已经得到了应有的惩罚，多年来积压在李心月内心的悲伤与委屈得到了释放。

　　李心月本该开心释然，然而，面对楚鸿飞悲凉的结局她却高兴不起来，一想到无辜的楚之翰要承担这一切残局，一想到相识相知的过程中，自己得到楚之翰无数次的帮助与关爱，李心月内心便纠结难过起来。

　　此时此刻，李心月最想和金小天一起分享她的心情，她的五味杂陈、辛酸苦辣，以及她的迷茫与困惑，可是金小天在哪里，她不知道……

医院VIP病房，陈正茜还未苏醒，楚之翰走到陈正茜的病床前坐下，拉着陈正茜的手，看着陈正茜苍白的脸，无助地哭了："妈，我一直认为你还像小时候那样年轻、漂亮。这些年都没怎么仔细地看过你，我俩不是吵架，就是我不在家。现在你躺在这不跟我吵了，我才发现原来你也不再年轻了。妈，是我错了，都没有好好陪你。"

楚之翰将头埋进病床边，抽泣起来。

盛夏和阿裴站在病房门外，目睹此情此景，两人面面相觑，唏嘘叹气。

阿裴替楚之翰抱怨道，"都怪那个李心月，有多大的仇啊，要把人家整得家破人亡。"

盛夏咬着嘴唇没有说话，而是悄悄对着楚之翰拍了一张照片，发送给了李心月。

阿裴问："你干什么？"

盛夏恨恨地说："让她看一看，过去那个意气风发的楚之翰，现在被她折磨成什么样了。"

海伦找李心月喝酒庆贺，不料李心月却收到盛夏发来的照片，看到楚之翰趴在病床前颓废无助的样子，她放下了酒杯。

海伦问："怎么了？"

李心月把手机照片递给海伦看，海伦安慰道："哎，我理解你的心情，但这也没办法的呀，谁叫他老子没有天良，造了孽，连累了楚之翰。你千万不要内疚，你做的事情天地良心，没毛病！要怪，只怪他是楚鸿飞的儿子。"

李心月沉思片刻，她还是决定去医院探望一下陈正茜。

李心月拎着自己煲的鸡汤、捧着一束鲜花来到病房里，楚之翰正在给昏迷的陈正茜擦洗手臂，盛夏也在旁边帮忙。

楚之翰看到李心月走进来但是没有上前迎接，继续给陈正茜擦拭手臂。

李心月走上前去，把花束放在床头，一边打开保温桶一边说："之翰，这是我煲的鸡汤，你喝点吧。"

楚之翰冷冷地回绝道："别费心了，我们不用，还有我妈对花粉过敏，把花拿开吧。"

李心月有些尴尬，连忙将花拿走，又问："之翰，你还好吗？……"

楚之翰站起身，直视着李心月，目光是从未有过的冰冷与怨愤："别在这假惺惺了，你该做的都做了，伤害你也看到了。"

"我知道我答应你给你一个月的时间，最后没有遵守这个诺言我很对不起你，但是你爸爸的态度你也看到了，他……"

楚之翰扭头看着躺在病床上的母亲："现在你说什么都可以。"

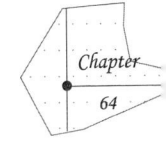

"之翰，我很抱歉，也千万请你振作起来，你妈妈需要你。"

"趁我还留有最后的教养，请你拿着你的花和你的鸡汤出去吧。"楚之翰不知如何面对李心月，只能用这种态度让她离开。

李心月看着楚之翰的背影，她知道自己确实伤害了楚之翰，但如果重新让她选择一次，她还是会这么做。她自知此时多说无益，只好拎着东西离开了那个病房。

盛夏不解地看着离开的李心月又看向楚之翰："你为什么要赶走心月？"

"她害我家里害得还不够吗？她答应过给我一个月的时间。"楚之翰悲愤道。

"可是，你爸到最后都没有向心月道歉，给你一个月时间，你觉得又能改变什么？"

楚之翰没有说话，坐在病床前双手撑着头，盛夏看着楚之翰这个样子有些心疼，走到楚之翰的身旁："我刚刚话说得太重了，对不起……没事，一切都会过去的，都会好起来的，有我在你身边呢。"

楚之翰看看盛夏，感激道："谢谢你，这个时候，你还肯陪着我受苦。"

盛夏欣然笑了："我愿意。"

盛夏的眼神里充满了爱意，楚之翰却有意回避了她灼灼的目光，转头看着陈正茜说："我想去看看我父亲。"

"去吧，这里有我。放心去吧。"盛夏温柔地说。

探监室，楚鸿飞和楚之翰隔着玻璃坐下，各自拿起电话。楚鸿飞穿着囚服，眼窝深陷，面色蜡黄，脖子上的青筋凸起，一副阶下囚的模样，早已不是风光无限的楚大师。

楚鸿飞看着面前突然精神颓丧、胡子拉碴的儿子，神色复杂。

一时寂静，两人默然相对。

看到儿子不说话，眼睛发红，楚鸿飞开口问："家里怎么样？"

楚之翰盯着楚鸿飞，想斥责，想发火，话到嘴边却又变成了："挺好。"

"你妈呢？她今天怎么没来？"楚鸿飞缓缓地问。

"病了。"楚之翰声音中带着哭腔。

楚鸿飞疑惑地："你妈向来身体很好，好好的怎么突然就病了呢？"

楚之翰爆发了："这个问题应该问你。你都干了什么，让这个家莫名经受这样的打击？"

楚鸿飞愣了一下，看着楚之翰愤怒的脸，慢慢消沉下去："对不起，都是我的错。爸爸没用，不但没能照顾好你们，还要我和你妈承受这样的打击。"

楚之翰看着父亲低下了昔日高昂的头颅，向自己认错，有些慌乱："爸，你别这样。

现在家里还有我，我会把这个家撑起来的。你放心吧。"

楚鸿飞听到这话，老泪纵横……

陈正茜在楚之翰的精心护理下，终于从昏迷中醒来，看到儿子疲惫的样子，心疼道："这段时间让你受累了，儿子。"

楚之翰装作很轻松的样子："放心。看这胸肌，还有这宽阔的后背，天大的困难都能扛得起来。妈，以前都是你和我爸给我挡风遮雨，现在我这么大了，是时候站出来，给你们挡风遮雨了。"

"你这么懂事，妈妈好欣慰。"陈正茜含笑道。

"妈，想吃什么？给你削个苹果吧。"

陈正茜摇摇头，一声叹息："回想起来，我和你爸都是一时昏了头，才会有今天这样的结果。妈妈觉得很抱歉，让你承受这样的局面。也替我对那个李心月，说声对不起吧。"

楚之翰迟疑了一下，点头微笑："好。回头见到她，我一定带到。"

这时护士推门而入："305床，该交费了。"

楚之翰跟着护士走出病房，面对昂贵的住院费，他掏出一张信用卡刷卡，结果刷了三次都没成功。站在收费窗口前，楚之翰红着脸又拿出两张信用卡，结果第二张也没成功，一直刷到第三张卡的时候，指示灯终于变成了绿色，发出了"滴"的一声。

楚之翰松了口气，收拾起东西走了。

盛夏站在不远处，目睹了这一过程，心酸地看着楚之翰的背影。

楚之翰回到病房，看到陈正茜正努力去够床头的饮用水，楚之翰忙拿给她。

陈正茜想劝儿子回去睡个好觉，但楚之翰不肯离开，"我走了，你怎么办？"

这时盛夏走进来，大声说："有我在啊。我来照顾陈总。楚总，你放心回去吧。"

陈正茜看看盛夏，认出她是那个直播主持人，冲她微笑着点了点头。

盛夏赶紧说："陈总您总算醒了，您都不知道您昏迷的这段日子，楚总担心成什么样了……"

盛夏自来熟地凑过去，一股脑地说着。

楚之翰说："夏夏，我妈刚醒，你嗓门降低点行吗？"

盛夏忙捂住嘴，陈正茜笑道："你就是那个主播盛夏吧？不怕，大声说话吧，我现在喜欢热闹一点。"

盛夏又恢复了大嗓门："好，听您的，陈总。"说着，她开始将楚之翰往外推，"楚

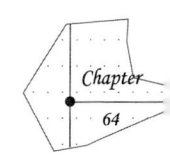

总,听话,回去睡一觉,这里就交给我吧,我保证把陈总照顾得妥妥的。"

盛夏正要将楚之翰推出病房,欧阳走进了病房,把一束花放在陈正茜床头,上前道:"陈总,听说你病了,过来看看,怎么样,还好吗?"

陈正茜看到欧阳,表情僵住,她回想起楚鸿飞在出事前向自己坦诚的一切,刺骨的寒冷向她周身袭来。

她强忍住内心的恐惧,淡淡地说了句,"谢谢,我还好。"

楚之翰看着陈正茜,又看着欧阳,问:"您是?"

陈正茜只好说:"这是你欧阳叔叔。"

楚之翰跟欧阳打过招呼后,欧阳又说:"听说你家里情况不太好,我很担心,过来看看情况。"

陈正茜为了支开楚之翰,故意说:"之翰,我想吃点粥,你和盛夏去帮我打点粥来。"

楚之翰只好和盛夏退出病房,但他不肯离开,他感觉这个欧阳先生非同一般,以自己家目前的境况,从前父母的朋友们都避之不及,没想到这个欧阳先生却还肯来探望母亲,他对欧阳萌生出莫名的好感,还有好奇。

盛夏见楚之翰不肯走,只好自己去打粥,楚之翰继续站在病房门口。

病房里,欧阳对陈正茜说:"楚大师出这样的事,陈总受累了。怎么样,这家医院条件可以吗?不然我帮忙联系一下,给陈总申请个好一点的病房?"

"不必,这里就挺好。你直说吧,你来这里想干什么?"

"陈总,我们资金来往的信息……"欧阳见陈正茜并不想多言,于是开门见山询问道。

陈正茜心中一凛,但并未打算隐瞒,"家里的账本都销毁了,画廊也停止营业了。不过……我家里的电脑,被人动过。"

"哦?什么时候的事?"欧阳假装惊讶地问。

"就在鸿飞出事后。"

"是什么东西?"

陈正茜盯着欧阳:"账目记录。"

欧阳故作不满地:"这怎么行?陈总,如果出了问题……"

"这账目记录是加密过的,拿走又能怎么样?再说,落入小毛贼的手里,总比落入警察手里好。不是吗?"按楚鸿飞告诉自己的情况,账目的事当时只有他和欧阳两人知道,是谁偷走并销毁了账目显而易见。

欧阳的脸色慢慢变了:"嗯。不过,陈总,我希望你没有私藏证据,有危险的东西

要及时做掉，不然的话……"

"欧阳，请你放心，我家已经到了这步境地，我只想和儿子过安稳的日子。"陈正茜冷冷地说。

"好，陈总明事理就好。这样我就放心了。"欧阳终于满意地点点头。

欧阳跟陈正茜道别后走出病房，楚之翰强打精神，露出微笑，装作刚回来的样子，差点迎面撞上欧阳："叔叔，这就走吗？"

欧阳微笑着："哦，是的。"

楚之翰跟上欧阳，往外走："那我送送您。"

欧阳推辞着："不必了。你还是好好照顾你母亲吧。"

楚之翰小声地："叔叔，实不相瞒，我有点事想问问您。"

"什么事？"

楚之翰沿着病区走廊边走边说："是这样的，您知道，我家里突然出现变故，画廊和我的公司都没法再经营下去了。叔叔，您是我父母的朋友，我想问问，您是不是方便……"

欧阳会意："是不是缺钱？需要多少钱？"

"我不是那个意思。"楚之翰有些尴尬。

"孩子，缺钱就说，我和你父母是多年故交，帮衬一下是应该的。"

"叔叔，我不是孩子了。现在爸妈这个样子，我就是家里的顶梁柱。母亲的医药费还好说，只是请求叔叔能在业务上帮帮我。"

欧阳看着楚之翰一脸胡子拉碴，明白他这段时间一定很不好过，遂掏出一张名片，递给楚之翰："我还有点事，回头细说。"

楚之翰双手接过，点头弯腰："谢谢叔叔！"

送走欧阳，楚之翰看着他的背影，叹了口气，走进病房，见母亲盯着窗外发呆，他顺着母亲的目光向窗外看去，见窗外的小花园里，有个戴墨镜的男人站在凉亭内，也正在向病房张望着。

楚之翰不明就里，问，"妈，您看什么呢？你认识那个人吗？"

陈正茜认出那是欧阳的手下，她明白欧阳对自己并不放心，这其中的秘密她不想让单纯的儿子介入，于是否认道："不认识。不过，之翰，妈有一件事要跟你说。"

楚之翰坐在一旁："好。您说。"

陈正茜小声道："你回家后，找一只U盘，U盘封在袋子里，藏在鱼缸底下的小

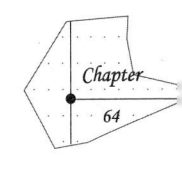

石子里面，你回家后拿出来，收在自己身上。"

楚之翰不解地："U盘……存着什么东西？"

"你不需要知道。你爸爸现在情况不好，过去有过节的人可能会找我们麻烦。如果有人威胁到你，你可以拿出这只U盘，告诉他们，只有你自己有密码。"

"密码是什么？"

"让他们留下U盘，你回到安全的地方再跟妈联系，我把密码告诉你。"

"好，我知道了。妈，家里的事我什么也不清楚，您能不能告诉我，到底是谁跟我爸有过节？"

"之翰，我们这辈人的事，你不要知道太多。不管怎么说，你答应妈，把东西收好，行吗？"陈正茜的声音里透着一丝慌乱和悲凉。

楚之翰抬眼看到母亲憔悴的面容和期盼的眼神："嗯，我知道了，您放心。"

楚之翰回到家，来到鱼缸前，看着里面优哉游哉的鱼儿。他将手伸到缸底在小石子里摸索，最后找到一个密封的防水袋，里面有一枚小小的U盘。

楚之翰回想母亲的话，"如果有人威胁到你，你可以拿出这只U盘，告诉他们，只有你自己有密码。"他意识到这个小小的U盘一定隐藏着很大的秘密。

楚之翰拿出那枚U盘细看，但表面没有任何线索，为了获悉里面的秘密，他决定找到技能高超的IT男帮助破解密码。

在阿裴的帮助下，楚之翰找到一个高手，不料对方要价五千，楚之翰咬牙答应了。

高手开始在电脑上破解U盘密码，边操作边说："你这U盘有点儿意思，还不是一般人能破解的。"

楚之翰"哦"了一声，这时陈正茜打来了电话，追问东西找到了没有，楚之翰心虚地说："嗯，找到了。"

陈正茜提醒他："记住，不要试它的密码，输入错误超过十次，会自动抹掉里面的信息。"

楚之翰听罢，大吃一惊，赶紧挂了电话，对电脑高手连声道歉："不好意思，这U盘我不破解了。"

电脑高手却说："我已经算出来一共有二百六十八乘以四百四十六种密码了，刚试了五个……我给你写个程序……"

楚之翰神色惊恐，冲进柜台内拔下U盘，转身跑掉了。

阿裴驾车送楚之翰回医院途中，楚之翰思来想去，总觉得这个U盘跟欧阳有关，他把U盘收进钱包，拿出欧阳的名片对阿裴说，"送我去这个地方吧，皇冠假日酒店。"

楚之翰来到酒店，坐在会客区等待，眼看欧阳进入酒店往电梯走去。

楚之翰起身迎上："欧阳叔叔！"

欧阳上下打量一番，认出了楚之翰："哦，小楚。怎么，找我有事吗？"

"没事没事，就是来看看您。"

欧阳点点头，"你是不是有什么事？"

楚之翰难为情地说："我知道，您是我父亲重要的朋友，生意上很多往来。我来跟叔叔见面，也是想感谢叔叔，谢谢您一直给我父母业务上的支持。现在，我家的情况不太好。我也不小了，想着应该接过家里的担子，但是在方法上，还是有点摸不着门路。我想，叔叔您能不能给我指条明路……"

"你想让我怎么帮你？"

"绘画方面，我没什么天分。不过家里开着画廊，也算有一定耳濡目染。加上我父亲的画作算是小有成就，所以，我打算经营家里的画廊，把这份事业进行下去。"

"画得怎么样，不重要。重要的是我买你爸爸的画。"欧阳笑道。

楚之翰尴尬地说："欧阳叔叔，您是前辈，您能不能带带我……干什么都行。之前我一直在创业，最难的时候吃泡面过来的。我们做的房车之旅，在直播平台上有一定的粉丝流量。叔叔，只要您给我个机会，我肯定投入百分之二百的努力，做到最好！"

欧阳沉默片刻，说："这事情嘛，倒是有一桩。香格里拉那边的地平线艺廊，本来是找你爸爸做艺术总监，结果出了这样的事……几个小股东也都撤了，正缺人打理。"

楚之翰惊讶："在香格里拉？"

"对，在香格里拉。不用马上答复我，你先考虑考虑。毕竟这个活需要你离开上海。"

楚之翰欣然答应道："我明白了，我愿意接受您的安排！谢谢叔叔！"

楚鸿飞一夜之间身败名裂，而《宝贝》侵权一案也在艺术界掀起轩然大波，由此带来各种热议，人们讨论的焦点是，针对雪山画派的重创该不该因为个人的行为而降低对整个流派的评价……

面对这样的结果，李心月默默看着那幅《宝贝》，心中暗想："为什么这个画廊的败落让我如此难过？画作的最大价值，不是属于哪种流派、出自哪位名家、炒出了什么高价，而是作为一幅画，被很多人看到，并且因此而喜悦。爸爸，你用手中的画笔，把圣洁的雪山从遥远的香格里拉带到了很多人面前。作为你的女儿，我也有我对于雪山画派的责任吧。"

李心月思来想去，最终，她决定带着父亲的《宝贝》以及那个画箱里的所有作品，回到香格里拉，为父亲办一场个人画展。她相信，这也是对父亲在天之灵最大的安慰。

离开上海的租住屋前，李心月看了看那个帐篷，再次翻看着手机微信，金小天仍然没有任何回复，她抚摸着脖子上的绿松石吊坠，自言自语，"金小天，你说话不算数，我需要你的时候，你没有出现，你到底在哪里？"

白色阳光客栈，李心月拖着行李箱走到客栈门口，萧芳芳已经从里面迎了出来，俩人亲密地拥抱了好一会儿。

萧芳芳帮着把行李拿进房间，行李收拾停当后，萧芳芳带着李心月边喝酥油茶边聊天。对李心月为父亲办画展、捐画的计划，萧芳芳很是欣慰，声称一定会全力支持。聊到楚鸿飞一家的遭遇，萧芳芳反倒沉默了。

李心月见状，只好转移话题："央金奶奶和卓玛阿妈怎么样了？"

"她们都挺好的，央金现在忙于'地平线小镇'的项目，"说到这儿，她突然想起了什么，看着李心月说，"我听卓玛阿妈的孙女达娃说，她在寨子里看见金小天了。"

李心月闻听，整个人都呆住了："什么？他还在香格里拉？"

"我也奇怪呢，听达娃的意思，好像在一个公司里做事。我帮你找找去。"

李心月气愤道："不，不用了，芳姨……我自己去找他！"

辉哥看上了卓玛阿妈所住的藏寨，打算把它低价买下来，再高价卖给央金，狠赚中间的差价。

但是，要想顺利说服卓玛阿妈卖房搬家，这是一块难啃的骨头。

辉哥把这块骨头扔给了金小天，表面上让他当上了项目经理，又是配车又是配助理。

金小天明白这个差事很难办，但是为了获得辉哥的赏识和信任，再难也要上！

这天，金小天带着一帮小混混来到卓玛阿妈家大力拍门。

达娃一脸戒备地开门，看到金小天，神情放松下来："小天哥，是你！快进来，快进来。"

金小天向后招呼，几个兄弟鱼贯而入，金小天一个箭步走进老宅厅堂。

卓玛阿妈从沙发上慢慢坐起："是小天啊……有什么事吗？"

"我现在是给辉哥办事。我们老人看中了这块地，这是你们的福气，你们把这寨子卖给我们，我承诺，给你们高于市价百分之十的价格，怎么样？"

小混混们起哄响应。

卓玛阿妈呼吸急促："你们，你们……"

达娃流出眼泪："小天哥，小天哥你怎么了？"

金小天拿出一副流氓无赖的样子："怎么了？我拿钱办事，天经地义！还告诉你们，我这是念及旧情，愿意给你们高价，换了别的住户，我早上手了！怎么，你们要尝尝我金小天的厉害？"

一个小混混对金小天说："天哥，不用跟她们废话了，现在就赶人！"

正在这时，李心月走进卓玛阿妈的家，出现在金小天面前，两人看着彼此都惊呆了……

Chapter 65

　　压抑已久的情思凝聚在一起，在金小天的身体里流窜，仿佛要冲破一切障碍呼之欲出。他万万没有想到会在这种情境下与李心月再次相遇，这让他喜忧参半。

　　原来，辉哥告诉金小天欧阳在香格里拉有个大项目，要带他一起大干一场。为此，金小天喜出望外，他终于有机会接触到他们的核心了。临行前，他和陈副局汇报了情况，"准备放饵，有大鱼，香格里拉上钩"。

　　大事当前，凶险万分，前途未卜。金小天害怕，这一走，可能和李心月就是永别。只有在夜深人静时，他才敢去想她，贪恋着两人一起经历的点点滴滴。

　　如今，李心月就这样让他毫无防备地出现在眼前，令金小天突然感到慌乱和狼狈。

　　一个小混混见金小天发呆，推了推他，"天哥，你怎么了？"

　　金小天恍过神来，按捺住情绪，马上质问李心月："你怎么来了？你不是应该在上海吗？"

　　说完这句话，他又马上意识到自己说漏了嘴。

　　李心月盯着金小天问，"看来我在哪里，你是知道的。"金小天眼神虚晃着，李心月又说："我回来，是因为有些事情还没了结。"

　　金小天扫了一眼身后围着的几个手下，看到他们都在等他表态，于是重新做出凶巴巴的样子："不管你有什么未了的心愿，总之这里不是你该来的地方，快点走。"

　　达娃向李心月哭诉："心月姐！小天哥要买我们家的宅子，如果我们不同意，就要让小混混来骚扰。"

李心月面对金小天粗鲁的样子，不敢相信道："金小天，你怎么变成这样？"

金小天回怼："我怎么样，你管不着！"

达娃泣不成声，李心月给达娃抹眼泪："别怕，我绝对不会让他动这里！"说着她对金小天怒目而视，"想不到，你消失后就是在做这个？看来你还是那个无赖、流氓、混混，你的职业选择怎么一直都这么独特呢？不是当狗腿替人讨债，就是当打手到处强买强卖。"

金小天强掩心痛，继续怼回去，"对，没错，谁让我擅长干这个呢。可我提醒你，你们哪一次闯祸，不是我给你们兜底？"

"你是救过我的命。可你说过，让我别害怕，说会永远陪在我身边……那个我认识的金小天被你藏到哪儿去了？你看看你现在的样子。还有你帮我拿手稿……"

金小天闻言心中一凛，赶紧打断："少废话，你让开，别耽误我办正事。"

"你的正事，就是欺负妇孺？你看看卓玛阿妈，她都多大年纪了，你让她去哪里？"

"我劝你别挡道！"

李心月放开达娃，"这事儿我管定了！"

金小天看到李心月如此坚定，生怕她来蹚这趟浑水，惹祸上身。

这时，他发现李心月还戴着自己送她的吊坠，故意激怒她，"你不会真的对我动感情了吧？我告诉你，我本来就是这种人。收房租，跟你讨债，一路和你们搞什么爱情之旅，是因为知道你拍下了楚鸿飞的画，以为你是深藏不露的富家千金。你还真以为，我看上你了？"

李心月难以置信地看着金小天，气得一巴掌扇过去："卑鄙小人！"

金小天手下不答应了，欲上前动手，被金小天拦住："都别动！"金小天眨巴几下眼睛，镇定了一下情绪："以后你们所有人，所有事，只要跟我撞上了，我绝不会让你们好过。"说完他把辉哥给他的那份关于买地的文件狠狠拍在桌上，"这是文件，你睁大眼睛仔细看好了。"

金小天带着几个手下大摇大摆走了。

达娃和卓玛阿妈抱作一团，止不住流泪、叹气。

李心月忧虑地拿起文件，见文件上写了着"香巴拉彩虹"几个字，图纸上也被画了几个圈，她眉头拧起来，在手机上飞快查看完相关信息，发现这个项目跟央金的"地平线小镇"有关，于是她立刻去找到央金。

央金见到李心月，很是开心，"哎呀，心月，你回来啦，奶奶还真是挺想你的。快坐，陪奶奶聊聊天。"

李心月急切道："奶奶，卓玛阿妈病倒了，她家里被一群小混混骚扰，看样子，好像跟您开发地平线小镇有关系……"

央金诧异道："他们买地，跟地平线小镇有什么关系？"

李心月把那份合同交给央金，央金看罢，沉下了脸："我知道了。刘秘书，这件事就交给你来办了，去跟欧阳先生说清楚，所有工作必须严格按规划图纸做，否则他一分钱也别想从我这拿到。"

刘秘书点点头，拿着规划图走了。

央金这才问："丫头，你这次回来，不是就为这件事吧？"

李心月点头："我来这里，其实是想给爸爸的雪山画派办一个回顾画展。只是，眼下还没想好要怎么做。"

"嗯，有这个发心，就是很好的缘起了。"

"奶奶，我有件事想拜托您。"李心月恳求道。

"你说。"

"为了保险起见，我父亲的这幅画想放在您这里代为保管。这样，我比较放心。"

央金立刻答应："这么客气干什么，拿来吧。"

李心月从背包里拿出藏有《宝贝》的画筒，央金打开保险柜，放了进去，遂又回头看着李心月上下打量。

李心月被看得发毛，问，"奶奶，怎么了？"

央金笑眯眯地说："丫头，既然你这么关心'地平线小镇'的事情，就来给我帮忙吧。"

"什么？"李心月有点不敢相信地看着央金。

"地平线小镇的开发是个需要耐心和毅力的工作，尤其是，这是我的家乡，不同于其他的商业项目，要做到最好，负责这个工作的人必须对香格里拉有深厚的感情。我看来看去，感觉只有你最合适。"

"可是，央金奶奶，我只是个小职员，没有管理经验。"

"经验、专业知识那些劳什子，只要肯用心，什么学不会？我最看中的，是你这颗想为香格里拉做事的心。"

李心月有些犹豫。

央金又说:"用不着马上答复,回去想好了再告诉我。"

金小天正在暗自担心李心月来蹚辉哥的浑水时,欧阳先生来到了香格里拉,让金小天意想不到的是,欧阳竟然决定起用楚之翰参与地平线小镇的项目,这让金小天越发不安。因为楚之翰是个单纯的人,来到这么复杂的环境里,一定会出娄子。

金小天正焦虑不安时,辉哥向他打探,"这个楚之翰,人怎么样?"

金小天借机说:"这个人可不行,从小被家里娇惯坏了,我们一路旅行,数他最不切实际。说着吃苦创业,一有资金就去豪华酒店享受。不说别的,就他天天都要自己做咖啡这件事,我都忍不了,哪像个成大事的人?不坏事就不错了!"

辉哥点头:"你说的,我也了解。不过,他家里搞得这么艰难,他应该识时务了。再一点,楚家这个画廊,在咱们的业务里,也是一颗比较大的棋子。"

"老大,楚之翰是我见过的最不靠谱的人,他今天追求这个,明天又喜欢那个,心思根本不在生意上。听我的,千万别让他参与。万一他给咱们点了炮儿。"金小天一个劲儿数落楚之翰的缺点,希望能把他踢出去。

但辉哥却说,"这些事,都可以控制。如果没有别的问题,你以后负责跟他对接,恢复他家画廊的生意。"

楚之翰就要离开上海去香格里拉,临别前他不放心母亲,来到病房,眼看着盛夏在给陈正茜做头部按摩,她边按摩边给陈正茜说笑话:"……还有个小白兔的笑话是这样的,大灰熊从路边经过,看到小白兔耳朵贴在地上,就问它,发生什么啦?小白兔说,半小时前一辆车从这里经过。大灰熊很崇拜,哇,这你都听出来了,好厉害。小白兔说,嗯,因为我的脖子就是被它压断的……"

陈正茜被逗笑了,脸上有了笑容,一扫往日阴霾。

楚之翰觉得内疚,他看得出盛夏满腔热情照顾母亲,完全出自她对自己的爱慕,可是楚之翰的心仍然属于李心月。尽管李心月让他伤心彻骨,两人也渐行渐远,可他无法欺骗自己的心。而对盛夏,他没有任何男女之情,只是出于朋友与同事的关系,所以,他不想拖累盛夏。

楚之翰深吸口气,推门而入:"妈,给你买了陈记的乌鸡汤,趁热喝吧。"

"之翰,你怎么才来?盛夏一早就过来了,等了你好久。"

楚之翰冷冷道:"嗯,找我有事吗?"

盛夏难堪地说:"没,没有什么事。"

楚之翰的直接让陈正茜也觉得有点奇怪，忙打圆场："盛夏，这段时间真是太麻烦你了，每天都来医院照顾我。如果你有事的话，先去忙自己的事，阿姨这边，你有空的时候过来看看就好。"

"阿姨，这么客气就见外了啊。我跟楚总，是、是关系特别铁的朋友，朋友之间，互相帮忙都是应该的。对吧，楚总？"

楚之翰埋头摆开餐具，从保温盒里拿出午饭，没有回应。

盛夏马上又说："对了，跟医院约了核磁共振检查，明天一早就要过去排队，这是号码，我帮你收起来吧。"

楚之翰推辞："不用了，给我吧。"

盛夏自嘲地一笑，把单号交给楚之翰，朝陈正茜做了个调皮的鬼脸，笑容满面地拿起了自己的背包："那我先走了，阿姨，我明天再来看您。"

陈正茜微笑着："路上慢点。"

楚之翰把热气腾腾的鸡汤倒进碗里，端到陈正茜面前，陈正茜看了看儿子有些疲惫的面容，接过了汤碗，边喝边说："之翰，盛夏这段时间每天过来照顾我，是人都看得出，那是因为她喜欢你，我不信你感受不到。"

"妈，你别多想了，我对她，完全没感觉。"

"之翰，我知道你现在拒绝谈感情。你对自己要求严格，这是好事，可有时候，人生需要加点盐，才有滋味。妈不希望你因为家庭的变故，变成一个寡淡无趣、丧失感情的人。咱们家变成现在这样，一个朋友也没有，难得盛夏这个孩子一团火似的来帮衬我们，她值得你好好对待。"

"妈，我知道了，我会找她谈谈。今天来，是想跟您说一声，我要再去一趟香格里拉。"

陈正茜严肃地坐起来："你还去那个鬼地方干吗？"

"地平线小镇的项目要开始了，我的稻草熊可以负责旅游代理，前期就要参与到项目规划里。还有……"楚之翰偷偷瞟了一眼陈正茜："还有艺廊的事务，本来央金奶奶聘请了爸爸做总监，现在他出了事，我作为他的儿子，理应接手把它做好。"

"艺廊的事情你不要管，我会安排别人去做。"陈正茜不想让楚之翰再有什么不测，严厉地拒绝道。

"这个关头谁还肯接手这个烂摊子？"楚之翰不肯妥协。

"有钱能使鬼推磨！"

"可是咱家没钱了！不仅没钱，还名誉扫地！"

"所以你接手也无济于事。"

"不会的，妈，你相信我，我可以让画廊起死回生！"

陈正茜盯着儿子："怎么个起死回生法？靠央金？还是靠欧阳？"

楚之翰听到欧阳的名字一颤，努力让自己显得正常："靠我自己！"

陈正茜摇了摇头，闭上眼睛拒绝跟楚之翰交流。

楚之翰又说："我不在的这几天阿裴会跟护工一起照顾您，有什么事您就交代他去办。我会回来接您出院的。"

陈正茜说了句："别被自己的英雄主义感动，有些事情并不像你想的那么简单，一步走错，就很难回头了。"

楚之翰的脚步停顿了一下，最终还是没有回头，离开了病房。

楚之翰离开医院后，决定把盛夏约出来谈一谈。

盛夏开心极了，以为自己能跟楚之翰走得更近一些，她精心打扮了一番来赴约。

中心公园的长椅上，两个人并排坐在一起。

楚之翰看着盛夏说："知道我为什么约你出来吗？"

盛夏羞涩地摇头。

楚之翰只好说："我想告诉你一件事。"

盛夏充满期待地看着他，不料楚之翰却说："我——不喜欢你。"

盛夏愣了愣说："不喜欢我，所以呢？"

"所以，像其他人那样，离我远一点。医院也不要再去了。我的事，你不要再插手，过好你自己的生活就行了。"

"所以，你说找我有话要说，就是这几句废话？"盛夏不以为然。

"废话？我斟酌了那么久的话，在你看来都是废话？你睁大眼睛好好看看，我不再是楚家大少爷了，我们家和这个画廊一样落败了。我现在一无所有，没法再给你什么。你如果够聪明，就不要在我身上浪费感情，也不要去医院浪费时间。"楚之翰无力地说。

盛夏呆呆地听他说完，点头表示听到了，然后就往回走。

楚之翰反而不放心了："喂，你……没事吧？"

盛夏回头挥挥手："我能有什么事？明天见。"

盛夏转身走了，留下楚之翰站在原地发愣，心想："明天见是什么意思？这到底是懂了还是没懂啊？"

第二天，楚之翰没想到盛夏又来了，他焦虑地看着盛夏，"不是跟你说了别再来吗？实话告诉你，我今天不会娶你，明天不会娶你，一辈子都不可能娶你！我喜欢的是李心月！"

"可是李心月喜欢金小天。"盛夏回答道。

"那也不代表我就要接受你！盛夏，你帮了我很多忙，我也想要回馈，不过……我终究做不到，我是个纨绔子弟，我哪有什么感情。"

盛夏咬着嘴唇："你……你变得好陌生。"

楚之翰开始恶语中伤道："不用惊讶，未来的我会让你更陌生。我要接手家里的画廊，要跟欧阳做生意，以后在外面风光无限，有的是女人。至于你，不值一提。"

盛夏听完，表情变了，她伤心地背起包，失落地离开了。

楚之翰目送盛夏走远，身体松懈下来，自言自语道："盛夏，对不起……对不起……"

辉哥在香格里拉一直没有新的动作，整天忙碌于买地卖地，这让金小天捉摸不透。

这天经过辉哥办公室时，金小天好像听到里面有说话声，他停下了脚步，四周看看确认没人，突然推门进去，见屋里的辉哥和一个老外坐在一起。

辉哥和皮特都吃了一惊，金小天装作不懂，直直朝着皮特去打招呼："hello, how do you do！辉哥你这越来越高大上了，都和国际友人做生意了……"

辉哥一脸不悦地站起来迎着金小天："谁让你进来的！你不知道敲门吗！"

金小天假装一愣，然后看了看辉哥身后的皮特，视线又扫过一个盒子，里面原来是一套精美的茶具。

金小天赶紧说："sorry！sorry！"

辉哥对皮特解释着："I apologize, peter. This is my employee.(我很抱歉，皮特，这是我手下的员工。)"

皮特说："That's ok. That's ok"然后切换成有口音的中文："你们继续忙工作，我先走了。谢谢你的礼物，很漂亮，我很喜欢。"

皮特不紧不慢地收起茶具，站起身准备告辞。金小天十分殷勤地跟皮特打招呼，又确认了一下茶具。

等皮特拎着茶具的盒子一离开，辉哥转身瞪了眼金小天。

金小天赶忙假装惭愧示意自己冒失，又小心地问："哥，这外国人是谁呀？"

辉哥打着马虎眼："喝茶的朋友。"

金小天继续问:"普通朋友你就送那么大一套茶具啊,不少钱吧?"

辉哥瞟了小天一眼,眼神十分阴冷复杂。

金小天只好转移话题,试探道:"大哥,欧阳先生来了,咱们也不去拜见拜见?"

辉哥审视着金小天,嘲讽道:"怎么,你惦记老大啊?听说,你最近跟老大走得很近啊。"

"哪有哪有,我最亲近的永远是您。"

"既然你这么说了,咱们就去拜见拜见吧。"

辉哥带着金小天找到欧阳品茶的会所,辉哥面带笑容地向欧阳问好,看到欧阳身边还有刘昆、刘鹏两兄弟,辉哥赶忙说:"看来我是来晚了啊,抱歉抱歉。"

欧阳先生笑了:"没事没事,大家一起喝个茶,聊聊天。来来,坐,坐。"

欧阳先生向辉哥招手,刘昆迅速起身往旁边让了一个座位,给辉哥挨着欧阳先生。

辉哥入座后,金小天站在原地。

刘昆瞟了一眼金小天问:"辉哥,这位就是你新收的那位金小天?"

辉哥:"对,就是他。"

刘昆起哄:"啊,最近兄弟们传得很响啊,听说还亲手杀了个刑警队长?"

金小天一脸谦虚:"都是辉哥给的机会。"

刘昆话锋一转,说:"只不过,这初来乍到的,难免还是会让人不服啊。"

刘鹏附和着:"就是,难道我靠我哥的名字去要过什么优待了吗?在集团里做事,最重要的就是规规矩矩,论资排辈。"

刘昆继续说:"我只是怕,他对我们山海集团内部不够了解,到时候办起业务来……阿辉你说是不是。"

辉哥的脸色慢慢变得严肃,他喝了一口茶没有说话。

刘鹏又说:"就是的呀,我们是不介意,可架不住下面有熬了十年八年的兄弟不服啊,到时候因为这些影响了公司利益怎么办?"

辉哥把茶杯放在了桌上,发出不大不小的声响:"那我呢?我熬了20年。在牢里。"

全场沉默几秒,除了辉哥之外的人都偷偷瞟了欧阳先生一眼,欧阳淡定喝茶。

辉哥笑了:"20年,不看功劳,也有苦劳嘛。"

刘昆连连点头,刘鹏暗骂自己说错了话。

欧阳先生:"嗯,说得对。阿辉这20年,是为了公司为了大家,绝对不会被忘记的。"

辉哥忙说:"应该的,当年如果换了是昆哥在我的位置,他也会这么做的。"

欧阳先生看了看金小天："阿辉，你这手下可是捡到宝了啊！上次去拷数据的事，办得干脆漂亮。"

"欧阳先生过奖了，这种事算不了什么本事。有没有能力还得拿大成绩来说话。"

"我看他没问题，啊哈哈哈，加油干，努力！"

金小天得意地瞟了一眼刘鹏，遂转身去洗手间，不料出来时被刘鹏及其手下堵在了门口。

刘鹏一把抓住金小天的衣领："你别以为胡志辉能罩得住你，我想弄死你就弄死你！"

金小天一脚踢中刘鹏的裆部，疼得刘鹏嗷嗷叫。

几个手下涌上来，金小天和他们打成一团。金小天虽然骁勇，但毕竟对方人多势众，金小天渐渐疲于招架。

欧阳的保镖大华推开了厕所的门，大华喊道："都给我住手。"

金小天和刘鹏剑拔弩张，但所有的人都停下了动作。

大华一手一个，把他俩拉到了欧阳面前，欧阳大发雷霆："你们这是要造反啊？啊！我还在这没走呢！你们就敢到隔壁打起来了！我们山海公司最基本的一条是什么！啊？是自己人不打自己人！"

辉哥相劝："老板，您别动气，当心身体。"

刘昆也起身劝说："老板，您消消气，消消气。"

欧阳先生坐下，依然满面怒容。

刘昆站起身来，左右开弓扇了刘鹏几个耳光。

辉哥见状，也一把拉住金小天的手按在桌上，从腰间掏出匕首，回头问欧阳："老板，要几根，您说话。"

金小天紧张地看向辉哥，辉哥看着他的眼神平静又阴冷。金小天不敢反抗，冷汗直冒。

欧阳先生叹气："哎，住手。算了吧。把他手弄坏了，谁给我挣钱啊？"

辉哥收起刀子，放开了金小天。

欧阳先生抓起金小天的手和刘鹏的手说，"现在讲究合作共赢。你们俩现在握个手，这件事就当没发生过。"

金小天和刘鹏相互看一眼，只好将双手握在一起，暗地里互相加力。

欧阳："大声说一遍，自己人不打自己人。"

金小天、刘鹏都瞪着对方，两人异口同声："自己人不打自己人。"

从会所出来后,金小天跟着辉哥灰溜溜返回住地,他故意黑着脸坐到一边。辉哥问了句:"怎么,还有气不顺?"

金小天瞥了辉哥一眼:"我拿你当大哥,你就真的要砍我手啊!"

辉哥笑了,"我就知道你会介意这个。但是我很了解他,这个人是不会跟钱过不去的,你能干,他绝对惜才。但是内斗,影响了他的生意,欧阳先生绝对不会同意。"

金小天还是不高兴:"那刘鹏的事就这么算了,只能忍了?"

"想干大事么,这点都忍不了?我都忍了几十年了。"

金小天依然赌气,辉哥开始解释:"欧阳先生的意思已经很明白了,他现在不会随便把新的生意交给我们或刘昆中的任何一个,他还在观察。"

金小天问:"又不让我们打,又要我们争,那怎么办?"

"那就比耐心了。成大事的人,沉不住气怎么行!如果没猜错,欧阳这次来,一定有大事。"

Chapter 66

　　机舱内，乘客陆续落座，楚之翰在靠窗的位置刚坐下，就见盛夏拖着登机箱走来，麻利地把登机箱往行李架上一放，然后坐在了楚之翰旁边。

　　楚之翰愣愣地看着身旁的盛夏："你怎么在这儿？"

　　"陪老总去香格里拉开会啊。"

　　"谁？"

　　"我的老总你啊，现在稻草熊就剩咱俩了，我不得身兼数职陪你出行吗？既是咱公司的招牌网红小姐姐，又是知书达理小助理，聪明伶俐小跟班……"

　　楚之翰打断："该说的话上次我都说了，盛夏，你是个女孩子，能不能要点脸面？"

　　盛夏从包里掏出了几片面膜："还有人比我更要脸吗？一会儿起飞了我就先敷一片清洁面膜，然后再贴片补水的，最后来张美白的。保证下飞机的时候光彩照人不给咱公司丢脸。"

　　楚之翰提高嗓门："盛夏，够了，你别揣着明白装糊涂了，非要让我说你没皮没脸像块狗皮膏药一样吗？求求你了，别再跟着我了，我家破产了没钱了！跟着我也得不到什么好处！"

　　周围的乘客转头看着他和盛夏，议论声悄悄响起。

　　楚之翰看盛夏并没有反应，起身："你不走我走！"

　　盛夏声音不高但字字清晰："我一点都不想跟着你，是孩子不能没有爸爸……"

541

盛夏故意当众轻抚自己平坦的小腹，机舱内空气瞬间凝固。

楚之翰懵了，词不达意："不是……你别……别胡说！"

"我知道你是怕给不了我们优渥的生活才故意要赶我们走，可是穷有穷养的办法啊，一家人在一起，比什么都重要。凯文，你别再赶我了……"

这时候，乘客们开始把矛头指向楚之翰，"哎？居然是个渣男！""人不可貌相，这姑娘看着一脸精明相，没想到这么通情达理。"

楚之翰在众人冷冷的凝视中只得重新坐下，小声对盛夏："算你狠！"

楚之翰不再理会盛夏，靠在座位上装睡。

盛夏偷偷凝视楚之翰的睡脸，要知道，陪楚之翰去香格里拉并非她的主意，而是陈正茜的主意。

为了监督儿子的举止，也为了搓和盛夏和儿子的关系，陈正茜私下将楚之翰的行程以及自己的心愿说了出来："盛夏，好孩子，我知道你受了很多委屈，你的心阿姨都明白。现在，你愿不愿意帮阿姨，也帮自己一个忙？"

盛夏问，"什么事，您说。"

"帮我照顾凯文。我们家里的事对他打击太大，我怕他在这个节骨眼上做出错误的选择。所以，请你陪他去一趟香格里拉，也请多多理解他，不要听他乱讲话，我相信，你早晚会走进他的心里的。好吗？"

盛夏答应了，也做到了，但她并不知道，接下来等待自己的会是什么。

白色阳光客栈，李心月将央金请她参与"地平线小镇"项目的事情告诉了萧芳芳，并表示自己很为难，不知道该不该应承这件事。

萧芳芳搂住李心月，指着远处说："要是真的很难决定，就去藏寨里走走，没准会有答案。"

夕阳给藏寨勾勒了一层金边，寨子显得如梦似幻。

李心月慢慢地走在藏寨中，感受着香格里拉的气息。一想到将来这里会迎来巨大的改变，她不知道最终的结果会是怎样，唯一知道的是，如果可以，她将尽其所能把变化推向好的方面。

如果生命是场旅行，李心月希望在抵达未知的旅途终点时，她是微笑着的，无悔的，纯净透明的，就像《宝贝》上最原始的自己，最初心的自己……

地平线小镇开发项目的股东和相关人员聚集在酒店的会议室中。

楚之翰来得很早，他安静地坐在会议室一角。欧阳带着辉哥、刘昆、刘鹏和金小天

也走进来落座。

楚之翰看到金小天的时候略显吃惊，金小天感受到楚之翰的目光也朝他看去，但又瞬间收回了目光，仿佛楚之翰跟在座的陌生人们一样。

央金带着蒂娜和刘秘书走进会议室，众人纷纷起身致意，再次落座后，刘秘书请示央金："董事长，现在开始吗？"

央金："等一下，还有人没到。"

众人顺着央金的目光看去，刚刚赶来的李心月站在会议室的门口。

李心月和金小天同时看到对方，均是神色复杂，角落中的楚之翰看着二人之间的暗潮汹涌。李心月看向楚之翰，但后者移开目光，不愿和她有任何交流。

央金微笑道："李心月，香巴拉彩虹集团地平线小镇项目的策划，以后她就是我的代表。心月，现在人都到齐了，把你对地平线小镇开发的构想跟大伙说说。"

李心月走到投影前，灯光变暗，她开始向所有人解释画展的概念图。

演示结束后，灯光亮起，央金率先鼓掌，并问大家："各位有什么意见和建议吗？"

央金环视会场，众人小声交换意见。

欧阳开口道："那我先说说吧。概念图做得很美轮美奂了，令人对这个项目充满期待，但是……"欧阳停顿了一下，环视众股东："我认为这个项目开发得还不够完全。"

央金问："能具体说说吗？"

"最直观的就是地皮没有全部利用起来，寸土寸金啊！"

李心月说道："地平线小镇是一个以风情旅游为主的开发项目，不是圈地卖房。"

欧阳反问："请问在座的各位，是什么原因让我们这些人今天聚在这里？"

刘昆说："当然是钱啊！"

欧阳点点头："没错。我们为什么不能把有可能赚到的每一分钱都放进自己的口袋呢？"

其他股东开始言论，"对呀，大家投这个项目不就是为了多赚点钱吗？""确实确实。"

欧阳给金小天使个眼色，金小天立马站起来："我很赞同欧阳先生的看法，现在的设计根本没从商业的角度出发，导致大片的地皮都浪费了。"

李心月反驳："香格里拉不需要暴发户似的开发。我们要造就的，是一片心灵绿洲。"

金小天回怼："心灵绿洲能替你赚多少钱？实打实的消费才能把你投出去的真金白银赚回来。"

"可我认为这个项目要想利益最大化，恰恰是要完整的保留香格里拉本身的气质，

而不是再也不想去的商业古城。"

股东们又被李心月带跑了："好像有点道理。""像一些古城古镇确实也是被做烂了，千篇一律没有特色。"

欧阳看看楚之翰，说："之翰，你是艺廊的主理人，你怎么看？"

楚之翰避开了李心月的目光，说："我同意欧阳先生的意见。"

李心月失望地看着他。

激烈的辩论之后，央金做了总结发言："李心月代表的话正是我们集团的态度，如果各位觉得我们的开发理念相去甚远，现在退出还来得及。另外，我了解到，最近下面有些人在到处收购老式民居，我觉得各位都应该好好管理一下自己的队伍了，按照规划办事，不要让一些心术不正的人破坏了整个格局。"

股东会不欢而散，欧阳带着辉哥和一群小弟来到夜总会碰头。

欧阳质问："阿辉，收购老宅是怎么回事？"

辉哥这才说："对不起，欧阳先生，是我安排金小天去做的，我也是想为山海集团在这个项目里争取更多的话语权。谁知道那个李心月告状告到央金面前了。"

刘鹏忍不住了："那个丫头片子到底什么来头，敢在我们面前嚣张？"

欧阳说："李代表和小天有过一段情，至少我是这么听说的，对不对，小天？"

金小天迎着欧阳的目光："要说有也算有吧，之前楚之翰搞的那个房车之旅直播，我和李心月假扮情侣卖人设来着。"

刘鹏讥讽："还假扮？跟那么个美女朝夕相处，不得日久生情？"

金小天笑："玩玩而已，要是各个都弄假成真，恐怕韦小宝都得羡慕我吧。"

辉哥表情严肃道："今天的事不就是给你提个醒了？她现在搭上央金，翻脸就不认人，在央金面前将你一军，这女人不简单啊。"

金小天一脸失望状："是，我现在算是看清她是个什么人了。最狠女人心！"

盛夏和楚之翰来到一家餐厅吃饭，盛夏悄悄把地址发给了李心月，李心月收到后马上找了过来，和盛夏拥抱一番后，这才看向楚之翰。

楚之翰坐着不搭理她们，李心月看看盛夏，觉得十分尴尬。

盛夏故意说："当时旅行时，我那么针对你，没想到现在咱俩居然是好朋友。"说着故意看一眼楚之翰："时间一长，没什么过不去的坎儿。"

李心月赞道："还是你大度。"

盛夏摇头："要说大度，咱们这个团队里最大度的就是凯文了，对不对？"

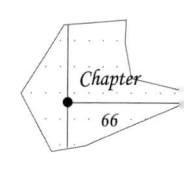

李心月犹豫了一下，"嗯"了一声。

盛夏又说："所以今天我做东，你俩都给我个面子，和好吧。"

李心月主动示好："之翰……我……"

楚之翰打断："盛夏，你没毛病吧？你以为我和李心月之间是简单说一句就完的事吗？这个女人！把我爸爸送进了监狱，让我妈气进了医院，我沦落成现在这样，和好？你说出来不觉得尴尬吗？"

李心月说："这个，我可以解释……"

楚之翰再次打断："我答应你的都实现了，你的承诺呢？我爸爸是对不起你们家，但是你一定要把我整到家破人亡才开心吗？"

盛夏看楚之翰真的发火了，不再说话，李心月见状，也只好对盛夏说："看来，我不该来，至少，现在还不是时候。对不起，盛夏，我先走了。"

李心月走了，盛夏无奈地看着楚之翰叹气。

李心月开着央金给他配的车在镇上漫无目的闲逛，张灯结彩的夜景衬托出她的寂寥。

李心月把车开到一边停车，不料一辆金杯车跟随而来，越来越近，就在这时，就听"咣"的一声，李心月的车被另一辆轿车追尾了。

金杯车还在几米之外，司机见状不敢停留，只得向前继续开去，兜了一圈在远处停车。

李心月被撞得七荤八素，她定了定神，走下车来。后车的人也走出了车，正是金小天。

金小天和李心月对视了几秒，金小天连声感叹："啧啧啧，怎么到哪都能碰到你呢。"

"金小天，你是找碴吗？"

"不好意思，今天可能吃多了，有点犯困。"

"你觉得这样有意思吗？"

"你什么意思啊？商场上吃了败仗，气不顺吗？这么输不起不如别做了。"

两人正在争执时，一辆警车开过来停下，民警走下来："怎么回事？"

金小天马上解释："哦，没事，我不小心追尾了一下，结果发现是个老朋友。"

民警看看金小天："我怀疑你酒后驾车，请你配合酒精检测。"

民警开始给金小天测酒精，远处，金杯车上的司机见到警察便开车走了。

金小天偷瞄一眼那辆开走的金杯车，这才放下心。

原来金小天提前发现了那辆车在跟踪李心月，所以故意追尾，终止了金杯车的跟踪。通过民警的酒驾测试后，金小天开始暗中向陈副局长汇报："金杯车，车号XXXXXX，司机身材中等，年纪约35岁，面貌不像本地人。"

陈副局长回复:"好的,我们会多关注近来活跃的外省人士。"

"经过今天的事,央金应该会给李心月增加保镖,其他的人应该很难伤害到她了。"

"辛苦你了,要故意在他面前这样。"陈副局安慰道。

金小天苦笑起来:"越了解欧阳集团内部的黑恶势力,我就越希望能让身边的朋友不受牵连。"

央金得知李心月被金小天追尾,她误认为是欧阳针对李心月参与项目故意找碴,为此她决定给李心月配备贴身保镖。

然而,在萧芳芳眼里,她总觉得金小天有什么苦衷,小心试探着李心月:"听说,金小天也参与了这个工程?"

李心月迟疑一下:"嗯,他所在的公司也是合作方之一。"

"你有什么打算?"

李心月苦笑:"我现在太忙了,没有时间想这些。过去……是我看错了人。现在想想,还是工作最现实!投入一分努力,就会有一分收获。比虚无缥缈的感情可靠多了。"

"你和金小天之间,我总觉得有什么误会。"

"没什么误会。自从他不辞而别,我们之间就不再有瓜葛了。"

萧芳芳抚摸着李心月的头发:"说句你不爱听的话,以过来人的经验,男人要是喜欢你,他的眼神就像磁铁一样,你到哪儿,他的目光就跟到哪儿。芳姨观察过,金小天对你,就是这种类型。"

"芳姨,合着我在您眼里就是块铁疙瘩。"

"瞧你,还是这样嘴巴不饶人。我看着你们两个一起经历那么多事,甚至生死考验,就这样不明不白的分开了,真是让人不甘心。万一是个误会呢?"

李心月放下手中的活,想了想说:"其实,我也希望是误会。可他没有一点想解释的意思,还故意追尾我的车,这还是误会吗?"

"东西坏了,是要修补的;感情出了问题,也要多沟通,不能随随便便就放弃。往好处想,说不定解开这个结,你们感情更好了呢?"

"芳姨,您这是给我来了一碗心灵鸡汤呀。"

"我知道你心气高傲,不肯轻易低头。但感情的事,难分对错。真的在乎对方,就不能去计较谁先服软。如果俩人都固执,到头来,只能徒留悔恨。"

李心月沉思片刻:"您就别操心这个了。"

萧芳芳坚持着:"哎,哪天你叫他来,芳姨给你出气。问问他,既然喜欢我们月月,

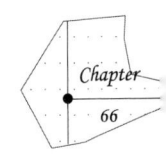

为什么突然逃跑？"

"好啦，芳姨，您的意思我心领了，让我赶紧做完工作，早点睡觉，好吗？"

萧芳芳出去了，房间里只剩下李心月一个人，她收起刚才没心没肺的状态，拿出佩戴者的定情信物愣了愣神，想着："是啊，金小天，你为什么逃跑？为什么又回来？为什么暗中帮我拿手稿，现在却又这副模样？连个解释都不给我吗？"

辉哥和小天收到邀请，来到欧阳的别墅。走过巨大的景观，金小天假装没见过世面四处瞧，暗中观察记录细节。他注意到各处探头监控，不时还有保镖在巡逻。

俩人正走着，在花园的另一条路上，迎面走过来了刘昆、刘鹏兄弟。猝不及防的照面，让双方都有些诧异，其中金小天和刘鹏更是怒目相向。

刘昆："阿辉，你们也是来赴宴的？"

辉哥淡定地微笑点头："看来欧阳先生宴请的不是只有我们。"

"能被邀请到这里来吃饭，看来欧阳先生对你很器重啊。"

"不敢当，我也不过是照章办事，听从指令。"

刘鹏瞟一眼金小天："连个跑腿的都宴请，欧阳先生真是一视同仁啊。"

"这我倒没想过，欧阳先生让我们来，我们就过来了。您先请！"

金小天诧异地看着辉哥和气地回应刘氏兄弟的挑衅。

四人一起进入一间大房，欧阳招呼众人落座，自己坐在了大桌的主座："都到齐了？随便坐。上菜吧。"

大华带着几个保镖，很快摆上了冷热菜，最后两个人端上来一头烤猪。

大华说："菜齐了。"

欧阳先生点点头，保镖们都退到门外，关上了门。

欧阳看了看四个人："今天叫你们来，是请你们尝尝这个藏香猪。"

刘昆、刘鹏和金小天的反应是一样的，都惊诧地看着眼前的烤乳猪。

辉哥接过话头："欧阳先生，您给我们推荐这道菜，有什么讲究吧？"

"那可太讲究了。这藏香猪就长在这片高原上，每天在草地上自己找食吃，除了无污染的牧草，还吃虫草、松茸、蕨麻之类的山珍，喝的也是山上留下来的泉水。来来来，都别愣着。动筷子。"

大家看着那头烤乳猪，谁都觉得无从下手。

辉哥只好试探着："看着是挺美味的，可是这么大，小弟没法下手啊。"

欧阳拿出了刀叉等物："我给你们切分一下。"

欧阳几刀割下，烤肉的香气顿时四溢，大家都有些蠢蠢欲动。

欧阳一边挥刀割肉，一边说着："能进到这个屋里，坐在这张桌子上一起吃肉，就都是关起门来说话的兄弟，今天这里，没有外人。"

众人点头赞同。

欧阳继续说："现在地平线小镇的项目已经开始运作了，是时候把生意往前推一步了。我准备把原来线路的出货量提高二十个点，大家销路上有没有问题？"

刘昆马上说："老板，我们最近散货很顺利，原来的线路也是我们最熟手，交给我们没有问题。"

金小天刚想争取，辉哥桌下做手势示意他别动，金小天满眼遗憾地忍下了。

欧阳割下了猪蹄髈，分到了刘昆和刘鹏的盘子里："好，那这个就交给老刘你们兄弟了。"

刘昆、刘鹏连声说谢，刘鹏得意地看了小天一眼，俩人夹起肉送进嘴里，吃得甚是享受。

金小天和辉哥看着刘氏兄弟的吃相，都有点羡慕。

欧阳继续割肉："最近，我又搭上了一条新线路，既然老刘你们负责增销，那这条新线路的差事，就交给阿辉那边了。阿辉，你觉得怎么样？"

欧阳把切好的肋排分到了辉哥和金小天的盘子里。

辉哥马上起身："多谢老板，这肋排肉虽然不多，可都是精华，正适合我们这种胃口没那么大的人。"

刘昆、刘鹏面面相觑，再看眼前的蹄髈，顿时没了胃口。

金小天边吃边说："谢谢老板，我不会让您失望的！"

欧阳夹了块猪尾巴到自己盘子里："好，我的胃口有限，烤这么一整只，也是为了大家都有肉吃。"

刘氏兄弟脸色不好看，金小天和辉哥大块吃起来。

金小天内心激动雀跃，心中暗想，"这只老狐狸终于要行动了！"

Chapter 67

  自从楚之翰接手画廊的事情后，他每天都把所有的精力放在画廊，但画廊依旧门庭冷落，毫无生气。望着门外来来往往的人群却没有一个人驻足，楚之翰只能无声地叹息。

  但楚之翰并没有泄气，他还是一如既往地调试大厅里画前的灯光，摆正一旁会客区间茶几上的茶具，给花瓶拂去尘土，看到花蔫了就把花取出，扔到门口的垃圾桶里，再换上新的。

  阿裴打来电话，称医院又开始催款了，照顾陈正茜的护工也因为拿不到工资不干了，阿裴希望楚之翰能打过去两万块钱解燃眉之急。

  然而区区两万块钱，楚之翰也拿不出来，他只好向从前的富二代朋友借钱，不料白遭一顿嘲讽，一分钱也没有借到。

  盛夏得知此事，她一狠心拿出自己攒的嫁妆钱给阿裴打了五万。楚之翰得知后并不领情，反而质问盛夏，"你怎么知道我妈要钱？是阿裴跟你说的吗？"

  盛夏否认："不关阿裴的事，我来给你送东西时……不小心听到的。"

  "真的是不小心？你干吗总来监视我？"楚之翰冷冷地说。

  "我不是监视你，我是关心……"盛夏欲言又止。

  "你凭什么给我妈打钱？这是我自家的事，我是她的儿子，责任应该由我来承担！还有，我是成年人，可以照顾自己。麻烦你不要再插手我的事了，好吗？"

  盛夏伤心地问，"凯文，如果今天帮你的是别人，你会这样说吗？"

楚之翰沉默下来，这个如果，是指李心月吗？如果是她，他同样会拒绝的，但若是从前，他一定欣喜若狂。

盛夏看出楚之翰的神情，越发伤心道："你不是不需要帮助，你只是怕被我帮助。你拒绝我，是因为不想接受我对你的感情吧？我帮助你和我对你的感情是两回事，你可以不喜欢我，但我帮助你，是出于友情。我们是一个团队，应该互相帮助。"

"对不起，无论是什么情谊，我希望你离我远一点。"楚之翰不由分说道。

盛夏眼中噙着泪水："你先静一静吧。"

盛夏满腹委屈牢骚无处发泄，正巧遇到李心月，没等她开口问，盛夏已哭了起来。李心月着急地问："夏夏，怎么了？"

"我受够了，真的受够了！我长这么大伺候过谁啊？怕他不吃饭，还学着包馄饨，看他妈妈没钱治病，我将自己攒的嫁妆都掏出来一半垫上！我这是何必呢？"

"凯文家里出了这么大的事，我们也得给他一点时间消化。"李心月劝道。

"莉莉，我不会放弃的，凯文妈妈需要钱治病，我担心他因为缺钱干出什么傻事来。莉莉，要不你去劝劝他？"

李心月有些为难："你看上次吃饭他对我的态度，他怎么肯听我的……"

盛夏着急道："那怎么办？凯文家里已经这样了，他要是再有什么闪失……"

李心月快速思索："你先别急，让我好好想想。"

盛夏紧张地看着李心月，李心月突然想起了什么，说："凯文曾经给过我稻草熊的股份，那份转让协议书是他签好字拿来的，没准能派上用场。"

朝霞洒在雪山之巅，光芒万丈。巨大的转经筒被缓缓转动起来，悠扬的诵经声中，香格里拉新的一天开启。

央金自从搬入卓玛家客栈，开始和老姐妹相依相守，时光惬意。

客栈的天台晒着藏式毛毯，还有几个筐子里摆满了当地特产。

卓玛用木桶打着酥油，脸上虽然布满皱纹，但看上去身体很健康。相形之下，央金坐在椅子上，一副雍容华贵的富态相，却吸着氧气瓶，茶几上还放着几个小药瓶。看上去面色苍白，气弱体虚。

央金长长叹了口气："真羡慕你啊，卓玛，身体还这么硬朗。换作我，打几下腰就闪了。"

卓玛看也不看央金，继续一下一下，专注地打酥油。

央金："几十年没见面了，你就不能和我好好说说话吗？"

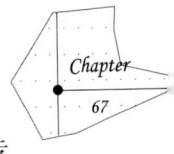

卓玛回道:"你现在连这里的空气都没办法适应,还怎么能像过去一样说话?你专心喘气吧!"

"是啊,我跟这片土地太久没有亲近,连呼吸都困难了。"说到这儿,央金突然想到了什么,认真地说,"卓玛,你能帮我做件事情吗?"

"什么事情?"

"教我织布。"

卓玛停下手中的活,看着央金:"学那个做什么?"

"我想完成阿妈的心愿,亲手织一块布。"

卓玛看着央金,摇了摇头:"你身体都这样了,还是好好休息吧!"

央金拿下氧气瓶,目光坚定:"我就是要摆脱这个氧气瓶,重新回归这块土地,回到自己的家。请你帮我。"

在央金的坚持下,卓玛准备了织布用的各种棉线,然后一起来到老宅。

央金坐在织布机前,卓玛开始手把手教央金织布,央金不仅需要双手动,双脚也要不停地踩动几个压板,看上去有些手忙脚乱。

央金没织几下便流下了汗,她擦擦汗感叹:"哎,小时候也学过织布,但这么久没接触,摆弄起来好像弹钢琴一样难。"

蒂娜给央金奶奶拍着视频:"奶奶,织布太难了,我觉得比您当董事长难多了。"

卓玛阿妈:"你奶奶从小可是寨子里最心灵手巧的姑娘……"

央金停下手中的织布动作感慨道:"阔别家乡半个世纪,重新踏上故土才发现,自己跟这里的一切变得陌生、疏远了,看来我真的是老了,可真是应了那首诗——少小离家老大回,乡音无改鬓毛衰,儿童相见不相识,笑问客从何处来。"

正这时,李心月快步走进老宅,央金笑问,"你怎么气喘吁吁的?有什么事吗?"

李心月来到央金面前,深呼吸,整理好自己的情绪:"董事长,我觉得我们可以利用互联网,拉动一线城市用户和云南地区的交流。"

央金一边织布一边说:"嗯,这是一个很好的思路。"

李心月兴奋地补充:"之前稻草熊旅游网的楚总拿出百分之五十的股份给我,我打算利用过去的流量资源进行宣传,策划几个线下活动,在拉动藏寨旅游的基础上,给外来客户介绍我们的地平线小镇综合体。"

央金停下手中的活,满意道:"心月,你想得很周到。那么,这件事就交给你了。"

李心月开心地说:"好,谢谢董事长,我这就着手准备。"

地平线画廊内，辉哥优哉游哉地走过来，很闲适地四处看看。

楚之翰迎了上去："辉哥？……您……您来了，欢迎。"

辉哥点点头："嗯，随便看看。"

辉哥在画廊里转起来，细细品味着书画。楚之翰跟在辉哥身后，偶尔介绍着作品，但他心不在焉，思绪飞奔。他知道眼前这个辉哥是欧阳先生的心腹，看着他，楚之翰耳边响起母亲对她的警告："儿子，不要再跟欧阳来往了。他不仅仅是个奸商！咱们家现在这样就是拜他所赐！一直以来都是他在背后做手脚，强迫你爸爸帮他把不正当来路的钱洗干净！你爸已经……你千万不要继续他的老路！"

陈正茜越是这样警告楚之翰，楚之翰越是好奇欧阳的背后到底是什么？那个U盘到底藏了什么？

想到这儿，楚之翰开口求助："辉哥，我现在很需要钱！我妈妈住院要花很多钱，家底因为家父的事都赔偿光了……您……您有没有办法能帮帮我？"

辉哥愣了一下，说："生意上的事，我一个人说了也不算啊。"

"我是说，您有没有什么赚大钱的门路？"楚之翰小心翼翼地试探。

"我不明白你在说什么。"辉哥眼神闪烁，假意推辞。

楚之翰鼓起勇气说："我……我会做账，我可以……我可以洗钱！"

辉哥吃了一惊，他没想到眼前这个单纯的落魄公子哥能说出这种话来，看来钱真的是王八蛋，可以活生生把一个翩翩公子逼得违法乱纪。

辉哥沉思一下，回绝道："我是个守法的人，不明白你为什么要对我说这种话。我劝你别干犯法的事啊。就这样吧。"

楚之翰追上去："辉哥……你帮帮我吧……"

辉哥走了几步，又回头看了看大厅："不过，画廊的事，也许我倒能给你想想办法，看在和老楚相识一场的份上。"

正这时，金小天推门进来："辉哥，你怎么跑这来了？我找你半天了。"

辉哥："怎么了？"

金小天扫了一眼楚之翰，小声说："货运的事。"

"公司的事就回公司再说呗。"两人说着，向外走去。

金小天和辉哥走出地平线画廊，远远看到前来找楚之翰的李心月。金小天故意大声地说："楚之翰那公子哥，做生意根本没戏，辉哥，这种人你可别沾染，搞不好把我们都拖下水。还有那几个女的……"

李心月放缓脚步，盯着金小天。

金小天继续说："一点儿规矩都不懂，还合起伙来念生意经。他们要能把生意做大，我金小天的名字倒着写。"

李心月冰冷地看了金小天一眼，走向画廊，辉哥轻描淡写地笑笑。金小天完全被李心月无视，脸上无所谓，眼神却透着落寞。

楚之翰被辉哥拒绝，颓丧地坐在办公桌前，他突然起身，愤怒地把桌上的物品扫到地上。李心月恰好进来，她走过去帮他收拾着散落在地的物品。

楚之翰看到李心月很意外，想过去，但随即制止了自己，冷脸看着她："你来有事吗？"

李心月帮楚之翰捡起地上的东西，说："之前你说过，给我稻草熊旅游网百分之五十的股份，现在我宣布，我接受，成为稻草熊旅游网的股东之一。"

楚之翰站起身："什么意思？怎么现在跟我谈这个？"

"我打算用稻草熊旅游网的粉丝资源，拉动地平线小镇的旅游业务。"

"为什么？"

"因为稻草熊需要这个业务，你需要，我们也需要。"李心月坚定地说。

"我什么时候说过我需要了？我现在有这个画廊就够了，那个破APP早就是过去式了！不知天高地厚的创业，就是个笑话！现在这个时代，没有资源，寸步难行！"楚之翰沮丧地自嘲。

"我们帮地平线小镇拉动客流，不就可以和央金奶奶的资源实现双赢吗？"

"够了。不要跟我提双赢！从你把我爸爸送进监狱的那一刻起，我们之间就不存在任何双赢了，只有两败俱伤！而且我也不希望跟你再有任何关系了！"

"那你想跟谁有关系？金小天？辉哥？还是欧阳？"李心月追问。

"我爱跟谁合作就跟谁合作。"

"他们是什么样的人你还不清楚吗？卓玛阿妈的房子差点被他们卖掉！"

楚之翰不耐烦："李心月，你是我什么人？你有什么权力干涉我的选择？"

"凯文，旅行开始的时候，你说过的话，难道都忘了吗？我们是一个团队！一路上什么样的艰难险阻都过来了……"李心月动之以情。

楚之翰冷笑一声，"别跟我打感情牌，也别来教我该怎么做人。我有自己的计划。"

"虽然不知道你的计划是什么，但我知道，当初你为了稻草熊，把自己的爱车都卖了，稻草熊就像你亲手养大的孩子，你就忍心把它扔下不管吗？"

楚之翰起身："别说了！这件事我不同意！"

李心月越发坚定道："我是稻草熊旅游网的股东，这件事你不同意也没用！"李心月说完转身离去，楚之翰阻止："你给我站住！"

李心月头也不回地走了，楚之翰颓然栽倒在办公椅内。

辉哥和金小天返回公司，辉哥悠然地坐下，金小天烦躁地拧开一瓶水咕咚咕咚地喝完，说："辉哥，我这忙前忙后，都快晕了，您怎么还有闲工夫上那破画廊去。"

辉哥笑了："你不是说要办大事吗？这次就全让你处理。"

金小天一愣："您不跟我一起去啊？"

"我上次受的伤还没全好，这次就交给你了。有什么实在搞不懂的，可以来问我。"辉哥悠闲地说。

金小天不知辉哥葫芦里卖着什么药，但绝对不是什么好东西，他不能冒险，说："可我完全不熟啊，还是您带我一次吧。"

"欧阳先生都点你名了，你还不明白他的意思？他这是在锻炼你，给你个上位的机会。"辉哥并没有改口的意思。

金小天故意谦虚道，"辉哥，我没那么大野心，也没那么大能耐。跟着你讨口饭吃就行。"

辉哥拍拍金小天的肩膀，"器重你是好事。以后你成了他最得力的手下，咱俩在刘家兄弟面前，也能有个照应不是？去历练历练吧。"

金小天突然又问，"刚才，你和那个楚之翰说什么了？"

辉哥打起马虎眼，"没什么，他问我借钱来着，这小子现在落魄了，自尊都不要了……"

金小天看着辉哥的表情，他知道，两人的谈话一定还有其他内情。

回到住处后，金小天开始向陈副局长密报，欧阳已经给了他第一个任务，是联合境外势力新线路的运毒，他会通过胡志辉的物流通关运输。这次任务应该是取得欧阳信任的好机会。

陈副局长叮嘱他如果完成了交易，毒品流入市场，就无法再追踪，危害不堪设想，所以必须在交易前阻截。但是如果交易失败，金小天必会暴露，性命堪忧不说，所有人的心血将付诸东流。于是，两人约定在警方围捕时，金小天留下一小部带回去交差。另外，警方会通过对刘氏兄弟的打压来增加金小天这边的竞争力。

李心月来向央金汇报业务情况，正遇蒂娜又去酒吧鬼混被央金发现禁足在家，由汤姆看守着。

李心月前去安慰，只见蒂娜的房间里很凌乱，音乐声震耳欲聋，却不见音源，也不见蒂娜。

　　李心月循声找去，最后来到卫生间，推开了门。音浪扑面而来，蒂娜正开着电脑，音箱放到最大，随着节奏疯狂舞动。她满身大汗，只穿着贴身衣物，又蹦又跳，放声大笑，似乎在跟虚空中的事物交流。

　　李心月惊慌道："蒂娜？你吃了什么东西？"蒂娜充耳不闻，整个人似乎神魂不在，李心月把音箱关掉，音乐停止，蒂娜顿时像是泄了气的皮球，跌坐进浴缸里，虚弱地喘着气。

　　李心月检查地上的盒子，发现一些写着外文的盒子，但她还是认出那是大麻，李心月触目惊心地看着蒂娜。

　　蒂娜止住了笑声，盯着李心月，夸张地："莉莉，你怎么在这儿？！"

　　李心月严肃地指着那个盒子问："蒂娜，你知道这是什么东西吗？你怎么可以……起来，我马上通知你奶奶！"

　　蒂娜夸张地号啕大哭："不要……莉莉……莉莉姐，不要告诉我奶奶！她肯定会打死我的！莉莉……"蒂娜抱住李心月。

　　李心月犹豫了一下，倒了杯水给她："我可以先不告诉她，你先把这些水喝了，休息好了自己去向她坦白。"

　　蒂娜抗拒着："不要。我不要喝，也不要去找奶奶坦白。"

　　李心月咬了咬牙，拽住蒂娜："那就对不起了！"

　　李心月开始给蒂娜强行灌水，蒂娜抗拒，摔碎了水杯；李心月学着金小天曾经的做法，干脆一把将蒂娜拽到水龙头下，拧开了龙头强行灌输。

　　蒂娜挣扎着，但手脚无力，被咕嘟咕嘟灌了不少，她边哭喊边挣扎："我讨厌你！李心月我讨厌你！奶奶快来救我……"

　　"喝下去，这样能帮你尽快把身体吸收的毒素排出去。"

　　一番挣扎后，俩人都浑身湿透，力气耗尽，喘着大气。

　　李心月看了看，房间里有汗蒸房，于是拉着蒂娜进去蒸桑拿。蒂娜抗拒，对李心月又踢又打，李心月不为所动，直到蒂娜无力反抗，直到她出了大量的汗，浑身湿透，李心月才将筋疲力尽的蒂娜扶到床上躺下，迷迷糊糊地睡着了。

看着天真可爱却又自行堕落的蒂娜，李心月感到心疼，她不明白，蒂娜生活富足，要什么有什么，为什么要这样伤害自己？

带着好奇心，李心月再次拿起那个盒子，环顾四周，又拿起蒂娜的手机，但她无法解锁，她看看蒂娜，小心翼翼用蒂娜的指纹解锁，然后用自己的手机拍下了蒂娜最近联系过的所有电话。

楚之翰正在房间里对着那个 U 盘发呆，一想到是欧阳让他们家沦落至此，他的内心就无比激愤、怨恨，他暗下决心要成为欧阳的对手，为家人报仇！

这时门铃响，楚之翰赶忙收好 U 盘去开门，没想到进来的是金小天。

金小天自从目睹楚之翰和辉哥套近乎后，他有些不放心，打算找楚之翰试探他的心思。

金小天走进楚之翰的办公室，俨然一副嚣张的样子，一进门就随手把门给反锁了。

楚之翰见状不解地问："你……你干什么？"

金小天大步走上前，推了楚之翰一把："那天，辉哥和你说什么了？"

"没，没说什么啊。"

金小天一把抓住楚之翰的衣领："你压根就不会撒谎你知道吗？说！他跟你到底说什么了！"金小天不断增加力度，推得楚之翰连连后退，但他就是一口咬定什么也没说，金小天只好说："什么都没有？那你为什么要回香格里拉？为什么到欧阳集团的画廊来上班？为什么现在又和辉哥搭线？你到底有什么企图？"

"你松手！"楚之翰用力挣脱开，"我向他借钱啊！我妈在医院躺着！我爸欠了一屁股债要还！我借钱啊！我投了几十份简历，没有地方要我！因为我是楚鸿飞的儿子！只有这里给了我一份工作，我才可以养活我妈！"

金小天听了有些触动，但还是装作狠态，他伸手指了指楚之翰："如果让我发现你有什么鬼主意，代价你付不起！"

金小天转身向外走，不料楚之翰喊了一声："金小天！"

金小天刚一转过头，脸上就中了一拳。

金小天一脸惊讶："你有病啊？敢打我！"

"这拳是替李心月打的！"

"你是她什么人啊？我们俩的事用得着你狗拿耗子？"

"那你为什么不辞而别，为什么让她伤心？"

金小天迎着楚之翰的目光，继续装出混蛋的样子："我需要给你解释吗？你对她有

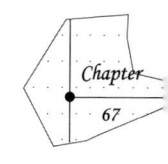

意思你去追啊，追不上你来怨我啊？"

楚之翰被说到痛处，他咬着牙说，"当缩头乌龟算什么好汉？你要是个男人，就清清楚楚跟她说明白，不要让她对你还抱有期待！"楚之翰眼里喷火，冲上来撕扯，金小天还了一拳，将他打了一个跟头："告诉你，我做什么用不着你管！"

两人扭打在一起，打了一会儿，楚之翰已经没有了力气，金小天将其撂翻在地，然后用十字固牢牢控制住手脚，楚之翰无法动弹。

金小天擦了擦嘴角的血说："我警告你，本职工作之外的事，给我滚远点，别让我发现你碰了什么不该碰的！"

金小天离去，楚之翰依然跌坐在地上，心想，他连金小天都打不过，拿什么跟欧阳他们斗？想到这儿，楚之翰暴躁地摔打桌上的东西，从身后的酒柜里拿出一瓶酒，猛灌几口，被呛得咳嗽起来。

楚之翰一直喝到烂醉时被盛夏发现，她夺走楚之翰手中的酒瓶："凯文，你这是……你跟谁打架了？"

楚之翰起身摇摇晃晃抢酒瓶："给我……给我！"

楚之翰再次跌坐在沙发上。

盛夏把酒放到酒柜里，想了想，又拿出酒，从背包里拿出化妆棉，蘸着酒给楚之翰处理伤口。楚之翰一动不动，顺从地倒在沙发上，任凭她处理。

楚之翰的眼泪流出来，无声地哭了。

盛夏看着楚之翰，顺着他的头发，心疼地："凯文，你到底怎么了？"

楚之翰自言自语："为什么他可以心安理得做坏人……"

"谁？"

"莉莉对他的心意，他可以这么随便就踩在脚下……"

盛夏马上明白了，"凯文，是不是金小天来过？"

"即便没有金小天，我也是个失败者，莉莉对我从来就没有任何想法……"

"凯文……好了，一切都过去了。"

楚之翰摇头："没有过去，爸爸的案子宣判了，我感觉我的炼狱才宣告开始。"

盛夏震惊地看着楚之翰。楚之翰继续说："以前，我一直想证明给爸妈看，我是值得信赖的男子汉，是他们这一生最值得骄傲的作品。可自从家里出事以后，我的眼前一片黑暗。不知道该怎么走，该做什么。没有人需要我！做什么都是错的！盛夏，你懂那种寒冷吗？就是，这个世界跟你无关，你被这个世界排除在外了。"

盛夏捧起楚之翰的脸："不，你很优秀，很温暖，很值得信赖。我不管别人怎么想，但对我来说，你是很重要的存在。你是我来这里的全部意义。"

楚之翰泪目，看着盛夏，动情地抱住了她："谢谢你，盛夏。"

盛夏也心疼地抱着楚之翰，这不是他们第一次拥抱，但却是第一次真情拥抱。这个拥抱不属于同事之间，不属于朋友之间，而是男女之情，想着想着，盛夏流下幸福的眼泪……

Chapter 68

　　蒂娜被禁足期间，毒瘾再次发作，为了逃出去，她假装肚疼，骗汤姆去帮她买药，趁机逃了出去。

　　李心月得知蒂娜又跑出去了，她翻出自己存的蒂娜的手机通讯录，按着通话记录打过去，接连打了几个客服电话后，终于有一个人在电话里问，"谁呀？"李心月略一思考说，"朋友让我找你拿货。"

　　接电话的人追问："朋友是谁？"李心月报上了"蒂娜"的名字后，对方沉默片刻，说道："到蓝天使KTV附近跟我联系。"

　　李心月抓起衣服快速离开，来到蓝天使KTV门前，看看门口进出的花枝招展的女郎，她不知道该不该进去。

　　这时，金小天正好从里面出来，俩人迎面遭遇，都很吃惊。

　　金小天不由自主地拦住了李心月："你来这儿干什么？"

　　李心月不屑道："你让开。"

　　金小天继续阻拦："我要说不呢？"

　　"你有什么立场说不？"

　　金小天眨巴着眼睛，想不出理由。李心月冷笑一声："没脸再说是我男朋友了？"

　　金小天不作声，不反驳，但这个反应却让李心月更加难过："我还真是个笨蛋，听到几句骗人的鬼话，居然就当真了。什么'别怕，有我在'，什么'我会永远保护你'，什么'我是你的金小天小神仙'……哼，金小天，套路耍得挺溜啊，平时没少对着那些小姑娘练吧？"

　　金小天听着这些昔日里的真情告白，他无言地看着李心月，心如

刀割。

　　李心月继续言辞犀利道："你知道你不辞而别，打碎了什么吗？是我好不容易建立起来的信任。因为楚鸿飞对我爸爸的背叛，我曾经发誓不再相信任何人。是你，让我改变了想法，试着去接纳一个人，为他牵挂，为他忧虑，和他同呼吸共命运。可是你呢？欺骗我卸下铠甲，然后在我最脆弱的时候，在我心口插了把刀子。"

　　李心月哽咽得说不下去了，金小天继续警告："李心月，这是什么地方？你在这儿跟我掰扯什么感情呢？赶紧回去，这不是你该来的地方！"

　　金小天上前想拉走李心月，李心月退后一步躲开："什么叫不是我该来的地方？放心，我绝对！不会！打扰！你！"

　　李心月推开金小天，走了进去，金小天看看四周，急忙追上。

　　大厅里灯光昏暗，音乐震耳，舞池里一群男女正在飙汗狂舞。

　　李心月适应着灯光，费劲地在人群中寻找蒂娜，可是遍寻大厅没有结果，却和追过来的金小天撞了个满怀，俩人在震耳欲聋的舞池里吼叫着对话。

　　"李心月你怎么这么不听劝！跟我走。"金小天拉住李心月往外走。

　　"放手。我是来找蒂娜的。"李心月不依不饶，想摆脱金小天。

　　"蒂娜？她又怎么了？"

　　李心月掏出那个纸盒："昨天我去找蒂娜，发现她在用这个。"

　　金小天就着闪烁的灯光看到纸盒包装，他马上明白蒂娜身处险境，一把拉住李心月说："跟我来。"

　　两人正往卫生间走去，蒂娜迎面过来，俩人忙回避。

　　蒂娜匆匆打着电话从俩人身边走过，并没有发现他们，"我到了，你快点。"

　　金小天拉着李心月躲到隐蔽处，只见蒂娜焦躁不安地在门口等待。

　　金小天轻声问李心月："什么时候发现的？"

　　"昨天。她求我别告诉她奶奶，说自己会戒掉。"

　　"这话你也信？！"

　　李心月气恼，拧了金小天一把，金小天吃痛，却不能喊。

　　一个小马仔出现，对蒂娜使个眼色，蒂娜跟着他进了卫生间。

　　金小天、李心月悄悄跟了过去，透过门缝看到蒂娜和马仔在里面交易，随即传来数钞票的声音。李心月还想凑过去细看，金小天一把拉走她。

　　门开了，马仔得意扬扬地走了。听到他出去，金小天和李心月这才从藏身的门后面

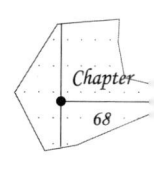

走出来，俩人心情沉重地看着彼此。

这时蒂娜也走了出来，看到他俩，一愣。金小天马上对李心月说："你通知央金。"李心月犹豫一下，看看蒂娜不可救药的样子，只好说："好。"

这时金小天快步上前，夺下蒂娜手里的东西，蒂娜刚要尖叫，金小天捂住她的嘴，强硬命令着，"跟我回去！"

金小天和李心月把蒂娜送回家后，央金看到孙女的样子，气得发抖，狠狠打了蒂娜一巴掌，遂老泪纵横……

至此，金小天和李心月终于明白，为什么蒂娜老是找酒喝，她其实是在用酒精刺激代替大麻。难怪央金奶奶总是派汤姆盯着孙女，寸步不离，看起来这对祖孙在美国就是有故事的人……

金小天想去安慰蒂娜，但他知道，现在蒂娜最不愿见到的人一定是他。金小天只好告辞，托李心月代自己去安慰蒂娜，李心月追出来，质问金小天："那个卖东西给蒂娜的人……"

金小天应付着："你别管了，我自有打算。"

"金小天！你当初到底为什么……为什么走？"

金小天愣了一下，换上不耐烦的表情："你有完没完？收拾你们的烂摊子还不够吗？别什么事儿都来找我！"

"明明是你自愿送蒂娜回来。"

"要不是看她是央金的孙女，我管她干什么？"

"别人的事你都管，就处处针对我，为什么？"李心月不肯罢休。

"我是为了跟央金这个大金主合作，有你什么事儿？"金小天回避着李心月的目光，转身就走，李心月气得跺脚。

李心月返回客栈，走进蒂娜房间，只见她缩在墙角，抱膝而坐，神情迷离，一声不吭。李心月轻轻上前，靠近蒂娜，将她搂在怀中，轻声安慰："不怕，不怕，一切都会好起来的。"

蒂娜搂着李心月哭起来，她开始讲述在美国的伤心往事。

蒂娜的父母是在911事件中双双去世，那年蒂娜只有8岁。爷爷奶奶不得不接手儿子留下的生意，但由于家族生意遍布在美国各地，央金夫妇每天忙得团团转，却疏忽了对蒂娜的关照。

蒂娜告诉李心月："那段时间，我每天都很想念妈妈和爸爸，做梦都是哭醒的，可爷爷、奶奶忙得顾不上我，把我一个人放在寄宿学校里，慢慢地，我长大了，我开始自己找乐子，我想让自己快乐……我以为去酒吧喝酒、跳舞就能快乐起来，可是没想到，酒这东西越喝越伤心，喝完了，我总是失控大哭。直到有一天，我看到一个女人抽了一支烟后，脸上露出了神秘的笑容，那种笑容与快乐让我好奇。于是，我模仿那个女人，抽了一支能让我快乐的烟……"

蒂娜染上毒瘾后开始放荡不羁，整天沉迷于跟一群坏朋友吃喝玩乐，荒废学业。央金的老伴得知孙妇女染上毒瘾，一气之下脑梗发作，不治身亡。临走时他没留下一句话，但央金却明白，老伴希望自己能将他的骨灰和宝贝孙女一起带回祖国，带回故土，让蒂娜远离坏朋友，重新做人……

李心月听着蒂娜的讲述，对眼前的女孩充满同情和怜惜，"好妹妹，过去的都过去了，从现在开始戒毒，一切都还来得及……"

蒂娜哭道："……奶奶想让我戒掉毒瘾，重新做人。一开始我是抗拒的，我不喜欢这里，我想回美国，回到我熟悉的环境。可是，遇到你们，遇到小天哥哥，我的想法变了，我开始希望自己能在这里重新开始，可是，小天哥哥他，他喜欢的人不是我……"蒂娜抬头看着李心月，"他喜欢的人是你。我好羡慕你。"

李心月失落道："也许，是你多想了。他不是你说的那样！"

金小天回到自己的房间向陈副局长汇报，卖货给蒂娜的人，就是胡志辉手下的一个马仔，叫瘦猴。另外，欧阳已交代了交货的事。时间定在明早7点，金小天将路线图发给陈副局长，陈副局长告知会安排一条路给他撤离。

这一晚，金小天兴奋得无法入眠，眼看闹钟显示凌晨4点，窗外一片黑暗，突然，金小天被敲门声吵醒。他蹑手蹑脚走下去，猫眼一看，是大华。

金小天心下一惊，立刻发送短信给陈副局长："有变。"遂迅速删除了短信，从床边弄出拖鞋的声音，装作睡眼惺忪的开了门："喂？大华哥。"

大华推门走进来，环视房内，目光落在了床边的手机上。

金小天问："怎么了大华哥？"

大华回道："时间提前了，现在就出发，抓紧。"

大华上前拿起金小天的手机关机，随手放进他自己的衣袋。

金小天只好马上换衣服，两人在黎明前的黑暗中离开了酒店，登上了一辆货车。金小天随口问了句："大华哥，不带手机有事怎么联系？"

大华回绝道："你以为是出差啊？"说着大华把一个大旅行袋塞给金小天，叮嘱：

"机灵点！"

金小天捏了一下，里面是软软的粉状物。

金小天小心地开着车，由公路到山路，四周非常黑暗，很少见到车辆。

经过某个路口时，在路边停着一辆金杯车A，车厢里有五六个人，都盯着金小天的车。

金杯车司机给油转弯，远远跟着金小天的车。更远处，大华开着小轿车B，远远跟在后面，不时拿出望远镜看着金小天和金杯车。

金小天开车上了山路，他从后视镜也发现了跟踪的金杯车和大华的车。

金小天趁一个弯道，避开大华的视线，将藏在身上的备用手机取出来，偷偷把手机放在身前："喂？"

陈副局长的声音传来："88645。"

"95958。陈局，我一个人。"

"现在什么情况？"

"大华今早就拿走了我的手机，让我提前出发了，我这里有一袋估计5公斤的货，路线没有变。"

"原计划围捕是来不及了，现在是四点半，我们换在6点某处设卡。"

"陈局，我后面有两辆车好像在跟踪我，一辆金杯，一辆轿车。"

"我们立刻调取录像进行核查，你自己多加小心。"

天渐渐亮了，金杯车开出去一段，路边土路里，金小天的货车才又出现。

金杯车司机开了一会儿，疑惑地看着前方，司机问："跑哪去了？"

车上人有人说："你个笨蛋，给跟丢了吧！"

这时，另一人看到金小天的货车出现在金杯车后面，说："呀，怎么到我们后面了！走，到前面停车等他过去！"

司机拐过一个弯，前面出现了海关路障，海关人员挥着荧光指挥棒示意停车检查，车上的人惊恐："怎么有警察？"

司机说："是海关。先别慌，坐好！"

金小天按着海关的指挥，在金杯车后面停车。

大华在远处山路上停车，没有暴露。

海关人员上前检查："请配合检查，身份证，驾驶本。"

金杯车司机满脸汗水，递上证件，车里的人都提心吊胆。

另一个海关人员向金小天走来，金小天探出头看了看，原来海关人员正是拉姆手下的警察。

金小天一脚油门，猛打方向盘，海关人员连忙避让。金小天车顶了金杯车一下，金杯车里人仰马翻。

海关、公安干警们纷纷掏出枪来，朝天鸣枪示警，金杯车里的人马上投降。金小天则趁机拿出旅行袋里的一小包白粉，跳下车滑下山坡逃跑。

海关和公安干警们在后面追捕金小天，大华在远处用望远镜看了全程。

金小天满身泥泞地逃了出来，他立刻返回来面见欧阳。

欧阳和胡志辉、刘氏兄弟坐在桌前，众人面色都不好看。

金小天从怀里拿出那包白粉："欧阳先生，遇到警察了，我来不及都救下来。"

欧阳先生点了点头，没有说话。

刘昆煽火道："第一次出货就赔了个干净，这下好了，新线路也搞不了了。"

金小天也把矛头指向刘昆："如果是我自己没能耐，我无话可说。可我怀疑是你暗中搞鬼！"

刘鹏马上回怼："甩锅啊？我还说是你串通警察呢！"

欧阳先生大声呵斥："吵什么吵！"

众人纷纷不说话了。

胡志辉说："欧阳先生，这次都是我没做好，我应该多帮金小天的。"

欧阳先生："做错了事，一定要有代价。大华，进来！"

大华走进来，刘氏兄弟幸灾乐祸地看着金小天。

大华将几张照片放在桌上，众人一看，是金杯车等人和刘鹏的照片。

刘鹏傻眼了，刘昆也不知道能说什么。

欧阳先生站起身来，缓缓走到刘鹏面前："小刘啊，我说过不许自己人打自己人，你是听不懂吗？"

刘鹏慌了，站起身来向后退着："欧阳先生，这不是我，这不是真的，是伪造的！"

欧阳先生大怒："照片是我让大华拍的，你是说我坑你啦？在兄弟背后捅刀子，我要是容你，老天爷都不能答应！"

欧阳先生一把抽出大华腰里的枪，刘昆扑通一声跪在地上："欧阳先生，饶他一命吧！"

欧阳先生像没听见一样，连开三枪，刘鹏倒在血泊中。

刘昆、金小天都惊愕地看着刘鹏的尸体，两人都吓坏了，只有胡志辉表情淡定。

刘昆跪着爬过去抱着欧阳先生的腿大哭："欧阳先生，我真的不知道啊，求您放过我吧！"

欧阳先生将枪口转向刘昆："你也别装了，你弟弟在你眼皮底下搞出这种事，你会不知道？"

刘昆猛扇自己耳光："欧阳先生，我错了，我老眼昏花，我不会看人，求欧阳先生饶命！"

欧阳先生重重把枪拍在桌上："给集团挣钱的事，谁他妈敢拦，都死路一条！"

刘昆扑过去抢到桌上的枪，还没来得及对准欧阳，就被大华一枪打死。

胡志辉赶紧给金小天使了个眼色，金小天马上说："欧阳先生，我没保住货物，您也惩罚我吧！"

欧阳先生恢复了平静和笑容，他一把抓起白粉袋扔向垃圾桶。

金小天大惊，不知所措。

欧阳先生："不用担心，这次的货，不是真的。这种盘道的事肯定不能带真货，万一被警察抓了那你不就完了？这都是为你考虑呀。"

金小天知道了欧阳先生在试探自己，马上说："明白了，谢谢欧阳先生指点。"

欧阳先生看着金小天问："刘昆刘鹏这么搞你，他们手下的人，你想怎么处置？"

金小天看了看胡志辉，胡志辉微微摇了摇头。

金小天说："欧阳先生，我只是个晚辈，怎么敢拿主意，还是由您来处置。"

欧阳先生满意地笑了："嗯，懂事！阿辉，你运气比老刘强多了！总代表的位子是你的了！下次的项目提案会就看你的了。"

金小天瞟了瞟两具尸体，赶紧道："谢谢老板提携！"

Chapter 69

央金指派李心月作为"香巴拉彩虹集团"的项目提案代表参加"竞标会"。竞标会当天，李心月穿着一身职业套装，样子干练，手抱文件夹，走到会议室门口。

会议室内，楚之翰和山海集团的秘书坐在一起。

李心月从楚之翰背后走过，经过楚之翰背后的一瞬间，楚之翰神色复杂地闭上了眼睛。但很快，楚之翰的表情就恢复了正常。

参会股东们到齐后，主持人起身说道："提案方和股东们都到齐了，那我们就开始吧？首先，有请山海公司做出你们的提案。"

山海公司秘书走上前去，打开PPT演示，开始提案，"我们的方案是，'变废为宝，开发南区酒吧街'……对于要发展旅游业的地方来说，除了景区以外，消遣放松的酒吧一条街也是现在年轻人的好去处，资料显示……"

听着山海公司秘书的提案，股东们频频点头。

李心月低下头记笔记，心中暗暗佩服央金的判断力，因为这个提案跟央金预计的一样，走赚钱的娱乐产业，欧阳集团真是有备而来。

山海公司秘书讲完后，轮到"香巴拉彩虹集团"的提案代表李心月提案，她整理了下手上的文件，走上前去，打开PPT演示，开始提案。

"我们的方案是，'保护传统，细品光阴'，首先，南区是我们小镇里旧建筑最密集的地区之一，有独特的人文景观，和香格里拉的自然风光交相辉映。这是这个开发项目最有价值的部分。我们要发扬这里的优势，以地平线艺术廊为中心，举办一系列人文活动，如主题画展、民俗艺术展、古建筑展等等，将更多的目光吸引到这里来……"

股东们很认真地听着，也有人记着笔记。

李心月讲完后，回到座位上坐下。

主持人说："双方都提案完毕了，我们来进行股东表决投票吧。支持山海公司的人请举手。"

现场，有半数股东举起了手。

主持人："山海公司酒吧街项目，5票。"

楚之翰和山海公司秘书都神色不安。

主持人又说："支持香巴拉公司的请举手。"

同样是5个人举起了手，李心月也有些神色不安。

主持人宣布："5比5，打平了。"

大家窃窃私语，议论纷纷，山海公司秘书大声说："那这怎么办？"

主持人问询地看着股东们："股东们的意见呢？毕竟投票是你们决定的。"

一个股东提议："暂时休会20分钟吧，20分钟后，让两家公司做出新一轮补充提案，我们再做表决。"

其余股东们纷纷附和："张老板说得对，我们暂时休会吧，看下一轮的提案还能有什么进展。"

李心月、楚之翰、山海公司秘书都点点头。

大家正要起身离开时，金小天走进来："不用休会了。现在就可以补充提案。"

大家抬起头，金小天推门而进，气喘吁吁，头上还带着汗。

李心月满脸惊讶地看着金小天。

楚之翰的脸上也露出意外的表情。

金小天满不在乎地扫视一周，拽了拽衣领，走到提案桌前："我是山海公司的金小天，我现在就拿出补充提案。山海公司旗下有几十条运输线，覆盖全国大部分重要地区，如果酒吧街的提案落成，我们旗下的运输线将会为酒吧街运营的餐饮带来极低的成本。"

听到这个新的附加条件，股东们纷纷开始交头接耳。

金小天示意大家安静，他清清嗓子，胸有成竹地继续说："而且，据我所知，在座的股东，有不少旗下的业务都会涉及运输物流，比如刚才建议休会的张老板。"说时他伸手示意一位股东："您旗下的农林产品，每个月的物流成本不低吧？假如您投我们一票，您就是我们的VIP客户，以后您的产品，山海物流都给您打6折。怎么样？大家再投票试试看，有多少人支持山海公司？"

果然，在金小天的说辞下，有八位股东都举了手。

金小天得意地环视周围，目光最后落到了李心月身上："怎么样？现在结果已经很明显了吧？我相信香巴拉公司也不用再投票了。"

李心月在努力控制着自己的情绪，她没想到半路杀出了个金小天，而自己居然败给了这个昔日的小混混。她越想越生气，终于控制不住自己的情绪，起身快步追了出去。

楚之翰看到李心月出去了，连忙放下手里的文件跟上去。

金小天送走最后一位股东，正准备走，被李心月拦住去路。

金小天问："你要干吗？别是输不起吧。"

李心月咬着嘴唇说："跟我来。"

李心月不由分说地把金小天拉进了旁边的小会议室。

楚之翰走出大会议室，刚好看到李心月把金小天拉进了小会议室，关上了门。金小天看着李心月生气的样子，不屑道："生气啦？你至于吗？以前工作的时候你被甲方否掉的案子还少吗？"

"你不觉得你的做法很无耻吗？你这根本就是在变相贿赂！"

"贿赂？你哪只眼睛看到我给他们递钱，或者送东西了？知道我们为什么会赢吗？因为人性逐利！他们为什么要提议休会20分钟？就是授意你们拿出更有利益的方案。我不过是正中他们的下怀罢了。你的情怀，你的保护传统，在这里是没有用的。"

"但是你有没有想过，被你们破坏的那些传统文化，是多少钱也换不回来的？"

"谁说我们要破坏了？我们这叫改造。"

李心月气得咬紧了嘴唇，看到李心月这么生气，金小天稍微收敛了一点儿，严肃地说："我劝你别蹚这浑水了。"

李心月不解："你什么意思？"

金小天正要开口说话，楚之翰推门进来："你们聊什么呢？这么热烈。"

李心月生气地："刚才的提案会，你也看到了！"

楚之翰看看金小天，再看看李心月，打起了圆场："小天提出的提案确实到位，我要是股东，我也没法拒绝。"楚之翰又对金小天："我还得多向你学习。"

"我哪能教你啊，这种场合你不是最熟悉吗？你从小跟着你爸还不是见多了。"金小天对楚之翰的恭维感到陌生。

楚之翰有些尴尬："哪里哪里，我光顾着玩了，一点皮毛都没学到。"说完又转向李心月："倒是你，你要理解小天，小天这么做，是利益最大化。毕竟大家以后都要开发这个小镇，低头不见抬头见，与其成为对手，不如成为合作伙伴，强强联手。"

李心月失望地摇摇头："没想到，你居然说出这种话。竟然还要我理解他？算我看错人了。"

金小天看着楚之翰，耸耸肩，一副"我就知道会这样"的表情。

李心月看着眼前曾经最亲密的两个伙伴，她不敢相信他们会变成现在的样子："我绝对不会和你们这样利欲熏心的商人联手的，金小天，你等着吧，我不会这么容易就放弃。"

李心月摔门而去，金小天看着她的背影，心想着，"心月，你知不知道，我离任务终结越近，就离你越远。你能不能等到我跟你讲述真相的那天？我们还有没有机会回到从前？"

这时楚之翰感叹起来："李心月是一点儿都没变啊。倒是你，完全变了个人了。"

金小天毫不在乎地一笑："那你呢？"

"我只想生存下去。"楚之翰耸耸肩，表现出无所谓的样子。

"要真想生存下去，就离这帮人远远的。"金小天再次警告道。

"我要是不走呢？"

"那我就赶你走。"

"那你就试试看。"

"到时候你别怨我下手太狠。"

"你的拳头我领教了，其实也不过如此，你还能怎样？"

金小天看着楚之翰笑了笑，转身离开。楚之翰这才发现自己紧握着拳头。

金小天为山海集团立了功，欧阳先生请他到夜总会喝酒，当众奖励了金小天一块大金表。

金小天推辞着："欧阳先生，这太贵重了，我……"

"我想给你的，你就接着。我不想给你的，你要也要不到。以后走出去就是代表我山海集团，你没面子就是我没面子。"

金小天连连点头，突然发现辉哥没在，遂问："咦，辉哥呢？"

欧阳先生故作严肃地对大华："大华，怎么没通知阿辉？这种事你也能忘了？去叫阿辉一起过来喝酒。"

大华赶紧说："对不起，欧阳先生，我忘了。"

"那你还不快去！"欧阳催促。

大华走后，欧阳先生拍了拍金小天，意味深长地笑道："你在不就行了吗？"

不一会儿，胡志辉进了夜总会，来到欧阳先生和金小天的大桌前。

金小天醉醺醺的，正拿着酒瓶当作话筒唱歌。

欧阳先生看到胡志辉进来，对金小天说："金小天，你看谁来了？"

金小天转过身来看到胡志辉，笑得满脸灿烂："呦，辉哥来了，来来来喝酒，喝酒。"

金小天把酒瓶递过去，胡志辉摆手拒绝，在欧阳先生身边坐下："老板，今天好兴致啊。"

"那可不，今天是小天的大日子啊，在代表大会上让央金的集团输得颜面无存，值得庆祝！来，大伙儿敬小天一杯！"

众人纷纷举杯："敬天哥！"

金小天继续装醉："谢谢，谢谢，谢谢大家，没你们我也不行啊，来来来，喝！"

金小天坐到欧阳先生身边，一副醉态道："老板，我跟你说啊，这次我去运货，辉哥他不去。今天我请他喝酒，他又不喝，你说他是不是老了？"

金小天酒后狂言，胡志辉面色难看。

欧阳先生从中挑气："阿辉，他说你老了，你怎么想？"

胡志辉赔笑："他喝多了。"

"我，没喝多，我清醒着呢。我求你帮我，你就不敢去。我一个人，后面是刘昆的杀手，前面有条子封路，我一个人我。"

胡志辉变了脸色，呵斥道："小天，你醉了，别乱说话了。"

金小天把酒杯一摔，发起火来："我乱说什么了！我拜你当大哥，你顾我死活吗？你没胆子就算了，我自己去就自己去，怎么样？我不还是好好地回来了吗！"

胡志辉腾地站起来："你以为自己翅膀硬了？啊！"

欧阳先生依旧打着哈哈："哈，你们兄弟俩，别着急慢慢说。"

胡志辉抓住金小天的衣领往外拉："你跟我回去！"

金小天挣脱他的手，反手就是一拳，眼睛里喷着怒火。

胡志辉也怒了："反了你了！欧阳先生在这，你敢动手打我！"

大华从后面抱住金小天，金小天继续挣扎着要踢胡志辉。同时，胡志辉也想冲上来，被其他保镖拉住。

场面乱作一团。

欧阳先生站起来："好了，我说一句。"

全场安静下来，金小天也恢复了冷静，欧阳先生拍了拍他的脸，"我们山海集团最重要就是自己人不打自己人。来握个手。"

胡志辉伸出手，金小天没好气地拍了一巴掌，恶狠狠地放话，"以后各做各的。"

胡志辉也瞪着金小天，气得面目狰狞。

喝完这场不欢而散的酒，欧阳先生私下寻问大华："今天的事，你有什么看法啊？"

大华说："您是指，金小天和胡志辉？我觉得金小天这个人很有野心，但是老板，你不怕他蹿得太快了吗？他刚出头就对胡志辉这样了。"

"我还怕他不这样呢。你想啊，原来刘昆和刘鹏，已经几乎敢跟我谈条件了，那我就偏偏把生意交给胡志辉和金小天。结果呢？这两个蠢货马上就反水。如果胡志辉和金小天毫无芥蒂，那以后他们不就是新的刘氏兄弟吗？现在多好，阿辉手下没人，做不成大事；而金小天单打独斗，有什么好怕？"

"老板高明。"

欧阳先生神情轻松，手轻轻一挥。大华打开了车里的音响，里面飘出悠扬的古典音乐。

夜深人静，胡志辉正在熄火的车里静静坐着，他神态很安定。

一个人拉开了车门坐进来，摘下头上的兜帽，竟然是金小天。

金小天恭恭敬敬地喊了声："辉哥。"

胡志辉见到金小天，并没有意外，嗯了一声。

金小天问："我还是不明白，您为什么要故意让咱俩决裂啊？"

胡志辉冷笑了一声："欧阳那个老家伙，怕的就是咱俩走得近，现在你和我闹掰，他会非常器重你，而我也就正好清闲下来。"

金小天眼珠转了转，不甘心让胡志辉淡出的样子："您真的想洗手不干了？那我怎么办呀？"

"短期之内，一切照常就行了，你不是想干大事吗，我帮你做到了。"

"谢谢辉哥，我就是觉得，您这样，回报太少了。"

胡志辉笑了笑："钱这种东西，我本来就不太在意，够花就行了。给欧阳当狗，提心吊胆，太累了。你自己看着办吧。"

金小天无奈地点点头。

胡志辉摸了摸脸颊："说起来，你打我那拳，够狠的啊。"

"对不起，辉哥，我怕不来真的，会被看出破绽。"

"算了，好自为之吧，天哥。"胡志辉意味深长地拍了拍金小天的肩膀，下车离去。

楚之翰在画廊门外铺着红毯，挂起了彩帘，亲自站在大门口望着远方。

一排车队驶来，停在路边，楚之翰赶忙上前迎接。

头车下来的是欧阳，金小天紧随其后，后面车辆的客人中有几名外国人，客人们穿着考究，像是名流之辈，随之还有一批拿着相机的媒体人蜂拥而至。

楚之翰和画廊工作人员把客人们迎进内室。楚之翰边走边说："欧阳先生！真没想到您带这么多人来捧场，我以为就几个。"

"没什么，发了个朋友圈帮你宣传，好多人我也不认识。事情能不能办成，看你自己表现了。"

画廊内布置得比以往更加精美，众人各自品鉴着。楚之翰兴奋地向客人们介绍展品，并在欧阳引荐下和几位外国人握手、寒暄。

欧阳用英文向大家介绍："皮特先生，艾伦先生。这家画廊是很有投资前途的，而且我们山海集团正在把整个地平线小镇打造成超一流的商业、文化、艺术的新核心。有兴趣的话，投资可要趁早。"

艾伦点了点头，"这里看起来我们倒是很满意，可是我听说似乎有些传闻不太好。"

楚之翰惭愧地低下了头。

欧阳又说："一点小小的商业纠纷，媒体总是夸大宣传。艺术的东西，总是伴有争议。"

艾伦等人将信将疑地点了点头，对楚之翰说："楚先生，我们需要回去开会讨论，晚一点告诉你结果。不过，我个人很喜欢这里。再见。"

楚之翰欣喜道："谢谢艾伦先生，谢谢欧阳先生！"

看到楚之翰跟欧阳打得火热，金小天暗想："楚之翰这个家伙，好好的上海不呆，跑到这里来和欧阳他们搅在一起。如果只是为了解决家庭债务危机，那为什么又要刻意来和我拉关系？他到底想干什么？"

金小天私下将欧阳与楚之翰合作的事情告诉了辉哥，并问："辉哥，你真打算让欧阳跟那个楚之翰合作啊？"

胡志辉疑问："怎么，你担心什么？"

"楚之翰这小子，本身是比较单纯，但我也没看出他有什么商业天分。现在楚鸿飞还出了事，又不知道他对内幕了解多少。我觉得，多一事不如少一事，算了吧。"

"你说得对，多一事不如少一事。所以，清白的生意，我们如果找理由不做，那才是节外生枝。"胡志辉驳回了金小天的计划。

金小天不知所措，但他必须要想办法让楚之翰远离欧阳，远离险恶的环境。

金小天派天蝎把楚之翰叫来，楚之翰面无表情地走到金小天面前，"你找我什么事？"

金小天摆出一副上司的面孔，"我听说你被李心月强迫撤股啦？"

"我送给她的股份，她收下了，然后让我出局了。不过，这关你什么事？"

"我是山海集团的总代表，你说呢？"看到金小天瞪起了眼，楚之翰竟然开始示弱："好，天哥，要我现在给你汇报吗？"

"好，你就说说，这一路上，你基本也没干成什么事。路上遇到敲竹杠的，还得我出面帮你摆平；李心月出了事，需要我站出来主持局面；现在，你连自己的公司都保不住，就这么拱手相让了？"

楚之翰忍着怒气，仍然克制地回道："金小天经理，你到底想说什么？"

"经理我对你的业务能力很担忧啊。为了集团的利益，我必须得考虑这个问题。"

"天哥，我是不如你懂，你教教我吧，怎么才能爬得这么快？是捧臭脚呢，还是要去干一些见不得光的事？"

金小天对他话里的讽刺毫不在乎，摇了摇头："山海集团这块烫手山芋，你是啃不来的。我劝你早点离开，免得追悔莫及。"

楚之翰冷笑一声："我有什么可后悔的，难道你还想杀我不成？"

"我怎么会杀你呢，我是为你好啊。"

"呵呵，谢谢天哥。我挺好的。"楚之翰拿起文件夹转身就走。

金小天坐在桌子上，沉声说道："你进进出出都是自己一个人，小心点。"

楚之翰闻言停步，转过身大步走回金小天面前："你威胁我？"

"好心提醒你，也叫威胁？"

"我告诉你，最好别有让我能收拾你的一天！"

金小天眼神变了，他一把抓住楚之翰把他推到墙上："好啊，你终于说出实话了！你从一开始就有目的对不对！说，你进山海集团到底想干什么？！"

这时，有人敲了敲会议室的门，金小天看过去，天蝎正在门口，有点好奇地往里看，"天哥，该去工地看看了。怎么了？需要帮忙吗？"

"知道了。"金小天松开手，瞪了一眼楚之翰，转身向门口走去。

那一刻金小天终于明白了，楚之翰靠近欧阳，为的是破坏欧阳的集团。

Chapter 70

香格里拉的雪山，云蒸雾涌，冰水嬉戏潺潺，鸟儿在云杉上跳跃，青苔在紫藤缠绵，舒缓蔓延的草甸宛如一只巨大的碧绿玉盘，托起了圣洁的雪山。

李心月呼吸着雪山之巅的稀薄氧气，感受着父亲当年对这座雪山的热爱。她接连熬了好几晚，终于完成了"遥望圣域——雪山派二十周年巡回画展"的计划书。

央金看完李心月的计划书，感同身受似的喃喃自语着："嗯，遥望圣域——雪山派二十周年巡回画展。这个主题不错，体现了我们香格里拉的神山，而且又是用你爸爸这么好的艺术水平来展现的。"

李心月欣喜道："您支持我的创意吗？"

"当然，我觉得完全可以作为我们地平线艺廊的开幕展，打响知名度。刘秘书，艺廊那边现在是谁在打理？"

刘秘书回答："是欧阳先生安排的人，原先定的总监楚鸿飞的儿子，楚之翰。"

央金吃了一惊，她看了一眼李心月："楚鸿飞的儿子……心月，你为什么把画展交给他？楚鸿飞可是抢走这幅画的人。"

"楚之翰和他爸爸做的事，没有关系。我对楚之翰的为人有信心。"看着李心月坚定的眼神，央金神情复杂："可是，他的画廊还在欧阳的山海集团名下，难道你不怕，山海集团会从中作梗？楚之翰之前在会议上，可都是向着欧阳的。"

"正是因为如此，我才特地要办这件事。楚之翰一直委曲求全，

就是因为他需要在山海集团的一席之地。如果我们能达成合作，让他有更好的发展资源，那么他就不再需要依附山海集团，甚至可以脱离他们。"

央金点了点头："好，既然你这么有信心，我相信你的判断。"

李心月迟疑片刻，又说："……其实，我做这件事，也有私心。"

"哦？什么私心？"

"楚之翰在他爸爸败诉之后，一直过得很辛苦，在一定程度上，我是始作俑者。这个画展也是办给那些唱衰他的人看的，以后他在业界也会好过得多。"

央金拍了拍李心月的手，"心月，你是个善良的姑娘。但是坏人我们也不得不防。安保工作一定不能松懈，我们要小心应对。"遂又对刘秘书说，"刘秘书，你安排一下会议，和欧阳商议画展的事宜。"

画展计划得到央金的首肯，下一步就是征得楚之翰的支持。

艺廊在朝阳的映射下，仿佛镀上了一层金边，与远处隐约可见的雪山和天际线相映生辉。

李心月长吁了一口气走进艺廊，找到楚之翰，她将画展计划告知后，楚之翰感到很意外："我爸爸侵占这幅画的事，还没有给你弥补，现在你主动拿给我，我真的不明白，你这是什么意思？"

"你爸爸的事，法庭已经宣判了。你和这件事也没有关系。现在我只想帮你运营好画廊，这样你就可以好好照顾你妈妈。"

李心月的话让楚之翰有些感动，但他仍然从内心里排斥着："……多谢，你有心了。但是我受之有愧。我不能再占你和你爸爸的便宜了。"

李心月想了想："可是，法院的宣判毕竟只是小众范围内知道，如果想让更多的普通观众知道，雪山派的奠基人到底是谁，那就应该通过大众窗口来展示。而且，由楚鸿飞的儿子亲口解释这件事，是最有说服力的了。这也是你们家欠我和我父亲的。"

楚之翰知道李心月在激将自己，笑着摇摇头："李心月，我知道你是想帮我。你的心意我领了，我现在一无所有，没钱没资金，在这个艺廊也不过是个打工的，单靠我一个人的力量，做不起来的。"

李心月不肯放弃，继续劝说："资金由央金奶奶来解决，场地就定在这个艺廊，至于作品，我找到了爸爸早年间的很多手稿，支撑这个画展应该够用了。"

楚之翰犹豫起来："既然这个事情你自己就可以搞定，为什么要来找我？"

"你说跟欧阳合作、讨好胡志辉，都是为了生存。如果这次项目做好了，你就不用再这样忍气吞声了,不用再看金小天的脸色。甚至,你可以到香巴拉集团来,还做画廊,或者做任何你想做的事业!"

面对李心月的理解,楚之翰只能苦笑,他无法告知实情:"谢谢你,有些事不是你想的那么简单。我是不会离开山海集团的。"

李心月深吸一口气,说:"那好,那我不管你的去留,我们一起做好这个项目,之后你想做什么,都是你的自由。"

"你这是可怜我吗?"楚之翰没有直接回答,而是淡淡地反问。

李心月无语,还真是个敏感的少爷。她一笑说:"当然不是,举办这个画展首先是我个人的意愿。其次,才是你。你需要这个画展确立地位,我也需要用它完成夙愿。地平线艺廊也需要一场高规格的展览,来提振形象。我们要让山海集团看到,利益并不是一切,真正能让人长期记住的东西,是来自心里。"

楚之翰动了心,问:"那幅《宝贝》也会参展吗?"

李心月点头:"会的。所以,你的选择是什么?到底要不要做?"

楚之翰还在犹豫时,突然传来了胡志辉的声音:"做,当然要做!"

楚之翰和李心月都很意外,眼看着胡志辉推门而入,一屁股坐进办公室的沙发里,使劲鼓励楚之翰:"傻小子,这么好的机会,难道要错过?"说着又看向李心月,"李小姐请放心,这个画展,肯定办,一定要办。"

李心月和楚之翰看着辉哥发亮的眼睛,都感觉有点怪怪的。

辉哥此刻的确是心潮澎湃,在他看来,拿到那幅画的绝佳机会终于来了。

很快,央金召集了董事会,李心月当着所有股东的面儿将有关画展的提案演示了一番。

欧阳和辉哥对这个画展显然最为感兴趣。两人默契地对视一眼,欧阳开始试探那幅《宝贝》在哪,"你说的展品,大部分都是李奇峰早年间的画稿,没什么知名度啊。办这样一个展览,总得有拿得出手的名作来镇场子吧?"

央金回答:"这个不用担心。那幅《宝贝》本来就是李奇峰的作品,这次官司打赢了,正好拿出来名正言顺地展览给大家看。"

欧阳若有所思地点点头,给辉哥递了个眼神,辉哥马上领会,问李心月:"那幅《宝贝》在哪里,你们怎么确保肯定能到场展览?"

欧阳和辉哥两人一唱一和,对《宝贝》的关注度引起金小天的注意,他低调地坐在角落里,听到这话也不由往前倾着。

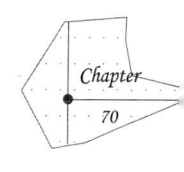

李心月说:"这个无须担心,只要画展能顺利举办,我自然能拿出来。"

辉哥显然不满意:"小姑娘,话不要说太满,那可是一幅价值八千万的画呢,你说拿来就拿来?"

李心月为难时,央金开了口:"实不相瞒,那幅画现在正由我代为保管,安全无须担心。"

辉哥干笑了一声:"呵呵,那就好。"

央金看看大家,说:"对这次画展的提案,大家如果没别的异议,就举手表决吧,赞成的请举手。"

欧阳、辉哥和楚之翰都毫不犹豫地举了手,其他几位股东也都赞同地举手。

金小天看出来,欧阳和辉哥都在打那幅画的主意,他担心李心月因此再身陷险境。他左右看看,朝李心月轻轻摇头,暗示她不要举手,李心月看到后却示威般的也举了手。

这下,全场只有金小天一人没有举手,辉哥和欧阳都看向他,众目睽睽下,金小天只好也举手赞同。

散会后,金小天借口去洗手间,私下将李心月截住,不容分说将其拽到楼梯间的隐蔽处。他双手抵着墙,形成一个包围圈,将李心月箍在其中,令她无处躲闪。

李心月挣脱了半天无果,只好直视着金小天的眼睛,问:"你要干什么?"

金小天用深邃沉敛的眼睛盯着她,表情异常严肃道:"画展不能办,我劝你取消吧。"

李心月听罢火冒三丈:"金小天!你知道画展对我的意义有多大吗?我就是为了这个,才从上海回来的。"

"你的心情我明白,可是在这儿办画展,不合适……"

"你明白什么?我看你一点都不明白。作为画家,我爸爸最大的心愿就是把自己对于雪山的热爱展示给公众,可他的心血之作被楚鸿飞偷去,世人只知道楚鸿飞,没听过李奇峰。我要给他正名,就需要这个画展。"

"李心月,我说取消是为你好。之前在旅行的路上,为了这幅画,闹出的风波还少吗?你都忘了?"

李心月一怔,他原来是关心画的安全,一丝暖流划过心头。李心月看着他的眼睛他的脸,他们自从重逢以来见面的次数并不多,而且都在工作场合。有时候她忍不住想看他一眼,却又被他那副混蛋的样子刺伤。此刻,他就近在咫尺,看起来一脸焦虑的样子,让她又找回曾经的熟悉感,心里有些窃喜,但仍不依不饶:"那是因为楚鸿飞想抢这幅画,现在他人已经被关起来了,还有什么可担心的?"

"楚鸿飞关起来这幅画就安全了？你怎么这么心大？打它主意的人多着呢。"

李心月不解："除了楚鸿飞，还有谁在打画的主意？"

金小天被问住了，他无法直说是欧阳和辉哥，气恼地挠了挠头："毕竟是八千万的画，搁谁看见了不眼馋？"

李心月再次误会了，原来是自己一厢情愿以为他还关心自己，感到不是滋味，扬起脸不屑道："你果然钻进钱眼里了。金小天，谢谢你之前对我的帮助。不过这次画展，我相信楚之翰会把安保工作做到位的。我还有事，就不陪你唠这闲嗑了。"

李心月转身疾走，金小天无奈地追了上去，继续劝说她："你清醒点好不好？那幅画一路上都有人在抢，现在就算楚鸿飞被关起来了，难保别的人就不会……"

这话正被酒店门外的楚之翰听到，他生气地上前指责："我爸爸已经为他的过错付出了代价，你翻来覆去这样说他，到底是什么意思？"

金小天毫不示弱："我的意思就是，画展是在引狼入室，不开为好。"

楚之翰情绪激动，正要和金小天争执时，突然传来尖锐的刹车声。三人顺声望过去，只见一辆车停在门前，央金面色苍白，在刘秘书的搀扶下，颤颤巍巍地上了车，看上去像是出了什么事。

李心月忙跑过去追问："董事长，出什么事了？"

央金紧张得说不出话来，刘秘书在旁说："是蒂娜，她出事了。"

李心月立刻跟着上了车，金小天和楚之翰也不放心，两人都跟着上了车。

一行人快速来到卓玛家客栈，走到央金的房间，还没进门就听到里面传来蒂娜的喊叫声，等大家冲进房间，看到眼前的景象都不由倒吸一口气。

只见蒂娜浑身血迹，手腕的伤口刚被包扎起来，又被她扯掉，汤姆正在阻止她自残，旁边想要为她止血的医生和护士都被她拳打脚踢得无法近身。

蒂娜形如枯槁一般，歇斯底里地喊叫着："放我走，放手，我要起飞了……"

金小天等人见状，都冲上去阻止蒂娜的疯狂行为，但蒂娜力气大得惊人，连金小天都打到了。

金小天拉住了蒂娜的手大声说："蒂娜，我是小天哥哥。你看看我。"

蒂娜眼神狂乱地看着他，朝他笑了笑，突然神色一变，朝他的胳膊狠狠咬去。

楚之翰和汤姆忙拉开蒂娜，把她摁在沙发上，医生趁机上来给她打了一针。蒂娜很快安静下来，她虚弱地躺着，不再挣扎，慢慢睡去。

医生和护士逐一给她做检查，遂向央金汇报："这是之前吸食软性毒品的后遗症。"

央金承受不住打击，跌坐在地上，李心月忙把她扶起来，"奶奶，您当心身体。"

央金抓住李心月哭诉着："造孽啊。在美国的时候，她跟朋友出去玩，碰了不该碰的东西，我这才把她带在身边，一刻也不敢松懈地守着。本想着，香格里拉是人间净土，回到这里来，就能让她离那些脏东西远远的……是我大意了啊，有一天她偷偷跑出去玩，不知道谁给了她一根烟，她就又抽上了……本以为带她回国，带在身边看着她，这样就可以躲过此劫，谁知道……"

看到央金老泪纵横，李心月和楚之翰等人都感到从未有过的无助，只有金小天在沉思着什么。

返回住处，金小天向陈副局长汇报了李心月要举办画展的事情，为了阻止李心月拿出那幅《宝贝》，他向陈副局长申请表明自己身份，赢得李心月的信任。陈副局长批准了金小天的申请，叮嘱他保护好李心月的安全。

萧芳芳得知蒂娜重新吸毒的事情，感叹香格里拉被坏人给玷污了，她的话让李心月想起在夜总会看到的那一幕，是那个叫瘦猴的家伙卖给蒂娜毒品的。

李心月积压着一团怒火，立刻赶往那家夜总会，车开得飞快。她刚下车，就发现门前停着两辆警车，一旁还站着一些围观群众。

紧接着，由拉姆带队，警察们从里面带走了瘦猴等几个青年，押上警车，围观群众不由拍手叫好。

李心月上前拦住拉姆："警察同志，这是怎么回事？"

拉姆看了李心月一眼，认出了她，随即有意识地往身后一个身影瞥了一眼。只见一个男子穿着帽衫，帽檐高高拉起，遮住了大半个脸，站在昏暗的地方，看不清面目。

拉姆告诉李心月："我们接到群众举报，这里有人违法出售软性毒品。"

"是央金奶奶报的警吗？"李心月问。

"对不起，无可奉告。"

李心月接着说："警察同志，那个瘦猴确实害人不浅，你们一定要把他绳之以法。我可以作证，我叫李心月，电话号码是……"

"嗯，放心吧，我们也是有充分的证据才会来的。你早点回去吧。"

李心月更加疑惑了，除了自己亲眼看到蒂娜从瘦猴手里拿的货，还会有谁知道呢？难道是……

拉姆带人离开后，李心月看到刚才站在路灯下的男子朝另一侧人烟稀少的巷子走去，那个背影让李心月莫名觉得熟悉，她不由得跟了过去。

夜色中，李心月一路跟至月光广场，却失去了目标，她小心翼翼地左右张望，最后将目光落在巨大的转经筒上。那个全亚洲最大的转经筒在夜色中缓缓转动，四周却没有游客，看来是有人刚刚经过。

李心月好奇地走下阶梯，来到转经筒前，此时一个身影从黑暗中走出来，李心月惊呼："金小天？果然是你！"

"你跟着我干什么？"金小天明知故问。

"我有话问你。"

"你想问瘦猴被抓的事？跟我无关，当时正好路过，就停下来看了看热闹。"金小天一副事不关己的表情。

"难道不是你举报的？"

"我就是个吃瓜群众，举报他们干什么？再说，那个店老板跟欧阳先生他们可都认识，我得疯成什么样才会这样给自己惹祸？李心月，你脑子没短路吧？"

李心月将信将疑地看着金小天，上前掀掉了他的帽檐："金小天，这样演戏不累吗？天天口是心非，强装反派的人设，不累吗？"

"说什么呢？我真有点听不懂了……算了，不扯这事了，我问你，你真打算把那幅《宝贝》拿去展览？"

李心月看他否认，失望之余，又恢复了高冷神色："既然你不想解释，那又何必关心这些？画是我的，怎么处置是我的私事，跟你有什么关系？"

李心月转身要走，金小天拉住她的手说："欧阳和胡志辉可都会来抢你的画。"

"那你呢？是打算现在就动手吗？"

"心月。"金小天攥紧了李心月的手。

李心月一怔，眼泪上涌，她努力忍住不让它流出来。久违的感觉，她一直以为，他俩就这么结束了，可他一句轻轻的呼唤，凭什么就能让自己方寸大乱。她用力甩开他："别这么叫我。既然你不想跟我有瓜葛，那就干脆一点，不要出现在我的生活里。"

金小天叹息一声："我知道你会用生命守护那幅画，但我希望你这次不要这么做。请你相信人民警察。"

李心月睁大双眼："什么？你是说，你是？"

金小天郑重地看着她说："我在执行任务，调查欧阳和胡志辉的集团。"

李心月一脸不可置信，但回想起金小天一次次营救她的英勇无畏的画面，又不得不

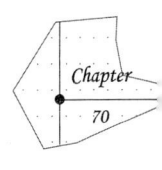

信:"你……你真是警察?"

金小天点了点头,指着一旁的警情监督招牌上的联系栏:"这位拉姆同志,就是今晚你见过的那个女警,她可以为我证明身份。"说着金小天拨通拉姆的电话,请她在电话中向李心月证明自己的身份。

李心月呆呆地接过电话,传来拉姆的声音:"李小姐,金小天同志是我们前线调查的便衣警察。很抱歉,这是高度机密,不便对外透露,请你也务必保密。"

李心月喃喃道:"好的,我知道了……"

李心月挂断电话,看着金小天,眼泪终于止不住哭了起来。

一直以来她独自承受着被金小天抛弃的委屈暴发了出来,双手朝着金小天胸口捶打起来,"为什么要骗我,为什么这么狠心,现在才告诉我……知道我有多难过吗?知道我哭了多少回吗?知道你每次故意犯浑,我心里疼得就像有把刀在割吗?"

面对李心月的哭泣和埋怨,金小天一把将李心月搂进怀中,深深地吻住了李心月……

夜色静谧,月光倾斜,一对相拥的人身影被拉长。

Chapter 71

　　一直到李心月收起眼泪，安静地趴在他怀中，重新露出笑容时，金小天却不得不离开了。他抚摸着李心月的眼角，为她拭去泪痕，温柔地说："我得回去了。心月，你听好，明天从央金奶奶的保险柜拿到画以后，你到这个地方，走小路，胡志辉会在这里拦你，你把画筒给他，我不会让他难为你的。"

　　李心月看着自己的脸映在金小天柔和的目光里，她感到无比温暖和安心。她再次埋首在他的胸前，用力点头："我都听你的……你一定要注意安全。"

　　"还有，切记，今晚你在这里听到的，一个字也不要对外人透露。你能做到吗？"金小天用深情的眼神凝望着她，再次叮嘱。

　　李心月用力点了点头，眼看金小天要走，她又拉住他，"我不是在做梦吧？"

　　金小天笑着捏住了李心月的脸颊："这是真的，心月。等着我，等我完成任务，我们俩就可以在一起了。"

　　李心月痴傻地点点头，沉醉在这突如其来的幸福感中。

　　金小天很清楚，针对那幅《宝贝》，欧阳和辉哥各怀鬼胎，都打算着如何拿到自己的手里。他在应付两人的同时，还要确保李心月和楚之翰的安全，这可着实让金小天费力周旋了一番。

　　金小天先诱导欧阳将夺画行动设计在李心月送去艺廊的途中，然后又说服欧阳将画展的事交给他，找了个让楚之翰去上海参加业务培训的理由将其打发走。

接下来，金小天又向辉哥承诺："这次的安保工作欧阳同意我负责了，到时候随行都是我们的人。只要集中对付央金派给李心月的保镖就可以了。"

可辉哥却摇了摇头说："欧阳的人会冲在前面，先帮我们解决掉一部分麻烦。然后，他的人就成了需要我们解决的麻烦。"

金小天愣了愣，追问："但眼下，我还不能明着反水欧阳吧？那画万一被他的人抢走呢？"

"这不用你担心，到时候我派人拦截。"

金小天马上附和他的计划，"是。那到时候，我把李心月她们逼到小路上，辉哥你带人过来，我让手下做做样子就完了。"

辉哥笑道："就这么办。一旦我拿到画，就有资本不再看欧阳的脸色了。"

所有的计划都在金小天的掌握中，偏偏楚之翰令金小天十分头疼。

小镇的夜幕异常清冷寂静，衬得大地上人间灯火格外温暖。

艺廊里，楚之翰被金小天停了职，盛夏前来安慰："这也未尝不是一件好事。"

楚之翰生气道："好事？我怎么没发现好在哪里？"

"难道你没有发现吗？我和李心月、金小天都不希望你跟山海集团合作，你觉得是为什么？难道大家都不想看到你事业变好吗？李心月肯定不是，我肯定也不是。至于金小天……"

楚之翰打断："他就是看不得我好。他就是怕我知道他们的黑勾当！"

"好，那我们先把金小天放一边，你觉得我和心月，为什么在这件事情上也不支持你？"

"欧阳不是好人，辉哥也不是好人，我知道，但我也不是小孩子了，我有分寸。"

"既然你也知道很危险，大家不让你去，是为了保护你。"

楚之翰对盛夏的话心知肚明，但他不能眼睁睁看着欧阳毁了自己的父母，毁了自己的家，他想报仇却无奈就此止步，想到这里，楚之翰眼中闪着泪花，自责道："我太没用了……"

盛夏动情地说："才不是呢，你一直都很棒！旅行的时候，你像个大家长一样关心着每一个人。尤其是在遇到这么大的变故之后，你没有退缩，一个人撑起了整个家。我知道你想办好画展，想靠着欧阳那帮人重整旗鼓，但是我们都知道，他们并非善类。所以在你做任何事情之前，答应我，为了阿姨，也为了我……我们，先保护好自己好吗？"

楚之翰被盛夏的话击中了，他认真地看着盛夏："你真的是这么想的？"

盛夏点头，楚之翰突然感觉到，盛夏变了，不再是从前那个庸俗虚荣、不作不死的网红女主播，而是一个可以认真倾听自己、安慰自己、帮助自己的好女孩。回想一路走来，盛夏身上的侠义和真情，他一把抱住了盛夏，轻轻说了句，"谢谢你，有你在身边，真好……"

　　艺廊里灯火通明，盛夏和楚之翰开始合力帮着李心月布置画展。几面墙上已经挂着装裱好的手稿，当中最大的一面墙中央还是空白，显然，那是留给《宝贝》的。

　　两人正在忙碌时，李心月提着保温桶进来："芳姨说你们布展辛苦啦，派我来慰问你们，看我给你们带了什么好吃的？"

　　盛夏上前打开一看："哇！芳姨这虫草炖乌鸡实在让人无从抗拒。"

　　李心月给他们盛汤，俩人围着桌子吃饭。

　　李心月打量着四周的展品，兴奋地说："很棒啊，这么短的时间里，就能弄得跟那些美术馆的展览没差。"

　　盛夏赶紧夸赞道："主要是之翰的功劳。我就出出力气。"

　　楚之翰由衷地说："能为李大师的画展做点事情，是我的荣幸。"

　　楚之翰的态度令气氛有些尴尬。

　　盛夏急忙解释："他就是，刚刚被金小天停职了，不让他参与明天的展览，有点不开心。"

　　李心月看着楚之翰，隐晦地说："嗯，我知道，但我相信，以后你就会明白，金小天这样做是为了你好。"

　　楚之翰看着李心月坚定的神情，起了好奇心，忽然追问起来，"为什么你们几个，都说这样是为我好？"

　　李心月明白，现在她还无法解释，只好转移话题，"其实，我就是为了这件事来的，我有件事想要拜托你们……"

　　盛夏："你尽管说，我们一定会帮你的。"

　　"明天，我会带一幅假画走，拜托你们二位在我出发半个小时之后，到央金奶奶那里拿到《宝贝》真画，迅速送到艺廊保管好。"

　　盛夏惊讶道："为什么？"

　　李心月解释，"你忘了吗，咱们在旅行途中，遭遇好多次危险，都是因为这幅画……"

　　楚之翰问："这幅画里到底有什么？谁会抢画？是欧阳他们吗？"

　　李心月摇头："这个，我不知道，以防万一吧。这幅画对我太重要了，对你也是。"

我不能允许它出一点点闪失。"

楚之翰感觉到李心月隐瞒了什么，很可能和欧阳有关，但他没有追问，只是若有所思地点点头："我明白了，我一定会安全将画护送到艺廊的。"

一家清冷无人的藏式茶馆中，当地禁毒大队的李队长正坐在角落里不疾不徐地喝茶，像是在等什么人。

不一会儿，金小天神神秘秘地走进来，在拉姆引见下，他和李队长接上了头，针对第二天李心月送画、欧阳和辉哥抢画的行动，金小天拿出一张手绘的路线图向李队长介绍：

"艺廊那边的布展工作已经差不多了，唯独那幅《宝贝》，届时会由李心月在开展当天去央金那里拿回，然后在央金派出的保镖护送下送到艺廊。这是车队预计行进的路线。"

李队长边看图边说："也就是说，欧阳他们如果要抢画的话，大概会在这个路口和下一个岔路口设伏。"

拉姆在旁问道："我们需要派人保护吗？"

金小天点点头："需要人手，但只做善后工作。要知道，欧阳和胡志辉分别找我谈话了，他俩都在觊觎这幅画，一个是螳螂，一个是黄雀。"

李队长说："那我们就是猎人，不管是螳螂还是黄雀，最后都要一举拿下。"

金小天点头："嗯，我有一个计划，既可以保证这幅画不落入犯罪分子的手里，又能给欧阳和胡志辉的内讧加把柴。"

金小天和李队长、拉姆安排好明天的行动后，他匆匆离开茶馆，赶到月光广场，他和李心月约好了在这里见面。

李心月已等候多时，却未见金小天的身影。

她仰头望着漫天星光出神：爸，妈，雪山派的画展终于要开幕了。这是我多年以来的心愿，我相信这也是你们的夙愿，对不对？还有，我遇到了一个人，他会像爸爸那样牵着我的手，让我别害怕。虽然他的工作有时候会让他身不由己，可是，一想到他，我就觉得很安心。有的时候遇到不痛快，跟他吵几句，居然就把不痛快给忘了……是不是很神奇？这大概就是传说中的，遇到了对的人吧？

此时，金小天急匆匆跑了过来，打断了李心月的思绪："心月，明天的事情都交代好了吗？"

李心月点头："交代好了。"

金小天不放心地看着李心月，再次叮嘱："一定要记得，走小路。"

"嗯，知道了，你叫我来就是为了说这个？那我还是走吧。"李心月有些失落。

一想到明天，两人将再次经历一次生死考验，金小天情急地将李心月拉进了怀里，万籁俱寂，只听得到彼此的呼吸和心跳声。

李心月挣脱出来问："你怎么了？"

金小天难掩紧张："我，就是担心你。"

李心月打断："不用担心，我是一棵坚强的小草，我还是打不死的小强，你忘了吗？"

听到这话，金小天笑了，李心月仰起头指着星空说，"你看这里的星空好美啊，又大又明亮，好像伸手就可以摘到。"

金小天也抬头望着星空，李心月又说："记得你说过，我爸爸妈妈化成了星星，在天上看着我，我要是开心，星星就会闪烁；我要是伤心，星星也会黯淡。"

"那你现在是什么心情？"

李心月指着两颗挨得很近的星星："你看那两颗星星，一闪一闪的。我觉得，我爸爸妈妈一定也感受到了我的幸福和快乐。"

第二天清晨，李心月如约出门，她背起画筒，在六个保镖的陪伴下，乘车前往艺廊。

途中，汤姆从后视镜看到出现两辆尾随的车，又看另一边后视镜，果然另一边也有，他眉头皱了起来，命令司机："开快点。"

司机踩下油门，后视镜里追踪的车却越来越近，李心月紧紧抱住画筒。

眼看左右两边的车已经开到了车身两侧，保持同速。

李心月撩起一点窗帘看出去，追踪车里面的人面目凶狠。李心月赶快放下了车窗帘。

汤姆下令："别让他们超过去！"

汤姆话音未落，一辆车加速超前，卡住了前面的去路。其中前车减速，左右两边车窗摇下，车里的人挥舞着钢管开始砸李心月的车窗。

李心月捂着头弯下了身子。

汤姆一边伸手挡住头一边朝司机喊："冲出去，撞！"

司机加油，李心月的车左摆右撞，但还是没有冲出包围圈。央金集团的护驾车从后面撞开包围圈，努力帮李心月的车争取一点空间。

但是司机的头被打伤了，血流满面，汤姆抢过方向盘继续保持行驶。

李心月看了看路，想到金小天的叮嘱，马上说："走那边小路！"

汤姆来不及多想，猛打方向盘，李心月的车拐进了一条小路。

两辆央金集团的护驾车队在转弯处甩尾打横，挡住路口。

央金集团的保镖们手持棍棒下车，和尾随的欧阳集团打手们对峙起来。围攻、撕扯、拳打、脚踢，各种金属撞击的声音交织在一起，嘶吼着、咆哮着……

李心月从车后窗向后看去，喧闹越来越远，打手们没有追上来。随着车又开过一个弯道，渐渐听不见追兵的声音，李心月舒了一口气。

汤姆看到司机头上的血迹，说："停车，我来开。"

司机停住车，擦拭着头上的血迹，汤姆走下车和司机交换位置。

汤姆刚拉开车门，一辆车从后面缓缓接近。

汤姆看过去，是金小天开的车，未等汤姆发动车子，又有两辆车从旁边的小路开出来，堵住了李心月的去路。

汤姆从后视镜看去，金小天的车挡在路中间。

前面的两辆车打开车门，辉哥和天蝎带着几名小弟走了下来。

辉哥敲打了几下车窗："李小姐，有失远迎。"

李心月打开车窗："你想干什么？"

辉哥瞄着她手里的画筒："想借你的画看看。"

金小天和几个小弟从车上走下来，绕过李心月的车走到前方，金小天故意问道："辉哥，您这是干吗来了？"

"小天，那你又在干吗呢？"

金小天看了看左右的小弟："这幅画，欧阳先生先借了。"

辉哥变了脸，"你怎么知道我不是给欧阳先生的呢？"

"辉哥，总得有个先来后到吧，我这忙前忙后大半天了。"

辉哥和天蝎突然同时举起了手枪："那你还不早点回去歇着？"

金小天等人的脸色变了，胡志辉走上前，一把推开金小天，望着车里的李心月："李小姐，可否赏脸啊？"

李心月紧抓着画，看着辉哥枪指着金小天的头，一时间不知所措。

汤姆小声提醒："他们有枪。"

李心月瞬间惊醒，赶紧隔着车窗递上画筒。她不敢看金小天，怕自己会忍不住做出什么陷他于更加危险的境地。她紧紧闭上眼睛，一只手生生被自己掐出一道血痕。

被天蝎枪指着的金小天满脸无奈。胡志辉一把抓过画筒，打开，看到里面卷着的画，露出了得意的笑容，正要拿出来细看，警笛声传来，声音渐近。

胡志辉脸色一变："妈的，来得这么快。撤！"

胡志辉把画筒盖紧，带人上车绝尘而去。

金小天手下问："天哥…怎么办？"

金小天没好气道："还能怎么办，你教我！"

手下一指李心月："那她呢？"

"欧阳先生要的是她手里的画，抓她有什么用？还不让开？"金小天瞥了一眼车内受惊的李心月，对着手下呵斥道。

手下被他训懵了，慌忙让开。金小天不耐烦地一挥手，汤姆开车送李心月离去。李心月睁开眼望着金小天的身影渐渐远去，心也跟着揪了起来。

辉哥抢了画，匆匆回到住地，这才发现又是一幅赝品，他急躁地来回踱步。

天蝎得知画是假的，着急道："咱们抢画的事，估计这会儿欧阳先生已经知道了。他肯定会弄死我们的。"

"闭嘴。"

天蝎不敢说话了。胡志辉沉思片刻，又拿起那张画，缓缓举起给天蝎看，"你能从这上面，看出什么？"

天蝎一脸茫然，眼珠子都快瞪出来了，摇头道："我看不出什么门道。"

"那就行了。你这双眼睛要是看不出来，那别人肯定更不灵。这画，也有用。"

欧阳得知那幅画被辉哥截走了，正对着金小天发火时，辉哥拿着画出现了。一进门就满脸赔笑，递上画筒："欧阳先生，您要的画，我拿回来了。"

欧阳看了看画筒，有点不可置信："给我的？"

"当然。您当初让我找回这幅画，我一直办事不力，辜负了您。今天终于能完成任务，还希望欧阳先生不要怪罪。"

欧阳笑了："怎么会怪你呢？你一直最尽心尽力了，我还能不知道？那个，小天，你先回去休息吧，我跟阿辉聊两句。"

金小天和胡志辉对视了一眼，走了。

欧阳拍拍辉哥的肩膀："阿辉，干得好。我没有看走眼啊，说话办事，果然还是得多年的心腹才可靠。"

"这都得益于您的栽培。这次拿画，也是因为事关重大，我怕提前告知的话，人多嘴杂，难免走漏了风声。"

"我明白，你是怕小天抢了你的风头，所以要从他手上拿回来，对不对？哈哈哈，

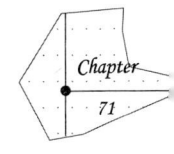

我都懂。放心吧，你们每个人的能力怎么样，我心里自然有一本账。"

欧阳迫不及待地拿出画来，摊在桌子上，横看竖看，上看下看："阿辉，这画上，到底有什么啊？"

辉哥摇摇头，"这个，我就不知道了。"

欧阳有点恼火，叉腰站着："这费了半天劲，拿回来了，却不知道到底有什么秘密。那老头子也是没用，死得那么快。"

"依我看，不如明天请工匠，一层层揭开，慢慢研究。"

欧阳的电话响起，他拿起看了看，并没有接听，而是直接打发走辉哥："行了，东西拿回来就行了，至于里面的门道，也不急在这一时三刻，慢慢再研究吧。你也辛苦了，早点回去吧。"

胡志辉走出去，关上了门。他嘴角露出一抹微笑。

胡志辉刚一离开，欧阳马上接听电话："Mrs.Smith！Hello，Hello！哈哈哈……"

警车和护送李心月的那三辆车依次在艺廊门口停下。

李心月从车上下来，将外套抱在怀里。

拉姆和汤姆一左一右，护送李心月走进艺廊，其他人守在门口。

楚之翰和盛夏等在门口，看到有警察，惊讶地对视了一眼。

盛夏紧张道："这是怎么了？"

李心月惊魂未定："我们进去说吧，抓紧时间。"

李心月和盛夏、楚之翰走进艺廊的档案储藏室，将门关上，李心月从保险箱里拿出《宝贝》，确认是真画后，将画放回保险箱。

随着保险箱一声落锁声，所有人都如释重负。

李心月感叹："真是太感谢你们了。今天，这幅画差一点又被抢走。"

楚之翰惊讶："怎么了？真的有人抢画？"

"嗯，不过放心吧，我没事。"

楚之翰问，"那你带的假画呢？"

"被辉哥拿走了。"

"辉哥？那金小天呢？"

李心月沉默。

盛夏不敢相信道："他也参与了？所以昨天开除之翰，果然是故意的，他现在竟然变成了这样……"

李心月无法告知他们金小天的身份，只好避重就轻："唉，别说这些了，画好好地送到这里了，是好事啊，谢谢你们。"

楚之翰安慰道："心月，放心吧，艺廊的防盗措施很完备，有这么多高科技监控设备，保证谁也没法偷走你的《宝贝》。只不过，这么一来，到底什么时候展览给大家看啊？"

李心月想了想说："这段时间就先给大家看其他作品吧，我相信，《宝贝》重新回到大众视野的日子，没多久了。"

楚之翰点点头："护送任务完成，我们也快走吧，免得引起怀疑。"

李心月喊住了他："对不起，我做的有些事伤害到了你，但不是出于我的本意。如果当时能有第二种选择，我绝对不会那么做……"

"不要说对不起，因为错的不是你。"

李心月看着楚之翰平静的面容，试探地问道："那么，我们还是好朋友？"

楚之翰微笑："还是好朋友。"

李心月伸出手，楚之翰和盛夏与她爽快地击掌，大家终于又露出久违的笑容。

Chapter 72

夕阳把小镇染成一片胭脂红,四下炊烟袅袅。茶馆的老建筑掩映在晚霞中,一片温暖。

茶馆内,金小天守着一张桌子喝茶,手指无意识地敲着桌面,显然是在等什么人。

不一会儿,李心月根据导航一路寻觅过来,抬头看看地址,走了进来。

金小天看到李心月,张罗着给她倒茶。

李心月看着眼前的金小天,袖子挽到了手肘上,还有些灰色的痕迹,稍显凌乱。领口有些褶皱,应该是被人揪过。想必他回去之后,一定受苦了。他又一次拿命救了自己,李心月心疼地想问问情况,但她知道即使问了金小天也不会说。李心月的眼眶发酸,她默默转头,努力压制住。

金小天关切道:"你的画没事吧?"

李心月点头:"嗯,平安送到,现在正在艺廊的保险箱里。可是,欧阳他们如果发现画是假的,会不会追到艺廊去找麻烦?"

"你说过,那幅画只有你能分辨真伪,还有什么好担心的。他们对你的骚扰应该会停止了。"金小天安慰道。

"可是,他们这样一群亡命之徒,要我爸爸的这幅画,到底是要做什么呢?"

"胡志辉说那画里藏着秘密,但到底是什么,他不肯吐露半个字。"

"可那幅画又不是古董,只是爸爸照着我的样子画的作品。"

"能让那些人念念不忘的，估计只有钱了。"

俩人静静地喝茶，李心月又说："有件事，想跟你说。目前，我没法跟楚之翰和盛夏说你的身份，现在，他们对你的误会可能更深了……"

金小天笑了："没关系……到了坏人被绳之以法的时候，大家自然就明白了。"

"可是在那之前，你一个人要承受所有的误解和委屈。"李心月看着金小天明亮又坚定的眼睛，心生敬佩，也为他所要承受的一切感到担忧。

金小天淡然一笑："我自己心里有数就好了啊。再说，我还有你！"说着，把李心月的手放在自己手心。

李心月深情地望着金小天的笑脸，觉得不可思议："现在的你，跟刚开始的那个金小天，完全是两个人。"

夕阳的光映在茶杯里，又反射在俩人脸上，映得俩人眼底波光粼粼。

晚风拂过，吹乱了李心月的发梢，金小天伸手帮她梳理。

俩人静静依偎在一起，李心月闭上眼睛，金小天轻吻了一下。

李心月轻语着："这一刻，我要永远记住。"

"这样的时刻，我们以后还会有很多。"

"可你动不动就被工作叫走。"

金小天双手捧着李心月的面庞，调整了一下呼吸，再开口声音有些涩哑："不会的，今天我有一整个晚上的时间陪你，我们……"

金小天话音未落，手机不识趣地响起，金小天无奈地拿起手机："喂，辉哥？……我马上过来。"金小天挂了电话站起身，抱歉地看着李心月，"我得走了……"

李心月无奈地苦笑："瞧，打脸了吧……好吧，你自己多加小心。"

俩人站起来，牵着的手却舍不得松开。

金小天坏笑道："舍不得我？那亲一下好不好？"

金小天把脸凑过来，李心月正犹豫，这时隔壁有人走过，李心月推开金小天："不要啦。你快去快回，我在芳姨的客栈等你。"

金小天调皮地行了个礼，跑了出去。

辉哥抢画又送画的行为早已引起欧阳的怀疑，虽然他不懂画的真假，但辉哥的行为让他小心警惕。马上又要进行一次新的交易了，欧阳故意把时间从周一晚上十二点改成中午十二点，但他没有通知辉哥和金小天。

金小天因为抢画事件，夹在欧阳和辉哥之间左右逢源。为了消除两边对自己的怀疑，

获得信任,他两边献策。

欧阳这边,他暗中提醒那幅画的真伪,消除了欧阳对他的顾虑。欧阳将交易改动时间的事情通知了金小天,并想借这次机会,进一步试探金小天对自己是否衷心。

金小天马上将交易时间改变的消息传递给辉哥,试图打消辉哥对他的戒备,不料辉哥早已跟欧阳身边的大华暗通一气,率先得到了消息,但他假装不知道,成功瞒过了金小天。

在辉哥看来,金小天暂时对他还有用,他决定留到关键时刻再抛弃这颗棋子。然而对此,金小天浑然不觉。

楚之翰为了从母亲那里得到U盘密码,他告诉陈正茜自己掌握的情况,"我了解越多越发现欧阳是最应该被法律严惩的人,他偷运违禁物品、洗钱、强取豪夺……为了牟利,他可以没有底线。他为了得到那幅画,处处排挤我,甚至派人追车抢画。妈,现在扳倒他的证据,就在我手上,我不能放任不管。"

陈正茜反对,"不行,太危险了。儿子,把U盘保管好,千万别泄露消息。"

"妈,那个密码你可以不说,我自己找证据。如果我不能找到证据扳倒欧阳,那就留在这里,直到找到为止。"

"儿子,你为什么要如此冒险?"

"因为李心月能为自己的父亲讨回公道,我也要挖出欧阳身后隐藏的那些证据,这是我为这个家所能做的最有价值的事了。"

陈正茜呆住了,对着手机视频里儿子坚毅的神色,默默体会着儿子的话,她最终妥协,将密码告诉了楚之翰。

楚之翰拿到密码后立刻打开U盘,里面竟是父亲多年来帮欧阳洗黑钱的账目记录,他决心将欧阳的罪证交给公安。

在盛夏的陪伴下,楚之翰走进了当地公安局,将U盘交给了李队长和拉姆。

楚之翰郑重地说:"这是一份持续多年的账目往来记录,是我的父亲在被迫帮欧阳洗钱的前提下,偷偷记录的备份。"

李队长和拉姆都大感意外,李队长对楚之翰说:"我们对欧阳的调查,几次都是因为缺乏关键证据而被迫停下。你说的这份账目记录,如果内容属实,那应该能给他定罪了。"

欧阳的交易时间快到了,为了在这次行动中一举剿灭欧阳贩毒团伙,陈副局长亲自来到香格里拉督战。

按照提前布置好的行动方案，参与行动的警员们从公安局出发了。

车子依次驶出，其中指挥车内，电脑和仪器设备打开着。

拉姆和李队长在指挥车上，盯着电脑屏幕上的监控视频，眼看欧阳先生的车开过公路，李队长拿起对讲机下令："各组跟紧，打醒十二分精神，今天就是我们收网的大日子。"

眼看着欧阳先生的车来到一家杂货铺前停下来，大华先下车，老板看到了欧阳先生下车，他和欧阳交换了一下眼神。

与此同时，四周的楼顶、街巷均有身着便装的公安干警潜伏，四周野地里还有荷枪实弹的突击队员包围。

欧阳先生、小天和大华走上楼梯上到二楼。

与此同时，几个便衣公安走到门前，另外几人包抄后门。

欧阳先生来到二层里屋，老板拿出两个箱子，打开，里面是满满一箱子袋装洗衣粉。他拿走最上层的一包，露出下面的一包包白粉。

欧阳先生看到白粉，露出了贪婪的笑容。

这时，在李队长的一声命令下，围剿行动开始了。

各处埋伏的便衣们纷纷掏出手枪包围，公安干警大声警告："警察，举起手来！靠墙蹲下！"

杂货铺一层的店员吓得抱头蹲下，后巷包抄的便衣们准备上楼梯，突然楼上几个毒贩手持冲锋枪疯狂扫射，便衣们慌忙躲避。

便衣公安干警马上对着对讲机喊话："目标持有自动化火力，请求增援！"

李队长马上命令突击队、狙击队上前掩护，突击队员包抄上前，房顶的狙击手击中几名毒贩的手脚，公安干警上前将他们制服。

大华、老板和几名毒贩手持冲锋枪，掩护着欧阳先生向外突围。金小天紧跟着他们，几人用火力逼退包抄的公安干警，在复杂的小巷子里逃窜着。

跑到某个路口，大华只好说："分头跑！"

大华、欧阳和金小天一边，老板和手下从另一边分头跑开。

突击队员在一边路口堵截，老板和手下负隅顽抗，几人被乱枪击毙。

欧阳先生三人跑过一条小路，一路上大华打伤几名公安干警。

这时候，拉姆正守在附近，她左右看了看，找了一条小路跑过去，正遇逃跑的大华和欧阳先生，拉姆举枪高喊："不许动！放下武器！"

大华想转身，拉姆一枪打中了他持枪的手。

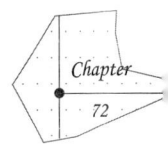

欧阳先生缓缓转过身来，不情愿地慢慢抬起双手。

拉姆见状，马上汇报："后巷小街，已经控制一号目标，请立即支援。"

不过话音未落，"砰"的一声，拉姆肩膀中了一枪。

大华用另一只手捡起地上的枪，拉姆躲到墙后。欧阳先生看了一眼侧面的人，露出不太理解的表情，因为开枪打中拉姆的人竟是胡志辉。

欧阳先生来不及多想，手一挥，胡志辉和他朝同一方向跑去。

拉姆马上汇报："遭到包围圈之外的伏击，没有看到人！疑犯已经逃出封锁圈！"

李队长下令外围部队增援。附近野地里的突进队员纷纷向这边靠拢。

胡志辉和大华掩护着欧阳先生在小巷子里穿行，金小天断后，警惕地打量着四周，边走边撤。

四人走到一处隐蔽处休整，欧阳先生气喘吁吁并心虚地问道："阿辉，刚才多亏了你……不过，你怎么来了？"

胡志辉微微一笑："小天说您有事，通知求援，我立刻就过来了。"

欧阳先生尴尬地笑着，"好兄弟，我就知道还是你们最靠得住，新来的小崽子们都指不上。大哥以前做得不对，委屈你了，回去还是咱们两兄弟打天下！"

"老板言重了，这都是当兄弟应该的。走，先走再说。"

欧阳先生笑着"嗯"了一声，站起身来。但他突然转过身，用枪指着胡志辉，脸色狰狞："怎么，你以为我这么好骗？我开车出来半个多小时，这出事刚几分钟，你听到消息就能到了？说！你是不是跟踪我！"

胡志辉笑了笑，没有回答。

欧阳继续说："连我都敢算计，我他妈这就毙了……"欧阳的后半句还没说出来，大华用枪管顶在了他的后脑勺。

欧阳先生用余光看去，发现是大华，惊诧不已，这一幕就连旁边的金小天也大感震惊和意外。

欧阳不敢相信地说："大华…想不到居然是你出卖我。当年是我从家里把你带出来的，这么多年让你吃香喝辣，我亏待过你吗？！前几年你爹下葬还是我给你出钱风光办的，你都忘啦！"

"老板，对不住了。可我不这么做我儿子就死定了。"

胡志辉"啧啧"感叹着，"我都不知道，是说你聪明好呢，还是说你傻呢？你那套控制家人的手法，我们还不知道吗？想想黄毛的爹，被你弄傻了，还囚了二十年。你以为大华会感激你？他怕你，怕到在外面偷偷有了孩子，快十岁了都不敢让你知道啊。还好我是个孤儿。当年我多傻啊，开始还真心为你卖命，可换来什么？你吃肉，我们连汤都没得喝。值吗，太不值了。"

胡志辉一口气把憋在心里多年的委屈和不甘说了出来。

欧阳开始央求："阿辉，我以前做得不对，你放我一条生路。我什么都给你！要多少钱我就给你多少钱！我给你打工！"

胡志辉摇了摇头。

欧阳的眼神又变得强硬起来，威胁道："你杀了我就什么都没了！山海集团就垮了，你一分钱都拿不到！"

"你就只知道钱，也以为钱能解决一切问题。可我这次不是为了钱。"

"那你为什么？你跟我有什么深仇大恨？"

"因为我为你失去了二十年的自由。你没在里面蹲过，二十年啊，你知道自由对我来说有多重要么！……不过也多谢你了，你那藏起来的账本里的钱，够我后半辈子快活了。实话告诉你吧，我就是让你知道，瞧不起我的代价。你以为你最牛，其实，你最没种。如果你刚才崩了我，可能对你是最有利的，可你都不敢，哈哈哈哈。我太了解你了，老板。"

欧阳先生汗如雨下。

胡志辉继续咬牙切齿道："当年黄毛那事，是我们一起干的。可结果呢？我当炮灰去蹲了二十年监牢。你就是这么奖励我的。"

"阿辉，我也是没办法。黄毛是你杀死的，警察抓到你的时候，证据确凿，我也无力回天了。"

胡志辉不耐烦地一挥手："行了，都是当年往事，不提也罢。不过我要告诉你，金小天和我闹掰是演给你看的，国外买家找你开通新线路也是我搭好的桥。怎么样，输得心服口服了吧？是不是，小天？"

金小天一边听着警察过来的声音，一边附和辉哥："欧阳先生，你的时代已经过去了。"

欧阳先生面如死灰。胡志辉抬起手枪指着欧阳先生："现在公安正在地毯式搜索，我给你个机会，跑啊。"

说时，大华拿下了枪，欧阳先生半信半疑地看了看外面，哆嗦着拎起钱箱，硬着头皮跑了出去，刚跑两步，随着一声枪响，栽倒在地。

胡志辉吹了下枪口的烟，狠狠地说："老家伙，早该这样了。"

金小天看着辉哥开枪却不能阻止。

大华捡起了钱箱交给辉哥，正这时突击队员朝他们这边冲了过来。

辉哥马上说："撤！"说完，带着几个人朝小巷深处跑去。

天蝎带着几个辉哥的手下焦灼地在工厂里等着。

门开了，胡志辉带着大华和金小天走进来，众人纷纷上前。

大家七嘴八舌："辉哥，出什么事了？怎么回事啊？听说欧阳先生被警察抓了？……"

金小天眼神复杂地盯着胡志辉，只见胡志辉表情悲痛，看上去伤心欲绝。

大华上前宣布："各位兄弟，我跟随欧阳先生取货的时候，遭到了警方的伏击，还好辉哥之前不放心，提早过来帮忙。欧阳先生在逃跑时中了枪，为了掩护我们，就自己断后了。他临走之前，把集团的事都交托给了辉哥……"

大家面面相觑，将信将疑。

天蝎马上带头说："大华一直忠心耿耿，既然这是欧阳大哥的意思，我肯定没有意见。"

另外几个人看了看金小天，金小天挂起了笑脸："我跟辉哥是好兄弟，闹点小意见而已，现在集团有难，最能主持大局的，除了辉哥还有谁？"

大家纷纷点头："辉哥，我们以后就跟着你了。"

胡志辉假装为难的样子："承蒙各位兄弟看得起，那胡某就不谦让了。现在集团正面的生意被警方介入，基本上没什么办法了。我只能说，让大家尽量平稳地度过这个时期。以后新的生意，欧阳大哥搭好的线，还是继续靠小天了。"

胡志辉搂住金小天，金小天配合地笑着，但后背感觉发凉，他忽然意识到，辉哥远比他想象中还要凶险难测。

金小天和一众小弟在房间里闷了好几天，辉哥始终没有动静，金小天心里有些焦急。这天，他发现胡志辉表情很是开心，好奇地问道："辉哥，什么事这么开心啊。"

"小事，小事，先开个会。大家手机都拿出来。"

说完，他冲天蝎使个眼色，天蝎拿着屏蔽盒开始挨个搜身，收手机。

一个马仔将手机放入盒中却被天蝎手下的人在身上搜出另一个手机。

天蝎立马掏出手枪威胁，"不想活了。"

马仔马上解释："不是的！老大，你听我解释，这个手机我只用来联系女朋友啊！"

天蝎决绝道："呵呵，对不起了，现在风头正紧，女朋友？亲爹老子也不行。"说完，随着一声枪响,马仔被打中倒地。

金小天见状,赶紧将备用手机偷偷放进外卖盒里。当天蝎来到金小天面前时,金小天把手机放进盒子,天蝎手下搜身,金小天安全通过。

所有人都搜完身,天蝎派人将尸体清理出去,并且把屋子里的外卖盒、酒瓶等都清理了。金小天眼看着放了备用手机的外卖盒被拿走,扔进了垃圾堆。

胡志辉这才宣布:"兄弟们,今天就是我们新生意开张的大日子。当然,最关键的,还是看小天了。"

"辉哥过奖了,我都等不及了。"

胡志辉看着金小天,"一会儿天蝎带你去接货,你们两个运回货仓。"遂又指着其他手下:"你们几个跟我先去准备,小天把货运到后,由我们来搞定分销的事。"

金小天和众人点头称是,这时胡志辉又露出神秘的笑容。

金小天感觉不对劲,试探着:"辉哥,你又笑了,还没说是什么事呢?"

胡志辉审视着金小天:"你之前惦记了很久的那幅画,还记得吗?"

金小天心里咯噔一下,他马上掩饰情绪,"那当然,怎么,有进展了?"

"马上就有了。李心月那丫头,已经抓到了。"

金小天怔住了,他发现胡志辉一直在看着自己。

金小天迅速调整好情绪,"辉哥,你把她抓到了?不是有央金的团队一直在保护她?"

"老虎也有打盹的时候啊。盯了这么久,没白费功夫。"

金小天心里焦急,但脸上还得装得满不在乎:"你打算拿她怎么办?"

"你关心这个干什么,该出发了。"

"我就随便问问。"金小天努力赔笑,眼神飘向窗外,只见几个小弟正拖着一个麻袋走向小屋,金小天心里揪成了一团,冷汗冒了出来。

Chapter 73

金小天左张右望，悄悄跟着那几个小弟来到了小屋，眼看着几个小弟把拖着的麻袋放进屋里，把小屋上了锁就离开了。

金小天摸到房前，听到屋里发出"呜呜"的女人声音，他环顾左右确认安全之后开始撬锁。他轻轻撬开了锁，走进屋里，漆黑的房间里，一个被困在麻袋里的女子在墙角挣扎着。

金小天走上前小声地说："心月，别怕，我来救你了！"

金小天迅速解开麻袋的绳子，不料，里面的女子却不是李心月，他大吃一惊，马上感觉到不对，这时他的身后已出现几个黑影。

金小天回过头，只见辉哥和天蝎已经堵在了门口。

金小天面露惊恐："辉哥，我……"

胡志辉一声令下："抓起来！"

天蝎和小弟们拿着一个麻袋将金小天蒙头兜下。

紧接着，金小天被带到废弃工厂里，天蝎这才解开麻袋，金小天露出脑袋，刚要喘口气，天蝎将他的脑袋用力按进一个水桶里。

金小天闷在水里拼命挣扎，直到他快要窒息，天蝎才把他拎出水面。

胡志辉一脸阴狠地坐在金小天对面的椅子上，审视着他，"小子，这下还有什么好说的？你一直在骗我。"

金小天马上解释："辉哥，你听我说。不是你想的那样！"

"少来这一套，我就说了个李心月的名字，你就急成这样？还说没骗我，给我打！"

几个小弟围过来就要动手，辉哥想起了什么："等一下！把他的手机拿来。"

天蝎粗野地翻出手机，辉哥示意他拉起金小天的手指解锁后，辉哥拿着金小天的手机，翻了翻他和李心月的聊天记录，发现被删光，辉哥咬着牙说："动手吧。"

天蝎和几个小弟上来轮流揍金小天，胡志辉则拿着手机录像，看着金小天快不行了，这才摆了摆手，示意天蝎等人停手。

胡志辉问："小天，有什么遗言想说的？"

金小天痛苦地说："我，我承认，我是对李心月还有感情。"

胡志辉笑了起来："死成个痴情种？好，我成全你。"

胡志辉说着，用金小天的手机将其被殴打折磨的视频发送给了李心月。

李心月正在房间休息，收到那段视频她惊呆了，视频最后定格在金小天被一把枪指着头，李心月吓得心惊胆战，不知所措。正在这时，胡志辉发来了语音视频："李小姐，视频精彩吗？"

"你到底想干什么？"

"你想要他活命，就拿真画来换。"

李心月马上说："我要看到金小天没事！"

"哼，上次你居然敢报警，这次别耍花样！我验证过画是真的，才会放了他。你要是再敢耍花样或者报警，我保证他死得难看！"

李心月放缓了语气："你别伤害他！有事好商量！"

"没什么好商量的，用画换他的命！你只有半个小时时间！"

胡志辉挂了电话，并发去一个地址。

李心月心里纠结着要不要报警，最后她给拉姆打了电话："警察同志，请问小天最近有和你们联系吗？"

拉姆回道："今天一天他都没有回复过。怎么了？"

李心月犹豫半晌，害怕金小天出事，只好说："啊，没，没什么。"

李心月挂了电话，原地兜了三圈，思来想去，她不能拿金小天的生命冒险，一直以来都是金小天来救自己，这次，李心月决定自己救一回金小天。

李心月马上拿起外套，冲出房间，直奔艺廊，要楚之翰取出那幅画给她。

楚之翰和盛夏感觉不对劲，再三逼问下，李心月只好说，"……胡志辉还是不死心，要我拿画去换一个人。"

盛夏追问："这个人是谁？"

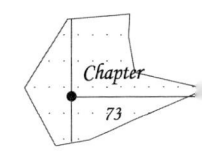

李心月说道,"金小天。"

盛夏和楚之翰都很惊讶,盛夏不解道:"我没听错吧?他都已经背叛我们了。你还要拿这么珍贵的东西救他?"

楚之翰附和:"你忘了他说的那些狠话吗?"

李心月含泪说:"毕竟是一路走过来的朋友,现在他正在危难关头,难道要见死不救吗?"

楚之翰:"可这幅画对你意义重大。"

盛夏:"是呀,画只有一幅,人只有一个,就看自己更看重哪个了。"

"抛开感情来说,一路上他救了我那么多次,就这一次,我能为他做点事,拿一幅画去换一条命,换作是你们,会怎么选?"

楚之翰马上带李心月走进储藏室,打开保险柜,捧出那幅画交到李心月手上:"心月,我只是替你保管这幅画,究竟怎么使用她,我尊重你的决定。"

李心月抱着那幅画说:"这幅画救不回我爸爸。但如果我可以救下小天,我觉得值得!"

盛夏提议:"我们跟你一起去吧,多个人就多个帮手。"

李心月推辞道:"没事,有央金奶奶安排的保镖跟着我,足够了。不过,如果我到了晚上还没有回来,你们就帮我报警。"

李心月带着画一阵风一般的离开。

盛夏焦急地看着楚之翰:"怎么办,她就这么走了太危险了。我们就这么干等着?"

楚之翰说道:"别等了,我们马上报警。"

汤姆开车送李心月到达指定位置,胡志辉的手下拿着望远镜四处张望,一旁停着辆车,李心月抱着画筒走近。

胡志辉的手下向李心月勾了勾手指:"上车。"

汤姆看了看李心月,李心月摆手示意没事,遂抱着画,一步步走上前,走到车前不再走了。

手下也不多说,拨通了视频电话。很快,胡志辉的脸出现在手机屏幕中,"李小姐,我可是很信任你的,希望你没有报警,否则即便我被警察抓了,金小天也活不了!"

李心月急切道:"我向你保证,我没有报警。但我要知道金小天没事!"

"你搞清楚现在谁做主,上车。到了指定位置,我自然不会食言。"

李心月给汤姆比画了个打电话的手势,然后上了车。

车子载着李心月离开，一路开进那家废弃工厂。

胡志辉守在车门外，亲自给李心月开车门："把画给我！"

李心月不太情愿地递上了画筒，胡志辉一把抓过去，抽出里面的画，拿出个紫光灯照起来，当他照到某处的时候，微微点了点头。

胡志辉收好画，满意地说："很好，金小天爱你爱得那么不顾一切，还好你没让他失望。"

"那你快放了他！"

胡志辉把金小天的手机扔给李心月："自己看吧。"

手机屏幕上出现了另一段录像视频，只见金小天正对着胡志辉表明心迹："我必须承认，我一直爱着她！这是无法改变的事实！无论我怎么避开她不见，无论我身边站着什么样的女人，我都想着她，我都只想着她！如果这就是我能说的最后一句话，我一定要说这些！而且，我不后悔！"

胡志辉对周围人说："看见了吗？这才是说真话的样子。"说时，胡志辉扳下了手枪击锤。

金小天继续说："我偷偷喜欢她怎么了！我都已经不能见她，不能和她说心里话，要处处和她作对，我心里比谁都难受！我喜欢她又怎么了！我给你卖命的时候，哪件事没有办好？！"

胡志辉抬起了枪，他拍了拍金小天的脸："你说的没错，你喜欢谁，我管不着；给你做的事，你也都做得很好。但我就是要你知道，骗我的代价都会很惨重。就为这么点事，早早和我说实话，还用得着这样？"说时，胡志辉环顾四周，对其他手下说："你们都给我听好了，谁要是敢瞒我骗我，我一定不会轻饶，明白了没有！"

众人纷纷低头说"是"。

胡志辉亲手解开了金小天的绳子："以后还敢不敢骗我？"

金小天低头说："不敢，再也不敢了。辉哥，我知错了。"

视频结束了，看来胡志辉已经放了小天，李心月松了一口气，问："那他现在人在哪？你答应我让我见到他的！"

"到你该见的时候，自然会让你见他。"

面对穷凶极恶、无所不用其极的胡志辉，李心月不明白他到底为什么要得到那幅画，于是她好奇地追问："从我拿到这幅画开始，我就一刻不得安宁。除了楚鸿飞雇凶杀我，一路上，是不是还有你的人在追我？"

胡志辉迎着李心月好奇的目光，他竟然十分坦然地承认道，"没错，一路之上，要不是有金小天护着你，我的人早就得手了。"

"可是，我不明白你为什么要我爸爸的画？里面到底有什么秘密？"

胡志辉看着李心月，耐人寻味地笑了："看在你这次乖乖合作的份上，我就告诉你——你父亲跟我们当年的事没有关系，他很干净。但是他命不好。"

"你说什么？我爸爸的死？难道当时你也在场？到底是怎么回事？！"李心月惊讶道。

胡志辉笑了笑："你父亲当年要是和你一样合作，那他也不用死了。"

胡志辉眯着眼睛，回想起往事。

原来，二十年前辉哥就在给欧阳先生的父亲跑腿办事。有一天，他手底下的黄毛带走了一个十分重要的账本用以威胁和保命。辉哥奉命找回那个至关重要的账本。

胡志辉一路跟踪黄毛来到了香格里拉的雪山脚下，在一个小旅店里他发现了黄毛，原来走投无路的黄毛得到一个进山写生的画家李奇峰的帮助……

在一家破旧的小客栈，黄毛给家人通了电话后，回到李奇峰的房间。

李奇峰热情地递上热茶和面包："和家人联系过了？"

黄毛点了点头。

李奇峰安慰："那就没事了，安心等几天，就有人来接你了。家人啊，是最重要的东西。"

这时，门外传来楚鸿飞的声音："师弟，我回来了，你快出来看啊，我打的兔子……"

李奇峰走出门去同楚鸿飞说起话来，黄毛在屋里随手拿起李奇峰的相册看了看，又轻轻翻动李奇峰的画板，打开了那幅《宝贝》。面对那幅画，一直害怕被欧阳抓住的黄毛突然灵机一动，他想到一个绝佳的万无一失的保命方法。他迅速拿起一支油性笔，在画上写下两个坐标，又用只荧光笔描了描，然后拿起一旁的油彩颜料，往描画的位置涂抹上去。

这时，听到李奇峰返回房间的脚步声，黄毛赶快把东西放回原处。

李奇峰进屋，黄毛起身告辞："谢谢你的帮助，我该走了，祝你好人有好报……"

李奇峰问："你去哪呀？一个人别上山乱跑，不安全！"

"没关系，我会保护自己的。谢谢你。"

黄毛匆匆离去，沿着雪地他一路艰难地往前走去，走到一个洼地他停住了脚步，只见胡志辉正在前方生起火取暖。

黄毛看到胡志辉，他神情复杂地停下脚步。

胡志辉见到黄毛毫不意外："来，暖和暖和。"

黄毛走上前烤火，胡志辉问："事都办好了？"

黄毛点了点头。

就在两人围着火堆取暖时，李奇峰背着画板准备上山采风，楚鸿飞则带着萧芳芳朝另一边去采风。

胡志辉打开包，拿出几沓百钞递给黄毛："你的，说吧，账本在哪儿？"

黄毛接过钱，看着胡志辉，他却犹豫不决，担心这个欧阳的心腹不会这样轻易放过自己。

正这时，黄毛远远看到李奇峰背着画架向山上走去，他指着李奇峰对胡志辉说："你看见那边那个画家没有？坐标我就藏在他的画里，等我出了境，我就告诉你。"

不料黄毛话音刚落，胡志辉的刀已经捅进了黄毛的腹部，遂又面无表情地捅了几刀。

黄毛挣扎着，鲜血染红了散落的钞票，他痛苦地说："你……你果然……"

"对不住了，这是欧阳的意思，别怪我，怪他吧。"

"我知道自己这趟凶多吉少……既然这样，你就永远别想知道那个秘密了。"

"什么秘密？"

"你不知道我藏在哪幅画里，就算找到了，你也不知道我写的是什么意思……这些钱，就给我陪葬了。"黄毛凄厉地冲着胡志辉笑了笑。

胡志辉想了想说："以你的智商，还有什么秘密我破解不了。你就安心去吧。"

胡志辉把黄毛推倒在地上，把刀塞在他手里，然后转身去搬柴火，准备烧尸，不料就在胡志辉忙活时，黄毛挣扎着从口袋里取出一把土手枪朝着胡志辉开枪，胡志辉及时发现，慌忙扑倒。

黄毛的那一枪没有打中胡志辉，却射向远处的积雪，积雪开始松动。胡志辉扑上去和他抢枪，两个人争夺中，手枪又朝雪山开了几枪。

雪山的积雪慢慢震动，往下越滚越多，最终形成了雪崩。

正往山顶走去的李奇峰感觉到了什么，他抬起头看了看周围的雪山，大惊失色，抱起画具跑向楚鸿飞方向，边跑边喊："鸿飞，芳芳，快走，快走！"

胡志辉狠狠掐住黄毛的脖子，黄毛很快不再动弹，胡志辉回头看到雪浪涌来，他拼命奔跑，最终逃过雪崩，却没有逃过警方的抓捕。

胡志辉边回忆，边细致地戴上手套。

一场遇见爱情的旅行

一场遇见
爱情的旅行

而我何其有幸，因为有唯一一个你，让我有一场遇见爱情的旅行。

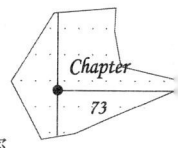

李心月感慨万千，"原来，是这样。可是，为什么这么多年，你们也没有发现秘密在《宝贝》里，偏偏我拍下那幅画，你们就知道了呢？"

胡志辉阴笑道："事情就是这么巧，我坐牢期间，欧阳一直揪着黄毛的父亲不放，因为他知道黄毛生前打的最后一个电话是给他父亲的，所以猜测他一定将账本的秘密告诉了他父亲。黄毛父亲在欧阳的持续逼迫下渐渐疯癫，送进了精神病院。直到两个月前的那次拍卖会时，黄毛的父亲在电视上看到了那幅后又惊又叫，电视上每一次提到《宝贝》这两个字，黄毛父亲都露出惊恐的表情，而且越发激烈，最后死掉了。负责看管黄毛父亲的人告诉欧阳，秘密可能就在那幅画《宝贝》中。所以，我们才一路跟着你寻找这幅画。想不到直到今天才拿到真画，不容易啊。"

李心月听完这段往事，百感交集，她看着胡志辉问："那我爸爸是怎么死的？为什么楚鸿飞和我萧阿姨都没事，只有他出事了？"

胡志辉停顿了一下，慢条斯理地拿出枪，仔细擦拭着。

胡志辉："既然你想知道，那我就成全你这个心愿。"

原来，当年雪崩之后，李奇峰拼尽全力推开了萧芳芳和楚鸿飞，三人各自被雪冲走失散。雪崩停止后，李奇峰从雪中爬了出来，他抬头看了看周围，发现自己已经到了悬崖边，他赶紧退回来，开始寻找自己的画筒，结果发现他的画筒卡在一块石头上。

李奇峰走上前刚拿回画筒，有人从后面把他打倒在地。

胡志辉满身是血出现在他身后，一把抓起他的画筒，打开里面的画看了看，胡志辉收到画筒准备离开，李奇峰艰难地抬起了头，一把抓住胡志辉的脚恳求着："你是谁？为什么要抢我的画！那是我送给女儿的礼物。还给我！"

胡志辉用脚踹李奇峰，李奇峰挣扎死不松手，把胡志辉拉得摔了个跟头。手中的画筒摔了出去。

胡志辉看着画筒随着山坡不断滚远，他愤怒至极，猛踢李奇峰，李奇峰渐渐失去抵抗，倒在雪地里……

李心月听完胡志辉的回忆，她瞪大眼睛，对着眼前的杀父仇人怒目而视，咬牙切齿道："你！原来是你杀了我爸爸！"

胡志辉狞笑着："要不是你爸多事，他也不会死，更何况，他还害我蹲了二十年牢。父债女偿，咱们算是两清了。"

"你这个杀人凶手！"李心月就要冲上去，胡志辉举起了手枪对准她，"不好意思了，小姑娘，你知道得有点多，我只能先送你一程了……"

Chapter 74

胡志辉刚要开枪，一个个手下跑了进来："辉哥，有条子。"

胡志辉狐疑地看看四周："他们是怎么找过来的？"

胡志辉看看李心月，犹豫了一下，手一挥："撤！"

胡志辉和手下钻进了汽车扬长而去，李心月被丢下，她无助地跑着追了几步，她心痛地抱头蹲在地上，泪流不止。

拉姆带着人赶到，冲进了工厂的院落里，拉姆拿着手机循着李心月的定位坐标，找到了李心月，"李心月，你没事吧？我一接到报警就赶来了。"

李心月看到拉姆既激动又惊讶，"可是，你怎么找到这里的？"

拉姆指着她脖子上的护身符说，"金小天送你的这个礼物可是太好了，他把一个定位器装在吊坠里。上一次你被飓风追杀，也是靠它找到你的。"

李心月感慨万分，这次本是想救金小天的，没想到还是被金小天救了。

拉姆看看四周，追问，"金小天呢？"

李心月摇头，"我只知道胡志辉放了他，但不知道现在他在哪里。"

金小天被胡志辉放了之后，派他和天蝎开车出货，两人各开一辆车，正一前一后在公路行驶。

一路之上，金小天忐忑不安，他预感到胡志辉虽然放了自己，但并没有放下对他的戒备与威胁，他总觉得这次出货哪里不对劲。所以，他必须尽快跟警方取得联系，让他们知道自己的位置。

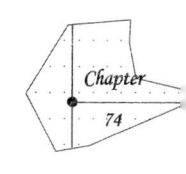

金小天对路过的每一辆车都非常注意，但他发现没有警方的车来配合他。

金小天的神情越来越焦急，路过红绿灯时，他特意把半个身子探出车外，假装看前面的路。

果然，金小天被警方的电子眼发现，陈副局长立刻派无人机跟踪金小天！

公安局大楼内，陈副局长及所有公安干警都在严阵以待，这次是胡志辉的大行动了，警方埋伏在高速路口准备接应金小天，直捣胡志辉的货仓老窝。

然而就在这时，金小天出事了。他的车拐上一段山路后靠近了一处悬崖，他减速过弯时，后视镜里天蝎的车突然直接顶在了金小天车的外侧，看上去要把他往悬崖下挤。

金小天心里一惊，他明白这是辉哥要对自己下手了。他努力控制方向盘，但天蝎的车卡住了位置，货车重心开始倾斜，靠路内侧的轮子已经离地，金小天的车终于翻下了公路。

天蝎撞翻金小天后，向前开至一片平地，胡志辉乘坐的车正在那里等他。

胡志辉坐在车后座，拿着画筒不断摩挲着，天蝎从上方土路小跑下来，钻进车里汇报道："搞定了！辉哥，你怎么知道他是警察？"

"我不知道。但是他这样的人，我可不能留着用了。"

"那为什么之前不直接杀了他？"

"刚才杀他，被发现的话追起来太快了。这就是我说的，他还有最后的用途。让警察到山沟里慢慢找去吧。等他们想起我的时候，我已经拿到东西走人了。"

"辉哥，你太牛了！"

胡志辉扬了扬手里的画筒："等拿到了账本，到哪都能东山再起。"

天蝎也好奇地问："辉哥，这幅画到底有什么秘密？"

胡志辉笑了笑，把画摊开，拿出一把小刀，仔细地刮着油画的山脚处颜料比较深色的地方。随着颜料的脱落，底层渐渐地显现，里面隐隐出现一列荧光点，只见一组数字慢慢出现——"97 32"。

天蝎盯着那串数字问："这数字是什么意思啊？"

"这是经纬度坐标，账本就埋在这个位置。"

"这么厉害，那账本里得有多少钱啊？"

胡志辉意味深长道："二十年前欧阳的爹把钱分散成几十个海外账户，全都记录在这里面，少说也有两个亿。而且除了钱之外，更有许多买家的信息，所以拿到了这个账本，就可以和欧阳原来的生意重新搭上轨道。甚至，我们光靠这些敲他们竹杠都够了。"

跟踪金小天的无人机将其翻车的视频同步传至公安局，陈副局长心中大惊，马上下令："快，联系搜救队！马上尽全力搜救！"

拉姆刚为李心月录完口供，两人听到消息，金小天出事了，李心月立刻跟随拉姆一起来到了出事现场。

悬崖边拉起了警戒线，警察们正在拍照车轮印，搜救队员们已经开始下山搜索，另一边警察们在陈副局长指挥下也顺着山路往下找过去。

李心月神色恍惚地坐在山崖边的石头上等待着，虽然陆续有警察从山崖下上来，但每一队上来的警察都摇摇头。

李心月的面色一次比一次苍白，见又有一队人上来了，依旧摇头，她再也坐不住了，猛地站了起来往山崖边走去："不可能找不到的，肯定是没有仔细找……"

陈副局长过来安慰："李心月，你要去哪儿？"

李心月头也不回，语气坚定："我要去找他。"

"你一个女孩子就别去了，还有几个搜救队没上来呢，你再等等吧。"

李心月不听劝，继续往前走，几名警察也上去拉住了李心月，正这时，楚之翰、盛夏、萧芳芳闻讯赶来，萧芳芳和盛夏跑过去拦住了李心月。

盛夏对警察说："你们去忙你们的吧，我来照顾她就好了。"

警察们放手走开，李心月用力推开盛夏："别拦着我，我要去找小天。"

"你别这样，我知道你旧情难了，但金小天这个烂人，他不值得你这样。"

李心月激烈反对："不，他不是那样的！"李心月想说出金小天的身份，但欲言又止，只能摇摇头："你们都不懂，我一定要找到他。"

李心月甩开盛夏，往山崖下跑去，盛夏要追李心月被萧芳芳拉住："算了，让她去吧，这或许是她最后能为他做的一点事了。"

盛夏气鼓鼓的："可是金小天他，不值得……"

陈副局长在旁边听到，他走了过来，问："金小天为什么不值得？"

盛夏心直口快地说："他就是个渣男，薄情寡义，伤透了心月。"

陈副局长只好告诉他们："不，你们都错怪他了。金小天是重情重义、有勇气有担当的好同志。"

楚之翰惊讶地看着陈副局长，问："好同志？难道，他是警察？"

陈副局长点头："对，他其实是在辉哥身边卧底。一直都以小混混的身份出现在你们面前，但是，他是我们内部非常优秀的好同志。"

萧芳芳也惊呆了："怎么会这样……"

楚之翰回想起金小天一直阻止他靠近欧阳的反常举动，他恍然大悟，后悔道，"都怪我笨，当时不知道他是为了保护我。"

陈副局长叮嘱大家："这个事情必须严格保密，所以他连你们都不能告诉，所有的误解都只能打碎了往肚子里咽，他才是最痛苦的那个人。"

盛夏问："那心月知道吗？"

"李心月比你们早一点儿知道，但是也没早多久。"

萧芳芳感叹："怪不得她拼了命一样要去找金小天。"

"是啊，今天会出这样的惨剧，也是因为他在和辉哥做最后的周旋。按理说，我不应该告诉你们这些。但是你们是小天的朋友，如今他下落不明，我也不希望他的朋友一直错怪他……还希望你们，能保守这个秘密……"

听到金小天的真实身份，所有人都释怀了，尤其是楚之翰，他立刻说，"我们都错怪了金小天。走，我们一起去找他。"

楚之翰带着萧芳芳和盛夏一起下了山。

悬崖下，李心月找了很久也没有找到金小天，她边找边哭："傻瓜。你在哪里，为什么把所有的委屈都自己一个人扛？金小天，你这个傻瓜。快出来……"

李心月泪眼蒙眬。她擦干眼泪，站起来继续往前走。突然，她看到前面有团衣物看着眼熟。李心月疾跑两步，捡起来看，她认出那是金小天的外套，上面血迹还是湿的，李心月眼前一黑，晕倒在地，萧芳芳远远看到，急忙跑了过来。

李心月被抬至急救车内，楚之翰、盛夏、萧芳芳围在一旁看着她。

李心月眼皮动了动，微微醒转。

楚之翰、盛夏、萧芳芳露出高兴的表情，轻声说："醒了醒了。"

李心月坐起来："小天！小天！他回来了吗？他怎么样了？"

萧芳芳只能安慰："我们在这里呢，没事的……没事的……"

李心月惊慌地环顾四周："小天呢？小天在哪里？！"

众人露出悲伤的神色。李心月一把抓住盛夏："小天他怎么了！你说啊！他们是不是已经找到小天了！"

盛夏不说话，把那件外套拿给她看。

李心月抓着衣服的手在颤抖，她旋即抬起头把衣服塞回给盛夏："你给我这个干什么！我不要衣服，我要金小天他这个人！"

盛夏："心月，你好好看看，这是金小天的外套，警方说，在这一带地区的坠崖事故中，幸存的概率……很小……"

李心月一把扯下自己手上的输液管想要下床，被萧芳芳、楚之翰拦住。针眼在猛力撕扯下扎出血来，她边走边说："金小天没死！他答应我的事还没做呢！我要去找他！"

李心月试着下床，却差点跌倒，盛夏和楚之翰赶紧把她扶回床上。

萧芳芳拿着酒精棉回来，拉过李心月的手，给她消毒。

酒精刺激得李心月颤抖了一下。

萧芳芳心疼地说："你就算要去找，也不能不顾自己，否则还没找到他，你先倒下了。"

李心月紧紧咬着嘴唇，眼神坚定道："芳姨，求你了，让我去找他。他没吃没喝的，可能还受伤了，是最需要我的时候，我得去找他啊……"

拉姆来到急救车前，李心月忙问："拉姆同志，找到了吗？"

"暂时还没有。"

"肯定是你们人手太少，这片地方这么大，得加派人手才行。"

"搜救工作已经进行了三个小时，除了一件衣物，还没有其他更有价值的发现。我们会持续搜索，但有些事情，你们得提前有个思想准备。"

李心月呆了呆，摇着头："不会的，不会的！肯定是你们人手不够，没关系，我可以帮忙的，我去找！我这就去……"

萧芳芳受不了，一把将李心月抱住："孩子，跟我回家去。"

李心月挣扎："不行，我得去找他。他正在哪里等我呢。"

李心月挣脱开萧芳芳，往山崖边跑去。

拉姆要去阻拦被萧芳芳拦住："月月的脾气就是这样，不到最后一刻，她是不会放弃的。我们再去找找看吧。"

于是，李心月、萧芳芳、楚之翰和盛夏重新加入搜救大军，可是一直找到深夜十一点，金小天仍然没有找到。所有人都是疲惫至极，神情沮丧，尤其是李心月，她心力交瘁，绝望无助。

陈副局长上前安慰："你们的心情我很理解，金小天同志遇到这样的不幸我也非常难过，但现在不是伤心的时候，我们当务之急，是绝对不能让胡志辉逃出法网！"

李心月咬牙道："对，一定要抓住胡志辉！他还是我的杀父仇人！"

李心月的话引起了陈副局长的关注："你的意思是说，胡志辉杀了你父亲？"

"是的，"接着李心月把胡志辉讲述的往事告诉了陈副局长，最后又说，"我还知道，爸爸的画被找到的地方，就是胡志辉要去的地方，因为那里藏着一个很重要的账本。"

陈副局长听罢大为惊喜、振奋，"这样看来，如果黄毛把什么东西藏在了雪山里，一定走不了太远！那么画当年掉落的地方，就是最接近胡志辉目的地的地方！"陈副局长突然想到了什么，他转向萧芳芳问："你还记得当年雪崩时你们所在的位置吗？"

大家的目光都看向萧芳芳，萧芳芳说："我不记得路，每次去写生都是跟着队伍走。雪崩发生的时候我们都被冲散了，后来去找李老师的搜救队找了十几里路，才发现了他的背包，附近也没发现尸身，大家推测，他是在别的地方遇难的。"

陈副局长又把目光落在楚之翰的身上："这样看来，知道当年位置的人，只有你的父亲了。"

陈副局长马上下令，联系上海的公安支队提审楚鸿飞，不料因为参与洗钱交易、雇凶杀人未遂的刑事案件还在公诉阶段，楚鸿飞有很强的抵触情绪，他拒绝配合，坚持称想不起当年的位置。

李心月决定亲自去上海找楚鸿飞，楚之翰当仁不让，为了严惩欧阳和胡志辉，他陪同李心月一起赶回了上海。

探监室，李心月走了进来，只见楚鸿飞戴着手铐坐在椅上，他神情冷漠。

李心月脸上略有歉意："楚叔叔，你最近还好吗？"

楚鸿飞瞟了她一眼，哼了一声，"别假惺惺的了，你把我送进来的，你现在问我好不好，你这不是笑话吗？"

大刘在旁边提醒："楚鸿飞，注意你的态度。"

楚鸿飞瞪着李心月："有事说事，打官司的时候，我可没见你这么吞吞吐吐。"

"我想求你帮忙，你一定知道雪崩前，你们所在雪山的方位，对不对？"

"画你都拿到手了，你爸妈也不可能活过来，为这点事，你还来烦我干什么。"

李心月焦急地："胡志辉那么想要那幅画，就是因为里面藏了什么秘密，现在这是追踪他的唯一线索。"

李心月话音未落，楚鸿飞哈哈大笑，打断了李心月的话："我为什么要帮你呢？"

"胡志辉作恶多端，他亲口承认我爸爸是死在他手里！现在金小天很可能也在他手下遇害了，我求您帮我抓到他们！"

楚鸿飞冷笑道："这跟我有什么关系？"

"这是我对你唯一的请求，你不看在我的面上，也看在你和我爸爸的师兄弟情谊上

611

吧，让杀死他的凶手被捕，我爸爸九泉之下也会感谢你的……"

"你爸已经死了20年，你为了一个死人，把我家还活着的人搞得这么惨，我绝对不会放过你的！"

"求求你了……这真的是最后的机会了……"

面对李心月央求的模样，楚鸿飞狞笑着："好啊好啊，报应来得这么快，你现在这个绝望的样子，真是让我非常满足。"

李心月垂下头，无助地哭了起来。

这时，门口狱警又打开了门，传来轮子滚动的声音。

李心月和楚鸿飞都看过去，只见楚之翰推着陈正茜走了进来。

陈正茜面色苍白，但神情淡然，目光坚定。

楚鸿飞看到陈正茜，情绪有些激动，他想要站起身来，但是被审讯椅锁住了，他并不能动。他关切地看着陈正茜："你怎么来了？你还好吗？出来走动身体还受得了吗？是不是他们给你施加压力了？！"

李心月站到一边，把位置让给陈正茜。

陈正茜温柔地看着楚鸿飞："鸿飞，该认错了，不要再执迷不悟了。"

"向她认错？她害咱们家害得还不够吗？我现在这样，你这个样，还不都是拜她所赐？"楚鸿飞有点不敢相信妻子的改变。

"其实你心里知道的，把我们变成这样的，根本就不是李心月，而是我们自己……"

楚鸿飞干笑一声："茜，你在胡说什么？你难道被她洗脑了吗？"

陈正茜眼神坚定，叹息道："经过这些风波和打击，我再三反思，是我们自己造的孽，就要自己来还……而我们现在，甚至已经影响了下一代，心月是如此，之翰也是如此……"

楚鸿飞猛地抬起头："之翰，他怎么了？"

"你还不知道吧？"陈正茜转头看着楚之翰，楚之翰坚定地点点头，示意陈正茜说下去，"你出事以后，之翰一面想替咱们赎罪，一面想为楚家报仇，就去山海集团做卧底。欧阳和胡志辉是什么人，你也知道的，他差一点就……差一点就不能再跟你我见面了。"

陈正茜眼里闪着泪花，说不下去了。

楚鸿飞受到了震撼，他慢慢地看向楚之翰，眼里全是心疼。

楚之翰也说："爸，是我们家做的错事，我们必须要自己承担。不过，要是欧阳的错，我们也决不姑息放过！"

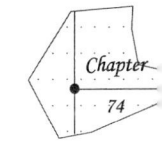

楚鸿飞看着妻儿，只好说："事到如今，我们做什么，还有意义吗？"

"鸿飞，错了这么多年，你真的不觉得心虚吗？我经常想，这辈子还能不能回头……但是回头的代价太大了，我不敢……现在我明白了，如果我们能做一件正确的、应该的事情，哪怕只能再做一件好事，然后去接受该有的惩罚……起码我会心里安乐些……"

楚鸿飞戴着手铐的手努力往前伸，想要摸陈正茜的手。

陈正茜和楚之翰用请求的眼神望着警员。警员轻轻点了点头，楚之翰把陈正茜往前推了两步，两个人的手终于握在了一起。

陈正茜深情地看着丈夫："鸿飞，回头吧，我等你……我在家等你。"

楚鸿飞老泪纵横，点头道："好的，是我错了。"说着他转身看着李心月，郑重地道歉："李心月，我向你认错，向你的父亲认错……"

李心月点了点头，"我和我的父亲接受你的道歉。现在，你可以告诉警方，当年雪崩之前，你们的位置是哪里吗？"

楚鸿飞点点头："当然。"

李心月和楚之翰得到了账本的位置后，两人马上返回香格里拉，刚下飞机，拉姆就打来电话，告诉他们金小天找到了，李心月喜极而泣，疯了似的往公安局飞奔而去。

李心月走进公安局大厅，看到了一群人正围在一起，忙跑了过去。

公安干警们看到李心月前来，立刻纷纷让出一条路，让开的人群的另一端，只见金小天正披着毯子，蓬头垢面，鼻青脸肿，但脸上挂着那股熟悉的、有点痞气的笑容。

李心月走上前，金小天颤巍巍站起来，李心月一把抱住了金小天。

金小天马上叫出了声："轻点轻点，疼。"

拉姆轻轻招手，大家心领神会地陆续离开，从外面关上了办公室的门。

李心月泪花闪动："你果然没事，太好了，吓死我了！"

"我没事呀。"

李心月松开手，直直看着金小天："你没事，那你去哪了？我都快急死了你知不知道！"

"我被撞车的时候，来不及跑了，只能从窗户跳了出去，幸亏山崖下面有树藤拦着，缓冲了不少力道，但摔晕在半山了。等我醒过来时，肚子都饿扁了，还卡在树上。我爬下来费了好大的劲……"

李心月心疼地摸着金小天的伤口："臭贫！肚子饿了才醒！还疼吗？"

金小天摇了摇头："没事，这是之前被胡志辉打的皮外伤。放心吧，我挺好的。"

说时，金小天又抱住了李心月，"看到你为我这么担心，我好幸福。"

李心月紧紧贴在金小天的胸口，小声说："听说你出了事，我一点忙都帮不上，我觉得自己特别没用！"

"才不是呢，听说胡志辉的下落都被你探出来了，你比我还能干呢。"

李心月哽咽着，"你就不能老实点，干吗老这么油嘴滑舌的。"

金小天深情地望着李心月："知道我卡在树上想着什么吗？我想着，我答应你要陪你继续去很多地方旅行，我必须做到。"

李心月爱怜地看着金小天："你好好的，我们无论在哪我都开心！"

"我也很开心，现在终于可以光明正大的和你在一起了。"说着，金小天深情地亲吻了李心月。然后放开她说，"等我抓完胡志辉就回来。"

李心月点头："那你答应我，一定要平平安安地回来！"

金小天举起一只手："我保证，我一定会平平安安地回来。等我。"

金小天又亲了下李心月，然后甩开毯子，把手枪装进了枪套，朝门口走去。

李队带着金小天和公安战士们沿着楚鸿飞提供的位置一路找过去，半路上，他们果然发现了胡志辉的车子，李心月的画竟然被随意地扔在车厢里。

金小天明白，他们已靠近了目标，他和警察们开始持枪继续前行，小心翼翼地靠近坐标位置，果然发现胡志辉正在带着众多手下在那一带分头挖掘。

金小天等人隐蔽在石头后暗中观察，就在这时，天蝎挥着铁锹挖到一块硬物，他眼睛一亮，继续挖了几下，遂高喊："辉哥，找到了！"

胡志辉等人纷纷跑过来，只见雪坑里埋着一个铁盒子，他马上取出那个盒子，打开一看，果然，里面有一个尘封的账本……

Chapter 75

　　胡志辉贪婪地望着账本，吹了一下上面的灰，正在这时，他似乎听到了什么声音，一回头，发现了远处的无人机。

　　胡志辉立刻把账本揣进怀里，咒骂："他妈的，他们怎么知道这里的！"

　　胡志辉等人慌张逃窜，不料，金小天带着警方的队伍迎面赶来，和他们不期而遇，金小天冲在最前面："胡志辉，你今天跑不了了！"

　　胡志辉等人举枪和警方展开激烈的火拼，几个小弟陆续中枪受伤或者倒下。

　　胡志辉和天蝎一路逃跑，警察们亦步亦趋跟来，包围了胡志辉团伙。

　　李队开始喊话："胡志辉，放下武器立刻投降！你们已经被包围了。"

　　胡志辉看了看手上的账本，看了看天蝎。

　　这时李队拿电喇叭再次喊话："胡志辉，你们已经被包围了，我再最后说一遍，放下武器立刻投降！"

　　天蝎害怕了："辉哥，要不咱投降吧，大不了就是坐牢。"

　　辉哥吐了口唾沫："老子坐了二十年的牢，我可绝对不会再回去。"

　　天蝎见辉哥决绝的样子，他横下心，甩开辉哥，高举双手往前边走边喊："别开枪，我投降！"

　　胡志辉果断地从背后给了天蝎一枪，随着"砰"的一声响，天蝎捂着胸口倒在地上。与此同时，金小天瞄准开枪，打中了胡志辉的胳膊，账本掉在地上。

胡志辉吃痛，想捡账本但没成功，这时眼看着包围圈越来越逼近，胡志辉已走投无路。

金小天喊道："胡志辉，你无路可逃了！立刻放下武器投降！"

胡志辉咬咬牙，拿出了身上携带的自制炸药，"我绝对不会再回去坐牢！"

胡志辉拔掉了引线，泄气的声音和炸药特有的味道迅速弥漫开来。

李队见状高喊："大家往后撤，注意安全。"

随着传来一声巨响，发生了爆炸，众人就地卧倒，随之火光、气浪席卷了眼前的一切。等到一切恢复平静后，金小天立刻起身，发现胡志辉不见了。

金小天和李队立刻带人搜山，但最终也没有找到狡猾的胡志辉。

趁着胡志辉逃跑的时机，金小天向陈副局长申请立刻抓捕欧阳及胡志辉团伙的余党。

金小天亲自带队来到那间废弃工厂，将还没有得到消息的其他毒贩一网打尽，紧接着又带队查封了欧阳的别墅、货运公司办公室以及胡志辉的办公场所，搜出大量毒品，并一举抓获了山海货运公司的小弟和夜总会的零散毒贩。

虽然没有抓住胡志辉，金小天还是立了头功，至此，他终于可以光明正大地穿上那身久违的警服，昂首挺胸地走进公安局大院。

当帅气的警察金小天出现在所有人面前时，公安干警们纷纷起立鼓掌。

金小天走到陈副局长面前，恭恭敬敬地敬了一个礼，然后转身分别朝各个方向的公安干警们再敬礼。

陈副局长还礼后说："金小天同志，欢迎你正式归队，这一路上辛苦了！"

金小天大声回答："为人民服务！"

陈副局长当众表扬道，"山海集团特大贩毒案终于成功告破，经过多省、多方联动，抓获犯罪嫌疑人欧阳观山，并查获新型毒品近一百公斤，彻底摧毁了一条贩毒洗钱的巨大产业链，保证了人民的利益和安全。金小天同志在本次行动的过程里，以出色的应变能力配合进行便衣侦查和抓捕，功不可没！"

大家开始一起为金小天鼓掌。

李心月和楚之翰等人也在现场，他们更是使劲地鼓掌。

看着身着警服的金小天，李心月喜极而泣，就连盛夏也不由得赞叹，"哇，我不敢相信自己的眼睛了，这是我们那个小屌丝金小天吗？人家原来是这么帅的警察叔叔！"

在所有人的掌声与赞誉声中，金小天脸红了，他不好意思地说道："陈副局长您过奖了，我还有很多不成熟的地方，希望在今后的工作中，继续学习，继续成长！……可惜的是,最后没能抓住胡志辉……"

"胡志辉就算没死,也跑不了多久了,现在他是公安部A级通缉令通缉的在逃人员,而且现在是孤身一人,也没有犯罪资金,秋后的蚂蚱蹦跶不了几天了。"

"陈副局长,我想去……"金小天欲言又止,眼睛里闪着泪光。

陈副局长点点头:"我知道,你放心,我会安排的。"

警方查封欧阳和胡志辉名下的涉案公司后,央金集团基本已经接管了山海集团旗下所有跟地平线小镇相关的业务,艺廊还是由楚之翰在负责运营。

然而,让央金最为欣慰的是孙女的改变。

蒂娜为了戒毒,下定决心开始每天锻炼身体,健康饮食,她甚至不需要汤姆的监督,对自己下了狠心和大力气,每天都把时间精力放在健身上。

央金看得心疼,让李心月劝劝蒂娜适可而止,不要累坏了身体。

李心月在健身房找到蒂娜,昔日形容枯槁的蒂娜已脱胎换骨,浑身上下充满了朝气和活力,李心月开心地说,"蒂娜,看到你现在这样真好。不过,我听说你每天太过劳累,也要当心着点。"

蒂娜笑了笑。"我之所以能下定决心,是因为不想再让奶奶替我担惊受怕了。奶奶身体不好,却为了我三步一叩地去寺庙为我祈福,还亲手为我织布做成一身藏衣,告诫我:业力抵不过愿力,祈福就是在心里种下一颗美好的种子,然后呵护着这个心愿一点点长大。不走歪门,不入邪道……"说到这儿,蒂娜流下眼泪,"奶奶是我相依为命的人,我的放纵不仅让自己吃够了苦头,还让奶奶跟着受折磨。所以为了奶奶,我发誓再也不碰毒品了。"

李心月拍拍蒂娜:"人生最可贵的,就是迷途知返。你能及早回头,就是对奶奶最好的回报了。"

"那你要每天监督我锻炼打卡哦。"

李心月和蒂娜相互击掌:"没问题。"

就在这时,健身房的电视新闻吸引了李心月的注意。

画面中,一支救援队在雪山的雪崩现场挖掘。主持人正在播报新闻:"在石卡雪山上,有一支登山队与外界失联。经过救援队两天一夜的发掘,此前在雪崩中失联的5名登山爱好者已全部找到,遗憾的是,5人已全部遇难。值得注意的是,救援人员在此次发掘中,还在冻土层中找到了另一具男性遗体,警方根据死者身上的证件初步判定,该遗体可能是二十年前在此处一次雪崩中遇难的。"

电视画面上，警方负责人正在雪崩发掘现场接受采访："现在根据我们与有关资料的对照，初步判定，这名埋在冰层里的男子是二十年前在这个地方遭遇雪崩的一名画家，名叫李奇峰。"

记者问："如果是二十年前遇难的，为什么当年没有找到遗体呢？"

警方负责人："这个一方面是当年的救援技术还比较落后，另一方面雪崩时可能引起冰层的运动，当年遗体可能随着冰层的移动被埋进了冰层的深处，前几天的雪崩让原来深处的冰层又翻了上来，所以才被救援队发现。"

记者："据说这名画家就是前段时间刚刚因为著名画家楚鸿飞的剽窃门而名声大噪的美术学院老师李奇峰，情况是这样吗？"

警方负责人："你说的剽窃门我不太清楚，但二十年前遇难的那个画家名字的确是叫李奇峰，至于这次发现的死者是不是他，还需要等DNA鉴定结果出来以后才能确定。"

李心月看罢这个新闻，她整个人惊呆了。

很快，萧芳芳和李心月在金小天的陪同下走进停尸房，只见一具蒙着白布的尸体静静地摆放在李心月和萧芳芳面前。

李心月忍不住浑身发抖，萧芳芳则抱着李心月失声哭泣。

金小天揭开蒙着尸体的白布，面对长年冰冻、保留完好的尸体，李心月瞬间迸发出一声呜咽，抽泣起来，全身抖得像筛糠子一样。

萧芳芳眼泪直流，嘴角却挂着微笑，轻声说："月月，你看，你爸爸还像当年一样那么年轻，那么英俊。"

李心月轻轻把头靠在李奇峰肩头，带着笑流泪呜咽着："爸——我好想你……"

萧芳芳站在一旁不停地擦拭眼泪："老师，您看到了吗？月月长成大姑娘了。又漂亮，又聪明，又坚强，又勇敢。您可以欣慰了，我总算没有辜负您的救命之恩……"

李心月抚摸着李奇峰的手说，"爸，我这就带你去见妈妈。"

雪山间的寺院庄严神圣，寺院前空地上，李奇峰的遗体躺在一堆柴草上，一位喇嘛把酥油倒在柴草上，点起火来，遗体很快被火吞没。

在喇嘛们的诵经声中，李心月凝望着火焰流泪，她终于可以将父亲的骨灰与母亲合葬在一起，完成一直以来的心愿。

将父母的骨灰合葬后，李心月还有一个心愿未了，那就是为父亲举办完美、完整的个人画展。

地平线艺廊的门前，立着硕大的展览预告，《圣域遥望——雪山画派二十周年展》。

布展完毕的艺廊，窗明几净，展厅墙壁上那个空白的地方终于挂上了《宝贝》。

李奇峰所有的雪山画作和远处天际的雪山轮廓遥相呼应，浑然一体，他的作品一经展出，立刻吸引了很多当地人、游客甚至还有慕名而来的人前来参观，大家都会在《宝贝》面前驻足停留，被深深打动。

面对这个情景，李心月和萧芳芳倍感欣慰，母女二人相拥而泣。

为了安慰李心月，金小天、楚之翰、盛夏和阿裴将她带到纳帕海湖边，五个人重新聚在一起，边野餐边聊天。

日影渐渐西斜，夕阳的光晕下，纳帕海的景色格外美丽。

盛夏设置好自拍杆，开始直播："嗨！真是好久不见了各位宝宝们！还记得我吗？那当然啦，你们肯定天天都期待着夏夏主播我对不对？那我们的小伙伴们，大家还记得吗？"

镜头一一划过众人，大家冲着镜头打招呼。

提前备好的水果、蔬菜，以及萧芳芳的拿手佳肴和糌粑，琳琅满目地摆开来，盛夏顺手采了几支野花插在水瓶里，给野餐添了几分情调。

楚之翰献宝似的从背包里拿出了他煮好的咖啡，众人齐声道："又来了！"

楚之翰问："干吗？这么不给面子？这是冷萃工艺做的，口感保证你们没喝过。"

四个人在美丽的湖边喝着咖啡，欣赏着美景，清风拂过，花草摇曳生姿，几个人慵懒地坐卧，看着眼前的景色。盛夏突然想起了什么，对金小天说，"对了，有样好东西要给你看。"说着，盛夏从手机里翻出一段视频，对金小天说："直播，回看，嗯，在这里……"

盛夏把手机拿到金小天面前，金小天拿过手机，里面播放的是房车人之旅结束的时候众人对金小天说的话。

楚之翰："我宣布，稻草熊旅游网极致浪漫之旅，正式收官。明天起，大家就要各奔前程了，每个人再对着镜头说一句自己最想说的话吧……"

金小天转过头看着众人："这是什么？"

众人也看着他，李心月心知肚明，没有说话，楚之翰说："看下去你就知道了。"

金小天继续看视频，视频中楚之翰说："……这次旅行大概是我最后一次任性了。香格里拉很美，大家都应该来看看。还有，金小天，你到底去哪了？要是看到了，就在群里吱一声。"

盛夏："金小天，你再不出现，明天大家都散了，你怎么回去啊？"

阿裴："金小天，我一开始觉得你特别不靠谱，油嘴滑舌的，后来发现你超级靠谱，什么事都能想到我前面。可你就这么突然跑了……不管去哪里了，都记得告诉我们一声，大家都很担心你。"

盛夏把镜头最后对准了李心月，李心月冷冷地说："谢谢大家，再见。"

李心月说完这几个字就头也不回地走了。

看到这儿，金小天明白了，当初自己不辞而别，李心月和大家对自己多有抱怨。他抬起头，动情地解释："我知道我的不辞而别，让大家都很难过……其实那时候，我也很难过，放心不下你们，又没法联系，还要跟欧阳他们周旋，随便有个风吹草动就得马上出发，去哪里、待多久，完全不知道。整夜整夜都睡不好觉……"说时，金小天牵起李心月的手："要不是心月最后支持我，我都不知道我是不是能挺过来……"

金小天深情地看着李心月，李心月也深情地回看金小天。

盛夏仍然指责道："金小天你不知道，你当时把心月伤得多厉害……"

金小天指指楚之翰对盛夏说，"你这就不对了，我脱离团队去山海集团卧底，你就怪我；楚之翰为了复仇跟欧阳合作，你就寸步不离地跟在他身边。"

盛夏恼羞成怒道，"好你个金小天，敢说我坏话。看我怎么收拾你。"

说时她起身向金小天扑过去，金小天马上起身逃脱，两人在湖边追逐起来。

李心月看着楚之翰说："盛夏对你的心意，大家都看在眼里。你别看她平时那么咋咋呼呼，其实……"

楚之翰打断李心月："你不用说了，我知道，我都知道。她在我最困难的时候陪着我，没有放弃我，在我什么都没有的时候，依然相信我。这样的女孩，我想我以后也不会再遇到了。她才是我应该用一辈子去疼爱的人。"

"那你怎么打算的？"

不远处传来响动，俩人抬头看去，是盛夏追着金小天向这边跑来。楚之翰说："我打算……求婚。"

阿裴和李心月听到，两人异口同声："太好了！"

这时金小天气喘吁吁跑到两人面前，盛夏追了过来，一把将金小天推倒在野餐垫上："抓到你了！哼。"

李心月突然冲金小天眨眨眼睛，示意他安静，金小天赶紧闭嘴，坐了下来，阿裴也凑过来，四个人坐成一排，托腮看戏。

楚之翰从怀里摸索着，掏出了一个东西，他走到了盛夏面前，拿出手里的物件，是

一枚绿莹莹的祖母绿戒指。

盛夏看着楚之翰惊讶地问:"你这是?"

"这是我们家代代相传的戒指,来香格里拉之前,我妈把它交给我,交代说,务必要戴在一个真心实意对我的女孩手上。"楚之翰单膝跪地,拿起那枚戒指郑重地说道,"盛夏,我知道这样有点唐突,但我不想再等下去了,我不想再错过你。"

盛夏眼中闪动着泪花,不知所措。

楚之翰继续说:"以前的我,就像是纳帕海里的鱼,看到飘到眼前的杜鹃花瓣就吃下肚,还浑然不觉地翻着肚皮,以为活下来是因为自己够机警。其实,那完全是因为运气。这样浑浑噩噩的我,说不定哪天就被黑熊吃掉了。是你,夏夏,是你唤醒了我,让我看到真正的自己;也是你,即便是知道我真正的样子之后,也依然支持我信任我……"

盛夏从他第一句话就开始哭,边听边抹眼泪,看他半天还没说完,一把拿过戒指:"说这么多干吗?我都等半天了,你这婚到底求不求了?"

楚之翰笑了:"求求求,请你答应嫁给我。"

"这还差不多。我就勉强同意了吧。"

楚之翰拉起盛夏的手,给她套上戒指,把盛夏拥入怀里,"你想在哪里举办婚礼?"

盛夏看看四周,心怡道,"就在这里。好吗?"

"当然,全听你的。"

金小天和阿裴在旁边起哄,李心月心有所感,看了看金小天,他正无知无觉地大声叫好,李心月神色有些寥落。她心中羡慕楚之翰和盛夏,暗自期待着金小天对自己的表白和行动。

金小天看出李心月生自己的气却故意假装不知道。然而私底下,他悄悄把盛夏、楚之翰、萧芳芳、阿裴都拉到了一个群里,群名叫"A计划",群宗旨定为"求婚大决战",而且求婚的时间就定在盛夏和楚之翰的婚礼上。

人家明白了金小天的意图,纷纷配合,并对李心月 人保密着。

经过一番精心、忙碌的准备,盛夏盼望的纳帕海婚礼到来了。

夕阳下的纳帕海已经让人心旷神怡,再加上无数鲜花堆砌的婚礼现场,更似人间天堂,美轮美奂。

婚礼开始前,在一处隐蔽的树荫,金小天焦急地走来走去,手里拿着一束花,一会儿掏出戒指看看,始终坐立不安。

楚之翰安慰着:"别着急,盛夏那边肯定还没搞定,搞定了她就会给我们信号的。"

"靠不靠谱啊你们，反正我这婚要是求不成，你们的婚也别想结成了。"

"有你这么威胁新郎的吗？"

此时，穿着藏式婚服的盛夏已将李心月拉到房车上，李心月焦急地问："你马上要成婚了，现在拉我来这里干吗？"

盛夏神秘地笑笑，拿出了一方丝巾，折叠成细条状："为了保密起见，你得先委屈一下，把眼睛暂时蒙上。"

李心月看着盛夏的表情，她忽然猜到了什么，任由盛夏用丝巾给她蒙住了双眼。

盛夏见李心月这么乖，反问："你不会是听到什么了吧？"

李心月连忙摇头："没有。怎么会！我上哪里去听你们的密谋。"

"嘴上说着不要，身体却很诚实嘛。乖乖在这里等着，一个大大的惊喜要给你哟。"

盛夏给李心月蒙上了眼睛，自己下了车，急匆匆跑到金小天和楚之翰身边，喘着气说，"金小天，该你上了。"

金小天深吸一口气，把戒指塞回怀里，拿着花，跑向房车。

这时，李心月蒙着眼睛耐心地等待着，透过蒙眼布，她隐隐约约能看到外面的样子，视线由于布地光线的过滤，呈现一片绚丽而梦幻的色彩。

忽然，李心月听到有脚步声走进房车，很快，一个人上了房车，并走到她面前。李心月笑问："小天，是你吗？"

一只手扯下了李心月的蒙眼布，李心月含情脉脉地抬起头，看到眼前的人，她大吃一惊，"你……你还没死！"

胡志辉脸上满是伤痕，眼神如饿狼一般居高临下地看着李心月，还未等李心月喊"救命"，胡志辉一掌砍向她的脖颈，李心月昏了过去。

Chapter 76

　　金小天拿着鲜花兴奋地走到房车上，鼓起勇气，打开车门上了车，结果发现空无一人，再看地上，一条遮眼布被甩在地上。他蹲下来捡起地上的遮眼布，突然意识到什么，转身冲下房车，正好迎面赶上等着准备制造气氛的楚之翰、盛夏、阿裴，三人手里拿着婚礼彩炮，一看到金小天露面，就拉响了手中的婚礼彩屑炮。

　　砰砰两声，彩屑纸飘得金小天满脸都是，大家欢呼着："噢！结婚！结婚！结婚！结婚！"

　　金小天胡乱拂去脸上的纸屑，大声吼着："别叫了！李心月不见了！"

　　盛夏、楚之翰和阿裴马上收声，彩纸屑缓缓飘落，落在众人头上，一点欢乐的气氛都没有了，众人面色凝重。

　　金小天推开众人，跑出几步，疯狂环视周围，其他三人也马上四散寻找着，却都没有发现李心月的踪迹。

　　金小天手中拿着李心月的遮眼布，坐在椅子上一脸着急，盛夏带着哭腔埋怨自己："都怪我，都怪我，我不该把心月一个人留下。"

　　金小天此时已冷静下来："不怪你，从现场痕迹看，除了胡志辉，没有别人。他明显早就盯着了，钻了空子。"

　　楚之翰问："那心月岂不是凶多吉少？"

　　"暂时应该不会，他一定另有所图，如果你当时在现场，现在估计我们要去救的，就不止心月一个了。不行，我得马上回警局，你们等我消息。"

公安局，金小天和警员们立刻排查李心月的行踪，但是并没有收获。正在发愁时，金小天收到一个定位，那是中缅边境，信息里附了一句话："拿账本来换人，不然，李心月就死。"

金小天拨过去电话，却提示已经关机。

陈副局长看罢这条信息，点开那个定位，若有所思道："我们昨天接到边境警方报告，就在这个位置附近，有几个可疑人员在进行活动，这样看来，很有可能就是胡志辉和他手下逃走的毒贩。现在，马上联系当地警方，派特警队前去解救人质！"

金小天马上申请道："陈副局长，我请求一同前去执行任务！"

"小天，我理解你的心情，但是这个任务，你不适合前去。"

"不，陈副局长，胡志辉这个案子是冯队交给我的，也是因为我的失误，给了胡志辉逃走的机会，我必须把这件任务完成。"

陈副局长继续劝说："当警察，最忌讳把个人感情和工作搅在一起，你确定你去了，能控制自己的情绪？这太危险了，小天，你冷静一点。"

金小天坚持道："陈副局长！就算这次人质不是李心月，我也一样会申请前去，这是我的职责，而且，也没有比我更了解胡志辉的人。"

陈副局长思考了一会儿，终于点了头："好吧，解救李心月，你一定想自己在场确保她的安全。但是我觉得你应该能分得清轻重，相信警队可以把李心月解救出来。"

金小天沉重地点了点头，陈副局长对李队长说，"特警队目前有多少人可以调遣？"

李队长回答："已经申请支援了，目前可以调用的有30多人。"

陈副局长立刻下令，"金小天！你马上联络当地警方，协助特警队员行动，目标，解救人质，逮捕胡志辉！"

金小天庄严敬礼："是！"

中缅边境，特警队和金小天携带着装备来到辉哥定位的位置。

胡志辉站在中缅边境的一个界碑旁边，手里拿着一个遥控引爆装置，缓缓转身，他脸上的伤疤在爆炸中变得更加狰狞，扭曲。

金小天远远掏出手枪指着胡志辉："我来了！她人在哪？"

胡志辉伸出左手，只见他拿着一个遥控引爆装置："你敢开枪，我就把她炸上天。"

"你别乱来。"

"少废话，账本呢？"

金小天从怀里拿出一个透明的档案袋，里面装的是账本："账本在这里了，但是，

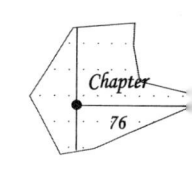

你先把起爆器放下。"

辉哥警告道："这个炸弹是我精心为你准备的，除了我，没有人能拆除。金小天，你不用白费力气了，乖乖把账本给我吧。"

"我凭什么相信你？你先告诉我，李心月在哪儿？"

"小天，跟了我这么久，你还不了解我吗？我不会给你谈条件的机会。把账本拿给我。"

金小天愤怒地拿枪指着辉哥："胡志辉！你这次回来，就应该知道自己跑不了！快点放了李心月，否则这辈子都别想出狱了！"

胡志辉咬牙道："敢威胁我？你凭什么？现在人在我手里。要想让她活命，就得听我的。现在，你必须给我一辆车，不许跟着我，我出境之后就放了她！否则，你们连尸体都找不到！"

胡志辉挥舞着引爆器异常疯狂，与此同时，远处排爆小组的车接连出发。

就在金小天和胡志辉所处位置的斜侧方，一名狙击手正慢慢匍匐靠近，他在远处找到合适位置，开始瞄准胡志辉，但发现目标有山石做掩体，射击遇到困难。

金小天从耳麦中得知这个信息，为了将胡志辉引出掩体，他故意把枪慢慢放下，横着扔到一边，又把账本袋子放在地上，缓缓向另一边退去。

金小天指着地上的账本："你都拿走吧，我们放你出境。你拿我当人质。"

金小天举起双手，往前缓缓走着。

胡志辉疯狂警告："站住！别动！"

金小天立刻停下脚步，胡志辉走上前，走到账本前，与此同时，狙击手已瞄准了目标并小声汇报着："目标已离开掩体，可以瞄准。他左手拿着引爆器。"

胡志辉慢慢弯腰捡起账本。

金小天拿出手铐铐在自己手上："到处都是我们的狙击手，你只要敢动，立刻就会被击毙。但你不能伤害无辜的平民百姓，你把李心月放了，我给你当人质。"

金小天又往前边了一步。

胡志辉左右看了看附近，确实有人影，遂对金小天说："你转过身去！退着走过来！别耍花招，你敢碰我一下我就引爆！"

金小天背过身，他瞟着胡志辉，慢慢靠近过去。

胡志辉目光聚集在账本上，弯下腰伸手要捡起。

这时，金小天听到狙击手传来的声音："有把握命中躯干。"

金小天冲狙击手的方向点了点头，示意他开枪，就在胡志辉拿起账本的一瞬间，狙击手开枪，胡志辉的右肩膀中了一枪。

胡志辉茫然地看着账本又掉下去，他的凶狠的目光转向自己的左手，左手大拇指就要按下引爆按钮。

金小天飞扑过来紧紧抓住了他的手，用力掰开胡志辉的手指，胡志辉疯狂挣扎着，特警队员跑上来协助小天，众人把引爆器从他手中夺下。

金小天给胡志辉戴上手铐："胡志辉！你被捕了！"

胡志辉不甘地挣扎，试图往国界碑的另一面爬去。

金小天用力把他拖回来："快告诉我李心月在哪里！"

胡志辉被特警队员牢牢摁在地上，他转过头狂笑着，"哈哈哈哈，金小天，就算我告诉了你，你也救不了她了，实话跟你讲，今天我就是要让她死！看见我脸上的伤疤了吗？二十年前是因为欧阳，我已经把他杀了，现在，是因为你！就算我杀不了你，我也要弄死你的女人，哈哈哈哈哈……"

金小天顺着胡志辉看的方向终于找到了李心月，只见她坐在一个隐蔽的地方，金小天立刻冲了过去："心月！"

李心月见金小天，着急大喊："别过来！"

金小天看到李心月身旁有一个液体炸弹，随着李心月大喊，液面急速升高。金小天连忙放慢脚步："心月，你别急，辉哥已经被我们制伏了，后援部队也马上就来，你一定会没事的。"

金小天走到李心月旁边，蹲下查看。只见李心月身上被绑了一个定时器，正在慢慢倒计时，李心月旁边的液体炸弹连着她的手腕。

金小天明白这是个复杂的定时器，他立刻返回找到胡志辉寻问关闭装置在哪里。胡志辉正被绑在急救担架上，他得意地看着金小天：

"你以为我是什么小毛贼？实话告诉你，来见你的时候，我就已经启动定时引爆了。我估计，她已经没多少时间了。"

金小天瞬间暴怒，他上前紧紧抓着胡志辉的衣领，扬起了拳头，强忍着没有打下去，大声质问，"快说，关闭装置在哪？！"

胡志辉淡定地微笑："没有关闭装置。"

金小天扔下胡志辉，转头就跑，胡志辉的嘲笑声从他身后传来："加把劲，跑快点还能赶上和她死在一起。"

陈副局长带着后援部队赶到现场，面对眼前的情形，他立刻下令，"马上解救人质，务必保证人质安全！排爆小组，加速前进！"

金小天和两名特警队员跑到李心月所在位置。

金小天一边仔细观察着炸弹的电线，一边安慰：心月，你别慌，我们会救你出去的。"察看完毕后，他向陈副局长报告："李心月身边有个液体炸弹，有定时器，但是炸弹连着她的脉搏，就算拆除了定时器，一旦心率升高或降低，可能就会爆炸。"

金小天打开手机，用视频通话把李心月身上的定时器和旁边的液体炸弹给后方大部队看，那是一个制作粗糙、线路乱成一团的自制炸弹。

陈副局长将视频同步上传给排爆小组，并问道，"看到画面了吗？你们还有多久能到？"

排爆小组正在疾驰的车上通过手机看画面，回答："还有15分钟才能到！"

金小天望着计时器上1分52秒的读数，没有说话。

陈副局长只好对金小天说："慢慢把线拨开点，让我们看清楚，画面拉近一点。"

金小天没有回答，他紧张地看着引爆器上的线路——引爆器上密密麻麻插了一圈的线头，电线被胡乱地搅在一起。

李心月绝望地说："小天，是不是来不及了？"

陈副局长盯着金小天传来的视频画面与排爆组沟通意见，"我觉得这是电打火雷管，在左边第6条线下面，你们看呢？"

排爆队员回复："同意，这条线看起来概率比较大，但是，如果还有多重的引爆设置，可能雷管被断掉时会引爆……"

金小天向两个特警队员摆了摆手："你们去向陈副局长报告情况，我一定会尽我所能，保护人质的安全。"

两个特警队员神情沮丧地点了点头，把剪刀递给金小天后快步离去。

生死时刻，李心月不忍心看到金小天陪自己一起死，她开始劝说："金小天，你也走吧！我很感谢你陪了我一路，给了我不少惊喜和快乐。但是，你实在不是我喜欢的类型啊，我们谈谈恋爱就好了，一起生活，我估计忍不了你的臭毛病啊，我很满足了啊！"

金小天趁李心月诉说心情时，他迅速拔掉了电线。

计时器读数00：00，没有爆炸。

李心月惊叫出声，又惊又喜地看着金小天，但旁边的液体炸弹液面又迅速升高。金小天却冷静地说："心月，你旁边还有一个炸弹，我只是拆除了计时器，暂时不会爆炸，但是你一定要冷静，因为这个东西连着你的脉搏。"

李心月惊讶："能不能找一个和我心率一样的振动器，绑在这个上面？"

金小天仔细摩挲着李心月手腕上绑着的引线，引线绑得很紧："假设你的心率是每分钟60次，那么我们就要在一秒钟的时间内将振动器换上去并绑好，这几乎不可能完成。"

李心月有些沮丧，"那就……只能这样了吗？"

金小天握住李心月的手："我们再等等排爆专家吧，他们也许有办法。"

李心月点点头，他看着金小天说，"我刚刚的话，其实还没有说完……虽然你挺烦的，但我还是喜欢你，你是世界上唯一一个能让我信任的人，刚刚我想说，如果，我能过了这一关，我们就……"

这时金小天突然打断道："心月，你50米跑多少秒啊？"

"金小天！我在跟你说很重要的事情！这可能是我们最后一次……"

李心月一激动，液体炸弹的液面又迅速升高，金小天赶忙抚慰李心月的情绪，"我知道，知道，心月，你冷静一点。你看，那边有个石坑，大概够我们两个人躲进去。我们趁液面降下来的时候，扯掉引线，往那里跑，只要跑得够快，也许，还有躲过的机会。"

李心月看着金小天坚定的眼神，从中获得了勇气，她深呼吸一口，点了点头。

金小天说："现在，你调整一下呼吸，想象自己是在起跑线上，一会儿我说3、2、1，我们就跑。"

"好！"

李心月的心率随着呼吸慢慢平静下来，液面慢慢下降，两人对视一眼。

金小天开始数数："3、2、1！"

金小天拔掉李心月手腕上的引线，两人以百米冲刺的速度往石坑里跑去，迅速躲到里面，液体炸弹随即爆炸，气浪席卷。

特警队员拿着急救箱赶到，大家都紧张地盯着爆炸发生的地方。

烟雾慢慢散去，大家看到，金小天护着李心月，从石坑里慢慢站起来。

胡志辉看着身边的特警队员们举手欢呼，露出了无法置信的绝望，愤怒地挥舞着手铐哇哇乱叫起来。

抓捕胡志辉、解救李心月，金小天再立一功。

为了表彰金小天，陈副局长特别安排他和康复的老冯视频通话，这可把金小天激动坏了。

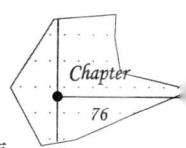

视频开通后，只见老冯坐在沙发上慈爱地看着他，金小天只喊了声"老爹……"便哭了起来。

老冯马上嗔怒道："臭小子，老子可不记得教过你怎么哭鼻子。"

金小天忙擤了擤鼻子："我这哪是哭？鼻子不通风，擤擤就好。"

金小天打量着老冯稍微有些苍白的面容："冯队，你身体还好吗？什么时候出的院？"

"我出院有一段时间了，但是为了你的安全，这个消息，一直对外保密。小天，你辛苦了。"

"我知道，我都明白，只要你没事，什么都好。"

老冯欣慰地看着金小天，由衷地替他高兴："小天，这次你表现得很好，我都听陈副局长说了。"

"这全是师父教得好，您回来得接着教我啊。"

"臭小子，想累死我啊？我是时候退休啦，加油吧，以后就看你们的了。我以后就每天钓钓鱼种种花，多好啊，盼了好几年了。"

"师父，陈副局长刚刚说了，以后您还是我的领导。您可别想着退休啊！"

"哈哈哈哈哈，你现在真是太精了。放心吧，以后，还会有很多很多的任务等着你，你做好准备了吗？"

金小天立刻站直道："我随时准备着！"

纳帕海，盛夏和楚之翰的婚礼终于可以安心进行了，直播平台上弹幕密集："藏式婚服好漂亮。""太浪漫了，以后我也要举行藏式婚礼。""这套民族婚服比婚纱好看一百倍。""有闹洞房的程序吗？""新娘好美啊。""想不到最后嫁给楚总的竟然是盛夏。""盛夏怎么了，很般配哟。"

这时，现场的婚礼主持人高声说道："现在，请新人向远在他乡的父母行礼。"

楚之翰和盛夏开始对着直播镜头一起鞠躬行礼。

阿裴一边拍摄一边自语："不知道新郎新娘的父母有没有在看直播，新人给你们行礼啦！"

上海楚家别墅，被保释回家的楚鸿飞和陈正茜正坐在沙发上用手机看着直播。

陈正茜激动地流着眼泪："快看快看，给我们行礼了！"

楚鸿飞点头："看到了。只不过，我现在是个罪人，感觉受之有愧。"

陈正茜劝慰，"好啦，国家给你取保候审，就是给你机会反省和改过。还有，通过

这段时间，我感觉盛夏这孩子真的不错，之翰不用我们担心。你现在能想通，我也就安心了。"

楚鸿飞搂着陈正茜激动落泪，突然他在画面看到了什么，一时惊呆了。

婚礼现场，天空中出现了日月同辉，所有人都仰望着这一宏伟景观。

新娘盛夏立刻兴奋地转换到主播状态，对着直播镜头喊了起来："宝宝们快看啦，我们连麦直播间出现了日月同辉呢！按照当地的传说，在日月同辉之下在一起的情人，会永生永世在一起！"

楚之翰看着自己的新娘子说："都什么时候了你还直播？就不能给我们俩留点私人空间吗？"

楚之翰伸手去挡镜头，被盛夏拽开："别闹，我们这是连麦直播结婚，多有纪念意义。"

楚之翰看着视频里的日月同辉："那我们这样算是日月同辉之下在一起吗？"

一旁的李心月和金小天异口同声："当然算！"

盛夏佯装强势："不管算还是不算，你都休想跟我分开。"

"这句话应该是我来说。还有，这可是你说要直播的……"

"你什么意思……"盛夏还没说完，楚之翰就强吻上去。

弹幕狂刷："反攻了！""盛夏好可爱""亲了亲了……""这个婚礼可真壮观，刺激。""楚之翰终于主动了一次了！"

现场，李心月和金小天看着新郎和新娘，两人露出了笑容。

金小天忽然拉着李心月走出人群，来到湖边安静的草甸，两人相拥而立，一起仰望着香格里拉的天空。只见雪山之巅的日月同辉，太阳耀眼，月亮清雅。

李心月感叹着："真美。小天，你知道'日月同辉'的典故吗？"

金小天摇了摇头，说："我只知道，它很美。"

李心月轻声讲述起来，"很久以前，太阳的儿子刺日爱上了月亮的女儿暗月。他们一直幸福地生活着，人间也一直祥和美好。直到有一天，恋人们开始抱怨对方不够爱自己，人间充满越来越多的猜疑和怨气，刺日和暗月为了减少人间怨气，他们一起高挂在天空，呈现日月同辉的景象。这是为了告诉人类：爱，很重要，爱，从未消失。"说到这里，李心月深情地望着金小天，"传说看到日月同辉的恋人，将会一生相爱，相守……"

金小天假装不相信："这种传说有一百个吧，能是真的吗？"

李心月认真地说："老人们说，有时候天上飞的鹰就可以做出鉴定。"

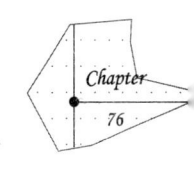

此时，一只飞鹰在两人上空盘旋，旋即又飞走。

李心月兴奋道："小天，你看，鹰！看来传说是真的！"

金小天摇摇头，一脸无奈的样子："又是日月同辉，又是老鹰见证，什么都被我碰上了，这是赶鸭子上架啊，看来我必须得给你点儿什么！"

李心月嗔怪："真不要脸，什么叫赶鸭子上架！"

金小天在兜里翻找起来，李心月偷偷看过去，心里突然紧张起来，脸也跟着红了起来。

金小天从兜里掏出个东西，李心月眼神瞟向另一边，紧紧抿着嘴唇不笑出来。

金小天："喏，给你。"

李心月转过头来一看，金小天递到眼前的，竟然是一块巧克力。

金小天："饿了吧，吃吧。"

李心月失落地摇摇头，无奈地接过来。

金小天又在兜里翻找起来："我记得还有一块……"

李心月低头看了看巧克力，气闷地转过头看着手机屏幕里的楚之翰和盛夏，不想搭理金小天。

金小天又用手碰了碰李心月："小月月，这个给你。"

李心月不开心地说："又是什么啊，我不吃了……"

李心月转过头来，**愣住了**。只见金小天单膝跪在旁边，手上捧着一枚戒指。

李心月双手捂嘴，不知所措。金小天温柔地笑着，他拉起李心月的手，给李心月戴上了戒指。

金小天深情地说："我早就该给你戴上的，对不起，让你等了这么久。"

李心月看着戒指，再看看金小天，再看看日月同辉，露出幸福的笑容。

金小天偏过头看了一眼手机，对李心月说："啊，他们都亲了，我们是不是也该……"

金小天朝李心月亲过去。

李心月闪躲："直播大家都看到了！"

金小天还是捉住了李心月，深深地吻了下去。在"日月同辉"的映照下，两人幸福地拥吻，那枚戒指闪闪发光。

弹幕狂刷，布满了整个屏幕："亲了亲了""啊啊啊啊啊啊啊啊接吻了""你们全都不准看""弹幕马赛克"……

从香格里拉返回上海后，楚之翰就将"稻草熊"旅游网完全交给李心月打理，自己和盛夏则先忙于楚家的艺廊，楚之翰决定等家里的事业重上正轨，再考虑自己的兴趣爱好。

　　眼看着"稻草熊"旅游网的业绩越来越好，规模越来越大，李心月的工作也越来越忙，完全没有时间跟金小天谈恋爱。休假中的金小天也不恼，心安理得地赖在李心月家，顺便连自己的日常用品也一并顺了过来，整日吃喝玩乐。

　　终于有一天，李心月望着沙发上啃着苹果吊儿郎当的金小天爆发了，恨恨地一个枕头丢了过去："你什么时候从我家搬出去？"

　　金小天一脸无辜："我是你男朋友，难道不应该住这吗？"

　　李心月叉着腰，一副女王气势："住我家你交房租了吗？"

　　金小天跳起来："我是你男朋友，你还跟我收房租？"

　　李心月嘲笑："没钱交房租吧你！"

　　金小天继续啃着苹果，故意嫌弃地看了一眼李心月："我可不是那种欠钱不还的人。"

　　李心月气急败坏，扑向金小天："说谁呢你，我一回来就把房租交给房东了！"

　　金小天被肋得脸红脖子粗，求饶道："好好好还了还了……"

　　两人一阵打闹，金小天突然将李心月圈住，定定地盯着她，脸慢慢地向她靠近，在她柔嫩的脖子上吻了上去，然后慢慢向上，含住她微红的耳垂，轻轻摩挲着。

　　李心月身体一震，转瞬间，金小天柔软的、微凉的唇，已经压在了她的唇上，舌头也悄无声息地探了进去。那气息执着而火热，带着金小天独有的温度，正入侵她的领地。

　　李心月感觉血气上涌，微微后退，却被金小天的强势逼得无路可退，身体陷在沙发里，心跳为之悸动。

　　金小天感受到眼前的人有些出神，喑哑的声音带着无法抑制的上扬："我休假了，有很多时间，我们可以在一起……"

　　上海的夜空，霓虹闪烁，流光溢彩。

　　小屋内的温度节节攀高，暗黄的灯光朦朦胧胧，摇曳在李心月的水眸里，染上异样的色彩。她呆望着天花板，感受着金小天的温柔。

　　我们都是时间旅行者，为了寻找生命中的光，终其一生，行走在漫长的旅途上。一生中至少有两次冲动：一次为奋不顾身的爱情，一次为说走就走的旅行。

　　而我何其有幸，因为有唯一一个你，让我有一场遇见爱情的旅行。

　　滚烫的泪从李心月的眼角滑落在红晕的脸颊上，她紧紧搂住金小天的腰，低吟："小天，谢谢你，我好幸福……"

一年后。

机场，李心月背着小包走到登机口，即将登机，广播响起。

广播：乘坐"国航7573"前往日喀则的客人，现在开始登机了，请带好随身物品，在五号登机口登机。

金小天突然出现，一副休闲度假的打扮，凑过来和李心月搭讪："这位美女，不介意我们一路同行吧。我可以帮你提行李吗？"

李心月给了他一个白眼："不用。我的行李都托运了。"

金小天追问："没关系，美女，请问你口渴不渴？喝水吗？"

李心月冷脸地说："不需要。另外，提醒你一下，拿着饮料是过不了安检的。"

金小天一愣，赶紧打开手里拿的可乐，一口气灌下。李心月趁他喝饮料的空档，进了安检口。

金小天一边打着嗝，一边高喊："哎，等等我。"

边检人员拦住金小天："先生，请在黄线外等候，出示你的登机牌……"

金小天眼巴巴地看着李心月一个人进了安检口。

李心月登上飞机，放好行李坐下。坐在她旁边的一个旅客，故意用帽子遮着脸，看不清长相。

男旅客："请问这位女士，有什么可以帮你的吗？"

熟悉的声音让李心月疑惑，她一把拿下男旅客脸上的风雪帽，正是楚之翰。

李心月大喊："啊……你们还真是无孔不入，阴魂不散。"

金小天走了进来，依靠在前排的座椅靠背上，温柔地看着她。

金小天："宝贝儿，无孔不入的是我，阴魂不散的才是他。"

金小天走了过去，坐在李心月另一侧的座位上，李心月面露崩溃。

突然，一只手机从前排的座椅靠背后面伸出来，摄像头对着李心月。

盛夏："竟然想一个人开溜，还是去登珠峰，这么刺激的事情，居然不带我们，那我们怎么可能答应。"

阿裴："要走，也要带着我们一起走。"

李心月看着两人，再看看一左一右的金小天和楚之翰，气闷得直跺脚。

金小天："小月月，你身为我的女朋友，招呼都不打一声就要跑去登珠峰，眼里还有没有我这个男朋友了？"

李心月怼回去："这话该我问你才对。自打从雪山回到上海，你天天泡在局里加班，眼里还有没有我这个女朋友了？"

金小天抱怨："嫌弃我休假的是你，嫌弃我加班的也是你……"

楚之翰、盛夏、阿裴一起用谴责的目光看向金小天："嗯？"

盛夏："金小天，忽视了另一半的感受，这是你不对。无法在工作和爱情之间做不到平衡，这是你的失职。还有，话说你都求婚这么久了，啥时候转正啊？"

金小天瞥了眼李心月："是是是。可这哪有这么容易，你家楚之翰又做得怎么样？"

楚之翰手一伸，盛夏配合地靠在他胸膛上，一副小鸟依人的恩爱模样。

李心月啐了一口："你俩成心在这里撒狗粮是吧？"

阿裴："那必须的啊。楚总说了，新的一季爱情直播之旅，参加人员已经定了。"

盛夏："我俩负责秀恩爱。"

楚之翰："你俩负责身体力行地展现一段出现问题的爱情该怎么改进。"

金小天伸出手，看向李心月，李心月伸出手放在金小天手上，两人的手紧紧握在一起……

楚之翰宣布："'稻草熊'五人行，出发咯！"

飞机中的广播响起：各位乘客，飞机即将起飞，请大家关闭手机和各种电子用品……

突然，手机尖锐高亢的铃声响起，尖锐的频率在机舱的空间回荡。金小天的神色"刷"地变得凝重，李心月的脸色也变了，盛夏、楚之翰、阿裴的表情都跟着紧张起来。

金小天深呼一口气，接听电话："我是金小天。"

所以人都伸长耳朵听着……

金小天挂了电话，皱着眉头满脸愁容地看着大家："……是我们头儿，他说……"

李心月着急："你快说啊！"

金小天突然换成笑脸："祝咱们旅途愉快！"

李心月和盛夏阿裴伸手打金小天，金小天躲避，机舱的欢笑声响起。

飞机穿梭在云端，机身下雪山绵延，阳光耀目。

正文完

图书在版编目(CIP)数据

一场遇见爱情的旅行 / 王焰珍, 西童著.

一武汉：长江出版社，2019.4

ISBN 978-7-5492-6404-9

Ⅰ.①一… Ⅱ.①王…②西… Ⅲ.①言情小说－中国－当代 Ⅳ.①I247.5

中国版本图书馆 CIP 数据核字(2019)第 065681 号

	一场遇见爱情的旅行 ／ 王焰珍 西童 著
出 版	长江出版社
	（武汉市解放大道1863号）
选题策划	长江出版社青春动编辑室
市场发行	长江出版社发行部
网 址	http://www.cjpress.com.cn
责任编辑	钟一丹 李 恒
封面设计	刘斯佳 李 婕
装帧设计	彭 微 汪 雪
印 刷	中印南方印刷有限公司
版 次	2019年4月第1版
印 次	2019年4月第1次印刷
开 本	787mm×1092mm 1/16
印 张	40 16页彩插
字 数	740千字
书 号	ISBN 978-7-5492-6404-9
定 价	79.80元（全两册）

版权所有 盗版必究（举报电话：027-82926804）
（如发现印装质量问题,请寄本社调换,电话 027-82926804）